KUWEI
酷威文化
图书 影视

你有权
保持暗恋。

Secret
Love

叶斐然 —— 著

上

江苏凤凰文艺出版社
JIANGSU PHOENIX LITERATURE AND
ART PUBLISHING

图书在版编目（CIP）数据

你有权保持暗恋：全 2 册 / 叶斐然著 . -- 南京：
江苏凤凰文艺出版社，2022.11
ISBN 978-7-5594-7140-6

Ⅰ . ①你… Ⅱ . ①叶… Ⅲ . ①长篇小说 – 中国 – 当代
Ⅳ . ① I247.5

中国版本图书馆 CIP 数据核字 (2022) 第 162508 号

你有权保持暗恋 ：全 2 册

叶斐然 著

责任编辑　周颖若

特约编辑　代琳琳　李亚男

装帧设计　recns

责任印制　刘　巍

出版发行　江苏凤凰文艺出版社

　　　　　南京市中央路 165 号，邮编：210009

网　　址　http://www.jswenyi.com

印　　刷　天津旭丰源印刷有限公司

开　　本　880 毫米 ×1230 毫米 1/32

印　　张　21.25

字　　数　577 千字

版　　次　2022 年 11 月第 1 版

印　　次　2022 年 11 月第 1 次印刷

书　　号　ISBN 978-7-5594-7140-6

定　　价　69.80 元（全 2 册）

目录

第一章 不可能做朋友

六月骄阳似火，体育馆窗外的树上传来一声高过一声的蝉鸣，齐溪坐在主席台的后台，心情混杂着些微的紧张、恍惚和一点点惆怅。

毕业典礼即将开始，很快，她也将作为容大法学院唯一的优秀毕业生代表发言，自此，她四年的法学院生涯便要落下帷幕。

坦率说，因为长得漂亮，还是法学院的高才生，齐溪的大学生活可谓顺风顺水。唯一让她不满的，是劲敌顾衍给她找的各种不痛快——同窗四年，齐溪被顾衍抢走的机会和奖项简直数不胜数。

整整四年，齐溪如苦行僧般一门心思扑在学习上，最终也没能考过顾衍，哪怕一次。

他永远是第一名，齐溪则永远是第二名。

虽然有时候只有几分之差，但谁会记得第二名？

最令齐溪无法接受的是，顾衍赢得几乎毫不费力、轻而易举——他不像齐溪一样放弃了所有的娱乐和社交去拼命学习，他参加了几乎所有法学院的活动，不论是辩论赛、篮球赛、模拟法庭还是法律援助。

他光鲜亮丽地活跃在几乎每个舞台，用无懈可击的脸和身材赚足了女生们的赞美，像精神污染一样不断在齐溪面前刷着存在感。

他又像个游刃有余的时间管理大师，完美得能在几乎所有领域面面俱到，然后轻而易举地打败孤注一掷的齐溪。

这种拼尽全力仍然败北的感觉让齐溪充满了挫败感，久而久之她还连带着对顾衍有了点迁怒。

理智上，齐溪明白顾衍什么也没做错，他们两个人甚至没有太多交集，但她就是忍不住讨厌他。

不过这次被选为优秀毕业生代表发言的是自己，而不是顾衍，混杂着扳回一城的隐秘快感，齐溪又默念着背诵起演讲稿来。

她想了想，给自己的爸爸齐瑞明打了电话："爸爸，你到哪儿了？待会儿毕业典礼就要开始了——"

只是话没说完，齐瑞明就打断了齐溪："什么到哪儿了？爸爸在市中级人民法院还有个庭要开，我马上得过去……"

齐瑞明果然忘了！

齐溪有些崩溃："爸爸，今天是我的毕业典礼，你说了会来的！我今天作为学生代表，要在——"

可电话那端的齐瑞明显然没把这当回事，他打断了齐溪，随意哄道："溪溪，爸爸太忙了，客户的庭审总不能拖；何况你那么多外地同学，他们的家长都来吗？能来参加毕业典礼的家长就没几个，你找人录个像拍个照，回头给爸爸看。先不说了，挂了啊。"

齐瑞明甚至没给齐溪讲完最后那句话的机会，只留给了她一如既往的电话挂断音。

能参加毕业典礼的家长确实没几个，但能在毕业典礼上作为学生代表发言的荣誉，也就那么一次。

齐溪又一次被自己爸爸挂断了电话，她瞪着自己手里的讲稿，有些烦躁起来。

这稿子虽然是齐溪起草的，但被辅导员修改过三四次后，其实最终成品早就失去了齐溪原本想表达的主旨，变得中规中矩没有灵魂，但为了能上台作为优秀毕业生代表发言，齐溪接受了这些改动。

只是如今，她背到最后一段时，总觉得前后不连贯，这种不连贯带来的不顺心在被挂了电话后更强烈了。

看了下时间还来得及，齐溪起身，还是想找辅导员再沟通下是否可以由自己临时发挥加写一段来过渡。

齐溪是在后台的门口找到辅导员的，他正背对着自己，和学院里一个教务处老师聊天。

"时间过得真快，又一届要毕业了。今年毕业典礼上发言的是谁？"

"是齐溪。"

"齐溪？那个第二名？为什么没找顾衍？他不是更好吗？"

听见他们聊到自己，齐溪的脚步顿了顿，她突然也有些好奇辅导员最终找自己的原因。是因为辅导员看到了自己更坚韧的学习态度吗？

然而没想到，齐溪得到的并不是肯定——

"顾衍是更好，长得帅，台风稳。法学院女生多，他发言的话估计下面的观众鼓掌都更积极。但有什么办法？他不愿意配合改发言稿，说如果找他发言，必须完全尊重他的意愿，发言稿不接受任何修改。"

教务处老师笑起来："没办法，男生嘛，就是比较有个性，但个性越强，能力也越强；女生虽然都很服从，但就没什么创新能力，也没领导别人的本事。"

辅导员忍不住叹了口气："其实毕业典礼这种大场面，男生心态更稳，齐溪一个女孩子，我担心她临场发挥时会紧张。"

不过很快，辅导员的语气又轻松起来："不过毕竟是女生，齐溪很听话，叫改哪里就改哪里，最后的稿子我修改了好几遍，让她提前通篇背诵了。她应该不会出问题，今天学院领导都要来呢，可不能出岔子。"

这两人很快聊起了别的，然而齐溪只觉得手脚冰凉，一个字也没有再听下去。

她没有再找辅导员，而是捏着手里的讲稿，沉默地走回了后台休息区。

原来即便是这毕业典礼的优秀学生代表，自己能被选上，也仅仅是因为捡了顾衍不要的东西。

顾衍，顾衍，哪里都是顾衍，所有人都喜欢顾衍。

甚至就在来体育馆提前彩排毕业典礼的路上，齐溪还意外撞见了顾衍被人表白——

"对不起，我不喜欢你。

"我有喜欢的人。

"今天会和她表白。

"你没有机会。"

表白的女生忐忑而紧张地说了一堆，请求顾衍给自己一次机会，然而顾衍只回复了这样冷淡的四句话。他没有看到齐溪，拒绝完后便转身径自离开，礼貌但疏离，不给对方留一点余地。

这么不留情面的男人，也会喜欢别人？

是谁倒了血霉，被这种人喜欢啊？

此刻因为一篇演讲稿的插曲，齐溪心里对顾衍的迁怒几乎达到了顶点。

她希望即将被顾衍表白的女生狠狠地拒绝他！

"齐溪。"

因为正在心里怒骂顾衍，对方声音响起的那一刻，齐溪简直吓了一跳。

她抬头，才看到身前站着的确实正是顾衍本人。

坦率来说，顾衍的长相万里挑一，身材高挑比例优异，摆在哪里都是阳光清爽的校草形象。此刻他沐浴在穿过体育馆顶棚的细碎阳光里，在明明暗暗的光影里，他的脸带了少年人特有的干净和走在成熟风韵途中的雏形——不出意外，他应该会变成一个非常英俊的男人，如果穿着西装多笑笑，会让很多女生腿发软的那种。

即便齐溪没有太关注过顾衍，都知道顾衍好几次在校外逛街被随手的街拍照片都被刷上了热搜，还频繁被选秀节目的工作人员搭讪，有一个经纪人甚至不屈不挠地半夜爬墙进法学院，差点被误会成小偷扭送派出所。

齐溪的心紧张地跳动起来，见顾衍的嘴唇轻抿着，她有些色厉内荏地瞪向了对方："什么事？"

顾衍像是想要说什么，但最终没有说，顿了顿，把手里的东西拿给了齐溪："你的书。"

齐溪一看，是自己一本 LSAT 真题集。

"你忘在图书馆了。"

顾衍说完，又看了齐溪一眼，放下书，然后转身走了。

齐溪感觉莫名其妙，不过这本 LSAT 真题集此刻倒是让她百感交集，这代表的可是她在图书馆里学习的无数个日夜。

辅导员那一番对话让齐溪此刻心里很乱，她几乎是下意识地翻开了这本真题集，然后一张信纸掉了出来——

给我最爱的齐溪小宝贝。

信纸开头那一行称呼让齐溪简直虎躯一震。

这是……这是情书？

这真题集是顾衍递给自己的，而顾衍刚才还说今天要表白，所以自己竟然是那个倒了血霉的被顾衍喜欢的人？

顾衍竟然喜欢自己？这竟是他给自己的情书？

齐溪整个人都混乱了。

她的心脏剧烈跳动起来，回想着顾衍的那张脸那个身材，难以想象那么高冷的　个人，写起情书来这么肉麻，还"齐溪小宝贝"。

那么问题来了，"齐溪小宝贝"要接受吗？

要不还是拒绝吧，自己和顾衍毕竟有这么多"新仇旧恨"，而且互相也不了解……

但他那个脸蛋和身材是真的不错，次次第一名，智商应该也很高，要不在他身边卧底试试"师夷长技以制夷"？

齐溪在巨大的混乱和紧张里展开了情书，然后整张脸都黑了——

> 我的小宝贝，我对你一见钟情、日思夜想，但苦于不敢表白。如今马上要毕业了，我决定勇敢做自己，向你表白——我爱你，爱你爱得睡不着，脑海里想的都是你，晚上都在脑袋里和你翻云覆雨。
>
> 我的宝贝，我想，你也一定是对我有意思的，不然不会穿那种展现身材的衣服勾引我，在我面前扭。我看到你都走不动路，梦里都是这些东西，为你消得人憔悴，完全睡不好，人都虚了，感觉快被掏空了。
>
> 所以你对我犯下了罪，我将以我的爱，判你为我终身监禁。
>
> 以后不想再被失眠掏空了，希望未来的每一晚，身边都有你。
>
> …………

齐溪简直不敢相信自己的眼睛。

这是情书吗？这叫性骚扰！

这也太恶心了！

她什么时候勾引过他？她穿的那个叫舞蹈服，本身就是贴身勾勒曲线的；也从来没单独在顾衍面前扭过，她那是被迫参加了学院的中秋舞会进行的表演！是在全学院面前的正常文艺表演！

齐溪盯着这封情书最终的署名，"顾衍"两个大字正宣告着她此刻经历的一切并不是因为长期敌视顾衍而做了梦。

没想到顾衍看起来那么高冷正经的一个人，内心居然这么龌龊！这人简直就是"有害垃圾"那个级别的！

"齐溪小宝贝"决定不纠结了，亲自送顾衍进垃圾场。

齐溪深吸了一口气，终于下定了决心。就要上台了，她把那本夹杂着情书的 LSAT 真题集交给了恰好经过的好朋友赵依然，然后把那篇被改到仿佛是辅导员写的讲稿捏成纸团扔进了垃圾桶里。

她希望让所有人看看，女生并不会怯场，也并不总是服从，女生也有自己的思想、自己的意志，女生并不是任何男性的附属品，不是"听话、乖巧、温顺"这样刻板标签下的人偶——

"今天，在进行毕业典礼讲话前，我收到了一封情书，让我决定临时更改中规中矩的演讲稿，临场发挥，和大家讲讲这个社会对女性的偏见和女性与之对抗应当有的力量。"

这是一次大胆的反叛，也是一次临时激愤下的发挥，然而没有哪一次，齐溪觉得自己这么自信过，她不再是永远屈居人后的第二名，而是真真实实的自己。如果说一开始还有些忐忑，但一旦放开讲，齐溪就越讲越流畅，越讲越充满能量了。

"如今法学院里女生的数量明明一直远超男生，可为什么大部分人仍觉得男生更容易成功？我们学校本硕博连读的学姐有多少成功留校了？即便是法学院自身，也在不知不觉践行着就业歧视——招聘的时候男性优先，留校任教男性优先。整个社会需要女性，却又压榨女性，不尊重女性。

"我希望法学院所有的毕业生，不论是女性还是男性，都能为这一份性别平等而战，也请每一位男性知晓，如果你喜欢一个女生，最好的追求是尊重对方，而非进行言语骚扰和物化。"

此刻，万千的目光集中在齐溪身上，学院领导脸色凝重，辅导员一脸快要晕厥过去的样子，但齐溪都不在乎了。

她唯一在乎的是始作俑者顾衍——顾衍正非常专注认真地盯着齐溪。明明他才是最该被谴责的人，结果竟这么肆无忌惮地看着她，脸上甚至一点愧疚和自责都没有。

四年来的委屈，不被承认的压抑，被贴标签、被打压的不忿，以及收到猥琐表白信的屈辱，所有的所有让齐溪只觉得热血沸腾，而她的这一场演讲，也让在座的大部分女生的情绪被点燃，毕业典礼的气氛已近白热化。

而齐溪也终于忍不住，瞪着顾衍，发出了酣畅淋漓的激情痛陈，把这场毕业典礼推向了燃烧般的高潮——

"顾衍，你有权保持暗恋，但是要这样表白就是犯罪了！

"希望你记住，我是你这辈子都追不上的人！法学院的女生，永远不是你能够骚扰的对象！"

她今天就要撕开顾衍衣冠禽兽的皮！

齐溪这番话犹如一滴水滴入了高温的油锅，现场哗然，所有目光都汇聚到了顾衍身上，而齐溪站在台上，等着顾衍惊慌失措、落荒而逃。

然而他并没有。

顾衍只是皱着眉，黑着脸，紧抿着嘴唇。他一句话都没有说，也什么都没有做，只是死死地盯着台上的齐溪。

怎么？她还冤枉他了不成？

他有胆做，还没胆认了？

齐溪镇定自若地在一片混乱的现场里弯腰鞠躬致谢，然后落落大方地走下了台。

台下，赵依然正用一脸"你完了"的绝望表情看着齐溪。

齐溪却觉得相当酣畅淋漓，走下台，坐到了赵依然身边，淡然地拧开矿泉水瓶盖喝了口水："开心点赵依然，我们都毕业了，就算学院领导和辅导员不开心又能怎么样？这就算我青春期最后一次叛逆了，想开点，没什么大不了的！"

赵依然手里还捏着刚才齐溪给她的那本真题集，然而她的双手都开始颤抖了："齐溪，那封情书，你看完了吗？"

"看完了啊！"

"那你再翻开看看背面。"

齐溪有些惊讶："背面还有？"

正面不都已经落款署名了吗？难道顾衍还觉得意犹未尽，在背后又写了几句独白恶心她不成？

齐溪如今刚发表完重要讲话，只觉得神清气爽，当即爽快地把情书翻到了背面，然后她发现了一个可怕的事实。

这封情书确实没写完。

因为在那个表白署名后面，翻到背面还有一行字"的室友张家亮"，所以连在一起，信的署名是：顾衍的室友张家亮。

信并不是顾衍写的，是顾衍的室友张家亮！

敢情她骂错人了！

她怎么刚才就没想过把信翻过来再看看？

齐溪一瞬间快要窒息了。在这种被命运扼住咽喉般的沉重里，她缓缓地转过身体，回头看了一眼坐在她身后不远处的顾衍。

果不其然，顾衍无视了众多探究的目光，他的视线正穿过人群，死死地盯着齐溪。

他的脸仍旧白皙英俊，然而齐溪却觉得此刻他身上都环绕着一股黑山老妖般的索命黑气。

此时此刻，齐溪只觉得眼前一黑，脑门发涨。

赵依然还在一旁添油加醋："你完了，齐溪，你真的完了。这是不共戴天的血海深仇……"

齐溪也知道自己完了。

想想今早出门吃早点时路过天桥碰见的算命道士拉着她滔滔不绝说了一堆专业术语，最后总结说她印堂发黑，恐怕近期有一劫，如今还真被这乌鸦嘴说中了。

她此刻想买通往外太空的站票，然后当夜逃离地球。

齐溪已经不记得自己是如何如坐针毡地结束毕业典礼的，以至于直到正式毕业离开学校后的当晚，她对此前几个小时是如何度过的仍旧有些恍惚。

赵依然坐在齐溪对面。这家伙是齐溪四年的舍友兼同窗好友，信奉的从来是中庸之道，成绩永远只保持中上，司法考试低空通过，完全没有齐溪的争强好胜，工作也是中规中矩地选择了参加公务员考试，如今成功上岸，很快就要进入法院工作。

如今因为齐溪的激情演讲，两人的这顿散伙饭不仅毫无伤感情绪，赵依然还相当亢奋。

"齐溪，我又看到有个链接在传你这段毕业典礼的发言视频呢！"

齐溪生无可恋地喝了口果汁："链接在哪儿？发我。"

"你又要去投诉删帖了？"

"那还能怎么办？等着被顾衍起诉说我侵犯名誉权吗？"一想起这破事，齐溪就脑袋痛，"是我脑子进了水，是我一时冲动铸成大错，我愿意付出一切代价消除影响，承担所有责任，做出补救。"

其实事发后齐溪就想找顾衍道歉，可谁知道毕业典礼后顾衍就不见了，她找不着人，只能给他发微信道歉。结果齐溪写了一长串，发出去等了好久都没有等到他的回复……

因为找顾衍道歉无门，齐溪愤怒之下就堵了始作俑者张家亮，结果面对质问，张家亮这奇葩还振振有词——

"为什么要把表白信夹在真题集里让顾衍带给你？因为我是个害羞内向的人，我喜欢你太久了，连面对你表白都害怕，我怕多看你一眼就会心跳过速。正好那天看到你忘在图书馆的真题集，我就想了个这么浪漫古典的方式，又正好顾衍路过，我就让他带给你咯。电影里不都那么演的吗？少男少女的心事，如果直来直去地传达就不浪漫了，总要有个传话的中间人……"

"至于署名，我这人比较幽默，就是和你开个玩笑卖个关子，让你心情像坐云霄飞车一样，开始以为是顾衍表白，心里失落，最后翻过来才发现是你也喜欢的我，就有一种失而复得的狂喜……"

狂喜你个头！鬼才喜欢你！

她就是喜欢顾衍，也比喜欢这种奇葩强！

齐溪如今回想起来，还觉得气不打一处来。

赵依然同情地拍了拍齐溪："说实话，顾衍只是不回你消息已经很有涵养了，换成一般人，可能都要打你了。"

"打我应该不会。"齐溪心有余悸道，"他不是练泰拳的吗？万一一拳下来没掌握好力度，把我打成轻伤二级，那就足够故意伤害罪的量刑了，到时候变成刑事案件，以后做律师都要被吊销执照……"

但话虽这么说，齐溪也知道，顾衍的涵养真是出奇地好了。

虽然她在学校论坛、微博都发了实名的声明函和道歉信，然而造谣一张嘴辟谣跑断腿，很快帖子就沉了，根本没引发什么热度，一想想当时毕业典礼上那么多人……

自己真是对顾衍犯下了不可饶恕的死罪，顾衍想怎样都可以，就算起诉她也是合理的，齐溪愿意承担一切法律后果。

然而顾衍没有，顾衍什么也没有做，没有接受她的道歉，没有骂她，没有起诉她，甚至也没有主动澄清那些流言。

可她以后还有脸面对顾衍吗？

除了永生不相见，齐溪想不出更好的办法。

大概也是否极泰来，齐溪衰到了极点，终于触底反弹了一次。

她刚又苦恼地喝了一口果汁，手机里"叮"的一声传来了邮件提醒。

齐溪生无可恋地瞥了一眼，邮件主题上那行大大的"congratulations"和发信人信息突然让她心脏狂跳。

这是一封哥伦比亚大学法学院的录取信！

等齐溪颤抖着手最终点开邮件确认了内容，她终于忍不住，几乎从椅子上蹦了起来——

"赵依然，我被哥伦比亚大学法学院的 JD 申请录取了！之前我本来以为没希望了，结果竟然被录取了！"

只有法学院的才知道哥伦比亚大学 JD 的含金量，赵依然当即眼睛也亮了，"天啊！齐溪！你也太猛了！我就说吧，你 LSAT 考试分数高成那逆天模样，GPA 也高，国内司法考试也过了，虽然没有任何工作经验，但我就说了你一定行！恭喜你转正拿到了最终 offer！哥伦比亚大学欸！"

综合来说，能申请到哥伦比亚大学法学院对齐溪而言已经是最好的状况。

而且去 M 国，她就不用面对顾衍了，因为在此前的就业摸底调查里，齐溪记得顾衍填的是直接进律所就业。

只是当齐溪带着对未来的憧憬回家，把这个惊天好消息告诉爸爸时，得到的却不是恭喜和赞美。

齐瑞明不仅没有开心，反而几乎可以用暴跳如雷来形容："不是说好了毕业以后考公务员的吗？你偷偷去考了 LSAT？偷偷去申请了学校？"

"可是爸……"

"你不是答应我考公务员找个朝九晚五的安稳工作吗？我知道公务员考试是千军万马过独木桥，但爸爸也不是一定要你进公检法工作。你要考不上，我在容市日报认识人，给你托托关系，你进去当个法制刊物部的编辑不是问题，平时很轻松，你就复习复习，等明年公考再战。"

又是这些老三套的话。齐溪憋住内心的难受，据理力争道："可我想当律师。如果我能从哥伦比亚大学毕业，不论是在当地就业还是回国就业，进律所都更有竞争力，收入也不会差，能选择的就业平台只会更好——"

齐瑞明没有给齐溪讲完的机会，再次打断了齐溪，这次带了点语重心长："溪溪，你就是个女孩子，女孩子不用活得那么累，轻松点，找个朝九晚五的稳定体面的工作，以后找个好点的对象结婚，未来的任务就是培养下一代，当好贤内助。你看看你妈妈，和你、我一样是容大法学院毕业的，现在的生活不是很轻松开心吗？有哪里不好？"

齐瑞明皱紧了眉头："至于做律师，那是男生做的事。你知道律所工作压力多大吗？爸爸是过来人，真心不想你活得那么累。你看看律所里顶尖合伙人有几个是女的？做律师没你想的那么简单，也要应酬交际，还要会搞人脉拉活儿，你看看爸爸有多忙，你一个女孩子，想过这种生活吗？"

他循循善诱道："你现在就是叶公好龙，等你真当律师了，你会干一行恨一行，何况女的本身在法律逻辑思维上也比男的差。你自己看看，你在法学院四年，哪次考过你们班那个什么顾衍了？你不是每次都被他压一头？学校里是这样，进了社会、职场，只会更是这样。

"外面有大把大把优秀的男律师，比你在学校遇到的更多。你这孩子性格太争强好胜，不够柔软，一进律所，就你这心态，只会加强你的强势性子，未来婚姻生活不会幸福的，爸爸也是为了你好……"

齐瑞明软硬兼施，终于引出了他最终想表达的意思——

"反正，你要去 M 国，我不会给你出钱。"

当初明明说好了，只要自己考上哥伦比亚大学的 JD，他就出学费的！

"可爸爸，你当时说好了……"

"第一，女孩子不用读那么多书，你本科学历够看了；第二，我没这么多钱，留学一年光学费就要很多，那边的生活成本你也知道，爸爸没这么多钱，律师也没你想的那么能赚钱。爸爸也不容易，这么晚我还有个案子材料要准备。"

齐瑞明的态度很坚决，他讲完，还有些恼怒地看了一眼在一边的齐溪的妈妈奚雯："你管管你女儿！女孩子还这么不懂事！"

齐溪总算是明白了，其实从一开始，爸爸就没打算给她出钱去 M 国读书，他当初一口答应，是因为他觉得齐溪根本申请不上哥伦比亚大学的项目。

可爸爸虽然不算是多成功的律师，但也算个小律所的小合伙人，收入支撑她出国留学的学费是没问题的；自己又是独生女，也没别的未成年兄弟姐妹需要花钱了。

齐溪心里充满了委屈和难受，等齐瑞明一走，她就和奚雯诉起苦来："他就是看不起女孩，我要是个儿子，考上哥伦比亚大学的 JD，他就是砸锅卖铁都会让我去上。"

奚雯的声音温和而无奈："溪溪，别和爸爸闹了，他工作压力也大。怪妈妈没用，如果妈妈也有工作，爸爸就不会这么累，也有钱供你读书了。不过爸爸说的也有道理，女孩子安安稳稳是福。"

齐溪甩上门，扑到自己床上，不想再听父母的这些陈词滥调。

国外顶尖的法学院大部分都是私立学校，学费昂贵。像齐溪这样的留学生，本身能被录取都要谢天谢地了，哪里还能奢望什么奖学金，又不像本土学生一样可以申请助学贷款。

齐瑞明的态度让齐溪彻底死心了——她的 JD 梦想怕是要破灭了。

"所以，你收到了这么好的 offer，愣是没法去了？"

齐溪在家里缓了两个礼拜，才终于勉强接受了这惨痛的现实，约了赵依然出来吃饭。

面对赵依然的问题，齐溪无精打采地点了点头："没钱就没话语权。"

"那你怎么办？去你爸安排的法制刊物编辑部？"

"我不去。"齐溪一脸不屈不挠，她是个不服输的人，"我紧急投了简历，现在收到竞合所的 offer 了。反正不能遂了我爸的意，他不看好我当律师，我就偏要当律师。我本科毕业就能收到哥伦比亚大学的 offer，那我再工作两年，履历更好看了，到时候说不定能申请更好的学校，他不出钱，我自己攒钱供自己。"

赵依然一脸佩服："齐溪，你很拉仇恨你知道吗？不是哥伦比亚大学的 offer 就是竞合所的 offer，在你嘴里就像出门随手买把大葱似的，学霸果然为所欲为。"

竞合所是容市相当好的精品所，竞争相当激烈，被竞合所录用，这也是个好消息，可齐溪突然忍不住焦虑起来："顾衍会不会也在竞合所啊？"

"不会不会，你放心吧。"赵依然压低声音道，"之前我听到的最新消息，说顾衍毕业前突然决定去 M 国深造，不打算在国内就业了。之前你也计划要去 M 国，我怕你有心理压力，一直没和你说。"

齐溪有些负罪感："是因为毕业典礼上被我那么污蔑了所以要离开国内这个伤心地吗？"

"没有。听说在毕业典礼之前，他就临时改变主意要出国了。"

还有这等好事？

齐溪灰暗的内心一下子仿佛拨云见日了起来："天助我也！那现在他去 M 国，我留国内，以后大家井水不犯河水，这辈子不用再见了！"

虽然对于顾衍能出国深造有些羡慕嫉妒，但齐溪很快振作起来。

毕竟她对顾衍犯下了滔天的罪孽，这位债主远渡重洋，对她而言也没什么不好的。

怀抱着这份释然，齐溪很快就去竟合所报到了。

"因为你求职申请比较晚，虽然简历各方面都很优秀，但其余几个资深合伙人的团队都招满人了，所以就把你安排给我们一位刚升合伙人的女合伙人顾雪涵。"

人事带着齐溪一边参观律所，一边贴心地解释："顾合伙人很年轻也很有冲劲，是所里升合伙人最年轻的，而且刚组建团队，所以你跟着好好干，未来就是团队里的核心成员。待会儿顾合伙人会和你先见面聊聊。"

齐溪在网上查过顾雪涵的资料，她也是容大法学院毕业的高材生，升合伙人速度可以说绝无仅有；漂亮又干练，一看就是雷厉风行的女强人，虽然刚升成合伙人，但是升合伙人第一年的创收就已经是全所第一，几个法律圈论坛里的人都非常看好她，觉得她未来或许是竟合所里最强的新星。

"我看很多论坛里的人都说顾律师是律政界新一代女神。"齐溪有些憧憬道，"能跟着她工作，一定能学到很多新东西。"

也不知道是不是竟合所的气氛过分正经，齐溪话里带了些微恭维的夸赞让人事愣了愣，对方神情复杂地看了齐溪一眼："喊她'女神'的一定不是竟合所的，不过跟着她，你一定能学到很多东西就是了。进去吧。"

随着人事的喊声，齐溪整理了下仪容，也来不及细想，终于在忐忑和紧张的憧憬里走进了顾雪涵的办公室，然后她就受到了强烈的视觉冲击——顾雪涵比律所官网照片上的还要好看，穿着高级套装，既淡然又优雅。也不知道是不是因为直系学姐的天然好感，齐溪总觉得对方的眉目间有些熟悉的影子，让她天然有种亲近感。

难怪竞合所不叫顾雪涵"女神"，齐溪觉得，对方的容貌和气质是连"女神"两个字都完全无法形容和企及的。

顾雪涵见了齐溪的脸，也有些意外，笑了笑："看来我的团队应该是所里颜值最高的了。齐溪，欢迎加入竞合。"

齐溪不自觉坐直了身体，她从学校进入职场，多少还是有些紧张。

"虽然我手头业务量不小，但我对团队的目标是小而精。此前项目多数是由所里一些没有固定带教律师的律师们合作完成的，这次组建团队，我想手把手带两个新人，算是自己人，除了你之外，另外还有一个男生是我弟弟。不过你可以放心，我在业务以及收入分配上绝对不会徇私……"

所以自己未来的团队同事是老板的弟弟？那可要好好搞好关系了！

齐溪脑海里正想着怎么和对方拉近关系，就听顾雪涵继续道——

"我弟弟和你应该是同学，都是容大法学院今年的应届毕业生。"

同学好啊，她和全班的男同学关系都还行，除了张家亮和顾衍，但张家亮回老家工作了，顾衍出国了。

顾雪涵的弟弟，表弟还是堂弟？如果也姓顾的话，是顾城还是顾益民？

这两个人和自己关系都还可以，至少都是正常的同学关系，没有交恶过。

齐溪心里安定下来，和老同学一个团队工作，她现在有把握自己未来的职场生活应该相当愉快了。

"这几天你先适应下，把入职手续办好，再办个小案子热热身。我弟弟去法院立案了，等他回来之后时间正好差不多，我请你和他一起简单吃个入职欢迎饭。"

顾雪涵喝了口水，然后看向了齐溪，姿态仍旧很优雅："关于你的热身小案子，我有一件事想要请教你。"

齐溪当即严阵以待起来："请教不敢当，您说。"

"你不用紧张，只是一点私事。"顾雪涵笑笑，"你和我弟弟既然是一个学校的，那你知道是谁在毕业典礼上污蔑诽谤他吗？"

"……"齐溪愣了愣，是自己想的那个意思吗？

她瞪着顾雪涵，恍惚觉得自己可能要被送去抢救了。

顾雪涵低头喝了口水，没有注意到齐溪的僵硬，她声音凉飕飕的："作为姐姐，还是一个律师，我必须为我亲弟弟维权。"

顾雪涵说到这里，又看了齐溪一眼，红唇轻启："忘了说，我弟弟是顾衍，也就是你未来的团队同伴。你和他熟吗？"

"……"齐溪确定自己可以宣布抢救失败拉出去直接火化了。

顾衍？顾衍不应该出国了吗！

齐溪还没来得及消化情绪，就听到优雅高冷的顾雪涵表情淡然道："现在，你去调查一下这个女生的姓名、身份证号和联系电话。

"这是交给你的第一份工作——尽职调查。听说有不少人当时录了视频，不过我想去看的时候都被人投诉删除了。你负责去把视频证据找出来取证。"

顾雪涵性格爽快果断，很快就交代完了自己布置的第一个工作："这就是你的第一个案子，先热热身。"

"……"齐溪除了强颜欢笑，已经不知道做什么表情了。

也是这时，办公室的门被推开，一张齐溪觉得这辈子不用再见的脸出现在了门口——

"已经立好案了。另外一个小额贷款合同纠纷的当事人说下午的会议临时需要改一下时间……"

"顾衍，你来得正好，给你介绍下团队里另外的成员，也是你同学，齐溪。"

"……"

齐溪内心已经可以用欲哭无泪来形容了。

自己此刻可真是"不是冤家不聚头，黄泉路上走一走"。

齐溪和顾衍的视线在空中短暂相交，像是两军交战前夕诡异的平静。

齐溪坚强地对顾衍露出了一个展示友好的笑容，而顾衍几乎是立刻沉下了英俊的脸。

顾雪涵却并没有意识到气氛的诡异，还有些感慨："顾衍，既然齐溪也是你同学，你就别瞒了。你受了这么天大的委屈，我问是谁你也不说，还坚决不愿意去起诉对方，你说你怎么回事？你连自己的权利都不去维护，这样子怎么当律师？齐溪你说是不是？"

齐溪哪里敢说是，看着顾衍干笑道："顾衍是一个大度包容又'宰相肚里能撑船'的人，正因为这一点，其实在大学期间我对顾衍就非常佩服，一直把顾衍的大度当成我的学习目标……"

顾雪涵皱起了眉："那换了你，这种事也和顾衍一样能忍？"

齐溪顶着顾衍冷冷的目光，佯装镇定道："可以的，顾律师。我觉得虽然律师要擅长进攻，但大部分时候也要学会隐忍，而且我们还是要得饶人处且饶人。"

顾雪涵有点意外："你们年轻人都这么佛系了？"

齐溪就差双手合十喊一句"爱与和平"了，郑重地点了点头："是的，身体好，心态好，未来也更容易成功。"

顾雪涵不太理解地耸了耸肩："我不知道你们这些小年轻现在都是怎么回事，但反正我不是这种性格。总之就我而言，就算欠我五毛钱，我就是花五十块打官司都要把钱要回来。

"齐溪，你不用有顾虑，大胆地说出那个女同学的名字，我去会会她。"

"您这不正会着呢。"齐溪腹诽。

好在一个客户电话打断了顾雪涵的质问，她很快挥手让齐溪和顾衍出了自己的办公室。

顾衍走在前面，一直冷着脸，一副不理睬齐溪的模样。齐溪没办法，只能主动出击，一把拉住了顾衍的手。

"顾衍……我们要不就让这段往事，随风而逝吧……"齐溪眼巴巴地看着顾衍道，"你的宽容和忍辱负重的大恩大德，我来世做牛做马再报答。大家四年同窗一场，以后又是同事，没有什么隔夜仇，我对你犯下的罪，我愿意承担……"

顾衍看向了齐溪："你怎么承担？"

齐溪可怜巴巴道："我愿意对你做出经济赔偿，上交我每个月工资的大头，你只要给我留一些生活费就好了。"

"当初张家亮那封信，也实在太有迷惑性，不信你看，要是你，你也容易误解。"齐溪说着就调出了手机里那封表白信的照片。

齐溪决定拉顾衍下水："张家亮弄了这种署名，外加你又主动替张家亮送情书，那要我不误解也确实很难吧？你要是不替他送情书，就不会出现这种事了……"

齐溪的暗示很明确，虽然错在自己，但顾衍替张家亮跑腿也有那么点疏忽大意的过错。

顾衍抿着唇，表情非常难看："我如果知道他在你的LSAT真题集里夹了情书，我绝对不会替他递给你。"

"所以你看，你和我其实都是张家亮事件的受害人！"

很好很好，先转移矛盾，大家一起同仇敌忾骂张家亮，这距离一下子就能拉近了！

千穿万穿马屁不穿，齐溪看着顾衍的表情，再接再厉道："其实我一直觉得这世界上没有比你人品更好的人……"

顾衍冷着脸扫了眼齐溪的手机，表情果然更难看了："你这么相信我的人品，怎么信都不看全就认准是我写的？我就算表白，会写这种恶心人的东西？字还这么丑？"

他瞥了一眼齐溪："你什么时候信的？"

齐溪坚强地维持着快坚持不下去的笑容："刚刚。"

顾衍皮笑肉不笑地看了齐溪一眼："好，我姐昨天就说今天来新人了，中午要一起聚餐，那我和她说一下咱们去素菜馆，你不能吃荤。"

"……"

齐溪这次没控制好自己的表情，五官都扭在了一起："顾衍，你行行好。人类进化到食物链顶端，不就是为了吃肉吗？我刚想了下，营养学告诉我们，荤素搭配才是健康饮食。为了有健康的体魄来替你姐姐打工，我决定放下心中执念，还是要吃荤。"

顾衍冷冷道："你可真贴心。"

"我知道之前的事是我罪该万死，都是我的错，但主要因为那天我无意中撞见有女生朝你表白被你拒绝，然后听到你说要表白自己喜欢的女生，才加深了我的误会……"齐溪小心翼翼道，"所以你后来表白成功了吗？"

齐溪提完就后悔了，因为顾衍的表情显然更难看了，这男人死死瞪了她一眼，然后扔出了咬牙切齿的两个字——

"没有。"

齐溪心里也对自己这个愚蠢的问题懊悔至极。想也不用想，她毕业典礼上做了那么激情的一番演讲，谁还敢答应顾衍的表白啊？

她这不仅是坏了顾衍的名声，还毁了他的姻缘啊！

她和顾衍的这个仇，感觉是不太好解了……

顾衍抿紧了嘴唇："齐溪，上班不是用来叙旧的，我很忙，请你不要浪费我的时间，找到你自己的办公桌，离我远点。"

顾衍甩下这句话就冷着脸走到了自己的办公桌前。

很快，齐溪一步一步地走到了顾衍的旁边。

顾衍果然脸色不太好看了："和你说了不要跟着我。"

齐溪讪讪笑了下，然后坐到了他的旁边："只有你边上这个位子是空的，行政刚刚正好安排我就坐这儿的……"

因为最近招聘了不少新人，工位相当紧张，行政最新采购的这批办公桌椅都比较紧凑，工位之间都没有隔板，谁的动作幅度稍微大一点就容易撞到对方的胳膊。

齐溪看着和顾衍之间犹如高中同桌一样的距离，声音也有些干巴巴的无力："对不起，所以最多只能离你这么远了。我会注意的，等一有别的空工位，我就立刻搬走，麻利地离开你的视线……"

顾衍虎着脸，感觉也像是快呼吸困难了，但他最终什么也没说，只抿紧嘴唇，然后埋头看起卷宗来了。

虽然同窗四年，但坦白说，齐溪从没有什么时候和顾衍坐得那么近过，近到自己稍微侧身，就能看到顾衍近在咫尺的侧脸。

办公区的白炽灯打在他的脸上，穿过细碎的头发，在他脸上打出明暗的光影。这只是非常普通的写字楼顶灯，然而却给了齐溪一种错觉——顾衍光是不声不响安静地坐着，都像是被万束灯光照耀着坐在舞台中央。

他的五官有一种凌厉的俊挺，气质正经又清冷，偏偏他的眼睛生得非常有韵味，偶尔看人的时候微微上挑，即便是非常冷淡疏离的表情，也平添了一两分转瞬即逝的难以捉摸的勾人。

顾衍被当成容大法学院的活招牌，脸蛋和脑袋都是真材实料，确实有几把刷子。

虽然心里酸溜溜的，但齐溪也不得不认可星探的目光，还有些埋怨星探的实力——怎么就没成功把顾衍给挖去出道呢？他要是当明星了，她就不用在竞合所里和他大眼瞪小眼了，以后行走法律圈，还少一个竞争对手。

"走了，吃饭去。"

好在终于熬到了中午，顾雪涵结束了客户电话，带着齐溪和顾衍一起找了附近一家环境不错的淮扬菜馆。

暂别了工作状态，顾雪涵身上的凌厉感少了些许，人又恢复到优雅模样，慢条斯理地给齐溪介绍了下竞合所的情况："总之，情况就是这样。你们都过了司法考试，所以第一年在律所就是挂证的实习期，等实习期结束才能正式独立执业。我的业务偏商事，但是作为实习律师，我建议你们什么案子都接触一点，有一些五花八门的民事案件，我也会带着让你们一起做一做。"

顾雪涵笑了下："毕竟你们刚毕业，还是白纸一张，其实自己到底擅长和喜欢什么细分的法律领域还是未知数，所以各类案子都做一做，未来才能找准方向。本身作为实习律师呢，能办的也是小案，相比商事类案子，一些生活类纠纷可能没太大距离感，更贴近你们的生活，会更容易让你们入门。"

她说到这里，看了齐溪一眼："顾衍比你先入职，你们也是同学，总之你以后有什么不会的，也可以问他。"

齐溪满脸堆笑："好的，谢谢顾律师！我会好好向顾衍学习的！他从在学校里就一直是我的榜样，他是永远的第一名，我是永远紧随他身后的第二名，所以每一次都像是顾衍在指引我前进！"

可惜齐溪这番话，注定了是独角戏，顾衍在一旁凉飕飕地喝茶，完全没有给个面子接茬的打算。

他这个样子，连顾雪涵也看不下去了，可惜她刚要开口提点顾衍，顾衍的电话就响了起来。

这男人抿唇站了起来："是之前电话咨询过我们律所业务的一个客户的电话，我接一下。"

顾衍一走，顾雪涵就露出了受不了的表情，看向齐溪："你别理他。他可能是最近被人污蔑，受了比较大的刺激，人有点闷。"

怎么又绕到这件事上了？

比起顾衍，顾衍的姐姐好像更难搞定！毕竟顾衍都没有动作，顾雪涵却成天盯着这事，追根究底。

顾雪涵似乎打算对这个问题穷追不舍，看向齐溪："所以，那个女生到底是谁？视频还能找到吗？"

齐溪抑制住了逃跑的冲动，佯装镇定地解释道："其实毕业典礼那女生发言时候，我正好去上厕所了，等我回来时候她已经讲完了；后来网上的视频您也看到了，都删除了，我确实没看到也不知情。"

"听说那段演讲不是挺长的吗？你都没听到？都在厕所？"

齐溪忍住内心的崩溃平淡道："那天我便秘。"

顾雪涵大概也被齐溪这个答案一下给震慑住了，愣了片刻，才把齐溪面前的雪花牛肉移开，换上了一大盆蔬菜沙拉："律师这行业本来就久坐，你还这么年轻，要注意点身体，今天这顿你就吃素吧。"

齐溪想不到，她靠着自己的努力最终还是成功吃上了素。

顾雪涵又贴心地点了好几个素菜，这才揉了揉眉心，再次把话题移回了工作："竞合所的整体氛围就是这样。顾衍最近可能情绪有点闷，我会尽量提醒他，但他性格本来就叛逆……"

等等，顾衍性格叛逆？

顾衍哪里叛逆了，样样三好生一样的叛逆吗……

大概是看出了齐溪的疑问，顾雪涵耸了耸肩："我刚升合伙人那阵子就劝他毕业后进我团队帮我，结果他死活要去 M 国留学，后来我也决定尊重他的选择，可好不容易申请到那么好的学校了，结果他又转头和我说不去了，准备来律所工作。平时挺稳重的一个人，怎么突然在职业选择这么重大的事情上变得这么有一出是一出了，可能是迟来的叛逆期吧。"

关于这一点，齐溪也是百思不得其解，尤其顾衍家里条件看着不差，姐姐收入颇丰，也很尊重支持他，他并不会因为资金问题才留学梦断。

不过齐溪有点好奇的是："那顾衍拿到的是什么学校的 offer 啊？是读 LLM 还是 JD ？"

"哥伦比亚大学的 JD。"

"……"

这是什么样的孽缘啊？顾衍原本竟然也要去哥伦比亚大学念 JD ？

幸好自己没去！否则在国内被顾衍压着吊打四年还不够，去异国他乡竟然还要被他压着吊打三年吗？

只是刚庆幸完没多久，齐溪又猛然想起，顾衍也没去，两人最终又殊途同归地在同一个律所同一个团队里了。

既生瑜，何生亮？这真是一个悲伤的故事。

"他最近不爱搭理人，你也不要在意。他最近确实比较衰，之前还说如果顺利的话过几天会带女朋友和我一起吃饭，结果就没有然后了。"顾雪涵伤感地说，"可能是被甩了吧，正好又被污蔑，导致性格大变。"

齐溪觉得应该就是自己的锅——顾衍表白失败，生无可恋，所以可能对一切失去兴趣，连对追究她的责任都提不起精神了……

这恋爱连谈都没谈上，简直是比被甩更悲伤的故事。

齐溪心里愧疚，只好主动道："顾律师，那您最近有什么活尽量都安排给我，我多做点，让顾衍轻松点，有时间好好整理收拾下自己的情绪……"

顾雪涵抿了抿唇："你就尽快把污蔑他的女生找出来就行，让他好歹出出气，整天憋着是不行。"

"……"

齐溪的愧疚消失得无影无踪，表情也变得十分僵硬，好在这时，顾衍终于接完电话折返了回来，顾雪涵也把话题绕了回来，给齐溪和顾衍讲了一些新人的注意事项。

这顿午餐没有持续多久，因为顾雪涵的日程排得很满，下午在另一个区还有一个庭要开，她简短地又交代了几句，连甜品都来不及吃就先买了单离开了。

于是餐桌上便只剩下了齐溪和顾衍两人。

顾衍对齐溪还是爱理不理的，但齐溪抱着想要冰释前嫌的心主动热脸贴冷屁股地找话题道："你之前也申请到哥伦比亚大学的 JD 项目啦？我也——"

结果齐溪话还没说完，顾衍就反常而激烈地打断了她："谁和你说的？"

"你姐啊。"齐溪很好奇，"我呢，是因为我家里突然不支持我去，没钱去读所以来工作了。你又是为什么放弃 offer 啊？很可惜呀。"

顾衍皱起了眉，显然不想再多讨论这个问题："突然不想去了。"

还能这样任性？

不过这都不是什么大事，齐溪唯一关心的是——

"那你看，我们以后也是同事了，还是一个团队的伙伴，过去的错误我都承认，未来给我个机会弥补，然后我们还是朋友？"

结果也不知道怎么了，刚才如果顾衍的表情只能算冷淡的话，这下他看向齐溪就有些复杂的咬牙切齿了——

"齐溪，我永远不可能和你做朋友。"

顾衍讲完就冷着脸起了身。

第二章 《顾衍大全》

"你说我和顾衍，还有可能修复感情吗？"

第一天入职，一顿团队聚餐后，齐溪基本就在处理自己的人事档案和手续里度过了，当晚她就回到了和赵依然合租的小公寓。

自从因为留学的事和家里闹脾气后，齐溪就下决心要脱离父母的庇护，自己闯荡一番天地出来；正好赵依然入职的法院和竞合律所都在这附近，赵依然租的二室一厅正好还差个室友，齐溪当即就决定和赵依然合租。

"没可能了。"赵依然满脸同情，"你没发现顾衍就是那种'人狠话不多'的类型吗？现在他都放狠话了，说不可能和你做朋友，我感觉你是彻底没戏了。要不你还是试试攻略你老板吧。同事关系冷淡没事，拍好老板马屁就行。"

齐溪只想仰天流泪，老板是顾衍的亲姐姐，而且看起来比顾衍还难搞，一心还想着帮顾衍替天行道，自己要是身份败露，也不知道会死得多难看。

尤其是在那顿食不下咽的团队午餐结束后，回到竞合所，齐溪才在其余同事们的话里行间知道了顾雪涵真正的人设——他们不叫她"女神"单纯是因为在顾雪涵女神一般的外表下，是一颗女魔头一般的心。

"她一定和你说，她想培养自己的亲信团队才选新人的是吧？其实不是的，是所里别的实习律师都不愿意长期加入她的团队。顾律师创收虽然猛，但她加班就和吃饭喝水一样，年轻人都顶不住啊。"

"在你之前，其实她还招了别的新人进团队，人家干了没几天就申请调到别的律师团队了……"

"她的精力就不是常人能及的。之前那个新人进所时白白嫩嫩的，一个礼拜就熬黄熬干了，倒是顾律师，越发光彩照人。不过可能是体质问题，我看她弟弟进所被她磋磨了这么久，一张脸还是那么好看。难道他俩有什么采补的秘诀？"

"不过齐溪你别担心，你长得这么漂亮，可能可以多熬一阵子才变黄变干。"

这安慰，还不如不安慰。

齐溪一边复述，一边欲哭无泪地看向了赵依然："总之，就是这样，但我就算在这团队里混不下去，也没法调岗，因为别的律师那儿人手都满了。"

因为此前铁了心准备出国，齐溪找工作投简历已经晚了，大部分律所都招满了人，也是运气好才能在竞合所里捡漏拿到 offer。

赵依然听完齐溪的话，只能拍了拍齐溪的肩膀："姐妹，没什么好说的，就节哀，厚葬吧。"

"……"

"不过反正都这样了，你不如厚着脸皮死马当活马医。我觉得你还不如从顾衍入手突破，毕竟顾衍刚进社会，还没他姐那么奸诈，不管怎样，还和你同学四年，总会顾念点情谊吧。你呢，投其所好，平时多买点礼物送他，他有困难就帮他关心他，日积月累，总能修复关系。"

话是这么说，但问题就在这里。

同窗四年，齐溪除了知道顾衍每一次考试、竞赛都是压着自己的第一名之外，对顾衍其实并不了解。

"我都不知道他有什么爱好，他喜欢什么东西……"

赵依然一脸恨铁不成钢："你笨啊，你们总归有些共同的人际关系，你找他的朋友、室友打听呗！再不行你就上学校论坛。你知道全校有多少人迷他吗？甚至还有外校的专门天天蹲我们法学院求偶遇，那些追他的女生有个组织，叫'关爱顾衍协会'，你加进去。

"她们可全能了，有各种关于顾衍的信息，整理了一份叫《顾衍大全》的资料，囊括了顾衍的所有爱好和生活细节。以你的学习能力，你在那个组织里待个一礼拜就能把顾衍给摸透了！"

竟然还有这种组织！

等齐溪抱着手机刷着论坛时，简直像是打开了新世界的大门。

很快，齐溪目瞪口呆地捧着手机控诉道："加入这组织竟然还要做题！"

赵依然一脸淡然："对啊。我的朋友，你真是大学四年除了学习，都不了解下现在的网络世界。现在一些组群要进入全要验证信息，你这要答的题多半是关于顾衍的基本信息之类的吧？"

赵依然说的完全没错，但这题目竟然洋洋洒洒有一百多道，涵盖了顾衍的身高、体重甚至耳垂的大小、脖颈间红痣的位置！

"你还是先做做功课再去答题比较好，否则题目错误率过高，是不会被接纳进组群的。"

齐溪急于和顾衍修复关系，因此没有太在意赵依然的话。不过好运的是，虽然她一问三不知，只是凭本能答题，但大概因为齐溪备注了自己是顾衍的大学同学，她竟然在答完题后立刻就收到了入群邀请。

齐溪一被批准进入组织，几乎立刻直奔主题："请问《顾衍大全》在哪里下载？"

她一发言，群主很快就跳了出来，分享了一个网盘链接给齐溪。

人间自有真情在！虽然顾衍本人挺难搞的，没想到他的粉丝都是这么温柔的小天使！

"我们欢迎真正了解顾衍并且被他的内在吸引的同好，但非常讨厌那种对顾衍一概不知，只是光因为他的脸就肤浅地想认识他、和他谈恋爱的人。对于后者，我们不仅不欢迎，还会重拳出击，教会对方什么是对顾衍的尊重。"

是是是！想不到顾衍的粉丝三观还挺正的！

此刻齐溪内心几乎是感恩戴德了，她沉浸在得救了般的喜悦里，飞速下载了网盘里的《顾衍大全》，然后便开始研究起来。

不得不说，这份大全做得确实相当精美，包含了大量的图册，大部分是街拍，并非出自专业人士的手笔，有些照片甚至有点糊，但是都无损顾衍的颜值。

齐溪虽说和顾衍同学这么久，但也从没好好盯着他的脸专注研究过，如今对着照片细细一看，才发现顾衍这人是有几分姿色。

不过越看顾衍的基本信息，齐溪越是汗颜，刚才入群那些题目，她最起码有百分之八十答错了，比如顾衍的身高是 187cm，并不是她以为的 185cm，他眼睛的颜色也不是纯然的黑色，而是带了点浅棕……

幸好自己备注了是顾衍的大学同学，否则恐怕未必能入群！

不过反正《顾衍大全》到手了，齐溪摩拳擦掌地消化起来。她像考前背诵知识点一样背起顾衍的喜好来——

"最喜欢吃的是香菜、香菇、豆制品。最喜欢米饭，不喜欢面点。喜欢吃甜食，所有的菜里都喜欢放糖，不吃辣。最喜欢巧克力，不喜欢喝牛奶。最喜欢的颜色是粉色，最不喜欢的颜色是黑色。最喜欢的水果是榴梿。最喜欢的音乐是重金属摇滚。业余时不喜欢运动，最喜欢的活动是去图书馆里安静地看书。喜欢金属质感的东西，不喜欢户外和大自然，特别讨厌晒太阳。认为人生的意义不在于过程而在于结果，热爱收集奖牌，认为参与就要赢……"

齐溪越是往下念，越是有些惊愕，原来顾衍的喜好是这样的？自己果然和顾衍不熟，可以说对顾衍真是一点也不了解！

不过，难怪顾衍老是和她抢各种考试和比赛的第一名！这不，两个人的输赢观倒是很契合，没准还是可以惺惺相惜起来的！

看着看着，齐溪发现了一个绝佳的切入点："三天后就是顾衍的生日了！趁着他生日，我给他送个礼，既自然也能展现我的态度！"

赵依然连连点头："其实搞好关系很容易，你就投其所好，顾衍喜欢什么，你就送他什么，喏，就照着《顾衍大全》上写的来就行。"

如今她内忧外患，如果不能把顾衍的马屁拍好，万一他把她告发了，顾雪涵岂不是要抽她的筋扒她的皮？万一顾雪涵的报复心强一点，没准齐溪以后在容市法律圈都混不下去……

光是一想这后果，齐溪就吓出了一身冷汗。

说干就干，她当即就绞尽脑汁开始寻思给顾衍买什么生日礼物好。

买太贵的吧，第一自己没钱，第二也显得太有目的性了。不行不行。

买太便宜的吧，显得有些廉价而且没诚意……

"你就结合他的爱好，买有创意的！最好是特别定制的！让他收了以后忘都忘不掉的！"赵依然一边看社会新闻，一边热情地建议道，"而且最好要能体现你道歉的诚意！"

齐溪想了半天，也没想出什么，直到她试探性地把"创意生日礼物"这几个字打入淘宝搜索框，跳出来的东西突然让她眼前一亮——

金属制品、创意定制、独特难忘，还能展现自己道歉的诚意！又是顾衍喜欢的奖牌形状，就它了！

齐溪激情下单，决定再加钱弄个加急。

她就是怕只有这份创意礼物太过单薄了，毕竟实在是良心价格，刚好最近购物网站搞活动，满200减30，搜索引擎推荐了一款男士领带，抱着凑单的心理，齐溪索性选了一条领带一起付了钱。

创意礼品和男士领带准时送达，正赶上顾衍的生日。

当齐溪把沉甸甸的礼物摆在顾衍办公桌上的时候，果然引起了顾衍的诧异。

他皱了皱眉，目光从案卷里移开，有些戒备地看向了齐溪："这是什么？"

"给你的礼物！顾衍，生日快乐！"

果不其然，是人就喜欢收礼物，顾衍一听这话，愣了愣，脸上肃杀的表情有了明显的缓和。他看了齐溪一眼，然后移开视线看向了桌上齐溪包装好的礼物，声音也放轻缓了："你知道我生日？"

"嗯！"齐溪拼命点头道，"你放心，以后每年你生日，我都给你庆祝！大家都是一个学校毕业出来的，四舍五入就是家人！那你姐姐也是我的家人了！"

齐溪疯狂暗示道："虽然我之前是做了错事，但我希望你知道，我是来加入这个家的，不是来拆散这个家的。家人之间，没有隔夜仇，真做错什么事，一定也要给个机会改正，你说是不是？"

顾衍看着桌上的礼物若有所思，表情看着也没那么冷了，似乎是真的在考虑原谅齐溪的可行性。

"你拆开看看！这份礼物是我按照你的喜好定制的，也代表了我对你的一片心意。"

结果她让顾衍拆礼物，顾衍倒是有些不自然起来，他移开了视线，挺冷静地道："没必要，我回家再拆。"

顾衍说完，就要把齐溪的礼物往桌下放，只是刚提起来，他就有些诧异了："你买了什么这么重？"

"礼重情义重！这沉甸甸的重量，代表的也是我沉甸甸的心意！"

"没必要买很贵的东西。"顾衍的语气虽然还有些冷，但齐溪总觉得他的态度稍微缓和了一些，她和顾衍冰释前嫌就在眼前了。

齐溪诚实道："不贵！你打开看看吧！"

是真的不贵，齐溪才花了七十块不到就包邮了！这创意礼物还不如她随手买的领带贵呢！

顾衍最后被齐溪烦得没办法，抿唇瞪了齐溪一眼，开始拆起礼物来。

当那金光闪闪的颜色亮起，当那醒目的大字出现在顾衍眼前，顾衍的目光和表情，果然都完全凝固了……

顾衍抬起头，语气充满了不可思议和震惊："这是什么东西？"

"你不是喜欢金属制品吗？还喜欢有创意有特色、不走寻常路的，又喜欢奖牌，所以这个东西，不正可以当成奖牌一样悬挂起来吗？"

顾衍大概是太过惊喜，他盯着不锈钢上的一行字整个人仿佛都凝固了。

而循着他的目光，齐溪也看到了不锈钢上那几行醒目的字——

坚固的友情就像不锈钢一样常伴你身边！

生日快乐，顾衍！

来自真诚道歉的齐溪

一般的不锈钢刻字，也就这么几行字，但齐溪这次是真的有诚意了，她手绘了一个蛋糕和讨饶道歉的小人，加钱让商家一起刻在了不锈钢上。

而另一个小礼盒里，正躺着一条纯粉色的领带。

"这个图是我亲手画的！"齐溪热情道，"至于这个领带，我也是挑了觉得你会喜欢的款式和颜色！"

"……"面对这份惊喜，顾衍一下子失去了语言，愣了好半天才看向了齐溪，"你为什么觉得这个领带是我喜欢的颜色？"

那当然，《顾衍大全》上写了，顾衍最喜欢的颜色是粉色！

一个男的喜欢粉色确实是有点少见，不过谁心里还不是个小公主呢？顾衍一定对自己竟然知晓他内心隐秘的喜好感到惊讶吧！

齐溪"深藏功与名"地笑了笑："因为我心里的你，和粉色很配！"

虽然喜欢粉色，但实话说，顾衍平时从没穿过任何粉色或者带粉色元素的衣服，恐怕是碍于世俗的眼光，如今她这样支持他，他一定会感到动容！

理解——这不正是产生友情的最好温床吗？

不过对于齐溪的这份支持，顾衍好像并不是这样想的。

他盯着不锈钢上的字，语气有点咬牙切齿："你觉得我和你能有坚固的友情？"

齐溪小心翼翼道："不能吗？脆弱一点的也行啊……"

齐溪以为顾衍至少会给个面子敷衍下，结果这男人斩钉截铁地回了她两个字："不能。"

顾衍丢下这句话，把齐溪的生日礼物往桌底下一塞，再也不愿意理睬齐溪了。

行行行，做不成朋友，不能就不能吧，那没了友情，好歹大家搞个塑料同事情也是可以的，齐溪觉得她还是得再接再厉融入"家庭"的，否则这两个姓顾的左右环绕，她岂不是各种意义上的腹背受敌？

因为赵依然工作的法院和竞合所离得近，两人午休时找了竞合所下面的一千拉面馆一起聚头。

齐溪出师不利，中午和赵依然约饭时就和她吐起苦水来。可惜赵依然完全沉浸在前几天看完的小说里，趁势推荐了起来："现实打工生活已经这么苦了，午休就看看小说看看剧，转移下注意力，休闲放松下，船到桥头自然直嘛。"

赵依然一边说，一边忍不住就推荐起她沉迷的小说来："这本《逢仙》你一定要看，是艾翔的成名作，难怪能以黑马之势大爆，虽然文笔差了点，但是故事情节反转惊人，人物塑造得非常立体，最重要的是整个立意架构非常宏大，也很有格局，感觉作者本人应该是胸中挺有沟壑的，能把一个架空的仙侠故事写得这么大气，而且最重要的是，虽然他是男作者，但整个故事里的女性角色塑造得有血有肉，完全没有男性凝视那一套。"

赵依然显然已经完全成了艾翔的粉丝："最重要的是，艾翔和他老婆的爱情真是太好嗑了。他是只有高中学历的穷小子，他老婆是高知家庭出来的'白富美'，结果艾翔对她一见钟情，每天写情书，坚持不懈苦追了五年，终于守得云开见月明，如今和老婆有一儿一女了。"

齐溪不太关心文娱圈的东西，但《逢仙》的热门程度连她都知道，这电视剧如今正在热播，因此连带着同名原著也频繁被推荐，每天轮流上热搜。

赵依然对艾翔几乎是赞不绝口："艾翔这个人令人佩服的一点就是特别坚持，对爱情是，对事业也是。他写小说其实写了五六年了，前期几乎没钱，也是这本《逢仙》突然大爆，如今他的事业如日中天，连载的新书《与狼》的影视版权又高价卖掉了，听说成交价是两千万！"

说到这里，赵依然相当惋惜："我怎么大学没写小说呢？没准坚持写几年，也发家致富财务自由了，学法律果然没有前途……"

齐溪倒是没有太动容："那你得有他那样的老婆，家底还可以，又爱他包容他，愿意让自己老公五六年没个正经收入在那边写作，否则你那么写几年，是打算喝西北风过日子吗？"

赵依然瞪了齐溪一眼："你这人怎么一点浪漫细胞也没有？爱和婚姻都是双向奔赴和彼此付出。艾翔现在也终于靠自己努力和老婆过上了神仙眷侣的日子，他即便结婚这么多年了，还是坚持着追他老婆时候的习惯，每天在微博上给老婆写情书。"

齐溪撇了撇嘴："我就关心这两千万他分给他老婆没。写情书有什么好感动的？顾衍要是愿意原谅我，别说情书了，就是认罪书，我也天天给他写啊！他要是分给我一千万，我当场嫁给他！"

齐溪这些话也是郁闷之下的"口嗨"，只是没想到话音刚落，赵依然都还没来得及嘲笑她，对面隔间里就传来了被呛到咳嗽的声音。

大概因为咳得实在太厉害，附近的服务生都被惊动了："先生，您没事吧？"

隔间这男的又咳了会儿，齐溪才听到对方带了点冷感的声音——

"没事。谢谢。"

我的天，竟然是顾衍！

赵依然也听出了对方的身份，只默默地看向表情空白的齐溪。

齐溪此刻觉得已经不能用单纯的"倒霉"来形容自己的人生了。

好在顾衍大概是懒得搭理她，径自吃完面就结账离开了，留下齐溪在巨大的尴尬里食不下咽，体悟谨言慎行的重要性。

不过只要脸皮厚，日子总能过下去，尤其只要有工作填补时间，人就没空想那些乱七八糟的。

午休结束齐溪回了办公室，终于遇上了她工作以来的第一位客户。

准确来说是顾雪涵的客户，只是接待时顾雪涵叫上了齐溪和顾衍。

慢慢接触客户和案件，这也是资深律师带实习律师的正常手段。实习律师从旁听开始，偶尔配合做点录音或者记录工作，并没有真正办案的压力，却可以逐渐介入案子，最终平稳过渡进律师的角色。

顾雪涵这次的客户叫陈湘，是一位长相温婉的女性，看起来二十七八岁，穿着讲究体面。她像是和顾雪涵早就相识，一见面，就笑着朝顾雪涵挥了挥手。

顾雪涵挺干练，也没多余的寒暄："怎么了湘姐？是什么合同纠纷？"

"是我先生的影视合同纠纷。"陈湘从包里拿出了合同复印件，她贴心地准备了多份，给了在场的三人一人一份，"这是他连载的新书的影视版权授权合同。"

影视版权授权合同纠纷？听着还挺有意思。

结果齐溪刚拿起合同看了一眼，就觉得更有意思了，这竟然是作家艾翔的影视版权合同！

所以……眼前这位温婉典雅的女士就是作家艾翔的太太？

陈湘笑了下："这份合同是我先生新书刚开始连载就签下的，当时《逢仙》还没有播出，所以这本新书《与狼》的合同金额也比较普通，但如今《逢仙》播出大爆，接连来问他这本新书《与狼》版权的公司非常多，金额也比此前的成交价高了几倍不止，所以我们想主张这份合同无效。"

可连载新书当时不是就号称是两千万成交的吗？这还金额比较普通吗？

只是等齐溪把合同翻到成交金额的条款部分，这才发现……

"五百万！新闻里不都说是两千万成交的吗？"

面对齐溪的震惊，顾雪涵直接代为做了解释："影视版权成交价格其实算是商业机密，有时候会有些水分。有些作家愿意对外把价格宣传得更高些，以提高自己的身价和行情；有些影视公司呢，也为了把盘子弄大后方便把整个项目倒卖，或者把承制费用拉高，会虚报采购费用，所以对外的宣传口径上价格里常常会有些水分。"

陈湘点了点头："就是这样，不过我先生这本新书《与狼》，目前确实有公司已经出价到了两千万。"

顾雪涵挑了挑眉："所以你想解约？觉得之前五百万出手卖亏了？那对方有违约吗？"

说到这里，陈湘也面露难色："没有违约。但我们算过一笔账，违约的话，根据合同，除了退回足额版权费，还要支付 20% 的影视款作为违约金，这些我们都支付得起，但对方影视公司号称在开发中了，不愿意解约……"

所以就是陈湘的老公想要单方面违约。

毕竟解约退回五百万，再赔付 20% 的违约金，也才总共一百万的违约金，再签两千万的新合同，不仅不亏，还净赚了一千四百万。

顾雪涵点了点头："我懂了，我会代为和对方沟通。你放心，一定会在最优的方案下帮你们解决好解约事宜。但影视版权授权人毕竟是你先生，所以还需要他签一下委托代理协议。"

陈湘看着像是松了口气："那就好。我先生这个星期都在外地出差，你们准备好合同的电子档，我让他直接打印签字后寄回来。对方公司实在是……总之难以沟通，所以我想还是请你们专业人士对接吧。"

陈湘说到这里，有些抱歉："不好意思，我得去接孩子了，后续有什么事请随时联系我。"

陈湘一走，顾雪涵便把与影视公司协调解约的沟通工作交给了齐溪和顾衍："这个案子很简单，你们可以介入，先去和对方沟通下时间，约到律所来，我来谈一下。"

顾雪涵一走，齐溪就看向了顾衍："所以是你去还是我去？"

"你去。"顾衍言简意赅，不愿意多理睬齐溪的模样，"我手头还有别的案子在处理。"

"可是……"齐溪有些紧张，"这完全是陈湘他们不讲契约精神，为了更多钱就不遵守已经生效的合同，我怎么给人家影视公司开这个口？做这种事，肯定是讨骂啊，我怕待会儿打电话被人家一顿喷……"

"那是你的事。"

顾衍扔下这句话，就坐回了座位，并不想再说话的模样。

齐溪没办法，只能硬着头皮拨通了影视公司的电话。

果不其然，她刚提了"解约"两个字，对方就破口大骂起来。齐溪总算懂了为什么这么简单的一个解约事宜，陈湘宁可付律师费也要让别人去沟通，因为对方实在非常粗鄙——

"当初是不是你们求着我签约的？说急着拿了钱去凑首付买房。《与狼》你还没交稿，按理说都没履行完合同义务呢，老子就先给你们打了五百万，让你们把房子给买了，现在房子涨价了，你们又正好赶上《逢仙》播出，走运爆了，就坐地起价了，打算解约卖给别人了？"

陈湘显然之前自己去和对方沟通过，因此几乎是齐溪一开口说是艾翔的律师，影视公司的负责人就炸了，一股脑地把气都撒在了齐溪身上："和你们好说歹说，我找到了业内最一线的团队来承制这个项目，做出来艾翔的 IP（知识产权作品）就能再爆一次，结果你们眼皮子就这么浅，要和老子解约，以为退个五百万再赔个一百万就能打发我？那这半年来是把老子当猴耍？什么好处让你们给占着了？老子就是不同意解约！"

如果说一开始对方的咆哮齐溪还能忍，等对方说出不堪入耳的话时，她就有些撑不住了。

她是从象牙塔第一次入职场的新人，从来在良好有秩序和礼仪的环境里长大，也总以为律师是个体面的工作，这样的羞辱是齐溪此前无论如何也没料到的。

她想要忍住，但是鼻尖的酸涩一路蔓延，很快攻占了她的双眼，那些酸意让她的眼睛里迅速积蓄起了水汽。

对方的咆哮骂声很大，齐溪附近办公区的人都听到了，然而大家似乎都习以为常，还是忙着自己手头的事。

电话那端对方还在发飙，就在齐溪不知道如何是好的时候，一直对齐溪不理不睬的顾衍朝她伸出了手。

他好看的眉微微皱着，言简意赅道："拿来。"

见齐溪愣着没反应，顾衍瞪了她一眼，然后径自拿走了她手里的座机话筒——

"在商言商，合同里既然规定了违约责任，那么我方客户违约后愿意按照合同承担这个责任，从法律上来说就是两清了。你觉得一百万的违约金太少了那是你的事，是你此前订立合同时请的律师不行，才写了仅仅 20% 的违约金，根本没有规定一旦这个 20% 的违约金不足以弥补全部经济损失的情况下，我们客户方还需要承担直接和间接损失的赔偿责任。所以根据合约，一旦我方违约，就只需支付 20% 的违约金。"

顾衍的样子冷酷又镇定："所有合同如果不够专业，就会有法律风险。你自己聘用了不够专业的律师，自己签字履行了有风险的合同，就应该承担相应的后果。至于你说的项目已经开始制作，产生费用成本了，那也是你自己应该拿出证据证明的事，在这里和律师纠缠没有意义。

"最后，以后麻烦嘴巴放干净点。如果你在后续沟通里再对我的同事进行辱骂和人身攻击，我会进行录音并为我的同事维权。"

顾衍说完，才甩出了最后一句："明天上午十点半，竞合律所，请你准时参加，大家友好协商赔偿金额。"

他几乎是一气呵成地说完了这些话，然后也不等对方回复，径自挂了电话。这一连串行云流水的行为把齐溪看得一愣一愣的。

"这就完了？"

顾衍板着脸看向她："不然呢？"

"那万一惹怒了对方，对方明天不来怎么办啊？"

"他会来的。"顾衍抿了抿唇，"如果他不愿意配合走解约手续，几乎可以预料到他这个项目会官司缠身，很难顺利开发，毕竟艾翔的粉丝非常多，战斗力也非常惊人，本身他采购 IP 也是看中了这一点，想借着 IP 热度和粉丝的热情上位。如今他不仅得不到粉丝的助力，还会被庞大的粉丝群体辱骂，最后甚至连六百万的资金都要靠走法院流程拖沓几年才能拿回来。再不甘心，他懂这个利害，也只能来。"

齐溪内心有些混乱和复杂，有些难受道："嗯……我就是没料到律师会被骂成这样……"

"客户正是因为自己不愿意面对面去协商这件事，才交给律师作为中间人代为处理，被对方当事人骂也是律师人生的一部分，否则你怎么赚这个律师费？"

顾衍说完，看了齐溪一眼："而且毕业典礼上你骂我不是挺能的？怎么他骂你，你就一句话都不说了？"

"……"

被顾衍这么一说，齐溪的尴尬又回来了，倒是一点也顾不上委屈了，赧然道："那次是意外，是意外。对不起，顾衍，一万个对不起……这次谢谢你啊，你是好人，替我出头。"

结果话音一落，顾衍就不乐意了，他看起来不太高兴的样子："谁替你出头？是他骂你声音太吵了，吵得我看不进案卷，你别自作多情。"

他说完，看了齐溪的胳膊一眼："越界了，离我远点。"

好的好的，知道了。

齐溪立刻识相地从善如流，把自己的椅子往边上挪了挪，尽可能地远离顾衍。

她发誓，绝不再侵犯顾衍办公桌上的"领空"了！从此要以外交礼仪对待顾衍！

令齐溪意外的是，第二天，那位影视公司的负责人还真的准时出现在了律所，也不再骂骂咧咧。这次对方带了一名律师，终于摆出了在商言商、有事说事的态度。

一涉及谈判，顾雪涵就非常干练。此前她已经和陈湘沟通了陈湘和

艾翔方的底线，雷厉风行地给出了影视公司几种可行的违约赔偿方案
——为了表达主动违约的歉意，陈湘方面愿意在合同约定的数额之外，
再给予对方一定程度的赔偿作为情绪安抚。

影视项目的合作一旦开始，就涉及巨大的投资额，如果项目一开始
推进原著方就有诸多阻挠，等真金白银地投入了再闹起纠纷来恐怕更被
动，因此这一次，影视公司的负责人无奈地接受了对自己最有利的赔偿
方案。

只是临走时，他还是忍不住有些怨气："幸好我刚采购了版权，还没
正式投钱推进，否则要是进度太快，这些损失没准还要我自己承担。

"不过艾翔走不长远的，眼皮子太浅。本来他这个新书的项目，我
已经找好了一线团队操刀制作，虽然影视版权的价格确实不是最高的，
但当时他还没红，我给出的价格以当时来说是非常有诚意的；而且我这
人虽然说话大老粗，但在影视行业混了二十几年了，我找的项目制作和
演员绝对不会差，剧本也打算找知名大编剧，本来就快签约了，他现在
这样一折腾，行了，随便他吧。"

说到这里，他又冷笑道："世上没有不透风的墙，业内如今出得起两
千万这种价格的，我也知道是哪家，只能说，就是泥腿子出身，搞房地
产的老板想当然来投影视，团队里连完整带过一个项目的人也没有。我
看看能帮他把项目开发成什么样。两千万的诱惑是很大，但为了钱完全
没有商业道德进行违约的，我只能说早晚也会栽坑里去。"

双方达成合作时，必然是彼此说尽好话，一旦拆伙，自然是什么难
听的话都能讲。

对此，陈湘并不太在意。虽然是违约方，但她一看就受过良好的教
育，整个人态度都非常温和，对方几次近乎人身攻击的话，她也只是不
断道歉着受下。

齐溪觉得，要不是她这样的态度，影视公司未必能这么快同意解约。

对于此次协商，陈湘显然非常满意，对顾雪涵也是连连道谢："委托
合同我先生签字后今天应该就能寄到律所，留的小齐律师的联系方式。

等后续我会让我先生尽快付律师费，这次真是谢谢你了。"

第一个案子解决得比自己想的顺利多了，齐溪也松了口气。

没过多久，齐溪果然收到了艾翔已经签字的委托协议书快递。

齐溪随意瞥了一眼，然后发现这快递是同城快递。

陈湘不是说艾翔去外地出差了？

……可能是已经回来了吧？

齐溪很快按照所里的流程申请用印把委托协议合同走完了，这才联系陈湘把一式两份的合同中的一份寄回去。

齐溪试探着问道："陈女士，是寄给您还是寄给您先生？"

陈湘在电话那端笑得很温和："你寄给我就行了，他还在外地出差谈合作呢。"

齐溪挂了电话，还是觉得内心有点复杂。

她听赵依然说过一嘴，陈湘原本在大学里当讲师，算是有一份稳定体面的工作，艾翔成名之前，也是这份工作支撑着两个人的生活。可艾翔成名后，有大量的访谈、合作和琐碎工作，于是陈湘便辞职以艾翔助理的身份帮他处理这些琐事，包括平日里的校稿、修改错别字和病句，以及如今出面请律师谈解约等。

不过……艾翔的钱看起来并不像是交给了陈湘。假设他连财政大权也交给了陈湘的话，律师费就不需要得等艾翔"出差"回家后才能给了。

这个案子虽然结束了，但齐溪多少也有点好奇。

午休时间，她便查阅了网上关于艾翔的资料。

"艾翔"自然是笔名，笔名的含义也和妻子有关，取自"爱湘"的谐音。

齐溪翻到了艾翔的微博，发现他微博的内容除了宣传自己的作品外，其余几乎都和妻子有关，包括雷打不动的每天对妻子的一句情话，以及频繁的炫妻晒恩爱。

因为《逢仙》最近的火爆，艾翔也应邀参加了不少出镜访谈，几乎在每一个访谈里，他都忍不住谈起妻子，因此坊间给了他一个"炫妻狂魔"的称号。

也正是因为这点，赵依然觉得嗑到了神仙爱情。

艾翔长得其实并不好看，体重管理也明显因为长期的居家写作而完全放弃了，皮肤黝黑，还有点三角眼，但谈吐说话确实算得上幽默风趣。而他对爱情和妻子的忠贞，不仅为他赢得了大量像赵依然一样的女粉丝，还有大量的男性拥护者从他身上获得了"逆袭走上人生巅峰"的代入感——只要你有有趣的灵魂，就可以吸引美丽的皮囊。

这本来是看着挺美好正面的一个故事，只是齐溪越看艾翔的访谈视频，越是有种不自在感——

"是，我对我太太几乎是百依百顺。我会带她去最贵的顶楼旋转餐厅，准备九百九十九朵玫瑰，还从法国空运了红酒……

"我就希望她不用工作了，因为我现在的收入完全养得起她。

"我其实当时是去应聘了她家小区的物业保安，然后对她一见钟情。当时为了追她，我真的是费了心思，天天写情书，天天蹲在她家门口。她长得好看，也有很多别的追求者，都开豪车那种，我就天天借故不让人家进小区……她开始对我不来电的，一直拒绝我，还警告我说要报警，但最后反正是从了我。"

视频里，主持人笑着打趣艾翔是个"醋王"，底下的评论里也是一片笑哈哈，但齐溪觉得不舒服极了。

艾翔这行为，不就是个骚扰猥琐男吗？怎么因为最终成功了，就洗白成了爱呢？而且他那些炫妻行为，与其说是在夸赞妻子，不如说是在说自己，夸赞的也是自己——自己厉害，即便穷又文化程度不高，还是追求到了"白富美"妻子，自己现在赚钱多，所以给了妻子很多看起来奢侈的浪漫……

然而，陈湘真的需要这些吗？

齐溪总觉得，就陈湘的气质而言，她并不是那种物欲很高或者喜欢高调奢侈生活的人，倒是她眉眼间淡淡的疲惫有些遮不掉，她火急火燎去接孩子的样子还萦绕在齐溪的心间。

也是这时，边上座位拉动的声音引回了齐溪的思绪，是顾衍回来了。

顾衍上午去法院立案，因此也没有参与到陈湘、艾翔的解约谈判中来。

齐溪第一时间向顾衍同步了成功解约的进展，进而便是感谢："顾衍，还是你有办法，对方最后还是十点半准时到的。"

"嗯。"

可惜顾衍没什么太大的反应，他径自坐下打开电脑，一副准备埋头办公的模样。

不过齐溪却发现了一些不一般的东西——从来喜欢穿冷色调衣服的顾衍今天竟然穿了一件粉红色的衬衫！

大部分男生穿淡粉色的衬衫并不好看，然而顾衍却因为他的"高级冷白皮"完全驾驭住了这个颜色。

坦白说，他穿这个粉色衬衫真的非常好看。

齐溪原本想象不出他穿粉色的模样，然而如今一看，她此前溜须拍马说的话竟然成了真："粉色真的很适合你呀顾衍！"

"你无聊不无聊？能不能关注点专业的东西？"

话虽然这么说，齐溪还是敏锐地发现虽然顾衍的声音冷冰冰的，但他的脸色明显好看了一些。

《顾衍大全》诚不欺我，顾衍果然喜欢粉红色，也喜欢自己的喜好被人认可和夸奖！

她此前的一番话看来也不是一点效果也没有！毕竟要是顾衍没听进去自己的夸赞，他能勇敢地做自己，平生第一次穿这种粉色衬衫来上班吗？

可见来自她的鼓励、理解和包容，还是给了顾衍内心莫大的支持。

齐溪的内心充满了再接再厉的激情，"只要功夫深，铁杵磨成针"，顾衍再冷酷再难搞，她天天这么投其所好，还怕最终不能和他和平共处？

顾衍次次第一，但无敌是多么寂寞，要是身边有她这样一个优秀程度不输给他，又能对他古怪的爱好都支持赞同的人，他们岂不是很快能惺惺相惜？

一想到这里，齐溪便掏出了自己刚才午休特意出去买的一整个新鲜榴梿，重重地放在了顾衍的办公桌上："顾衍，这是我特意给你买的！"

大概觉得自己实在太精准地瞄准了他的喜好，掏出榴梿的那一刻，齐溪觉得顾衍的内心是剧烈震动的，因为他的眼神惊愕复杂地盯向了榴梿，沉默了很久才仿佛找回了声音和理智："你买这个什么意思？"

要拉近关系成为好朋友，第一步就是成为同好。但凡两个人喜好相同兴趣相近，总是能很快打成一片。

虽然齐溪并不喜欢榴梿，甚至有点害怕这个味道，但她还是在顾衍的目光里镇定道："因为我最喜欢的水果是榴梿。虽然很多人不喜欢它的味道，但我还是忍不住要把它安利给全宇宙！我相信，一定能找到和我一样喜欢榴梿的人！"

顾衍没有正面回答，只看向了齐溪："你很喜欢榴梿？"他黑亮的眼珠盯着她，"那为什么从没见你在大学吃过？"

虽然齐溪是没在大学吃过榴梿，但瞧顾衍这话说的，仿佛很了解她的一举一动似的。

齐溪干笑道："大学住宿舍呢，你看，现在这榴梿还没开，离得近就能闻到味道，要真开了，还不把舍友给熏倒？而且吃这个东西，就是要有和自己一样喜欢的人陪着吃，才有感觉有气氛，她们都不喜欢，就算不介意这味道，我一个人吃，也很寂寞。"

铺垫得都差不多了，就差最后一击了。

齐溪状若不经意地看向了顾衍："你要喜欢，以后我们可以一起吃榴梿啊！正好一整个一个人吃不完！我平时找不到同好，所以都没什么机会吃！所以顾衍，你喜欢榴梿吗？"

顾衍盯着桌上巨大的榴梿，可能是惊喜得完全说不出话来了，他整个人愣了好一会儿，才重新看向了齐溪，像是憋一样地憋出了两个字："还行。"

齐溪没想到顾衍还挺害羞的，她都说到这份上了，他还这么矜持，面对这么大一个的猫山王特级榴梿，竟然还能坐怀不乱般来个"还行"，说得还那么勉强，装得可真像！

要不是早有《顾衍大全》在手，齐溪还真不一定能识破顾衍的口是心非，真当他多勉强呢。

顾衍盯着榴梿，表情很难以形容，也不知道在想什么。过了片刻，他才转头看向了齐溪："所以这个榴梿要我和你一起吃？"

"不不！不用！我买了两个！还有一个送到我家里了！这个你直接带回家！我们各回各家吃！"

搞什么啊，光是闻到这个榴梿此刻散发出的味道，齐溪就恨不得憋住呼吸，更别说打开吃了，她是完全无法理解顾衍对这类水果的喜好的。

顾衍看向了齐溪："你不是刚才说，一个人吃就感觉到寂寞？"

"我现在找到了同好的你，心里已经不寂寞了！即便不在一个空间里吃，但我心里知道同一座城市里，有个爱榴梿的人也正和我以同样的心情品尝这绝美的榴梿，我就仿佛有了归宿般的感觉！"

顾衍抿唇看向榴梿，然后不说话了。

不过，虽然他的榴梿可以由他一个人独享了，但他的样子却不是太高兴的模样，难道……难道她买小了？

齐溪赶紧补救道："下次你陪我一起去超市，我们搞个更大点的。今天中午是我一个人提回来的，只能搞个小的了。"

一定是嫌自己买小了，顾衍彻底不理她了。

不过顾雪涵的内线电话很快打破了两人之间的沉默——

"有一份合作方的合同，明天就要签署，对方提出要以双语版签约，所以今晚你们必须翻译出英文版。有点急，待会儿邮件给你们，你们两个分一下工，可能稍微加会儿班。"

作为刚工作的实习律师，齐溪还处于满腔精力无处发泄的亢奋状态，如今领了任务，她简直是激情四射——本科里法律英语她学得相当好，对翻译合同简直是自信满满。

这种时候，不正是对顾衍溜须拍马的好机会吗？

齐溪当即看向了顾衍，一脸诚恳道："顾衍，你今晚就正常下班回家休息吧。合同翻译不用你了，交给我一个人就行！你带上榴梿，回家好好享受！"

齐溪话音刚落，顾雪涵的邮件提示信息也到了。

齐溪脸上还带着对顾衍的体贴笑意，然后她随手打开了邮件附件，看到了一份五十页的合同。

齐溪脸上残存的笑意随着对着合同往下看而逐渐凝固。

这五十页的合同并不是一般的模板性条款，这是一份光学仪器批量采购协议，因为涉及仪器的型号和性能，用词都非常专业，光是齐溪看中文都看不懂的"定义"部分，就长达两页纸……

齐溪干笑着看向顾衍："顾衍……要不……"

顾衍也看到了邮件，正平静地看向齐溪："你刚刚不是叫我提前下班？既然这样我先走了。"

齐溪不好意思直接反悔，只能急中生智找了个借口："我看你这个榴梿也太大了，你一个人吃容易上火，我想了想，吃榴梿确实一起吃才有气氛，不如你留下来我们一起吃？"

齐溪不给顾衍拒绝的机会，继续道："不过大家都还没下班，现在吃味道太大了，不如你正好留下来和我一起翻译合同，等晚点同事们走光了我们找个会议室一起吃榴梿。"

齐溪这已经纯属胡诌了，她并没有抱太大希望，然而出乎她的意料，顾衍放下电脑包重新坐回了办公桌："好。"

他没有再看齐溪，但还是轻轻咳了下，像是解释："哦，我爸妈不喜欢吃榴梿，家里吃那个味道太大了，晚点在会议室里可以，吃完通一下风。"

然后顾衍打开了电脑，下载了合同附件："我翻译前面二十五页，你翻译后面二十五页。"

他说到这里，随意地扫了齐溪一眼："反正要等同事都走完，正好没事干，留下顺手翻译下，这样你早点翻译完，早点去开榴梿。"他顿了顿，补充道，"正好我不会开。"

那简直太妙了！

而且虽然听起来每人翻译二十五页很公平，但合同里专业术语的"定义"和专业词汇主要都集中在顾衍负责的前二十五页，后面的二十五页，几乎都是正常的双方权利义务、违约责任、保密协定等常规法律术语和条款。

不得不说，顾衍这个人的工作效率真的非常强，虽然作为对手的时候相当可怕，但一旦成了队友，简直是让人能够安心依靠的存在。

"我扫了下，你后面的条款里也涉及部分专业术语的翻译，正好前面二十五页我都会翻译到，为了合同翻译的统一性，你这些专业术语可以先空着，等我翻译完我这边的，我会统稿；然后我们再交叉检查下各自翻译的部分，顺一下，润色一下。"

齐溪几乎是飞快地比了个"OK"的手势："没问题。"

两个人一旦进入工作状态，倒都是全情投入。

虽然是第一次和顾衍搭配干活，但他们意外地非常有默契，因为两个人的法律英语水平相当，彼此沟通起来也完全没有障碍，效率和速度也差不多。

齐溪以往很讨厌小组学习这类方式，更喜欢自己单干，因为同组成员常常无法那么快地跟上她的速度或者思路，然而这次和顾衍的配合却第一次让她尝到了有同伴的好——两个人一起搭配，很快就把合同都翻译完了。

此时此刻，已经是晚上近九点，所里确实已经没有别的同事了。

虽然齐溪万般不愿意，但她也知道，到了该给顾衍开榴梿的时间了……

榴梿这么"臭"，齐溪不喜欢吃，但她都说了自己也喜欢榴梿，而且说好了翻译好两个人一起分享……

齐溪只能佯装出开心，硬着头皮抱起了巨大的榴梿往会议室去：

"走，顾衍，是时候享受人生啦！快乐的榴梿时光开始啦！"

顾衍大概是翻译得太过投入，专业词汇的翻译让他有点累了，一下子也没反应过来，等看清齐溪手上的榴梿时，人看上去甚至还有点恍惚。

虽然恍惚，顾衍还是跟着齐溪走进了会议室。

齐溪费了九牛二虎之力用水果刀撬开了榴梿，几乎是一打开，难以形容的味道就飘散满了整个会议室，齐溪几乎是靠着强大的意志力才堪堪维持了波澜不惊的表情，甚至还坚强地朝顾衍挤出了笑，试图再次以共同爱好套近乎："顾衍，闻到这熟悉的香味，我的心情都立刻好起来啦！其实真的不理解为什么有人会不喜欢榴梿，实在是太好吃了，不过以后都有你和我一起分享吃榴梿的快乐了，我们以后算是同好啦！"

但可能只是一个榴梿还不足以收买冷酷的顾衍，这男人面对他最爱的榴梿，脸上竟然面无表情，然而他微微皱起的眉头，还是泄露了他的情绪波动，他像是竭力在忍耐着什么。

还用说吗？这一定是在忍耐着那份面对美味的巨大快乐和满足！

顾衍真是一个不愿意面对自己内心真实欲望的人啊！

面对这么大个成熟的榴梿，还搞什么泰山崩于前而面不改色那套，不就是为了传递给齐溪一个理念——他不会因为一个榴梿的收买就轻易原谅她吗？

不过这都不是事儿。

齐溪憋着气，自信地想，一个榴梿不行，那就两个，两个不行，那就三个。只要她坚持，不行的话每周一个榴梿，还怕顾衍最终不对榴梿袒露出自己真实的感情？

她一边想，一边当即就取出了最大的一块榴梿肉，放在一次性餐盘里递给了顾衍："来！最大的这块给你！"

大概因为齐溪的主动示好，顾衍端着榴梿，眼神似乎更幽深复杂了，仔细分辨一下，似乎还有点……有点生无可恋？

所以是因为"伸手不打笑脸人"，面对齐溪此刻的榴梿攻势，虽然内心不想原谅她，但饶是顾衍也会觉得有点不好意思？

对齐溪的仇恨和此刻对齐溪同样热爱榴梿的惺惺相惜之下，让顾衍纠结到都有点生无可恋了？

看起来她这一步真的走对了。

为了融入这个新团队，齐溪觉得，自己此刻所做的一切牺牲，都是值得的。

她这样想着，便也切了一大块榴梿，当即在顾衍复杂的神色里，憋着气，装出了极度的快乐，大口吃下了榴梿肉。

那一瞬间，齐溪眼泪都要下来了。

顾衍愣了愣，他还没吃，只是看向了齐溪："你怎么像是要哭了？不好吃？"

齐溪双眼含着泪："好吃！怎么会不好吃？太好吃了！简直是人间美味！一想到这次还有人陪我吃，我差一点就要高兴哭了！"

救救她吧……这味也太冲了吧……怎么吃进嘴里还这么难闻呢，她这嘴回家刷刷牙还能要吗……

然而在顾衍的视线下，齐溪生怕被他看出破绽，开始激情演绎她对榴梿的爱："吃了让人还想吃！根本停不下来！"

她怎么会买这么大一个榴梿？下次一定买个小的……

皇天不负有心人，齐溪这番表现可能终于让顾衍放下了心防，彻底认可了她也是他的榴梿同好，顾衍才低下头看着他手里的榴梿，然后像是做了极大的心理建设一样，迈出了原谅齐溪的第一步——他吃了一口齐溪买的榴梿。

好！万里长征迈出第一步！

齐溪憋着嘴里难以下咽的口感，恨不得当场给顾衍鼓掌。

很快，顾衍在难以形容的复杂神色里，又吃了第二口、第三口……

只不过，大概是他太喜欢榴梿了，又很久没有吃过，齐溪第一次发现顾衍吃东西会这么快，快得都称得上狼吞虎咽了，要知道，他可是一贯以吃东西慢条斯理的优雅被众多女生视为绅士的。

看来她买的这个榴梿，品质很不错，完全符合顾衍的口味！瞧他吃得多快，仿佛连嚼也没嚼就囫囵吞下去了。

这让做出巨大牺牲的齐溪稍感安慰，她继续强颜欢笑地和顾衍一起吃起榴梿来了。

等把大部分榴梿解决，齐溪觉得自己的味觉和嗅觉离坏死也只有一步之遥了。

顾衍也吃了不少，只是他整个人看起来并没有因为吃榴梿而精神百倍，反倒是像惨遭蹂躏，相当疲惫。

大概还是之前翻译太累了，今天这二十五页的专业术语翻译，还真的多亏顾衍了！

她看向了顾衍："榴梿好吃吗？"

顾衍像是缓了片刻才看向了窗外，表情还有些恍惚，然后才憋出了两个字："还行。"

口是心非啊！

齐溪想了想，觉得自己下次还是要多买几次榴梿犒劳一下顾衍。

再忍辱负重几次，齐溪觉得自己很快就能和顾衍做朋友了。

第三章　不会分手

吃完榴梿通完风，等和顾衍收拾完离开律所，已经是晚上十点了。

齐溪嘴里都是榴梿味，憋得难受，决定去楼下便利店买点口香糖。

顾衍也没走，只看了齐溪一眼，然后跟着她进了便利店。

"你不用陪着我……你可以先走呀。"

顾衍瞥了齐溪一眼："便利店你开的？"

"……"行吧，是她自作多情了。

这个点的便利店已经没什么人，店员也有些昏昏欲睡，齐溪拿完口香糖，正在顺手挑选零食，就听见店门被再次推开的声音。

她下意识顺着声音扫了眼，然后看到了一双有点熟悉的眼睛——一双微微下垂的三角眼。

来人戴着口罩和帽子，皮肤有些黑，身材微胖，然而跟着他进来的女性，即便也同样戴着口罩，也能看出是肤白貌美的，那逆天的大长腿踩着细跟高跟鞋，比同行的男人高出了一个头。

对方很快地挑选了什么东西就低头离开了，全程并没有很亲密的肢体动作，但齐溪明显从两人偶尔的对视里感觉出了暧昧不明的情态。

这男人为什么看着这么熟悉？

直到对方付钱离开，齐溪才恍然大悟。

她知道为什么觉得眼熟了！刚才那个男的，不正是此刻应该身在外地的艾翔吗？齐溪没多久前才因为好奇查过对方的资料，看过对方的访谈，难怪会觉得那么眼熟。

原本应该出差的艾翔深夜和陌生女子出现在这里，怎么想都很微妙。

齐溪很快把这一发现分享给了顾衍："你说艾翔是不是出轨了？我好替陈湘担心，之前收到快递的时候其实我就感觉怪怪的，但一直在纠结要不要暗示一下陈湘……"

顾衍虽然号称要来便利店买东西，但是挑了半天也没见他拿了什么，听了齐溪的话只淡淡道："夫妻之间偶尔也有些秘密，也需要空间。他或许是忙小说项目或者撒了善意的谎言，就算刚才和一个长得很好看身材很好的女人一起来便利店，但也没有什么铁证能说明那两个人有不清不楚的关系。"

这正是齐溪犹豫的地方，毕竟自己也是捕风捉影。

但……齐溪良心上还是有些过意不去，她总觉得，艾翔的成功一大半是陈湘的牺牲成就的。

正在犹豫间，顾衍似乎决定好要买什么了，齐溪看着他走到了收银台，和店员说了一句，然后齐溪就眼睁睁看着店员给顾衍递了一盒避孕套。

顾衍大半夜来买避孕套？

他不是喜欢的女生没追上，还是单身吗？一下子夜生活都这么丰富了？怎么连避孕套都买上了？

齐溪瞪大眼睛看向了顾衍："所以后来你追上那个女生了？误会解除了？如果还有必要的话，我可以当面和她解释，为你进一步正名！这样一定能加速增进你们的感情！"

结果不提还好，一提，顾衍大概又想起毕业典礼上的一幕，脸当即就不好看了："不用了，误会已经解除了。"

原来解除了啊！那太好了！

只要顾衍恋爱生活顺心，齐溪和他恢复友好关系岂不是指日可待了？

结果齐溪还没来得及恭喜顾衍成功脱单，就见顾衍抬了抬眼皮，面无表情道："她知道是误会，但她还是不喜欢我。"

……这就有点惨了。

齐溪小心翼翼道："那你买这个……不是要深夜买醉放纵自己吧？"

顾衍沉下了脸，露出相当无语的表情："你以为我买这个是因为谁？"

齐溪不怕死地追问道："因为谁啊？"

顾衍没好气道："因为你。"

这不太行吧……顾衍这是什么意思啊，这男人在暗示点什么东西啊？

齐溪刚处在巨大的震惊中，就听顾衍继续道："我对店员说，我要和刚才那男的买一样的东西。"

齐溪愣了愣，这才反应过来："所以店员给了你这个？"

"嗯。店员以为我是脸皮薄、不好意思开口要的年轻人，所以没怀疑，直接给了我这个。"

原来如此！

所以艾翔刚才买的是避孕套！那么齐溪的猜测没有错，艾翔确实出轨了。

顾衍点了下头："你现在可以确认了，他确实有问题。"

齐溪真心实意道："顾衍，你也太机智了吧！"

结果齐溪这么一夸，顾衍就阴阳怪气上了："刚才不还说我要放纵自己？"

这一定是追人没追上的迁怒了……

齐溪当即同仇敌忾地拍了拍顾衍的肩："既然关于毕业典礼的误会都解除了，这女的还没答应你的表白，那可见这人眼光不怎么样，恐怕是个瞎的。"

顾衍看了齐溪一眼："嗯。"

他竟然难得地同意了齐溪的观点！安慰感情受挫的朋友，这可是感情升华的一大途径，齐溪当即再接再厉道："没事的顾衍，你长得这么一表人才，未来前途无量，换一个吧，下一个更乖！"

可惜齐溪错误预计了失恋男人翻脸的速度，刚还和齐溪一起骂对方眼光不好呢，结果此刻顾衍又迁怒起来了。

他瞪了齐溪一眼："我就不换，你管得着吗？"

他说完，把一盒避孕套利落地扔进了垃圾桶，然后黑着脸走了。

齐溪简直惊呆了，顾衍这人怎么这么固执？追不上那还能怎么样？行吧，不换就不换！反正撞南墙的人又不是她！

齐溪很快就忘记了这个小插曲，因为她开始想怎么提醒陈湘比较合适。

也是巧，第二天，陈湘因为此前解约流程的成功推进拿了自己手工制作的一些饼干来送给顾雪涵。因为顾雪涵出去开庭了，就由齐溪接待了她。

两个人聊了些无关痛痒的话题，见陈湘打算走，齐溪才拿出了今早紧急从书店买来的书："陈女士，能麻烦艾翔老师给我签个名吗？我朋友是艾翔老师的铁粉，希望能有个'to 签'。"

陈湘不疑有他，笑着应下了。

齐溪也回了个笑容，然后状若自然道："其实昨晚我和我朋友在楼下意外撞见艾翔老师了，但是当时太紧张了，没想起来找他当场要个签名，幸好今天您来了，就麻烦您把书带给艾翔老师了。"

陈湘这下果然皱起了眉："你昨晚看到他了？"

"嗯，就在楼下的便利店。他可能是刚结束工作吧，还带着一个工作人员，买了东西立刻就走了。"

陈湘脸上的表情果然凝重了起来："他带的是女的还是男的？"

齐溪笑了下："是女性工作人员。"

陈湘的脸色已经很难看了，但她还是很得体地朝齐溪笑了下，但样子已经很勉强："那估计是他的助理，昨晚可能是赶稿吧。"

只是齐溪明显能感觉到，说这话时陈湘已经有些维系不住表面的宁静了。

她是个聪明人，齐溪把这事装作并不知情的意外点到为止，就足够引起她的注意了。楼下的便利店有 24 小时监控，她真要查，绝对能查到线索；她要不想查，那齐溪并不知情般的提示也保全了她的脸面，她也可以继续睁一只眼闭一只眼。

很快，事实证明，陈湘并不能对此睁一只眼闭一只眼，因为三天后她重新回到了竞合所，约见了顾雪涵："艾翔出轨了，我要离婚，希望你们能为我争取尽可能多的财产。"

陈湘脸色苍白疲惫，一下子像苍老了十几岁，眼睛里都是怨恨和不甘："他能有今天，都是因为我，那本《逢仙》的世界观，也是我做的。他写感情戏不行，所以男主角的感情线几乎都是我搭建的，几个大受好评的女性角色也都是我设定的，结果他竟然这样对我。明明他没钱的时候对我百依百顺，现在竟然在我眼皮底下出轨。"

看得出来艾翔的事对她的打击非常大，因此原本一向冷静克制的人，如今絮絮叨叨控诉着这段婚姻里的不如意。

陈湘红着眼圈："你们知道他和谁出轨了吗？是我的一个高中学妹！竟然是我自己引狼入室！

"这个学妹是偏远农村来的，家境不好，成绩也很一般，但长得不错，所以报考了艺校。只是艺校里漂亮的女孩多了去了，她并不出挑，因此毕业后也没什么大的机会，只是跑些小龙套，日子过得挺拮据。我从高中就一直有资助她，看她毕业后这样，也一直想帮帮她。"

陈湘提及这事，还十分痛苦："艾翔的《逢仙》影视化，当时开机后导演对剧本不满意，临时找不到可靠的编剧，所以让艾翔进了组跟组写剧本，他也是因为这样认识了一些影视圈的朋友。我想着既然他有点人脉，那就让他帮我学妹引荐一下。最后也挺巧，《逢仙》原定的女三临时档期排不开，就让我那个学妹演了。

"我一来是想提携下学妹，觉得她不容易，有机会就帮衬点；二来是觉得剧组环境复杂，我要带孩子也不能跟着艾翔一起，让学妹在身边也能盯着他点。"

陈湘说到这里，眼泪终于滚了下来："我是死也没想到，她竟然是个白眼狼，监守自盗起来了，跟组编剧辛苦，我让她多照顾照顾艾翔，没想到她照顾到床上去了。"

齐溪很同情陈湘，试图安慰，然而顾雪涵却非常冷静地打断了陈湘："女人遭遇出轨，抱怨和哭诉不会改变现状，有这个时间，不如我们来梳理一下艾翔所有的资产名目，好在离婚时争取先机进行分割。"

"我们共有两套房产，但这两套都是我家里出的首付，登记在两个人名下，早年还贷的钱也都是我出的，也就《逢仙》火了以后，他才一起还贷，要分割的话只有我被分走钱的份……"

"那他新书的影视版权收入呢？"

之前那个影视公司明明说艾翔拿了钱买房，房价还涨了呀。

陈湘低下了头："那是买在他父母名下的全款房，因为当时第三套契税高……"

顾雪涵又问了艾翔别的收入，可惜陈湘连他手头到底有多少流动资金都不知情，只知道他开了个工作室，说要创业，还要和影视公司以版权入股的形式投资自己的影视项目，但对工作室的账目和资金流向完全没有掌控。

不过陈湘很快拿出了一个U盘："自从怀疑艾翔出轨以后，我就在家里装了监控，拍到了艾翔趁我不在把我学妹带回家里卿卿我我的视频。这足够证明他出轨了，证明他是婚姻过错方，可以让他净身出户吧？"

别说顾雪涵了，就连齐溪都想叹一口气。

你连对方的财产明细都不知道，谈什么净身出户呢？更何况……

"一方出轨判决离婚时确实可以酌情考虑少分财产，但是这完全看法官的认知。有些法官认为，虽然出轨了，但是出轨方是财产的主要贡献人，那么几乎不会判决出轨方少分的。比如全职太太和富商，婚内财产几乎都是富商工作收入得来的，因为出轨就判决富商少分财产甚至不分财产，这会被认为是不公正的，所以很多时候，法官还是会按照五五分的比例来判决。"

陈湘一听，倒也没有大受打击的模样，只是有些咬牙切齿："我不分钱都没事，我当初就根本不是图他的钱，是图他对我好！我不要钱，我就想要他们受到惩罚，我想让他痛苦，我想去发帖曝光这对狗男女！我想让他的粉丝看看他是什么人！"

"一个男人对你没感情了，背着你出轨，你再怎么曝光他，对他而言影响都只是一时的。互联网上每天有那么多奇葩故事，很快舆论就会有新的讨论热点，他完全可以靠时间洗白。而你手里唯一的谈判筹码可以说目前就是这份他出轨的证据，你把自己的牌这么快出完了，如果曝光的时候没想好要什么，那这场离婚分割案里你就已经失去所有的主动权了。你老公大可以想着反正被曝光了，那就躺平吧。"

顾雪涵循循善诱道："唯一能报复一个男人的，就是让他损钱失名，就是离婚分走他所有能分走的财产，让他知道不守婚姻契约就是这种下场。"

顾雪涵的声音冷静而理智："你为了一个男人要死要活不会让他记住，只有带走这个男人的钱，他才能记你一辈子。男人可比女人现实得多，你就算现在拿刀把你学妹刺死，或者带着你和他共同的孩子跳楼自杀，你老公是会痛苦一阵子，但只要他有钱，他很快会遇到新的女人生新的孩子。妻子、情人、孩子，没什么是不可代替的，对男人来说，最不可代替的是他的钱和他自己。"

也不知道陈湘最后听没听进去，总之，她和顾雪涵签署了委托代理合同，希望顾雪涵能跟进这起离婚案，并争取帮她多分割财产。

陈湘一走，顾雪涵就给齐溪和顾衍分配了任务："根据陈湘已有的线索，你们再去查查艾翔的其余收入情况，尤其是从他的出轨对象着手。艾翔不少钱应该花在了那女人身上，这钱是属于婚后财产的，只要有证据，陈湘是可以要回属于自己的那一半的。"

对顾雪涵而言，这或许只是她经手的那么多案子里相当普通的一个，然而对齐溪而言，却是人生里非常正式的第一个案子。

她非常重视这个案子，顾衍也同样如此。

两个人几乎是比拼一样地外出调查取证，终于在一个礼拜后，向顾雪涵交出了满意的答卷——

"这是我们整合后梳理的艾翔的资产，包括他的版税，还有他给那个女人买的一套房和一辆车，但是关于他工作室的营收信息很难拿到。一旦陈湘提出离婚，艾翔一定会把工作室的利润做亏，不仅不愿意分割这部分财产，甚至可能会炮制债务，到时候我们可能需要专业的审计团队入驻，争取这部分的权益。"

顾雪涵看了眼齐溪和顾衍提交上来的清单，点了点头："做得不错。那我问问你们，如果模拟下后续的操作，你们要如何处理？尤其是陈湘取证的那段出轨视频，你们打算怎么用？"

齐溪想了想，先行做了回答："如今我们已经在力所能及的范围内，排摸了艾翔所有的财产，那么接着陈湘就可以找艾翔摊牌，要求离婚和分割财产。因为她手里有艾翔出轨的视频证据，他出轨是铁板钉钉的，一旦谈判中他不愿意对财产做出让步，那么只能走起诉流程。虽然法院判决时对出轨方只是酌情少分财产，但是至少视频可以证明艾翔是过错方，我们可以竭力争取更多的财产分割。"

顾雪涵点了点头："你这算是中规中矩的处理方式。那顾衍，你有什么要补充的吗？"

顾衍看向了顾雪涵："我觉得同时还可以起诉艾翔的出轨对象，当然，取证的难度很大。这类案件中，能胜诉的都是出轨方愿意回归家庭配合原配妻子，提供当初给出轨对象金钱的流水明细和打款证明，原配妻子才得以胜诉的，一旦艾翔不配合，我们胜诉的概率不大；但起诉她至少能让她自乱阵脚，把她拖进诉讼的流程里，她不得不分心请律师周旋。被拉扯进负面情绪里，大概率她会开始和艾翔闹，艾翔有可能为了她在财产分割上让步，以换取原配放过对出轨对象的纠缠。"

顾雪涵笑了下："作为新人，你们两个能想到的处理方式都还不错。尤其是这份财产明细，可见你们还是花了功夫的。"然而顾雪涵没有再说自己会如何处理，她只是看了下手表，"陈湘马上会来，我会和她沟通方案。"

几乎是顾雪涵话音刚落，前台的电话就来了——陈湘已经到了。

顾雪涵带着齐溪和顾衍进入了会议室。

顾雪涵从来干净利落，向陈湘展示了取证得来的财产清单。然后就在齐溪以为她会把齐溪和顾衍刚才的方案阐述给陈湘时，顾雪涵却只是笑了笑，然后向陈湘提供了完全不同的一个方案："配合你在自己家里合法取证的监控视频，以及艾翔签订的影视版权合同，我们完全可以不进入诉讼繁杂的流程，仅仅通过谈判，最终达成你能分割到大部分财产的协议离婚方案。"

别说齐溪，就连顾衍此刻也微微讶异地瞪大了眼睛。

顾雪涵这不是在吹牛吧？都说了律师不可以对客户夸大所能达成的案件结果，仅仅通过这些证据，男人到离婚这一步，撕破脸皮可是很难看的，才不会顾及情谊或者自己是过错方就对财产分割进行让步。

然而顾雪涵却相当自信，在齐溪和顾衍不敢置信的目光里，拿出了陈湘此前补充提供的《逢仙》的影视授权合同复印件："注意看第十五条违约责任这里，'签署本合同至首轮播出完毕之前，如果乙方作者出现犯罪、违法、违反公序良俗、黄赌毒、婚外情、第三者等严重违反社会道德的负面新闻，或出现违反国家新闻出版广播电影电视总局的有关规定的行为，导致自身声誉、形象受到负面评价，给甲方、授权作品、改编作品造成负面影响的，甲方公司有权解除合同并要求乙方作者退还授权许可费，并赔偿甲方公司及影视项目投资方的所有经济损失，包括但不限于改编作品的总投资金额、维权律师成本等'。"

顾雪涵势在必得地笑了笑："如今《逢仙》正在热播，这时候如果你以这段出轨视频公开谴责艾翔婚内出轨品德败坏，并且出轨方还是在

《逢仙》中饰演女三的演员，按照如今广电对失德艺人的管理，外加艾翔作为一个知名宠妻人设的作者，出轨对他带来的负面影响恐怕是很大的，绝对会对《逢仙》的播出造成负面影响。这时候影视公司如果索赔，你觉得艾翔吃得消吗？

"何况他只要未来还要吃写作这碗饭，如果口碑彻底坏了，未来的项目是否授权得出去？或者就算能授权，影视方也一定会评估他的负面新闻带来的风险，势必会对他的版权价格进行压价，有些甚至会为此解约索赔，总之，对他的影响是空前的。"

顾雪涵讲到这里，看向了陈湘："你卡在《逢仙》播完之前去找他谈判，只要我们律师介入，会把握好谈判尺度，不会涉及敲诈勒索，绝对可以围绕这个条款，让艾翔不得不让步共同财产的分割，以保全他未来的发展。"

顾雪涵娓娓道来，一席话让齐溪和顾衍都有种恍然大悟的感受。

法律维权是一个系统性的工作，所有割裂的证据糅杂起来，或许都能成为推动性的关键逻辑链。

因为《逢仙》这个影视合同早在几年前就签署完毕，当时的收入艾翔也早就用于工作室注资和购买登记在自己父母名下的房产，因此不论齐溪还是顾衍，都没有想过再关注这笔钱和合同，而是全盯着工作室近期的财务账本问题去思考了。

齐溪只想到了站在陈湘的立场，用陈湘所有可用的力量去对抗艾翔，却没想到借力——个人和个人的对抗里，尤其婚姻中永远很难做到彻底性碾压，尤其是其中有钱的一方早就有针对性地做过财产隐匿等举动，另一方很难是对手，但如果引入资本方，借着资本方的力量去对抗另一方，那简直是事半功倍的。

顾雪涵望着齐溪和顾衍："做《逢仙》的这家影视公司，前两年刚因为一个主演失德违法，导致一个上亿投资的项目最终无法播出；当初影视合同里都没有让主演艺人签署这些违约条款，因此这上亿的投资损失就只能自己打掉牙齿和血吞了。但所有公司都只会跌倒一次，一旦吃了某方面的苦，未来合同里对这方面的条款规定就会越发苛刻。所以我留意了下《逢仙》的合同，果然发现了这个对我们有利的条款。"

齐溪的心里升腾起了对顾雪涵的崇拜和佩服。

顾雪涵能这么年轻就升为合伙人，是真的有两把刷子的。

对顾雪涵另辟蹊径的方案，齐溪非常雀跃，因为她这个方案绝对能给陈湘争取到最大的权益。

这本来是个绝好的消息，陈湘也显得有些意外。

顾雪涵笑了下："所以，要按照这个推进吗？没问题的话我们随时可以推进和艾翔的谈判。"

大概到底是多年的感情，陈湘事到临头反倒是有了一些犹豫："等我再考虑两天，谈判之前毕竟孩子这边的情绪和安排也要顾及……"

陈湘在齐溪给出暗示后，离婚、要求查清财产明细都很主动，虽然最后有些犹豫，但齐溪从没想过三天后她再来竞合所，态度却是天差地别了。

"顾律师……你们做得很好、很专业，但我……"

顾雪涵挺耐心："你还有什么顾虑吗？"

陈湘嗫嚅了片刻，但最终还是鼓起勇气说出了自己最终的决定："我不打算离婚了。"

顾雪涵表情很镇定，然而齐溪却彻底愣住了。

这是什么峰回路转的发展？最初表现得完全不能接受艾翔出轨的不正是陈湘吗？怎么才过了几天，她的态度就有了过山车式的转变？

顾衍也顿了顿，显然也和齐溪一样意外，他皱着眉问道："艾翔打算回归家庭了？"

一说起这个，陈湘的表情就很痛苦："我没忍住，质问了他，没想到他一点也没觉得愧疚，反而很肆无忌惮，告诉我他就是对我没感情了，我要离就离，钱和房可以稍微多给我一点，孩子他也一个都不要，可以给抚养费。目前的共同财产，我看他都是愿意放弃的，只要我签署保密协议，不曝光他们出轨的行径，还和我说好聚好散，给孩子一个体面。"

既然对方都肯主动谈判了，还表现出了让步，这本来是好事啊。

"他不是真的心中有愧才愿意说房子、钱稍微多给我一点，而是因为他这个《逢仙》的项目热度目前还在持续上升，他目前的 IP 价格水涨船高，甚至有不少影视公司愿意高价预定他还没写的小说，但他为了防止这些成为婚内共同财产，都拒绝了签约要求，只等着和我离婚分割完现有的明面上的那些财产，然后和那个女人结婚，之后再光明正大地签一个个高价的影视合约。"

陈湘原本是个温婉的女人，如今脸上却是扭曲和仇恨："他想得美！他急着摆脱我，我偏不让，我就要耗死他。他从一文不值到现在大红，都是我默默付出和投资的结果，现在我转身离开，拱手把自己打下的江山让给来收割胜利果实的其他女人，没门！"

齐溪终于有些忍不住了："可他明显对你已经没有感情了，这段婚姻已经名存实亡了……"

"只要我在一天，我那个白眼狼学妹就别想上位，这样她就不是他名正言顺的妻子，他再对我没感情，还不是只能喊我老婆，只能在微博晒和我的恩爱？我就要让这个女人没有名分，这辈子没办法光明正大地和他有关系！我也绝对不会放任他们两个把我甩开，把艾翔后续高价的影视版权收益正大光明地变成他们的婚后财产！"

陈湘还是按照顾雪涵团队付出的劳动成果支付了律师费用，也最终恢复了得体的模样，感谢了顾雪涵一行人的帮助，但她自己显然主意已定，是坚决不打算离婚了。

陈湘离开竞合所的时候是齐溪去送的。她看着眼前如斗鸡一般精神不正常又亢奋的陈湘，想起一开始陈湘温婉优雅的模样，心里是难以形容的难受。

陈湘在艾翔身上已经浪费了近十年的青春，但如果及时止损，至少下一个十年，下下个十年，都还可以有自己的人生。和漫长的人生相比，陈湘多年轻啊……

这是何必！

然而对于白忙活一场，顾雪涵反倒很是淡然。她看了眼明显因为这案子戛然而止而有些失落的齐溪和顾衍，语重心长："习惯就好。很多民事纠纷的当事人，都可能在律师做了大量前期工作后要求撤回起诉的，其中最常见的就是婚姻纠纷，很可能一开始都提着菜刀互砍了，结果一到法院两人就抱头痛哭回忆往昔了。

"做律师，就要做好当事人随时可能反悔的准备。陈湘至少是个支付了前期费用的好客户，多的是客户因为改变主意不离婚，直接赖掉律师费一分也不愿意支付的呢。"

顾雪涵很快就转头忙自己另外的案子了，但齐溪还是有些遗憾和失落，她转头看向了顾衍："顾衍，你说为什么陈湘就不愿意离婚呢？听起来她这个举动是耗死艾翔，可被捆绑在一段没有爱只有背叛和伤害的婚姻里，何尝不是也耗死了自己？"

顾衍收好笔记本，眼神低垂："耗死他只是她的一个自我安慰和对外说辞，其实她是对他还有期待，对婚姻也没彻底死心吧，所以不愿意放手，尤其不愿意接受对方真的已经不爱自己了这个事实，更不能接受离婚后对方就会和出轨对象开展新的生活。所以她嘴上说着是为了耗死对方，实际是自己有执念。要是真的想要报复对方，她也不会把自己这样搭进去。"

齐溪不明白了："可离开一个渣男或者渣女，不应该是很容易的吗？毕竟渣男对陈湘也不好，财政大权也没交给她，繁杂的育儿工作也是甩给她的，出轨后摊牌离婚时甚至一个孩子的抚养权都不争夺，可见对孩子的投资也很少，估计和孩子相处少，也没什么感情，最重要的是，如今心和身体都不在陈湘那里了……"

顾衍抿了抿唇："没有你说的那么容易。"

一般而言，女性才更容易在这个时候共情被背叛的妻子，但顾衍这番话倒像是很感同身受的样子……

几乎是突然的一个激灵，齐溪终于反应过来顾衍为什么这么敏感细腻了——可不是感同身受吗？

他不是喜欢一个女的，结果女的不喜欢他，他还要继续喜欢人家吗？

这可不是和陈湘的心态有些相似吗？明知道应该死心，但就是不愿意放手，自己耗死自己……

这听着实在有些悲情和可怜了。

一瞬间，齐溪看顾衍的眼神都忍不住怜爱了："你就这么喜欢她啊？"

顾衍愣了愣，然后大概是想到齐溪说的是自己喜欢的女生，他的睫毛垂下来，避开了齐溪的眼神，抿紧了嘴唇："工作时间别谈这种无关的话题。我先走了，你收拾一下会议室。"

他说完就转身走了。

顾衍的态度越这样，齐溪心里的焦虑就越严重。

她总觉得自己是有罪的，毕竟就算澄清了误会，但顾衍这个糟糕的口碑还是拜自己所赐，人家女生可能先入为主受了影响也难说。

何况顾衍失恋了就不快乐，顾衍不快乐就会想迁怒，那找什么迁怒？自然是成天在他眼前晃荡的毁了他清誉的齐溪。

齐溪想想顾衍，再想想顾雪涵，感觉前有狼后有虎，这日子着实不太好过，尤其明天周五，顾雪涵会分别找她和顾衍谈话，梳理一周来的工作完成情况，并一对一给出一些工作建议和指导。

哎，自己还是得加把劲，齐溪想了想，赶紧从网上又下单了一个榴梿，今天下班前争取再套路下顾衍，舍命陪君子，一起再吃一次榴梿！交情都是吃榴梿吃出来的！

齐溪觉得自己都快渐渐适应榴梿的味道了，第二天起床她想起昨天的一顿榴梿，顾衍恐怕和自己的关系又近了一步，整个人都对未来再次充满期待起来。

只是她没想到，这期待很快就破灭了。

顾雪涵找完顾衍单独谈话，就轮到了齐溪："因为你们是新人，每个人对案件的适应能力和处理能力不同，所以我也会调整分配给你们的工作量。先说说入职以来你的工作安排和对我交办任务的处理情况。"

其实入职以来，顾雪涵交办的多数是零星的任务，包括修改合同、帮忙解答顾雪涵常年法律顾问单位的法律问题，以及帮顾雪涵梳理案件的基本案情，整理证据和证据名录等，这些事项齐溪都保质保量地很快完成了，陈湘的案子因为她决定不离婚也算告一段落，齐溪手头唯一没完成的……就是顾衍的那个名誉侵权案了。

果不其然，顾雪涵也想了起来："哦，还有顾衍毕业典礼那个事，你打算怎么处理？"

齐溪心跳如鼓，但还是决定另辟蹊径，垂死挣扎："顾律师，名誉权侵权是自诉案件，只有顾衍本人才是适格原告。虽然您是他的姐姐，但是顾衍本人不想追究的话，光是我们想给他维权其实也没用……"

比起顾衍，顾衍的姐姐好像更难搞定！毕竟顾衍都没有动作，顾雪涵却仿佛准备盯着这事追根究底。

齐溪心里一下子闪过了好几个方案，比如顾雪涵发现后大发雷霆要把自己逐出团队，她就靠着榴梿之情，跪求顾衍来替她求情……要是顾衍不同意，她就答应承包他这辈子的榴梿。

结果齐溪脑子里乱七八糟地想了一堆，顾雪涵听了她的话，却只是轻笑了下："恭喜你，通过了我给你的第一个小考验。"

啊？

在齐溪诧异的目光里，顾雪涵挑眉看了齐溪一眼："我当然知道名誉侵权案是自诉案件，我再想替顾衍维权也没有用。

"但通过这个事，我只是想告诉你，很多新人会对老板的话通盘接受，即便老板说的东西里有低级的原则性错误，但因为老板滤镜的存在或者基于对权威的服从而不愿意去指出上级犯的错误，就盲目地接收了错误的信息。"

顾雪涵喝了口茶："这是我给你上的第一课。我虽然是你的带教律师，但是我未来也会犯错，甚至可能会犯很多低级错误，之后我们的合作里，一旦你发现这样的问题，一定要及时地指出，我也随时欢迎你们的这种指正。"

原来如此！齐溪几乎是内心感激涕零地松了口气。

顾雪涵抿唇笑了下："不过，那个女生到底是谁？"

"……您不是说不打算帮顾衍维权了吗？"

顾雪涵的表情优雅而冷静："哦，除了考考你外，帮他维权这个理由比较冠冕堂皇，我也想看看是谁把他骂成了这个样子。让你找视频也不是真的要取证，我就是好奇，想看看他当时是什么表情。顾衍遭遇这种事还挺难得的，我留个念吧。"

"……"

"所以，那个视频还能找到吗？"

"……"齐溪有点震惊，顾衍真的是顾雪涵的亲弟弟吗？

顾雪涵大概知道齐溪心中所想，却毫不在意："顾衍是成年人了，未来又是从事法律行业的，他自己是独立的个体，有能力判断要做什么，既然他不想追究，也不想澄清，那只要自己能承担这个后果和责任，我也不会干涉。"

齐溪小心翼翼地试探道："那如果以后被你发现那个女生是谁，你会不会为顾衍伸张正义啊？"

"我不会。"顾雪涵想也没想就干脆道，"我就想看看是什么厉害角色，能让顾衍吃了这么大的亏还全身而退。我从小和顾衍一起长大，仗着自己大他几岁想欺压他也没一次成功的。"

齐溪想：您还是不要知道了，厉害角色本人正在您面前晃荡呢，也就是一条菜狗罢了。

好在顾雪涵也确实并不打算纠结顾衍的话题，很快又转回了主题。她简单点评了齐溪入职以来的工作表现，并指出了几个细节上的小注意点，鼓励齐溪再接再厉。

虽然只是短短半小时的谈话，但齐溪从顾雪涵的办公室出来，只觉得自己仿佛是一个刑满释放人员，如今已经改造成功，从此以后晴空万里，就剩下好好做人了。

顾雪涵并不会盯着毕业典礼演讲的事不放，那齐溪腹背受敌的情况大有缓解，如今只需要"团结、紧张、严肃、活泼"地好好和顾衍培养"社会主义同事情"了，搞定了顾衍，只要顾衍不去告状，她在顾雪涵眼里就是一个正直上进的好青年。

齐溪的心情顿时大好。这天午休，她正准备好好研究下《民法典》里的一些专家解读，结果她爸的电话就来了。

齐瑞明自从拒绝支付齐溪去 M 国学习生活的费用后，齐溪就和他冷战起来。她也是憋着一股劲，从家里搬出来并且进了竞合所工作，如今见了爸爸的电话，心里说不高兴是假的，毕竟是父女，没有隔夜仇，想必爸爸最终也能想明白理解自己，尊重自己的职业选择。

"溪溪，进了律所后是不是很忙？今晚空吗？"

见爸爸关心自己，齐溪的态度也软化了下来："今晚空的。整体都还行，刚进来，很多事情还没上手，其实挺空的，大量的时间可以用来自我学习……"

作为实习律师，刚在进行从学生到律师的过渡，齐溪其实有很多感悟想和齐瑞明分享，不过齐瑞明看起来很忙："爸爸马上还有个会议要开，今晚一起吃个饭，待会儿我把地址和时间发你。"

虽然有些失落，但齐溪多少还是期待的，虽然爸爸创立的只是个小律所，但毕竟是律所合伙人，他人肯定是忙的，但即便这样还能匀出晚上时间好好当面聊，可见爸爸对自己还是重视的。

很快，齐瑞明把晚餐的地址和时间就发来了，是一家挺出名的餐厅，齐溪心里那点不痛快彻底烟消云散了。这档次，可见爸爸还是上心的。齐溪如今也做了律师，觉得和爸爸更有共同话题了，晚上一定能聊得很开心，然后冰释前嫌。

以往每次家庭聚餐，齐瑞明永远是行色匆匆迟到的一个，然而齐溪没料到，等她下班后赶到餐厅，发现齐瑞明竟然先到了。

可惜齐溪还没来得及感动，就发现齐瑞明还带了一个年龄和齐瑞明相仿的中年男人以及一个和齐溪差不多年纪的年轻男人。

"溪溪，快来见见你李伯伯，还有他的儿子李陈新。你们两个差不多年纪，我寻思着你正好刚工作也不太忙，多结交结交同龄朋友也好，就一起约着吃个饭。"齐瑞明笑得开怀，"李伯伯是爸爸的大客户，平时我们熟得很，这次我们两家人一起认识认识，下次你就和陈新单独约就行了。我们老一辈和你们年轻人毕竟关注点都不一样，兴趣爱好也跟不上你们年轻人，我们就只知道聊点工作，哈哈哈，你们共同话题才多。陈新是澳大利亚回来的，一表人才，你有什么事啊，可以多请教他。"

齐瑞明心情看起来大好，但齐溪的心情就完全相反了。

就是再笨她也看出来了，今晚他根本不是找她聊工作学习的，他也没耐心倾听齐溪的生活"工作"感悟。

说到底，他脑子里还是那一套封建糟粕——女孩不需要追求事业，早早找个好人家结婚生子才是正途。

她才刚刚毕业，齐瑞明就已经开始给她张罗起相亲来了！

果不其然，没聊两句，齐瑞明和所谓的李伯伯就找了个工作上要忙的借口提前溜走了，包厢里便只剩下了齐溪和李陈新。

坦白说，李陈新长得不算丑，甚至也很自来熟，并不会冷场，但——

"你去过国外吗？没去过？哦，那有点 pity 哦，我每年都会 travel abroad，上个月刚去了 Alaska，前几天刚从 LA 回来。可惜没早点认识你，不然我就给你在那边带个 gift 了。你有喜欢的 brand 吗？

"我最近在研究车，前几天去试驾了朋友的法拉利，觉得那个马达声音太吵了，还是暂时不买了。"

…………

这男人热衷的话题齐溪一点兴趣也没有，她勉强维持着礼貌的笑，不时应付一下，结果对方滔滔不绝，压根儿没给齐溪讲话的机会，并且看起来对齐溪相当满意，听着都快以齐溪的男朋友自居了。

好不容易插上嘴，齐溪的求生欲很强："不好意思，我去一下洗手间。"

几乎是一离开包厢，齐溪就躲进洗手间给赵依然电话求助："你五分钟后给我打个电话！"

赵依然从善如流，齐溪整理了下仪容回了包厢，五分钟后，电话准时响起。

齐溪一脸柔情蜜意地对着电话唱起了独角戏："啊？你要来接我哦？行，那我等你哦。"

她挂了电话，抱歉地看向了李陈新："不好意思，我男朋友马上会来接我，有点事，我先走啦。"

一般人说到这个地步，对方会立马接收到婉拒的信息，也不再强求，以一种比较礼貌安全的方式结束这次的乌龙相亲。

可惜齐溪没想到，这个李陈新并不是一般人，齐溪挂了电话，他却并不让齐溪离开。这男人堵住了包厢的门，晃动着自己的超跑钥匙，满脸写满了自信和了然："你刚才出去，是找朋友给你打电话装样子了吗？我知道你和我之间家庭差距还是有一点大的，不属于一个阶层了，但不必用这种方式试探我，也没必要因为这样没安全感。你放心，我对女朋友都很好，不会在意你是不是高攀了，所以不用装有男朋友来刺激我。我在感情里从来是掌握主动权的那一个，我讨厌别人给我制定规则或者步调。"

"……"

见过自我感觉良好的，没见过这么自找感觉良好的，齐溪没法子，只能偷偷给赵依然再发信息求助："你有熟悉的男性朋友吗？能找一个来假扮我男朋友接我下吗？好让这男的从源头上死心！我快受够了！"

可惜赵依然爱莫能助："我熟悉的男的你也知道，就我弟，今年十三岁，就算姐弟恋，和你这年龄差也太惊世骇俗了……"

齐溪没死心，又问了几个自觉关系还可以的男同学，可惜不是出差去外地了，就是有别的事走不开。

她翻了一圈好友，就在快要绝望之际，突然福至心灵般地想到——这不是有顾衍吗？

如果没记错，今晚顾衍有个合同要临时加班改，恐怕这时候还在所里呢，离这餐厅不远！

虽然并不抱太大希望，但抱着死马当活马医的心态，齐溪又号称要去洗手间溜出了包厢，然后给顾衍打了电话——

"顾衍……"

结果齐溪话还没说，顾衍那边的拒绝倒是先来了："今晚不吃榴梿。"这男人像是生怕齐溪去破费一般，几乎是飞快地补充道，"我自己已经吃过了。"

这对榴梿的爱也太过头了吧！怎么什么事都能想到榴梿啊！

她才不是要和他讲榴梿的事呢！

齐溪清了清嗓子："行行行，榴梿今晚不吃，明天再吃。我就是今晚有个忙想请你帮下。"

顾衍的声音重新冷静下来："什么事？"

虽然挺糗的，但齐溪还是简单讲述了下自己的窘境，然后求助道："你能来假扮一下我男朋友救救我吗？"

大概是这个请求真的太过奇葩，电话那端顾衍的声音听起来果然不高兴起来："所以你在相亲？"

"要是不方便就算了……"

"方便。"

好在就在齐溪觉得求救无望之际，顾衍答应了她的请求。这男人相当雷厉风行："地址发我。"

竞合所离齐溪的用餐地点虽说不远，但一路上红绿灯相当多，这个点又是堵车高峰期，按照预估，顾衍最快也要二十分钟左右才能到，然而十分钟后，齐溪就接到了顾衍的电话："到了，出来。"

齐溪心里几乎是充满了感恩，转头看向了还在自我吹嘘的李陈新："不好意思，我男朋友来接我了。我们之后约好一起看电影，就不和你聊啦，这次认识你很愉快。"

直接再次对对方强调自己有男朋友明显不合适，毕竟李陈新已经表示不信齐溪的说辞了，齐溪要是再说什么，对方没准不仅觉得空口无凭，还觉得齐溪是过分娇情。如今这样顺其自然地引出自己非单身真的有男友来接，既不太驳对方的面子，照顾了对方的情绪，又确实能取信于对方，再恰当不过了。

听闻齐溪有男朋友来接，李陈新果然愣了愣。他有些意外，但到底也是聪明人，很快就有些了然："你爸不知道？"

"嗯。"齐溪笑了下，信口雌黄道，"还没告诉我爸，刚谈的。"

"既然刚谈，感情也不深，你要不分手跟我吧。"

不等齐溪婉拒，有一个冷硬的男声便替她做了回答："不会分手。"

齐溪回头，看到了顾衍的脸。

他的声音还带了点喘息，像是刚跑过步运动过的样子，但意外地显得非常性感。

他身高腿长，此刻还穿着因为今天跟着顾雪涵去开庭而换上的西装，显得挺拔又充满了精英范，只可惜这位精英脸色有些沉，模样冷峻，拒人于千里之外。

哇！顾衍也太给力了！这一秒入戏的能力！齐溪就差给顾衍拍手了。

顾衍都这么讲道义了，齐溪自然也从善如流。她像是颇为娇羞般地笑了下，然后就蹦跳着走到了顾衍身边，挽住了他的手，然后抱歉地看向了李陈新："不好意思，可能给你添麻烦了，这顿饭我来请吧。"

李陈新用带有敌意的眼神看向了顾衍，然后看了眼齐溪："不用了，我来买单吧。这家店对普通工薪阶层而言很贵，但对我而言没什么。"

顾衍面无表情地打断了李陈新的炫耀："我已经买过单了。"

李陈新显然非常不悦，又一次拦住了齐溪，有点皮笑肉不笑的模样：

"这个时间点，打车挺难的，我开车了，我送你们吧。"

顾衍一点也没退却，冷冷道："不用，我也有车。"

顾衍说完，看了齐溪一眼："走了，不要在这里浪费时间。"

第四章 来接你回家

齐溪就这样被顾衍带出了餐厅。

齐溪一出餐厅门，松了一大口气："对了顾衍，你的车呢？"

顾衍的样子挺镇定，他抿了抿唇："停得比较远。"

齐溪不疑有他，毕竟这边的停车位确实都停满了，她就这样跟着顾衍沿着熙熙攘攘的街道走着。餐厅内整个气氛都确实带了种昂贵的意味，但齐溪直到站在热闹而普通的大街上，才觉得能真正地自由呼吸。

不过顾衍这车好像真的停得有些远，齐溪一路从繁华的金融街都快走到了小巷口，才终于听到了顾衍的声音："到了。"

齐溪望着根本容不下一辆车通过的小巷口："啊？车呢？"

然后她就看着顾衍冷静地走到电动车和自行车的停车棚，然后掏出钥匙，镇定自若地打开了一辆自行车的车锁。

顾衍冷静地瞥了一眼齐溪："车不就在你眼前？"

"……"

……也没说错，确实是车。

齐溪目瞪口呆道："所以你是骑自行车来的？"

"嗯。"

可如果是骑自行车，从竞合所到这餐厅，怎么也要花上个十五分钟，顾衍是怎么做到十分钟就到了？

可能是骑很快吧，毕竟腿长……

虽然顾衍的自行车有后座，但齐溪还是有些不好意思坐。她正好刚收到顾雪涵的邮件要她加急研究一个无形资产入股比例问题，也打算去竞合所里，于是打算和顾衍一起走过去。

结果顾衍皱了皱眉："上车。"

"这不太好吧……要不还是你推着车，我跟你一起散步走回去？正好当消消食，平时坐办公室太多了，多走走有利于身体健康。"

可惜顾衍并不买账，他只是言简意赅道："我赶时间。"顾衍抿了抿唇，"还有合同要改。"

这么一说，齐溪立刻就愧疚起来，要不是自己请求顾衍临时来帮忙，他也不至于加班中途还出门，说不定合同都改完了。

难怪刚才从律所赶过来只用了十分钟！这还不是为了早点结束好回去工作吗？

这下齐溪也不纠结好不好意思了，直接蹦上了顾衍的自行车后座。顾衍没说话，只是骑了起来。

虽然穿了西装，然而顾衍身上还是带了非常强烈的少年人气息，既有点成熟的韵味，又没有褪去青葱干净的大男孩模样，因此西装和自行车这样的搭配竟然也完全不突兀，甚至还挺别有风韵的。

对于这一切，坐在自行车后座上的齐溪后知后觉，但路人频繁投射来的目光最终还是让她感知到了这一事实——在所有人眼里，顾衍都是很帅的，即便骑着自行车都很英俊。

只不过明明赶时间，刚才他骑过来的时候也挺快的，可这回程的路，顾衍的车速并不快，甚至可以说很慢，慢到齐溪都有些忍不住了："你不是赶时间吗？"

"嗯。"

"可你过来的时候只用了十分钟，现在已经过了十分钟了，我们离所里的路好像还剩三分之二……"

面对齐溪的疑问，顾衍相当冷静："我来的时候后座没有你。"

这男人不怕死地补充道："你觉得你很轻吗？"

……顾衍，你礼貌吗？

但不得不说，这样慢悠悠地坐在自行车后座，看着这座城市流光溢彩的夜晚，看着身边笑着走过的人群，还有偶尔拂过脸颊的夜风和空气里传来的街边糖炒栗子的香味，以及冰激凌车的音乐，齐溪觉得心情是放松而愉悦的。

这才是她喜欢的触手可及、普通平凡又热热闹闹的生活。

齐溪突然内心就有些感慨，忍不住由衷道："谢谢你啊顾衍，谢谢你今晚还特意赶过来给我解围。"

齐溪以为顾衍会懒得理睬自己的，然而没想到顾衍竟然还接话了，只可惜内容差点把齐溪给气死："我不是来给你解围的。"

这男人理直气壮道："你作为团队的一员，如果刚开始工作没多久就谈恋爱，那我的工作压力岂不是会更大？"

是是是，齐溪翻了个白眼，刚想反驳，结果齐瑞明的电话就来了。

齐瑞明大概是听说了今晚相亲的后续，有些生气："溪溪，你今晚怎么回事？你这样爸爸很难做。"

齐溪懒得论理，只坚称道："我有男朋友了爸爸，麻烦你不要擅自给我介绍对象了。"

"你那男朋友家里什么背景条件的？和你门当户对吗？多半是你学校的同学吧。爸爸劝你一句，你还年轻，学校的爱情顶不住现实的压力，女孩子的婚恋嫁娶还是要听父母的建议。爸爸这边给你介绍的肯定是爸爸给你物色把关过的，李陈新你要没有眼缘也就算了。现在这边还有个爸爸的客户，目前爸爸已经在为他们家企业做辅助 IPO 上市了，他的儿子孟凯正好比你大三岁，下次你们一起吃个饭。"

齐溪有点厌烦："爸！我和你说了！我有男朋友了！"

"我知道我知道。"齐瑞明这是铁了心打算曲线救国了,他的语气不容分说,"但年轻人多认识点朋友没问题吧?而且你和你那男朋友就一定能走到底?你多认识优秀的男青年,有了对比才能发现你那学校里交的男朋友不怎么样。"

"爸爸先不和你说了,我这还有个局,总之今天李陈新没眼缘就算了,明晚孟凯你见一下。"

齐瑞明身后的背景音很嘈杂,他像以往一样,下达完指令,很快就挂了电话,留齐溪一个人对着手机生气。

因为齐瑞明的声音太大了,这通电话,顾衍也都听得一清二楚,这让齐溪很尴尬。

顾衍倒是没说什么,只是继续骑车,但等过了一条马路转了个弯,这男人到底没忍住,语气也挺阴阳怪气的:"你相亲局倒是挺多的,今晚忙完,明晚又要去了,明晚要失败了,后天是不是再继续?"

也不怪顾衍有意见,作为新手,顾雪涵安排工作常常让齐溪和顾衍两人一组,齐溪即便不是主动的,但要是每晚都要被迫去相亲,顾衍肯定有意见……

齐溪觉得自己完全能理解顾衍。

"我也不想去的,但那是我爸客户,完全不去,他也不好收场。"齐溪一边说着一边倒是灵机一动,想出了个办法,"要不这样,明天我就去晃一下,你呢,到时候我给你发信息,你就中途给我打个电话,我好谎称有事要走,万一再遇到今晚那个那么纠缠的,你就过来接我一下?"

"最近我手头的工作确实有点多。"顾衍看起来像是深思熟虑了一番,然后他像是勉为其难答应了齐溪的请求,"但我工作效率很高,所以稍微浪费一点时间问题不大。"

顾衍这人,其实还挺上路子的!

齐溪当即感恩道:"明天我就请你吃榴梿!"

顾衍这人倒是不邀功,几乎是当即拒绝了齐溪:"不用。"

他飞快道："不用请我吃榴梿了。同学和同事之间，不需要这么客气。"

那太好了！

一个猫山王榴梿说实话也不便宜，齐溪如今为了证明给齐瑞明看，自从工作后就不问家里要钱了，可实习律师的薪水并不高，扣掉房租的费用，剩下的生活费本来也就磕磕巴巴，以后要是不用买榴梿，可不正节省了一波开支吗？

只是齐溪还没来得及高兴，就听顾衍接着道："请我吃点别的。"

"啊？"

顾衍镇定道："我没钱了。"

齐溪瞪大了眼睛："不是几天前刚发了工资吗？"

此刻已经到了竞合所楼下，顾衍停下车，从车上下来，看向了齐溪，面无表情道："刚才给你结账花完了。"

怎么忘了这茬！

齐溪几乎是立刻问顾衍要了账单，结果接过来一看，她人就晕了——三千多！刚才那顿饭竟然花了三千多！竟然这么贵！

齐溪几乎是痛心疾首："早知道我应该吃完再走的！"

因为急着从刚才那尴尬的场景里离开，齐溪几乎没怎么动筷，上的菜还剩了好多。

齐溪一想到这里，一脸悲愤地看向了顾衍："这么贵，你就不应该付呀！你这人也太实诚了吧，万一你付完我赖账不还给你呢？"

顾衍此刻正弯腰锁着自行车，因此他的声音也有些不真切："不还就算了。"

此刻一阵风过，路边的香樟树叶发出了沙沙声，在这背景音里，顾衍冷淡疏离的声音像是被打碎，听起来仿佛都有种破碎的美感——

"这样我对你就死心了。"

不过就在齐溪打算追逐这句话末梢的语气时，风停了，刚才那连带着让顾衍都显得有点脆弱的气氛也不再，齐溪听到顾衍用非常正常的语气继续讲着刚才未尽的话语——

"对你的人品看清了，可以自动和你划清界限，不用培养什么塑料同事情了。"

原来如此！

"你放心吧顾衍，我会对你负责到底的！这钱我暂时一次性肯定还不上，我分期付款！在此之前，我管你的饭！"

如今为了省钱，齐溪大部分时候晚饭都自己下厨，无外乎就是多烧一些量罢了，负担并不重，完全可以把顾衍邀请到和赵依然合租的房子一起吃个晚饭。

不过齐溪曾经对顾衍犯下重大错误，虽然如今看着顾衍情绪比较稳定，但万一哪天不顺心，又把她给告发了可怎么办？

齐溪觉得回家还是得翻翻《顾衍大全》，做饭按着顾衍的口味来！

齐溪觉得自己暂时没了近忧远虑，此刻已经几乎把握住了自己的人生——自己的爸爸应付过去了，顾衍这边和自己的关系看着也没那么水火不容了。

她对自己的工作再次充满热情起来，只觉得越干越顺畅，然而坐她旁边的顾衍，倒是一早来就有些心事重重的样子。

当别人遇到困扰时，挺身而出排忧解难，这可完全是朋友的最佳打开方式！

齐溪觉得自己不能错过这个机会，毕竟今晚相亲，还要靠顾衍打掩护。

齐溪狠下心花钱买了块好吃的榴梿千层，趁着午休的时间，决定以顾衍热爱的美食打开话题："顾衍，你这是案子上遇到什么麻烦了？"

结果大概提及了顾衍的烦心事，这男人看着榴梿，脸色显得更差了。

齐溪热情道："有什么我可以帮忙的吗？"

顾衍大概是为这案子都有些食欲不振了，很勉强地吃了两口榴梿蛋糕，就放下了勺子。他显然不想说的，但抵不住齐溪不断的追问。

最终，这男人垂下了视线，简单说明了情况："是一个抚养权纠纷的案子，我已经梳理完毕了所有的证据和信息，应诉书也都写好了，基本有把握我们这方可以胜诉；但抚养权案子，当事人是必须到庭的，本来明天下午开庭，当事人也答应了，结果现在反悔了，死活不愿意出庭。"

"还有这种事？"齐溪眨了眨眼睛，"那可以申请延期吗？"

"对方当事人常年在国外居住，这次也是难得回国，只有明天有空，如果申请延期，这案子不知道要拖到猴年马月。"

齐溪听完也有点纳闷："那既然能胜诉，你的当事人为什么死活明天不肯出庭？"

顾衍抿了抿唇，言简意赅地解释道："客户说自己掐指一算，明天是大凶，忌出门，他如果出门一定有血光之灾，死活不肯去。"

他揉了揉眉心："他说今天下午是黄道吉日，要今天下午开庭，明天开庭就是法官要他死。他没法去法院闹，所以马上要上所里来闹了。"

……这可真是林子大了，什么鸟都有。

不过齐溪觉得自己有办法："这个当事人还有多久到？"

"估计半小时。"

"行，他来了以后你就拖住他，别让他走啊，等我一下，我去去就来。"齐溪相当自信地对顾衍笑了下，"一定让他明天上庭去。"

顾衍的脸上表情显然是不信的："你不知道他对黄道吉日有多迷信和固执，还是试试继续和他讲道理吧……"

这有什么？

半小时后，等齐溪风风火火赶回来，果不其然，会议室里的客户是个老头，正在指着顾衍的鼻子大闹："你这个小律师懂不懂啊？我自己钻研《易经》八卦很多年了，算出明天出门有血光之灾。我自己算得可准了，之前也是算自己出门会遭不测，那次旅游没去，果然那辆大巴翻车了！全车二十几个人，死了五个！还有十几个都断胳膊断腿的！

"这次的卦象比上次还凶险，我要是去上庭然后死了，你能给我负责？我不去！你让法官今天给我开庭，今天给我判决！"

顾衍倒并没有被客户凶悍的态度吓到，仍旧不卑不亢地试图稳住对方的情绪，然后讲解其中的利害，可惜这老头完全听不进去，脸红脖子粗的，一看就是情绪上头了。

这时齐溪拉开会议室门的声音同时吸引了老头和顾衍的注意力。

顾衍率先站了起来，几乎是快步走到门前，压低声音快速对齐溪道："他的情绪不稳定，之前偶尔就会有暴力倾向。这里不安全，我来处理。"

可惜齐溪根本不怕，她自信地朝顾衍笑了下："我找到帮手啦！你放心吧！"

她说完，转身看向身后："进来吧道长！"

齐溪这才打开了门，然后恭敬地站在门边，把自己身后的人请进了会议室。

顾衍这才看清来人——是个穿了道袍、留着仙风道骨小胡子的道士。

这道士倒是挺有模有样，一进会议室，就行了个挺讲究的礼。

会议室里本来正在闹腾的老头也被这发展惊到了，他瞪着眼睛盯着道士，又看了看顾衍："这人是谁？"

"本人道号正阳子，修道于白云观，此次前来，特为这位道友算上一卦。"

白云观是相当有名的道观，这痴迷《易经》八卦的老头一听，果然露出些既向往又狐疑的表情："你是白云观来的？那《易经》八卦你很懂吗？"

道士微微一笑："自然是略通一些。"

老头还不信："你真是道士？那你说说道教的四大名山是什么？"

"自然分别是安徽的齐云山、湖北的武当山、四川的青城山和江西的龙虎山。"

"那道教的创始人？我们的教义呢？"

这老头倒还真对道教挺有研究，拉拉杂杂问了一堆，道长都相当儒雅而自信地进行了回答，没一会儿，这老头情绪就缓和了，开始恭敬地称呼起"正阳道长"起来。

"这位道友，我掐指一算，明天外出你恐怕有血光之灾。"

这下可好，听正阳道长这么一说，老头更起劲了："怎么不是！我就说了，我算的不会错。"他怒目瞪向齐溪和顾衍，"你们看，道长和我英雄所见略同啊！"

"但也不是不能化解。"道长摸了摸自己的胡子，指了指身边的齐溪，"这位小尊者与我颇有缘分，听闻你的遭遇，向我替你求了一个符。只要你随身携带，不仅明日外出无血光之灾，还将逢凶化吉，从此命运坦途一片……"

道长一边说着，一边掏出了符纸，从布袋里拿出了毛笔，当场挥笔即兴发挥一通画了个符，还沾了点自己的口水，然后将符叠好，郑重地交给了老头。

最终齐溪送走道长时，这老头还如获至宝般捧着符咒，一脸敬仰，等道长一走，他登时回头，开始对齐溪千恩万谢起来："这位小尊者，多亏你了！谢谢啊！我明天一定带着道长的符出席！一定去法院！多亏你们了！谢谢谢谢！"

看着老头一改来时的暴跳如雷，哼着歌离开竞合所的背影，顾衍表情相当复杂。

他看了一眼齐溪："就这样？"

齐溪自信地点了点头："就这样。"

"那道士你哪儿找的？真道士？"

"假的，就学校天桥下那个拉着人算命的。以前校园论坛里不是天天有人挂他？他拉着谁都说'同学你有血光之灾可以买个符化解一下'，都被投诉了无数次了，过两天就又来了。之前他不是还卖回心转意符吗？结果没一个灵的。"齐溪忍不住嘀咕道，"但乌鸦嘴挺灵的。"

"……"顾衍显然相当无语。

齐溪摇了摇头："你还别说，现在人家算命的知识储备都挺专业的，你看看刚才那些问题答的，还挺镇得住场的，糊弄糊弄一般人足够了。"

顾衍大概是没想到自己花那么大精力去科普法律流程、分析利害都没搞定的事，最终竟然以这种方式收场了，脸上还是震惊和不可思议："你怎么说服这道士过来的？"

"两百块，明码标价、童叟无欺。"

"……"

齐溪叹了口气："有时候吧，还是要用魔法打败魔法，用封建迷信打败封建迷信啊！"

她笑着看向了顾衍："怎么样？我是不是很能另辟蹊径，而且解决问题还非常高效？办案成本也才两百块。"

齐溪哼着小歌，心情相当好，拍了拍顾衍的肩："朋友之间，就是这样你帮我，我帮你的。所以晚上我那个相亲局，你注意看我信息啊，该打电话的时候就给我打个电话！"

果不其然，刚过了午休，齐溪的爸爸就给齐溪发来了今晚相亲的用餐地点和时间，齐溪想也没想，立刻顺手转给了顾衍："正常来说估计你打个电话就完事了，但地址也给你下，万一又遇到个和昨晚差不多的自我感觉良好还喜欢纠缠的，就只能再拜托你出面救我一下啦。"

齐溪双手合十，朝顾衍做了个"拜托拜托"的姿势，然后她想起什么似的立刻关照道："不过今晚的单求求你别买了，我真的没钱还给你了。"

大概是她今天帮顾衍解决了开庭问题，顾衍心情看着不错的样子，他点了点头："嗯。"

到了晚上，齐溪也懒得打扮，直接穿着职业装就到了用餐的饭店。她原本计划礼貌地聊天和用餐半小时，然后微信上指挥顾衍给自己打电话。

结果到了用餐点，出乎意料的，今晚齐瑞明给自己找的相亲对象竟然长得还挺帅。这男的比齐溪大了三岁，但听说已经是家族子公司的副总了，为人儒雅，谈吐也有档次，说话也挺幽默，光是听他吐槽自己请的律师，齐溪就有些忍不住想笑。

虽然她并没有动心的感觉，但对方那种哥哥的气质还挺有亲和力的，和对方交谈也能听到一些企业主对法律服务的需求和期待，换位思考一下也挺好的，没准确实可以做个朋友试试。

齐溪决定吃完这顿饭。她趁着空隙偷偷给顾衍发了短信："今晚这个不错，你不用给我打电话了！"

结果也不知道是不是顾衍压根儿没注意短信，半小时都没到，几乎是齐溪的短信刚发完没多久，齐溪的手机就响了起来。

齐溪和对方正探讨到创业公司法务体系的构建问题，对这一话题还相当感兴趣，见势就掐灭了顾衍的电话，结果顾衍这家伙完全领会不到她的用意，几乎是立刻，新的电话就又来了。

齐溪这一次索性开了静音，她对相亲对象笑了下，解释道："骚扰电话，哈哈哈哈。"

可惜齐溪没想到的是，十五分钟后，响起来的不再是她的电话了，而是包厢的门。

紧接着是顾衍熟悉冷淡的声音——

"齐溪，我来接你回家了。"

齐溪循着声音看去，然后在门口看到了顾衍的身影，明明今天都没有开庭外出的事宜，并不需要穿得太过正式，但顾衍此刻却是全套西装，一丝不苟到每个细节都几近完美，他的头发也明显打理过，多了一分成熟和干练，配上绝佳的身材比例和冷若冰霜的脸，完全是行走的禁欲系代言人，而这位代言人，此刻正以一种正室问责般的姿态看向齐溪："还不走？"

虽然知道这是假的，但这一刻，齐溪的心还是忍不住紧张和狂跳起来。

顾衍这种人，是恃靓行凶吧？

但齐溪面对顾衍冷冷的目光，还真的有点感觉到被抓奸般的心慌。

顾衍严肃起来，气场相当有威压。

对顾衍的出现，齐溪整个人措手不及，本次的相亲对象自然也相当意外。对方愣了愣，才挺礼貌地看着齐溪笑了下："这位是？"

顾衍的语气挺冷淡："哦，齐溪的男朋友。"

这位相亲对象显然挺有涵养，愣了愣，看向了顾衍："她有男朋友了？你好，我是——"

可惜顾衍的声音极其冷傲："我对你是谁没有兴趣。"他看向齐溪，"走了。"

直到再次坐上顾衍的自行车后座，齐溪还有些云里雾里："这个聊着还行啊，我还想多聊聊看看呢。刚才我都给你发微信说不用电话啦，你怎么人都来了？"

顾衍骑着车，声音很冷静："哦，刚才没看到微信，以为你没接电话是被对方抢走手机挂掉的，所以我勉为其难还是出来找你一下。"

齐溪回想刚才的一幕，还觉得有些头皮发麻的尴尬："而且你刚才的态度也太冷酷了吧！感觉我以后想和人家做朋友也没戏了……你这个男朋友的态度拿捏得有点过头了啊顾衍，你不觉得你刚才的人设有点太善妒了？男人这么善妒感觉不是好事啊，你刚才有点用力过了！"

不说还好，一说，兴许是自己的投入演技没有得到齐溪的认可，顾衍肉眼可见的有些不高兴了，竟然为此开始据理力争："我没觉得人设有什么问题，男人为什么不可以善妒？你这样子有性别歧视的嫌疑。难道善妒是女人的专属吗？女人可以阳刚，男人当然也可以善妒，性别不应该设限。"

齐溪坐在顾衍的自行车后座上，本来是看不到顾衍的脸的，但光是从顾衍的声音里，她都能想象出顾衍的脸有多臭。他很不高兴地道："我觉得我刚才的态度已经很好了。如果我真的是你男朋友，我的态度只会更差。"

大概是代入了正牌男友的视角，齐溪总觉得顾衍的声音听起来都有些咬牙切齿了。

对此，齐溪是有点意外的，因为她没想到顾衍这家伙竟然是这么善妒的类型，看着不太像啊……看着好像挺镇定挺稳重的呢，结果内心竟然这么有占有欲啊？所以他对自己那个白月光死也松不了手？

顾衍说完，顿了顿，才自然道："怎么不说话了？我来把你接走你很遗憾？"

齐溪整理了下思绪，没再想乱七八糟的，一本正经解释道："那倒也没有，不过觉得这个整体还行，可以完整吃顿饭试试吧。"

"很多事就是这么开始的，一开始觉得还行，吃顿饭；后面就觉得还行，那谈个恋爱；最后就觉得还行，结个婚。我们律师为什么总接到那么多离婚案，就是因为这种糊里糊涂的人太多了。"

齐溪都有点感动了："顾衍，你原来能讲这么长的句子！你没发现吗？你今天真的和我讲了超级多的话！"

"……"

"所以你是死也不会将就了？"齐溪想了想，到底有些好奇，"那你喜欢的那个女生，要是一直不喜欢你，你怎么办啊？就完全不开始另一段感情吗？"

晚风把齐溪的发丝吹得有些乱，她拢了拢头发："当然，你要是不想谈这个，那我们换个话题也行。"

然而出乎意料的是，在长久的沉默后，顾衍并没有回避这个话题——

"我是想过不要再喜欢她，也决定重新开始。"

顾衍的声音一如既往地冷感和淡然，然而齐溪却整个人都坐直了。

劲爆啊！

她或将成功打入顾衍的内心世界，从此成为能为顾衍的感情生活排忧解难的好同事，和顾衍真正意义上冰释前嫌！

虽然顾衍没有更多的表示，然而当齐溪的视线越过他挺拔的脊背，她发现顾衍几乎是一提及拒绝他的那个女生，握住自行车把手的手背上就出现了微微紧绷而凸出的筋脉，这是要非常用力才会展现出的姿态。

这么在乎对方啊……

齐溪一瞬间心里也不知道是什么滋味。

从大学到职场，她一门心思只想着得到父亲的认可，杜绝了一切别的感情，生怕谈恋爱会影响她的成绩，只想着成为第一。

齐溪觉得自己一路走来，应当是不后悔的。

然而这一刻，也不知道是风过于暧昧，还是夜色过于温柔，她突然心里有些空落落的怅然，要是能被顾衍这样全心全意地喜欢和在乎，好像也很珍贵，仿佛这样的青春才很值得。

对于过去无法改变的事，齐溪选择最好不要去回想，于是她看向了顾衍的后背，决定转移自己的注意力："所以后来呢？后来为什么没能重新开始？"齐溪想了想，补充道，"你要不想说就算了。"

顾衍的声音有点闷，但他还是回答了齐溪："因为我每次要放弃的时候，她总是会出现。"

虽然这份青涩的悸动很动人，但……

"这完全是渣女啊！"齐溪有些憋不住地义愤填膺了，"这不就是吊着你吗？就是把你当备胎，利用你对她的喜欢，和放风筝似的，看你快飘远了，就拉你一把把你拽回来，也太有手段了吧！你看她都拒绝你了，还不断出现在你的生活里，时不时让你想起她，没法戒断！"

顾衍回头看了齐溪一眼："嗯，她是挺有手段的。"

"长得很好看？"

"嗯。"

"身材很好？"

"嗯。"

"成绩呢？成绩也很好？"

"嗯。"

顾衍的声音很淡，仿佛晚风一吹，就会飘散在风里，然而齐溪好像都能从他语气的末梢里感知到他对那个女生的感情。

在顾衍眼里，对方一定是哪儿都好，毕竟情人眼里出西施。

这完全是高段位选手啊！也难怪顾衍栽了。

齐溪心下了然："所以对你肯定也很好？"

这种女的，一定是平时打着"我当你是朋友"的口号，对顾衍温柔似水、贴心关怀，才会让顾衍产生"自己对于她而言是特别的，自己和她有希望"的错觉，若即若离，即便表白被拒绝了，还能让人死心塌地，继续执迷不悟，这才把顾衍吃得死死的。

结果一谈及这个话题，顾衍的答案竟然是否定的："不，她对我很差。"

那你还上赶着？齐溪惊呆了："对你有多差啊？"

"给我送的东西，永远是错的，永远是我不喜欢的。"

顾衍一贯冷静的声音也难得沾染了点情绪波动，齐溪能听出来，他其实是憋着气的，还是有些不高兴的，但大概是真的喜欢，还是忍了下来。

这也太过分了吧！

虽然不是本人，但是代入一下，齐溪觉得自己都要窒息了："顾衍，你不能这样啊！别人送你不喜欢的东西，你就应该明确地告诉她，你不喜欢这个。干什么要委屈自己接受呢？"

顾衍平时性格看起来很难搞，也完全不像是会委屈自己的人啊！

结果顾衍的逻辑完全让齐溪措手不及，这男人平静地回头扫了她一眼："至少她送我东西了。明确拒绝后，她可能都不送我了。"

"……"顾衍，男人要站起来啊！

"虽然我知道你很喜欢她，但我觉得这种女生人品有点问题啊，吊着你养备胎也要有点职业道德吧，好歹要了解下你的喜好，这感觉完全不在乎你啊……你要不要换个人喜欢啊……"

这女的也对顾衍太不上心了，瞧瞧自己，自己就只是得罪了顾衍，想和顾衍搞好关系，好歹也花费精力去找了本《顾衍大全》呢！这《顾衍大全》又不难找，对方但凡做个人，也好歹能搞一本敷衍一下顾衍啊！

齐溪一想起这些，登时觉得自己还是幸运的，多亏这本《顾衍大全》，自己投其所好，给顾衍送的都是他喜欢的东西，这才迅速在短期内和顾衍拉近距离，缓和了关系。

可惜顾衍仿佛对这个女生铁了心，不论齐溪怎么说，他内心似乎也不认为对方有什么过错："她没问题，她只是不喜欢我罢了。"

虽然顾衍此刻的语气非常平静，但齐溪却读出了一种备受打击后心死般的沧桑和充满爱意的隐忍。

顾衍，这也太可怜太卑微了吧！

想不到平时要风是风要雨是雨，任何活动比赛都是轻松第一名的顾衍，竟然也有求而不得的事，齐溪一瞬间想起自己求而不得的第一名，一下就共情了，顿时觉得自己和顾衍简直同是天涯沦落人，这完全应该惺惺相惜做一对好战友啊！

齐溪平日里是不会过多干涉这种私人感情问题的，但这次是真的语重心长了："顾衍，换个人吧，这女的不行，长得好看身材好又怎么样呢？喜欢和倒追你的人那么多，总也有符合你要求，还能和你聊得来、性格好的吧？这女的听起来性格不怎样，你还是赶紧走出来重新开始吧！"

可惜齐溪的苦口婆心只换来了顾衍的一个白眼，这男人回头看了齐溪一眼，然后重新看向了前方的马路："她们又不是她。"

他听起来像是赌气一样地宣布："我就喜欢性格差的。"

"……"齐溪简直无话可说，男人，可真是卑微啊！

但齐溪转念一想，又有些同情顾衍，这不能怪顾衍，毕竟这女的段位这么高，每次顾衍要放弃就出现撩拨他。顾衍饱受相思之苦，又喜欢对方喜欢得这么死心塌地的，就算理智上认清对方真面目，感情上也过不去那个坎，还不是照样被对方拿捏着吗？

"要不你这样，下次这女的来找你，你自己感情上没法拒绝和她保持距离，你就找我，我来帮你悬崖勒马，我来做那个棒打鸳鸯的人！"

顾衍都挺身而出为了帮她挡相亲局冒充她的男友好几次了，她投桃报李也没什么问题。

结果顾衍皱了皱眉，显然想要拒绝齐溪的提议。

齐溪有些不高兴了："怎么了？难道我还不够格，你嫌弃我吗？我长得还行，各方面也都不错吧，除了性格好了点，其他地方还是可以和你心里那个女生一战的吧？"

"你性格好？"

齐溪挺自信："我性格难道不好吗？"

"你性格好你毕业典礼当众骂我？"

"……"

行了行了，怪她多嘴，绕来绕去竟然把自己也绕进去了。

齐溪赶紧亡羊补牢："总之我这个人在大家嘴里的口碑都是'性格好'，但过去的事情不说了，我们还是一起展望未来吧！我们现在跟着你姐好好干，一定能赚大钱，儿女情长这种东西只能是我们进步的阻力，我们还是来聊点别的吧。"齐溪想了想，"我们就定一个小目标——未来你赚到一千万以后打算怎么花？"

"给她。"

齐溪简直没辙了，顾衍还过不过得去那个坎了："一千万啊！你给那个女的一千万干什么？"

"给她一千万，说不定她当场就能嫁给我。"

不是吧！

齐溪简直想翻白眼："哇，这么贪财的女的，给一千万就嫁给你，是真爱你吗？男人要有点骨气啊顾衍，你怎么喜欢这么贪财的女的？而且这女的眼皮子也太浅了吧，既然贪财，怎么给一千万就嫁了啊？换了我，最起码得一个亿才嫁吧！"

顾衍脸上果然露出了"不想再和你聊了"的表情。

"算了算了，真给我一个亿，我也不会嫁的。"齐溪坐在顾衍的自行车后座上，任由晚风吹拂她的发丝，她盯着不远处的车水马龙，决定给自己做下澄清，"我可能连恋爱也不会谈的。"

顾衍明显顿了顿，大概这个话题也引起了他的好奇，这男人几乎是飞快地问了齐溪："为什么？"

"因为我爸咯。我爸从小就不认可女孩子，觉得女生做律师不行，觉得女生闯事业不行，觉得女生唯一的成功是早点找个好人家结婚生子。但我偏不，我就要让他看看，你们男的能做到的，我们也可以做到。"

"那和谈恋爱有什么关系？"

齐溪甩了甩头发："谈了恋爱分散了精力，不就被我爸说中了？"

结果顾衍阴阳怪气上了："我看你和今天的相亲男不是聊得不错？"

"我想和今天这个男的吃完饭，也单纯是觉得对方有些阅历对我而言可以汲取经验。谈恋爱我是死也不会谈的，男人是前进路上的绊脚石。"

大概感情问题很容易让人拉近距离，顾衍显然对这个问题很感兴趣："那你等事业站稳脚跟，然后才会考虑谈恋爱？"

齐溪点了点头："是吧。最起码事业上小有所成吧。"

"所以你没去哥伦比亚大学，是你爸爸的原因？"

一说起这个，齐溪就不开心："是。他觉得女生不用读那么多书，逼我去个朝九晚五的稳定岗位然后早点结婚生孩子呢。我偏不，我就要在律所长长久久干下去，直到成为你姐姐那样的大合伙人。"

不说还好，一提起留学的话题，齐溪就想起了顾衍："对了，你不是就业意向摸排时候还写的打算进律所吗，怎么后来又说要去 M 国了，结果拿到哥伦比亚的 offer，你又不去了，能问问是什么原因吗？"

这个问题比较私人，要换在别的时候，齐溪是不会问的，但如今气氛正好，齐溪也敞开心扉讲了自己与哥伦比亚大学失之交臂的内情，觉得这时候和顾衍友好交流下同一份遗憾，该是能更大拉近距离的，说不定好好聊聊，这一晚以后，顾衍和自己就升华成知己了！

结果就在齐溪以为顾衍的沉默是在思考如何表述他职业规划的改变时，她听到顾衍终于蹦出了两个字："不能。"

顾衍的声音挺冷静，冷静到齐溪以为自己听错了。

她都把自己的烦恼倾吐出来了，投桃报李，顾衍怎么的也得说句什么意思一下吧？这不是当代人正常社交的打开方式吗？

结果顾衍冷着脸，一点没觉得自己不上路子，他停了车，看向了齐溪，像是在生闷气的样子："到了，下车。"

"……"

齐溪很郁闷，心想：知道你不能去哥伦比亚大学心里也不好受，但你生什么气嘛！又不是我害你改变你职业规划的！再这样，以后榴梿也不请你吃了！

齐溪回到家，第一件事就是给今晚的相亲对象转钱。

点菜后齐溪就有注意看过账单，知道那一餐的价格，她也有对方的手机号码，因此直接在支付宝里搜索到了对方，决定直接转账，虽然价格是有点高，但 AA 制，也不欠人情。

然而当她按照 AA 的价格把一半的钱转过去后，对方却直接退回了钱，并附上了一条留言：

你男朋友已经买过单了。

买单？怎么又买单了！

齐溪简直想狂掐人中，顾衍都没和她说啊！

她当即给顾衍打了个电话。面对质问，顾衍的态度相当冷静："忘记和你说了。"

齐溪有些无语："这都能忘？你不是都没钱吃饭了？而且本来我打算和对方 AA，至少这样只花一半的钱，另一半对方出，你这一买单，我就是整单亏损啊。"

结果顾衍还挺冷静："'男朋友'过来带走自己和异性吃饭的女朋友，难道连单都不买？我当然只能骑虎难下地去买单，不然那男的要觉得你男朋友不行，还继续纠缠怎么办？"

他说到这里，语气又忍不住有些阴阳怪气了："当然，可能是我自作主张了。"

话都说到这份上了，齐溪也不好意思了，说到底，顾衍还不都是为了自己来义务帮忙的吗？

但齐溪差点对着电话下跪了："主要是我欠你的这样就更多了……"

结果顾衍没忍住冷哼了下："你欠我的，钱能还清？"这男人冷冷道，"那么大的都欠了，你还怕欠几个钱？"

说的也是……

"少想着相亲谈恋爱，有空多给我姐姐打工。"对面的男人冷酷道，"不说了，我要加班了，挂了。"

真是一个无情无义的冷酷男子。

不过顾衍冷酷无情，齐溪还是有情的，她翻开了《顾衍大全》，决定准备明天的饭菜。

明天顾衍下午就要跟着顾雪涵去处理那信道老头的抚养权纠纷案，上午又还有一档客户会议，基本上时间很赶，恐怕没空出去吃饭。

这时候，就需要一份充满友情的便当了！

竞合所里有微波炉，齐溪计划得很好，自己只需要做好，等顾衍短暂的午休时候帮他热一下就行了，不论如何，总比定的那些多油多盐多糖的外卖强！何况齐溪对自己的做饭技术还是挺自信的。

根据《顾衍大全》，顾衍最爱吃香菜、香菇、豆制品、米饭和甜的东西。

齐溪想了想，当晚就投其所好地做了一份丰盛的便当——糖醋排骨、素炒香菜、香菇炖豆腐，都是顾衍爱吃的东西，然后搭配上颗粒饱满的白米饭，最后她还撒上了一层黑芝麻，等最终装在便当盒里，简直是色香味俱全。

齐溪做完饭，把给赵依然留的那份递给了她。赵依然接过当即是一顿马屁乱拍，不过她的表扬显然很不走心，因为没一会儿，她又继续刷起手机来："太幸福了吧！太虐狗了！"

赵依然的眼里一片憧憬："你看见没？艾翔的老婆陈湘开微博了，现在每天和艾翔恩爱互动。要不要这样啊？这对夫妻给我们这些单身狗一点活路吧！"

齐溪愣了愣，基于对客户信息的保密，她不能和赵依然说什么，只是点开手机，很快就明白了赵依然在看什么。

原本一直在艾翔幕后、活在艾翔微博里的陈湘开了微博，虽然风格很岁月静好，但开始频繁和艾翔互动起来，每天的点滴生活碎片里，也充满了和艾翔的恩爱日常，她甚至露了脸，接受了好几家自媒体的采访，在访谈中大方谈及和艾翔相识相恋的细节，回味了两个人的爱情。

访谈里的陈湘落落大方又温婉得体，谈及艾翔，也是一脸小女人的娇羞和爱恋。要不是齐溪切身经历过，她甚至无法想象陈湘遭遇了什么——从明面上看，陈湘和艾翔的婚姻美满，完全看不出有任何阴霾。

陈湘是这么演的，广大网友也是这样想的，网上充斥着对她和艾翔婚姻的祝福和羡慕。

难道艾翔最终认识到错误悬崖勒马了？

只是当齐溪抱着好奇的心情点开艾翔那个出轨对象的微博时她就不这样想了。

那位被陈湘提携，如今是个小明星的学妹，微博上也正频繁地秀着恩爱：

> 男朋友给我买的车。
> 男朋友给我特意买的包。
> 找了好几家代购，男朋友才终于买到这双适合我尺码的鞋。

配合着文字，这小明星晒出了豪车的钥匙、品牌包装袋，以及名牌鞋的款式。

她字里行间都是对男友的炫耀和占有欲，仿佛竞赛一样和陈湘互相比拼着秀恩爱。

因为并不多红，也没有人追根究底去挖掘小明星的男友是谁，只是微博下面也一片"好虐狗，姐姐好幸福，漂亮姐姐都有男友了"的祝福和羡慕。

很显然，艾翔并没有真的回归家庭，小明星也并没有就此偃旗息鼓，陈湘的婚姻恐怕正酝酿着更大的风暴。

然而碍于人设，艾翔确实只能在微博上配合陈湘互动，在访谈里也演技精湛地演着顾家宠妻的男人，吃着这一人设的红利。

也不知道这是不是陈湘想要的生活，不过这都和旁人无关了。

即便这么关心艾翔的赵依然，在看了十分钟艾翔、陈湘的访谈后，也不再关心这件事，而是转头和齐溪交流起了最近上班遇到的奇葩案子来。

齐溪也很快把陈湘的事抛到了脑后，因为她有更重要的事要忙——认真工作，团结伙伴。

第二天一早，齐溪信心满满地带上了便当。

顾衍果真忙了一上午，完全来不及吃午饭了，齐溪瞧准时机，当即把热好了的便当递了过去。

"顾衍，这是我特意给你准备的中饭。"

明明自己早就研究过《顾衍大全》投其所好了，但齐溪还是打算营造出冥冥之中自己和顾衍惺惺相惜的感觉："菜色是我随便准备的，但我总感觉你应该喜欢吃。"

顾衍愣了愣，然后垂下视线，接过了便当盒，言简意赅地道了谢。

虽然没什么特殊表情，但齐溪能感觉到，顾衍的心情还可以，嘴角甚至也有了点难以抑制的弧度，毕竟谁会想饿着肚子去开庭呢？自己此刻这一举动，岂不就是雪中送炭吗？

只是顾衍再不喜形于色，在打开便当盒盖子的那一刻，脸上还是露出了巨大的惊讶来。

这是自然，齐溪的摆盘非常可爱，而且香菜、香菇、米饭、豆制品、甜甜的糖醋排骨，每一样可都是顾衍爱吃的，他能不惊喜吗？

齐溪挺得意："这是我花了一晚上做的，怎么样，对你口味吗？"

顾衍大概是感动坏了，捧着便当盒，盯着里面丰盛的饭菜看了许久，才终于"嗯"了一声。

"那你要多吃点呀！下午你那个庭，估计要开挺久的！"

顾衍没再说话了，捧着便当盒坐了下来，然后在齐溪的注视下开始吃了起来。只是大概是齐溪的视线太热烈了，顾衍在这样的目光下吃得多少有些不自然，齐溪甚至觉得这男人连握筷的姿势都很僵硬。

换成自己，被人看着吃饭，多少也不习惯，齐溪登时移开了视线。

只是等她玩了会儿手机，转头再看顾衍，发现便当盒里的饭菜竟然已经快没了！

明明顾衍吃饭是最慢条斯理、讲究用餐礼仪的，这才过了多久就吃完了？恐怕只有狼吞虎咽才能做到。

顾衍倒是很淡定，迎着齐溪震惊的目光，镇定道："赶时间。"

齐溪看了眼手表："可……不是离开庭时间还有点距离吗？"

这么快，恐怕都没嚼就咽下去了！都来不及感受饭菜真正的味道！

对此，顾衍却很冷静，惜字如金道："饿了。"

还别说，顾衍大概是真的饿了，明明刚才从会议室里出来时还精神奕奕，如今倒是一脸菜色，可见刚才当着客户的面还必须强撑，实际早已是强弩之末，到了齐溪面前也不再伪装了，表现出了饿到恍惚的脆弱，有点可怜。

齐溪的心里大受鼓舞——觉得自己和顾衍的距离更近了一步！

毕竟平时风光霁月近乎完美的顾衍，都在她面前展露出他脆弱的一面了！瞧瞧此刻他那虚弱的脸色！他根本不是装的，那是真真实实的苟延残喘啊！

齐溪一瞬间充满了关爱和友善："晚上你有地方吃饭吗？要不要去我和赵依然那边吃？晚上我打算做香菜鸡蛋饼、豆腐鱼汤还有糖醋咕咾肉——"

结果齐溪的菜谱还没报完，顾衍就斩钉截铁地拒绝了："不了！"

他眼神复杂地看了齐溪两眼："我最近减肥。晚上不吃了。"

"可你身材很好，不需要减了啊！"

"还是需要的。人要精益求精。"

不论齐溪怎样规劝，顾衍都打定了主意，直到顾衍一脸心累般地外出开庭，齐溪还有些闹不明白。难道顾衍身材这么好，不是锻炼健身出来的，而是靠的节食？

好在齐溪很快就没心思想顾衍的身材管理了，因为她收到了程俊良的一条信息：

齐溪，能不能借我一万块？

程俊良是齐溪的大学同班同学，说起来和顾衍还是一个宿舍的。齐溪和他并不熟悉，只记得是个成绩还不错的男同学，家庭条件不太好，一路都是拿国家助学金过来的，原本已经保研了，但为了减轻家庭压力，毕业后就急匆匆进了一家小律所。

齐溪把这个事在微信上告诉了赵依然。

赵依然几乎是立刻就给齐溪回了电话："程俊良啊，竟然也问你借钱了？"

赵依然得知后语气非常了然，规劝道："你可千万别借给他。他从上个礼拜开始就到处借钱呢，一开始还以为他被盗号了，结果我们核对了下，还真是本人。他现在已经把我们班同学能借的都借过一轮了，稍微和他熟悉点的人问他借钱的原因，他都含含糊糊，藏着掖着的，一看就是有什么见不得人的原因，果然，之前借的钱，一分都没还呢。"

赵依然有些无语："他也好意思，和你都不熟，竟然张口就要一万块，当你是什么大款啊？他还欠了我一千块没还呢！你直接拉黑保平安吧。"

话是这样讲，可齐溪还是觉得有点在意。

因为长相清秀、性格文静，程俊良在大学期间其实挺受欢迎，追他的女生不少，但是也不知道是不是家境原因，他拒绝了所有追求者，过得也相当节俭自律。

只是这样一个节俭自律还挺有自尊心的男生，为什么到处借钱，甚至向根本不熟的自己借钱啊？一开口还是一万这么大的数额？不会是深陷什么套路贷深渊吧？

　　齐溪想了想，最终还是给程俊良打了个电话："程俊良，你要借一万块？"

　　果不其然，程俊良的声音讷讷的："我也知道找你借钱挺奇怪的，你要是不方便就算了。不好意思，就当我打扰你了。"

　　他越是这样，齐溪就越是觉得蹊跷。她稳了稳情绪，镇定自若道："一万块有些多，你要的话得当面给我写张借条才行。晚上一起吃个饭，你请我。"

　　果然，程俊良的声音充满了意外的惊喜："你愿意借给我？那太好了！你放心，我愿意写借条，之后也一定还给你。"

　　齐溪和程俊良确定好时间地点，当即给赵依然发去了信息："你等着，要是程俊良压根儿没什么苦衷，我今晚不管怎样，至少帮你把你的一千块给追回来！"

　　顾衍这个庭开了很久，直到快下班他才回到了所里。此刻的齐溪正在收拾电脑准备赴约，见了顾衍，她倒是想起了什么："顾衍，你借钱给程俊良了吗？他要是问你借了的话，你把借款的截图证明给我，我今晚和他吃饭问他要回来，他打算问我借一万块呢。"

　　顾衍皱了皱眉："没问我借。你今晚和他吃饭？就你们两个人？"

　　齐溪点了点头："是，约好时间了，我马上走。"

　　结果齐溪刚准备走，就听见顾衍的声音："我今晚没饭吃。"

　　啊？齐溪停住了脚步，有些意外道："你今晚不是不吃了要减肥吗？"

　　顾衍的声音听起来有点闷，他瞪着齐溪："我还需要减肥吗？你是在讽刺我胖吗？"

　　"……"明明是你自己说的要减肥啊！

　　"总之我饿了，我要吃饭。"顾衍的声音镇定而坦荡，"但是我没钱了。"

他看了齐溪一眼，平静道："钱已经为你相亲买单花完了。"

"……"好吧好吧！

"那你不介意的话，要不要和我一起去和程俊良吃饭呢？"

顾衍的声音听起来有点勉强："也行吧。"

只是话虽然这么说，但是他走得比齐溪还快："在哪里吃？"

"……"

齐溪找的是个平价的大排档，气氛挺热闹，然而齐溪这一桌在热闹的气氛里显得格格不入。

顾衍和齐溪坐了一排，他看着对面的程俊良，连客套话也懒得讲，带了审视和戒备，直接开门见山道："你为什么问齐溪借这么多钱？"

虽然气氛有点沉重，但看顾衍这个样子，齐溪想，他下面一句一定是嫌程俊良不够意思，问不熟悉的齐溪都借钱了，还不问曾经是室友的他借。

毕竟齐溪早就和顾衍讲过今天程俊良和自己约饭的目的是借钱，顾衍这还愿意跟着一起来，恐怕和自己一样对这位同窗是有些担忧的，因此也不排斥把钱借给他救急，不然这类借钱宴，谁愿意没事沾上呢！都是生怕自己跑得不够快好吗？

果不其然，下一刻，顾衍就开了口："你别问她借。"

就在齐溪以为顾衍要对程俊良慷慨解囊，说出那句"问我借"之时，却听顾衍一字一顿道："她还欠了我不少钱，没钱借给你。"

这发展好像不太对啊……

程俊良果然一脸尴尬，倒是顾衍镇定自若地喝起茶来。

沉默了片刻，程俊良终于绷不住，叹了口气，一脸羞愧和无措："对不起，借钱这事，你们就当我没说过吧。借其他同学的那些钱，我也都记着，我一定会一笔一笔还的……"

程俊良说着，就打算起身离开，也是这时，顾衍才再次开了口："你缺多少？"

程俊良很局促："就只剩下一万块的缺口……"

"我借给你。"

别说程俊良，齐溪也很意外，唯一淡定的就是说话的顾衍本人，这位债主抿了抿唇："但你要坦白你到底为什么突然需要这么多钱。"

程俊良本来已经觉得借钱无望，如今峰回路转，他这段时间来的故作坚强终于再也撑不下去："不是我家里有人生病，也不是我自己去提前消费借了网贷，我借钱是因为我把一个案子办砸了。"

程俊良说起事情起因，终于露出了疲惫和痛苦："我虽然在学校成绩算中上，但英语是拖后腿的地方，现在竞合这样的大所都要考核英语，我根本进不去，想着快点挣钱养家，所以就找了家小所入职。虽说律师比较小，但入职条件表示除了底薪外，案子里还有分成，听起来自由度也挺大，只要自己足够努力，挣的钱不会比大所差。

"可入职后我才发现自己还是想得太简单了，小所能接到的都是小案子，像我们这样的新律师就更别说了，都是些鸡毛蒜皮的民事小案子，有时候跑前跑后快要累死，结果当事人可能突然就撤诉了，或者赖账了，或者案子无法推进了，总之是一地鸡毛，钱也没挣着几个……"

随着程俊良的讲述，齐溪和顾衍才了解了程俊良借钱的真相——

他好不容易接到了一个借款纠纷案件，标的额虽小，但胜在有借条，资金流转也有明确证据，是个相对而言比较好打的官司，只需要按部就班走完流程就行，可问题就出在这借条上。

"客户把借条的原件给了我，我就放在了桌上，结果那几天正好帮我的带教律师整理卷宗，也不知道怎么的，那借条原件就被弄丢了，怎么找都找不着。"

程俊良垂下了视线，一脸的羞愧难当："现在案子因为借条原件的损毁面临败诉的风险，客户要求我把这钱赔出来，不然就要来律所闹事。这客户甚至找人查了我爸妈的联系方式，打电话骚扰他们，要求我立刻把钱赔出来……"

齐溪这下终于有些明白过来："所以大家问你借钱的原因，你死活不说是因为觉得太没面子了？"

程俊良默认了齐溪的话："这种事传出去太难听了，而且犯了这样的低级错误，确实是我的问题。我知道大家都很好奇我借钱的原因，我也本可以骗大家说家人突然生病急用钱这种话，但我不想骗人。"

"所以你就选择了支支吾吾什么也不说？"

"嗯。"

程俊良有点急切："但我一定会还钱的，大家愿意借给我，我都记得这份恩情，就是不会那么快……"

看着程俊良身上那件已经洗得发白的衬衫，齐溪心里也不太好受："总共灭失的证据欠条里是多少金额？"

"十二万……"

饶是知道数额大概不小，一听这数字，齐溪还是忍不住倒吸了一口凉气，像程俊良这样在小所开始自己职业生涯的实习律师，很可能不吃不喝，也得两年才有这些税后收入，更何况程俊良还有房租、吃饭、交通等成本要承担了……

"你说就差一万块了，那你问同学们已经一共借了十一万了？"

程俊良低下了头："我问其余同学还有亲戚借了一共将近五万。"

"那其余六万呢？"

"我借的网贷。"

齐溪头痛得直想扶额："问题是，网贷利息那么高，而且也有偿还的周期，你这笔钱根本不是一时半会儿就能周转过来的，等六万的网贷到期后你打算怎样？拆东墙补西墙去借另一个平台的网贷？然后积欠的债务像雪球一样越滚越大？你自己就是法学生，现在还是个实习律师，你能不知道这些借网贷受害者后续的遭遇吗？你才这么年轻，就把自己的信用搞坏了，以后房贷、车贷什么也贷款不到，还可能被各种催债电话骚扰到崩溃！"

顾衍相比冷静很多："那你的律所怎么说？正常情况下，你是实习律师，不应该单独承办案件，出了这种差池，你的带教律师是不是也有过错，忘记对你做出风险提示？他应该去和客户沟通，上报律所，律所也应该为此担责，帮你尽可能减少损失才是。"

结果不说还好，一说程俊良的表情更垮了："我没敢说。我的带教律师很严格，虽然没提醒我，但这确实是我自己疏忽了。当时那个客户自己身上没有口袋，说自己正在搬家，生怕原件丢了，求我暂时保管几天，我就心软答应了，但明明收好在桌上的，可再找的时候就没了。

"我一旦和带教律师坦白这个事，律所肯定会开除我；带教律师没有过错，这笔十二万的赔偿他也不可能会给我出，到时候除了让我的名声在法律圈一塌糊涂外，没有任何帮助，甚至可能失去现有的工作，那样我连还钱的能力都没了……"

齐溪和顾衍对视了一眼，也觉得这可真是进退两难，但两人显然都觉得赔钱并不是良策。几乎只是几个眼神交流，齐溪就知道，顾衍和自己恐怕是想到一块去了。

果不其然，很快顾衍的话证明了齐溪的猜测："也就是说，你这个客户借给了被告十二万，并且有一张对方手写的借条，目前是找你希望通过起诉手段强制执行要回这笔借款，结果你把借条原件丢了，导致客户来你这闹事，要求你赔付这十二万？"

程俊良点了点头："是的，没错。"

齐溪看了顾衍一眼，直接接过了顾衍的话头："那你为什么要自己赔付？你就不应该赔呀！"

程俊良愣了愣。

"证据灭失不一定打不赢官司呀！"齐溪看向了程俊良，"借条丢了确实不利于案子胜诉，可并不是说一定就不能赢官司了，因为你的当事人和被告之间，很可能有别的证据链能证明这笔借款的存在，而且就算没有借条，只要被告不知道证据火失了，很可能因为心虚还是会直接承认这笔借款的存在。"

顾衍也抿了下唇："原本你有借条原件，那么结果就是案子胜诉，你可以替客户申请强制执行；如果现在没有借条，但你能为对方达成的结果不变，仍旧能让你的当事人胜诉，那有没有借条并没有影响，你根本不需要自己去赔偿这十二万。"

一语点醒梦中人，程俊良听完，果然醍醐灌顶，眼睛都亮了，拍了拍脑袋："我怎么没想到这个办法！"他懊恼道，"事情发生后我只想着自己有问题只能赔钱了，脑子一根筋，根本没往你们说的路子上去想！"

"总之，你好好和客户沟通下，让客户配合提供其余辅证，努力打赢这个官司，这十二万你就不用承担了。"

程俊良整个人都精神了起来："没错！"

他说完，看向了齐溪和顾衍："多谢你们！我这就去联系客户！"

程俊良赶着去和客户沟通，匆匆谢完买完单就走了，留下齐溪和顾衍等待甜品。

程俊良一走，齐溪就没忍住自夸："你看，我人缘还是很好的。程俊良最后这一万之所以没问你借，反而问我借了，这说明在他潜意识里还是觉得我这人大方可靠。"

结果顾衍看了她一眼，无情地打断了齐溪的自我吹嘘："我看是因为觉得只有你才看起来人傻钱多好骗。"

"……"

"以后别随便借钱给别的男生。"

"啊？为什么？"

"你都还欠着我的钱，还问我为什么？难道打算欠着我的钱还要去借给别人解人家的燃眉之急？"顾衍一本正经冷酷道，"以后我是你的债主，第一顺位的，有优先权的那种，你注意点。"

行吧……

齐溪想了想，觉得确实无法反驳，决定还是讨好一下自己的债主："感觉你还没吃饱，要不要加个甜品？听说这家的榴梿酥特别好吃——"

结果话还没说完，顾衍几乎是迫不及待地打断了她："不要了！"

这男人咳了咳，镇定自若道："你省着点钱，早点还给我，不要乱点什么甜品了。在分期还清我的钱之前，榴梿也不要再买了。"

"那我就没办法请你吃榴梿了……"

齐溪以为自己这话下去，顾衍会赦免自己平日里"上供"水果的义务，没想到这男人一点也没迟疑，径自道："没关系，吃点便宜的，苹果什么的就行。"

第五章　当面表白

　　齐溪本以为自己和顾衍算是替程俊良解决了这个危机，然而没想到仅仅过了一天，她和顾衍就收到了程俊良走投无路的求助电话："客户说什么都不肯，一定要我立刻赔她十二万，否则就立刻去律协投诉我。"程俊良的语气焦急而无助，"我本来约她来咖啡厅里沟通，结果现在她找了几个人把我堵在咖啡厅里，让我签字据答应三天内给她钱，否则就不放我走……"

　　事出紧急，齐溪和顾衍顾不上别的，几乎是立刻就赶去了程俊良被堵的咖啡厅，两人也终于见到了这位客户。

　　令人意外的，对方看起来年纪非常小，但作风却相当老练，明显是有备而来，还带了几个彪形大汉。

　　齐溪给对方叫了杯奶茶，缓解了下气氛，然后笑着看向了对方，语气尽量温和道："我们是程俊良的朋友。有什么事情大家坐下来慢慢商量，你的事我们也知道，程俊良正在凑钱呢。"

　　一听说程俊良在凑钱，对方的情绪终于有所缓和，挥手让几个同行的彪形大汉先行离开，自己则坐了下来。

谈话间，齐溪大致了解了程俊良这位客户的信息——对方名叫卢娟，年纪竟然比齐溪他们都还小两岁，但十六岁辍学后就出来打工，按照工作年限算，倒是个老江湖了，因此做派已经非常社会。

卢娟虽然文化水平不高，但为人看着相当精明。

明明齐溪一行人才是律师，然而和卢娟的沟通谈判中，一涉及钱，卢娟简直是步步紧逼相当强势，拿出了寸步不让的气势。

欠了卢娟十二万的潘振东则是她的前男友，两人一同在 KTV 工作，都是异乡人，年龄也相仿，因此有很多共同语言，很快就恋爱同居了。

"我们感情很好，本来计划今年结婚，去年年中我都带他回我老家见我爸妈了，结果因为我爸妈要十万的彩礼，他一次性拿不出那么多钱。从我老家回来后，他就号称要为了娶我攒彩礼，所以他的钱都要节省下来。"

卢娟喝了口奶茶，顿了顿，才继续道："我想了想，觉得也合理，毕竟我家里有个哥哥，这笔彩礼钱我爸妈肯定是要用来给我哥找老婆的，也不会补贴给我们的小家庭。潘振东不嫌弃我们家这样，愿意踏实和我过日子，我也觉得挺感动。"

齐溪有些了然："所以之后你们之间所有的花销都是你出的？"

果不其然，卢娟点了点头："没错，之后房租水电、日常吃喝用，这些都是我来支付的。可 KTV 的工作收入并不高，他攒了很久也没攒下什么钱。他说他认识了个老板，为了早日能娶我，决定下海创业跟着老板干，但缺一笔启动资金……"

齐溪皱了皱眉："所以你借了钱给他？"

卢娟点了点头："我这些年赚的钱除了自己吃喝花了，剩下的都寄给家里了，也没什么存款，但为了潘振东能创业成功，为了我们能早日凑够彩礼钱结婚成家，我就借了网贷，其实才借了五万，但是利滚利，现在已经变成十二万了。"

毫无意外，潘振东的创业看来是失败了。

卢娟说到这里，也有些低落："哪里知道他不仅没赚到钱，还倒亏了好些钱，把之前为娶我攒的钱都全填进去了。现在我身上这笔网贷逾期了，我天天被人讨债，电话都不敢开机；KTV 的经理也被骚扰了，所以我连工作都丢了；潘振东又拿不出一分钱还我，而且都不肯好好去找个工作上班慢慢还债，还一门心思想着继续跟那老板创业，要我再去借网贷，说什么这次一定能成……"

这番话，齐溪听了相当唏嘘。她没想到这么精明的卢娟，一遇到爱情，竟然会这么天真。

没有经验、眼高手低，这样的创业怎么可能成功。

毕竟能创业成功的人才是凤毛麟角，大部分人能有稳定工作和收入就已经非常幸运了。

可没想到事到如今，卢娟提起潘振东，却还忍不住美化对方："他虽然没什么钱，但对我是真的特别好，确实可能是这辈子我遇到的对我最好的人了，比我爸妈对我都好。"

卢娟讲到这里，眼圈忍不住有些微微泛红："催债的天天找我，我心情特别不好，就成天和他吵架，结果把感情吵没了，最后是他提了分手，但欠的钱他都认了，给了我一张十二万的借条，说他来承担负责。"

卢娟吸了吸鼻子："我现在也不想感情不感情的事，我就想把这钱拿到。潘振东最近跟着那创业小老板还真的赚了点小钱，本来拿着这个借条还能去要钱，结果程俊良律师把我的借条弄丢了！"

果不其然，一进入钱的正题，卢娟的精明就回来了："现在潘振东一知道我没了借条，死活不承认问我借过钱了！他当初和我分手写借条时对我还有点感情，愿意像个男人一样负责，现在我们分手也有一阵了，他创业有了起色又需要更多的投入成本，所以听说借条丢了就打算赖账了！"

卢娟说到这里，瞪向了一边于足无措的程俊良："所以这笔钱本来是能要回来的，因为你粗心大意弄丢我的借条，我要不回来了！你知不知道十二万是我多少年才能攒下的钱？你知不知道我没这笔钱，那些催债的公司把我逼成什么样了？"

不得不说，卢娟的情绪简直是收放自如，她前脚刚质问完程俊良，下一刻眼泪就掉了下来，情绪也急转直下，变得痛苦不堪："程律师，你一定得对我负责，这钱一定要给我啊。我爸妈还不知道这事，不然肯定打死我，我今年不仅没拿钱回家还欠债了，这说出去真是没脸面，而且催债的公司要求我三天内必须还钱，我现在每天失眠。你要不给我这个钱，我就活不下去了，我只能想到死这一条路了……"

程俊良没见过这阵仗，外加确实是自己的疏忽导致的问题，当即也难堪又愧疚："我……我也没这么多钱，要不我分期付给你……你给我一段时间……"

显然卢娟等的就是这句话，她抹了抹眼泪，当即道："那也行！催债的要能见我先还一点钱，对我也不会逼得那么紧。但你不能一次性还我的话，万一你还了开头几笔就跑了怎么办？要不你今天先给我写个字据，写清楚这十二万最后到什么时候还清，之后你就慢慢再给我，大家也都安心，这事也就算了，我也不找你老板说，也不找什么律师协会举报。大家都是普通人，得饶人处且饶人。"

程俊良显然已经被说动了，当他都快要答应卢娟时，顾衍出声制止了他："字据的事先不急，程俊良也才刚工作，没那么多钱，他找我们来也是一起凑凑。他要给你钱，怎么分期，分期的进度怎么样，我们还要商量一下，等我们确定好，明天再约你到这里见面。"

卢娟打量了顾衍几眼，大概还是觉得程俊良跑得了和尚跑不了庙，见程俊良满脸羞愧也并没有反驳，略微思忖了下，还是同意了顾衍的方案。

卢娟一走，程俊良的表情就垮了下来："有没有哪儿可以做法律合同英文翻译的私活？便宜点我也接……"

"你先别急着想这些。"顾衍微微皱起了眉，"我只有一个问题——既然卢娟和潘振东早就分手了，你丢了借条原件这个事，明明应该只有她和你知道，潘振东为什么对此完全知情？他是怎么知道借条丢了的？他怎么确信借条一定没了，所以大着胆子死活不肯还钱了？"

顾衍抿了抿唇："除非是卢娟主动告诉他，说借条丢了。"

没错！齐溪终于知道卢娟身上那种深重的违和感出在哪里了。

看起来一切都很合理，但卢娟的各种反应却总给人一种精心设计过的感觉，她仿佛预设了每个场景下她应该做出的反馈，一会儿装狠，一会儿服软，一会儿哭穷，一会儿威胁。如今回想，她的表现简直滴水不漏。

程俊良还有点蒙，齐溪却是反应了过来。她看向了顾衍："所以你觉得，潘振东不肯还钱这件事上有猫腻？"

顾衍点了点头："创业没有那么容易，更何况根据卢娟的描述，潘振东中专毕业就来工作了，也没学过什么技术，在 KTV 就是当个管理服务生的小经理。这个环境，先不说他能认识什么特别高层次的大老板，就光是他这个履历，去跟着认识的大老板创业，也很难说很快就翻身止损还能赚到钱。"

顾衍说到这里，齐溪就都明白了。

如果潘振东根本没有钱，那么即便卢娟有借条原件，官司能胜诉，申请强制执行，也什么都执行不到。

这种情况下，就算借条失而复得，卢娟即便胜诉后，也拿不到一分钱，相反还需要支付律师费。

但如果卢娟号称潘振东如今有钱还给她，只是借着没了借条的理由死不还钱，那么卢娟拿不到十二万的罪魁祸首，就变成了弄丢了借条的程俊良。于是她借着这个由头，就可以拿捏着让程俊良赔偿她的损失。

程俊良到底也是法学院毕业，之前置身自身的事件之中有些迷茫，如今顾衍点到这里，他也都明白了。

他恍然大悟道："正常情况下，但凡潘振东真有钱还给卢娟，卢娟说什么也不会说漏嘴告诉潘振东她的借条丢了。"

"没错。"齐溪也有些心有余悸，她刚才也差点信了卢娟的话，"没想到她比我们年轻，但算计上可比我们厉害多了。"

程俊良这才彻底反应过来，回忆起过往可疑的蛛丝马迹来："难怪我一开始说丢了借条她很急，后面过了几天，她反而不急了；我和她沟通继续帮她起诉，即便没有借条也有可能胜诉的方案后，也有指点她继续去找潘振东取证，甚至有可能的话让潘振东再重新签一张借条，但她确实对此很不积极，不是说潘振东联系不上就是说潘振东拒绝了。我一开始还以为他们分手后情感上很难继续沟通，所以问她要潘振东的联系方式，想要自己去找他，结果卢娟也推三阻四就是不给我……"

三人互相看了几眼，也知道这下事情不好解决了。

律师这个行业，一旦客户和律师一条心，那是其利断金；但万一客户心里有了小九九，手里又拿捏着律师的瑕疵失误，那就麻烦了。

齐溪也愁眉苦脸起来："恐怕就算你要到潘振东的联系方式，你去找他取证这条路也走不通了，因为潘振东很可能和卢娟已经串通好了。"

毕竟程俊良弄丢了借条，而只要卢娟和潘振东这两个人将计就计，对他们彼此都是双赢——卢娟能从程俊良这里拿到钱，潘振东也不用为这笔债务负责，完美完成债务转移和清零。

程俊良一脸颓败，然而齐溪却是灵机一动："卢娟当时把借条原件交给你的时候，有证据吗？你签原件交接单了吗？她交材料给你时还有第三人在场吗？你们办公室有监控可以证明她交给你了吗？"

程俊良愣了愣，摇了摇头："没有签过原件交接单，她自己来给我的；那天所里其余律师都出去了，就我一个人接待了她，我们所办公区也没监控。"

齐溪想了想："那你丢了借条以后和她是通过什么沟通的？她有做什么录音之类的取证吗？"

"这事太大了，我觉得微信文字讲不尊重她，电话也讲不清，所以我是当面找她道歉讲这件事的；后面的沟通为了表达我的歉意和诚意，都是当面进行的。我也很确信她没有录音之类的，因为一开始把她约出来，她也不知道是什么事，根本不可能提前准备录音取证什么的。"

程俊良说完，又痛苦起来："哎，其实我本来梳理了下其余证据，觉得只要不被潘振东知道丢了借条，诈一诈他，完全可以胜诉，结果现在搞成这样，恐怕我这辈子都毁了。"

程俊良的眼眶有一些发红，眼里是真实的绝望和无助："十二万，我要不吃不喝多久才能攒够十二万……"

他的眼睛下面也是深重的黑眼圈，脸色非常憔悴暗淡，恐怕这阵子没睡过一天好觉。

齐溪想了想："其实还有一个办法。"

程俊良不抱希望地看向了她，显然并没有把她的话当真。

齐溪深吸了一口气："虽然是你弄丢借条在前，但原本完全可以弥补，只是如今卢娟不配合取证铁了心讹你，那她不仁，我们也不义。"

程俊良有些茫然："什么意思？"

顾衍抿了抿唇："她的意思是，卢娟确实借钱给潘振东了，然而法律上只要没有足够的证据支撑，就不认定这个事实。那么，就算你确实弄丢了卢娟的借条，但卢娟也没有证据证明她把借条原件给过你，她只要没法证明，那么法律上也不会认可这个事实，所以从根源上来说，在法律和证据的视角里，你根本就没收到过卢娟的借条原件，也根本没有弄丢过它。"

齐溪是真的对顾衍有些刮目相看了，他好像每次总能飞快地从细枝末节里就理解自己的思维方式。

"是的，就是顾衍说的这样。"齐溪眨了眨眼睛，"这也是完全正常的诉讼策略。虽然你也是实习律师，但从没规定实习律师不能遇到法律问题，不能成为当事人，那么，把你当成我的当事人，我撇开你同学的身份，完全站在律师的角度，你这个案子，我肯定会给你这样的建议。"

一旦这样想，问题就好解决了。

"卢娟败诉，肯定是因为潘振东仗着没有借条原件，不承认借款关系，那么一旦卢娟起诉你，号称你弄丢了借条原件，你也完全可以用像潘振东一样的应诉策略，不承认收到过借条原件，那么也不存在你弄丢这个事，自然你不需要负责。"

齐溪说完，看了程俊良一眼，补充道："毕竟没有任何证据可以证明你收到过借条，也没有任何证据可以证明你弄丢了借条。"

她这一说，程俊良的眼睛完全亮了起来。他的情绪一下子太过激动，直接握住了齐溪的手，语气感激道："齐溪，不愧是你！你太厉害了！我怎么没想到！"

大概是齐溪抢先说出了这个解决方案，顾衍看着手舞足蹈的程俊良和齐溪，脸色挺冷表情挺黑："事情还没解决之前你们能不能先别那么兴奋了。"

这男人吹毛求疵道："还手拉手兴高采烈的，不知道的人还以为你们这是要结婚了。这是遇到了好事吗？"

这么一说，程俊良赧然，也立刻松开了齐溪的手，不好意思地抓了抓头："这次多亏你们两个帮我出主意。我自己也是实习律师，知道这么花精力时间的事不能白占律师的便宜，如果你们愿意，能不能你们两个一起代理我这个案子？你们就把我当成是你们的当事人，后续和卢娟的沟通交锋，我也可以交给你们去处理。"

程俊良的脸色很羞愧："我这人没什么脑子，我怕面对她露怯，也怕自己又出岔子。"

他生怕齐溪和顾衍拒绝，立刻补充道："虽然我知道这案子很小，律师费也不多，但还是希望你们能帮我这个忙。"

齐溪想了想，然后渴求地看向了顾衍："我们能接吗？"

顾衍皱了皱眉："最近听我姐说马上有个劳动纠纷集体诉讼的案子，光是证据材料估计就要装几个行李箱，可能之后会比较累，我建议还是……"

齐溪忍不住嘟起了嘴，她每次被人拒绝时候都会下意识这样，像个气鼓鼓的小河豚，然后她可怜巴巴地看向了顾衍："真的不能接吗？"

顾衍愣了下，然后咳了咳，极度不自然地移开了视线，但声音仍旧很镇定："我没说不接，我刚要说的是，我建议还是接以后尽快解决，短战线处理，不要影响后面集体诉讼的案子。"

太好了！原来顾衍和自己的想法是一致的！

不过两人都是实习律师，不能独立办案，即便是自己接来的案源，也需要有一个带教律师挂名。

回律所的路上，齐溪十分得意："顾律师一定会表扬我们吧？虽然案子标的额小，但是我们才刚实习，就很有拓展案源的思维，总体来说，我们这么孺子可教，我们的未来一片光明！"

可惜对比齐溪的憧憬，顾衍看起来没那么乐观："你不要想太多了。"

"难道顾律师要求特别高，表扬人特别少见？"

顾衍没有再回答，只是抿紧了嘴唇，微微皱着眉。

齐溪倒是不太在意，她觉得顾雪涵即便不表扬他们，至少也能认可他们的努力吧？

只是齐溪没想到，等她和顾衍把打算接下程俊良案子的情况向顾雪涵汇报后，得到的不仅不是表扬，反而是顾雪涵沉下的脸和毫不留情的批评："你们简直是胡来！"

顾雪涵的语气带了克制的愤怒："是谁想出这种馊主意的？"

这是撞枪口上了？

刚才汇报案子的是齐溪，如今面对顾雪涵的质问，虽然心里忐忑害怕，但齐溪还是决定站出来承认。

只是还没等她开口，她听到了顾衍先她一步的声音："是我。"

顾雪涵露出了明显的不满："你是怎么想的？"

"在法律上而言，你们设想的操作确实没问题，是可以最大限度地推卸责任，在应诉策略上也完全没问题，但你们这样操作，真的问心无愧吗？"

顾雪涵的表情郑重而严肃："程俊良的客户确实不是完美的，确实有很大的私心，但程俊良是律师，作为律师，有律师应尽的职责。如果不是他丢了借条原件在先，卢娟会想到用现在的手段吗？始作俑者既然是程俊良自己，他还是应当尽可能去弥补客户的损失。

"我们做律师的，虽然考虑问题的时候要尽可能为客户去考虑，但律师处理法律问题，归根结底还是处理人与人之间的人际问题，离婚也好，侵权纠纷也好，终点都是人的问题。要真正稳妥地处理好一个案子，抱着的目的不应当是为了你的当事人而去打压和竭尽所能伤害对方当事人的权益，而应该是做好平衡。

"诚然，你们可以采用你们所说的手法去对付卢娟，可卢娟会服气吗？不会。十二万对她这样的人意味着什么？光脚的不怕穿鞋的，她会不择手段去纠缠程俊良或者是作为办案律师的你们。即便律协投诉、法院起诉，碍于没有证据证明她交付了借条原件，折腾不出什么大动静，但她有的是办法让你们三个人没法正常工作和生活。不管是拉横幅、发骚扰短信还是去网上曝光，你们不会想去打开这个潘多拉魔盒的。"

顾雪涵看向了顾衍："做律师，可能是会遇到各种各样的客户，但不管客户是什么样的人，我们不能也因此变成卢娟那样的人，不能以恶制恶，客户的糟糕并不是我们也糟糕的理由。"

一席话，说得齐溪尴尬而羞愧。

确实，她当时一心想着帮程俊良推卸掉责任，完全想着如何靠法律专业的操作在法律层面脱身，完全没有想到后续。

"专业人做专业事。律师应当维护当事人的权利，但律师也应该有全局观念！很多当事人并不清楚自己的诉求对他而言是否是最合适的，就像程俊良，他置身其中，目前只能短视地想到首先要逃脱这个十二万的赔付责任，但你们既然想代理他，作为他的律师，你们就不应该像他一样，而是应该统观全局——一旦程俊良靠钻法律空子推卸了责任，卢娟会不会发疯？卢娟情绪失控了，到处去散布这件事，对程俊良的未来是好事吗？

"卢娟知道是你们两个一手促成程俊良这么做的，知道你们两个是律师，她会一边纠缠程俊良，也会一边咬死你们两个。"顾雪涵的语气充满了恨铁不成钢，"顾衍你动没动脑子？"

因为顾衍挡下了责任，顾雪涵的火力也都集中到了顾衍身上，她不仅没对自己的亲弟弟放水，反倒是更为严厉地进行了批评。

顾衍在学校一直是老师们的宠儿，这几乎是齐溪第一次看到他被人训成这样。

说到底，这方案真正提出并想要实践的人是齐溪，顾衍虽然也想到了这个操作，但从他的态度而言他从没有支持或者劝解程俊良去这样做。

虽然不想被训，不想给老板留下不好的印象，但齐溪最终还是白着脸，打算站出来承认："顾律师，其实这个方案是我——"

只是她话还没讲完就被顾衍打断了："和你没关系。"

顾衍说完，又平静地看向了顾雪涵："一人做事一人当，是我的问题。"

顾雪涵对亲弟弟显然更不留情面，但顾衍抿着唇一声没吭，最后愣是一个人硬生生扛下了所有骂名。

因为顾衍的"认罪"，顾雪涵很快就给齐溪安排了别的工作，让她先出了办公室，把顾衍留着继续单独训话。

齐溪在办公室外忐忑地等了半小时，才看到顾衍从里面出来。

这半小时里，齐溪一边修改合同，一边心里是巨大的愧疚和羞赧，还有对自己短视的无地自容。

她沾沾自喜、自作聪明地觉得自己利用法律专业知识钻了法律漏洞，可以让程俊良从这个事里择干净，然而听了顾雪涵的分析，才感觉到自己的愚蠢。

而更让她愧疚的还是顾衍替自己背了这个黑锅。

主动背黑锅的受害人倒是挺平静，面对齐溪鞍前马后的嘘寒问暖，顾衍别说邀功了，甚至可以说是毫无表示。这反而让齐溪更愧疚了："你刚才就应该供出我。"

"供出你让你被我姐骂？"顾衍看了齐溪一眼，然后他移开视线重新看向了电脑，像是在忙着回邮件的样子，"我姐发火训起人来，按照你的性格根本承受不住。到时候你被骂哭了，心理崩溃了，团队里的工作谁干？"

"你不用小心翼翼感谢我，我没那么伟大，只是觉得麻烦，讨厌别人哭，也不想安慰别人，更不希望团队里有人情绪波动而影响工作。"

顾衍的声音镇定自若："何况这个方案，我确实也想到了，也默认了，没有阻止你去和程俊良沟通，我被我姐训话也不冤。"

话是这样讲，但齐溪有些不服气："我没你想的那么脆弱。既然确实是我想的方案不完善、不成熟，顾律师训我，我也会虚心接受，才不至于动不动就哭。"

齐溪想了想，觉得还是要为自己澄清下："我觉得我还是挺坚强的，哭肯定不会，最多难受下吧。"

"不会哭？"顾衍面无表情道，"那上次是谁接了艾翔案里对方影视公司的电话，被对方喷了几句眼睛就红了？你以为我姐是什么好人？她只是喷人不带脏字罢了！你被她喷完要是内心记仇，万一找我寻仇泄愤怎么办？"

这话齐溪觉得她要抗争了："我是那种会寻仇泄愤的人吗？！"

"难道你不是？"顾衍平静地看向了齐溪，"那毕业典礼骂我的是谁？"

"……"齐溪觉得和顾衍的这个血海深仇是过不去了。

"不过那现在怎么办？总不能看着程俊良真的去赔偿十二万吧！虽然他弄丢原件是有问题有责任，可卢娟逮着他想讹钱也是有问题的呀。"

齐溪有些忐忑，担心顾雪涵会反对他们接这个案子，毕竟这种浑水，代理费又不高，还容易搅得一身腥。

只是顾雪涵的做法出乎了齐溪的意料。

顾衍看也没看齐溪："她会把程俊良约出来，然后处理这个事。"

齐溪相当惊喜："顾律师真好！她要是出手，程俊良一定稳了！"

齐溪说这话是真心的，她就是天然地信任着顾雪涵，总觉得只要顾雪涵出马，一切就都能搞定。

只是齐溪这样出自肺腑对顾衍姐姐的崇拜，并没有引起顾衍的共鸣，正相反，顾衍听完脸上反而露出了吹毛求疵般的挑剔："她都没说怎么处理，你就知道稳了？"

这男人大概是被训话后心情不爽，阴阳怪气道："而且程俊良稳不稳你这么高兴干什么？"

齐溪朝顾衍笑了笑："大家毕竟同学一场嘛！这不趁着我们有能力，帮老同学一把。"她谄媚地看向了顾衍，"你刚才不也帮了我这个同学一把扛下了骂名吗？"

"谁帮你？都说了和你没关系。"顾衍没好气道，"只能说我倒霉，我认命。"

虽然顾衍这么讲，但齐溪是知恩图报的人。她前几天无意间在地铁里听到几个学生聊天，知道最近重金属摇滚乐圈的"教皇"级乐队这周六正巧会来容市开演唱会，这可是被每个热爱重金属摇滚乐的乐迷朝圣般追捧的乐队，但凡是个重金属摇滚迷，就是这个乐队的粉丝。

齐溪原本完全不了解重金属摇滚，真的开始研究，才发现这圈子虽然小众，但热爱的人都很死忠，因此这摇滚乐队演唱会完全是一票难求的状态，普通的位置也炒到将近两千块，不过比起同天的一场足球联赛动辄五六千一张的票价，这摇滚乐演唱会票价就算小意思了。

齐溪最近接了点法律翻译的私活，等结算完后，不仅能彻底还清积欠顾衍的钱，自己还有不少结余。

她比照着足球联赛的价格，做了下心理安慰，想着至少重金属摇滚的票比足球联赛还是便宜多了，顾衍至少挑了个不那么烧钱的兴趣爱好。

然后齐溪又盘算了下未来的花销，确认能运转起来，于是最后咬了咬牙，才从黄牛手里预定了两张演唱会的高价票。

生怕顾衍自己买了票，第二天上班，齐溪就旁敲侧击地开始试探："你这周六有空吗？"

顾衍愣了下，微微皱起眉，看向了齐溪："你要干什么？有合同来不及改完吗？"

"不是不是，我就是想，如果你这周六没事，我正好有两张票，不如我们一起去看看？"

顾衍顿了顿："哦，有空。"

他看起来有些不自然："我正好没买到票。不过那个票很贵，也很难买，而且一般女生不是都对这种没什么兴趣吗？你也喜欢？"

齐溪不愿意放弃任何一次和顾衍拉近距离的机会，当即佯装出惊喜般热忱道："我喜欢呀！原来你也喜欢？"

虽然她都不知道重金属摇滚是什么玩意儿，但是先说了喜欢再说！

"你没发现吗？其实我们有很多共同的爱好——都喜欢吃榴梿，还都喜欢重金属摇滚！"

齐溪露出了一脸遇见知己般的感动："其实顾衍，我一直就觉得重金属摇滚特别适合你的气质，虽然外表冷静自持，看着像是喜欢阳光足球的普通人，但实际你的内心充满了狂野不羁。可能别人都觉得你的喜好很大众，就像所有别的这个年纪的男生，但我理解的你其实根本不属于去和那些普通男生一样，你喜欢的都是独特的有深度的与众不同的东西！"

也不知道这番话是不是说到了顾衍的心坎里，顾衍的表情看起来有点复杂。他沉默了片刻，才抬头看向了齐溪："我在你眼里是这样的？"

齐溪用力地点了点头："没错！虽然你看起来是平平无奇的优秀三好生，但我知道你内里一定超级有个性！"

大概是被说得正中内心，顾衍的样子看起来有点微妙。他移开了目光，像是不经意般道："所以你觉得一个男的喜欢看足球、喜欢普通男生喜欢的东西，比较没个性？"

这可不正是夸赞顾衍和其他男生不同的时刻吗？

齐溪几乎是铆足了劲吹："怎么说呢，就是喜欢足球啊什么的，这种爱好很普遍，但确实有点泯然众人吧！人总要有点与众不同的东西，才能区别于别人啊，像你喜欢重金属摇滚，这就非常有个性，一下子就脱颖而出啦。"

大概被这么夸了到底有些不好意思，顾衍的脸色一时之间有些莫测。

难道自己猜错了？

齐溪有些忐忑："所以你喜不喜欢重金属摇滚？如果不喜欢也没事，我可以找别人陪我一起……"

好在就在她有些怀疑自我之际，顾衍给了她肯定的答复："还行吧。"

他看了齐溪一眼："还算喜欢。"

"那周六一起去？"

"嗯。"

如愿地约到了顾衍，齐溪一下子高兴了起来。

这次不管怎样，顾衍替她被顾雪涵训了一顿，说什么她都要还一下人情。

大概也是巧，齐溪刚哼着歌把此前预约的黄牛票全价给支付了，就听到对面顾衍的手机响了起来。

因为距离实在隔得太近，虽然齐溪并无意偷听，但顾衍电话那端的声音还是隐约传了过来：

"你上次想要的票有了，就是价格有点高，普通位，一万一张，你之前说这个价位也可以接受，所以我和你确认下，你去不去？其实还是值的，毕竟你想那是——"

对方似乎还想说，但顾衍没给对方继续的机会，径自打断了对方："不用了，谢谢。"

顾衍几乎像是怕对方说完一样，连听也没听完就飞速地挂断了电话。

虽然顾衍没说什么，但齐溪的内心明镜一样，这一听就是卖票的黄牛了。不过这黄牛也太黑了点，一万块，抢钱呢！虽然这个摇滚乐队在重金属摇滚领域是很火，但普通票要价一万块也太夸张了，都快赶上另外那个足球赛的票价了！要知道市场决定价格，看足球赛的人远远大于小众爱好去听重金属摇滚的，一个重金属摇滚票价竟然要到这么高，这黄牛也太没有职业道德了！

不过自己这次马屁可见拍得非常成功！

这不，要不是自己先买了票，顾衍还得自己找这种黑心黄牛被宰呢。

顾衍嘴上说着还行，但一万块的票都在他心理价位内，这哪里是还行啊！这是深沉的爱啊！

《顾衍大全》，诚不欺我！

齐溪最终还是没忍住，用胳膊碰了碰顾衍："所以你其实老早就想去看这个演出了啊？"

顾衍像是一时没反应过来，愣了片刻，才"嗯"了一声。

"但你找的这黄牛太黑了，我买的票就两千一张。下次你有什么要看的，我介绍我认识的黄牛给你，绝不宰客！"

结果顾衍听完有些匪夷所思，连声音都忍不住微微抬高了："这个摇滚演出的票一张你花了两千块？这还不宰客？你知道市场行情吗？"

这下齐溪有些不服气了："你那个黄牛报价还要一万呢！我这才两千呢！"齐溪看了顾衍一眼，"难道不是吗？"

顾衍像是想说什么，但大概事实胜于雄辩，实在无力反驳，最终憋了憋，还是什么也没说。

齐溪很快结算到了法律翻译的私活费用，还清顾衍的钱后，她飞速支付了摇滚乐票的尾款，雷厉风行地拿到了实体票。

同样雷厉风行的还有顾雪涵，第二天下午，她就设法腾出了时间，把程俊良约到了竞合所："既然顾衍和齐溪决定接你的案子，那么你就是竞合所的客户了，我作为顾衍和齐溪的带教律师，也想和你见面沟通一下。"

程俊良没想到自己竟然能惊动竞合所的合伙人出马，一张脸上充满了胆战心惊和无地自容。

顾雪涵长得漂亮又有气势，程俊良都不敢直视对方，脸都憋红了，说话也有些结巴："顾……顾律师您好。"

"顾衍之前和你沟通过他想的方案了吧？"

"是……是的……"

顾雪涵轻笑了下："这个方案需要推翻。你需要向当事人承认你弄丢了借条原件。"

程俊良愣了愣："是承认了反而能有更好的方案？"

"没有。"顾雪涵抿了抿唇，"承认弄丢了原件确实就要承担责任。"

程俊良这下有些蒙了："那……"

"做律师，尤其是像你们这样的新人，可以业务上不够精进，处理问题上不够老练，但首先必须学会的就是担当，这是一个律师最基本的职业道德。"

顾雪涵的表情严肃而认真："弄丢原件不可怕，可怕的是不愿意承担责任。诚然，你可以靠钻法律的漏洞去逃避责任，普通人可以这样做，但我们作为律师，是不适合这样做的。"

顾雪涵看向了程俊良："这才是你执业的起点，你连自己的错误都负担不起，又怎么负担客户各种各样的纠纷和问题？你又怎么承担一个个案子的压力和责任？你又凭什么获取客户的信任？"

一席话，别说说得程俊良一张脸通红，就是齐溪也羞愧不已。这主意说到底是她要小聪明想出来的，如今被顾雪涵一说，她也越发意识到不合适起来。

程俊良有些词穷，但还是挣扎道："主要……主要我真是没办法了。我原本想和我的当事人承认错误进行补救，但她不配合，铁了心要讹我。如果现在我承认弄丢了借条，这十二万她是一定会要我出了，这实在不是我能承受的数字了……"

"承认错误并不意味着要为自己错误以外的事去承担责任。"顾雪涵扫了一眼齐溪和顾衍，"作为律师，都是有律师职业责任保险的——由于疏忽或过失给委托人造成经济损失，依法应当承担的经济赔偿责任，可以由保险公司赔偿。竟合会给所有入职的律师或实习律师购买这一项保险，正常情况，你的律所也会为你购买。"

律师责任保险这个说法让程俊良的眼睛亮了亮，但很快又暗了下去，他嗫嚅道："可我就是一个小所，不是很正规，未必给我买了……"

顾雪涵不紧不慢："就算没给实习律师买，你的带教律师肯定是有购买的。这个案子，虽然带教律师完全交给你承办了，但作为实习律师不能独立执业，委托书上因此也是有带教律师签名的，所以法律上而言，这就是你和他共同的案子，作为他的助手，你的疏忽大意导致原件损毁，可能会承担经济赔偿，他的职业保险是可以覆盖大部分的。"

顾雪涵眨了眨眼睛："十二万的额度并不大，正常情况下，律师职业责任保险可以完全赔付；即便保险公司评估下来不能赔付全部，剩下的缺口也不大，完全不需要用借网贷这种最差的方案来解决。"

别说程俊良睁大了眼睛，就是齐溪和顾衍也都有些意外，他们根本就没往这条路上想，根本没想到律师还有职业责任保险。

顾雪涵一看几人脸上的神情，自然是明了。她有些没好气地瞪了顾衍一眼："你想出之前那个办法，肯定还沾沾自喜，觉得自己聪明得不行吧？怎么就不想想别的？是人就会犯错，承认错误、承担后果也没你们想的那么糟糕。律师和医生这种高危职业，本身都有相应的职业责任保险兜底。"

虽说如此，但程俊良还是有些迟疑："可……可我怕万一我和带教律师一说这事，我这份工作就不保了，而且万一要用到他的职业责任保险，一旦出险，对他之后的保费多少有些影响吧，说到底是我牵连的他……"

程俊良这席话，成功让顾雪涵挑了挑眉："你但凡能把你对带教律师的愧疚挪给你的客户，你也不至于像之前那样想逃避责任了。"

顾雪涵恢复了严肃的表情，看向了程俊良："不论你的客户后续操作怎样，是否有存了讹诈你的心，至少你弄丢借条原件在先，你对你的客户仍旧应该心怀愧疚，因为人心不能试探，是你给了她讹诈你的机会；但你的带教律师反倒并不无辜——第一，他没有对你做出风险提示，没有告知你千万不能收取客户的原件；第二，他因为轻视这个案子，觉得太小太简单，所以过程中没有来跟进，全部丢给了作为实习律师的你。"

程俊良还是很局促，手指紧张地搅着衣袖。

顾雪涵的语气很平静，但话语却很有分量："带教律师是半个师傅，本身就应该对你进行指点，毕竟每个律所，一旦是分成制的，带教律师都是对自己手下实习律师的案件有收入抽成的。你做案子的钱要分给对方，难道对方就想光拿钱不承担责任？天下有这种好事？！"

对于程俊良迟疑的神色，顾雪涵了然地轻笑了下："我知道你在想什么，觉得这样得罪自己的老板。可一个实习律师应该有实习律师的担当，一个老板也应该有老板的担当，否则他凭什么配做老板？"

程俊良像是被说动了，终于鼓起勇气道："那顾律师，您能帮我去沟通吗……"

既然顾雪涵决定接这个案子，她作为律师确实可以代为和转变身份成为委托人的程俊良去沟通，然而出乎齐溪的意料，顾雪涵拒绝了。

"不行，这件事需要你自己先去沟通。"

程俊良的脸果然垮了下来。

顾雪涵说："我知道很难，但是作为律师，作为一个人，人生在世，就有很多不得不硬着头皮也要去做的事，有即便羞愧难当也要去承担的责任。你如果还想保住这份工作，那你就应该先行自己知会你的带教律师，并且和他沟通，一来这才是尊重对方，也能表现出认识到自己错误的诚意；二来，你是不是也把你的带教律师预设到了你的对立面呢？他很可能知道这事后，会选择和我一样的处理方式。你甚至根本不需要我后续的介入。"

顾雪涵这次是相当语重心长了："程俊良，既然你选择加入了那位带教律师的团队，那你也应该尊重和信任这个团队。律师是可以解决很多纠纷，但不能解决所有的纠纷，因为人和人之间的关系，本来就十分微妙。你这个案子我接，而且不收费，但需要在你自己和带教律师沟通无果，对方拒绝帮你解决以后。"

程俊良最终被下了最后通牒。虽然很艰难，但在顾雪涵的娓娓道来里，他也终于坚定了信心，决定直面执业生涯里第一次重大失误——先和自己的带教律师坦白一切，再商议怎么处理这件事。

程俊良一走，顾雪涵却没让齐溪和顾衍马上离开办公室。

顾雪涵用手指敲了敲桌面："能 下子想到对方没证据证明程俊良弄丢了借条原件，这算是职业病一般的条件反射了，听起来好像很专业，看起来也能甩脱责任不认这十二万。

"但生活里不是所有事都可以用法律思维去解决的，法律是死的，人心是活的，我们做律师的，一定要警惕这一点——不要总是把任何事情简化成做法律案件分析题。真正的好律师，一定是人情通达的，能体悟、代入当事人，所以你们要去经历，经历越多人情世故越好。"

顾雪涵说到这里，笑了下："你们两个年纪轻轻的，要多和各色各样的人接触。律协最近正好要做活动，每个律所需要出一男一女两个人，你们就下午去吧，给你们批假。你们多接触社会，和律协的老师搞好关系，没坏处。"

律协确实每年定期会组织不少活动，什么宪法宣传日啊、律师慰问团、社区普法之类，齐溪倒是挺乐意参加，只是她没料到，这些律师的活动和以上都不相关。

等下午齐溪和顾衍赶到律协开会，听着律协老师这次安排的任务，只觉得一个头两个大。

"这次我们需要拍摄好几段普法宣传视频，里边的案情重现部分要求每个律所出点'群众演员'。现在大家聚在这里，我们就以律所为单位，两人一组，每一组都会收到一份完整的案情剧本，最后会拍成一个个便于传播宣传的小视频。希望大家回去利用闲暇时间背一下台词对一下戏，我们会按照进度安排拍摄。"

齐溪以为这多半只是普通的普法活动，然而等拿到剧本后，她就傻眼了。

有些律所选派的"群众演员"选到了房屋租赁纠纷，有的选到了民间借贷纠纷，而齐溪……

齐溪和顾衍拿到的是感情婚姻纠纷，元素之丰富，涉及法律之宽广，让齐溪简直目瞪口呆。

　　小刚家境优渥，苦追美女小雅，天天表白，成日骚扰，主动送礼，无微不至，还提出一旦小雅和自己恋爱结婚，可以房子加名、孩子跟小雅姓。小雅很感动，然后选择了拒绝小刚。小刚受刺激之下，又因为表白前喝酒壮了胆，酩酊大醉之下衷失理智，对小雅实施了强奸。事毕，小刚跪地痛哭求饶，最终小雅在威逼利诱下和他谈起了"恋爱"，并且嫁给了小刚。只是婚后，小雅和邻居小王日久生情，小刚为此多次对小雅家暴，两人的感情在小雅生下孩子后缓解，然而……

齐溪都不用想，她往下翻了翻剧本梗概，果不其然验证了她的猜测。

然而孩子是小王的……于是小刚起诉小雅离婚，并提出了精神损失赔偿，就孩子的抚养权和抚养费进行了激烈的争夺。最终，小刚因爱生恨，捅死了小雅，并付出了法律的代价……

大概是为了贴近生活，更易传播，这跌宕起伏的狗血剧情配上羞耻感满满的台词，剧本上还标注了需要展现的浮夸的肢体动作……

就在齐溪目瞪口呆之际，律协的工作人员走了过来，眼神关爱道："你们是竞合所的吧？你们这个剧本里还有一个邻居小王，到时候我们会找别的律师客串一下，但重头戏还是小雅和小刚，你们两个要好好演啊。"

齐溪挣扎道："老师，我们能换个本子吗？这本子太复杂了，我们可能太年轻了，演不出那个味道……"

"不行不行，这个剧本是我们主任熬了三天三夜写的，糅合了民事纠纷、刑事纠纷，还有治安处罚各种元素。她没什么别的要求，就是一定要找帅哥、美女演。你们两个是这批'群众演员'里颜值最高的，是我们主任钦点一定要你们演绎的。你呢，是小雅。"律协工作人员笑了笑，看向了顾衍，一脸慈祥道，"你就是小刚了。"

"小刚"没看剧本，完全不知道自己要面对的到底是什么，一脸坦然而淡定，朝律协的老师点了点头。

"顾衍，我觉得你看下剧本再答应比较好……"

顾衍大概是太年轻太天真，还颇有些不以为意："能有多难演？也就是案情重现而已，随便走个过场就行了。律协又不能得罪，这次让我们演的是律协主任亲手写的剧本，我们演好了，对竞合肯定也是加分的。"

一刻钟后，顾衍瞪着剧本，面无表情："我演不下去。"

齐溪好心劝说道："律协不能得罪，因为这是主任的项目，是他们的重点。我们先排练下，待会儿他们就过来彩排。"

顾衍盯着剧本，已经开始生无可恋了，这份生无可恋在彩排时得到了充分的体现——

"小雅，我喜欢你。"

顾衍看着齐溪，声音干巴巴的："你还是从了我吧！不然的话……女人，你就是在玩火。现在，我有一条祖传的染色体要送给你，你不要不识好歹。"

别说完全没有演出小刚的邪魅狂狷，顾衍的告白听起来也毫无感情，说是讨债还差不多。

他用这种声音说出这番台词，齐溪没绷住，笑得东倒西歪。

"不行不行！NG！"齐溪没忍住，大声喊停了顾衍的无灵魂表演，"这样子不行，小刚的人设是为爱疯魔的，感情应该很充沛。刚才律协的老师说了，台词是他们主任写的，比较简化，但是你完全可以自己扩充自由发挥下，比如这个表白的时候，就要更丰富一下词汇，充满爱意深情地去表白，为爱疯魔的时候也要设身处地代入那种求而不得的偏执和痛苦！"

顾衍神色淡漠地看向了齐溪，一脸的"孺子不可教"："那还要加什么？"

不愧是顾衍，那么狗血曲折的台词，一下子就能记住背下，只是……只是演绎得也太不走心了点！

"虽然是律协的任务，但这样肯定过不了。这样吧，顾衍，你代入一下，就你不是之前喜欢那个女生也是没追上吗？虽然你肯定没这小刚这样极端，但设身处地一下，也多少能理解那种爱而不得的痛苦吧！"

齐溪眨了眨眼睛："所以表白的时候，代入你对她的喜欢，把我想成她，如果是对她表白，你除了'喜欢你'这一句，还想说什么？你会用这么干巴巴的情绪说吗？"

说到这里，齐溪也顿了顿："不好意思，我忘了确认一下，你还喜欢她吗？"

自从齐溪提及顾衍喜欢的女生，顾衍就垂下了视线，人也沉默了下来，直到齐溪问了这个问题，他才抬起头，直直地看向了齐溪的眼睛。

就在齐溪以为他不会回答之际，顾衍开了口："还喜欢。"

顾衍的声音有些轻，说完就把头转向了别处，像是无法面对齐溪，更像是无法面对自己。

此时此刻，顾衍的神色仍旧镇定而淡漠，然而眉宇间有着淡而微小的褶皱。虽然他藏得很好，但齐溪还是感觉到了他情绪末梢里细小的懊丧。

应当是会懊丧的。

即便对方不喜欢自己，他仍旧无可救药地喜欢着对方。

齐溪没有体会过这种感觉，但这一瞬间，看着顾衍犹如蒙着雾气如黛般的眉眼，她突然有些微微的羡慕和嫉妒。

什么女生这么好的运气！谈都没谈过哪怕一天，顾衍还这么死心塌地的。

齐溪深吸了一口气，甩了甩脑海里乱七八糟的念头，重新看向了顾衍："那你把我想成她，我们再来一遍。"

齐溪并没有期待顾衍能多投入，然而这一次，当顾衍抬起头望向她的眼睛，并且只望着她的眼睛时，齐溪突然有一些慌乱。

她好像没有做好和顾衍这样对视的准备。

"我喜欢你，即便只是默默地看着你、陪着你，即便知道你不喜欢我，我也想在你身边。即便我想远离你，即便告诫自己要开始新的生活，但我好像无论如何都忘不了你，你总是出现在我面前。"顾衍的语气是平和的，并没有多少显山露水的情绪，仅仅最后一句带了点少年人生气却无奈的情愫。

不知道为什么，被这样一双眼睛望着，听着这样平实却直白的表白，齐溪的心突然狂跳了起来。

就好像顾衍就在和她表白一样。

此前毕业典礼上误以为收到了顾衍的表白信时，其实齐溪并没有多少真情实感，然而此刻，她才突然紧张得手足无措起来。

原来被顾衍表白是这样的。

原来顾衍当面表白是这样的。

竟然有人可以拒绝顾衍？

齐溪的心里是难以形容的情绪，带了种春雨般的潮湿，仿佛又糅杂了初夏将至般的闷热和烦躁。

第六章 拿出气质

　　齐溪心里杂乱，顾衍倒是很镇定，他的表情看不出任何破绽，最终是齐溪先一步移开了视线。

　　她心猿意马，好像没法再看着顾衍的眼睛了，直到顾衍带了冷质的提醒声才仿佛唤醒了她——

　　"到你了。"

　　"我……我……"

　　明明轮到齐溪说台词了，她这一刻脑海里却一片空白。

　　齐溪忘记了刚才背诵得明明很娴熟的台词，呆呆地看了顾衍一会儿，才如梦初醒般地想到了自己的台词："我拒绝你！我不喜欢你！就算你再有钱、成绩再好、长得再帅，我就是不喜欢你！"

　　顾衍的表情很平静，他的睫毛微微颤动着，声线低沉："嗯，我已经知道了。"

　　虽然知道这是演戏，但齐溪总觉得，这一刻顾衍的情绪是有些低落的。

　　什么是演技？这就是演技啊！

没有浮夸的瞪眼、歪嘴，仅仅是一些细枝末节的平淡表情，已经把被拒绝后隐忍难受的模样表现得十足真实，顾衍没被星探挖走确实很可惜，但是……

"顾衍，按照剧本，这时候你应该恼羞成怒了啊！要对我一顿咆哮，然后我们发生争执，然后你就把我拖进边上的小树林，进行了一些违法犯罪活动。你这都隐忍接受了，你让后面的剧情怎么走啊？"

不说还好，一提这个，顾衍的眉心就微微皱了起来，他的唇角很平，像是在陈述一个事实："我没法演。"

"可律协安排下来的任务，硬着头皮也只能上啊！"齐溪鼓励道，"不要顾忌形象，拍出来也就是搞笑普法小视频，大家不会上升到你真人的。你是不是抹不开面子啊？"

她拍了拍顾衍的肩，安慰道："没关系的，你别有心理包袱啊，帅哥也可以当流氓，流氓没有准入门槛。你就给大家演一个，告诉大家，长得这么帅也可以心理变态。这样拍出来的片子才更有教育意义，让广大女性同胞知道，别光看脸了，脸蛋好看的变态也很多。"

齐溪一边说，一边试图循循善诱："而你呢，虽然作为'出道'作品，演个流氓是有点……有点另辟蹊径，但是你要知道，你如果去演那种校草精英，形象就太同质化了，没有辨识度。而大家都不看好的流氓形象，才是一个隐藏的机会。你这个颜值来演一个，不就立刻能在'流氓圈'一炮而红出圈了吗？"

"……"顾衍的表情有点一言难尽，"齐溪，你的歪理邪说还挺多。"

齐溪叹了口气，像是被戳憋了的气球，眨巴了下眼睛："我也编不下去了……"

"不是在意形象。"隔了片刻，顾衍才再次开口，快速地看了齐溪一眼，然后移开了视线，顿了顿，才道，"只是我演不出。"

原来他不是内心抵触不肯演，而是演不出。也就是说他不是态度问题，而是能力问题？

那好办！只要想演，总能练习下演个及格分！

齐溪热情道："那你再代入一下，再回顾一下当初被拒绝后的心情。"

"代入了也没有用。"顾衍的眼神很平静，"她不喜欢我并不是她的错，我也永远不可能对她做这种事。"

行行行，你的白月光是你的宝，你伤害不了她，你就罢演伤害我！

齐溪知道自己没立场责备顾衍，但她的心里还是酸溜溜的：怎么人家都是个宝呢？

最终，顾衍云淡风轻地下了最终通牒："总之，后面这些剧情我演不出。"

这可怎么办？齐溪总不能一人分饰两角吧！

齐溪的脑袋有点大："那要不这样，我们先试试，你就配合一下，就和个背景板一样在边上晃晃就行，表演的部分交给我？"

正常情况下，一个剧里，男女主角就算有一个演技特别差，只要有一个演技入木三分，另一个差的只要别差得太离谱，也能被带动着像点样。

顾衍看起来有点迟疑，齐溪生怕他又拒绝，于是趁热打铁地赶紧把他拽了过来："好了，直接开始了啊，我们先试一下！现在我先用手机拍一下，看下效果。"

齐溪架好手机，清了清嗓子，就进入了状态。

十分钟后，作为"受害人"的齐溪敬业入戏，嗓子都快喊哑了，终于勉强结束了这一场戏的排练。

只是等拿起手机一看录下来的效果，齐溪差点没给当场气死。

说当背景板，顾衍还就真的心安理得当起背景板来了，这全变成齐溪一个人的独角戏了！

本来演的时候齐溪只顾着专注演自己的角色背自己的台词，还没觉得有什么，如今像旁观者清一般的看了眼刚才拍下来的视频，整个人都不好了。

"我让你走个过场你好歹也配合点，搞点凶狠的表情吧？你看我都那么大声喊'非礼''流氓'了，我都一路往小树林跑了，你至少跑我前面，做出个拽我手的动作以彰显你是犯罪分子吧？"

齐溪喊得那么卖力，顾衍倒好，就双手插口袋里，一路看着齐溪喊"救命"，一路慢悠悠地跟在齐溪身后转进了"草丛"。

他像犯罪分子吗？他不像，齐溪觉得自己才像。

视频里，顾衍慢吞吞并不积极的样子，倒是齐溪，欲盖弥彰般喊了两声"救命"，然后就挤眉弄眼仿佛对顾衍暗示一样，接着就主动地跑去"后山小草丛"了。

齐溪看着手机视频里自己表情浮夸的脸，气不打一处来。

这表现，合着不是"小刚"对"小雅"怎么样，倒像是"小雅"欲拒还迎把"小刚"骗去后山欲行不轨之事，趁"小刚"没反应过来，把他这样那样了。

"顾衍，你自己看看，你这样合适吗？你像个犯罪分子吗？拿出点流氓的气质来！"

顾衍看了眼视频，大概齐溪的表演实在太浮夸了，这家伙也没忍住笑了一下，但很快，他就收敛了笑意，一脸高冷地看向了齐溪："难道我像犯罪分子？我本来就不是那个气质，你让我演，本来就强人所难了。我怎么会知道流氓的心理？你怎么让我揣摩流氓的心理？"

是是是，顾衍说得都对。

只是光顾衍这个破烂演技，不用到律协去彩排，齐溪就知道过不了。

与其一遍遍调教顾衍，还不如……

齐溪破釜沉舟做了个决断："行，你不是那个气质，那我是！"

说干就干，齐溪二话不说，当即拉着顾衍找了律协老师协商，提出了自己的新方案。

果不其然，这一方案遭到了对方的反对："这不行的，怎么会有女的求爱不成凌辱男的呢？"

"怎么没有了？"齐溪据理力争道，"老师，如今男女平等，女流氓也有春天啊！这剧本性别反转一下，剧情照旧，宣传的法律知识点也照旧，台词都不用改，稍微修下小细节，这不就行了？"

律协老师有些迟疑："话是这样说没错，可女的不能强奸男的啊，男性不是强奸罪的适格受害人啊。"

"那还不简单，改成强制猥亵罪！这也还是刑事犯罪呀！普法宣传的不就是不能偏执因爱生恨去伤害他人吗？主旨是一致的！"

齐溪看了眼顾衍，加了把劲："老师，您也知道我同事长什么样，他如果演个流氓，真有点说不过去。如今大家三观跟着五官走，没准支持他的还很多，甚至觉得被他看上都是福。最近有个新闻，有个强奸犯每次出狱都强奸同一个女性，下面还一堆留言讲'爱到极致就是罪'呢。"

齐溪乘胜追击道："老师，要不还是让我演坏人吧。现在帅哥比美女少，让我来糟蹋我同事，容易激发大家的同仇敌忾，觉得这么好一个帅哥被侮辱了，把美硬生生撕裂给大家看，这样才能真正地起到普法作用。"

律协老师还在迟疑："可你这么漂亮的女生也不可能去对一个男生死缠烂打啊……"

齐溪清了清嗓子："老师，知人知面不知心，您可能有所不知，我这个人，虽然长得人模狗样，但性格其实很差。我曾经就因为一些误会，当着全校师生的面，狠狠地侮辱过我这位同事，给我同事造成了巨大的心理创伤。虽然事后经过澄清，我同事大发慈悲原谅了我。但是通过这件事，我想说，我演女流氓，再去侮辱我的同事一次，对我来说是可以用曾经的经历做参考的，想必演出时候能更加逼真和代入真情实感。"

这时候就需要顾衍现身说法双管齐下了。

齐溪说完，当即拽了拽顾衍的袖子："是吧？顾衍。"

只是刚才还死活不配合、不肯演的顾衍，这时候却并没有顺水推舟地把这个角色的戏份让给齐溪，甚至正相反，他不仅没有配合附和齐溪，反倒像是突然下定了决心一样，看向律协的工作人员："老师，没关系的，既然不能换剧本，那我可以演，不需要她。"

齐溪简直惊呆了：刚才他不还死活不肯演吗？

只是顾衍这么说，律协的老师反而松了口，她笑眯眯地看了眼顾衍，又意味深长地看了看齐溪："你们小情侣说什么就是什么吧！两种方案都可以，你们自己定。"

顾衍大概是没反应过来，对此完全没有想起来澄清。

齐溪倒是试图解释："我们不是……"

律协老师却是一脸了然地抿唇一笑："哎呀，没必要瞒我啦，我们律协是很鼓励内部消化解决的。你们两个彼此对对方都是满满的爱，都不舍得对方演形象差的角色，就很可爱啊。"

齐溪还想说什么，但顾衍出声打断了她："谢谢老师。我们会沟通好方案的。"

他说完就拉着齐溪出去了。

一离开律协办公室，齐溪就质问上了："顾衍，你刚才怎么回事啊？"

顾衍抿了抿唇，声音挺平静："我来演。"

"可你之前不是死活不肯？为什么一到律协老师面前就……"齐溪一边说，一边突然想到了一种可能，瞪着顾衍，"你这家伙不会是专门在律协老师面前表现自己有担当吧？让律协老师对你产生深刻的好印象？"

这只是齐溪的胡乱猜测，因为她实在想不到顾衍改变主意的原因，除非是……是真的不舍得让她去演个女流氓自毁形象？

可律协老师以为他俩是情侣，齐溪自己又不是傻的，顾衍还能在意她的形象吗？

也是这时，顾衍认可了齐溪此前的猜测。

这男人看了齐溪一眼："嗯。"

还真是为了表现他自己？在律协老师面前展现一下自己有担当？枉费自己一片好心了！

齐溪简直气死了。

那她更不能让顾衍如意了，也就当偿还自己曾经对顾衍犯下的错吧！

这个流氓，她齐溪演定了！

"总之，我要演女流氓！"对此，齐溪头头是道，"凭什么女性只能坐以待毙成为受害者？我就要反其道而行，塑造一个加害者形象，而且这种反派才更挑战演技，才更能展现我的水平！"

因为齐溪的坚持，顾衍最终不得不同意了她的方案，只是确定之前，他还是再三向齐溪确认了。

"你要演女流氓我没意见，但你知道播出后可能给你造成的影响吗？"顾衍顿了顿，提示道，"虽然只是个普法视频，但很多网民不理智，很可能辱骂上升到你个人，你的个人信息也可能会被出卖，甚至遭到骚扰。"

对此，齐溪不以为然："不至于啦，你想太多了吧？"

顾衍抿了抿嘴唇："没有想太多。"他的双眼沉静而平和地看向齐溪，然后垂下了视线，"是真实会遇到的事。"

齐溪本来很想反驳，然而她刚想开口，顾衍就再次看向了她，重复了一遍："齐溪，以上我说的那些，都是普法视频播出后，你有可能遭遇的事。"

顾衍的语气是平静的，并没有任何责备的意味，然而齐溪却突然反应了过来。

顾衍为什么这么笃定说会真实遇到，是因为自己之前毕业典礼上的那段视频吗？虽然齐溪投诉删除了她所有看见的链接，但是还是有一定程度的传播度，光是这些传播度，就给顾衍造成了这样的影响吗？

这件事上，顾衍一直没有责骂过齐溪，甚至基本没有特别主动提起过，更没有利用这件事要求齐溪做过什么，然而齐溪心里却更加愧疚和难受了，也更加坚定了她演这个反派角色的信念。

如果会造成顾衍说的这些影响，那她更不能让顾衍再去经历一遍，更应该替顾衍设身处地地感受一下他当时的遭遇。

因此，齐溪几乎是一锤定音般地就此事做出了决断，她拿出了当仁不让的坚定："反正，我演！"

一方面，齐溪终于成功获得了"女流氓"的角色，开始修改剧本，另一方面，程俊良也带来了和他的带教律师沟通后的反馈。

他的带教律师听完他的陈述后，果然也和顾雪涵一样，对他此前试图赖掉收借条原件的行为完全不赞同。

"现在我的带教律师也觉得他当时没提醒我是有责任的，所以他愿意用他的律师保险为我赔付。"程俊良说到这里，明显是松了一口气，"不过他说了，虽然我承认了自己弄丢原件的错误，但是也不能就直接任凭卢娟讹诈了，卢娟这边，我的带教律师要求我还是要自己先想办法，去沟通处理也好，去侧面再找到证据以证明她和她前男友之间确实存在十二万的债务也好，总之，我的带教律师要我再去努力一下，而不能想着有他的责任保险兜底，就直接不努力了。"

程俊良顿了顿，继续道："他说虽然我是实习律师，但也要对得住'律师'两个字，要我尽一切努力去解决因为自己的疏忽大意而留下的烂摊子。"

顾雪涵对此结果仿佛并不意外，喝了口茶："他说得挺对。篓子是你捅出来的，就要你去扫尾。学会承担自己的错误，对你而言不仅是个教训，也会是一次成长。"

一想到要面对卢娟，程俊良显然还是有些紧张的："但我一个人能行吗……"

顾雪涵笑了下，看向了齐溪和顾衍："这样吧，我把齐溪和顾衍借给你，让他们作为同学去帮你。三个臭皮匠赛过诸葛亮，总不至于你们这样三个人凑在一起都想不出和卢娟解决事情的办法吧？"

顾雪涵说完，和齐溪、顾衍确认道："作为同学，你们的帮忙就不收费了，但你们要是三个人都搞不定，要回来找我咨询建议的话，我可就要收律师费了。"

她看了眼程俊良："我收费很贵的，所以你们最好自己想出办法来。"

程俊良自然对这个方案求之不得，齐溪和顾衍当然也愿意帮忙。能圆满解决程俊良的问题，也是他们想看到的。

择日不如撞日，出了顾雪涵的办公室，齐溪就把顾衍和程俊良拉进了边上的一个会议室。

"我们来商量一下怎么找证据。"齐溪转了转笔，"让卢娟或者潘振东主动配合补齐借款证据显然是不可行的，他们两个肯定早商量好了，我们只能从别的切入点入手了。"

一提这个问题，程俊良就明显苦恼了："要么问问卢娟或者潘振东当时的朋友或者同事，是否有人知情他们之间这个借款的，或者这两人在和别人聊天的记录里是不是有提及这笔借款的。我可以用这几天时间去走访一下他们的社交圈，尽可能地收集一些证据。"

对此，顾衍倒并不看好："这个方法效率不高———一来是卢娟、潘振东本来就是同居的情侣，两个人之间的借款关系未必会告知别的朋友同事；另外就是，既然是他们两个人的朋友同事，怎么可能出卖他们的信息给和自己毫不熟悉的陌生律师？"

那这样，取证就陷入了困境。

就在大家都沉默之际，齐溪沉吟了片刻，突然有了个大胆的想法："如果潘振东当初分手就因为有了新欢，其实早就背叛了卢娟，你们觉得是不是可以攻破卢娟和他现在的联盟关系？"

正因为潘振东和卢娟是曾经的恋人，甚至如今都可能偷偷复合了，这个关系让两人之间可以一致对外坚不可破，但如果这层关系的基石出了问题，那是否甚至不需要外部攻击，他们内讧，两人的联盟自然而然就解体了？

齐溪越想越觉得这是一个思路："你们想，卢娟虽然精明，但对上潘振东，就有点恋爱脑了，简直和倒贴钱谈恋爱似的，对方要去创业也无条件支持，还为了他借网贷，对他可以说是死心塌地的。这段感情明显是卢娟付出多，而付出多的人，因为沉没成本高，抽身慢，也更容易陷进去。"

程俊良有些迟疑："是这样吗？"

齐溪刚想点头，就听顾衍"嗯"了一声。

顾衍这人轻易不发言，但真发言的时候，一般都是亲身体验。

这男人此刻很平静，但齐溪却觉得心里不是滋味，他这声"嗯"，说的应该就是他心里那个忘不掉的白月光吧。

齐溪心里酸溜溜的：都没谈过哪怕一天，约会也没有过，手也没牵过，能陷进去多少啊，至于这么抽不开身吗？顾衍那个白月光，是什么美女啊？

但这念头只是一闪而过，很快，因为程俊良和卢娟这事的后续讨论，齐溪重新回到了工作模式，几个人就处理方案你一言我一句交流起来。

有齐溪和顾衍的引导，程俊良终于也按照这个思路开始思考起来："所以，如果我们能找到潘振东对卢娟不忠诚的证据，然后透露给卢娟，很可能卢娟在愤怒之下就和潘振东'拆伙'了？"

"没错。"齐溪点了点头，"我猜测大概率潘振东是把卢娟给哄复合了，然后两个人利用你弄丢借条这一点准备讹个十二万回来。那如果我们找到潘振东出轨的证据，卢娟看到后，你们觉得会发生什么？"

"我作为女性代入一下：我付出这么多，为了他甚至不惜去讹诈自己的律师，还被各种套路贷到处催款骚扰，甚至丢了工作，以前好不容易攒下的存款也都为了给他创业用全部打水漂了，当初更是一心一意支持他创业，却发现自己原来是个笑话，他早就出轨了，早就花着我的辛苦钱在外找女人了，那我当初爱有多深，现在恨也有多深。"

齐溪用手指敲了敲桌面："卢娟的性格并不是懦弱类型的，但凡潘振东早就背叛她，她不会哭哭啼啼，也肯定不会就此罢休自认倒霉，她一定会要潘振东付出代价。那怎么付出代价？就是让他承担这十二万的欠款责任，到时候她一定会非常配合我们律师的取证，提供能证明潘振东欠款的证据。"

齐溪抿了下唇："因为一旦潘振东出轨过，这对卢娟而言，就不再是简单的借款纠纷，自己只要拿到钱就好了，而会变成一场女人的不顾一切的复仇行动。"

对齐溪的方案，顾衍也表示了认可："目前与其从这两个人的朋友入手，还不如直接从这两个人的关系入手，因为他们本身的联盟岌岌可危，只要找到攻破点，导致卢娟和潘振东的联盟解体，卢娟为了对付潘振东，自然会转投到我们这方寻求支援，和我们达成和解，那对程俊良就是重大利好。"

"我懂了！"程俊良的眼睛也亮了起来，"我马上从潘振东的人际关系入手，看看有没有可疑的地方！"

有了齐溪和顾衍的指点帮忙，程俊良这一次目标明确，他本身在校时学习就不差，之前因为十二万欠款的事方寸大乱，如今冷静下来，终于恢复到了自己本应有的水平。

当天下班前，程俊良竟然就雷厉风行地有了成果。

"我混进潘振东之前工作的 KTV 去消费，假装和那边工作人员聊起来，还真被我发现了！"程俊良的语气挺激动，"齐溪，你猜得一点没错，其实潘振东在外边还有个女人，甚至一直拿着卢娟网贷给他的钱在养那个女人。这女的是潘振东原本 KTV 里新招的女服务生，两人早好上了。潘振东有时候对卢娟说去工作，其实就住在那个女人那儿呢，那个房子都是他花钱租的。"

程俊良一边说，一边拿出了证据："KTV 其他几个经理，特别羡慕潘振东有能耐有两个女朋友。这些我都录音了，我还打听到了那女人住哪儿，潘振东现在就住在那儿呢。卢娟要不死心，我还可以陪她去蹲点。"

程俊良这次铆足了劲想要弥补此前办案不力的过错，这次明显是下了功夫，他不仅拿到了录音证据，还拿到了别的证据。

程俊良从包里拿出了一份文件："虽然潘振东那十二万的欠款靠哄骗卢娟来讹诈我不用还了，但是我打听到他之前创业投资的，根本不是什么正经产业，倒是有点像传销产品。现在他自己的钱全套进去了，还欠了别人不少，因为被追债资金压力大，所以缺钱得很。

"我打听到潘振东给那个女人租的是个两室一厅，现在他们住在主卧，本来其实有个次卧是空置的，原本不差钱时候还行，但现在他手头这么紧，我要是他，我肯定会想着把那个次卧转租出去，能补贴一点是一点。"

程俊良越说越投入，眼睛都亮了起来："我这么想着，就找了附近那片小区的几个房产中介，说自己想要租个次卧。那片因为是学区房，平时其实挺难有房源出租的，大部分也都是整套租住，不会有单独的次卧闲置出来，我想着招租的次卧肯定不多，可以试一试。果不其然，中介推送来的闲置次卧，只有两套。"

研究案件、处理案件有时候就像是拼大号拼图，初看一堆看起来找不到太大差别的小方块，只觉得毫无头绪，然而真的好好钻研比对，把一块块小方块上的有用信息提取，耐着性子试过所有可能，只要肯花功夫，就一定能把整块拼图完成。

从最初的慌乱不安差点铸成大错，到如今在齐溪和顾衍的帮助下，在顾雪涵的提点下，在自己带教律师的引领下，程俊良终于从一个初出茅庐的小菜鸟，开始变得冷静理智起来。

齐溪看着他如今讲解起自己这个案子时抽丝剥茧的认真样子，打从心底里感慨。

明明没多久前，程俊良还是个束手束脚、畏首畏尾，看着根本难以担当律师重任的年轻人，可在短短的时间里，在正确的引导下，他就可以获得这样快的成长。

好的律师从来不是天生的，而是从犯错了但改正并且不断努力的实习生成长起来的。

虽然只是程俊良遇到的一个小案子，但齐溪不知道为什么，反而觉得相当受鼓舞。

顾雪涵优雅、从容、强大，仿佛无所不能，常常让齐溪在对比之下生出相形见绌和无法超越的自卑感，然而这一刻，她突然觉得，即便自己现在还很弱小，还不那么专业，也不那么娴熟，常常会犯错，这些都没关系。

因为只要犯了错能迎头改正，错了能立正挨打，去承担去负责，只要不为一点点挫折就放弃律师这个职业，那么坚持努力下去，她总有一天也能成为和顾雪涵一样独当一面的女律师，一个能让她爸爸刮目相看的女律师。

程俊良对齐溪在想什么并不知晓，他已经完全沉浸在了对潘振东的调查证据里，认真而仔细地向齐溪和顾衍说明着他这一下午密集进行的取证："我也是运气好，见的第一个，就是潘振东的房源，而且很幸运，不是潘振东本人来的，是那个女人来的。因为他们是转租，等于是二房东，我要求看一下他们和房东签订的租赁协议，以证明他们有资格转租这个次卧，那个女人没有怀疑我，给我看了他们的租赁协议。

"大概是急着转租想弄点租金回本周转下，对方对我很热情，生怕我还有怀疑，特意还让我复印了一份。那份租赁协议是以潘振东和那个女人的名义签的！房租钱也是潘振东出的！"

程俊良说到这里，便从包里掏出了那份复印件："这就完全能证明，潘振东和那女人在同居，而且在掏钱养她了！"

这并非是婚姻纠纷，出轨的证据也不需要提交到法庭上，程俊良的录音以及那份租赁合同复印件也只是为了让卢娟清醒，因此这样的证据已然是足够有说服力和证明力。

三个人一合计，决定速战速决，当天晚上就把卢娟再次约了出来。

"程律师，你们想好还我钱的付款时间了？"

卢娟对自己即将面对的一切一无所知。程俊良看了眼眼前的女人，最终鼓起了勇气，再次郑重而认真地为借条原件被弄丢一事向卢娟道了歉："我的错我会承担，卢小姐，我也想尽全力弥补我的错误，首先，你这个借款纠纷案，我不会收你的费用，我带教律师那部分钱，经过沟通，他也不会再收你的钱，所以这案子我们就免费代理。我会尽力去打赢官司，然后申请强制执行；但如果因为丢失借条原件我们官司输了，我会承担这个十二万的赔偿。"

卢娟显然想听的并不是程俊良的道歉，她对打赢官司也没兴趣，最后那句承担赔偿才让她的脸色安稳了下来。

"只是，在此之前，有一些事我觉得你应该知情。"程俊良没再迟疑，拿出了潘振东出轨的录音，以及潘振东为出轨对象租的房子的房租协议复印件，简单陈述了潘振东出轨的事实。

因为觉得能从程俊良手里拿到这十二万，卢娟原本脸色还挺好看，但随着录音的播放，她的脸慢慢沉了下来；等录音彻底放完，齐溪再看，才发现卢娟神色难看，嘴唇微微有些颤抖，而眼神则已经变得有些茫然了。

卢娟苍白着脸，仿佛一下子还没反应过来，愣了片刻，才终于找回了思绪，有些无焦距地看向了齐溪，像是要找一个答案："他怎么会和她在一起……她虽然比我年轻，但长得还没我好，凭什么？凭什么？"

程俊良、齐溪、顾衍不知道这出轨对象的身份，但卢娟显然一下子就明白了。

她紧紧咬着嘴唇，直到嘴唇上都有血迹出现。

潘振东出轨的事对卢娟的打击显然是空前的，这姑娘一双眼睛都红了，根本忍不住，当即拨打了潘振东的电话："潘振东，你背着我劈腿，花我的钱养别的女人！你还是人吗？"

卢娟的情绪完全失控了，劈头盖脸对着电话那端就是一阵辱骂。

潘振东一开始还试图哄骗，后面发现没法混过去，也不再掩饰自己了，他看起来对卢娟也早有意见："她是长得没你好，但她的性格脾气比你好一百倍！嘴甜会来事儿，懂我，知道我一个男人在外面创业辛苦，能安慰我，也崇拜我。"

潘振东一反击起来，也头头是道了："你呢？我之前创业就遇到点小挫折，你就天天在家里抱怨，和我吵，一点不知道鼓励我。谁创业一开始就成功的？你就是不看好我，看不起我，所以我遇到一点小波折，你就叫我重新找个厂子上班，你不就是觉得我不行吗？你强势得要死，一点不温柔，我忍你很久了。你这种女人，说实话我也不想和你结婚，现在没结婚就这个样子了，娶你当了老婆，你还不更过分？你这种女人谁敢要啊！"

卢娟握着手机的手不住地颤抖："你不是说之前是创业压力大才和我吵到分手，现在还是决定和我和好，赶紧攒钱和我结婚吗？"

潘振东被戳穿后，索性也撕破脸了："这话你都信？我老实和你说吧，我绝对不会和你结婚，反正现在你的借条也丢了，以后别来烦我了，去找那个小律师要钱，我也懒得哄你了！"

潘振东说完，也不管卢娟还想说，就径自挂了电话。

卢娟听着电话那端的嘟嘟声，一脸的茫然和无措。

她消化了很久，才终于开始露出痛苦和绝望："他不能这么对我……他不能……"

她憋了好久，这一次，终于号啕大哭起来。

齐溪和顾衍对视了一眼，果不其然，此前他们的猜测全都对了。

卢娟确实和潘振东进行了合谋，想要把这个十二万的债务转嫁给因疏忽过错丢了原件的程俊良。

卢娟的情绪彻底崩塌了："我……我根本没有看不起他的意思，就是因为在意他，想和他未来过一辈子，才会那么操心他的工作、他的创业进展，就是因为想和他一起组建家庭，才希望他能有更稳定的工作以确保未来……"

卢娟的话语里充满了莫大的委屈和苦涩："谈恋爱的时候，一开始只想着当男女朋友，我也不在意他的工作有没有前途，因为从没想着长远的事，反而对他做什么都不在意，也从不会为这些事管他、唠叨他。现在回想起来，那个时候，他也常常夸我懂事、体贴、温柔，可后来……"

后来的事，齐溪自然也是能猜到的，后来卢娟一定是越发在意潘振东，想和他有长远的规划，因此开始对他的工作、他的各方面都有更高的期待，自然而然，矛盾就来了。

有些男人至死都是少年，和女友谈恋爱时都能你侬我侬，但一旦女方提及婚姻或责任，这些少年们跑得比谁都快，立刻能和女方划清界限，表示突然不爱了。

潘振东大概就是这样没有什么责任感的典型男性，向往不需要承担任何责任的自由自在，因此一旦卢娟对他开始有要求，有诸多约束，他就开始觉得不自在，开始觉得卢娟像个家长一样管东管西，继而嫌弃卢娟强势，失去对她的爱意，开始找寻能崇拜他但从不管着他的替代品。

他这样的男人，需要的是一个崇拜他的没脑子蠢女人或者假装崇拜他从而捞取钱财的坏女人，而不是任何一个想要安定下来过日子的踏实女人。

卢娟还在哭，不过至此，齐溪也明白，她和潘振东的联盟算是崩塌了。

卢娟闹了这一场，如今再面对齐溪、顾衍和程俊良，脸上也是尴尬："程律师……"

刚才潘振东咆哮的声音足够响到程俊良听清一切。

卢娟低下了头："这案子算了，是我被猪油蒙了心，是我对不住你，要不是你，我还被人卖了还给人数着钱……"

卢娟混社会很久，此前试图讹诈程俊良也是深思熟虑，要说她此刻瞬间意识到自己的错误，立刻真的如她自己所说的真心实意地觉得歉疚，那是不可能的，如今这样说，也是因为趋利避害的本能。

潘振东的背叛对她的情绪打击很大，她在巨大的愤怒里，想要惩罚和报复出轨的对方，因此立刻改变策略联合程俊良他们，完全是精明和市侩的决定。

但不管怎么说，即便卢娟的道歉再不诚心，至少事情是往齐溪他们期待的方向走了。

更何况，程俊良弄丢借条原件，确实存在工作上的失误。

而同为女生，齐溪觉得这时候该自己上场了，她拉住了卢娟的手，给出了卢娟下台阶一样的补救方案："程俊良做错的部分，他还是会承担责任，代理还是可以给你免费，我们也都会一起帮你，但需要你配合。"

一直沉默的顾衍也开了口："原件虽然丢了，但只要你能提供别的佐证去证实这笔借款的存在，配合拉取银行转账记录，法院是会认可借款的。"

"我有证据的。"这一次，卢娟终于说了真话，"我之前修老手机，潘振东以为我和他的聊天记录都丢了，但实际我早就备份过，聊天记录里，能明白地看出来他承认这是借款。"

说到这里，卢娟老练地表现出了羞愧："对不起，之前我一直隐瞒你们，没有提供这些，是我自己心术不正，结果被人耍得团团转，是我活该。"

不管卢娟是不是真心意识到了错误，总之，面子上这关，大家也得过且过就这样翻篇了。

最终，程俊良真挚的道歉赢得了卢娟的原谅，卢娟则也至少在口头上向程俊良承认了自己的错误，并且配合提交了能证明欠款的佐证。

齐溪看了看，加上卢娟的这些证据，虽然没有原件，也完全可以认定卢娟和潘振东之间存在借款关系了，这个案子程俊良打起来应该是稳赢了。

不论是卢娟的案子还是程俊良的困境，如今终于都得到了圆满的解决。

"顾衍，齐溪，这次多亏你们帮忙，否则我都不知道怎么办。"见事情终于有了个好结局，程俊良终于卸下了心里的大石头，脸色也轻松起来，"你们这次不仅帮我免了十二万的债务，也让我不至于自绝后路，算是救了我的大命。你们帮我这么多也不收我一分钱，那无论怎么样，也给我个机会请你们吃顿饭，也算是大家毕业后难得一起聚聚。"

齐溪对这件事能顺利解决也很雀跃，对于程俊良的提议，很快就表示了赞成，顾衍自然也没有反对意见，于是一行三人便就近找了一家粤菜馆，决定好好庆祝一番。

虽说齐溪和顾衍都表示随便吃吃就行，但程俊良为了表达诚意，还是找了一间比较上档次的粤菜馆："你们俩替我省钱。都说要先学会花钱，才能学会挣钱，你们花了，我才更有决心去挣。"

因为高兴，程俊良还喊了酒水，拉着齐溪和顾衍一定要干一杯。

大概是人逢喜事精神爽，程俊良敬了齐溪和顾衍好几轮，成功把酒量不怎样的自己喝高了。

程俊良喝红了脸，话变得比平时都多，拉着齐溪絮絮叨叨讲自己如今对未来的憧憬和计划，连什么时候把之前借同学们的钱还清都朝齐溪事无巨细地汇报起来。

齐溪知道程俊良多半是喝多了，并没有什么恶意，因此被凑得那么近说话时，虽然觉得有些不舒服，但也不好意思推开。幸而原本都不怎么喝酒的顾衍，也不知道是不是今晚也确实很高兴，把程俊良拉到一边拼酒，这才算把齐溪从尴尬的境地里解救出来。

程俊良逮着顾衍讲的，跟齐溪讲的并不相同了，他开始回忆大学里的生活，絮絮叨叨说着同宿舍几个人的就业去向和近况，直到提到了张家亮。

"对了，顾衍，你毕业典礼那天，为什么把张家亮堵在男厕所打了一顿啊？我听说你打他打得很狠，张家亮脸上都青一块紫一块的。"

程俊良明显喝多了，说话已经开始不清晰了，但还是八卦精神很足："听说后来你赔了医药费，张家亮又要回老家，他才想着多一事不如少一事，后续没再和你有纠葛。你平时和他关系不是不冷不热的也还行吗？怎么突然闹出那么大的动静？把人打成那样？"

程俊良打了个酒嗝："你也太冲动了！不管是什么事，你也不能那样啊，万一张家亮逮着你不放，未来可能还会影响你的前途，而且打他一顿，赔了那么多医药费，你这不是白瞎了那么多钱吗？"

程俊良是酒后失言，完全的无心之举，但齐溪倒是愣了愣。

他的话信息量过大，齐溪愣是呆了片刻才反应过来。

毕业典礼后齐溪找不到顾衍道歉，就堵住了张家亮，问清楚始作俑者确实是张家亮后，齐溪也不是没报过警，但由于达不到立案标准，警方无法受理。

齐溪当时心里就憋了一股气，原本还想找张家亮再理论警告一番，至少要让他付出代价，知道未来绝对不能再这样骚扰任何一名女生。

只是那天很神奇的，齐溪后来既没找到顾衍，也没再找到张家亮。

所以自己没找着这两人的原因，是因为顾衍把张家亮堵住打了一顿？

齐溪忍不住用惊呆了的目光看向顾衍。

顾衍会打人？齐溪完全不敢相信。

大概是她的目光太明显，顾衍被看得有点恼怒，瞪了程俊良一眼："你快喝点醒酒的东西，别再说话了。"

可惜酒醉的人哪有理智，程俊良嘴不仅没闭上，话反而越来越多了。他看了看顾衍，又回头盯了盯齐溪："对了，你俩到底咋回事啊，我之前不敢说也不敢问，但当时毕业典礼那一出是闹哪样啊？顾衍你喜欢齐溪？齐溪你又为什么……"

程俊良说到这里，大概是醉酒后有点头疼，揉了揉眉心，但话匣子是关不上了："你们知道吗？毕业后大家都在讨论你们的事，有说顾衍求爱不成所以打了不巧路过的无辜路人张家亮泄愤的；还有人说看到了齐溪的澄清和道歉说明，一切都是个美好的误会，其实顾衍喜欢的不是齐溪，而是张家亮，后来打张家亮也是因爱生恨……"

简直越说越离谱了！

虽然程俊良醉了，但齐溪还是觉得自己有必要替顾衍澄清："你别听这种胡扯，张家亮就是个浑蛋，顾衍打他是为民除害替天行道，才不是看上张家亮了。别再传这种乱七八糟的谣言了啊，你们这样会影响顾衍交女朋友的！"

程俊良的眼神已经有些迷茫，但八卦的精神驱使他继续问道："那你和……"

齐溪义愤填膺："顾衍绝对没有喜欢我！顾衍对我没有那种想法！这全是张家亮害我误会了顾衍！"

不知道是不是因为旧事重提，顾衍脸上露出了相当微妙的表情，看着像是混合了不高兴和茫然无措，让齐溪也难以形容。

程俊良很快就不敌酒意，捂着嘴匆忙跑去卫生间吐了，于是席间就剩下了齐溪和顾衍两个人。

也不知道为什么，齐溪如今和顾衍在非工作时间独处，常有些无所适从的感觉，也不知道是不是因为喝了酒。

齐溪努力想要驱散这种感觉，于是抬起手拿起酒杯想要再喝一口，只是杯子刚到嘴边，就被顾衍拿走了，接着被顾衍递过来了一样别的东西。

她低头一看，是一罐酸奶。

顾衍的样子相当波澜不惊，他一只手把酸奶塞给了齐溪，一只手还在给自己倒茶，完全看不出刚才干了什么。

面对齐溪的目光，这男人才勉为其难般解释道："别喝酒了。"他瞥了一眼卫生间的方向，"你一个女生，待会儿难道想和程俊良一样吐吗？

"喝点酸奶，酸奶可以减少酒精对胃黏膜的刺激。"

不知道是不是因为喝了酒，顾衍的脸也有些微红，他看了齐溪一眼，然后移开了视线，像是有些费劲地解释道："程俊良已经醉成那样了，待会儿我们肯定要负责把他送回家。我不希望你也醉成这样，那我依次送你们两个人回家，我任务得多重？"

说的也是。

齐溪没敢再喝酒了，打算乖乖喝酸奶。但也不知道酸奶吸管是不是打定主意和她作对，齐溪插了几次都没插开。

最后顾衍看不下去，有些无奈地一把抽走了齐溪手里的酸奶，然后帮齐溪插好了再递回给她。

只是齐溪酸奶还没喝上几口，顾衍不知道怎么的，又有新要求了，他盯着齐溪："你和我换个位子。"

"啊？"齐溪还以为自己听错了。

结果顾衍的态度很坚决："换个位子。"

齐溪喝了酒，虽然不至于醉，但多少有点反应迟钝，不知道为什么，顾衍的指令都让她觉得十分安全，于是她几乎没有想，就温顺乖巧地站起来，然后和顾衍换了座位。

难道座位还讲风水吗？

齐溪坐到顾衍的座位上，并没有觉得有什么不同。

程俊良这家伙也不知道吐成什么样了，至今也不回来。

齐溪看着顾衍，感觉有点紧张也有点局促。她夹了口菜，有些没话找话，同样也有些好奇："你那时候是不是真的特别生气啊？"

顾衍愣了愣："什么？"

"就是毕业典礼上被我污蔑的时候。"

齐溪咬了咬嘴唇，又道了一次歉："对不起啊顾衍，当时真的是我太冲动了。你那时候也不理我，也没起诉我，更没有要求我付出代价，我还以为你特别宽宏大量，这件事你并没有那么介意，没想到原来还有你把张家亮打了一顿的插曲。"

顾衍都动手打人了，可见当时真是快把他逼疯了，也因此，齐溪再次意识到，当时自己那样的行为，对顾衍造成的伤害和冲击应当是相当大的，否则顾衍也不至于冒着被张家亮维权的风险都要打他。

只是没想到，顾衍沉吟了片刻，就否决了齐溪的想法，他抿了下唇瓣："我打张家亮，并不是因为他害我被你误会。"

顾衍把目光垂下，盯着餐盘，仿佛能把餐盘看出个花来的样子。沉默了片刻，他才补充道："我打他确实是非常生气，但是是为了别的原因。"

齐溪盯着顾衍，露出了愿闻其详的表情。

可惜顾衍没有再讲下去，他抬头也盯向了齐溪："那个原因，我不想说。"他移开了视线，声音也变得轻缓，"是我的秘密。"

行吧行吧，现代社会，谁还没个秘密呢！

齐溪明白了，也不再追问，但内心只觉得，未来要对顾衍更好一点。

大概是由于毕业典礼这个原因，齐溪发现，近来虽然顾雪涵早不追究这件事，顾衍也并不追究，但她还是自发性地想要对顾衍好。

齐溪脑内正在浮想联翩，结果就被身后一桌的小情侣中女方尖锐的声音给打断了思绪："我要和你分手！你根本对我不好！你每次约我出来，就是为了那种事！现在带我来吃饭，我想点几个贵的菜你都不让我点！我今天还有些感冒，你吃的时候也只顾着自己吃，根本没管我的死活！"

女生带了哭腔的声音后，紧跟着的是男生气急败坏的声音："你丢人不丢人？那些事还拿到台面上来说！你要觉得不想，那每次我约你倒是别来啊！我还找了个公主不成？你少看点小说和电视剧吧，什么把女朋友宠成公主，那都是假的！现实世界里，哪个女的像你这样矫情娇气？哪个男的像电视剧里那些男的一样无微不至？你能不能贴近下生活？我每个月不都给你钱花了吗？"

因为这一桌正坐在齐溪和顾衍的身后，饶是齐溪不想听人家这些隐私信息，也被迫听到了。

只是原本还和齐溪完全无关的情侣吵架，也不知道什么时候，突然就波及齐溪了。

那女生显然气不过，当即拍了下桌子后站了起来："谁说现实里没有那种贴心男友，你眼前就有！"她一边说，一边用手指向了齐溪和顾衍，"就那个男的，他对自己女朋友那才叫好。刚才女生要喝酒，他就给女生递酸奶；女生撒娇插不进吸管，她男朋友一点没嫌弃，就耐心替她插吸管；刚才他们左边那一桌有人抽烟，女生的位子在下风口，会被动吸二手烟，男生立刻让女生和他把位子换了。"

后面这对情侣还在吵什么，齐溪都没在意了，她只是有些愣住了。

原来刚才换位子……

齐溪忍不住看向了顾衍。

顾衍的唇角很平，他解释道："没有的事，别听他们胡扯，我只是觉得我这个位子有点闷，你的位子是下风口，想透透气。"

顾衍没看齐溪，他说完这句话就非常刻意地转移了话题："程俊良怎么还不回来？我去卫生间看看他。"

顾衍丢下这句话，便有些匆忙地走了。

齐溪身后的那对情侣已经和好了，但齐溪的内心却仍旧不宁静。她觉得自己最近好像有一点点不太正常，好像很多情绪变得莫名其妙。

而且……什么叫撒娇插不进酸奶吸管啊，这是赤裸裸的污蔑！她才不是撒娇，是真的没插进去罢了！

齐溪越想越委屈，索性拿了桌子上还多余的一罐酸奶，决定再喝一杯。

结果她今天大概是真的运气不好，插了半天吸管，竟然又没插进去。直到手上的酸奶再次被人抽走，一气呵成地帮忙插好了吸管，然后递给了她。

"娇气。"

齐溪抬头，才看到顾衍已经架着程俊良回到了座位前。他挺自然地喝了口茶，看起来视线并没看齐溪。要不是那确实是顾衍的声音，齐溪甚至以为自己刚才幻听了呢。

齐溪有点赌气：娇气怎么了？娇气有什么问题吗？

程俊良吐完，显然清醒了很多，最后坚强地去买了单，而齐溪和顾衍则留在桌上，打算把程俊良因为过分热情而多点了但完全没吃的菜打包一下。

等两人打包完，才发现竟然有六个打包盒那么多，顾衍一个人提不了那么多，看了齐溪一眼："你帮我提几个。"

这几个打包盒并不重，齐溪也并不是不打算提，但想起刚才顾衍还"攻击"自己娇气，有点赌气道："我不是娇气吗？提不动呢，手已经因为娇气自动脱落了。"

齐溪只是过过嘴瘾，说完就打算伸手去提，结果顾衍倒是没再让她提。他把打包盒都放到了桌上，然后从桌上抽了张纸巾，在齐溪还没反应过来之前，伸手用纸巾轻柔地帮齐溪擦了下嘴。

因为事出突然，直到顾衍的手离开，齐溪都还呆呆愣愣的，就那样憨憨地盯着顾衍。

虽然反应变得迟钝，但心里的感觉却并没有，齐溪根本没有办法控制，她的脸开始变红。

她瞪着顾衍："你刚才干吗啊？"

顾衍倒是很冷静镇定："帮你擦嘴，你嘴上沾到了酸奶。"

齐溪虚张声势地微微抬高了声音："我自己有手的！"

顾衍的样子自然又淡定，只是大概因为酒精，顾衍的脸有些微红。这男人瞥了齐溪一眼："你的手不是因为娇气已经自动脱落了吗？"

顾衍说完，提起六个打包盒，朝程俊良买单的方向走了，留下齐溪一个人目瞪口呆。

为什么明明听着像是顾衍大发善心帮娇气的自己做了事，但齐溪总觉得好像反而被顾衍欺负了！

第七章 只喜欢一个

程俊良虽然还是有些醉酒，但人整体清醒了不少，至少能自己直立行走，不用再做挂在顾衍身上的挂件了，但齐溪和顾衍多少还是不放心，因此一路陪同打车把他送到了租住的房子门口，两人这才安心告辞。

为了节省房租，程俊良住得离市中心比较远，晚上这个点了，这附近也比较难打车，齐溪和顾衍要回市中心便不得不依靠公共交通，而离程俊良家最近的地铁站竟然要走近二十分钟。

好在今晚温度适宜，晚风阵阵，齐溪和顾衍并肩走在温柔的夜色里，并不觉得这段路程难熬，甚至齐溪还觉得挺惬意。

虽然是容市人，但程俊良所在的这个区齐溪平时也没怎么来过。这儿除了郊区有几个适合踏青运动的山之外，还有一片小的湖，很多人周末会来度假，而对于年轻人比较有吸引力的，还是一个特色小书店——猫的天空之城。

说是特色书店，其实也集合了小咖啡馆、小邮局的元素，挺时髦，有点混搭，很受年轻人欢迎。在这里除了能逛一逛各种原创图册、插画之外，最有意思的是还可以写几张寄到未来的明信片。

齐溪作为容市本地人，早就听过这家小书店无数次。虽然这家品牌店在容市各个区内都有分店，可在市中心的那几家总是人满为患，齐溪每次都望着人群被劝退。

"我想起来，这附近好像有一家'猫的天空之城'哎！之前看攻略说这家店因为在郊区，人流量不大，尤其是晚上，非常空！"

齐溪一直对写给未来的明信片很有兴趣，当即打开地图找了找，没想到还真挺巧，就在他们走向地铁站的必经之路上。

现在时间还不太晚，即便去看一下，也完全能在地铁末班车之前赶回市中心，齐溪当即就做了决定，看向了顾衍："你要是急着赶回去可以先走。我想去'猫的天空之城'看一下。"

顾衍愣了下，随即也表现出了想去一探究竟的意向："哦，这个'猫的天空之城'我也听说过几次了，也一直没机会去，这次既然顺路，那我也去看一下。"

齐溪没料到顾衍也有兴趣，自然很高兴："那就一起去吧！"

两个人走了没多久，就见到了传说中的"猫的天空之城"。这家分店确实因为比较偏僻而相对人少，齐溪走进去后，很快就喜欢上了这家小书店的气氛——文创类周边做得相当有意思，明信片更是非常有特色，而且不知道是不是为了契合名字里的"猫"，这家小书店里竟然窝着三三两两慵懒的猫咪。

齐溪对毛茸茸的小动物没有什么抵抗力，当即就揉起猫咪来。

顾衍则显得拘谨很多。虽然猫咪很喜欢他，围着他，蹭着他的腿转，但顾衍看起来有点拘束。

他频繁看向齐溪，都有些求助的模样："这些猫有没有打过疫苗啊？会不会有跳蚤？"

那小心翼翼的样子，和平日里顾衍总是稳重自持的模样对比简直是颠覆性的不同，然而齐溪却觉得，这样的顾衍也挺有趣的。

他的稳重冷静让人觉得可以依靠和信任，他偶尔孩子气的小心翼翼和过度谨慎则反而让他显得更活泼可爱了一点。

齐溪生出了点恶作剧的心态，抱起猫咪，凑到顾衍面前："你摸摸嘛，很温顺的。"

顾衍下意识就想要逃跑，身体也随着齐溪的动作往后倾斜，脸上露出点嫌弃的表情："我不摸。好男不养猫。"

"不摸就不摸。"齐溪抱着橘猫，拿着橘猫的爪子对着顾衍挥了挥，"我去点杯饮料。奶茶可以吗？"

"不要奶茶。"顾衍一本正经道，"男人喝奶茶也有点奇怪，给我点一杯拿铁。"

"这都晚上了，你喝拿铁？"

顾衍点了点头，态度挺坚持："嗯。"

真是死要面子活受罪……

但齐溪想了想，还是给顾衍点了一杯热牛奶，给自己点了杯奶茶，再点了一些小甜品。在等待饮料的过程里，她挑选了几张明信片，打算待会儿一边吃东西一边给未来写明信片。

"猫的天空之城"有一整面的明信片墙，标注着未来不同的日期，只要写完后，摆放进你希望的未来日期里，一旦到了那一天，书店的工作人员就会帮你寄出。

等齐溪挑完明信片，饮料和点心也都准备好了。她端着盘子往回走，然后看到了意外的一幕——

刚才还号称"好男不养猫"的顾衍正蹲下身，虽然仍旧小心翼翼，但很温柔地帮齐溪此前抱着的大橘猫顺毛。

他并不知道齐溪就在身后，一边摸还一边轻声道："我就摸一下，你别咬我。"

只不过嘴上说着摸一下，实际上，顾衍倒是乐此不疲地摸了一把又一把。

等他意识到身后有人的时候，他才顿下了手里的动作，微微僵硬了片刻才状若自然地起身回了头。

"哦，这个猫刚才死皮赖脸要我摸，不摸就挡着路不肯走。"顾衍的脸有些红，失去了一贯的游刃有余，有些慌乱而欲盖弥彰地解释道，"我摸它也是没办法的事。"

齐溪差点笑出声，但出于礼貌，她憋住了："你的饮料。"

齐溪把热牛奶递给了顾衍，顾衍喝了一口，发现不是咖啡，显然有些意外，但也没说什么，非常安静地把热牛奶喝完了，模样乖巧得像个小学生。

齐溪把明信片也递给了顾衍："写给未来，你可以随便写什么，可以选择未来的某一天让工作人员寄出给你自己，也可以寄给别人。"

顾衍愣了下，随即便接过明信片。他看了齐溪一眼，在书店带了暖色的灯光里眼神显得认真又专注，然后他像是做了什么决定，开始低头在明信片上写起来。

齐溪也很快写起明信片来。她给自己写了一张，给爸爸和妈妈分别写了一张，写完这些，发现明信片还有多的。

齐溪想了想，带了点做贼的心态，偷偷看了顾衍两眼。也不知道是鬼使神差还是突发奇想，她给顾衍也写了一张。

没有什么正经的祝福内容，齐溪也不知道自己怎么回事，但等她反应过来，给顾衍的明信片已经写完了——

你摸猫的样子也很帅。

但既然是写给他人的明信片，总是要加一句祝福的，齐溪想了想顾衍最希望能顺利的事，加了一句——

希望你看到这张明信片的时候，你和你的白月光已经在一起了。

祝福顾衍的心是真的，但齐溪写完以后，心里就不舒服起来。

临到摆放到未来墙上之前，齐溪还是拿起笔，抿着嘴唇，把最后这句祝福的话给涂掉了。

像是泄愤般，齐溪把这句话彻底涂黑了，涂到顾衍绝对看不出自己写了什么的程度。

只是摆放的时候，齐溪还是有些心虚的，总觉得自己做了个不太上路子的事，仿佛吝啬到连未来的祝福也不肯送给顾衍。

可和那个吊着顾衍的白月光在一起，顾衍能有什么幸福可言啊？

齐溪想了想那女人对顾衍做的事，觉得自己这样的行为还是合理的，毕竟那是个渣女，要能祝福顾衍和渣女在一起，自己这才是安的什么心呀。

但即便这样，齐溪放明信片还是偷偷摸摸的，总觉得自己做的事名不正言不顺，好像干了什么天大的坏事。

不过看起来顾衍也一样，也不知道他是写给谁的，这家伙写的时候捂得严严实实，仿佛生怕齐溪偷偷看到一样。把明信片摆放到墙面上时，顾衍的动作也很慎重，完全不想给齐溪看到的样子。

明明是正大光明来写几张寄给未来的明信片，也不知道为什么，两个人写得都像做贼一样。

等写完明信片时间也不早了，齐溪才恋恋不舍地离开了小书店。

走到地铁站步行的话还有一些距离，一路上也没几个人，齐溪想起顺利解决掉的卢娟和程俊良一事，忍不住想复盘，同时也多少有些感慨："其实潘振东出轨我真的只是瞎蒙的，没想到蒙对了。"

她看向了顾衍："所以你也是猜的？我看你当时应该也觉得他多半出轨了。"

出乎齐溪的意料，顾衍的声音很沉稳："他不是多半出轨了，他是一定出轨了。"

顾衍这话说得这么笃定，齐溪忍不住嘀咕起来："你现在这不就是马后炮吗……"

"因为我是男的。"

这和你是男的有什么关系？

顾衍抿了抿唇，像是勉为其难般简单解释道："我是男的，所以我了解男的。潘振东这种眼高手低的人，创业恐怕欠了都不止十几万，而卢娟也完全被爱情冲昏了头脑，但凡潘振东态度对她好点，继续哄着，按照卢娟都愿意为了他去讹诈程俊良这点来说，卢娟绝对还会继续为他去借网贷筹钱，那么卢娟对他明显就还是有利用价值的。为什么潘振东当时宁可背负十二万的债务，写了借条，也要和卢娟分手？"

"除了喜欢上别人了，已经有别人了，对卢娟一点爱意也没有了，因此连哄都懒得哄以外，没有别的合理解释了。"

这么一说，齐溪恍然大悟。

她看向了顾衍。此刻，顾衍走在晦暗不明的路灯下，正侧着头，与齐溪只有一步之遥。他的语气平和，但讲起案子来，表情专注而认真，清俊白皙的侧脸上是波澜不惊的从容和淡然。

齐溪突然就有点挫败。

她没多久前还在得意自己剑走偏锋蒙对了潘振东劈腿，从而另辟蹊径地解决了程俊良的困境。她很洋洋自得地觉得这办法只有她想出来了。

然而此刻听了顾衍的话，齐溪才知道，顾衍怕是早就想到这一点了，甚至他都不像齐溪一样在猜，他对利用潘振东出轨这一点能攻破卢娟的心理防线早就十分笃定。

他只是没说，把表现的机会让给了齐溪。

齐溪不开心得要死，她虽然不喜欢输，但也不是输不起，以前每次顾衍都是第一，她是第二。齐溪虽然嘴上骂着顾衍又抢走了自己的第一名，但心里也知道顾衍是堂堂正正赢的，并没有依靠什么不正当手段，对顾衍多少是佩服的，只是自己内心的骄傲让她不愿意承认这一点，因此把顾衍视为假想敌，总要背地里骂几句好让自己心理平衡，"抢"字也不过是在这样心态下，齐溪心里偷偷给顾衍扣的帽子。

只是顾衍怎么现在才来玩绅士这一套，在学校里考试怎么没见他让自己优先？哪怕让一次也行啊！

齐溪是这么想的，也是这么忍不住朝顾衍抱怨的。

她以为顾衍不会理她，没想到顾衍顿了顿，竟然回答了她："我不能把第一名让给你。"

也是，《顾衍大全》上说了，顾衍只在意结果，不在意过程，结果的第一名对他而言是不同的吧。

此刻这样一想，齐溪又有些释然了："也是，谁不想当第一名呢，毕竟大家都只会记得第一名，不会记得第二名。"

"我没有那么在乎当第一名。"出乎齐溪的意料，顾衍纠正了她，他顿了顿，"也不叫不在乎，只是不是为了我自己在乎的。"

这下齐溪是真的好奇起来了："那是为了谁？是你姐姐要求高还是你爸妈要求高，一定要你得第一名？"

然而答案不是这其中的任何一个。

"为了我喜欢的女生。"

齐溪是真的没忍住，连声音也微微抬高了："为什么？"

"因为她只会看第一名。"

顾衍看了齐溪一眼，然后移开了视线："她的目光只会看第一名。"

哇！要求这么高？

"难道只有第一名才能和她谈恋爱？"齐溪有些为顾衍愤愤不平，也有些为自己愤愤不平。她还以为自己每次输给顾衍，是因为顾衍和她一样有求胜欲，结果弄半天，他就为了个女的！

"那她倒是考第几名啊，学什么专业啊？"齐溪也知道自己这是迁怒，但也不知道为什么，她就是忍不住对顾衍这个白月光充满敌意和抵触，"她搞得怎么和选妃一样，难道因为只有第一名才是智商高的，才能和她有优秀的后代？可别她自己是个笨的，第一名也中和不了她的智商洼地。"

大概是因为攻击了顾衍的白月光，顾衍看向齐溪的表情有一点复杂，但看起来齐溪的行为并没有让他生气，相反，他的模样看着还挺包容齐溪刚才对白月光的批判的。

这男人只是色厉内荏道："你不应该骂她。"

这话说的，仿佛齐溪并没有资格骂对方似的。

不过一般人要这样，可能跳起来都和齐溪打了，这可毕竟是他求而不得狂恋的白月光啊，能接受被人当面诟病吗？

齐溪有些意外顾衍的反应，试探道："我骂她你也没太大反应，是不是现在回味一下，其实也没那么喜欢她了？"

顾衍抿唇看着齐溪，看了很久，久到齐溪觉得他不会再回答这个问题了，然后齐溪才听到了他的声音。

"没有。我还是很喜欢她。"顾衍移开了视线，没有再看齐溪，看向了路边的绿植，"但你骂可以，只有你可以，别人不可以骂她。"

哇！原来自己还有这特权，那么顾衍这个意思……

即便是他喜欢得要死的白月光，但顾衍都容忍齐溪去说她坏话，这四舍五入一下……

"顾衍，你是不是现在觉得我人还不错？还挺值得结交的？"

顾衍没出声，看了齐溪片刻，才移开了视线道："勉强还行吧。"

要知道，能得到顾衍的认可并不容易，他要是说还行，那就真的已经相当不错了，毕竟他对那么喜欢的榴梿，也就"还行"两个字的评价。可见这男人的要求和他的颜值一样高。

齐溪都有点感动了，原来在顾衍的心里，自己已经有这样的地位了。

顾衍一定把她当成很铁的朋友，才能容许这种事发生啊！

齐溪内心说不出什么感觉，既有些欣慰又有些莫名其妙的不开心。她甩了甩脑袋里乱七八糟的思绪，还是决定劝自己高兴些。

这有什么值得不高兴的？这不就是自己一直以来追求的结果吗？

之前得罪了顾衍，如今终于竭尽所能和顾衍搞好关系了，而且看着这关系搞得还成，顾衍都把自己当成好朋友了……

而且这个意思……

"顾衍，你是不是原谅我啦？"齐溪真心实意道，"对不起啊，顾衍，之前毕业典礼上我误会你了，给你添了那么多麻烦。谢谢你还愿意原谅我。"

"没有原谅你这一说。"

啊？齐溪有些忐忑，难道这是还没原谅自己？

顾衍终于转身看了齐溪一眼，他的表情很平淡："其实我之前也并没有为这件事真的记仇，所以谈不上原谅不原谅。"

也是，要是真的记仇自己，顾衍完全可以起诉她名誉侵权。

齐溪越想越觉得顾衍这个人长得好身材好，品行还好，虽然为人性格高冷一些，但从品德而言，完全是谦谦君子。

她现在突然完全理解为什么顾衍在学校里会那么受欢迎了。这样的男生，确实值得那么多喜欢，也配得上那么多喜欢。

齐溪有点酸溜溜的："我现在有点懂为什么那么多女的喜欢你了。"

这句话，齐溪以为顾衍不会接的，然而出乎她的意料，顾衍像是没忍住解释一样，齐溪听到他不知道是说给谁听，也或者是自我说服一般道："但我只喜欢一个。"

顾衍的声音有点闷闷的，但语气是坚定不移的。

齐溪突然没来由地有点烦躁。

她想，好了好了，知道了知道了，下一题！

她努力想着别的转移自己的注意力，不管怎样，如今自己能和顾衍冰释前嫌，这说来说去，都得益于《顾衍大全》的功劳，要不是自己找到了这么一本顾衍百科全书，对症下药投其所好，如今能有苦尽甘来得到顾衍认可的今天吗？

齐溪看了身边走着的沉静的顾衍一眼，觉得自己最近疏于"学习"，回家还是要好好再看看《顾衍大全》。

齐溪前几天正好下载了一个重金属摇滚小白入门知识大礼包，回家她就决定开始补习重金属摇滚的知识，力求周末和顾衍一起去看演唱会时能和他发生灵魂共鸣般的交流，能对重金属摇滚的知识点如数家珍。

齐溪乐观地想，等这次周末去完演唱会，她觉得自己和顾衍的友情就彻底稳了。

"重金属（HEAVY METAL），简单来说，就是用稍微超常的力度来演奏摇滚乐。吉他，作为这种音乐的主要元素，在演奏时比通常响一点，更具复仇感。

"以前，贝斯只有在爵士乐中被当作主要乐器，但在重金属摇滚中，贝斯已变得和演唱一样重要。与普通流行音乐相比，鼓打得更重更快，这对听众造成一种冲击。最后是歌手——他让听众体验到死亡、性、致幻药物或酒精和其他新生事物冲击的情绪和感觉，并使那些在流行音乐中出现过的主题显得更真实可信，可能更骇人。"

躲在自己租住的房屋内，齐溪一边背诵着百度百科里重金属摇滚的定义和起源，一边只觉得头大如斗。这都是什么和什么啊！

齐溪司法考试复习背诵法条的时候，都没觉得这么脑袋疼过。

谁能告诉她，除了重金属外，为什么还有黑金属，而黑金属里又有多个分支，比如抑郁黑金属、死亡黑金属；而除了黑金属外，还有华丽金属、工业金属等多种衍生……

齐溪虽然看了一遍，但是都没搞明白。

最终挑灯夜战了一晚上，齐溪才勉强成功靠着熬夜速成了重金属摇滚乐浅显理论知识行家。她觉得，只要不聊得太深入，一般不会露馅。

总之第二天，齐溪是带着她对这块知识的自信和深重的黑眼圈，在约定的摇滚乐场馆外等着和顾衍见面的。

她本来是想表明自己诚恳态度，先到约定地点等待顾衍的，因为害怕路上堵车，因此提早了和顾衍约定的时间将近半小时就达到了目的地。

只是齐溪怎么也没想到，即便她到得这么早，而顾衍竟然已经在等候了。

他看见了齐溪，显然也愣了愣："你怎么来这么早？"

"这话不应该我说吗？"齐溪看了眼手表，确认自己没看错，"我们不是约好半小时后吗？"

顾衍清了清嗓子，看向了不远处的广告牌，模样倒是挺镇定："哦，我正好路过办事，没想到事情办得太快了，所以到得有点早。"

齐溪有些好奇："什么事啊？"

两人都是同学，如今也是同事，齐溪这种礼节性的问话，也算是正常社交的一部分，就和"你今天吃过饭没"有异曲同工之妙，一般用于没话找话打开话题，这种时候，顾衍只要给予礼节性的回应就好了。

齐溪也没真的指望知道顾衍忙什么去了，也不是真的在意。只是没想到顾衍面对这个问题，倒像是如临大敌，他硬生生愣了半天，才莫名其妙强调道："总之是有事。"

他看了齐溪一眼，补充道："所以才早到。"

顾衍说完，又看了齐溪一眼，清了清嗓子："你呢？这么早？"

"我就怕堵车，想早点到，没想到今天道路挺顺畅，早到了这么久……"齐溪说完，就忍不住打了个哈欠。

昨晚熬夜，于是今天的后遗症太重，但演唱会要下午才开始，如今被这午后暖洋洋的日光一晒，齐溪只觉得有点昏昏欲睡。

不过她敏锐地发现，自己挂了两个大大的黑眼圈，顾衍也不遑多让，白皙的眼睛下方，竟也是两个大刺刺的黑眼圈。

上学时考试前齐溪就常常为了最后的冲刺熬夜，因此黑眼圈也算家常便饭，可在她印象里，顾衍从不熬夜，作息规律得像个老干部。齐溪曾经痛恨死了顾衍这份从容，因为他好像第一名得到得永远不费力气。

只是现在顾衍这两个糟心的大黑眼圈……

因为皮肤白，如今这两个黑眼圈挂在顾衍脸上，简直明显到让人无法忽视，像个让人想要珍惜保护的俊朗熊猫。

这昨晚是得熬夜了多久啊？

这世界上，竟然还有值得顾衍如此熬夜的事？

照道理来说，最近顾衍手头的案子，也没有需要那么半夜加班的啊……所以难道是去学习了？半夜在看案卷总结、办案手册之类的？

齐溪一边偷偷打量顾衍，一边内心充满了竞争的紧迫感。自己好歹和顾衍在一个团队，此前又是一个学校毕业的，如今顶头上司又是顾衍的亲姐姐，如果顾衍比自己优秀很多，这个差距是非常明显的……

结果对于熬夜的话题，这一次倒是顾衍先开了口，问出了齐溪心中所想："你昨晚熬夜了？怎么黑眼圈这么重？最近不是没多少工作吗？"

齐溪讪笑了两下，胡诌道："我……我就因为今天要来听重金属摇滚了，激动得睡不着……"她看向了顾衍，"你呢？黑眼圈也挺明显啊。"

顾衍抿了抿唇，冷静道："哦，我也是比较激动。"

看着顾衍这么波澜不惊的情绪和面无表情的神色，齐溪心里忍不住再次感慨起来：难道这就是做大事的人应有的不喜形于色吗？

顾衍这家伙，表面上完全看不出他对这个重金属摇滚有多期待，倒是频频往边上另一个场馆的球赛入场口看去，但其实内心早就兴奋得连夜没睡着觉了？

不过对于顾衍瞥向球赛入场的眼神，齐溪还是有点在意，随口道："你想看球赛啊？"

齐溪不问的时候明明一直在看，但齐溪一询问，顾衍几乎立刻收回了眼神，义正词严般地进行了反驳："哦，没有，我比较喜欢重金属摇滚。"

也是，《顾衍大全》里讲了，顾衍就喜欢小众，对球赛这种普通男人庸俗的爱好不屑一顾。

不过齐溪看了看时间，因为两个人来得都太早，如今离进场时间都还有一段距离，与其站在场馆门口傻等，还不如找个咖啡厅喝个饮料。

齐溪当即热情邀约："附近有家不错的甜品店，我带你去！"

这家甜品店是个法国人开的，据说还曾是酒店大厨，味道确实地道，因此价格也并不十分亲民，但因为品质好，生意并不差，多的是来打卡的情侣和网红。

《顾衍大全》里写了，顾衍很喜欢甜食，齐溪觉得这样的选择应该也正中顾衍的内心。

虽然齐溪无法理解重金属摇滚有什么好，但甜品的美妙她却是完全赞同的。几乎是一到甜品店，齐溪望着橱窗里精致的马卡龙和各类甜品，就有些移不开步子了。

等在座位上坐下拿到菜单后，齐溪就有些眼冒金光了："哇！怎么出了这么多新品！这个樱花布丁，还有这个巧克力蛋挞，还有这几个新口味的马卡龙……"每一个都好想吃。

但齐溪看了眼价格，也知道自己还是挑选一个就好。她如今虽然结清了对顾衍的外债，但是租金、日常开销也不少。赚大钱的是成熟的头部律师，他们这样的实习律师工资并不多高，为了彰显自己的态度不再问家里伸手要钱后，齐溪的日子便过得精打细算起来了。

虽然都很想吃，但是不能都买。

"挑好了吗？"点单买单需要去收银台，顾衍望着齐溪，非常自然道，"挑好了我就去付钱。"他垂下了视线，"重金属摇滚门票已经是你出的了，今天吃东西就都我来吧。"

齐溪没和顾衍客气，选择困难症般地看了很久菜单，才狠下了心："那就樱花布丁吧，再加一杯摩卡。"

顾衍没说话，径自去排队买了单。

很快，服务生便端来了甜品和饮料，而齐溪这一桌引起了别的几桌小情侣的注目，因为顾衍几乎把所有新品甚至老品都点了一份。

服务生端了两次才把甜品都端来，然后摆满了一整张桌子。

这家甜品店每一样都很精致，每一样也都很贵，点了这么多，价格并不便宜……

齐溪有些不敢置信地看向了顾衍，虽然从《顾衍大全》知道顾衍喜欢吃甜的，但也没料到这男人能这么喜欢吃甜的。她只点了樱花布丁，所以剩下的都是顾衍点的？

"点这么多？"

顾衍"嗯"了一声。

付钱的是大爷，反正是顾衍自己点的，齐溪没再说什么，只是乖巧地拿过了属于自己的樱花布丁和摩卡。

只是顾衍点了那么多，自己吃得却不多，只吃了一个栗味的马卡龙，吃的时候还微微皱着眉。要不是齐溪知道他热爱甜食，光看的话还以为这男人在忍着这甜腻的味道呢。

吃完这个马卡龙，顾衍就不动了。

"你不吃了？"齐溪看了看时间，"得快点吃完呀，否则过会儿我们就要进场了。"

顾衍的样子一点也没有遗憾，只扫了一眼桌上各色各样精致的甜品，平淡道："哦，突然吃不下了。"

说完，他看了齐溪一眼，简短补充道："来之前在家里吃得有点多。刚才想全部都吃，但现在吃了一个以后没想到就吃不下了。"

顾衍看了眼摆满一整桌的甜品："不过既然都点了，也付钱了，离演唱会时间也挺紧张了，那你就帮我吃完吧。"

齐溪帮忙吃完自然是没问题，但……君子不夺人所爱。

"你要不要打包带回家吃呀？我帮你去拿个打包盒。"

可惜对齐溪的提议，顾衍看起来并不感冒，他看了齐溪一眼，云淡风轻道："我姐不让我打包这么多甜品回去。"

啊？齐溪有些意外。

顾衍冷静镇定道："因为她在减肥，看了甜品怕自己控制不住功亏一篑。如果我打包回去，会遭到她的打击报复。"

果然每个女人都对自己的身材还不够满意。顾雪涵都那么好的身材比例了，结果没想到竟然还在减肥！看来即便是英姿飒爽的顾律师，也多少受到了社会上女性容貌身材焦虑的影响。

但齐溪为了甜食，不怕胖！

如今既然顾衍都那么说了，齐溪还能不从善如流吗？

毕竟齐溪对甜食的偏爱可让她的肚子里永远为甜食留有空间。

她豪情壮志自我贴金道："顾律师不长的肉，那就让我替她来长吧！也算为老板分忧解难！"

无视顾衍相当无语的眼神，三下五除二的，齐溪就开始吃起来。

她一边吃，一边想着和顾衍聊聊天拉近下距离，想来想去，决定以接着要听的重金属摇滚作为破冰话题："重金属摇滚那么多分类里，你喜欢哪一种啊？"

　　一想到昨晚背诵了那么多，齐溪也舍不得浪费，总想着今天怎么都要派上用场，在顾衍面前展露下自己和他这份"共同的兴趣"。

　　只是她还没来得及"展示"，顾衍就先开了口："重金属其实分很多风格，包括黑重金属、工业重金属、死亡重金属等。

　　"简而言之，在重金属摇滚中，贝斯已变得和演唱一样重要。与普通流行音乐相比，鼓打得更重更快，这对听众造成一种冲击。最后是歌手——他让听众体验到死亡、性、致幻药物或酒精和其他新生事物冲击的情绪和感觉，并使那些在流行音乐中出现过的主题显得更真实可信，可能更骇人……"

　　齐溪一开始还没觉得，越是往后听，就越疑惑起来。

　　顾衍讲得确实头头是道，仿佛对重金属摇滚非常了解，像个真正的爱好者，可他如今说的这些，不正是自己昨晚挑灯夜读从百度百科上照搬背诵的东西吗？简直一字不差啊！

　　顾衍作为一个重金属摇滚乐深度爱好者，难道也背百度百科？

　　可真的要是热爱一个东西，对重金属摇滚的理解肯定不会仅止于百度百科这么浮于表面的东西啊！

　　齐溪满腹疑问，但最终，甜食堵住了她的嘴。只要甜品一入口，她就完全忘记周遭别的事了。

　　虽然顾衍这个人挺浪费的，但点的甜食都是齐溪刚才纠结要不要买的，如今倒是借着顾衍吃不下这个机会，让齐溪把这家甜品店本次新品都尝了个遍。

　　等从甜品店出来，齐溪感觉到由衷的快乐。

　　然而这份快乐，很快就在入场演唱会，并且这场重金属音乐会正式开始后变得不堪一击——

　　虽然昨晚紧急做了很多准备工作，但齐溪没想过，重金属摇滚的现场是这样的。

　　吵闹、嘈杂、充满了乱七八糟的元素，还有一些阴郁、烦躁以及支离破碎的情绪。

很多粉丝在呐喊尖叫，但齐溪完全没有办法感知他们的激动和狂热，她只觉得震耳欲聋。现场的灯光乱扫，扫得齐溪快要无法睁开眼睛，而比起她的眼睛，耳朵则承受了更大的痛苦。

她侧头看向了顾衍，想知道顾衍为什么会享受这样的音乐，然而齐溪在顾衍脸上并没有找到任何陶醉或者沉浸的表情。他的模样和自己看起来半斤八两，微微皱起的眉怎么看也不像是多喜欢这场演出。

鬼使神差地，齐溪突然有了一种奇妙的猜测。

顾衍会不会并不喜欢重金属摇滚？

齐溪很快甩脱了脑海里莫名其妙的猜测。

顾衍怎么会不喜欢重金属摇滚呢？这可是《顾衍大全》上写的！《顾衍大全》此前真的非常准，给了齐溪很多对症下药接近顾衍的机会！

不过齐溪此刻也已经无暇顾及猜测顾衍到底喜欢不喜欢重金属摇滚了，因为齐溪自己已经泥菩萨过江自身难保了。

刚才甜品吃得太撑，如今在密闭的空间内听着像是敲击灵魂的可怕音乐，被周遭人的尖叫呐喊裹挟着，齐溪只觉得有些胸闷难受，同时还有点想吐。

她很想逃出去，然而说好了是陪顾衍一起听的，怎么的也不能中途一个人溜走吧。

抱着这种心态，齐溪只能忍受着魔音穿耳，直到她觉得越发胸闷和头晕目眩。

就在齐溪觉得自己快要支持不住之际，她的耳朵被人捂住了。

齐溪在惊愕里抬头，才看到顾衍抿紧的唇角，用手捂住了齐溪的耳朵，然后嘴唇开合，像在说着什么。

此前，巨大的摇滚乐声音遮掩了一切，而如今，顾衍的双手为齐溪隔绝了这些声音，刺耳的尖叫也变得有些遥远。

虽然顾衍在说着什么，但齐溪没能听到顾衍的声音。她并没有读懂唇语的能力，只是有些愣神地看着顾衍。她的头还有些晕，这突如其来的宁静让她甚至有些无所适从。

顾衍再说了一次什么，然而齐溪还是一脸茫然。大概这男人受不了了，俯下身，移开了堵在齐溪一只耳朵上的手，然后凑近了齐溪的耳朵："你自己捂住耳朵，我带你出去。"

周遭仍旧吵闹，顾衍的动作快得让齐溪甚至抓不到踪影和痕迹，然而齐溪那被他陡然凑近的耳朵，却突如其来地烧了起来。

有些情绪像是罐装可乐被突然打开时涌上来的气泡，噼里啪啦一个接着一个，然后就变成一串串让人目不暇接的气泡群，开始集体逃逸，快得还来不及捕捉，就迫不及待陆续蹦出水面破裂，消失得无影无踪，快到让人几乎无迹可寻。

这一刻，齐溪第一次意识到，顾衍原来有非常好听的声音，带了冰一般的凛冽质感，然而并不那么冷漠，即便在最嘈杂的环境里，齐溪都能分辨得如此清晰。

他的眉微微皱着，但并没有对齐溪有任何不耐烦的情绪，仿佛只是想尽快把齐溪带离。

最终，齐溪是捂住自己的耳朵，被顾衍拉着一路越过疯魔的重金属摇滚乐粉丝，终于逃出生天般离开演出会场的。

到了空旷的场地，齐溪才渐渐缓了过来。

只是出来以后，齐溪才发现顾衍的表情看着有点臭，他可能还是在意不得不因为齐溪中途离场的。

想想也是，毕竟作为一个重金属摇滚乐粉丝，谁会愿意因为同行的身体状况而被迫中途离场呢？

齐溪有点难受和愧疚，但她故作轻松道："要不你赶紧回去听吧。"

顾衍微微皱眉："出都出来了。"他看向了齐溪，"你怎么样？要不要带你去医院？"

"我没事啦，你让我一个人在这儿休息下就行。你现在回去还没错过很多呢。"

可惜不论齐溪怎么劝说，顾衍也没有再入场的打算。他看着齐溪，有些没好气："你明明不喜欢重金属摇滚乐，为什么一定要忍着难受还在里面听？"

齐溪第一反应是慌乱地否认："没有啊，我挺喜欢听的，今天可能是之前甜品吃撑了。"

"不，你不喜欢。"顾衍却很冷静笃定，看了齐溪一眼，"你喜欢的时候不是这个表情。"

还没等齐溪回复，顾衍就飞快地补充道："我是说，一个人喜欢什么东西的时候不是你这种表情。"

虽然她熬夜学习妄图装同好，但此刻看来这事还是败露了。

齐溪有点懊丧，声音也有些讷讷的："我哪种表情啊？你怎么知道我不喜欢的？我觉得我表情管理还挺到位的啊……"

"总之，下次没必要这样，不喜欢还装成喜欢硬着头皮待在里面。"顾衍的语气带了一点责备，"人没必要为了特立独行而去特立独行，小众爱好和大众爱好没什么尊卑之分，适合自己的才是好的。"

齐溪心想：这还不是为了团结爱好小众的你嘛……

她挺委屈，自己花了不少钱特意买了这演出的票，本意是为了和顾衍拉近距离，结果因为自己不争气，如今反而把顾衍给得罪了，看顾衍的样子还挺生气的，就是当初自己毕业典礼上对他误会，发表了一堆不适宜的言论，顾衍似乎表情也没这么难看过。

齐溪越想越难受："因为你喜欢嘛，所以我想陪着你一起听。"

顾衍像是要训齐溪，然而等齐溪说完，他倒像是完全忘记自己刚才想说什么般愣住了，原本一向思辨能力一流的顾衍，仿佛突然想不起自己下一句要说什么一般卡壳了。

顾衍有点茫然地沉默了许久，才仿佛找回了声音，看向了齐溪："就因为我喜欢？"

说都说了，齐溪有些丧气地点了点头："嗯。"

"我不喜欢。"顾衍这次像是真的不知道说什么了，看了齐溪一眼，然后飞快移开了视线，看向了不远处的虚空，声音微微有些轻，但不再有生气的情绪了。他并没有什么太多威慑力地瞪了齐溪一眼："都是谁和你说我喜欢这种东西的？靠你自己的臆想吗？”

齐溪挺委屈，这可不都是《顾衍大全》上说的吗？而且……

齐溪控诉道：“你自己不是说‘还行’‘还算喜欢’吗？”

顾衍愣了愣，但竟然转瞬就立刻理直气壮道：“人不能变？之前是还行，现在已经不喜欢了，犯法吗？”

“……”不犯法，当然不犯法。

对重金属摇滚的喜欢倒是变化得很快，对那个白月光的喜欢怎么就一根筋呢？

不过……

“既然你对重金属摇滚的爱说散就散，说明你也没多喜欢这个东西，那怎么聊起重金属摇滚，都像是能直接拉出去写论文了？谈任何分支都头头是道的，还头头是道得和百度百科完全重合？”

齐溪心里的猜测越发鲜明：“你是不是原本也对重金属摇滚就那样，并不多了解，也是昨晚熬夜提前背的啊？”

“没有。”顾衍几乎是立刻对此进行了否认。

“那……”

顾衍冷静道：“我根本不需要提前背，我能聊起来头头是道，只是因为我博学。”

他看了齐溪一眼，再次强调道：“熬夜提前背这种事，不存在的。”

顾衍说到这里，状若不经意道：“反倒是你，对重金属摇滚完全不耐受，还要死撑着逞能在里面听。难道小众的爱好看起来才比较高级吗？”

这男的也不知道怎么回事，越说语气越不高兴起来：“不舒服就早点说，早点出来。”

齐溪解释道：“我想着票还挺贵的——”

顾衍语气严肃地打断了齐溪：“人应该及时止损，就算票再贵，如果你身体在那个环境里已经明显不舒服了，还继续待着吗？如果我刚才没发现你的情况异常，是不是你要等着在场馆里晕倒了才结束？任何事情，沉没成本再大，齐溪，也比不上自己的身体和心情重要。”

顾衍讲到这里，顿了顿，然后看向了不远处："毕竟现在你和我是一个团队的，如果你生病休假，对我而言工作量也会翻倍，你保重自己的身体，也是对我的尊重。何况万一你和我一起行动的时候身体出了问题，那我还是第一责任人。"

这话是绝对没错的，齐溪哪里敢反驳，只好点头如捣蒜："是是是，你教训的是。"

但也不知道是什么情绪驱使，齐溪明知道不合适，但还是有些忍不住在作死的边缘疯狂试探："你说我说得挺利索的。"她不自觉拖长了语调，"那你自己什么时候止损啊？"

顾衍果然皱了皱眉，有些不解道："我？"

"对啊，你喜欢一个不会回应你的人，不也是一种自我损耗吗？正常来说，不也应该及时止损吗……"

对于齐溪这样的问题，顾衍并没有动气，他的情绪很平和："这是两件事情。"

"为什么是两件事啊？"

"因为你不肯从摇滚乐会场出来，仅仅是因为不舍得前期投入的门票钱，只是钱的问题。"顾衍抿了抿嘴唇，盯着齐溪的眼睛，"但我不一样。"

哪里不一样了啊？

此刻，顾衍的视线已经从齐溪身上移走，盯着地面，声音轻缓但坚定："齐溪，人心是没有办法控制的。"

顾衍的表情很平静，他好像已经接受了那个女生并不对他来电的事实，也努力克制了自己的情绪，并没有流露出特别的波动，没有显而易见的受伤，也没有让人能感知到的惆怅。

顾衍只是平静内敛地在讲述一个事实，然而齐溪却没来由地烦躁起来。

她不喜欢顾衍这样子。

实际上，她也完全不喜欢谈及顾衍的这位白月光。

可是齐溪也不知道自己怎么了，越是抵触却还越是要去提，越是在意，越是想从顾衍口中得知关于对方的信息。她都没去细想，根本和她一毛钱关系没有的事，她这么好奇干什么？她根本也没有资格好奇啊。

好在让齐溪欣慰的是，顾衍并不排斥和她聊起这个话题。

但同样让齐溪不太高兴的也正是如此。

这么不避讳和自己聊这些，大概是真的把自己当成至少半个朋友的。这原本是齐溪努力的方向和目标，然而真的感觉被顾衍当成朋友了，齐溪内心好像一点也高兴不起来。

人可能真的总是贪婪，也总是不知足，虽然齐溪都不知道自己到底在贪图什么。

她在学习上的聪明劲摆到自己生活里好像总是差那么点意思。她虽然在分析案子的时候总是头头是道，猜测当事人心思的时候也能剑走偏锋另辟蹊径，但每次轮到她自己了，她却一头雾水。

她的情绪时常像是板结在一起的一头乱发，然而她连自己头发发梢末端的分叉和毛躁都没法抚平。

她可能真是今天吃了超标的甜食，听了可怕的重金属摇滚，从而造成的情绪后遗症。

齐溪甩了甩脑袋，决定不去想这些有的没的。

她想，虽然没和顾衍一起看完这场重金属摇滚，但还是有一件好事的——她至少发现了《顾衍大全》并不那么全，上面记载的信息也未必都那么准确。

当晚告别了顾衍后回到家，齐溪就把这一发现分享在了"关爱顾衍协会"的群里。

　　姐妹们，多谢各位之前在群里给我无私分享的《顾衍大全》。作为组群的一员，我现在也想反馈一些有用信息。虽然顾衍确实喜欢粉红色，确实喜欢甜食，确实喜欢榴梿，《顾衍大全》百分之八十的内容都很精确，但他对重金属摇滚就并没有里面写的那么狂热，甚至可以说是可有可无、随时都可以改变的喜欢，还有点转为不喜欢的趋势，建议修改下里面的这一块内容！

我觉得尽信书不如无书，我们对《顾衍大全》还是要辩证地对待，也不能盲目迷信，还是要仔细观察顾衍真正的爱好！

齐溪洋洋洒洒写了一堆。前人栽树后人乘凉，前辈们总结整理了一本《顾衍大全》，让齐溪成功从顾衍的敌人过渡到了和顾衍如今和平共处，齐溪觉得吃水不忘挖井人，自己也要反哺组织，为组织提供顾衍的最新信息。

只是她热情洋溢地写了一堆，却没有得来意料之中的感谢。

群里既没有对齐溪表示表扬，也没有感激，因为竟然没有一个人回复。

实际上，从齐溪进群以后，这群里就并不怎么活跃，偶尔倒是有一些拼多多砍一刀的转发，如今更是快一周没一个人讲话了。

看来当初对顾衍这么死忠的粉丝，随着时间的推移，也已经抛弃顾衍了。

如今守着更新修订《顾衍大全》的，想不到只有自己了。

爱果然是会消失的……

齐溪看了眼时间，想着明天是周日，还和顾衍约了把新的剧本对一遍台词彩排一下，也懒得再浪费时间在群里继续就《顾衍大全》发表什么。

也不知道是不是巧合，刚想到顾衍，顾衍的电话就来了。

齐溪接起来："喂？"

顾衍的声音很好听，他简单陈述道："明天的排练不能来了。"

齐溪有点意外："你明天临时有事吗？那我们明天不见了？"她想了想，"你先忙你的正事，排练我们约下周工作日的午休和晚上，抽空也行，律协那边也没有催，不急的。"

"嗯。"顾衍的声线有些低沉，"有点事，但明天我们还要见。"

齐溪愣了愣，然后听电话那端的顾衍再次开了口："我姐有一个上市公司的客户，明晚举办公司年会。我姐是他们的顾问律师，所以被邀请了，但她明天有个尽职调查，需要赶紧飞一趟外地去核查对方公司的材料，所以年会没法去。"

话说到这里，齐溪也有点明白了："所以顾律师是要你去替她列席参加是吗？"

"嗯。一般来说，竞合作为合作律所，还是需要派人员参加的。"顾衍安静了片刻，然后才继续道，"这公司因为绩效很好，前景不错，每年年会都是大肆操办的，几乎人均得奖。我们这样作为外部合作方被邀请的，更是一般都会有丰厚的奖品。"

那顾衍去参加不就好了吗？怎么还给自己炫耀上了？

齐溪有点纳闷："那不是挺好吗？"

"嗯。但今年这公司年会要求出席者携伴，着装要求是正装或者晚礼服，年会形式应该是比较高端的商务酒会。"

顾衍说到这里，安静了片刻，然后齐溪才再次听到他的声音："我没有女伴可以带。"

所以……

齐溪不是很敢去想，生怕自己会错意自作多情了，直到她得到顾衍确定的答案。

他问："你明天可以来当我的女伴吗？"

这并不是多过分的邀约，邀请人本人甚至并没有在齐溪面前，而只是通过电话，齐溪本不应该这样紧张的，但她好像就是没法控制心跳的频率、呼吸的速度，因为这种情绪，她变得有些迟钝，只顾着去消化自己的紧张，甚至忘记了去回答顾衍。

而因为齐溪长久的沉默，顾衍似乎有些烦躁起来。他清了清嗓子，像是自说自话，也像是说服齐溪一般道："你之前相亲我还帮你假扮男友，那时候你还说要礼尚往来，未来可以帮我假扮女友。我没你那么多相亲局，所以没有需要你假扮女友的事，现在只是需要你作为女伴出席一下，你怎么就想推托了？"

这十足的控诉语气打得齐溪简直措手不及，仿佛被顾衍先发制人了。

在顾衍的气势下，齐溪连声音也没忍住变轻了。也不知道自己在心虚什么，齐溪讷讷道："我又没有不答应……"

"那明晚五点我来接你。你有晚礼服吧？"顾衍顿了顿，"之前毕业典礼后面的舞会，你为那个准备过晚礼服吧？"

说到这个毕业典礼舞会，也算是齐溪印象并不深刻的小插曲。

原本容大法学院毕业后，是准备了一个毕业舞会的，本身是个挺新奇有意思的活动，让所有毕业生男生穿西装或燕尾服，女生穿上晚礼服之类，来一场小型舞会，纪念一下在大学里最后的时光，也算是青春的告别。

只是后来因为好几个同学要提前回老家，还有几个需要赶紧去应聘、租房之类，临近毕业琐事都非常多，租借的场地又临时因为消防检查没过，无法举办该类舞会，时间又紧急，再临时找场地既来不及，也很难调和所有人的时间，因此最终虽然大部分人都准备了服装，但辅导员还是叫停了这个舞会。

赵依然对此是相当遗憾的，但齐溪倒是一直没什么感觉，毕竟她的大学时光都用来学习了，也没有什么暧昧或者暗恋的男生想借着那个毕业舞会互诉衷肠的，甚至原本一直还在头疼舞伴的事，不知道能邀请哪位男同学成为舞伴。

坦白来说，要不是顾衍提起，齐溪早就把还有毕业舞会这件事彻底忘了。

虽然当时并不感兴趣，齐溪也不至于不合群到不参与，因此当时也按照通知买了符合要求的晚礼服。这么说来，这裙子倒是一直压箱底，都没机会见天日，这次跟着顾衍去参加顾雪涵客户的年会，正好拿来用一用，倒是挺好！

"有有有！"齐溪连连点头，"我应该能找到！"

齐溪再次和顾衍确定时间后，原以为顾衍就会挂掉电话，然而这男人总像是还有话要说，和齐溪没话找话一样说了下明天的一位客户咨询接待后，像是迟疑了一下，但还是问出了口："你明天要穿的，是那条红色的礼服裙吗？"

齐溪愣了愣，刚想问顾衍怎么知道是红色的，转念一想，突然记了起来。

当时为了准备这个毕业舞会，大家一窝蜂都去了附近的一家物美价廉的成衣定制店。

大学毕业生预算不那么宽裕，又是只穿一次的裙子，没那么追求大品牌，那家成衣定制店的老板是对聋哑人夫妇，但手巧得很，不论是西装还是礼服裙的款式都时髦大方极了。

齐溪已经记不得最初是谁先在那家店定制了裙子，只记得等拿回宿舍穿起来后，大家都觉得颇为惊艳。于是一传十十传百，法学院几乎所有的毕业生，都去了那家店定制。

齐溪仔细回想了下，自己也正是去取裙子试穿，确认下最终是否有细节需要调整的时候，撞见顾衍的，当时他似乎才刚去定做西装。

不过当时顾衍几乎没给自己正眼啊，以至于齐溪还在纠结要不要和他打招呼之时，顾衍连眼皮都没抬就走了。

所以他其实明明是有看见自己的？

齐溪有些忍不住嘀咕起来："你还记得我穿的是红色啊？我当你根本没看见我呢，原来是不愿意和我打招呼。"

顾衍大概想不到齐溪会想到这一层，很明显地愣了愣，才有些不自然地咳了咳，试图欲盖弥彰地对自己的不礼貌进行合理化解释："我看见了，但看得不是很清楚。"

"……"齐溪不满道，"你这解释也太没诚意了吧。"

但顾衍很坚持："不是不愿意和你打招呼。"

顾衍像是也找不到更好的理由，只能呆呆地重复着这样一句话，然后沉默了片刻，电话那端才再次传来了他的声音。

"对不起。"他用听起来很乖很从善如流的语气保证道，"下次看见你都会打招呼的。"

齐溪突然有点脸红:"你怎么这么像小学生!"

顾衍愣了愣,可能也觉得有点幼稚,没有再追究小学生的话题,语气变得更为矜持,然后询问齐溪道:"所以你明天是会穿那条红色的礼服裙是吗?"

"是的。"齐溪觉得有点奇怪,"你为什么这么在意?是有什么问题吗?"

顾衍已经就红裙确认过好几遍了。

只是当齐溪直接问起他为什么这么在意是不是红裙,顾衍又当即进行了否认:"没有。我只是问问你穿什么颜色,方便我搭配衣服。"这男人咳了咳,"不早了,挂了。"

齐溪挂电话时没觉得有什么问题,但片刻后转念一想,就觉得纳闷起来——顾衍作为男性,去酒会穿的不就黑色、灰色、藏青色这些色调吗?这几个颜色还有什么好搭的?和红色都不冲突呀!

可惜实在太困了,齐溪打了个哈欠,觉得眼睛已经能自动闭上,于是决定顺应天性,不再做任何思考,美美地睡上一觉。

此前对毕业舞会都没有多重视过,然而这一次,也不知道是不是因为是这条红裙唯一一次亮相的机会,齐溪竟然有点紧张和忐忑。

除了在成衣定制店试穿过一次,她再没有穿过了。

好在裙子还是贴身而线条流畅的,简洁大方的设计却很耐看,款式也很经典,齐溪在镜子里照了照,觉得颇为满意。然后她坐到梳妆台前,认认真真用卷发棒卷了下发尾,再细致地化个妆。

大概因为阵仗太大,路过的赵依然看着全副武装的齐溪目瞪口呆:"齐溪,你这是要去结婚?搞这么隆重!"

齐溪在镜子里照了照,并不觉得自己的打扮很夸张:"我穿得很简单啊!"

"简单是简单。"赵依然比画着道,"但……但你穿这条红裙,杀伤力有点太大了。"她像是难以找到准确的形容词一样，"你懂吧？就是很多时候，裙子很简洁，但反而衬托出你整个人的长相和身材都非常地出挑。我是个女的，我乍一看都感觉受到了视觉冲击，更别说男人了……"

直到在楼下忐忑地等待顾衍时，齐溪还在想着赵依然刚才的话：有……有这样的视觉冲击吗？顾衍看了也会觉得冲击吗？

齐溪也不知道自己在期待什么，但她确实变得有些忐忑不安起来。

号称开车来接的顾衍这次没有再开他的自行车，直到眼前的宝马停靠在齐溪身侧，顾衍穿着笔挺的西装从驾驶位上下来，走到齐溪身边，为齐溪打开副驾驶的车门，齐溪都有些没反应过来。

今天，顾衍的发型也明显有打理过。他穿西装显得尤其挺拔，抿唇不说话的时候，给人一种非常难以接近的感觉。

但很帅，真的非常帅。

是齐溪看了也忍不住偷偷多看好几眼的水准。

只是比起齐溪的偷看，顾衍就正经多了，除了刚开车门下车时看到齐溪愣了一下，此后顾衍的目光竟然都没有再看齐溪，径自盯着地面，仿佛齐溪是个行走的红色路障。

赵依然还说自己这是视觉冲击？

冲击了什么啊！顾衍连看都不看！

齐溪有点失落，也有点挫败和纳闷。

顾衍就坐在她的身边，安静地开车。齐溪虽然不是很懂车，但恰好知道顾衍开的这辆是什么车。

她吸了吸鼻子，试图甩脱此前的情绪："这是我最喜欢的车。"

顾衍愣了愣，显然有些意外："是吗？"

"是的。"齐溪点了点头，"因为这个车是七系，和我名字是谐音的。我以后挣了钱，就要买一辆这个。"她转头看向顾衍，"你为什么买这辆车啊？平时也不见你开。"

顾衍没有正面回答齐溪的问题，只是简单道："我也觉得名字很好听。"他目视前方平静道，"我也喜欢七，七是我的幸运数字。"

这样哦。

齐溪没再问别的问题。顾衍开了轻柔的车载音乐，车内带了柑橘柠檬淡淡的味道，而那家上市公司年会的场地距离并不远。

齐溪的情绪在进入年会会场后就一扫而空，不愧是财大气粗的上市公司，现场布置得可以说富丽堂皇。她不再想此前的事，而是开始好奇地观察起周围来。

"齐溪？"

顾衍此刻去签到了，这也并不是他的声音。

齐溪有些好奇地回头，然后竟然看到了孟凯："你也来参加这个年会？"

孟凯穿了高定西装，看着高大又成熟。他笑着点了点头："是的。我们公司和这家上市企业是合作方，因此每年年会也会邀请我们。所以你是作为他们的合作律师方出席的吗？"

他朝齐溪伸出手，笑了下："你是一个人吗？缺舞伴吗？我可以邀请你当我的女伴吗？"

齐溪愣了下："你没带女伴吗？这舞会不是要带伴吗？"

孟凯歪了下头："也不强制。"他看向了齐溪的眼睛，"何况我没伴，你让我怎么带？"

"所以，齐溪，你可以当我今晚的女伴吗？"

齐溪刚想开口婉拒，结果有人比她更先一步做出了拒绝。

"不可以。"顾衍应该已经完成签到，从不远处走了过来，他把齐溪往自己身后拉了下，高大的身躯径自阻隔住了齐溪看向孟凯的视线。

他的脸色冷若冰霜："齐溪是我的女伴。"

孟凯大概也没料到半路会杀出个顾衍，露出意外的表情，然后意味深长地对齐溪笑了笑："我还以为你们分手了，毕竟要是我，我可接受不了占有欲这么强的男朋友，他盯你也盯得太紧了。"

孟凯说着，随手拿起路过侍者托盘里的鸡尾酒，一饮而尽后，他又礼貌地朝齐溪笑了笑："忘了说，你穿这条红裙子非常美。"

他说完，又看了眼顾衍说："祝你们晚上玩得愉快。"这才颇为绅士地走了。

孟凯走了，但顾衍的表情好像还是不太高兴，他看了眼齐溪，声音有点闷："你是不是更想当他的女伴？"

这男人像是憋了很久，片刻后，才深吸了口气："你要是真的很想和他跳舞的话，我也——"

"我不想和他跳舞啊。"齐溪打断了顾衍，认真盯着顾衍的眼睛，"我是你带来的女伴，我当然只想和你跳舞。"

这话像是极大地安抚了顾衍，他脸色有些微红，但情绪却像是炸毛的猫被摸顺毛一样缓和了下来："哦，既然这样，那你老看他干什么，笑得那么开心，像是很想和他跳舞的样子。"

这完全是污蔑！

齐溪有些气鼓鼓的："人家夸我穿这条裙子好看，我难道哭给人家看吗？谁夸你漂亮你不高兴啊？你都没夸我，我还对你笑呢！"

"那我夸你。"

顾衍看向齐溪，一字一顿认真道："齐溪，你穿这条裙子，真的很漂亮。"

齐溪也只是随口抱怨，并没有指望顾衍搭理自己，没想到顾衍不仅回复了，还说出了这样的话。

这下换齐溪变得紧张和不知所措了，有些语无伦次："是吗？可你刚才都没有看我，所以是敷衍我吗？也没必要吧，假装夸我，我也不会多给你奖金？是真的穿这条裙子还算好看吗？"

齐溪说完，就后悔得恨不得找个地洞钻进去。自己都说的是什么跟什么啊！

"没有敷衍，是很好看。"顾衍的声音听着都有一点不真切，以至于齐溪都怀疑这些对话都是自己幻想出来的。

他看起来有些局促："其实你第一次在成衣定制店里试穿的时候我就

看到了，当时就觉得很好看。"

　　齐溪听得有点心跳加速，抬头看了顾衍一眼，然后也颇为不自然地移开了视线，像是没法直视对方的样子："你别不是诓我吧？觉得好看不应该多看两眼？"

　　"盯着看太多的话不礼貌。"顾衍的声音很冷静镇定，言简意赅地解释道，"就像用餐的时候盯着一个自己喜欢吃的菜不停夹菜很没有用餐礼仪一样。"

　　这下齐溪觉得自己整个脸可能和裙子一样红了。

第八章　陪我聊天

对于这一晚的记忆，齐溪都觉得像是做梦一样。

她穿着红色晚礼服裙，其实只和顾衍跳了一支舞，然而这一支舞却让她觉得尤为漫长，宛若电影的慢镜头，但并不冗长赘余，反倒带了一股隽永的脉脉。

即便回到房里躺在床上，齐溪用被子盖住脸，闭上眼睛，仿佛还能回忆出当时的每一个细节——顾衍专注的眼神、克制的步伐，以及恰到好处的节拍带动。

齐溪原本不理解赵依然对毕业舞会的热衷，然而真正和顾衍跳完一支舞，她内心终于能够对赵依然的期盼感同身受——如果能和顾衍这样的人跳一支毕业舞，确实是美好的回忆。

明明去参加这家上市公司年会时，齐溪最期待的是人人都能获奖的中奖环节，她也确实如愿拿到了一部新的手机作为年会礼物，然而中奖带来的快乐却并没有那么浓重，这一晚让她最有记忆的竟然还是那支舞，还有分开时顾衍的那句话。

那段对话是在顾衍送齐溪回家的车上发生的。

彼时，齐溪正用手机看着在酒会上让顾衍拍下的照片，然后一边把自己的脸部用马赛克遮住，一边准备编辑信息。

"你在干什么？我拍的照片有什么问题吗？"

面对顾衍的问题，齐溪回答得很坦荡："没问题，你拍得很好看，给我用来当照片展示效果一定很好。"

顾衍的声音有点疑惑："效果展示？"

齐溪点了点头："嗯，现在这裙子也算完成使命，接着能用到的场合应该很少，我准备把它挂到二手转卖平台上看看，如果有合适的买主那我就出掉好了。不然这条红裙子既占地方也没什么机会穿，出掉以后的钱我正好去买个家用小打印机。"

对此，当时顾衍并没说什么，只是等下车帮齐溪开车门后，等要告别时，突然道："打印机我赞助你买。"

顾衍抿了抿唇："所以你的裙子不用卖了。"

啊？

齐溪还有点摸不着头脑，就听顾衍继续道："你穿着不是挺好看吗？那为什么卖掉？又不是多贵的裙子，既然喜欢又适合，就留着好了。毕业的时候买的，也挺有纪念意义。"

齐溪还有些愣愣的，倒是顾衍挥手让她赶紧走："别发呆，外面冷，快点上去。"

齐溪几乎是下意识就乖乖点了点头："噢，好的。"她朝顾衍挥挥手，然后就进了楼里上了电梯。

当时并不觉得怎样，然而如今躺在床上，齐溪再回忆，却觉得自己连顾衍说话时的表情都能记得。

好像关于顾衍的一切，她的记忆力都会变得非常好。

她觉得顾衍对自己很好，觉得顾衍是非常好的人，为自己过去技不如人就把顾衍当成假想敌的行为感觉到羞赧：对比之下，自己过去心里对顾衍总是偷偷摸摸有敌视的行为对顾衍真的是不公平。

以后一定也要对顾衍很好很好，来回报他的豁达温和以及忍让包容。

齐溪想了很多以后计划一起和顾衍做的事，觉得忙碌平凡的生活好像也变得有点令人期待了起来。

但是一想到顾衍毕业典礼时想要表白的女生，齐溪就变得不愿意再多想。她把头彻底裹进温暖的被褥里，像是放空一切一样，不去想任何事，于是心情渐渐变得平静。

只是当她快要睡着时，屋外传来了钥匙开门的声音，赵依然终于结束加班回家了。

临近年底，赵依然工作的法院打出了"战白天，大结案"的口号，赵依然作为法官助理，自然也跑不了，因此这两天回家时间越来越晚。

"哎！在法院工作好难！"赵依然累得往沙发上一瘫，满肚子牢骚，"你能想象吗？晚上九点我还在法院里给当事人打电话通知开庭信息，结果还被当事人辱骂了。"

齐溪睡意临时中断，困意一下子也过去了，变得清醒，于是索性起了床，坐到了赵依然的旁边，好奇道："为什么骂你？"

"骂我搞诈骗，说谁不知道公务员是朝九晚五啊，哪里有法院的大半夜还在加班的，绝对就是搞电信诈骗的，下一秒就要问他讹诈什么传票保证金了，连打了这个大爷五个电话，都被挂了……

"还有一个当事人明显喝醉了，我电话一过去就给我一顿劈头盖脸的大骂。"

赵依然越说越心酸："这些都还算好的，最惨的是前几天我们庭判了个家暴前妻的人渣故意伤害罪，结果这男人的哥哥好像是个地痞，天天来法院闹事。我们主审法官是个男的，天天健身的，身上一看就全是肌肉，这地痞不敢惹，就找了我这个软柿子捏。也不知道他从哪里知道了我的手机号码，天天给我打骚扰电话。我今晚回家的路上都疑神疑鬼的，总觉得像是被人跟踪了。"

赵依然说到这里，忍不住长吁短叹起来："我们法律从业者真是要多健身啊，至少逃跑起来比较快。"

赵依然进的是刑庭，因此接触的当事人几乎都是三教九流。

她说："像这个地痞，他自己也都已经因为强奸和强制猥亵'三进宫'了，每次坐牢都搞得和进修似的，不以为耻反以为荣，狂妄得要死，所以做什么事都不带怕的吧，毕竟光脚的不怕穿鞋的。

"那天这个地痞竟然恐吓我说如果我不改判他的弟弟，就要一斧子砍死我！可我都不是主审法官，威胁我有什么用！何况法律容不得亵渎，我们怎么可能被当事人威胁下，就改判呢？法律是法律啊！"

赵依然脸色难看道："而且这人还好几次在法院门口堵我，对我试图动手动脚的。我看他明显就是找个借口想要骚扰我，这种流氓真的太讨厌了！"

虽然有齐溪的安慰，但赵依然又忍不住抱怨了几句，这才揉了揉已经开始犯困的眼睛："齐溪，你敢想吗？我上周末两天都在加班，结果案子还是多到来不及处理，这周工作日还得每晚加班……"

两人例行彼此吐了点工作的苦水，又分享了几个最近值得探讨的案子，齐溪这才打着哈欠去睡觉。

第二天一早，齐溪就准时起床。她和顾衍预定了个小咖啡馆的包厢，约好了中午午休排练对台词。

上午齐溪去法院送了份材料，中午她到的时候，顾衍自然已经到了。齐溪原本只知道顾衍准时，但从不知道顾衍其实总能提前到，齐溪和他约定的不论是工作碰面还是别的事，顾衍从来就没让齐溪等过。

"剧本这块和律协老师也确认过了，你没什么台词，只需要配合做下动作，比如我对你纠缠表白以后，你要无情地拒绝我；然后我要对你进行强制猥亵的时候，你要奋力反抗。"

齐溪指着剧本，一边解释："因为考虑到现在性别互换了，为了让我顺利对你强制猥亵，我会先请你喝杯加了料的饮料。这块律协老师也说加得很好，提醒广大人民群众不要让自己的饮料杯离开自己的视线，也不要随便去喝陌生人或者可疑人员递过来的东西。"

"嗯。"

齐溪和顾衍一路对了几场戏的台词。两个人记忆力都不错，几乎是一场过，很顺畅地就把前景铺提的剧情铺设给顺完了。

只是一到齐溪的角色向顾衍的角色表白的场景，顾衍就开始频繁提意见了。

"小刚，其实我喜欢你很久了，你的脸、你的身材、你的智商，都是完全按照我梦中情人的标准定制的，所以小刚，我们生来就是一对，你就从了我，让我给你生孩子吧！你加把劲，我们三年抱俩！"

齐溪按部就班地背完了属于自己的台词，接着按照剧本，这时候顾衍只要冷脸拒绝自己这个女流氓就行了，然而……

顾衍皱着眉："你这台词太露骨了，正常人谁会这么告白？这么告白不就是等着被拒绝吗？"

"……"

"你改改，至少不要这么不合逻辑。"

谁会管这种宣传小视频里剧情合理不合理啊！就是要夸张才好啊！

但碍于顾衍的坚持，齐溪只能临场发挥改了改："小刚，我其实喜欢你很久了，你的人品和能力我看在眼里，完全是我爱的类型。我想一直一直陪在你身边，陪你走过春夏秋冬，陪你走过人生百味，陪着你变老！"

齐溪以为这次顾衍总算能让自己过了，结果顾衍又掉链子了。

他完全忘记了他的台词，只是盯着齐溪看，没有回应没有拒绝，仿佛是在看一个梦。

就在齐溪想要出言提醒之际，顾衍才像是终于反应了过来，开了口，然而他说了剧本上根本没有的一句台词："你是认真的吗？"

在齐溪回答之前，他低下了头，自己给予了自己回答："你不是认真的，你并不喜欢我。"

"因为如果你喜欢我，你就不会连我到底喜欢什么都不知道，就不会只迷信所谓的传言，只能看到这些表象的东西。"顾衍盯着齐溪的眼睛，"齐溪，你根本没有真的喜欢我，你也根本没有真的来了解我。"

虽然这完全是临场发挥，剧情这么发展也行，毕竟只需要顾衍拒绝自己就好，但齐溪内心却开始慌乱起来。她捂住了胸口，生怕自己的心悸被顾衍看出来。

明明知道是假的，是顾衍即兴发挥的台词效果，但齐溪竟然有点慌乱和无措，以及连带着被顾衍指责的不安和难过。

佯装着镇定，齐溪清了清嗓子："顾衍，你要喊'小雅'！你是喊错了吗？"

顾衍垂下了视线，很从善如流地道了歉："不好意思，刚才忘记了，一下喊错了，之后会注意的。"

这之后，顾衍果真没有再喊错名字了。

如此的状态下，两个人应该继续顺台词下去，但齐溪不知道为什么，没来由的有些烦躁，好像只要看着顾衍的脸，无论如何都无法再集中精力。

刚才一瞬间，当顾衍喊她名字的时候，齐溪也有点忘记了只是在排练，她也不知道自己代入了谁，只觉得这一刻，顾衍是真的在对自己说话，也真的是在控诉自己，而这种控诉让齐溪觉得非常难受和慌张。

自己是真的没有好好去了解顾衍吗？

齐溪的内心忐忑、焦躁，明明这只是顾衍的临场发挥，但齐溪开始自我怀疑起来。

她是不是确实没有好好去真正地认识顾衍？

是不是真的完全听信了《顾衍大全》？

从一开始，在毕业典礼之前误会是顾衍写出的情书，在来到竞合后，又完全像看家电使用手册一样研究《顾衍大全》去接近顾衍，自己好像真的没能通过自己的接触去认识对方。

虽然顾衍一直在自己身边，但齐溪好像真的并没有真正去了解过他，而真的听信了一些传闻或者自己为他预设了形象。

《顾衍大全》说到底也是别人写的，别人就真的那么仔细观察过顾衍，真的了解他了？写的就一定对吗？

有什么能比自己亲自去认识顾衍来得快、准确、更便利吗？

给予一个人最大的尊重，不应该是自己去了解他，而不是通过别人的口吗？

顾衍这样的人，至少值得自己亲自去认识他。

这样一想，齐溪就生出很多复杂而莫名的情绪来，有愧疚，有不安，也有一些别的东西，像是春天里飘洒的柳絮，漫天飞舞，你想逃避，但只要在呼吸，就避无可避。

有时候齐溪很想去了解顾衍，但有时候又怕去了解顾衍。

齐溪也不知道到底是怎么回事。

好像《顾衍大全》这种使用说明书一样的东西给她的安定感还更足一点。

但挣扎过后，齐溪想了想，最终还是决定摒弃之前的思维定式，不再翻开《顾衍大全》，而是亲自去认识顾衍。

毕竟她也挺纳闷，自己到底为什么会有点怕去真正了解顾衍呢？

原本以为简单的排练比齐溪想象的更为艰难，午休只来得及把大致台词顺了一遍，齐溪不得不和顾衍在下班后继续聚到咖啡厅小包厢里排练，而齐溪也再次意识到了排练到底有多让人羞耻感爆棚，尤其到了需要肢体动作配合的时候——

齐溪把顾衍压在墙壁上，做出壁咚的姿势。齐溪虽然竭力想展现得有魄力一些，符合女流氓的人设定位，可身高差让齐溪做起动作来无论如何都像是小学生东施效颦。

比顾衍矮了半个头的自己，手还短，把顾衍固定在墙角，局促的不是顾衍，反倒是齐溪自己。

这样的动作下她不得不和顾衍靠得很近。而为了表演效果，齐溪也不能移开视线，她必须像个欺男霸女又勇往直前的女流氓一样直视顾衍的眼睛，不能露怯，而齐溪在自由发挥时甚至还加了个用一根手指挑起顾衍下巴的动作。

一开始她确实毫无私心，只想着把这段普法视频的拍摄效果拉到最满，因此几乎想也不想就做出了姿态轻佻的动作，只是等手指接触到顾衍的皮肤，齐溪就有点像触电似的想逃走了，但是不可以逃，因为一旦手指逃开，就显得太刻意也太可疑了！

为了心里那点逞能的想法，齐溪不得不维持着这个姿势，做出把顾衍桎梏在怀里的动作，然后开始说出那些让人头皮发麻的台词："小刚，你是我见过最帅、最美好、最单纯的男人。"

齐溪憋着情绪，努力让自己代入一个混迹社会的大姐大形象："你这样单纯的男人，一个人在路上走不安全，容易被人糟蹋，我建议你还是——"

"还是被你糟蹋吗？"

按照剧本，在这里顾衍的人设是纯情单纯男子，面对齐溪，除了害羞害怕外，不应该做出回答，只应该双眼含泪地求着齐溪放过他。

结果顾衍竟然还回嘴了！

齐溪瞪了顾衍一眼："你没这句台词！"

结果顾衍挺镇定自若："你之前不是嫌弃我都没个反应，让你像独角戏一样，叫我可以根据场景不同自由发挥吗？"

齐溪不服了："自由发挥是可以，但什么叫被我糟蹋？你这话说得多不中听啊？那叫被我呵护你懂吗？当代社会还残余的单纯男子，还长得颇有几分姿色，又是单身，在大马路上走，简直就像无主的宝物到小偷面前去晃荡炫耀一样。现代社会，长得好看的男人也很危险了！我说的话一点没错！"

齐溪瞪着顾衍："总之你别挣扎了，自由发挥也注意人设，你可以喊喊救命或者示弱，别那么理直气壮的，否则容易出戏，我好不容易进入女流氓的心理状态！"

再三耳提面命，齐溪这才咳了咳继续。她开始重复背起了刚才的台词："……我建议你还是找我这样的女生当靠山，只要你和我谈恋爱，这条街上就没人敢动你了。小刚，你各方面都优秀，我注意你很久了，这次也是鼓起勇气来表白，对你袒露心迹，希望我们的节奏可以快一点。你看你现在答应我，下午我们去领证，晚上就可以洞房了……"

顾衍这次终于从善如流，表现出了一些不太有诚意的害怕，露出有点想笑又憋着不笑的神色，努力镇定下来，然后看向齐溪，说出他的台词："我可以拒绝吗？"

齐溪无情地对此表达了拒绝："不可以！在我小雅的字典里，没有'拒绝'这两个字。"

顾衍抿了抿唇。按照剧本，他此刻应当已经喝下了被加了料的饮料，人变得没有什么反抗能力，头也开始晕，反应也开始迟钝，应该已经意识到自己今晚难逃一劫，大势已去。

顾衍显然对这个剧情颇为难以克服心理障碍，事到临头要表演了，仍旧表现出了扭扭捏捏的抗拒。他看了齐溪一眼："我可以不演吗……这一段可以跳过吗？我看电视剧里现在不都这样，轮到女主要遭遇不测了，非礼勿视了，都是镜头一剪而过，即便是男女主正常的洞房，也都是帐子一拉，第二天帐子一开就完事了，你看我们这段就也这样处理吧？"

"这不行啊。人家电视剧那是文艺创作，但我们是普法视频。律协老师说了，因为我们这版视频更改性别后，要突出宣传个人安全意识，要让大家知道对自己喝的饮料一定要注意，否则将造成重大后果。为了突出这个后果的严峻性，要稍微展现一下喝了加料饮料后失去抵抗力的场景。"

此前的版本里，齐溪是把顾衍拖到小树林里这样那样的，但一来顾衍不太配合，总害怕在户外被别人撞见难以解释，会变得很尴尬；二来，顾衍几次被齐溪推倒在草地上进行模拟排练后，强烈反应草地太扎人了，这逻辑严密的男人认定这样扎人的草地上还能进行违法活动相当不合常理。

总之，在顾衍这位主演的抗议下，齐溪不得不再次申请更改了剧本。

所以如今，根据最新剧本，犯罪地点从户外改到了室内：小雅给小刚喝下加料饮料后，就要把小刚推倒就地正法了。

咖啡厅小包厢里有长条软座沙发，齐溪拍了拍沙发："你就展现得柔弱一点，迷糊一点，明显快失去意识那样就行了，然后我就这样……"

齐溪说着，就推了顾衍一把。

齐溪只是顺手做了个姿势，完全没想到顾衍竟然就这样真的被自己推倒了。而齐溪因为原本正靠着顾衍坐着，一下子始料未及，自己也没掌握好重心，整个人也朝顾衍倾斜了过去。

等反应过来的时候，顾衍已经被推倒在了软座沙发上，而齐溪正十分灵性地压在他身上。

这姿势……就真的有点过于恶霸了。

齐溪几乎是从头烧到了尾，脸红到快要冒烟。她不敢去看顾衍的眼睛，只手忙脚乱地起身避嫌。

她看向顾衍："你怎么搞的啊！怎么一推就倒了！"

顾衍看起来也有些尴尬，难得的脸也变得很红，低沉的声音也变得有些暗哑。他也起了身，坐得离齐溪远了很多，真的像是被恶霸刚刚摧残过的可怜小白花，很警惕地看着齐溪，像是生怕她会再突袭一样。

然后他色厉内荏地瞪了齐溪一眼："不是你叫我展现出柔弱吗？你不都给我下药了吗？"

行行行！齐溪此刻心慌意乱，哪里还有精力和顾衍掰扯这种事。她移开视线，其实很想逃跑："那我们快点把这一段过一下。我刚考虑了一下，确实不能详细拍摄犯罪过程，这是鼓励犯罪！所以我怎么推倒你就别拍了，总之，正式拍摄的时候，等镜头一晃，你就直接躺在沙发上，我就撑在你上面用个霸道女流氓的姿势警告你一下就好了。"

只是说起来容易，真做起来齐溪发现也没有那么简单。

在她的指示下，顾衍四平八稳地躺在了沙发上，而齐溪刚撑在他脑袋上方想来一番霸道发言，顾衍就先开了口："太痒了。"

他移开了视线，像是在忍耐着什么："齐溪，你的头发都扫到我脸上了，太痒了。"

"……"齐溪面无表情地把头发绑了起来。

在如此各种细节乌龙的夹击下，总算有惊无险把前面大部分剧情过了一遍，齐溪终于摸索到了既有拍摄效果又不那么令主演尴尬的姿势。

她强势宣告道："小刚，你逃，我追，你插翅难飞，今晚就是让你属于我的时刻！"

顾衍按照剧本人设，应当是流下两行清泪，揪紧了自己衣襟，自知天命难违，啜泣着祈求小雅。

碍于顾衍哭不出，为了排练更有效果，齐溪给他来了两滴眼药水。

于是，"流着泪"的顾衍侧着脸，抓着自己的衣襟，很有灵性地说出了那句尴尬的台词……

"我知道今晚我已经逃不掉了，那你对我可以不要那么粗暴吗……而且，可以配合使用安全措施吗？"

这一句理应是为了提醒广大人民群众，一旦遭遇到无法抗衡的暴力行为时，一定要注意保全自己，不要硬刚；遭遇到无法避免的性侵害时，也要在最大限度内保护自己，以免感染一些性传播疾病，可不知道为什么，顾衍这么演出来，齐溪心里竟然狂跳起来。

顾衍的语气一点也不可怜巴巴，倒是挺冷硬，但越是这样，好像越有奇异的反差感，尤其顾衍脸上的眼药水，明知道是假的，但看着的视觉效果，就真的仿佛顾衍在无声哭泣一样，还别说，挺招人。

顾衍长这么好看的男人，一哭起来，真是可怜，让人好想再让他哭得更惨一点啊！

好在排练中这些尴尬的部分过去，就是小雅把小刚这样那样后，作为事后安抚，开始正正经经再次对小刚诉衷肠了。齐溪做了下心理建设，开始按照顾衍的要求说出质朴但不浮夸的表白台词。

只是，也不知道顾衍是无意还是故意。

最终，虽然自己作为小雅表白顾衍演的小刚这一段，顾衍竟然重来了好多次，齐溪不得不一次次重复"表白"，然后一次次被顾衍拒绝。虽然磕磕碰碰，但是齐溪还是和顾衍把大致的剧情和台词都顺了一遍。

一想到完成了一项律协交办的任务，只等着最后拍摄就行，齐溪心情就大好："好了！今天的排练任务就完成了！顾衍，接着你打算干什么啊？"

顾衍抿了抿唇："理发。"

齐溪看了顾衍一眼，才发现他的头发是有些微微长了，不过虽然长，但并没有减损顾衍的容貌。短发的顾衍有短发的清爽俊朗，头发微长的顾衍又带了一份秀气和书卷味。

他好像怎样都很好看，最普通的发型在他身上好像也都变得不普通了，也难怪总有那么多人喜欢他。

齐溪心里酸溜溜的，突然有点不想直视顾衍。她垂下视线，有些自言自语道："那我买杯奶茶回家啦，再见！"

齐溪也不知道自己到底出于什么心理，自己也没做什么见不得人的事，最终竟然是逃一样跑了的。

等她拿着姜撞奶回到家，才发现赵依然竟然还在加班，还没回来。

齐溪给赵依然发了个短信，对方回了个哭泣的表情，表示恐怕今天又要加班到大半夜才能到家。

齐溪便窝进自己的房间，看了会儿电视剧，然后很快，她听到了门锁转动的声音。

赵依然不是说了要到很晚才回家吗？是提前结束加班了？

齐溪嘴里含着奶茶里的珍珠，因此没有开口，只是开了房门打算去给赵依然开门。

也不知道是不是冥冥之中的好运，齐溪在开门前，顺带在猫眼里朝外看了一眼，这一看不要紧，齐溪当场就吓得快魂飞魄散了。

门外的人根本不是赵依然，而是一个贼眉鼠眼、表情凶恶的中年男人。他此刻正鬼鬼祟祟地用不知道什么东西转动着门锁，看起来像是想要撬门而入，而他不远处的地上，还放着一把斧子。

齐溪当即把门锁了起来，然后开始报警。

只是挂了报警电话齐溪也并没有安心多少，因为据她所知，最近的派出所也离自己租住的房子有一段距离；今天这个时刻又是晚上吃好晚饭应酬完或者社交完毕回家的高峰期，恐怕也还是堵车高峰期，警察不知道到底多快能赶到这里。

刚才明明报警的时候很镇定，但如今齐溪才意识到自己的手一直在微微发抖，门外撬门的声音更是让齐溪心慌害怕。好在这时，赵依然的电话来了："齐溪，你在家里吗？"

赵依然的语气非常焦急恐慌："那个地痞刚给我发了短信，他真的跟踪我了！他知道了我们住的地址，现在带着斧子说要去我们家里找我'叙叙旧'！你晚上是要和顾衍一起排练的是吧？如果没回家，千万别回去，我已经报警了！"

齐溪听完，心里咯噔一下，只觉得这下可完蛋了。

原来门外的是这个地痞，如果没记错的话这人还是个性犯罪者。

"我已经回家了。他在撬门了，真的带着斧子……"

齐溪从来没经历过这种事，此刻握着手机的手也开始颤抖起来，连声音仿佛也发生共振，变得颤抖而慌乱害怕。门外传来的声响一点一滴仿佛都戳在她的心上，让齐溪充满了恐惧。

而几乎是同时，门锁转动声停止了，屋外传来了对方把门踹开的声音。

齐溪压低声音，努力抑制住哭腔："赵依然，他进来了，我怎么办？救救我，我很害怕。"

赵依然也吓得要死："我马上带着我们执行庭的几个男同事一起回来，我到之前你一定躲好。这人是个强奸惯犯，齐溪，你一定要保护好自己！赶紧躲起来！他只见过我，看我不在家，可能就会走了！一定一定保护好自己！自己生命是第一位的，不要做傻事！"

齐溪哪里还敢再说什么，挂了电话，在房里转了一圈，拿了一把水果刀，在紧张到近乎崩断的恐惧情绪里，匆忙躲进了衣橱。

这是堆放被褥和冬天厚实大衣的衣柜，齐溪躲进去。那些厚实的衣服隔绝了一部分声音，以至于齐溪对外界的声响也不敏感了，她只能从外界微弱的声音来判断得知那个地痞已经撬开门进屋了，但他此刻在哪里，在做什么，齐溪一概不知道。

这种对外界的未知感不仅没让齐溪安心，反而加重了她的恐惧。她担心对方冲进她的房间，发现了她存在的端倪，然后打开衣柜粗暴地把她从里面拽出来。

这可是一个几进宫的强奸犯，这比一般精准寻仇的单纯暴力犯罪者还要可怕，因为性犯罪者更容易针对不特定的女性进行激情犯罪，甚至不需要什么理由，只需要一个冲动。

如今屋内除了自己没有任何可以帮自己的人，而齐溪对上这个身强力壮的男人根本没有任何胜算。

衣柜里摆满了衣物，而紧张加剧了空气的稀薄感，齐溪忍受着闷热和恐惧，藏身在大衣后面小小的空间里。她甚至不敢看手机，生怕手机屏幕里的光源会让衣柜外的人发现什么。

齐溪就躲在衣柜里，不能动也不敢动。

时间变得相当迟缓，而每一分钟都像是一种苟延残喘，仿佛一种凌迟。

作为律师敢于与人在法律上进行辩论和敢于直面现实里的恶性犯罪者，这完全是两码事。

齐溪咬紧了嘴唇，害怕到控制不住微微发抖。

如果……如果发生最坏的情况……

在漫长而沉默的恐惧里，齐溪听到了屋外传来的一些仿佛是打斗还是打砸屋内物品的声音，她的害怕在这一瞬间升到了顶点。

然后齐溪听到了自己房门被打开的声音，从门弹到墙壁的声音来听，这动作有些粗暴，接着有人走了进来，带着匆忙的脚步声。

"一定一定不要让他发现我。求求谁，但凡是谁，请赶紧出现，救救我。"齐溪在内心祈祷着，她紧紧闭着眼睛。

　　然而祈祷好像并没有用，因为她的衣柜被人轰然打开，光从外面照了进来。

　　齐溪在躲进衣柜前随手藏了一把水果刀在身边，此刻她手里攥着水果刀，就等着对方发难时和他拼命。

　　"齐溪。"

　　可就在齐溪决定背水一战之际，熟悉的声音让她突然脱了力。

　　是顾衍，这是顾衍的声音。

　　在巨大的紧张和紧绷之后，顾衍喊自己名字的声音都让齐溪恍惚觉得是不是自己幻听了，直到顾衍的声音再次响起："齐溪，没事了，出来吧。没关系，有我在。"

　　顾衍的声音温和而镇定，充满了让人信服的力量。齐溪这一刻，才终于卸下了力，手上的水果刀应声而落。

　　她抬头往外看，才发现在衣柜外的真的是顾衍。

　　他的脸色像是风雨欲来，难看到几乎让人觉得像是要杀人，见了齐溪，他才仿佛卸下力般整个人松弛下来。

　　顾衍的声音像是努力在抑制着某种情绪，他像是有很多话要说，但最终只是看着齐溪，沉声道："你没事，那就好。"

　　而齐溪早已憋不住情绪，就像独自摔跤不会哭，但如果见到妈妈在不远处，哪怕摔了不疼的一跤，也要委屈哭上半天的小孩一样。齐溪见了顾衍，不知道怎么的，反而眼泪稀里哗啦地就下来了。

　　那些害怕、恐惧和不安，好像都能倾泻出来了。

　　拉住了顾衍的手，齐溪才得以从衣柜里出来。因为蹲太久，一个脱力差点摔倒在地，幸而顾衍扶住了她。

　　大概也是这时，顾衍才发现了齐溪脸上的眼泪，这刚才还脸色难看的男人，此刻仿佛完全顾不上自己的坏心情了，带了些显而易见的手忙脚乱："你怎么哭了？"

　　他笨拙地试图安慰齐溪："你别哭了。人刚才我已经绑起来了，正好赵依然他们很快也能到了，警察也马上会到，把这个人扭送去公安局就不会再有事了。"

顾衍显然有些慌神了，有些不知所措，但最终他拍了拍齐溪的背。

顾衍的手大而温暖，齐溪被轻轻拍着，终于有一种活过来的真实感。紧张和恐慌安定下来后，剩下的便是那种想要依赖人的情绪。

几乎是下意识的，齐溪刚才被顾衍拉着出衣柜后，就一直没放开顾衍的手，她甚至有点害怕地死死攥住了对方的衣袖，仿佛拉着顾衍的手，一切伤害就都触碰不到她，仿佛只要顾衍在，她就是安全的。

也是这时，心情慢慢平复后，她才意识到房间外闹哄哄的，而这时候，赵依然的声音响了起来："齐溪，齐溪，你没事吧？"

伴随着赵依然进来的还有几个她的同事："放心吧，那男的我们看着公安局那边的民警扭送走了。你没事吧？"

赵依然带着她的同事也赶回来了。

几乎是下一刻，赵依然就从客厅风一般地跑进了房间，冲过来抱住了齐溪。她的眼眶也吓红了，她的声音早已经紧张到带了哭腔："齐溪，你没事就好。别怕了，对不起，都怪我连累了你。"

赵依然说完，又抱着齐溪缓了缓情绪，才又看向了顾衍，心有余悸道："太谢谢你了顾衍。幸好我在同学群里简单说了下情况，问了大家一声，生怕我和我同事都来不及赶到，想着同学里谁万一离得近能救个急，没想到你离我们这儿正好近。"

说到这里，赵依然看向了齐溪："也幸好顾衍第一个赶过来。我们来的时候，他已经把那个地痞制服了绑在地上了。"

此时此刻，赵依然看起来也是惊魂未定。她好好从头到脚检查了齐溪一遍，才终于安心下来，然后仿佛才把注意力分到了顾衍身上般瞥了顾衍一眼。

只是不看不要紧，这一看，赵依然一下子连嗓门都抬高了："顾衍，你头发怎么回事？"

也是这时，齐溪循着赵依然的声音看去，这才注意到，顾衍的头发……那参差不齐的宛若狗啃的刘海……

赵依然一头雾水，不知道顾衍这是怎么回事，但没多久前刚和顾衍分别的齐溪稍做思考就明白了来龙去脉。

齐溪拉了拉顾衍的衣角："你是在理发中途跑过来的吗？"

顾衍看起来不太想回答这个问题，但是齐溪盯着他，像是一定要等待出一个答案，顾衍虽然不情愿，但还是"嗯"了一声。

如果顾衍是和自己在分别的地方附近找的理发店，其实一路打车赶来齐溪租住的房子也并不近。

齐溪看着他有点搞笑的发型，心里涌动着难以言说的动容和悸动。

顾衍真的是很好很好的人。

他顶着一个这样可笑的头，要走过闹市区，要顶住多少探究的目光，可他都能不在意地一路第一时间跑来自己这里，为了自己的安全可以完全不在乎自己理到一半的头发。

齐溪的心不受控制地快速跳动起来。

齐溪觉得自己的情绪变得有些难以形容地奇怪。为了甩脱这种自己难以掌握的反应，她低下头，决定转移话题，顺带真心实意地道谢："顾衍，谢谢你。"

"不用。"顾衍反而有些不自在，言简意赅道，"你没事就好。"

"多亏你了。"齐溪再次感激道，"现在我没事了，你要不赶紧回去把你理了一半的头发给理完吧？"

顾衍"嗯"了一声，准备转身离开。

赵依然过来又抱了齐溪一下："吓死我了姐妹，幸好你没事。不过我们这房子可能得换一个了，那个地痞知道了这地址，万一等他出来了再打击报复，还是挺危险的。房子我现在就去找，但估计还要段时间，最近租房有点难，没那么快，所以最近几天咱们得先去别的地方住住。我的话家里有个表姨是住在附近的，和他们讲一下应该就能暂住他们家里去，你呢？你是容市本地人，你要不回家住？"

一提起回家，齐溪就皱了皱眉，态度坚决："我不回家。我搬出来就是想告诉我爸，我能自力更生的，我不要他给我钱，自己工作也可以供自己，现在要是回去，只会被他当成是灰溜溜失败了向他讨饶了，他肯定又要觉得能再次掌控我人生，又要给我安排相亲了。"

赵依然有些担心："那你住哪儿啊？"

齐溪受了刚才一场变故和惊吓，整个人还有点恍惚，根本没心思想这些事，有些心不在焉道："我待会儿找其他女同学问问，看有谁能收留我一阵子。"

齐溪说完，拿出手机打算问问几个关系还不错的大学同学，只是她还没开始打字，刚到门边准备离开的顾衍就叫住了她。

"别问了。"

齐溪有些好奇地抬头看向顾衍："为什么？"

"我姐那边有空房间，你可以住。"顾衍清了清嗓子，状若自然道，"她就一个人住，一直出差，住的机会不多，正好这阵子想找个人帮忙看下屋子，收收快递，稍微打扫一下。你如果不介意的话，在你和赵依然找到新房子之前，你可以去暂住，反正也是过渡时期的短住，所以也不收你房租。"

顾衍抿了抿唇："毕竟我姐也不差钱。"

齐溪再三确认顾雪涵确实不介意，而且确实还正要找人看管打扫下空置的房子，自然是求之不得："那我给顾律师打个电话再确认感谢下——"

结果话没说完，顾衍就打断了她："不用，我给她打。"

这男人说完，就径自掏出了手机，拨打了电话。

顾衍打电话时稍微走远了一点，因此齐溪没办法听到电话那端顾雪涵在说什么，只能听到顾衍的话语。

他几乎是等顾雪涵一接电话就开了口："喂，姐，你最近不是常常在外出差不住陈平路那套房，然后正好想找人暂住帮你看管下这套房子吗？现在齐溪正好遇到点事，需要找个地方暂住过渡下，我就让她今晚住你那里了。你今晚不用为了收快递赶回去了，没关系，直接在外面找个酒店住吧。就这样，挂了。"

齐溪第一次知道顾衍能一长串说这么多话，以他这个语速，他甚至没给顾雪涵说话的余地，而他听起来也确实没给顾雪涵说话的机会。

挂了电话，顾衍看向了齐溪："哦，我姐说太好了，正好她本来今天也不想回家住了，还缺个人收快递，你今晚能住过去她很欢迎，最近她都不会住回去了。"

这么短的时间，顾雪涵真的来得及回复？

大概是齐溪眼里的疑惑太明显，顾衍清了清嗓子，补充道："哦，她语速很快。你知道的，当律师的习惯都是争分夺秒的，对于这种非工作不收费的电话，我姐一向恨不得一秒钟解决。"

原来如此，这倒也可以理解。可……

"可如果我没记错，顾律师近期好像没什么出差安排啊，而且她不是和你住一起吗？所以你上次都没法打包甜品回去，因为说她在减肥，看到了会控制不住吃然后再骂你？"

齐溪这个问题让顾衍愣了下，但也只愣了一下，很快，这男人就笃定而自然地解释道："她临时增加了出差的行程，可能信息这块没和你同步，所以你还不知道。至于她，准确来说，我们住得很近，但不住在一起，她时常会跑到我这里来视察。"

原来如此啊。

齐溪得到了顾雪涵的同意，心情也好起来："那谢谢你啊顾衍，也谢谢顾律师。"

齐溪内心很感激，决定下次见顾雪涵时再当面致谢一次。

事不宜迟，齐溪简单收拾了生活必需品和几件衣服，就跟着顾衍一起打车去了顾雪涵空置的公寓。

顾衍为齐溪打开了密码锁，告知了她密码，简单介绍了下顾雪涵屋内的设施："你休息下，早点睡。"

他说完，就转身走到了门口打算离开，只是打开门时，顾衍喊住了齐溪，他的视线微微下垂，看着地面："哦，忘了说，这里一梯两户，我就住在边上那户。"

齐溪之前听顾衍已经说了和顾雪涵住得近，但没想到住这么近。姐弟两人互相住隔壁，既互不影响，又互相还能有个照应，倒是挺自在的，齐溪忍不住内心发出了有钱真好的感慨。

而在这时，顾衍再一次开了口："密码锁的密码修改你可以自己操作，你也可以换成你更容易记的密码，你找到新房子搬走之前改回来就可以。"

齐溪愣了愣，对这个和前面完全不搭边的话题有些意外和莫名，怎么突然讲到修改密码了？

她有些不在状态道："不用啊，我记性很好，这个密码我记得住，不用换。"

可惜齐溪说完，顾衍就用一种一言难尽、孺子不可教的目光含蓄地看向了她。

他叹了口气："都不知道说你是聪明还是笨好。"

"？"

顾衍没再说什么，像是不太放心，只能拉着齐溪到了门口："现在你自己把密码换了，换的时候我不看。"

因为顾衍的坚持，齐溪不得不莫名其妙地换了个电子密码。

等换完，顾衍才像是放松下来，扫了齐溪一眼："我去理发了，有事叫我。"

也难为顾衍了，作为一个校草，都顶着这"阴阳头"大半天了。

直到把顾衍送走，齐溪静下心来，才打量起顾雪涵的房子来——其实并不脏，只是杂物堆得有些多，书架尤为乱。

不过顾衍说的没错，顾雪涵可能是几乎不住在这间屋子里，齐溪只是简单转了转，就发现这里的生活用品少得可怜，女性居住过的痕迹更是几乎没有。与其说这是顾雪涵的房子，不如说是顾衍的备用杂物间——这里堆放了不少顾衍的东西，包括顾衍曾经复习司法考试的资料等。

看来顾衍这家伙，趁着自己姐姐不常住，把自己的"版图"扩大到顾雪涵这里了，蹭了顾雪涵不少地方放自己的书籍和这个季节用不上的衣物被褥。

既然都来借住了，齐溪也想出点力。下午惊魂未定出了这种事，如今让她立刻睡觉她也睡不着，不如帮顾雪涵收拾一下书架。

齐溪是收拾到一半的时候才恍然大悟顾衍要求她改密码的深意的。

他是不是……

齐溪觉得有点气血上涌，她没忍住，拿起电话给顾衍打了过去。

顾衍很快接通了电话："喂？怎么了？"

齐溪气呼呼道："顾衍，你把我想成什么知恩不图报的人了啊？"

电话那端的顾衍明显愣了下。

"你刚让我改密码，是觉得你住在对面，又知道这套房子密码，所以我心里会担心你半夜偷偷用密码开了进来意图不轨是吗？"齐溪有点委屈，"我是这种人吗？我会把你想成这样吗？会信不过你的人品还内心提防你吗？要真这样，我连住都不会住到顾律师的房子里来啊。"

顾衍大概没想到齐溪打电话来说的是这件事，语气有些无奈："别人给你递了封情书，你都在毕业典礼讲话上把我给骂了，我还敢不主动避嫌吗？"

他有些没好气道："你成绩不是挺好？骂我的时候逻辑清晰妙语连珠，怎么一到别的事情上脑子这么不灵光了？你能不能对异性有点防备心？"

齐溪自认为自己这一番话，是从侧面肯定表扬了顾衍的人品，表达了自己对顾衍的信任，没想着马屁拍到马腿上，顾衍非但没满意，反而还训起来自己来了："人对别人的认识就一定准确？你觉得我是好人，我就一定是好人了？我就真的做不出用密码开了你的门半夜进来的事了？"

"你不会啊！"齐溪肯定道，"你绝对不会的，因为你有喜欢的女生呀！你那么喜欢她，怎么还可能对别人会有非分之想啊？你条件这么好，要是意志不坚定，那么多追你的，你早移情别恋了。"

顾衍愣了愣，大概也没料到齐溪这个答案。他抿唇沉默了片刻，才移开视线道："我有理智的情况我当然不会这么做，可万一我喝醉了，你没想过会发生什么？"

齐溪眨了眨眼睛："如果现在这个房子里住的是你喜欢的女生，你喝醉后大概还有可能做点不理智的事。"

"嗯。"

很难得的，顾衍语气复杂地对齐溪的话进行了肯定。他"嗯"完，就不说话了，齐溪等了等，没等到他再说什么，倒是听到了电话被挂断的声音……

这男人怎么回事？

就在齐溪纳闷之际，门口传来了敲门声，顾衍的声音夹杂其中："开门，我在外面。"

齐溪开了门，果然见到顾衍站在外面，一脸的嫌弃："不打电话了。"这男人一只手拎着什么东西，另一只手插在口袋里，"就在对面，不浪费我电话费了。"

此刻的顾衍已经理完了发，穿着休闲装。大概是在自己家门口，他整个人很放松，带了点慵懒和随性，还有与生俱来的贵气，不像个律师，倒像个豪门贵公子，正靠着门框看着齐溪。

齐溪也不知道怎么回事，近来面对顾衍的目光常常心虚，几乎是下意识的，她移开了视线。因为也不知道应该接着说什么，齐溪只能讪笑了两声，胡乱继续了此前话题："你干什么丑化自己形象啊？我还是相信你人品的，而且我们是坚固的革命友谊团队情谊啊，你至于还能半夜来偷偷进门吗？所以其实不换密码也无所谓。顾衍，对你自己有点信心。"

顾衍走进了屋内，他的声音听着有点漫不经心和飘忽："你对我比我对自己都有信心。"

他说完，把手里提着的东西往桌上一放。

齐溪也是这时才发现顾衍拎着的是一袋外卖。

顾衍语气自然："正好去吃晚饭，给你打包了一份。"

齐溪有些不好意思："麻烦你啦，不过其实我可以在冰箱里随便找点东西简单做个菜的。"

顾衍面无表情地打开了冰箱："你别想了，空的。"

"……"

齐溪望着真的空无一物的冰箱，顿时也不知道说什么好。这里还真的一点没有顾律师的生活气息，倒像是个顾衍的备用储藏室。

不过本来还没觉得饿，齐溪如今一闻到外卖的香味就有些饿了，她也没再和顾衍客气，当即拆了包装打算吃起来。

只不过等她打开打包盒的盖子，看着里面的内容，齐溪就忍不住皱眉了："顾衍，你把我当猪吗？怎么这么多！好浪费钱呀！"

顾衍挺镇定："我又不知道你到底能吃多少，按照我认为的食量来预估的。买吃的当然买多不买少，不然你半夜饿醒了过来隔壁拍我的门要吃的，影响我睡眠怎么办？我是花钱保平安。"

齐溪无语得只想翻个白眼。不过饭菜是无辜的，顾衍的品位挺好，买的这家店虽然外卖盒子上连商铺名品牌信息都没有，看着颇为不正规，但饭菜的味道简直可以说一绝。

只不过……

"为什么饭菜之外还有一盒巧克力和奶糖？"

"哦，送的。"

什么外卖店还能送这些？

齐溪有些纳闷，看向顾衍道："那你自己不吃吗？你不是挺喜欢吃甜食的吗？"

"你吃吧。"顾衍看了齐溪一眼，"没什么事的话我先走了。"

不过很快，齐溪突然想起了一件事："等等！你上次不是说，你和你爸妈住一起，所以你不能把榴梿带回家，因为他们讨厌榴梿的味道？可你不是一个人住，连你姐姐也就住在你隔壁吗……"

顾衍愣了愣，但随即就很镇定道："哦，我爸妈刚搬走。本来我确实和我爸妈住在一起，确实是很巧，他们刚刚搬走。"

齐溪一喜:"那你现在不就能一个人畅快地——"

只是她的问句还没问完,顾衍就迫不及待般打断了她:"不,我不能。"这男人都没给机会让齐溪说完,就径自道,"我还不能一个人吃榴梿,因为我爸妈时不时可能会到我这边来看看,所以你千万不要给我买榴梿。我妈榴梿过敏,我爸榴梿过敏,我姐榴梿也过敏,属于看到就能诱发心理上过敏的那种。"

他生怕齐溪没记住一般,又强调了一遍:"不要买榴梿。"

行吧……

齐溪都有点同情顾衍了,没想到他这么喜欢吃榴梿,他爸妈和姐姐却都过敏,也是好惨。

"好吧,那我不买了,下次单独带你出去吃。我上次看到还有榴梿火锅呢!"

顾衍脸上露出了真实的惊讶:"榴梿火锅?"他神色复杂道,"还有这种猎……这种新奇的火锅?"

"是呀!"齐溪说着,就要掏出手机,"择日不如撞日,要不要待会儿吃这个当消夜?"

"不用了!"顾衍几乎是立刻制止了齐溪,大概觉得自己的态度有些急切,这男人很快咳了咳,重新镇定道,"你还是别太破费了,你们和前面租房的房东解约肯定要赔点钱,后面租新房子又要交押金,你最近需要花钱的地方很多,别浪费了。"

说的也是!

"不过顾律师的快递什么时候到啊?你不是说晚上要让我帮她收个快递吗?"

顾衍愣了愣,然后镇定道:"哦,那个快递,快递员摔了。"

齐溪点了点头:"快递员现在是好不容易的,那过几天能送到吧?"

顾衍平静道:"应该不能,快递员摔河里了,东西坏了,我姐退货了。"

"……"还有这样命途多舛的快递吗?齐溪有点同情顾雪涵,觉得她的运气最近不是太好。

"甜食，你记得吃。"顾衍看了齐溪一眼，转换了话题，也移开了视线，"甜食压惊助眠。你吃吧，这次我真的走了。"

压惊？压什么惊？

顾衍说完，就径自打开门离开了。

直到听到门关上的声音，齐溪才有点后知后觉地反应过来。

压惊，是了。

她今天经历了过山车般的一天，确实受了点惊吓，然而也不知道怎么回事，借住在顾雪涵的房子里有了落脚点，又饱餐了一顿后，对面如今又住着顾衍，齐溪好像反而并没有多害怕了。

齐溪有点睡不着，索性从书架上抽了一本讲洞穴奇案的法律分析书出来，只是她还没看，书里突然就掉出了一张纸。

齐溪并没有想偷看的意图，甚至不知道纸上有什么，只以为是一张随手放入的书签。

只是等弯腰捡起来后，她就知道不是了。

这是一封顾衍没有送出手的情书。

齐溪并不想看的，但这张纸根本没有折叠起来，她捡起来的瞬间，顾衍苍劲有力的字迹就映入了眼帘——

　　你又在图书馆里看书了，我就坐在你的身后，但你永远不会知道，也永远不会回头。我有时候会想，你什么时候能看到我。

这明显是一封并没有写完的信，没有署名没有抬头，但齐溪知道是顾衍写的。

因为自从上次毕业典礼的乌龙以后，齐溪就去找了顾衍真实的字迹对照过。他的字很好看，齐溪不会记错。

她的心跳得很快，几乎是连想也没想，就飞快地把这张纸重新夹进了书里。

明明顾衍不在，但齐溪还是有一种干了坏事快要被抓的紧张感，除此外，还有些慌乱和惶恐，还有一些微妙复杂的情绪。

如果是在图书馆里看书，那么顾衍喜欢的女生就是本校的，顾衍还默默跟着人家一起去图书馆，默默在人家看不见的地方暗恋……

说起来这很不顾衍，但这种反差感让齐溪意外的同时，也有点不太开心。

听说顾衍不怎么去图书馆，也就是说，顾衍就去那么几次也并不是去学习的，而是去看暗恋对象的？

齐溪觉得自己完全有理由不高兴，因为原来顾衍赢自己赢得真是不费吹灰之力——自己在图书馆可劲学习呢，结果顾衍在图书馆可劲地想和别人搞对象。

这像话吗？

她也不知道怎么了，心情像吃了一颗没成熟的酸梅，鬼使神差地，她拨了顾衍的电话。

只是等电话那端传来“嘟嘟”的声音，齐溪就冷静下来了。

她这个时候给顾衍打电话干什么？都这么晚了，寻衅滋事吗？

理智一回笼，齐溪就手忙脚乱地想要挂电话。

只是顾衍似乎总比她更快一步，齐溪的电话还没挂断，顾衍已经接了起来。

“我……我就问问你顾律师家有没有那个……那个……”

情急之下，齐溪觉得自己都不会说话了，那个了半天，也没那个出来什么。

顾衍果然微微抬高了声音：“哪个？”

齐溪紧张得要死，只能随口胡诌道：“就那个熏香！熏香！”

顾衍的声音微微有点无语：“你还不睡吗？半夜打算点熏香？”

“虽然已经躺在床上了，但有点睡不着。”齐溪稳了稳情绪，信口雌黄道，“所以我想着睡前要不要点个熏香助眠……”

"熏香点整夜不安全，你别点了。"顾衍顿了顿，才继续道，"睡不着是因为换了环境？还是因为今天发生的事让你还有点害怕？"

露怯和示弱并不是齐溪擅长和喜欢的事，然而，也不知道是不是月色太温柔，以至于顾衍的声音都给了齐溪一种非常温柔的错觉。

齐溪吸了吸鼻子，声音有些瓮瓮的，明明并没有多害怕，但她听到自己轻轻"嗯"了一声。

然后鬼使神差地，齐溪听到自己提出了得寸进尺的要求："顾衍，你能一直陪我聊天吗？到我睡着之前。"

只是一开口，齐溪就意识到自己这个要求的无礼来，先不说每个人的私人时间都很宝贵，就算顾衍愿意，齐溪还指不定什么时候才能睡着，如此要求别人陪聊到自己入睡，也太霸道了。

意识到不妥后，齐溪立刻便打算撤回这个要求，只是她还没开口，就听到了手机对面顾衍的声音。

他说"好"。

顾衍的"好"字让齐溪心跳如鼓起来，她竟然有点忐忑和紧张起来。

虽然平时和顾衍接触比较多，但多数都是工作相关的事，如今大半夜要聊天，齐溪突然也有点不知道讲什么话题，他们两人真的能聊到齐溪睡着前都有话题吗……

只是齐溪很快就意识到，自己的担心是多余的，和顾衍之间的夜聊，怕是并不存在会冷场的情况。

因为顾衍开始给齐溪读起了司法考试真题集："'李某趁正在遛狗的老妇人王某不备，抢下王某装有4000元现金的手包就跑。王某让名贵的宠物狗追咬李某。李某见状在距王某50米处转身将狗踢死后逃离。王某眼见一切，因激愤致心脏病发作而亡'。关于本案，李某的行为属于什么性质？是否属于事后抢劫的暴力威胁？"

"……"

齐溪觉得自己不仅没有困意，反而更清醒了，面无表情地回答道："不属于事后抢劫的暴力威胁，因为这里的暴力威胁只包括对人使用暴力或对人以暴力进行威胁，不包括对物的，踢死狗只是逃跑时为了摆脱狗纠缠的行为。但踢死了受害人名贵的宠物狗，属于侵犯私有财产，可以提起附带民事诉讼。"

"嗯。"顾衍肯定了齐溪的回答，"张某——"

齐溪的求生欲让她飞快出声制止了顾衍："能不能别做题了，换个别的讲吧……"

"刑法你不喜欢吗？民法呢？"

"……"齐溪挣扎道，"还有别的吗？"

"你不喜欢实体法？那程序法呢？民事诉讼还是刑事诉讼法？"顾衍顿了顿，非常自然道，"或者聊一下你手头刚接的一个知识产权纠纷案？"

齐溪已经不知道吐槽什么了，她这下真的彻彻底底完全忘记了白天惊魂未定差点变成受害者的经历，内心只剩下无语。

"顾衍，除了专业和工作的事，我们还是聊点别的吧……"

齐溪窝在温暖的被窝里："讲讲你每次到底怎么得第一名的？别人都说你几乎不熬夜，考试前也不复习，所以你真的没有偷偷跑教室通宵？"

"没有。"顾衍的回答相当欠扁和理所当然，"上课的时候老师讲过一遍你还没记住吗？为什么还要下课后再复习？"

"……"

齐溪觉得还是不要和顾衍再聊了，无力道："顾衍，你知道吗？我现在知道为什么你长相身材智商都无可挑剔，但是表白会失败了。"

这个话题果然引起了顾衍的关注，电话那端，这男人的声音都微微抬高了："为什么？"

接着，齐溪就听到了对方有点闷闷的声音："那应该聊什么？"

"比如，更有趣一点的事情啊，或者给对方唱个歌，或者聊聊最近的电影、狗血电视剧、喜欢吃的东西、娱乐八卦啊。"

顾衍沉默了片刻，才答道："我不会。我本来就不是个有趣的人。"

也不知道是不是晚上人的情绪就容易更多地流露，明明本来是希望顾衍陪聊的，但最终变成了齐溪扛起了陪聊的角色。

齐溪安慰道："算了，长成你这样，已经不需要有趣了。"

她往被窝里又钻了钻："你不会聊，那我来和你聊吧。我告诉你，我前几天养的植物又死了，今年养的花就没开过，买了六个花盆的花草，现在只剩下六个空盆。前几天看一个公众号说我这样的人如果想养花，可以养封蜡的朱顶红，不用浇水不用施肥也不用晒太阳，就那么买回家摆着就可以直接养到开花。"

齐溪讲到这里，跃跃欲试道："我有点想买。"

"不要买。"

"嗯？"

"封蜡的朱顶红，因为没有办法浇水，消耗的是自己球根部分的表皮，种球的能量足够让它在你买的当年开花，看着也很省事，但这一次的开花就会把种球耗死。你封了蜡，因为没有泥土，种球也长不出根系，种球的底部还会严重缺氧，所以等于你看到的一次开花可能就是封蜡朱顶红这辈子唯一一次开花了，开完这次花，这个封蜡的朱顶红就可能会死了。"

顾衍的声音很轻，但很认真："但如果是栽种在泥土里的朱顶红，每年都能开花，甚至有些养护得好，每半年都能开一次花。"

原来是这样！齐溪原本看到这种省事省心的花卉，还高高兴兴打算多买点，如今听顾衍这么一说，才恍然大悟。

她有些遗憾："好吧，那我不买啦。虽然还挺好看的，但封蜡听着像是对朱顶红的摧残。"

"嗯。"顾衍的声音平和随意，但语气并不敷衍，"虽然不买封蜡的，但你可以买一点种球，我可以教你怎么种。"

顾衍好像有一种对任何事都非常认真的姿态，即便是小到齐溪随口一提的朱顶红，他都能非常负责地告知齐溪其中她所忽略的细节。

齐溪听着顾衍在电话那端专注而不自知地讲着朱顶红种球的种植手法，突然觉得顾衍这种对一株植物都认真严肃的态度，不仅不会让人觉得无聊，还会让人觉得带了一种耿直认真的纯真和可爱。

同时，齐溪觉得顾衍也很博学，因为即便齐溪讲的朱顶红并不是什么很大众的花卉，顾衍也能立刻讲出这么多齐溪不知道的东西，他好像总是懂很多。

两个人不知不觉从朱顶红聊到了桌面绿植，又聊起了办公室空气和新风系统，以至于齐溪真的不知道自己到底是什么时候睡着的。

好像是在和顾衍聊到养仙人掌的时候，也或许是更早一点，在聊顾衍以前养过的小乌龟的时候。

这一晚齐溪没有做任何关于白天事故的噩梦，睡得非常安稳而平和。

只是刚睡着没多久，齐溪就被赵依然的一通电话给吵醒了。

齐溪迷糊之中接起来，毫无防备就听到了电话那端赵依然的鬼哭狼嚎："姐妹，是我不好，都没再确认一下，再关心跟进一下你的情况，害得你今晚只能如无根的浮萍了！齐溪，我赵依然对不起你！"

赵依然情绪激动，嗓门贼大："所以你现在在哪儿啊？我找我表姨开车来接你啊，就是我表姨家有点小，你不介意打个地铺的话就来我们这儿先凑合一晚住一下。"

齐溪半夜被惊醒，本身还有点茫然，听完赵依然莫名其妙的话以后就更迷茫了："赵依然，你在说什么啊？"

"我表姨说了，这两天刚好我们这儿有个医疗行业峰会，我们市像样的几个酒店几乎都订满了，你身上那点预算，本身可选择面也窄，又不肯回家住，你是打算找个网吧通宵吗？"

齐溪一头雾水："我为什么要找个网吧通宵啊？"

赵依然的声音痛心疾首："别和我装了！我和你谁和谁啊！被顾衍赶出来了你就直说啊！死要面子活受罪！都不说，就知道逞能！现在你人在哪儿呢？"

齐溪挺纳闷，她没被顾衍赶出来啊，这不是借住在顾衍姐姐的房子里吗？

只是她睡意惺忪的迟钝在赵依然看来显然是另外一回事。

赵依然已经进展到痛骂顾衍了："顾衍也真是的，要不行就直说啊，害得我真以为你有地方住！长得好看的男人果然都信不过！顾衍这家伙怎么这么不靠谱！"

赵依然骂骂咧咧的："幸好陈璇去问了下，不然我都不知道他姐姐回来了，房子不能让你借住了！"

齐溪有些蒙："啊？"

顾雪涵没回来啊……自己这不还住着呢？

不过……

齐溪有点在意："陈璇是什么情况啊？"

赵依然快人快语解释道："陈璇最近遭遇了黑中介，被房东赶出来了，一时半会儿根本找不到房子；住酒店吧，没那么多预算，最近这不医疗行业峰会能选择的酒店都很少吗？她为这事正烦心，今天正好和我咨询怎么处理黑中介呢，我就顺嘴提到了你借住在顾衍姐姐房子里的事。"

陈璇也是齐溪他们的法学院的大学同学，算是个文艺少女，非常有才华，据说高中开始就陆续有诗集出版，长得虽然不是美艳型的，但清秀可人，说话温温柔柔的。在大学期间追她的人一直很多，但陈璇都一一拒绝了。如果齐溪没记错的话……陈璇喜欢的应该是顾衍。

大学里的时候，只要顾衍参加的活动，陈璇一定会去参加；顾衍参加的社团，陈璇也一定会去参加；顾衍去图书馆，陈璇也一定会去。

虽然陈璇并没有表白过，但她喜欢顾衍这件事，大概是个人都能看出来。

大学里，陈璇应该是想尽了办法想和顾衍有接触，可惜顾衍从来不假辞色，根本不开窍。一毕业，陈璇进了容市区里的公证处，和顾衍自然是没有什么机会再有交集了。

赵依然的语气有些同情："你也知道陈璇对顾衍是什么情况的。我估计吧，她多少也有点侥幸心理，想着试一试，一听你也借住在顾衍姐姐家呢，就想顺势问问顾衍能不能和你一起借住。其实说白了，你说她真是完全没钱住酒店吗？真的是为了省几个钱厚着脸皮去找顾衍蹭住吗？真的是找不到任何一个别的可以借助几晚的朋友了吗？还不是因为没死心，还对顾衍有期待，想尽办法还想和顾衍发生点什么吗？"

齐溪的心快速地跳动了起来："所以顾衍说……"

"顾衍说他姐姐回来了，说他姐讨厌别人住在自己的房子里，所以本来借住的你也已经连夜卷铺盖走人了。"赵依然的声音义愤填膺，"而且这男人这么说点到为止也就算了，还要加一句，对陈璇讲，以后这种事别找他了，他又不是做慈善的。"

"陈璇喜欢了他多少年啊？我不信他看不出来，结果还要这么不给人家面子。陈璇和顾衍通完电话就哭着来找我了。"赵依然越说越生气，"所以，要不是陈璇打电话找我哭诉，我都不知道你也被他'扫地出门'了。"

赵依然嘀咕道："真是的，他姐姐不能容忍别人住她的房子，我不信顾衍不知道。既然搞不定自己姐姐，房子也是姐姐的，那你倒是别无权处分啊！他姐也是，之前电话不都知会过了吗，怎么又不同意你住了……"

她结束了吐槽，回归了正题："所以齐溪，你现在有地方住吗？你在哪儿？我来找你。以后这种事你别不好意思和我说，你这人真是死要面子活受罪！被赶出来了又不是你的错！是顾衍的问题啊！你别不好意思和我说！"

鬼使神差地，齐溪撒了谎，她的心跳有些快，因此语速也连带变得快了起来："我现在住在我另外一个亲戚家里。"

在齐溪的糊弄下，赵依然最终放下了对她的担忧，信以为真，这才挂断了电话。

只是齐溪的心情却有一点无法平静，顾衍为什么要撒谎？

齐溪的心怦怦直跳，她的手都微微沁出了汗。她像是突然撞破老公出轨的妻子，对突如其来的隐藏事实完全措手不及，心乱如麻。

自己明明还住在顾雪涵的房子里，因为是大平层户型，客房也还有空置的，顾衍为什么这么冷酷地拒绝了陈璇？还撒了谎……

　　是因为自己，所以才能借住吗?

　　是因为自己对顾衍来说，和陈璇不一样，是更……特别的吗?

因为胡思乱想了一晚，齐溪最终还是没能睡好。

第二天一早，齐溪挂着两个黑眼圈出门的时候，顾衍已经精神奕奕地等在了门口。他像是已经出去过一趟一样，刚跑过的样子，因此还带了点微微的喘气，齐溪刚要开口，他就递了一样东西来。

这男人一如既往地惜字如金："早饭。"

齐溪摸着手里热乎乎的鳗鱼饭团，心里涌动着温暖炽热的感觉。

顾衍好像从没有给别的女同学买过早饭。

齐溪看着手里的饭团，还是她最喜欢的鳗鱼饭团。

她的心里混合着忐忑、悸动以及一些像是酸酸甜甜碳酸泡沫一样的情绪，咕噜咕噜往外冒。

虽然顾衍有个白月光不假，但是白月光又不喜欢顾衍，那顾衍早晚也得死心，而自己成天在顾衍面前晃，会不会不知不觉中，顾衍对自己逐渐日久生情了？

齐溪连自己都被这个突然冒出来的大胆想法吓了一跳，继而情绪便是如潮汐冲刷海滩般细密地反复和纠结起来。

顾衍会不会真的对自己……

此刻齐溪回想相处中的蛛丝马迹，越想越觉得有点让人疑惑，让人胡思乱想。

齐溪看着顾衍近在咫尺的脸。也不知道是不是巧合，顾衍的目光正扫过齐溪，两个人目光在空中短暂触碰，这个刹那，齐溪突然觉得有种脑子一热的感觉，仿佛顾衍的目光带了实际的触感，犹如捉摸不透的风一样拂过齐溪。

顾衍已经移开了目光，齐溪也垂下头看向地面，但那种目光相交所残留的感觉却没有消失。

风本身可能没有任何别的意图，然而被风吹过的人却为它赋予了不同的解读——它是想要停留，还是想让人永远抓不住？

齐溪觉得自己的心也变得像被风吹乱的麦田，风没有声响，然而被吹过的麦穗，每一根都发出了自己的声音。这些细小的声音交杂在一起，然后变成了连麦田主人也无法理清每一个音符的自然交响乐。

从齐溪的角度，能看到顾衍垂在身侧白皙的手腕，以及手腕上的黑色小痣，他笔直的裤腿，视线再往上，是顾衍不苟言笑但依然让人前赴后继的脸。

齐溪拿着饭团，不知道顾衍心里怎么想，她有些紧张得觉得自己应该说些什么，然而还没开口说出最安全的感谢，齐溪就听顾衍随意道："早晨去晨跑顺手凑满减活动买的。"

"……"

顾衍又扫了齐溪一眼，然后移开了视线，咳了咳，不自然道："是个添头，给你了，不要浪费。"

"……"

虽然不知道顾衍什么时候有晨跑习惯的，但齐溪觉得他下次还是别有了。

齐溪一边泄愤般咬了口饭团，觉得自己是不是想多了，一边在复杂忐忑但悸动的情绪里跟着顾衍进了电梯。

电梯里并不是空的，齐溪走进去，见已经站了一个身材高挑的女孩。

这女孩见了顾衍，立刻露出了惊喜的神色："顾衍？这么巧啊。"

所以是认识的邻居？

相比女孩的热情，顾衍倒并不多热络，看着有些拘谨，他只朝对方点了点头，"嗯"了一声。

齐溪没出声，只偷偷打量起对方来——是个穿着非常宜室宜家的女生，年纪看起来和顾衍差不多大，皮肤白皙，眼睛很大，微微卷的长发上戴着一个贝雷帽，穿搭挺低调洋气，但肉眼可见这套装扮并不便宜，联系起顾衍这房子所在地段的房价，也能得知这个女孩家境良好。

对方神色温柔，并没有介意顾衍的冷淡，只笑道："上次多谢你送我回家了。今天我会烤饼干，现烤的很好吃，晚上我拿一点给你。"

顾衍送对方回家了？

整句话里顾衍可能是最微不足道的部分，然而齐溪觉得别的自己一个字没听进去，只提炼出了和顾衍相关的部分。

她心里糅杂着微微的失落和难以名状的紧张——顾衍送女生回家了。

齐溪的心杂乱地跳动起来，她安慰自己，这也没什么，他们是邻居，或许送回家只是顺路同行罢了，并且怀疑顾衍大概率还是不会理睬对方，至少不会再多热情地接荐，因为他一贯是这么对待他的追求者或者别的女生的。

只是这次似乎不太一样。

出乎齐溪意料的，顾衍并没有无视对方，只是微微皱了皱眉："不用给我饼干，下次你自己回家当心一点。"

电梯"叮"的一声，已经达到了楼底，对面的女孩挥了挥手和顾衍再见，然后和齐溪、顾衍走了方向相反的一条路。

齐溪望着对方的背影，还有点恍惚。

顾衍刚才……是像关心自己一样关心对方了吗？

这其实很正常，然而齐溪不明白自己为什么那么介意，那么不舒服。

或许是……齐溪想，或许是因为觉得自己得到顾衍的关心在意，是经过了自己艰苦卓绝的努力——研究顾衍的爱好，努力和顾衍有共同话题，在工作上力所能及地配合顾衍，最大限度释放自己的善意，这样才换来了顾衍态度的转变，变成了或许称得上亲近的朋友关系。但这个女邻居……

这个女邻居和顾衍很熟吗？和顾衍接触很多吗？对顾衍很了解吗？

齐溪知道自己带了攀比的心态有点幼稚，顾衍又不是幼儿园女生的小裙子、小皮鞋，恨不得只有自己穿，只有自己变成独一无二的那一个，他又不是什么战利品还可以独占。

但道理都明白，齐溪还是做不到毫不介意。

齐溪咬了咬嘴唇，一边跟着顾衍往地铁口走，一边状若不经意道："她是我们学校毕业的吗？"

顾衍有点意外："你在学校也见过她？"

那就确实是容大毕业的了，会不会……

面对顾衍的问题，齐溪摇了摇头。此刻正好两人等的地铁已经到了，齐溪没再继续这个话题，觉得自己最近真是有点想多了，怎么什么事都会和顾衍喜欢的人挂上钩。

好在进了律所，在熟悉的工作氛围里，齐溪的心便踏实了下来。不过令人意外的是，顾雪涵昨晚才出差在外，今早却在顾衍、齐溪准时到之前，就精神奕奕在办公室里处理工作了。

齐溪坐在顾雪涵的对面，看着对方凌厉干练但貌美的脸，只觉得由衷佩服——昨晚都没回家住，今早却已经出现在办公室，可见顾雪涵是早晨的机票或车票回来的，继续赶来干活，眼睛下面连一点黑眼圈的影子也没有。

不久前齐溪接到顾雪涵的内线电话，要求她和顾衍去一下顾雪涵的办公室。

此刻，齐溪便正襟危坐在顾衍身边，等着顾雪涵处理完手头的工作后安排任务。

　　等顾雪涵专注地写完了邮件，她的视线才从电脑上移开，看向了一早被她叫进办公室里的齐溪和顾衍："你们两个准备一下，今天下午我要回一趟容大，法学院那边邀请我作为嘉宾，在学院职业规划课程里分享一下自己的职业路线和经历。"

　　顾雪涵撩了一下长发："这种讲座不收费，但也不能真的让我的时间变得没有实际产出价值，所以你们准备一下我们所的推广 PPT，还有实习生项目的介绍。一节课四十五分钟，我大概只能讲半小时，之后客户那边我还有个会议要赶过去，剩下的十五分钟就由你们两个来讲下，一来介绍下我们所里的情况，二来作为刚毕业刚工作的学长学姐，天然地和这些在校生更贴近，也能补充从你们视角来看的律师职业生涯解读，剩下的时间就是学生答疑。"

　　顾雪涵笑了下："你们好好表现，争取等明年毕业季我们能多收到几份容大法学院的优秀求职简历。"

　　竞合所的介绍 PPT 是行政那边早就准备好的对外宣传通稿，都是现成的，因此实际上齐溪和顾衍并不需要做什么准备工作。

　　顾雪涵中午还有一个客户的宴请活动，因此她会在用完餐后独自开车前往容大，而齐溪和顾衍则可以晚点从所里直接出发，再和顾雪涵在容大碰头。

　　容大坐落在容市郊区的大学城，近年来通了地铁后方便不少，但由于地铁路线规划的问题，最近的地铁站距离容大还有一小段距离，反而是坐直达公交更方便经济。

　　齐溪听赵依然讲过，说她大学四年的美好回忆，大部分都在公交车上。

　　对此，齐溪并没有发言权，因为原先齐溪在上学时，几乎不会在周末离开大学城去市中心游玩，她把大学里大部分时间都奉献给图书馆和自习教室了，偶尔回家，也是她爸爸齐瑞明开车来接送或是直接打车的，因此对赵依然口中充斥着她四年美好回忆的公交路线一直很憧憬。

今天时间充裕，竞合所楼下不远处的路上又正好有直达公交的站台，齐溪索性和顾衍提议起来："不如我们坐公交去？"

顾衍微微皱了下眉："为什么？我们可以打车，这算工作差旅，所里是负责给报销的。"

"不是报销不报销的问题。"齐溪看向了顾衍，不好意思道，"你在学校的时候，坐过这班公交车吗？"

顾衍抿了抿唇："没有。"

也是，顾衍家境看来很优渥，会坐公交出行的，还是普通学生居多，他这样半个有钱大少爷肯定是也同样没经历过的。

这样一说，齐溪就生出了点心理平衡，给顾衍科普道："你知道吗？这条公交车路线上有非常好看的风景。"

生怕顾衍不同意坐公交，于是齐溪进行了些艺术性的夸张加工："据说沿途可以算是容市最美风景。你想一下，这样阳光明媚的中午，我们坐在公交上，干净的车窗微微打开，窗外的微风把窗帘轻轻吹卷起来，而窗外则是田野、花还有自然风里裹挟着充满生机的味道，抬头是白云蓝天，然后我们正坐在去往容大的车上，是不是觉得很青春？很有怀旧的气息？好像沿途的风景永远不会结束？"

最终，靠着优秀的论证能力，齐溪成功说服了顾衍一起坐公交。

顾衍对此很平静，但齐溪却有点期待和激动。大学里有些错过的东西，直到彻底错过了，才会生出一点后悔和懊丧。

她和顾衍上车的这一站，车厢内并没有太多的人。齐溪憧憬着待会儿路途里的阳光草地，飞快找了个靠窗的位置。顾衍没说话，但跟着齐溪上车后，自然而然地坐到了齐溪的身边。

一开始，公交还行进在城区，外面是没什么吸引力的城区建筑。

这班公交是相当老旧的线路了，公交车也并不是新的，颠簸之余像个生锈的老机器，发出磨人的马达发动声，外面传来其他汽车混杂着公交车的尾气，但这丝毫不影响齐溪的心情。

她兴奋地趴在窗口，转身对顾衍热情介绍道："等会儿就有好风景了，你再等等！"

十分钟后，车子行至了郊区和城区的交界处，外面是一片烂尾楼。

齐溪被汽车颠得有点萎靡，但还是重振精神自我安慰道："再等等，到郊区就全是风景了。"

再十分钟后，公交终于行至了郊区，只不过齐溪期待里蓝天白云田野的风景并没有出现，出现的是一台一台的拖拉机，它们缓缓地从齐溪他们的公交车边开过。远处的农舍边，是燃烧秸秆的烟，随着风飘进来的味道，是混合着焚烧物和牛粪的奇妙味道，而随着风而来的，还有空气里的沙尘。

齐溪忍不住咳嗽起来，然后转头，对上了顾衍的脸。

这男人面无表情地道："这就是你说的容市最美风景？"

齐溪也有点尴尬，讪笑了两声拉上了窗户："这是原始纯生态纯自然，一种野性盛放的无拘束的野生原始状态，是一种非主流的美。"

不过很快，她就连讪笑也笑不出来了。

在距离容大不远处的郊区小商圈站停靠时，呼啦啦就上来了一堆容大的学生，一下子把公交车挤得像是沙丁鱼罐头。

这些大部分是在容大附近就近逛街看电影的情侣们，此时车厢内便充满了各种暧昧压低的聊天声。

同时在这里上车的还有几个老阿姨，齐溪和顾衍不约而同起身把自己的座位让给了她们。

让座后的两人便也只能一起站着，因为车厢内拥挤，不得不和别的小情侣靠在一起。

齐溪和顾衍的身边就靠着一对这样的小情侣。对方一看就是热恋中的年轻人，即便在不透气的车厢里，两个人都像连体亲吻鱼一样贴着——男生低头凑在女生耳边说着什么，女生则赧然地笑一下，然后也不知道怎么的，两人就亲起来了。

暧昧的亲吻声就在齐溪的耳畔。

齐溪并不是多保守的人，但此刻站在顾衍身边，听着这亲来吻去的声音，简直尴尬得恨不得找个地洞钻进去——她就像是和父母一起看电影时看到成人镜头的小学生一样，总有一种被家长抓包的丢脸和不好意思。

明明自己一个人的话就算面前有人激吻，齐溪也不会觉得怎样，但和顾衍在一起，她好像……好像瞬间理解了什么叫尴尬得脚趾抠地都能抠出一栋别墅。

这种时候如果能躲开顾衍就好了。

然而要命的是，因为空间的拥挤，齐溪不仅没法和顾衍保持距离，甚至在几个急刹车里和顾衍越靠越近了，两个人之间的安全距离也因为下一站上车的乘客而变得越来越近，近到一个齐溪认为相当危险的距离了。

她一开始试图把视线转移到左边，左边的情侣正在互相啄吻面颊。

她又尝试把视线转向右边，右边的情侣正在咬着耳朵说悄悄话，男生时不时亲一下自己女友的脖颈。

齐溪已经脸红气短尴尬到要升天了，只能最大程度面无表情地移回视线，然后放空地看向前方。

然而此时此刻，齐溪的身高就显出了巨大的劣势——她比身高腿长的顾衍矮那么一小截，一旦她平视前方，她的视线便正落在顾衍的嘴唇上。平日里还好，如今在这种氛围下，她盯着顾衍的嘴唇看，未免让人有些过分绮丽的遐想了。

果不其然，被盯着嘴唇的顾衍有意见了，他低头面无表情地看了齐溪一眼："我脸上有什么东西值得你这么看吗？你老盯着我的脸看干什么？"

齐溪心里把信誓旦旦号称有最美回忆的赵依然骂了个底朝天，但一切都似乎最终无益于转移注意力，她和顾衍此刻离得太近了。车里随着颠簸晃晃荡荡，在周围人的碰擦推搡下，她也不得不时时和顾衍有着身体接触，而齐溪甚至都能感受到顾衍说话时的每一个吐息。

但顾衍的脸看起来是不能看了，齐溪从善如流地移开了视线，看向了不远处一个少见的独行男生，对方正塞着耳机听歌。

　　结果她盯着对方放空没多久，顾衍似乎又有意见了。这男人难以取悦道："你老盯着别人的脸干什么？"

　　看他不行，看别人也不行！顾衍怎么管得这么宽！

　　这段赵依然口中最美风景的路途，此刻对齐溪而言简直是丧命般的不归路。

　　齐溪不知道看向哪里，顾衍看起来也一样——盯着卿卿我我的情侣看，显然不礼貌；车厢内又挤满了人，因此盯着窗外看也成了奢侈。虽然顾衍可以凭借优越的身高抬头看向车顶，但随着公交的颠簸，他的目光多少会重新移到齐溪的身上，有时候只是晃过，但齐溪却不知道为什么，仿佛冥冥之中总能感知到顾衍的目光。

　　也不是没有别人看向齐溪，但好像只有顾衍的目光才是不同的。他的目光像是被实体化、具象化了，仿佛一把小刷子轻轻地刷过齐溪的心间，让她的心脏毫无抵抗地悸动起来。

　　齐溪只觉得自己紧张到手和脚都不知道应该往哪里放，好像整个身体都是多余，想在顾衍面前缩小，缩小到消失不见。

　　她开始祈祷快点到站，然而也不知道是不是命运总和她对着干，公交不仅没有变快的迹象，反而因为前方修路堵车而越来越慢，越来越颠了。

　　一个急刹车，齐溪被身后的情侣一挤，直接摔进了顾衍怀里。

　　顾衍的身上有好闻的衣物柔软剂的味道，还有阳光熨晒过后那种干净的气息。

　　这原本是非常平凡普通的气味，然而不知道是不是密闭车厢里空气稀薄，齐溪只觉得有些脸红心跳，身体也有些发软，思维变得很慢，头脑也变得不那么灵活。

　　几乎是下意识的，齐溪像是触了电以后的应激反应般飞快地远离了顾衍，只是她还没彻底站稳，车辆又是一个急转弯，再一次摔回了顾衍怀里。

这种颠簸让齐溪懊恼尴尬，然而对于车上其余的小情侣，倒像是一种情调了——男生紧紧地搂着他们的女朋友，像是允诺某种守护。

反倒是齐溪和顾衍成了异类。

在晃荡的车厢内没有去搂紧齐溪的顾衍，怎么看怎么像是不会照顾女朋友的愚蠢高傲的男生。

要说本来到这一步也还好，只是齐溪没想到——

"宝宝，都和你说了长得帅的男生未必靠得住。你找个长得帅不能照顾你的男生有什么好的？你希望像他女朋友一样吗？

"所以现在薛辰那种人明知道你和我在一起了还来追你，就是仗着自己一张脸，他能给你什么？两个人在一起，未来风雨可多了，女生还是要给自己找个能依靠的肩膀！"

大概是为了彰显自己的好，旁边的一对情侣中的男生，用自以为很轻不会被人听见的声音，开始标榜自己的体贴了。只是……这男生的嗓门真的是有点大。

别说齐溪和顾衍听到了，就是周围几对情侣也听见了，而这男生嘴里的长得帅但不会照顾人的男生对标物，但凡长眼睛的都知道是在说顾衍。

霎时间，齐溪一下子从四周收获了一堆同情探究的目光，不过这些目光在接触到顾衍的脸后，又变得带了一种淡淡的理解。

齐溪有点尴尬。顾衍虽然看起来还是镇定，但齐溪觉得，他也是有点尴尬的，因为他瞪了齐溪一眼。

虽然没开口，但齐溪已经完全从他的眼神里读懂了他的潜台词——谁叫你要坐公交车。

也是此时，公交车又是一个颠簸，齐溪因为想拂一下头发，正好没抓牢扶手，按照这次惯性摔倒的方向，恐怕要朝身边这对小情侣身上撞去。

只是预想中的碰撞并没有发生，一只手伸过来揽住了齐溪的腰，阻止了她继续往前冲。

齐溪的视线顺着手臂往上，然后看到了顾衍一本正经的脸。

这男人揽着齐溪的腰，脸色镇定自若，没有什么温柔的表情，眼神里并无过多情绪，仿佛自己揽着的是一只花瓶或者一截树枝。

但看着不太走心的动作，等公交车颠簸起来，齐溪才知道，顾衍的手臂是发挥着相当有力的作用的，她不再随着颠簸而东倒西歪。顾衍稳稳当当地把她半环抱在了怀里，给予了她安全的空间。

也因为他这样的动作，一旦公交车出现颠簸，齐溪就只能往顾衍怀里栽了，宛若投怀送抱。

好像和顾衍之间更加没有任何安全距离可言了。

齐溪觉得有些紧张到呼吸不畅，手心有些微微沁出汗，思维和反应都变得有些迟钝，明明顾衍并没有任何多余的动作，但腰上顾衍手的存在感变得异常强烈。

等公交车行至一段平稳路段，有个别乘客下车，车厢内稍微空了那么一点，齐溪挣了下，从顾衍的庇护里挪了出来。

齐溪觉得顾衍真的是上天派来干扰她的，他仿佛是干扰她正常运作的宇宙磁场，让她像是船舱外作业的宇航员，失去了回到船舱里的方向感，好像只要靠近他，她的一切就都失灵了。

只是当齐溪稍微远离顾衍了一点，还没松口气，突然腰上一紧，还没反应过来，就又被顾衍拉了回去。

齐溪的第一反应就是迷茫，然而始作俑者脸上却非常平静和镇定。

齐溪看向顾衍，喃喃道："干什么还扶着我啊？"

面对齐溪不解的目光，顾衍连声音都是四平八稳的。这男人原本像是不想解释，但大约齐溪的目光多少让他有点在意，过了片刻，他才微微皱眉看向了齐溪，勉为其难般惜字如金地解释道："别人在看。"

齐溪还没来得及反应过来，就见顾衍抿了下唇角，平淡道："我不希望别人误会。"他看了齐溪一眼，补充道，"误会我是渣男。"

"……"

齐溪试图说服顾衍，然而这男人是铁了心不理睬齐溪的反抗，好像比起被误会成男女朋友，被旁人误会成渣男更让顾衍在意。

齐溪以往从没觉得，但如今才发觉原来顾衍这么在意外界的目光。

只是他既然这么在乎，那么在毕业典礼上因齐溪的一番激情发言被人误解后，竟然没找齐溪寻仇，可见他真的是对齐溪非常宽宏大量了。

顾衍的初衷大概是不希望别人再打量自己，可惜他揽住齐溪后，看向他们的目光更多了。

齐溪反倒是被看得有些越发尴尬起来，只是顾衍还是岿然不动的，齐溪也不好反应多激烈。她只能憋着脸红，眼神游离起来——因为离顾衍太近了，她已经不知道自己应该看哪里，能看哪里了。

好在心猿意马的旅途最终会结束。

在颠簸、闷热和紧张里，齐溪终于抵达了容大，跟随着其他学生、情侣们一起从密闭的公交车里逃出生天。

"不是说这条公交路线上有最美风景吗？"

从车上下来，离容大还需要再走一小段路，当走在两旁都是梧桐的大道上时，顾衍终于还是向齐溪发出了质问。

同样的质问齐溪在一下车已经发给了赵依然，赵依然的回复差点没把齐溪气死——

> 美好的回忆和风景当然是当时和我前男友一起甜蜜坐车的青葱岁月和初恋情怀啊！谁坐车真的会看窗外啊！当然是看自己的男人啊！

顾衍的声音冷飕飕的："怎么了？回答不出，所以不回答了？你告诉我刚才一路上的最美风景在哪里？"

齐溪当然回答不出来，可自然不能拿赵依然的回答来搪塞顾衍。她想来想去，只能道："最美的风景不就在我眼前站着吗？"

齐溪清了清嗓子，看向了顾衍，硬着头皮道："顾衍，你不就是全车最美的风景吗？不是哪里有最美的风景，而是你在哪里，哪里就是最美的风景！你看，你刚回到容大门口，路上好多学妹就都在偷偷看你。你一走，就把容大的风景给带走了；现在你回来，容大立刻感觉都不一样了，好像重新被注入了灵气和生命力，我看着好像'容市大学'四个字都变得更气派了点！"

这本来是齐溪无奈之下插科打诨的拍马屁之举，并没指望顾衍会买账，只想着绕开话题好让顾衍不要再追究她诓他坐公交车的罪行，然而出乎她的意料，顾衍听完明显地愣住了。这男人瞪着齐溪，然后脸慢慢地红了。

"你害羞了？"

面对齐溪的问题，顾衍几乎是立刻做了否认："没有。"

"那你的脸……"

"上火，刚才车里太热了。"

齐溪生怕自己再问下去顾衍恼羞成怒，诓骗顾衍坐了一路折腾的公交车她已经有些不好意思，生怕再刺激顾衍，只能"哦"了一声，乖巧地对顾衍的说辞进行认可。

两个人沉默地在梧桐树大道上走了片刻，没一会儿，齐溪就看到了站在容大门口等着的顾雪涵。她看来比齐溪、顾衍稍早一点就到了。就在齐溪刚要松一口气和顾雪涵打招呼的时候，她再次听到了顾衍的声音："那种话你也说得出口。"

顾衍扔下这句话，一本正经地走向了顾雪涵。他回头瞪了齐溪一眼，脸已经不红了，看起来恢复了平日里冷若冰霜、难以接近的模样，但是耳朵还是红的。

不是吧！

齐溪快步追上顾衍："你真的害羞了啊？难道平时没有人这么夸你、吹捧你吗？不是追你的人很多吗？赵依然说以前大学里追你的从容大门口排队的话可以排到市中心欸！"

顾衍一脸不想理睬齐溪的模样，飞了齐溪一个眼刀，可惜微红的耳朵让他气势不足，带了点色厉内荏的感觉："没人会当着我的面说这种话。"

这男人抿了抿唇："你这种浮夸的赞美实在是很假。"

齐溪不以为意："假是假了点，但就是有人吃这套啊！这就和有些领导嘴上说着不喜欢拍马屁的下属一样，但真遇到个下属天天吹捧他的，就算吹捧得特别浮夸，心里明知道是假的，但挡不住听了还是高兴啊！"

齐溪朝顾衍眨了眨眼睛："你不就也挺吃这一套吗？"

"无聊。"顾衍微微皱眉看向齐溪，"而且齐溪你每天都在看什么东西？不能专心工作吗？"

这男人咳了咳，再次郑重声明道："还有，我不吃这一套，你不要这么无聊。"

齐溪挺无辜，心里存了点恶劣的小心思，盯着顾衍的脸，决定再接再厉："我又没有说谎，你确实是全车最美的风景啊，也是全校最美的风景。"

顾衍的耳朵果然又一次红了。

这男人都有些气急败坏了，像有些受不了般制止齐溪道："你快别说了。"

他瞪着齐溪："你声音那么大，别人都听到了。"

甩下这句话，顾衍就快步远离了齐溪，向顾雪涵走去。

齐溪赶紧快步也追了上去。除了顾雪涵对律师职业规划一块的讲解外，待会儿对学弟学妹们，齐溪他们还需要讲一段竞合所的宣讲。

齐溪这次吸取了刚才的经验，轻声道："顾衍，待会儿宣讲部分要不就你来吧？我可以在边上配合。"她有些不好意思道，"我其实有点紧张。你能不能帮帮我啊？"

顾衍停下了脚步，回头看向了齐溪。他的唇角很平，并没有回答齐溪。

齐溪不得不双手合十："求求你了。顾衍，你是我心目中最好的人。"

顾衍像是不想看到齐溪一般飞快转开了视线："声音这么小，谁听得到？"

这男人怎么这么麻烦！一会儿嫌弃自己声音大，一会儿又嫌弃自己声音小！怎么世界上会有这么难以取悦的人啊！

　　齐溪铆足了劲，决定无论如何满足顾衍的需求。她中气十足，大声道："顾衍，你是我心目中最好的人！所以这次宣讲部分就你来吧！"

　　顾衍果然耳朵又有点红了。周遭果然传来各色的目光，顾衍像逃一般远离了齐溪，面上表情镇定淡然得仿佛不认识齐溪一般。

　　"知道了知道了。"顾衍皱着眉低着头，"齐溪，只要你别再开口了，我就帮你宣讲。"

　　目的达成，齐溪神清气爽，立刻从善如流闭上了嘴巴，然后跟着顾衍一起走向顾雪涵。

　　害羞和尴尬的顾衍果然并非常态，一到法学院的课堂里，他就恢复了一如既往地镇定淡然和稳重。

　　顾雪涵的时间卡得非常准，她关于律师职业道路和相关规划的讲解非常有层次，从个人发展和社会需求方面，以及诉讼和非诉两种不同领域着手，很详尽地讲解了她对律师这一职业的理解。

　　干练、美貌又充满了职业的稳重成熟感，顾雪涵几乎成了所有学弟学妹憧憬的对象。她的讲解就在意犹未尽的半小时内结束了。为自己后续的行程冲突向学弟学妹们道了歉后，顾雪涵这才风度翩翩地告辞离开。

　　接着便轮到了顾衍和齐溪的部分。

　　这次是整个大四法学院的学生集中起来听课的，因此坐满了一整个阶梯教室。齐溪在这个阶梯教室里度过了很多的时光，上过很多课，这还是她第一次站在讲台上往下看——乌泱泱的一片。

　　顾雪涵在时气氛还很肃静，如今顾雪涵一走，轮到顾衍上台，现场已经产生了微微的骚动。

　　不少女生互相推搡着笑着，有些盯着顾衍在交头接耳，还有些偷偷举起手机自以为很隐秘地在偷拍顾衍。

　　齐溪转头看了眼正在认真讲解竞合所介绍的顾衍，窗外的阳光透过窗户打在他一侧的脸颊上，照出一些偶尔变动的光影。

　　顾衍很高大，穿得没有上庭那样正式，但也没有非常休闲，介于一种恰到好处的程度，既带了点精英般的距离感，又显得让人尚且可以靠近，仿佛吸引着人跃跃欲试地去挖掘他骨子里深藏着的温和。虽然并不能确信他有没有，但顾衍这样的长相已经足够有说服力，让人想要为了他去冒险，去孤注一掷。

此刻，他的表情很淡，明明是没怎么准备的宣讲，但顾衍讲得非常流畅，带了种让人不知不觉信服的模样。

顾衍的声音很好听，好听得让齐溪觉得自己好像能一直一直这样听下去。

她看着阶梯教室里那些带着爱慕和崇拜的眼光看向顾衍的年轻的脸庞，觉得完全能理解，但理解归理解，理解不等于高兴或者乐于见到这样的场面。

齐溪心里有点闷。

此时已经进入了问答时间，顾衍的表情很平淡，但也带了平静的温和。

陆续有学妹问起从学生转变身份成为职场人应当注意的细节，顾衍也都耐心地进行解答。

"在法学院的时候相对可以更单纯地对理论知识进行掌握就好，但进入律所除了法律实操上和理论有一定距离外，还需要注意人际交往，怎么和客户沟通。

"同样的话，用不同的方式说，效果是不一样的。每个客户的脾气和性格也不一样，怎么去观察客户，理解客户，感知客户真正的需求，并且站在客户的角度更贴近他的知识结构去解释我们能为他们做的，是非常重要的技能。"

不论是什么提问者，不论提问的问题有多琐碎和困难，顾衍都没有露出不耐烦的表情，他只是语气平静地做着解答。

因为问答环节比较受欢迎，举手的人也比较多，顾衍和齐溪是轮流回答的，这样能留出时间给另一个人休息。因此顾衍回答时，齐溪便在一边等候。

她知道这时候不应该走神，但是有点克制不住自己。阶梯教室有点大，声音也有些杂，她的思绪也变得很乱。

顾衍对她好像是特别的，又好像不是。

因为他如今对所有不特定甚至陌生的学弟学妹们，也都是一视同仁的温和、耐心。

所以顾衍对她到底是什么样的态度？

他是不是心里还有那个喜欢了很久的女生呢？

齐溪正在胡思乱想间，有学弟站了起来。这个问题原本应该轮到顾衍回答，但他拿着话筒，指定了齐溪来回答："齐溪学姐，这个问题你可以回答我吗？"

齐溪愣了愣，然后笑了下，点了点头："可以，你问吧。"

"我想问问学姐你还是不是单身？我可以加一下你的微信吗？"

男生的话音刚落，现场就响起了起哄声。然而这个男生比齐溪想的要更大胆一点，他盯着齐溪的眼睛，像是还想说什么话。

而就在齐溪不知道要如何应对去平息突然脱轨的问答环节时，顾衍沉着脸拿过了她的话筒，代她回答了学弟的问题："这节课的主题是职业规划，问答环节时间有限，只回答专业相关问题，举手的同学有很多，请不要占用公用的资源和时间提出私人问题。"

这节课是顾雪涵从百忙的行程里抽空出来安排的，也是无偿的，作为弟弟和团队的一员，顾衍显然对中途打断并且提出不相关问题的行为非常不满，看起来很讨厌自己原本的规划被打断。

刚才还遮掩着锋芒，看着像一个普通温和英俊男人的顾衍，此刻的气质一下子凛冽了起来，他身上的温和被取代，变得有些咄咄逼人。齐溪看到他沉着脸看向了刚才提问的学弟，然后看向了阶梯教室里坐着的所有人——

"我希望立志于从事律师行业的各位能学会的第一点，就是尊重他人的时间，也尊重自己的时间。客户的时间非常宝贵，你的时间同样也是，首先应该学会什么场合干什么事。"

不得不说，顾衍属于不鸣则已一鸣惊人的类型，原本看着像是没有攻击性的人，真的触碰到他的原则，才发现他根本不是好说话好糊弄的类型。

果不其然，他说完，现场那些叽叽喳喳的声音都没有了，取而代之的是肃穆，秩序开始重新回归。

顾衍没有再看那个当众问齐溪要号码的男生，只是继续着问答。大阶梯教室里的学弟学妹们也没敢再造次，所有的问题都变得正经而严肃起来。

最终，问答环节在热烈又不失秩序的气氛里结束了。

但学弟学妹们的热情显然还很旺盛，结束后，顾衍刚开始收拾电脑，就被冲上来想继续问问题的后辈们包围了。

齐溪周围也围了不少学弟学妹，她和顾衍都像是被分开包围各个击破一样，不得不被人群隔了开来。

齐溪并不清楚顾衍那边发生的事，她这边解答了不少学弟学妹们的问题。遇到这时候有学弟学妹想要加微信的，她也都没有拒绝。

等她和顾衍最终离开的时候，已经超过了预期时间快半小时。

此时午后的阳光正好，既不过分热烈，又还没有带上夜晚的凉意。重新走在梧桐大道上，任由细碎的阳光顺着梧桐树叶的枝丫照射到自己脸上，齐溪突然觉得有些恍惚——仿佛回到了学生时代。

她看向了身边的顾衍，他的存在加重了齐溪的这种错觉。

很多人毕业后完全走向了不同的发展轨迹，别说是同学，甚至很多情侣，也因为发展路径不同而选择了分手。然而也不知道是什么样的缘分，顾衍还一直好好地待在齐溪的生活里。

赵依然在哭诉出了学校的象牙塔压力和责任骤变的时候，齐溪却并没有这样的实感。顾衍不会为了抢走在上司面前表现的机会而拼命做表面功夫，也不会提防着齐溪做出比他更好的业绩，更不会藏着自己的经验而冷眼旁观齐溪走弯路。

他还是他。

顾衍进入社会并没有任何改变，如果硬要说改变的话，那可能是他的气质——齐溪平时天天看着还不觉得，如今和学校里那些并不比顾衍小上几岁的学弟们一比，就觉察出云泥之别来。

以前不觉得，但如今一对比，大学里那些男生，还像是小孩，并不能让人产生任何想要或者可以依靠的感觉；然而顾衍不同，他总是十分可靠，十分稳重，有一点冷淡，又有一点温和。

不过此刻走在齐溪身边的顾衍，既谈不上冷淡，也谈不上温和，反倒是有点阴阳怪气。

"回答问题就回答问题，加那么多微信干什么？"顾衍没有停下脚步，甚至没有看齐溪，他的语气也很平静，听着甚至都不像是在指责，他咳了咳，像是很珍惜时间的样子，"本来可以早点走，你加微信就多花了十分钟零九秒。"

明明刚才坐公交车过来都没有反驳，现在怎么多花十分钟就这么生气了？

大概是知道齐溪在想什么，顾衍瞟了她一眼："刚才我姐临时布置的任务，有点赶，所以我的时间很紧张。"

齐溪快步跟上："那要我回去帮你一起做吗？"

顾衍的唇角有些平，他毫不犹豫拒绝了齐溪的好意："不用。你刚加了那么多微信，肯定有不少学弟会给你打招呼，然后开始咨询问题，咨询完问题总要聊一下别的。反正是一个学校一个学院毕业的，能聊的话题很多，没一会儿就可以熟悉起来聊最近看的电影、好吃的饭店了。这样光是聊天，一个人最起码你也要聊半小时，刚才十分钟最起码加了二十几个人，大概能聊到今天晚上不重样吧。"

这男人冷飕飕道："你这么忙，我还是不打扰你了。"

"……"

像是为了验证顾衍所说一样，他的话音刚落，齐溪的微信提示音就接连不断响了起来。

她有点不好意思："但都是学弟学妹，我也不好拒绝吧……"

"有什么不好拒绝的？有原则的人就不会加。"顾衍扫了齐溪一眼，然后看向了道路上掉落下来的梧桐叶，"我就一个也没加。"

"学姐！齐溪学姐！"

一阵喊声打断了顾衍和齐溪的对话，齐溪回头，这才发现身后小跑着追来的，正是刚才问答环节在万众瞩目下问自己要微信号的。这个男生或许是被顾衍的话说得有些尴尬了，因此在问答结束后，齐溪反而没见到他。

如今这男生气喘吁吁站在她的面前，跑得太急，连说话都有些断续："齐溪学姐，你还没有回答我的问题……"

顾衍的表情变得有些难看，他抬起手腕，指了指手表："齐溪，我赶时间。"这男人声音平淡道，"有一个标红是紧急的邮件，我姐让我立刻研究好后回复客户——"

只是顾衍的话没说完，那位气喘吁吁的学弟就打断了他："齐溪学姐，你是单身吗？"这男生的眼神殷切，"这对我非常重要，请一定要告诉我真话！"

齐溪没有机会开口回答这个问题，因为已经等不耐烦的顾衍替她做出了回答。他把齐溪拽到了自己的身边，有些冷冷地看向了学弟："我们很忙。"

但这一次学弟没有退缩，勇敢地看向了顾衍："可现在是私下时间了，我没有占用别人的时间，而且学长，我问的是学姐，不是你。"

这学弟不怕死地再接再厉道："顾衍学长，你现在只是齐溪学姐的同事啊，我问她什么也不需要和你汇报吧！你要忙的话你可以先走的，外边打车很容易。"他说到这里，看向了齐溪，"学姐，你有空的话我们可以聊聊吗？我请你去喝咖啡。"

"齐溪，我看了下，我姐给我安排的工作难度有点大，如果你不帮忙，我应该没法在期限之前完成。"

顾衍的声音很平，但齐溪还没来得及反应，学弟的声音已经响了起来："学长，你这样三番五次阻碍我和齐溪学姐谈事情，是不是你自己有什么不可告人的私心？"现在的小年轻果然都很彪悍，这学弟不甘示弱地看向了顾衍，"之前都听说学长在毕业典礼上被齐溪学姐当众拒绝了，是不是因为表白失败所以怀恨在心，见不得齐溪学姐好啊？"

这就有点哪壶不开提哪壶了！齐溪当下脑门上汗就要出来了。

顾衍的表情果然变得很可怕。这件事他怎么可能不在意？

好不容易渐渐开始淡忘的白月光和旧事，又这样猝不及防被学弟给揭了开来，简直像是揭伤疤一样。

齐溪也变得有点闷闷的不开心，她很想当这件事从头到尾没存在过，最好顾衍的白月光自始至终都没存在过。

只是也不知道怎么回事，越是慌乱忐忑和不安委屈的夹击下，齐溪却越是想要装成淡定和游刃有余。她看向了学弟，冷静道："这件事我澄清过了，是我误会，顾衍并不是要向我表白，他有喜欢的女生，本身那封带了性骚扰的表白信并不是他给我的，只是阴差阳错弄错了，请你不要过分解读。事情发生后我也在各个渠道澄清道歉了，你可能只是没注意到。现在我和顾衍是同一个团队的，我们彼此信任合作，做好项目、服务好客户是我们共同的目标。团队之间互相帮助很正常，顾衍之前也常常会在我的工作上帮助我，所以他刚才的要求绝对不是为了什么私心阻碍我，请你不要对他进行过分的解读，他根本不是这种人。"

在齐溪义正词严说这些话的时候，顾衍看向了齐溪。

齐溪不去看顾衍，忍着心里的紧张和忐忑，说得非常冠冕堂皇："至于单身，我觉得单身挺好，现在这个阶段我想发展事业……"

顾衍又看了齐溪一眼，然后垂下了视线。

学弟听完这个答案则明显有些低落。

好在学弟虽然初生牛犊不怕虎，但到底是知进退的。在齐溪温和但有力地表达完自己态度后，虽然他一脸惋惜和不死心，但还是和齐溪挥手再见："学姐，等竞合所接收实习生的时候，我一定会第一时间投简历的。毕业后我的第一目标也是进入竞合所，希望未来能成为你的同事，能和你进入同一个团队！我会和你一起发展事业的！"

小学弟是走了，但不知道是不是让顾衍想起了毕业典礼上的一幕，想起了他求而不得的白月光。虽然他没有明显的情绪表达，但齐溪总觉得顾衍是有点生气的。

一时之间，两人之间的气氛有点凝滞了。

齐溪觉得尴尬又有些焦躁，急需说点什么打断这种沉默："顾衍……"只是她刚开口，顾衍也开了口。

这男人看着她，用非常平静的声音问道："你觉得我是有私心的吗？"

"没有！绝对没有！"齐溪连连摆手，"顾衍，你放心，你的人品有目共睹，我不会因为不认识的学弟的几句话就和你产生隔阂。人家误会了毕业典礼的事，戴着有色眼镜看你，对你有敌意，但平时相处里我知道你是怎样的人，我知道你不会真的因为有私心就阻碍我什么或者见不得我好的。"

只是她这样一番表态完，顾衍看起来也没高兴到哪里去，反而是目光有点复杂，他看了齐溪一眼："你这样子怎么做律师？"

这和做不做律师有什么关系？

顾衍抿了下唇："我又不是道德楷模，也未必有你想的那么好。"他看了齐溪一，"做律师还是不要太相信真善美了。"

"我当然知道律师不要太天真，也不要太美化现实或者客户，这些我当然分得清。"齐溪有些不开心，"但你是你。"

不知道为什么，齐溪就是对此很笃定。她看了顾衍一眼，但很快移开了视线，踢了一脚路上的梧桐叶："顾衍你不会那样的。"

齐溪抬头朝顾衍笑了下："是吧？"

顾衍像是不太想回答，但被齐溪盯着，到底还是有点不自在。他像是思考了很久，最后才"嗯"了一下。

因为顾衍赶时间，回去的交通方式自然选择了打车，只不过这个时间段，郊区大学城附近用车量非常大，齐溪在线打车下单后，发现还需要等待二十来分钟。

　　两个人站在容大门口等车，齐溪看着校门口的烘山芋摊，突然有点馋。趁着还在等待，她便丢下顾衍，跑去排队打算买个烘山芋。

　　只可惜烘山芋摊的大叔至今还没有更新收款方式，还在用最古老的现金收款。齐溪自工作后就很少带现金了，又不甘心买不到烘山芋，只好跑回去，打算问顾衍借。

　　其实齐溪才离开顾衍非常短的时间，只是等她转身朝顾衍走去，才发现顾衍身边已经站了一个女生。那女生打扮时髦、妆容精致，穿着也比一般大学生更奢侈华丽些，正笑意盈盈地和顾衍说着什么。

　　齐溪不是没听赵依然说过顾衍在校外校内被人搭讪的盛况，但第一次见到还是有点不一样，这真的是让人不太开心的。

　　但齐溪一想，自己又没有什么不开心的立场，结果竟然变得更不开心了。

　　"这位同学，能不能麻烦你借我一百块钱？"

　　齐溪稍微走近了点，终于听清了那搭讪女孩在说的话。她的声音娇滴滴的，很温柔如水的样子，正娇软地向顾衍借钱："不好意思，我的包包刚被路口骑摩托车的人抢走了，钱包和手机都在里面，能不能麻烦借我点钱，好让我打车回家？"

　　这女生涂着果冻唇，用有点可爱又有点可怜的情态看向顾衍，双手合十道："拜托你了。我可以把我的微信号留给你，还有我的手机号，之后你可以联系我，我会还钱的，你可以放心的。"

　　齐溪简直想翻个白眼，对这另类搭讪也挺无语的：先找顾衍借钱，一来二去再以此为借口加个微信号，然后号称为了还钱把人理所当然约出来吃饭，先吃第一回，再吃第二回，三回四回就差不多能好上了……

　　这算是很老土的套路，但是这个女生确实有点漂亮，顾衍未必会拒绝。

　　齐溪有点忐忑地等着顾衍的反应，但很快，她就知道自己想多了。

　　顾衍连站立的姿势都没变，连友善都懒得装，非常没有诚意地拒绝了对方，淡然道："我没现金。"

女生咬了咬唇，竟然再接再厉了起来："那你愿意帮我打个车吗？你可以打车帮我在线支付一下的。"

"我不愿意。"顾衍冷漠道，"你找愿意的人吧。我看那边有个男的挺想借给你的，说不定还能直接送你回家。"

"……"

对面的女生完全愣住了。她长得漂亮，用这么老土的方式搭讪，恐怕也是出于自信，想必此前但凡她主动搭讪都从没失手过，因此如今被顾衍拒绝，这女孩都有点不知道这话题怎么接下去。

顾衍看了她一眼："容大门口早就和公安联网了，现在治安非常好，摩托车抢钱抢包都是十几年前的事了。那时候容大周围还很荒，方便骑车逃窜。现在这段路上都是轧马路的情侣，没有人会选择骑摩托车抢包了。"

"……"

顾衍毫不留情地说完，丝毫不顾忌对方的尴尬，转了身，然后看到了齐溪："你买好了吗？"

齐溪不知道自己此刻什么心情，但刚才那种闷闷不乐已经完全没有了，此时混合着难以掩饰的欢乐和舒坦，像是被从笼子中释放出的小鸟，每一根羽毛都写满了情绪，要非常克制才能忍住不立刻放声高歌。

顾衍很快看到了她空着的手，微微皱了下眉："你不是去买烘山芋了吗？"

齐溪吸了吸鼻子，走到了顾衍身边："那边还是只收现金，我没带现金。"

不知道为什么，齐溪觉得自己好像已经不饿了，也不馋甜的东西了。虽然没有吃到烘山芋，但是她已经觉得缓和了起来。

她朝顾衍笑了下："算了，我不吃啦。"

然而她话音刚落，顾衍就从裤子口袋里拿出了钱包，然后当着刚才那个借钱失败的女生的面，抽了张一百的纸币给齐溪："去买。"

齐溪有点愣，刚才借钱的那个女生则更愣了。

顾衍有点不高兴地皱了皱眉，一点也没意识到不妥，瞪了齐溪一眼："赶紧的，车马上就要到了。"

齐溪在顾衍的催促下觉得晕头转向。借钱失败的女生就盯着她，她被盯得脸上一热，手脚都有些不协调，根本来不及思考别的，就拿着钱去了卖烘山芋的摊上。

齐溪的心跳得很快，直到她买了烘山芋，在借钱女生无语的瞪视里和顾衍一起坐上计程车，都还有些无法平复。

她捏着手指，咬了下嘴唇："刚才那个女生挺漂亮的吧？"

"谁？"

"刚才问你借钱的。"

顾衍看了齐溪一眼："没注意看。"他随即有些意外，"你都在注意什么东西？别成天盯着男人女人的脸看。"

"……"

不知道为什么，齐溪心里变得很紧张，像是六合彩快要开奖前，她既期待，又害怕期待落空，明知道中奖的概率并不高，但还是控制不住想要开奖："就你刚才，为什么她问你借钱的时候你不给，但我问你借你就给了呢？"

齐溪忐忑得要命，但顾衍却很淡然。

他理所当然地看了齐溪一眼："那不然呢？难道借给一个完全不认识的人？借给你，你不还给我，我还能找我姐直接扣你工资还款，借给她，不就是肉包子打狗？"

"……"

顾衍咳了咳，移开了视线："你不知道今年国家重点打击电信诈骗？主动给人留电话号码和微信，能有什么好事？说不定以后知道我是律师了，还天天想要免费咨询。"

"……"

顾衍冷冷地看着齐溪："所以叫你不要乱加别人微信了。"

"……"

齐溪觉得，顾衍追白月光失败，单身这么多年，可能确实还是凭本事办到的。

很快，回到律所，齐溪和顾衍就各自投入到工作中去了。对于在容大发生的小插曲，齐溪也并没有再在意，只是她万万没想到，这个小插曲引起了相当大的连锁反应——齐溪和顾衍莫名其妙地红了。

晚饭后，齐溪收到了赵依然八卦语气十足的电话："齐溪，你知不知道你红了啊？"

"什么啊？"

"今天一个平台的大主播直播教学如何和男人撒娇，做了一档教程节目，打出的噱头是'没有她靠撒娇搞不定的男人'。她伪装成需要帮助去借钱的女生，通过话术让陌生男人乖乖掏钱。直播大概持续了一小时，之前她遇到的男人没有拒绝她的，甚至真的有不知情的人想和她发展恋爱关系……"

齐溪突然意识到了什么，微微皱了下眉："你是说……"

"直到这个大主播攻略到顾衍身上，然后她就翻车了，翻车翻得好彻底——顾衍怎么也不借钱给她，上一句说'没现金'，下一句就掏钱给你。因为太打脸，这档直播出圈了。"赵依然八卦意味十足地道，"然后网友就去挖你们的信息，结果挖到了你们前些时候给律协拍的普法宣传小视频，现在你们那些小视频一下子就火了。"

说到这里，赵依然忍不住笑起来："你们拍的都是什么啊？别说，你演的流氓还挺入戏的呢，但顾衍就有点太敷衍了吧，都不反抗的，一脸'你强奸就强奸吧'的生无可恋……"

赵依然还在感慨齐溪和顾衍修复感情成功，齐溪倒是坐立不安了起来。

等挂了电话上网一搜，齐溪整个人都麻了。

没多久前，她和顾衍把普法小视频好歹彩排排练了一遍，然后就抽空在律协的安排下进行了拍摄。拍摄现场也挺简陋，一看律协就没有太多预算，这粗制滥造的小视频拍摄完，齐溪甚至不知道是在什么平台投放的，只知道完全没引起什么水花。

只是等她上网一搜，才发现，她和顾衍还真是喜提爆红。

此前拍摄的小视频被翻了出来，一下子流量爆炸了。

齐溪盯着原本只有几千，如今已经变成几千万的点击量，感觉脑袋有点大。

猪太显眼了就会被宰掉，人太显眼了也会……

果不其然，第二天，齐溪和顾衍就被叫到了顾雪涵的办公室。

"律协老师说你们上次拍摄的普法小视频效果特别好，让你们继续再去拍个系列。你们现在算是律协里的流量担当，所以这个任务要好好完成，这次还是律协主任亲手写的剧本。"

一听是律协主任亲手写的，齐溪就有点不好的预感，这种预感在拿到剧本后成了真。这次又是一个婚姻纠纷的本子。

这一次糅杂的元素就更包罗万象了。

小强和爸爸的富豪朋友王叔叔家的女儿小萌是青梅竹马，感情甚笃，长大后两人顺其自然结了婚，可惜婚后连续生育了三个孩子都有先天性疾病而夭折，两人抱头痛哭。通过基因检测最终发现了事实真相，原来有情人真的会变成兄妹，小强竟是富豪王叔叔的亲儿子，和小萌原来是同父异母的兄妹！

一直重男轻女的王叔叔听闻这个消息，因惊喜过度突发心脏病去世，来不及留下遗嘱。作为私生子的小强和婚生子的小萌，因近亲结婚婚姻宣告无效，并因遗产继承问题大打出手……最终，通过法律手段和调解，两人冰释前嫌，决定做不成夫妻就做兄妹，以另一种身份永远陪伴彼此，一起共享巨额遗产……

因为要素过多，齐溪已经不知道从哪里开始吐槽了。

律协显然对这次拍摄很上心："上次都让你们自己倒腾去拍摄了，这次因为你们上一个视频引流宣传效果好，司法局给我们特批了经费。这次我们还请了导演和制片，你们的拍摄工作会轻松很多。我们一起干一票大的！"

要不是说这话的是律协的工作人员，齐溪恍惚间还以为他们是什么违法乱纪的犯罪团伙在做作案前的动员大会。

只是虽然经费多了，还请了配套的人员，但拍摄不仅没有变得更轻松，反而更复杂了。

"来来，你们两个凑近点，你们现在是一对青梅竹马！脸贴着脸！"

以前只是齐溪和顾衍自己拍的时候，两个人根本不会在意这么多细节，但是这导演却非常完美主义："你们两个人是情侣，贴近点！最好再抱着借位拥吻一下！"

两人此刻根据导演的要求一上一下地站在台阶上——齐溪在上面，顾衍在下面。

齐溪其实已经和顾衍贴得非常近了，但导演似乎还不满意，还要求加上很多肢体细节，比如顾衍搂着齐溪，齐溪踮起脚尖，扬起脸，手轻轻触碰着顾衍的腰，然后送上自己的嘴唇。

并不需要真的亲，但即便是这样的姿势，齐溪已经觉得羞耻到浑身发麻了。

顾衍腰部的外套上有点微凉，因此齐溪手上的温度变得更加明显。她感觉自己浑身都快烧起来，手脚都变得有些绵软无力，像是发了一场烧。

而太近的距离下，她的鼻尖几乎快要触碰到顾衍的鼻尖。

导演还在指点顾衍："你侧一下头！你们配合一下，很快就能拍好了！"

大概实在拍摄得太抠细节了，顾衍虽然抑制得很好，但也有一些烦躁。他像是深吸了一口气，做了很强的心理建设，才听从导演的指挥，侧了下头。

如此便形成了一个侧着头和齐溪接吻般的姿势。

为了拍出真实效果，两个人凑得很近很近。

"很好！很好！维持这个姿势！我们要多拍几张当海报宣传的！再坚持一下！"

齐溪非常紧张。

顾衍的目光犹如轻风抚过齐溪。因为太近了，近到齐溪稍微动一下，很可能就真的能碰到顾衍的嘴唇，那种脑子一热所有理智都被烧空的感觉又来了。

就在齐溪感觉呼吸都变得小心翼翼之时，顾衍做出了火上浇油的举动。

"你不要乱动。"他的声音有点压抑，大概离得太近了，也努力控制着音量，变得比平时的轻更轻，以至于反而带了点若有似无的暧昧和转瞬即逝的难以捉摸。

只是人总是忍不住地颤抖，越说不要乱动，齐溪好像越是难以控制不去乱动。

"好了！再拥抱一下！"

因为变得非常紧张，齐溪失去了一贯的冷静。在急于去配合导演新指令改变此刻过分接近的姿势时，齐溪因为动作太大，比顾衍快了一拍，在转头的时候，她的嘴唇轻轻地触碰到了顾衍的嘴唇。

顾衍愣了愣，像是还没回过神，也没意识到刚才发生了什么，只是有些发呆一样地瞪着齐溪。

齐溪简直想挖个地洞连夜逃跑消失在地球。

自己都干了些什么啊？

虽然只是短暂的触碰，但严格意义上来说，不就是……

齐溪不敢也不想再想下去了。

她几乎是有些过分刻意和僵硬地做出了导演的下一个所需的动作，佯装心无旁骛一切如常，大大方方地抱住了顾衍。

越是心虚的时候，就越是要表现出不心虚，才能镇住场面。

因为顾衍看起来很冷静，齐溪觉得自己也不能输，应该比他看起来更冷静才行。

只是很快，齐溪知道顾衍并不是冷静的。

因为抱着的姿势，她的头正好靠在顾衍的胸口，然后她听到了顾衍的心跳——那是不遑多让，比她跳得更快更乱的心跳声。

齐溪很难相信，顾衍此刻冷淡的表情下竟然是这样的心跳。

因为有专人协助，这次拍摄在满足了导演的细节需求后，确实完成得更快速了。

"收工了收工了。大家要一起吃个饭吗？"

齐溪哪里敢留下吃饭，她觉得自己不正常极了，像个从精神病院里溜出来的病患，再待下去，就会被看出伪装，扭送回医院去。

一结束完拍摄，她便趁着顾衍去洗手间的当口，几乎是落荒而逃了。

其实可以佯装镇定，和顾衍打个招呼再走的，但齐溪觉得自己连这也做不到了。

而在她逃回顾雪涵家的同时，顾衍的电话来了。

他的声音很平稳，听着不像质问，但语气有点奇怪："不是拍摄结束有聚餐吗？"

齐溪开始胡乱找理由："我突然想起来有点事，有个案子顾合伙人交代做一下案卷整理，还有一些电子材料也叫我分门别类归档，还有很多要理……"

电话那端顾衍的声音低沉而好听："需要我帮忙吗？"

齐溪几乎是飞速拒绝了顾衍的提议："不用了！"

因为被这样干净利落地拒绝，顾衍的声音显然和他的主人一样愣了愣，可能是有些尴尬，但最终顾衍没有说什么。

两人突然沉默了。

过了片刻，就在齐溪打算再找个借口挂断电话时，顾衍才再次开了口："如果太热的话，我有时候会心跳加速。"

嗯？齐溪还有些愣，就听见顾衍冷静地补充道："刚才拍摄的时候，太热了。"

这男人的声音变得有些不自在："今天太热了。"

他没头没尾地说完，又不说话了。

明明对方没有说什么，但齐溪变得很紧张。她虚张声势地"哦"了一下："那你最好要去看一下医生，做一下心电图，排除一下心脏方面的疾病。现代人有心脏问题的很多，什么心肌炎啊之类的……"

等最终挂断电话，齐溪甚至都不知道自己刚才都说了些什么。

她有点懊恼，扔了电话，一下子扑进床上钻进了被子里。

啊啊啊！她都在干什么啊！

齐溪直到第二天都没想好要用什么样的情绪去面对顾衍。

顾衍是不是……是不是确实有点喜欢她？

齐溪还有些紧张和不安，但顾衍似乎已经回归了平日的模样。

工作的环境让齐溪也逐渐安定下来，但看着在一边盯着电脑写材料如往常一样镇定的顾衍，虽然不想承认，但齐溪其实有一点失落。

好在很快，顾雪涵给她打了内线电话，然后安排了工作："明天轮到我们所去司法局法律援助中心值班。本来轮到吕律师去，但是他客户那边临时有事走不开，顾衍明天上午有个会要跟我一起去。所以齐溪，现在所里有空的排下来只有你。虽然你还是实习律师，但应对法律援助中心简单的一些电话和现场咨询是绰绰有余了，明天就你去那边值个班。"

顾雪涵说到这里，笑了下："顾衍正好在你入职前也这样临危受命去值班过，你要有什么不会的可以问问他。"

齐溪出了办公室，已经不再去想顾衍，开始对马上要开始的法律援助工作有点忐忑也有点紧张起来。

第一次去司法局下属的法律援助中心值班，还是完完全全一个人去，齐溪虽然面上一派自然淡定，但内心还有点怂。

电话咨询和现场咨询的问题，会不会很难？万一涉及自己根本不熟悉的领域，该怎么办？司法局的工作人员会帮助自己吗？遇到有需要援助的咨询者应该怎样引导对方？

齐溪坐回座位，脑海里是一堆问题。她看向了边上正在写邮件的顾衍，不再扭捏别的，迫切地想要问问他作为过来人的经验："顾衍！我明天要去司法局的法律援助中心值班了！"

齐溪原本以为顾衍会主动告知自己一点值班经验，毕竟她和顾衍都这么熟了，而且顾衍还疑似对她有那么点意思的样子。

只是出乎她的意料，顾衍只"嗯"了一声，看起来并没有要聊天传授经验的样子，他的眼神甚至都没离开电脑屏幕。

齐溪知道，明天顾衍和顾雪涵要去开的会是客户临时召集的，因此顾衍今天几乎是一来，就劈头盖脸收了一堆任务，还有一堆材料要写。原本从来游刃有余的人，此刻眉心都微微皱起。

他现在一定焦头烂额忙得要死，为了明天的会议实在顾不上别的，尤其是齐溪这种无关痛痒的小事。

道理都明白，但可能因为期待过大，齐溪还是没来由地有点怅然若失。

或许，顾衍对她是有一些好感，但也就只是一些好感罢了。

而更让齐溪觉得有些失落的是，顾衍前几天对那个电梯里的邻居都能关照一下呢……

怎么轮到自己，就剩下一个"嗯"了，听着也太敷衍了。

而大概是为了打击齐溪一样，没一会儿，行政部的同事就告诉顾衍外面有人找。

顾衍和行政部的同事在座机里讲了几句，等他确定了门外找他的是谁，他几乎是立刻放下了手头的工作朝门口走去。

所以是谁，让顾衍直接放下了手头那么忙的工作？是很重要的客户吗？

齐溪内心挣扎了片刻，最终决定去饮水机边倒杯水。她稍微绕了点路，经过了律所门口，然后看到了顾衍的访客，正是那位女邻居。

今天她穿了一条洋气的羊毛裙，红色衬得她皮肤雪白，顾衍站在她身边，看着就像赏心悦目的一对养眼情侣。

明明没吃什么奇怪的东西，但齐溪就觉得自己心里像是吃坏了东西一样翻江倒海起来，她努力开始自我安慰和排解情绪。

或许是工作……

女邻居也可以找顾衍咨询法律方面的事。

但其实齐溪也知道这解释不过去，因为就是这时，那位女邻居拿出了手机，然后开始播放什么，顾衍抿着唇，然后凑上去，和对方一起盯着手机看起来，像是在看什么视频还是听什么音频，完全不像是在谈工作的模样，因为齐溪想不到有什么法律咨询的事，不正式点进到律所的会议室里来谈，而且她也想不到有什么法律事务，需要靠那么近一起看手机。

齐溪心里气呼呼的，糅杂了淡淡的怨恨和酸溜溜的嫉恨。这都什么和什么嘛，她不平地想，刚才自己问明天去法律援助中心值班注意事项的时候，顾衍表现得那么冷淡甚至不肯分点时间给自己简单讲几句，结果一到那个女邻居来找，就上班时间屁颠颠地出门和人家一起看手机了！

齐溪看着两人凑得很近的头，突然觉得有点难受。她不想再看了，飞速地走回了座位。

晚上的时候齐溪和赵依然约了饭。

赵依然今天难得没有加班，非常兴奋："对了齐溪，房子我找得差不多了，下次带你一起去实地看看，没什么问题我们就签租约，快的话下周就能搬进去住了。"

这本来是个大好事，但齐溪却提不起精神来，她蔫蔫地"嗯"了一声，和赵依然随便聊了点有的没的。本想憋着不说，但最终齐溪还是没忍住，和赵依然控诉了顾衍对自己和女邻居完全不同的双标行为。

顾衍没时间告知自己几句法律援助值班的注意事项，却有时间跑到门口去和女邻居一起看视频。

结果赵依然听完，非但没有感同身受，还对齐溪表达了鄙夷："你虽然是学霸，一面对案子，也挺机灵，但情商方面，只要一涉及自己身边的人和事，真的有点迟钝啊。"

齐溪自然不接受，不服道："那你倒是给我分析分析顾衍为什么那么对我！"

"你不是之前和我说，和他关系现在搞得还可以吗？那从这个事里，就说明他确实现在挺当你是朋友，所以内外有别啊！你自己想想，你在你老板面前，肯定是战战兢兢恨不得一直表现优秀，但在家里，肯定就会更放松一点。"

赵依然讲得头头是道："顾衍现在把你当朋友，你也说了，他手头事情很忙，那一忙起来，觉得即便顾不上你，不特别回应你，肯定是他心里觉得你们毕竟是朋友，都那么熟了，你也不会计较；而对那个邻居呢，他还是要时刻保持自己谦谦君子人设的，何况，这么关心别人，还送别人回家，你不觉得可疑吗？"

齐溪微微抿了下嘴唇，内心很拒绝去往赵依然说的那个方面想。

赵依然却一脸仿佛挖到大料般的兴奋："你说顾衍会不会喜欢人家啊？人对自己喜欢的人，一般都会比较特别，甚至会在对方面前美化自己，意图展现出自己最完美的一面，尤其是还没在一起之前！"

赵依然说到这里，撩了下头发："反正我很难想象顾衍会这么主动关心别人。"说到这里，她双目放光地盯住了齐溪，"所以那女邻居怎么样，长得美吗？我真好奇顾衍会喜欢什么样的女生哎！你知道当初多少人追他吗？如果他真的就此脱单了，那从此这地球，会不会又多了一群伤心的女人……"

好在赵依然实在有说不完的话题，她很快就跳过了这个话题，又开始八卦他们法院刑庭的风云了，但齐溪却有点在意。

那个女邻居，和齐溪顾衍是同校的，而顾衍也确实说过，自己的白月光，虽然拒绝了他，但时不时总还出现在他的面前。如果白月光是邻居，那么一切都说得通了，毕竟即便毕业后，住在一栋楼里，总是时不时能撞见，所以会不会真的……

　　齐溪觉得自己此时那些咕噜咕噜碳酸气泡般的情绪，确实如从密封的罐装里冒出头的气泡一样，在接触到现实里空气的一刹那，就一个一个都破了。

　　她开始觉得难堪和赧然。顾衍真的对自己很特别吗？

　　她是不是又一次对顾衍自作多情了？

　　从最初拿到情书时一下认定写情书的人是顾衍，误会顾衍喜欢的人是自己，到现在参加工作后，在日常的接触里又开始怀疑顾衍喜欢自己……

　　如今看来，这些好像都是齐溪一个人的一厢情愿。

　　人生三大错觉之一就是过分解读他人的态度，误会别人喜欢自己，甚至为此扭扭捏捏，最后才发现扭捏了个寂寞。

　　顾衍是很好的人，因此他摒弃前嫌接纳了犯错的齐溪；因为他从不嫉贤妒能，所以工作中也从不藏私，愿意帮忙；因为他品行端正善良，所以在齐溪遭遇危险的时候，能挺身而出……

　　或许这些都不是特殊对待，只是因为顾衍是一个很好的人！

　　至于心跳，即便是自己，和别的异性因为一些原因不得不产生肢体接触时，可能也会产生单纯的紧张，为此也会心跳加速。

　　这就和吊桥效应一样：当一个人提心吊胆地过吊桥的时候，会不由自主地心跳加快；如果这个时候，碰巧遇见另一个人，那么他甚至有可能会错把由这种情境引起的心跳加快理解为对方使自己心动，才产生的生理反应，最后把提心吊胆的害怕混淆成了突然萌生的爱意。

　　顾衍会这样吗？

　　齐溪努力甩了甩脑袋，觉得自己最近有点太闲了，所以思想也变得十分危险，还能有这么多时间想这些乱十八糟的。为了杜绝这类事情再次发生，她决定多给自己找点事干，先研究下明天即将到来的法律援助工作。

　　说来明天就要第一次去法律援助中心值班，但齐溪却激动不起来，回到顾雪涵住处的时候，她的情绪还有点低落。

虽然原本并没有出差行程，但听顾衍说今晚顾雪涵临时又出差了，因此顾雪涵的房子今晚又是齐溪一个人借住。

顾衍今天大概在所里加班忙材料的事，直到齐溪熄灯睡觉，也没见隔壁屋子里的灯亮起来。

不知道怎么的，齐溪就有点失眠。在床上辗转反侧了半天，都把自己翻饿了，齐溪也没困意，于是索性起床做消夜。

顾衍是在齐溪刚煮完荷包蛋面的时候回来的。

齐溪一听到对门的动静，便跑向了门口。她的面煮得有点意外地多，如果顾衍还有点饿的话，她可以邀请他一起来吃消夜。

不过因为此前才经历过惊魂未定的地痞事件，为了确保万一，齐溪还是没先开门，而是凑在猫眼上先确认了下——

确实是顾衍。

但他的身后还跟着一个女生，正是此前电梯里和顾衍打招呼，下午才去竞合所找过顾衍的女邻居。

幸好她没开门，否则岂不是很尴尬。

齐溪本放在门把手上的手渐渐松了开来，她知道不应该看，但偏偏忍不住。

她看到顾衍让对方等在门口，然后回家放下了文件材料，这才再次从屋里出来，低声和那个女生说了什么，跟着她一起走了。

虽然原本多有猜测，但到底没有实证，如今亲眼见到这一幕，齐溪突然觉得有点眩晕。这么晚了，顾衍要跟对方去哪里？

她不想承认的答案几乎呼之欲出了。

齐溪慢吞吞地挪到厨房，突然觉得刚煮好的消夜不香了，自己也一点不饿了。

她晃荡到客厅里，有些不知所措地下意识朝着窗外看。

顾雪涵的房子视野很好，能看到通往小区门口的路，再远一点，还能看到街上的情景。这里地处商业街，周边配套设施齐全，有不少 CBD

商圈和高档酒店，但又有闹中取静的优势。

此时此刻，窗外是静谧的夜，路灯闪着昏黄的灯光，路上早已稀稀拉拉没几个行人，因此当顾衍带着邻居女生出现时，便显得让人无法忽视地突兀起来。

齐溪没料到能从窗户看到走出楼道的两人。她其实有些难受，但还是有些固执地站在窗口向下望去——

顾衍看起来有点赶，因此步子迈得有些大，跟在他身后的邻居女生不得不小跑才能跟上他。中途顾衍没有回头，两个人一前一后，走出了小区的门，变得越来越小，也离齐溪越来越远。

然后齐溪看着变小了的顾衍沿着小区外的街道，径自走向了不远处的一家五星级酒店。

顾衍走了进去，带着那个邻居女生。

这么大半夜的，两个人一起去酒店，之后会发生什么，几乎不言而喻了。

齐溪突然不想再盯着酒店门口看了，因为她觉得自己有一点好笑。

她是还在期待什么吗？她好像也没资格期待什么。

像是任何一个虎头蛇尾的故事一样，当齐溪终于意识到自己有一点点喜欢顾衍的时候，故事已经迎来了尾声，一切已经结束了。

顾衍并没有对齐溪特别，也并不是喜欢她。

他有喜欢的女生。如今看来，从蛛丝马迹里，那位女邻居就是他心心念念的白月光——同校因此会出现在图书馆，才有顾衍为了她也去图书馆的事发生；又因为是邻居，因此即便毕业后还能时时晃荡在顾衍的面前，让顾衍每次想要放弃的时候又不得不被吊着。

不过顾衍说她脾气差，和齐溪那天在电梯里对对方的第一眼印象完全大相径庭。

齐溪闷闷地想，或许这就是渣女的能耐吧！表面温柔如水，其实擅长操控人心！对男人而言，好好对他们的女人，反而不如狠狠打压折磨他们的女人来得刻骨铭心！

　　当然，从顾衍的角度来说，他历经万难，终于和喜欢的女生走到了一起，都直接进展神速到去开房了。不论如何，齐溪是应该替他高兴的。

　　可齐溪觉得自己像个白雪公主里的恶毒继母，她本来打算努力对着镜子微笑，但营业式假笑了一半就垮了下来。

　　去他的替顾衍高兴，她一点也不高兴好不好？

第十章 齐溪，是我

　　齐溪最后是闷闷不乐睡着的，因此第二天没能自然醒。法律援助中心比所里离顾雪涵家更远，她好不容易才提前了十分钟赶到。

　　司法局下属的法律援助中心是国家拨款建立的，专门帮助发生了法律纠纷，需要法律服务，但因为经济困难没有能力聘请律师的一些弱势群体；每周一到周五，由每个律所轮流驻派律师蹲点，为这些来咨询的弱势群众提供无偿的法律服务。

　　容市的法律援助中心并不是齐溪想象中和法院检察院一样气派的建筑，它就在司法局边上政务服务中心里，有一个小小的办公室，墙壁上挂着法制标语，还有以盾牌、一颗心和两只交握在一起的手组成的图标，显得肃穆和庄重。

　　齐溪一路是火急火燎赶过来的，因此一路都没看手机，此刻拿起来，才发现了一堆的未读信息提醒，其中有一些是顾雪涵担任长期法律顾问的单位的法务提的小问题，还有些是此前接待的潜在客户的咨询。齐溪一一精简地处理完，再往下移，才看到了顾衍的信息。

　　他给齐溪发了个文档。是顾雪涵安排让齐溪配合的工作吗？

看着文档还不小，是什么急活儿吗？

齐溪好奇地点开来，才发现里面并不是顾雪涵安排的工作——

　　法律援助中心值班没有什么特别需要紧张的。办公桌的电脑键盘下面压着开机密码，左边抽屉里会有值班须知。你用密码进入办公电脑后，桌面上会有法律援助案件办理信息录入系统，你点开，为你值班当天的一切留下台账信息就行。

　　法律援助的值班主要是接电话，咨询电话几乎一直会响，你只要正常回答他们的咨询，并且在系统里记录下来咨询的内容和你简短的回答内容就行。

　　除了电话咨询外，还常常会有上门咨询的人员，你负责耐心接待、记录，如果能口头给予答复的问题，就直接口头告知并做好登记记录就行。

那万一人家来咨询的是口头根本解答不了的很复杂的案子呢？

顾衍仿佛知道齐溪会问什么一般，随着齐溪往下读，就看到了他关于此点的说明——

　　如果案件比较复杂，你需要根据办公桌上法律援助文件的规定，筛选确认下对方是否符合能申请法律援助的资格；如果是符合的，你就可以让对方填写相应表格，提交后进入法律援助系统等待系统确认后分配法律援助律师。

　　…………

虽然说复杂案件只要记录在册等待分配给可以独立执业的律师就行，但万一那些口头咨询的问题自己一下子也回答不上来呢？

齐溪往下翻，果不其然，顾衍对此也提供了方案支撑——

　　遇到口头咨询你不会的，你要佯装说要记录一下对方的信息和问题，一边打开电脑搜索就好了。办公电脑是联网的，大部分口头咨询可以解决的问题，网上都有人问过。

　　你不要嫌丢人就死要面子活受罪。实习律师的第一年执业期，并不比普通人对法律实操的问题了解到哪里去。我也有过偷偷搜索看网上的问答，遇到咨询不要逞能，实在不懂又查不到的就问我。

　　顾衍的解释非常详细，详细到比药物使用说明书上的不良反应罗列得还要齐全，几乎可以说是事无巨细。除了交代了法律援助中心值班工作上需要注意的事项，他还把值班中途吃饭等问题都做了详尽的标注——

　　午餐可以去政务服务中心三楼的食堂，值班律师的餐券在办公抽屉右下角第二个里。不过食堂的午餐比较一般，口味偏重，有点咸，但胜在方便，图省事不想走路的话去食堂是首选。

　　如果想吃点好的，可以从法律援助中心出门左转进第二条小巷，那边有一家叫"鹿"的小餐馆，主打的是日料定食便当，口味不错，但是一定要早去，因为每天只限量出售，卖完就没了。

　　齐溪越往下读，越觉得顾衍细心又缜密。他的文字很平淡，甚至能让人联想到他一板一眼的样子。齐溪读下来，内心说不感动是假的，但感动的同时又很难受。

　　顾衍对自己能做到这一步，肯定还是把齐溪当成了朋友或者至少是关系尚可的同事的。但一想到这些好是限定时间的，齐溪就觉得反而有点烦躁和痛苦了——因为未来顾衍都会把这些散落的温柔收拾起来，连带着他的心，一起捧给自己爱了那么多年的女生。

齐溪努力不去想，努力继续去看顾衍的说明——

如果有什么问题可以求助司法局的工作人员，应该会有人和你交接；非常偶尔的情况可能会有不理智的求助者闹事，如果有这种情况，第一时间报警然后寻求帮助，第二时间告诉我。

仅仅是一些建议和说明，顾衍就写出了起诉书般逻辑严密的风格，甚至连分段、标号，都用法律文书的要求进行了格式调整，并且他好像根据微信阅读时的观感对文字的排版布局也进行了调整。

齐溪越是看，越是觉得顾衍确实是比自己优秀，实至名归的第一名。

这男人好像完美得挑不出错来。

顾衍哪里都很好，唯有一点不好——他不是齐溪的。

齐溪心里有些酸酸涩涩的鼓胀，但她很好地压制住了这些情绪。

等齐溪关掉文档，再往上回移，看到了顾衍发送这个文档的时间，简直不知道怎么去形容自己的心情。

两点三十五分。

顾衍是凌晨两点三十五分给自己发送的这篇文档。

他和邻居女生去酒店的时间大约是十一点。

也就是……他之后还兢兢业业地爬起来写了这么一篇法律援助中心注意事项和说明。

往好处想，虽然白月光第一位，但齐溪至少还能成为第二顺位。

虽然就像遗产法定继承人的第二顺位一样，但凡第一顺位的法定继承人没死，都轮不上第二顺位的继承。

但齐溪此刻心里已经顾不上去惆怅什么了，只有一种强烈的感慨喷薄而出——自己确实比不过顾衍，各种意义上的。

她确实输了，输得心服口服。

顾衍这是什么样的体魄和龙马精神？

所以她以前是"万年老二"，冤吗？

不冤。

她配得第一名吗？

不配。

齐溪没来得及感慨和情绪复杂多久，因为没一会儿，就有司法局对接的工作人员来告知了齐溪桌上办公电脑的开机密码以及使用须知。对方讲得很简短，但齐溪此刻已经没有了最初露怯的情绪，因为顾衍那篇文档让她有了充足的心理准备，面对未知的法律援助工作也变得有信心了一些。

她原本以为自己多少会因为顾衍和女邻居昨晚上酒店的事而心烦意乱，然而事实是，人有时候生出些乱七八糟的情绪多半是闲的，一忙起来，什么事都没有。

法律援助中心的工作远比齐溪想的要忙碌，12348 的法律援助热线就几乎没断过。

有和公司发生劳动纠纷的劳动者的——

"对，用工单位必须依法和您签订书面劳动合同，否则您可以保存打卡考勤记录、食堂饭卡、公司内部邮件或者公司前台快递收寄等的证据，证明劳动关系的存在，要求对方补签劳动合同并进行赔偿。"

有结婚前来咨询房产归属问题的——

"如果对方已经是全款买的房，那么即使婚后加您的名字，也并不意味着万一出现离婚的情况，您可以分得一半的房产，因为现行法律更倾向保护房产出资者。一般而言，如果买房的全款来自您的配偶本人，万一出现离婚情况时，您并非过错方，那么法院会在综合考量出资情况、贡献大小、合同签订时间等，最终酌情在照顾女方的利益的情况下让您分割到小部分；如果买房的全款来自您配偶的父母，那么……"

除了正儿八经来咨询法律问题的人外，还有很多莫名其妙的问题，诸如——

"律师啊，我想离婚，但我们没领过结婚证，怎么去法院起诉离婚啊，和领过结婚证的是不是手续上不一样？"

"律师，你一定要给我做主！我就因为封阳台和邻居闹了矛盾，结果那个死邻居竟然扎小人诅咒我！我一个月前身体还好好的，干体力活都行，结果这个月体检查出肺癌晚期了！我儿子冲进邻居家里把扎小人的全套东西都翻出来了，小人上也写着我的名字，邻居也承认是他的了，现在我拿着这些证据，怎么要他赔偿我因为被他诅咒生病的医药费和损失啊？"

…………

因为法律援助热线面对公众，不设门槛也不收费，因此并非来咨询的人都已经具备初步的法律知识，尤其是面对难以处理的纠纷，仍选择免费法律服务的群体，大多文化水平有限或经济能力较差。

齐溪接了大半天电话，才深知做法律援助的艰辛。明明很好解释的事，她常常需要煞费口舌用简单易懂的话讲上半小时。

而这样的咨询者还远不是最难处理的，更让齐溪难办的是那些打进电话来只为了聊天的人——要不是如今真实经历过，以往的齐溪可是打死也不相信会有人空虚寂寞无聊到打免费的服务热线来排遣寂寞。

作为法律援助中心值班律师，齐溪对即便是没事找事来聊天的咨询者，也不能像平日里自己对待骚扰电话那样径自挂断，只能提醒对方不要占用公共资源，劝诫对方没有法律问题就尽快挂断。

不过很快，齐溪就意识到了什么是没有最差，只有更差——

她接到了辱骂电话。

"你这个烂良心的律师，臭不要脸的，骗我的钱，不得好死！"

电话那端是个男人的声音，用词粗俗，很多辱骂甚至不堪入耳。

齐溪很想把电话直接一挂了事，但她不能，只能忍着不适，态度温和地对对方规劝告诫。

等十分钟后对方主动结束辱骂挂断电话，齐溪才松了口气。

然而好景不长，这男人似乎和法律援助中心杠上了，齐溪又接了几个别的咨询电话后，又踩雷一样精准接到了他新打来的骚扰辱骂电话——

"你们这群小崽子，油嘴滑舌的。也是，不是下三烂的垃圾根本就不会去做律师，什么钱都骗，骗来是打算给自己买棺材吗？"

这次齐溪没有再忍："先生，如果您还不能停止辱骂，我将直接按照骚扰处理挂断您的电话；如果您再纠缠，我会报警。"

好在法律援助中心的座机有来电显示，齐溪记下了对方的来电号码后，就可以规避接到这些辱骂电话了，这才终于迎来了耳根清净。

一个上午，除了接连不断的电话咨询外，齐溪还接待了不少现场来访。她非常仔细地记录了每个人的问题，并且耐心地引导了对方怎么申请法律援助服务。

直到送走最后一个访客，齐溪才有了饥肠辘辘的感觉。

这个点了，政务中心的午餐大概早就没有了，齐溪想了想，打算就近找家简餐对付下。一个早上虽然忙碌，但很充实，这种能帮到别人的感觉让齐溪觉得很有价值感。

只是当她刚哼着歌走出法律援助中心值班室的那一刻，齐溪还没来得及反应，就从门背后的角落里突然蹿出了一个中年男人。

对方面目狰狞，声音带了恨意和咬牙切齿："你们去死吧！"

伴随着声音而来的，便是对方是手里提着的水瓶里突然泼出来的液体。

齐溪下意识用手去挡，然而一切都是徒劳，她还是被对方手里的东西泼了个满头满身。

"哈哈哈，活该！让你骗钱！你活该！去死吧！垃圾！律师应该下地狱！"

大约是齐溪狼狈的模样取悦了对方，那男人语气怪异扭曲地笑了几声，又充满恶意地咒骂了几句，这才扔下水瓶跑了。

此刻的齐溪却是顾不上始作俑者逃跑，她只觉得惊惧而害怕。那些水是烫的，几乎是一接触到皮肤，齐溪就感觉到了灼伤一般的痛感。

她变得惊慌失措。所以对方泼的到底是什么？

是硫酸吗？还是别的什么化学制剂？

齐溪觉得害怕，但更让她惶恐的是，被泼的一刹那，她脑海里第一个想到的人竟然是顾衍。

顾衍。

齐溪在心里默念着顾衍的名字。

如果顾衍可以出现，如果顾衍能在，如果顾衍会来保护她，像之前在租房里的时候一样，那就好了。

但现实是，顾衍不是超人，顾衍没有来。

齐溪被泼到的地方已经飞速红了起来，呈现出皮肤被烫伤的模样，好在并没有出现溃烂。

等齐溪几乎是惶恐地摸遍了全身接触到不明液体的地方，确认除了手上用来阻挡的皮肤有轻微烫伤外，别的地方没有大碍，她才有些脱力地放松下来。

这时候她再捡起对方丢下的水瓶小心地闻了闻，无色无味，大概率是水，手上除了被烫红，也没有别的症状。

等稍微冷静下来后，齐溪便报了警，民警也很快来到了现场。

她简单讲述了发生的一切："事情就是这样。能麻烦调取下周围的监控去确定下对方身份吗？"

民警倒不急躁："你是在法律援助中心值班的律师吧？人刚从法律援助中心推门出来时被泼的是不是？"

齐溪不明所以，但还是点了点头："是的。"

民警脸上露出了然，随后他耸了耸肩："那没必要调监控了。"

齐溪有些沮丧："是这边的监控是坏的？"

法律援助中心位于容市的老城区，老城区的公共基础设施很多都老化，缺乏维修和维护，甚至不少路灯都是坏的，监控坏了也纯属正常。

"不是。"民警摇了摇头，"监控是好的，不过没必要调取。因为我知道是谁干的。"

"所以……是个惯犯？"

"嗯。他叫吴健强，就住在这条街转弯过去的群租房里，断了一只手，一直也没找到工作，成天游手好闲的，天天喊着法律援助中心骗他钱了，隔三岔五来闹。"

齐溪有点好奇："法律援助中心骗他钱？这是怎么回事？"

民警皱了皱眉："哪有的事？估计就是这混子胡诌想要讹钱的。他之前也报过警，但我们要求他说明他到底被法律援助中心的谁骗钱了，他也说不出个所以然来，或者说出的律师名字根本没有登记在册的。一点证据没有的事，就说自己的钱被诈骗掉了，那我们怎么能立案？结果为这事，他来派出所都闹了几次，说我们这是和司法局、律师串通好了，有不正当的利益输送，举报了好几次，但我们正常合法的操作，所以他弄来弄去没什么后续，就开始骚扰和报复法律援助中心的值班律师了，时不时就跑来泼点东西。"

民警拿起地上的水瓶闻了闻："你还算运气好的，这就是热水，上次有个律师被他泼了粪。"

"……"

齐溪看了眼自己被烫伤发红的手背，有些无语道："那这人一直这样，不处理吗？"

"想处理，可没法处理。第一，他每次也就是小打小闹，你说真的多严重的犯罪，他也没有。"民警指了指自己的脑袋，"第二，他这里有点不正常，时好时坏的，精神有点问题，有时候做的事，你也没法追究他。"

民警看了眼齐溪："你放心，我们会联系他家人，看管好他。你自己也当心点，赶紧去用冷水冲洗下被泼到的地方。"

发生了这样的插曲，齐溪惊魂未定，又因为报警等事耽搁了时间，如今一看很快到了法律援助中心下午的上班时间，别说吃饭，就是手上的轻微烫伤也只用冷水冲洗了一下，来不及做别的处理了。

齐溪在微信朋友圈忍不住发了条今日遭遇的相关牢骚，随便买了个面包，索性径自回了法律援助中心继续值班。

或许是报警起了作用，下午她没有再接到对方的骚扰电话，络绎不绝上门咨询的人让齐溪埋头提供法律解答，无心再想别的事了。

等下班时，司法局的对接工作人员让齐溪签收了今天值班的补贴。而因为还有一位排队咨询的老阿姨，齐溪特意留得晚了些。

等回答完所有人的问题离开援助中心，齐溪才终于有时间拿起了手机。

不出所料，自己那条朋友圈的下面是一堆的安慰，私信里也有不少人的关心，比如赵依然，比如其他几个曾经追过齐溪的男同学，甚至还有几个早就不联系的社团活动时认识的成员。

但是没有顾衍。

有那么那么多人关心自己，但里面没有顾衍。

顾衍并没有给齐溪的朋友圈留言，也没有私信过齐溪。

齐溪自我安慰道，有可能顾衍根本没看到。

但很多事一旦需要自我安慰，那基本就是无法做到心理平衡的。

顾衍很可能就看到了，只是他并不在意。

虽然不想承认，但齐溪知道，这多半才是真正的现实。

也是，顾衍有什么必须要关心自己的义务吗？他有他喜欢的女生，并且终于在一起了，如今这个下班的时间，结束工作后，他恐怕就去约会了吧。

齐溪有点失落，也有点难过。她的手背上还有烫伤的痕迹，那些红色已经慢慢消退了，但是皮肤灼伤感仍旧残存。

她踢了一脚路上的石子，看了眼手机地图，决定就近找家药店买支烫伤药膏。

于是齐溪低头看着手机，跟着导航的路线走，一开始并没有觉察到什么异常，药店所处的位置并非商圈或写字楼，这里又是老城区，走着走着路也变成了逼仄的巷路，周围更是没什么人，因此，紧跟在齐溪身后鬼鬼祟祟的脚步声，就显得明显多了。

齐溪努力按捺住加速的心跳，她试着多次故意加快步伐转了个弯，身后果不其然也传来了加快的脚步声。

这下可以确定了，她被人跟踪了。

想起最近接二连三遇到的事，齐溪内心的警戒值和慌乱升到了最高，她努力告诫自己不能自乱阵脚。

如今第一位的，就是从这段人烟稀少的路赶紧回到主干道。

齐溪一开始努力保持平静，佯装并没有发现身后的异常。她生怕刺激到身后的跟踪者，尽量保持步调的平稳，试图慢慢绕回主干道。

而在一个道路反光镜里，齐溪看到了跟在自己身后人的模样——对方看着不算矮，身材更是健壮，黑衣黑裤还戴着个黑色鸭舌帽和口罩，一只手插在口袋里，而口袋里鼓鼓囊囊的，手就按在那鼓鼓囊囊的东西上，仿佛藏着随时可以抽出来使用的凶器，看着像个不太好惹的社会闲散人员，黑色鸭舌帽里露出来的头发还是绿色的。

虽然努力告诫自己要沉着冷静，但情绪到底控制不住，被人跟踪的每一分每一秒都像是一场灾难，齐溪太害怕了，不自觉加快了脚步，而对方果然也跟着加快跟了上来。

她想逃的意图看来是露馅了。

好在齐溪已经离法律援助中心所在的主干道很近了，她再也顾不上那么多了，只拼了命地夺路狂奔。齐溪已经完全不知道身后的人到底追没追上来了。

她只是慌不择路竭尽全力往前跑，直到撞到了一个人身上。

难道跟踪者还有团伙？

拦住齐溪的人有些高，力气也很大，像是为了制住齐溪，对方已经按住了齐溪的肩膀。齐溪害怕得根本不敢睁眼，低着头，用足了蛮力，希望撞开挡住她逃跑路线的这个人。

对方好像也有些控制不住情绪失控的齐溪，有些无可奈何般从双手按住齐溪肩膀改为了直接用手抱住齐溪，以制止她的逃跑。

在齐溪要挣扎之前，她听到了对方的声音——

"齐溪，是我。"

这是顾衍的声音？

齐溪觉得自己可能是情绪过分紧张之下产生的幻觉，然而几秒钟过后，那种夺路狂奔带来的眩晕感和喉头辛辣感褪去后，抱着自己的手还在，虽然力气很大，但是并无恶意。

齐溪终于战战兢兢地睁开了眼，然后看到了顾衍。

齐溪有一些恍惚，还有一些战栗般的悸动。

顾衍来了，他终于还是来了。

被人跟踪的时候齐溪没想过哭，但见到顾衍的一刹那，倒是委屈得眼圈控制不住地泛红。

也是此时，她因为被顾衍抱着而靠顾衍胸膛很近的左耳边，传来了顾衍远快于正常人平日里的心跳声，还有顾衍因为狂奔而微微带着的喘息声。

齐溪不知道是不是因为紧张，还是受到了顾衍心跳速度的影响，她的心也剧烈跳动起来。齐溪按住胸口，才仿佛把这颗不太听话的心脏固定在了原位。

她有些气喘吁吁地开了口："有人在跟踪我，追着我。"

"没事了，我在。"顾衍的声音沉着，但脸色却显示了他心情不太好，他看了眼齐溪，"你在原地等我一下。"

刚才还在齐溪身后跟着的跟踪者，大约是撞见了顾衍这个人突然出现，因此已经不知道什么时候逃跑了。

齐溪心有余悸地按照顾衍说的等在了原地，而顾衍则朝着不远处的巷子里跑去。不多一会儿，齐溪就看着他揪着个人重新出现在了巷子路口。正是此前跟踪齐溪的那人。

原本齐溪觉得相当健壮的跟踪者，此刻在顾衍的手里，似乎就显得不怎么够看了。虽然对方试图挣扎，但顾衍的力气应该很大，因为顾衍只用一只手，就制住了对方的扭动。

顾衍甚至还有余裕说话，他的样子平静自然到像是自己手里揪了把大葱而不是个大汉，声音冷静镇定地对齐溪道："别担心，抓到了。"

区别他对齐溪说话的模样，顾衍看向这个被抓的跟踪者，态度就不是那么友好了。他扭住了对方的手，然后一把拽掉了对方的鸭舌帽和口罩："你为什么要跟——"

只是顾衍的质问还没说完，就盯着对方的脸，有些愣住了。

别说顾衍，就是齐溪，此刻也有些意外。

这位跟踪者长了一张非常年轻甚至稚嫩到充满青春痘的脸，顶着一头有些被染成绿色的头发，活脱脱一个青春期非主流。

顾衍皱了皱眉："你几岁了？成年了吗？"

"还差几天就要成年了！"对方一开口，果然是明显的变声期嗓音，用与他健壮的身材不匹配的畏怯眼神，有些战战兢兢地说，"对不起，我……我不是想做坏事的……"

大概是顾衍的存在给齐溪壮了胆，她看了对方一眼，质问道："那你穿戴成这样干什么？打扮得鬼鬼祟祟的，明显是追着我在跑！"

"戴帽子是因为我头发染失败了，本来要染棕色，结果理发师拿错成了绿色。不戴帽子遮着，顶着这一头绿毛，我就像是戴了一顶绿帽子似的；戴口罩是因为我脸上最近长痘长太多了……"

这男孩可怜巴巴地看向了顾衍："你能不能把我手松开？"他又看了眼齐溪，"我……我是有东西要给她。"

顾衍这才注意到对方鼓鼓囊囊的口袋。他没松开对方的手，而是径自把手伸进对方口袋，把口袋里的东西掏了出来。

竟然是一瓶碘酒、一盒创可贴和一管烫伤药膏，并不是齐溪此前想象的武器。

齐溪松了一口气，但顾衍却皱了皱眉，表情更戒备了："你怎么知道她被烫伤了？"

那绿毛脸色有点尴尬："因为是我哥干的。"

所以那个莫名其妙用热水泼自己的，是这个绿毛的哥哥？！

绿毛看向了齐溪："对不住啊，我哥一直觉得我们家都是被法律援助中心祸害的。他有躁郁症，每次发病不是打电话骚扰法律援助中心的值班律师，就是去中心门口蹲点，有时候只是骂骂值班律师，有时候就还会有攻击行为……之前我刚接到派出所电话，才知道我哥又发病跑出来了。听说你烫伤了，我觉得挺对不住你的，就买了这些想给你……"

齐溪这下有些了然："那你为什么不直接明说？一直鬼鬼祟祟跟着我，我还以为又是什么不法分子。"

顾衍这才松开了绿毛。绿毛一边揉了揉手腕，一边敢怒不敢言地看了顾衍一眼，然后嘀咕道："力气怎么这么大……"

他又活动了下四肢，这才摸了摸鼻子，瓮声瓮气道："我在考虑要不要和你说，因为怕你找我们麻烦。你们是律师，本来就比我们有文化有本事，我哥把你给泼了，万一我出来是自投罗网，你要我赔钱怎么办，我也拿不准主意。上次那个律师就死活揪住我要我赔什么损失的……所以才一直跟着你想观察观察。"

绿毛抬头看了一眼顾衍，心有余悸道："谁知道你还有这么个帮凶，我以为是叫来打我的，看到他我才跑的……"

话说到这里，齐溪心里也了然了——她防备害怕对方，对方未必也没有防备害怕她。

从绿毛的打扮来看，他的衣服明显是别人的旧衣，裤子都显得不合身，都遮不住脚踝，有些太短了；再想起他哥那个样子，他的家境恐怕也不太好。他哥发病估计一阵一阵的，绿毛年纪虽然小，但自己哥哥的烂摊子恐怕已经处理了不少。

得知虚惊一场，齐溪心里好受多了。她晃了晃手背："我没大事，不会要你赔钱。"

绿毛一听，果然松了口气："那这些烫伤药膏你拿着，对不住了。"

绿毛说完，就抓了抓头发，转身准备离开。

事情到这里本来告一段落，但鬼使神差地，齐溪又喊住了对方："你哥说是被法律援助中心的律师给骗了，这到底是怎么一回事？"

她多少还是有些在意绿毛的哥哥到底遭遇了什么。

虽然国家已经设置了法律援助中心，今天值班一天齐溪接待的咨询和来访也络绎不绝，但其实还有大量的人根本连需要法律援助的求救都发不出来。

绿毛显然有些意外，但他还是停下了步子，低头道："我哥大半年前在工厂做工的时候，因为机器设备故障，他的手被绞掉了一只。当时工友赶紧把他和断手送医院做了缝合处理，本来那手能接上的。"

"那后来怎么……"

绿毛一提及此，稚嫩的脸上也露出了点恨意："那个烂工厂，原来根本没给我哥上过保险，出了那种事就开始推卸责任，也没有工伤赔款，一共就给了我们两千块钱，就不认账了。我哥躺在床上，家里早几年前因为给我爸治癌症，几乎把家底掏空了，我也还在上学，我妈身体也不好，我哥看家里实在没钱继续住院了，只能还没恢复好就从医院出来在家休养了……"

一说起这，绿毛的眼眶有点红了："我哥觉得自己年轻，医生都给缝合好了，肯定能长好，结果没想到回家没几天，伤口感染了，继续治疗得花很大一笔钱。他听其他工友说可以请律师打官司要那个工伤赔偿，就让我扶着他一起去了法律援助中心，结果遇上个律师，说给了前期律师费，能给我哥要来几十万的赔偿。我哥相信了，签了合同东拼西凑借了一万块付了律师费，结果那律师拿了钱就跑了。我们去法律援助中心要个说法，人家不仅不理我们，还把我们赶了出去，说根本没那号人……"

绿毛讲到这里，情绪明显低落了："后来我们也找过别的律师，也愿意出点律师费，就想讨回个公道，但那些律师问了问情况，都摇头说打不赢官司，因为我哥什么证据都没保留。"

听到这里，齐溪也有些纳闷了："你家里这个情况，照理说也根本不用去自己找律师啊，是完全能申请到免费的法援律师的——第一，根本不需要出律师费；第二，真要有律师代理了，法援中心也不可能这样对你们啊。"

"所以我哥才恨这个法援中心。他后来天天来堵门，想把之前那个律师逮着，结果一直没遇到，再后来我妈就出事了……我哥的手也没保住截肢了，他受了很大的打击，人就变得精神不大好了。之后的事，你也知道了，他发病起来，就会攻击所有律师。虽然我知道你们都是无辜的，但他一发病后，人是没理智的。"

绿毛的话不像是假的，但这并不合情理啊。

"不可能吧——"

齐溪刚要开口继续询问，顾衍却打断了她。他看了眼绿毛，问道："你们当初遇到的律师，不是在法律援助中心里面见到的吧？"

绿毛有些莫名："是在门口。有差别吗？穿着西装打着领带，见了我和我哥就立刻问我们是不是需要法律援助，还请我们去隔壁的咖啡厅喝了饮料，当时立刻就把名片递给我们了，名片上印的确实就是法律援助中心的律师啊。"

顾衍只问了一句话，但齐溪并不笨，几乎是一点就通了。

绿毛和他哥哥遇到的恐怕就是装成法援律师的职业骗子。这些骗子常常西装革履把自己包装成律师的模样，然后在法援中心或者法院甚至派出所等容易遇见病急乱投医急需法律服务的当事人或当事人家属的场所，常常利用当事人的急切心态，暗示自己能搞定法院等，夸大维权或者代理的效果，揣摩当事人心态，对症下药，号称自己能搞定当事人的燃眉之急。

顾衍再问了绿毛几个细节，绿毛的回答果然如齐溪想的那样。

齐溪这下是了然了："你们是遇到了骗子，不是真的执业律师，名片也只是造假的，名片上名字就更是假名了，所以你们拿着那个名片去投诉，律协和司法局包括法援中心才会不受理，因为根本查无此人。"

顾衍等齐溪说完，也看了绿毛一眼："你回去和你哥哥好好解释清楚，让他下次别骚扰、攻击法援中心这边的值班律师了，律师没他想的那么坏。"

经顾衍和齐溪这样细细一解释，绿毛才露出了恍然大悟的表情，但很快，他的情绪也低落了下来："我和我哥都没怎么读过书，我哥出事后，我妈又出了那样的事，我也没再上学了，原本成绩也没多好，人又笨，我们就是去找律协、找司法局，都说不清楚事情的来龙去脉。要不是你们这样一解释，我到现在都觉得是对方人脉大路子广，所以你们那律师协会包庇他……"

大概自己本身是从事这个职业的，多少有些本职业的荣誉感，顾衍听到这里，脸色有些不好看。

然后他突然拉过齐溪的手，伸到了绿毛的面前："你自己看，你哥攻击她干什么？她除了是律师外，就是一个普通的女生。男人靠迁怒别人去排解自己的无能，算什么男人？"

绿毛的脸色也有些尴尬，红着脸看了眼齐溪："对不起啊，但我哥当时真的……唉……"他说到这里，把烫伤药膏往齐溪手里一塞，"律师，你拿着吧，就当我给你赔罪了。我……我还要打工，我先走了。"

绿毛说完，重新戴上帽子和口罩，看了看时间，这才火急火燎地跑了。

等绿毛走了，齐溪才想起来朝顾衍道谢："多亏你了，不然我吓死了。"她不知道为什么心里有点紧张和慌乱，"不过你怎么在这里？"

顾衍咳了咳，移开了视线，神情重新恢复到了自然镇定的状态："哦，我正好办事路过。"

此时周围的路上并没有行人，只有齐溪和顾衍一左一右地走着。风偶尔在吹，树叶也随着风的节律发出了窸窸窣窣的声响，带了让人无法捉摸的节奏，期待又害怕着下一次风吹起的时刻。

"你不是有值班补贴吗？反正我在这附近，我正好来法援中心看看。"顾衍的声音被风吹得有些散，"我昨晚发你的法律援助注意事项，你看了吗？"

"嗯，我看了。"

齐溪心里那种明知道不应该但难以控制的悸动感又来了。

顾衍抿了下唇："我写了很久。"

他补充道："正常应该是要收咨询费的。"

齐溪有点无语，刚想开口，就听顾衍理所当然道："咨询费不问你要了，你请我吃个饭就行了。"

顾衍并没有挑多高档昂贵的地方吃饭，他只选择了法援中心附近一家家常菜饭馆，点了几个很家常的菜。

去家常菜馆的路上，顾衍像是很在乎齐溪手上的伤势，即便齐溪多次确认自己其实没什么大事，不过是被泼了点热水，但顾衍好像还是很在意："要不要我带你去医院？"

他关注齐溪烫伤伤口的方式都快有点强迫症的固执了，明明是小伤，还是坚持希望齐溪能够就医。

直到齐溪不得不撸起袖子给他亲自查看伤口，顾衍才眼见为实般不再强调去医院。

虽然还有些红，但确实连水泡也没起，只是齐溪偶尔自己摸着还有些辣辣地疼。

于是上菜之前，齐溪便拿出了绿毛刚给她的碘酒和烫伤药膏打算再处理下伤口，只是刚拿出袋子还没来得及从里面取东西，袋子就被顾衍抽走了。

齐溪有点不明所以："怎么了啊？"

"别用这个。"

齐溪刚想发问，顾衍就抿唇朝她怀里扔去了另外一个袋子，冷静道："用这个。"

什么啊？

齐溪有些莫名其妙地打开顾衍扔来的袋子，才发现里面装的也是碘酒和烫伤药膏。

顾衍清了清嗓子，像是勉为其难般解释道："路上正好看到有药店，我顺手买了。"

顾衍的态度自然又流畅，齐溪知道，他也确实是非常好的人。

虽然只是碘酒和烫伤药膏，但齐溪还是非常高兴："我发的朋友圈你看到了啊？你没留言，我还以为你没看到呢。"

顾衍盯着齐溪看了一眼，然后垂下了视线："你又不缺给你留言的人。每次一发什么，不都一堆男的给你点赞吗，我凑什么热闹？"

话是这样说没错，但这些男的又不是顾衍。

齐溪有点委屈，但又觉得好像也没什么可以委屈的。

顾衍的语气听着还挺平静，恐怕也只是随口一说。

齐溪没再去深想这个问题，因为她很快有了新的问题："刚才那个绿头发男生给的烫伤药膏不也和你一样吗？为什么一定不用他的要换你的用啊？"

明明连烫伤药膏的品牌都是一模一样的。

"他是加害人的弟弟，你就那么相信他说的话？谁知道他买的药有没有问题。"顾衍微微皱了眉，看起来有点不开心了，"就算东西一样，用他的还是用我的，给你选，你选谁？"

齐溪其实发现了，顾衍有时候是有点小孩子脾气的，常常有一些乱七八糟的坚持和固执，就和猫一样，凡事还是要顺毛摸。

她当即投降道："选你，当然选你啦。"

顾衍脸上这才露出了勉为其难的满意来，他咳了咳："那要我帮你消毒吗？"

"不用啦。"齐溪麻利地拿出碘酒，消了毒。因为疼，她有些忍不住龇牙咧嘴起来，一边和顾衍解释道："我小时候很皮，经常摔跤，所以早就习惯自己处理伤口了，这都算小伤了。"

顾衍移开了视线，像是没有办法直视齐溪的伤口："你一个女生，还是应该少受伤，可能会留疤的。"

齐溪涂好了烫伤药膏，晃了晃脑袋，下意识反驳："难道留疤了我就不漂亮了吗？"

齐溪这么说的时候带了点自我夸赞的成分，并没有期待顾衍会回复她，因此顾衍声音响起来的时候，她甚至有些吓了一跳。

"没有。"顾衍的语气有些不自然，但很笃定，他看向了齐溪，"留疤了也还是漂亮的。"

实际上，齐溪常常被人当面夸赞漂亮，因此对这种话几乎可以算是免疫。

很多人都对她讲过这样的话，甚至有些人能用文采斐然的排比句或者很文艺的比喻去形容她的美。顾衍此刻用的绝对是最老土最没有新意的那一种，但齐溪也不知道为什么，心口一热的感觉又来了，整个人像是踩在棉花糖上，一脚轻一脚重，整个脑袋变得昏昏沉沉，连自己下一句要说什么也忘记了。

她的心里糅杂了一些悸动，还有一些委屈和不甘心。

如果那个白月光不存在就好了，如果顾衍从没有遇到那个白月光就好了，如果顾衍没能和白月光突然又好上了就好了。

齐溪的心里是很多很多的如果，很多很多的懊丧。

好在也是这时，顾衍点的菜一道道也都端了上来。

齐溪中午就没正经吃到饭，但不知道为什么，此刻却并不太饿。她原本还可以不去想关于顾衍的事，但奈何当事人此刻正坐在对面，齐溪的心情为此变得有些波动和不安定，胃口也变得不好。

"怎么不吃鱼？"大概齐溪的模样真的太异常了，顾衍也注意到了，看向齐溪，"不是很喜欢吃鱼吗？"

他说完，移开了视线，看向了鱼，声音有些许不自然："我猜的，因为一般人都很喜欢吃鱼。"

齐溪确实是喜欢吃鱼的，平日里只要看到鱼就能胃口大开食指大动，只是今天吃不下。她勉强笑了下，随口敷衍道："刺太多了，今天不想挑鱼刺。"

顾衍看起来惊讶了一下："你怎么这么懒？"

这男人说完，拿起了公筷，开始自顾自地给自己挑鱼刺打算开动，齐溪有些心不在焉地看着。此刻太阳已经落山，昏黄的光线里，顾衍认真而温和平静地挑着鱼刺，手指白皙修长，唇形饱满，比想象里更英俊。

就在齐溪以为顾衍挑完鱼刺会自己吃的时候，他把鱼端给了齐溪："挑完了。"

齐溪瞪着被顾衍送到眼前挑完鱼刺的鱼，突然有点自暴自弃，也突然有点理解顾衍曾经的感受——那种想好了要放弃，明知道再喜欢下去也没意义，明知道应该终止，而只要咬咬牙不去看不去想，慢慢也一定会戒断和忘记，但对方总是突然出现，让此前所有的努力前功尽弃。

齐溪知道这时候自己应该闭嘴，不要去过问，这才是成熟的方式，但她好像就是忍不住冲动，盯着顾衍："为什么给我挑鱼刺？"

顾衍愣了一下，但很快恢复了平静。他镇定地移开视线，然后喝了口水："你是同学，现在是同事。"

"你对同事可真好，以后也会给其他同事挑鱼刺吗？"

齐溪也不知道自己为什么这么问。她知道这样有些咄咄逼人了，并不是一个合格同事应该说的话，但光是想到顾衍以后给别人挑鱼刺，她就难受得不得了。

坦白来说，作为同事和同学，顾衍对齐溪已经够好的了。明明外表看着有点冷酷、长得也过分好看到有距离感，但其实顾衍是个非常温和的人。

他都和白月光在一起了，按照他对对方的感情，是不是会给对方全部的宠爱和温柔？

齐溪的心里翻江倒海，她有些悲伤地看着对面的顾衍。她想，这一切，近在咫尺的顾衍永远不知道。

而面对齐溪刚才突兀的问题，顾衍像是愣了下，突然有点不知道怎么回复齐溪的样子，他像是想说什么，但又不知道应该用什么方式去表达。

而就在这时，他的手机响了，顾衍看了一眼，几乎是立刻接了起来。因为距离很近，齐溪听到他的手机里传来那个邻居女生柔软又全然依赖的求助："顾衍，怎么办啊，我……"

剩下的话其实没有再听见，因为顾衍向齐溪点头示意后站了起来，到了更远一点的地方接这通电话，只留给齐溪一个背影。

齐溪突然有些鼻子发酸，甚至觉得自己的眼眶都有些发热。

就算把头像鸵鸟一样埋进沙里，可还是不能否认一个事实——

　　顾衍不是她的，会有人拥有顾衍全部的温柔，占据他所有的时间，得到他所有的爱。

　　但那个人不是齐溪。

　　虽然顾衍很快就回来了，但是齐溪还是觉得心里有股难言的酸楚。

　　她到底没忍住，状若不经意般闲聊道："顾衍你这样子不可以的欸。"

　　齐溪抿了抿唇，很自然地撩了下头发："如果你对每个人都这样，就有点像中央空调了，你未来的女朋友肯定是会介意的，毕竟谁不想自己男朋友只对自己好啊。"

　　齐溪扫了顾衍一眼，然后移开了视线："你说要是你的未来女朋友不允许你再给什么同事啊朋友啊挑鱼刺，那你怎么办？"她有些故作轻松地补充道，"比如你喜欢的女生同意和你在一起了，但是非常介意你对别人哪怕有一点点友好，比如她是个特别会吃醋的人，那你怎么办啊？"

　　顾衍夹菜的动作顿了下，但他的回答没有任何迟疑："那就不挑了。"

　　这男人看了齐溪一眼，然后垂下了视线："如果她要吃醋，那就只给她挑。"

　　顾衍的表情很平静，声音也很镇定，语气非常果决，像是根本没有任何挣扎："她介意的事我都不会做。"

　　这是非常正常的回答，但齐溪只觉得心里闷闷的。

　　所以只要顾衍的女朋友开口，齐溪如今靠着同事关系能享受到的片刻友好亲近，也将瞬间失去，因为这本来就像是顾衍无意善举般的施舍。

　　齐溪觉得自己宛若一个可怜的小乞丐，顾衍这个好心人只是偶尔路过，把多余的零钱顺手给了她，她便开始希冀更多，指望这种随手的日行一善能够变成每天的一个惯例。

　　好难受，好不开心，又好不甘心。

　　齐溪抬头看了一眼餐桌礼仪优雅自然又带了点贵气的顾衍，心里突然生出了点不应该的埋怨来——都怪顾衍。

怪顾衍总是做那些让她会误会的事，怪他对她的善意让人沉溺，以至于她也在不知不觉间产生了一些过分良好的感觉，误以为顾衍对她是有好感的，是喜欢的，然后生出了不必要也不应该的期待。

明明之前自己在租的房子里遇袭，顾衍头发理到一半就跑过来了；明明每次自己做不完的工作，顾衍也会主动帮忙一起分摊；明明有那么多明明。

可齐溪知道，以后这些都不会有。

因为顾衍有女朋友了，他的女朋友将取代一切，成为他人生里的第一优先权所有人。

她不能再期待顾衍对她的特殊，也不应该再享受这种特殊。

因为这是不道德的。

只是她还是不甘心。

明明努力去了解顾衍的爱好，努力投其所好，买榴梿、送粉色领带、买演唱会门票的人都是自己，那个女邻居什么也没有做，甚至按照顾衍的说法，连了解都不了解他，结果她还是轻而易举地赢了。

齐溪觉得有点生气，但她也知道，喜欢一个人就是这样没有道理。

齐溪因为有点低落，不知道要说点什么，于是只能闷头吃鱼。

好在也是这时，一个吵吵嚷嚷的声音打破了微妙和尴尬的气氛——

"律师！两位律师！求求你们帮帮忙吧！"

齐溪抬头，才发现来人倒是很熟悉，正是此前告辞离开的绿毛少年、此刻他正气喘吁吁地盯着齐溪和顾衍："听路上的保洁大妈说你们往这家店来了，我就来碰碰运气，幸好你们还在！"

顾衍皱了皱眉："怎么了？"

"我哥……我哥找到了在工厂打工时候的一张工卡，还有一些票据啊等文件资料。"绿毛青年激动道，"之前我们告不了那个工厂，就是因为没有证据，现在找到的工卡，不就能证明我哥确实给那个黑工厂干过活吗？所以我哥受的伤，不就是工伤吗？那这工厂不就应该给我们赔钱吗？"

绿毛的声音非常急切:"律师!你们两个能不能去我家里看看,能不能告诉我哥,我们这官司有希望了?"

绿毛说到这里,也有些忐忑。但最终,对自己哥哥的关心超过了尴尬,他祈求道:"现在我哥躁郁症又发病了,比起白天的亢奋躁动,现在整个人消沉抑郁着,动不动就想死。要不是我拦着,他刚才差点上吊了。

"所以求求你们,能不能帮我去看看那些证据,看看我哥能不能赢官司?如果他知道我们有希望能告赢他那个黑工厂,我哥他一定能好起来的!"

绿毛少年的模样急切又冲动,说话颠三倒四。

实际上,从这个工伤发生到现在,他们既然也接触了很多律师,但都没有人愿意接这个案子,可见胜算并不大,但齐溪还是很在意,看了顾衍一眼。

她还没开口,顾衍就先开了口。这男人板着脸,抿了下唇:"你别那么看我。"

啊?

齐溪有点莫名,一时之间都忘记了自己刚才想要说的话。

然后她听到顾衍径自朝着绿毛走了过去:"你带路吧。"

绿毛少年脸上露出了狂喜和激动。他在前面走,顾衍便跟在后面,倒是齐溪有些没跟上节奏了,她小跑着追上顾衍。

"你想接触下这个案子?"她小声嘟囔道,"他们家挺困难的,估计给不了多少律师费,而且如果能赢还好说,如果不能赢,按照之前接触下来的性格评估,他们很可能会翻脸不认人,这都不好说……是个风险很大性价比不高的案子……"

结果顾衍并没有为此停下脚步,他只是瞥了齐溪一眼:"不是你想接的吗?"

齐溪愣了愣。

顾衍没再看她。傍晚的风把他的声音吹得有些散,带了点若有似无的难以捕捉:"你用那种眼神看我,不就是希望我和你一起接吗? "

顾衍目不斜视,样子镇定自若:"算了,反正我晚上没什么事,本来闲着也不知道要干什么,就当做慈善了。"

第十一章　见见世面

在路上，齐溪才得知，绿毛少年的全名叫吴康强，他和他哥吴健强的家离这里并不远。十分钟的步行后，齐溪和顾衍就被带到了一处城中村的群租房里。

房内很简陋，居住环境是肉眼可见的差，吴康强有点尴尬："家里有点乱，你们等我下，我去把证据资料拿出来。"

虽然打扮上完全像个小混混，但从他提及他哥时脸上的焦虑和担忧来说，他其实内心还挺质朴。

大概是怕齐溪和顾衍有什么顾虑，他有些急切地解释道："你们放心，我不会做什么事。我的文身是贴的，不是真的，头发染成这样也是为了防身。我本想染个不好惹的颜色，结果弄错成绿色了。"

吴康强说到这儿，有些不好意思："住在这里的人很杂，我哥情况又是这样，如果我不打扮得凶一点，看着不好惹一点，很容易被人抢和偷，但其实我没那么坏，你们别怕——"

可惜他的一番解释被顾衍无情地打断了，这男人面无表情地看着吴康强："你坏也没关系。"顾衍毫不在乎吴康强的少年自尊心道，"你又打

283

不过我。"

"……"

吴康强的表情果然有些一言难尽，然而顾衍说的又是真话，他无力反驳，只能张了张嘴，最后什么也没说，就转身进了房间。不一会儿，他就抱了一大摞东西走了出来："都在这儿了。"

他放下材料，有些赧然："我先进去看看我哥。你们先看，有什么事喊我下就行。"

吴康强说完，就转身回了房间。

齐溪和顾衍没浪费时间，两个人默契地分了工开始看起资料来，只是齐溪越看，眉头就皱得越紧。她转身看了顾衍一眼，发现对方的表情也是同样。

等扫完所有材料，两人对视了一眼，不用开口就能从对方眼神里得到同样的答案——吴康强所说的证据，完全构不成证据。

"这张工卡上，除了吴健强的照片外，只有一个编号，连公司的名字都没有，更别说有任何公章之类有效力的东西了。"

"这些所谓的打卡信息上，只有吴健强签字了，但主管签字部分都是空缺的……"齐溪头痛地看着眼前的资料，"这些根本都不足以证明劳动关系的存在。一旦不存在劳动关系，人社局那边根本不会受理，确实没法申请工伤。"

顾衍同样皱着眉："而且申请工伤时，要证明劳动关系的举证责任在主张权利的人，吴健强需要自己去证明这些才行。"

当两人把这一事实告诉了从吴健强房里出来的吴康强，对方脸上果然露出了绝望痛苦又无可奈何的表情来："所以还是不行吗……"

吴康强虽然难受，但还是挺努力克制了情绪，眼圈有些红地回头看了眼房门："要不是发生这个事故，我哥不会变成这样，也不会遇到骗光他救命钱的律师……"

到底是还没成年的孩子，吴康强还是忍不住抹了抹憋不住流下来的眼泪："当时遇到那个骗子律师，我们不仅没了拼凑借来的那笔钱，我哥的手更是恶化了。医院说我哥再不住院进行二次手术，他的手就要保不住了。"

吴康强虽然看着像是早早混迹社会的，但到底是个十七岁的孩子，一说到这里，声音也带了点哽咽："我当时只想着怎么去凑钱救我哥，就没在意我妈，哪里知道我妈会去做那种傻事。其实说到底，家里变成这样，也都是我的错……"

顾衍抿了抿唇："你妈妈出什么事了？"

"我妈当时听人说，有那种人身意外险，就是只要突然出了意外，就能赔钱，如果是残疾就赔少点，如果是死了，那就能赔十几万二十万的。她想给我哥凑医药费吧，以为自己死了保险公司就能给我们赔钱了，就去买了这种保险。"

说到这里，接着发生的事，就算吴康强还没说，齐溪和顾衍也有些预感了。

而这种预感在吴康强再次开口后被证实了："结果我妈买完保险，就自杀了。为了不影响我们租房房东的房价，她都不想害着人家，是自己找了个我们老家门口那棵老树上吊的。我妈死之前给我哥打了个电话，告诉他保单放在哪儿了，提醒他去找保险公司要钱。"

吴康强说到这里，情绪有些失控，虽然努力想憋着，但眼泪还是流了下来。他为了掩饰尴尬，晃了晃脑袋，试图晃走眼里的泪水。

才十七岁的人，说起话来声音却已经带了沧桑和嘲讽："可谁能想到啊，保险公司说，她刚买完保险，保险还未正式生效，要等几天后，保险才算生效，所以保险对她根本没用，而且，说人身意外险，也不是人死都能赔钱，就算保险生效了，她这种自杀的也不赔钱。那保险公司不仅不赔钱，还骂我们是想骗保。"

吴康强说起自己妈妈，眼泪已然是止不住："我妈虽然是个农村妇女，没什么见识，但一辈子堂堂正正的，拉扯我们两个儿子长大，从没拿过不干净的钱。她根本不是想骗保，她就是不懂，没文化。她以为买了保险以后只要死了，就是合法合规，保险公司应该给我们赔钱的。她以为这就是一命抵一份钱的。

"她要知道骗保，要有那个意识，为什么不直接把自杀伪装成意外事故？何必就那么直接，一点都不遮掩地上吊自杀？我妈这辈子没给别人添麻烦过，从来没想诓过钱，她只是以为用她的死真的能合法地为我哥换来钱。"

吴康强越说越痛苦："其实在这件事上，我哥没错，他受伤了，心理压力也大，那时候我才应该更关心我妈。我妈问我保险是不是死伤病残都能赔钱，我就不应该嫌她烦随便敷衍她说是。如果那时候我能耐心点，告诉我妈这些，我妈至少不会死，我们一家现在就算再苦，至少人都还在，至少是一家人，可现在呢……现在和家破人亡又有什么区别？"

齐溪并不是不知道社会上总有贫富差距这回事，却是第一次见识到为了并不那么巨额的钱，就宁愿贴出自己命的事。她在震撼的同时，也觉得深深地难过。

骗保的事件总是有发生，也总是有人会为了巨额的保险赔偿金而失去生命，然而齐溪所有知道的故事，多半都是配偶有了出轨对象或者欠了债务，为了摆脱另一半或者为了还清债务，而给自己另一半买了巨额保险后将其杀死，伪装成意外事故，好骗取保险金。

这是她第一次听到为了非常低的保险金赔偿，而去自杀，想着用赔偿金去成全家人的故事。

原来在这个世界上，还有为了十几万的死亡赔偿金而去自杀的人。

然而最悲哀的是，因为贫穷，因为缺乏系统性的知识，因为缺少教育，因而变成了边缘人的这位穷苦的母亲，为了根本拿不到的一笔死亡赔偿金而牺牲了自己的生命。

她自杀的时候，一定是充满希望的，一定觉得自己死了，自己儿子就能拿到钱得到救治的，她以为为此牺牲掉自己的生命是有意义的。

然而实际是，她的死毫无价值，她伟大而充满壮烈的自杀变得像一个笑话。

每个人都有强烈的求生本能，所以吴康强、吴健强的母亲在自杀时，到底是下了多大的勇气，才能够战胜人的本能？

然而这样伟大的爱，在现实面前不堪一击。

她付出了一切，然后失去了一切。

原来底层人民的生活，这样苦。

齐溪环顾着简陋的群租房，眼前头发染成可笑的非主流绿色的少年正颓丧地坐着，脸庞上都是干涸的泪痕，像是被生活重重捶过了，并且早已经习惯这种时不时如厄运般突然降临的捶打。

"让我死！最应该死的人是我！是我害死了妈！是我！"

也是这时，房间内传来了吴健强痛苦又宛若求救般的哀号声，以及用头撞击墙面发出的咚咚声。这声音在这间简陋逼仄的屋子里，显得尤为刺耳。

吴康强几乎是下意识熟门熟路地冲进了房里："哥！你别说胡话！"

因为事发紧急突然，吴康强并没有来得及关上门，从齐溪和顾衍的角度，房内的情况看得一清二楚。

此前泼齐溪热水时还面目狰狞可怕的吴健强，此刻表情痛苦而虚弱，完全没了此前那可怕的气质。他显得颓废和萎靡，额头前因为撞击而变得红肿，眼神虚浮无光，喉咙里带了凄惨又悲凉的呻吟。

"康强，要不是我……妈不会死的。我是个害人精，我就是个蠢货，我自己操作机器时候为什么不能再当心点！我为什么会这么没本事，挣不到大钱让你们过上好日子就算了，还弄成这样，也没能好好伺候过妈一天！妈生了我这种儿子，除了操心就是操心，什么也没享受到，人就这么……"

吴健强越说声音越哽咽，到最后，这么一个大男人，撕心裂肺哭了起来，一边又开始用头撞墙："我这日子真是一天天地熬着，自己都盼望着早点死了好。我这种人活着有什么用啊！没了一只手，找不着工作，还拖累你。如果当初我有本事能找到好一点的工作，后面这些事就都不会发生，妈也能好好的……"

"哥！你别这么说！一家人怎么能说拖累！"吴康强的声音也越发

哽咽。大概是为了安抚自己的哥哥，也或者是慌不择言，吴康强下意识就说了谎话。

他指了指门外的齐溪和顾衍："哥！你看到没？这两个都是律师，他们说了，你这个事能成！咱们能维权的！一定会让那些骗我们钱的黑心厂老板付出代价！你千万不能想那种死不死的事，你死了，怎么让那些坑咱们的人赔钱？怎么看那些人遭报应？"

这话一说，本来情绪失控有些癫狂的吴健强果然慢慢平稳了下来，挣扎着起了床。他盯着齐溪和顾衍，眼神里像是重新有了光："律师，是真的吗？"

此情此景，面对一个人生的希望，齐溪根本没有办法说出拒绝和否定的回答。

只是给出承诺和应答的重量又是那么大，突然之间，齐溪也有些忐忑和迟疑。

"嗯，是真的。"

最终，是顾衍的声音结束了这让齐溪觉得尤为尴尬和漫长的安静。

他的表情沉静，给人一种信服又安心的力量，用平稳的声音告诉吴健强："我们会全力以赴。所以请你也不要放弃。"

顾衍的声音充满了笃定，带了律师这份职业的高光。他像是让人安心的锚，让船只能在茫茫大海上安稳地固定在应在的位置。

齐溪心里的忐忑和惶恐逐渐褪去，对法律职业的信念和成为律师去保护弱势群体的责任感慢慢占据了思绪的上风。

她也同样镇定地朝吴健强、吴康强点了点头："我们会努力的。"

等再了解完当时工伤发生的大致情况，又进行了一些细节的沟通，齐溪和顾衍才告辞吴健强、吴康强，离开他们的群租房。

对于白天泼齐溪这件事，吴健强也道了歉，只是齐溪也知道，他的道歉也只是碍于自己攻击无辜女性而进行的，在他内心深处，对律师这个群体恐怕仍然带了偏见和不信任，看顾衍和齐溪的眼神也还是带了点揣测和不安。

"要不是我说了可以帮他走流程申请我们所的法律援助名额，可以走免费代理，他恐怕就要认定我们是骗子把我们打出去了。"

齐溪舒了口气，然后看了顾衍一眼："不过你为什么会愿意去代理这个案子？因为……从目前现有的证据来看，这个案子恐怕很难赢。"齐溪坦白道，"其实我也很犹豫，不知道接这个案子是不是对的。虽然案情不复杂，但是难点在取证上，我很担心我做不好……"

这是齐溪的真话，因为这个案子对于当事人的意义而言太沉重了，她害怕失败以后难以面对当事人，也害怕当事人不稳定的情绪会对她的未来职业生涯或者口碑名声造成什么影响。

齐溪也不知道自己怎么了，但是顾衍好像就让她觉得这样的倾诉是安全无害的。她低着头，有些迷茫："我这人是不是很差劲欸，总是想这些很自私的事情……"

"没有。这不是自私，只是正常人的顾虑。"顾衍的声音沉稳，"能想到保护好自己，本身也是律师的职业素养之一。"

齐溪抬头，看顾衍的样子一点也没有焦虑和迟疑，有些好奇道："你是不是想到什么好办法了，对这个案子比较有自信？"

然而出乎她的意料，顾衍抿唇摇了摇头："我还没有想到什么办法。"

顾衍语气平和："但我想，就和医生一样，很多病人确实是非常疑难的罕见病，手术的风险也非常大，很大可能病人就会死在手术台上，所以很多重病的病人，常常会因此被医院拒收，因为没有哪个医生愿意承担这个风险，生怕手术失败后患者家属医闹，或者产生一些别的负面连锁反应，比如被怨恨、被袭击。

"但是对于患者来说，这可能已经是最后的希望了。"

顾衍说到这里，看向了齐溪的眼睛："就像吴健强，他的案情简单但证据灭失厉害，输的概率太大了，又没有钱付律师费，外加情绪不稳定，此前还涉嫌多次攻击律师，恐怕是没有谁愿意接受他的委托免费代理的。"

"我们可能也是他最后的希望了。"明明是很大的决定，但顾衍的语气却很轻松，"很多有医德的医生，不仅医术高超，也非常有悲悯的慈悲心，才愿意去铤而走险接一些风险很大的病患，毕竟万一手术能成功呢？"

就是这样！

齐溪在接触这个案子最初，虽然理智上远离这案子才是明智，但内心总是让她继续去跟进。她不知道怎么形容自己的这种内在驱动力，但如今听了顾衍的话，才觉得确实如此。

她没能形容出的内心感受，顾衍用更形象直白的举例表达了出来。

齐溪望着顾衍也笑起来："我们做律师的，至少比做医生承受的压力小，因为我们就算官司输了，当事人至少不会失去生命，可医生手术失败的后果，可是人命。"

顾衍也点了点头："虽然有自保意识很好，但如果做任何事情都被过度的风险意识绊住手脚，那是不是有点本末倒置了？总不能为了避免结束，就避免一切开始吧？"

顾衍的话很朴实，完全没有华丽的辞藻，但齐溪却觉得听完以后内心坚定了起来，好像又充满了力量。

她一个人的时候尚且有点心里虚，如今有顾衍并肩作战，好像就像有人陪着看恐怖片一样，明明恐怖的剧情还是一样，但是恐怖的程度却大大下降了。

那就……试一试吧！

既然决定接受吴健强的委托，齐溪和顾衍都没闲着，两个人报备顾雪涵获得同意后，第二天就开始分头收集还可能遗漏的证据。

只是情况并不乐观。

因为工伤发生至今已经过了大半年，大部分证据早就损毁，外加本身吴健强工作的就是个小作坊，根本没有健全的人事制度和考勤打卡制度，工资单、发放签批单也都没有。为了规避五险一金的用工成本，这家小作坊都是直接采用现金形式付工资，连个转账记录都没有；员工邮箱、员工手册这类的档案就更别说了。

顾衍试图去找吴健强以前的同事沟通，希望他们能够站出来提供证人证言，然而也是以失败收场——一来，在小作坊里工作的人员流动性很大，半年的时间，大部分已经换了新面孔，很多现在工作的员工根本不认识吴健强；二来，即便原本留下的几个知晓吴健强工伤事故的老工友，也并不愿意去作证。

当然，对此齐溪也可以理解："这些老工友都在这小作坊稳定工作好些年了，就靠这份收入养家糊口。如今经济也不景气，他们在这个小作坊至少早就习惯了工作内容。人都有惯性，就不想挪地方，他们也担心自己要提供证据了，自己饭碗就丢了。"

顾衍自然也是理解的，但如此一来，取证就陷入了死胡同。

下午时齐溪和顾衍都接到了顾雪涵别的案子的安排，因此也没能再分心想这个案子，而下班后，齐溪也有更重要的事情要忙。

赵依然找的新房子已经可以入住了，她已经先一步搬了进去，而齐溪也打算今晚搬家。

虽然顾雪涵也不知道为什么，近阶段明明白天都在所里待着，但一到晚上就要出差或者通宵加班，因此齐溪借住在她家里这么久，就没见她回家过一次。这么大这么好的房子，等同于齐溪一个人鸠占鹊巢了。

这个房子哪里都好，离顾衍还非常近，因此两个人除了白天上班，晚上也常常能见面，有时候是顾衍跑过来理直气壮地蹭饭，有时候则是顾衍带外卖回来一起吃，边吃还能边聊案子。

齐溪并不会因为一天要见到顾衍那么长时间而感觉到厌烦，相反，好像和顾衍待在一起的时间越久，她就越不想离开。

只是大概最近顾衍和白月光修成正果了，顾衍偶尔来蹭饭的时候常常会接到自己女朋友的电话；而齐溪熬夜看案卷的时候，也常常发现顾衍半夜会去楼下，大多时候齐溪能从窗口看到两人，顾衍会在深夜去小区门口接他的女朋友，然后一路护送回家。

每每这时候，齐溪的心情就会变得很差。

她会一直一直盯着时间看，计算顾衍大概在对方家里待了多久，然后通过平均数值得出不负责任的结论——顾衍好像不太行。

按照齐溪的推测，他每次把人接回来送到家里，几乎没过多久就回自己家了。

鉴于他早就和白月光去过酒店了，齐溪想他大概并不是多保守的人，按照赵依然以前说的，男人一开荤，是绝对控制不住对女友正人君子的。而据齐溪所知，女邻居也是独居，顾衍暗恋了她那么久，刚在一起又还是令人脸红心跳的热恋期，那么每次接回家以后，照理来说，顾衍一定会去女邻居家里。

那从这个时间来看，齐溪觉得顾衍有点……太快了……好像不太好的样子。

找男朋友还是不能找这样的，所以自己大可不必遗憾，齐溪默默安慰自己，这绝对不是吃不到葡萄说葡萄酸！

她虽然一边乱七八糟地想，但搬家好歹是在顾衍和赵依然的帮助下一同完成了。顾衍大概是赶着回去和女朋友约会，婉拒了赵依然留他一起吃顿晚饭的邀请，号称自己有点事，因此屋内如今便只剩下了赵依然和齐溪。

这边齐溪在想各种乱七八糟的事，另一边赵依然就又开着快手开始刷视频了，也不知道她看到了什么，就哈哈哈大声笑起来。

齐溪有些好奇，凑过头去，才发现赵依然正在津津有味地看一个农村大爷做地锅鸡。

见齐溪有兴趣，赵依然当即热情安利起来："你快来关注这个大爷，是个厨师，非常有趣。虽然农村条件艰苦，但人特别幽默，走在潮流前沿啊，说话也有意思，还有不少当地特色菜介绍，看着就特别让人有胃口。"

近来因为加班压力大，赵依然迷上了刷视频解压。虽然每次一刷起来一晚上就没了，但她还是乐此不疲，对直播或者视频分享类平台赞不绝口："其实我发现很多劳动人民真的是勤劳勇敢又有智慧。我最近关注了好几个农村生活类的博主，看他们分享生活，有时候觉得很有意思，尤其是看他们即便很辛苦，也还努力生活，分享自己生活里点滴阳光的样子，就觉得真的好励志，让人充满力量那种，就觉得很治愈，让我觉得自己的加班其实也没那么辛苦。

"真是看遍了人生百态。有建筑工人分享生活的，有驻海外的工程师分享日常的，有独立设计师分享工作的，还有上山挖菌子的姑娘在视频里载歌载舞的。你没发现吗？现在大家都喜欢看这些。"

赵依然放下手机，伸了个懒腰，感慨道："每天晚上我刷视频就当给自己充电了。想想自己朝九晚五在法院有个稳定体面的工作，只是偶尔加班而已，和人家农村劳作的强度比，算什么呀！人家都能每天乐呵呵的，从小处找生活的乐趣，我这还有什么资格抱怨人生啊。"

她站起来活动了下四肢："现在，充电完毕！我去研究案子了！"

赵依然说完就回房里继续加班学习去了，留下齐溪一个人在客厅。

赵依然说者无心，齐溪却突然心里一动。

是了，这些 App 如今非常火热，分享小视频没有任何学历门槛的限制，而所有人不论是白领还是蓝领，都有分享自己生活进行社交互动的需求，那么……

那么如果吴健强的工友里，但凡有一个人曾经注册过这类平台，曾经无心分享过自己的工作视频，那么是不是有可能在这些视频里能找到吴健强的身影？那么是不是就可以证明吴健强曾经在那个小作坊里工作过了？

说干就干，齐溪当即下载了抖音、快手等软件，然后就开始按照同城，以及那家小作坊的关键词开始搜索起来。

可惜搜索没那么容易，但齐溪没放弃。她就这么盯着手机看了大半夜，看到眼睛感觉快要失明。也不知是老天垂怜还是皇天不负有心人，就在齐溪快要撑不住睡着之前，她终于在一个账号里刷到了吴健强！虽然只是一带而过，但那确确实实是吴健强没错了！

这下齐溪来了精神，也不睡了，索性开始根据这个账号顺藤摸瓜。果不其然，除了这个半年前的视频里出现了吴健强，这个号里还有各种画面都出现了吴健强；这个号的主人对视频的标题标注得还特别清楚——"工作结束，开饭啦""本周上工第一天和工友们一起唱KTV""工友们一起撸串"……

齐溪几乎是放慢速度一帧一帧去对比画面，花了一整个晚上，终于把所有画面中有吴健强的都截图存证了。

通过这几个工友的视频信息交叉比对，几乎可以确定他们都在同一家小黑作坊工作，也能证明吴健强曾经是其中的一员，所有视频的背景也都能和那家小作坊对上。

齐溪熬了一夜，终于找到了关键性证据。她生怕横生枝节，出现诸如电脑突然死机等风险，赶紧把材料都打包整理好发给顾衍，这才卸下力气般毫无心理负担地睡了。

这一觉没想到睡到了下午，齐溪爬起来的时候，发现房间里都已经能感受到西晒的热度。

齐溪几乎是立刻拿起了手机查看未接来电和邮件。

好在所里今天倒是没什么事，虽然松了口气，但好不容易空出来的时间，齐溪本来是打算拿着证据去找黑心小作坊谈判的，昨天打包证据发邮件给顾衍时还提及今天白天去处理这事……

不行不行，得赶紧和顾衍商量什么时候去处理这件事。吴健强家的情况齐溪也看到了，他们是迫切需要钱的人，不像生活无忧的人对钱没有那么急切的期冀，所以对钱什么时候能到账并不在意。

于是齐溪火急火燎地冲回了律所，气喘吁吁地走到自己办公桌前，才发现顾衍正端坐在办公桌前打字。

齐溪大口喘着气，有些委屈道："顾衍，我一上午没来上班，你怎么也不问问我上哪儿了！我今天有外出计划，睡过头了结果都没人喊我……"

"你自己看看你几点发我邮件的。"结果顾衍倒是很理直气壮，"早上五点。都这样了你还打算继续白天工作？齐溪，你想猝死吗？"

这男人冷冷瞥了齐溪一眼："我要是喊你了，你要工伤了还不讹我？"顾衍的唇角很平，大概是被齐溪质问，看着不太开心的样子，"以后别熬那么晚，出事了谁给你负责？"

"我这么年轻，才不会工伤呢！你放心，不会赖着你姐的！倒是吴健强，明天我还有几个案子要去法院立案，恐怕都没时间去忙他的事，接着时间安排上也不定。如果我没记错的话，你明后天工作日程也排满了吧？那还不知道什么时候能抽出空把他的事给……"

齐溪一想起吴健强的案子，就有些烦乱，按照未来的工作进度，也不知道什么时候才能见缝插针把这个案子给处理掉。

然而就在这时，顾衍再次开了口。

他看着齐溪，声音淡然道："我处理好了。"

齐溪愣了愣："什么？"

顾衍的表情很镇定，相当有事了拂衣去深藏功与名的气质："我说我处理完了。"他说完，递过来一份协议，"这是要求工厂那边签署的和解协议，也签订了付款时间进度表。"

齐溪这下真的是有些愣住了，有些茫然地接过协议一看，才发现白纸黑字真的规定得明明白白。

"存在劳动关系但没有签订劳动合同，所以吴健强在岗期间工厂都需要支付双倍工资，当时只支付了一份工资，现在得再补出另一份；另外因为工厂没有给吴健强缴纳工伤保险，所以所有工伤赔偿也都由工厂自己承担。"

顾衍说完看了下齐溪："你睡觉的时候，我去找工厂谈妥了，也通知了吴健强，现在就等三天后付款了。"

齐溪还有些云里雾里："就这么解决了？"

"嗯。"

"对方都没有耍赖抵抗吗？"

"当然有。"顾衍抿了下唇，"但也算我们运气好。这个黑工厂最近刚分包到一个新项目，这几年招工也难，正闹用工荒，特别担心我们把这些视频和前因后果剪辑了放到网络平台上引起扩散效果。"

"当然，最重要的还是你的证据。"顾衍看向了齐溪，"我做了证据保全，这些证据工厂根本没法抵赖。工厂知道如果不和解，我们去申请劳动仲裁，工厂不仅没法逃脱这些赔偿责任，只会拉扯掉更多的时间和精力。"

"你这次做得真的很好。"顾衍说的话本应该是夸奖，但看向齐溪的脸色并没有多好看，"但下次不要再做了。"

齐溪有些不服："为什么啊？"

顾衍抿着嘴唇，十分有理有据："你熬夜看视频收集证据，可熬夜完第二天整个人状态都不好，所以第二天的工作重担还不是像现在一样压在我身上，这种谈判只能我一个人去了吗？"

大概这次他单独一人去谈判心理压力也比较大，让他或许至此还心有余悸，因为此刻顾衍的表情还是不太好。他瞪了齐溪一眼道："所以下次别这样了。"

也没让你不叫醒我自己一个人去啊……明明给我打个电话就好了……

齐溪心里嘀咕，但碍于顾衍确实一个人靠谱地把案子解决了，她也不好意思再说什么，只是心里松了口气——至少吴健强那边，总算是有交代了。

至此，手头暂有的工作算是都告一段落有个完美结局了，齐溪以为自己能轻松舒畅点，然而事实是不仅没有，她心里反而更烦躁了。

摒除了工作上的繁忙而空闲下来后，她能想私事的时间就更多了。

顾衍有女朋友了。

顾衍和他的白月光在一起了。

这个认知越发清晰地展现在齐溪面前。

顾衍上班时偶尔接到的对方的电话，特意避开齐溪接听时的私密，一切的一切，都预示着顾衍正在并且将会慢慢地离齐溪越来越远——他所有的私人时间会奉献给自己的女友，所有的耐心温柔和爱意也将给女友。

这个男人整个都将属于别人。

虽然很想要，但齐溪的道德感让她知道，自己是时候退出了。

即便顾衍或者顾衍的女朋友并没有介意或者觉得不自在，但齐溪知道如今对顾衍抱着不可告人想法的自己，是不适合再频繁出现在顾衍四周的。

顾衍和他女友不知道最好，齐溪自己心里有数就行。

她得避嫌！

说干就干，第二天一大早，齐溪就跑去所里开始搬工位。

此前工位紧张，但如今有个别律师跳槽，外加采购的新办公桌也都陆续到位，另外一片办公区域里空出了很大一片。

这片区域也正合齐溪的意，因为离顾衍的座位距离挺远，而且相对来说比较空，只坐了几个刚招进来的男实习生。

避嫌，先从物理距离上开始！

只是齐溪没想到，自己放在办公室里的东西比她想的还多，直到顾衍来上班，她还没搬完。

顾衍看见她，果然皱了皱眉："你在干什么？要帮忙吗？"

顾衍说完，就接过了齐溪手里的一箱子法律专业用书。齐溪感觉手上一轻，松了口气，解释道："我在搬工位！"

顾衍放下了箱子，脸色有些沉："你搬工位干什么？"

"我最早进所里时你不是说，让我和你保持距离吗？现在新工位空出来了，那边距离和你非常远！你可以放心！"

只是齐溪没想到，她话音刚落，顾衍不仅没再帮忙搬运，反而径自把一箱书放回了齐溪原本的办公桌上。这男人看了齐溪一眼，然后移开了视线："哦，没必要搬，我现在习惯了，而且之前那件事，我现在也不觉得对我有什么影响了，你坐这里没问题。"

可不是吗？当然现在不介意了。齐溪酸溜溜地想，顾衍这种人一看就是我行我素的冷酷型，当初自己毕业典礼上大放厥词，他最在意的倒不是什么公众口碑，反倒是自己在喜欢的女生心里的形象吧。如今他和白月光都好上了，自然对齐溪也冰释前嫌真正地翻篇了。

可顾衍把齐溪当成一页故事一样翻过去了，齐溪却不能也同样翻篇。

齐溪移开视线，佯装自然道："我知道你不介意，不过我们两个工位确实隔得太紧了，和高中同桌似的。现在所里这么多空位，我搬过去大家都宽敞点嘛。你看，随着案子越来越多，光是案卷就快堆满桌面了，等我搬走，你可以征用我原来那个办公桌摆材料和案卷了。"

顾衍表情不悦："但我们是同一个团队的，偶尔还是有案子需要一起讨论的，你搬那么远，很不方便。"

对此，齐溪也有合理的答案："我可以走过来啊！本来久坐就不好，这样我被迫还有点运动量，让我拥有健康的体魄后可以更好地给你姐打工！"

结果顾衍还是不同意。他咳了咳，语气不自然地补充道："你要搬走反而显得我很小气，像是我人品很差那样，毕竟是一个团队的，你这样，所里大家都很八卦，都会猜测我和你闹掰了，可能会流传出一些不好的风言风语，影响我的口碑。"

看来即便是我行我素的顾衍，多少还是会顾虑别人的目光。

但齐溪是铁了心打算避嫌，因此相当坚定："你放心，我去了新工位以后，会立刻和坐在那儿的实习生们打成一片，然后通过他们宣传我和你之间如钢铁一般坚固的同事之情！"

齐溪原本以为她这么一讲可以打消顾衍的顾虑了，结果没想到顾衍扫了一眼实习生们坐着的那片区域，表情更难看了："你什么意思？"

齐溪有点心虚，但还是佯装镇定道："什么什么意思？我没什么意思啊！我真的不是对你有意见，就是前几天找风水大师看了下，说我还是坐朝北的位置会运气更好，我们这个位置朝南的……"

好在最终，因为顾雪涵叫顾衍去办公室，他没法再阻碍，齐溪趁着他去顾雪涵办公室时，成功把工位给搬了。

远离顾衍以后，齐溪感觉还是好了一些，毕竟不用每时每刻看到他，也不用抬头就看到对方线条优美的侧脸。

齐溪觉得自己就像一只在别人门口徘徊的狐狸，看着别人院子里的葡萄流口水，明明知道这葡萄是别人家的，这家人家里或许还有恶犬，但还是忍不住在院子门口对着葡萄探头探脑。

所以最好的办法就是把自己的狐狸洞搬走，搬到不会经过这葡萄树的地方，自己这只意志力或许并不强大的狐狸就不会犯错了。

只是齐溪怎么也没想到，自己刚远离了葡萄树半天时间，下午的时候，葡萄树就也举家搬迁，再次杵在了自己的洞门口。

齐溪目瞪口呆地望着正在自己边上工位上连接显示器的顾衍。

顾衍倒是挺镇定自若的："哦，我也觉得风水挺重要的，也去找人算了算，说我也适合朝北的位置。"他环顾了下四周，"这里反正还挺空的，彼此空间也不算挤。"

他顿了顿，补充道："风水师还说我要坐在阳气重一点的地方。"

齐溪纳闷道："那不是朝南那边阳气应该更足吗？毕竟有太阳啊……"

顾衍面无表情地看向齐溪："这里都是男人，我说的是这种阳气，被这么多男人包围着我感觉自己好多了。"

"……"

他看了齐溪一眼，补充道："很有安全感。"

"……"那你怎么不坐男厕所门口呢？

搬工位远离顾衍的方案宣告了失败，但齐溪也没气馁。只要自己有避嫌的心，她觉得就绝对能尽量避开顾衍。

齐溪开始不再坐电梯了，因为竞合所占据了写字楼里的一整层，又有一部直梯几乎都是竞合所的律师或者客户使用，只要上下班时间坐电梯，基本能在电梯内撞见顾衍。

而电梯内的封闭空间，让这种和顾衍共处的时间变得相当缓慢和难熬。

看不见葡萄树，不就不会流口水了嘛。

齐溪觉得自己至少是一只聪明的狐狸。

上下班的时候，她开始爬楼梯，结果很快引起了同事们围观——

"齐溪，怎么不坐电梯啊？"

齐溪走得气喘吁吁，但还要故作坚强："我锻炼！最近体脂感觉有点高，多爬楼有利于身体健康！"

结果没多久，齐溪发现，所里越来越多律师开始和她一起爬楼梯了——

"齐溪啊，幸好你带头，我想想觉得也是，平时忙着去法院见客户，健身卡都闲置了，根本没空用，但其实运动不就在身边吗？我天天上下楼多爬一爬，感觉也算运动了！"

"我上次被对方当事人差点提着菜刀砍了，所以确实要锻炼一下，以后至少遇到这种事还能跑快点！"

…………

齐溪面无表情、生无可恋地走在最前面，后面跟着五六个同事。大家都如死狗般喘着气，但还坚强地爬着楼，唯一的例外是顾衍，他走个楼梯像是在走平地一样，非常轻松淡然，脸不红气不喘，双手插着口袋，像个突击检查的领导，像个睥睨的王者。

因为自己引领了该死的新时尚，顾衍也跟着其余几个同事一起和自己一同爬楼起来了。

齐溪这个"青铜"一边喘气，一边瞟了眼状态非常"王者"的顾衍。

有完没完？

她心里简直烦死了。

顾衍这是搞什么啊？

她逃，他追，她插翅难飞？

他怎么这么讨人厌！她都避嫌了，结果她上哪儿，这家伙竟然也能上哪儿来。

齐溪回到座位，忍不住瞪向了顾衍："你又不需要锻炼，你跟着走什么楼梯啊？"

结果顾衍云淡风轻："我熟悉下万一发生火灾时候的逃生路线。"

"……"

齐溪简直绝望了，但她又不能霸道地自己做什么还下个禁令不许顾衍做什么，这样下去，避嫌是根本不可能避嫌的，毕竟自己总不能为了眼不见为净，从竞合所辞职跳槽吧？

晚上回租住的房子时，齐溪仍旧非常苦恼，忍不住上法律人论坛的情感区域匿名发了个帖子求助——

> 求助各位感情经验比较丰富的姐妹们，是我一个朋友的事。她吧，就有点喜欢一个男的，但是这个男的最近刚有女朋友了，只是因为某些原因，我朋友和这个男的总是低头不见抬头见的，很难回避。你们说有什么办法让我朋友心情好受点，不打扰别人的恋爱，又能全身而退呢？

很快，齐溪就收到了一堆回复——

> 你这个……朋友吧，其实也没必要避嫌。越是刻意避嫌就越是在意对方，结束一段感情的最好办法就是开启一段新的！
>
> 你……朋友就是没见过世面，外面两条腿的男人还不多？多见点男人，就会发现世界很宽广，帅哥非常多，之前喜欢的那个人也就只是庸脂俗粉不值一提，没有必要为了一棵树放弃整个森林！
>
> 多出门多社交，把时间填满，就不会去想那个男的了，好的永远在路上，加油！
>
> …………

齐溪把一条条留言都看了，最终决定鼓起勇气开始新生活。

顾衍是很好，但他就像货柜里已售的限量品，自己是不能不讲道德从别人手里抢来的。

或许自己对顾衍的好感也就是一时的，毕竟自己确实社交圈很窄，平时见到的男生比较少，又确实一次恋爱也没谈过，错把对顾衍的亲近感当成心动了。

何况顾衍有什么好的，喜欢那个白月光喜欢成那样了。感觉他把这份喜欢都刻进 DNA 了，自己何苦去当个别人的平替呢？

再说了，顾衍那方面还不太行，这么年轻就这么快，以后治肾虚还要花老大一笔钱了！

自己是得去见见世面啊！

齐溪当即找了赵依然："有没有优质男人介绍给我？"

"……"赵依然果然被齐溪的直截了当吓了一跳，"你怎么了？"

齐溪咳了咳，高调宣布："我决定要尝一尝爱情的滋味！找个男的谈谈恋爱！"

"你怎么突然开窍了？"赵依然虽然狐疑加意外，但对齐溪的决定还是很支持，"你要找对象还不容易？这周六我们法院和检察院一起搞联谊活动，可以带自己朋友参加，我们办公室主任说了，多找点单身的小伙伴来。你就跟我一起去呗！"

只是事到临头，真到周六那天，齐溪完全怂了。

语言上的巨人行动上的矮子，说的就是她没错了。

毕竟她并不是真的想谈恋爱，觉得自己交友目的也不单纯，于是内心有愧，突然就有点惧怕去这个联谊会了。最后是赵依然死拖活拽把人给拉去现场的。

好在这场联谊会相亲的氛围并没有很重，除了法院、检察院的单身人士外，还有不少是来自律所的或者是劳动监察大队的。现场气氛倒是挺轻松，有说有笑的。说起来大家都是法律共同体中的一员，共同话题挺多，即便不作为相亲的目的，单纯来交友认识点法律圈里的人脉，倒也不差。

齐溪也因为这种宽松的氛围而放松下来，最后和一个民庭的年轻男法官刘真聊得倒确实不错。刘真对齐溪并没有过度的热情或明显的暗示，坦言自己也是被同事拉来这个联谊会，只是用一种兄长般的态度给齐溪讲了讲很多民事纠纷案件中承办的关键细节和注意点。两人聊业务聊得挺好，最后互相交换了联系方式，齐溪还约定了下次有问题再和对方讨教。

不过这次活动，齐溪觉得挺放松，赵依然就一脸苦大仇深了。

"你知道吗？光我们法院就有六个男法官找我要你的联系方式，检察院那边还有两个辗转过来托我的，让我下次有机会再单独约你出来一起吃饭。"赵依然怨气满满，"第一次这么多男人主动来找我，我都没来得及受宠若惊，结果发现人家是找我当红娘的。"

齐溪对另外那几个法院、检察院的男法官都没有什么特别的想法，因此也没有再给联系方式，只是偶尔和那位年轻男法官刘真，倒是有诸多交流。

这样不咸不淡的，周末就过去了，新的一周，齐溪给自己打了打气，又回归了工作状态。

虽然很想回避顾衍，但今天上午正好齐溪和他都有案子要去城西法院，于是为了节约办公经费，两个人便一起打车前往。路程中顾衍一直在回客户的电话，因此倒是避免了交谈的尴尬。

而一到法院里，齐溪就有些迫不及待地和顾衍分道扬镳："那我先去提交补充证据了，你也忙你的去吧。"

顾衍扫了齐溪一眼："那待会儿你办完事后联系我，我们再一起打车回去。"

齐溪不是很想和顾衍有更多的单独相处时间，但一时也没想出拒绝的正当理由，因此含糊道："再说吧。"

不过很快，她的正当拒绝理由就来了。

"齐溪！这么巧？你来这里开庭吗？"

齐溪循着声音回头，就看到了此前聊得很愉快的刘真。

她也有些意外，笑着和刘真打了招呼："对，正好来送材料。"

"那待会儿一起吃个午饭？"刘真也笑起来，"上次你问我的那个实操问题，我可以详细给你讲讲。"

那简直再好不过了！

齐溪倒不是说有多好学，只是觉得终于有理由可以回避顾衍。她看向顾衍，清了清嗓子："顾衍，那你办完事自己回去吧，我留在这边和朋友吃个饭。"

顾衍恐怕案子上遇到点棘手的事，从今早一早在接客户电话时就表情淡淡，如今到了法院，大概案子给予的心理压力更大，如今的表情更是不太好看了——他的唇角很平，像一个难以取悦的老板。

而也是此刻，刘真身后又走来了他的几个同事，见了齐溪，就开始挤眉弄眼朝刘真打趣了："哎呀我们小刘和齐律师是什么缘分啊，这周六联谊会上刚见过呢，怎么周一就又邂逅了啊……"

刘真被打趣得有点赧然，只能红着脸拼命澄清："你们别乱说，齐溪过来是工作的。"

刘真不得不应对几个男同事的调侃，没法顾及一边的齐溪，而这时，站在齐溪不远处的顾衍倒是出了声："你周六去联谊？"

顾衍今天是来开庭的，时间有些紧凑。齐溪听到他出声，才意识到他还在场，纳闷道："你还没走啊？"

结果这话一出，顾衍的脸肉眼可见地黑了。这男人阴阳怪气道："打扰你了，那我走了。"

顾衍扔下这两句话，就沉着脸走了。

齐溪没太在意，因为刘真已经把自己几个同事打发走，重新站到了齐溪面前："我现在有个庭要去开，待会儿发你用餐地点，中午见。"

"好的，刘法官！"

齐溪应完，挥手和刘真告别。

"和生离死别似的，怎么，一日不见，如隔三秋？"齐溪挥动的手还没放下，背后就再次传来了顾衍阴阳怪气的声音。

齐溪吓了一跳，回头："顾衍！你怎么又回来了？"

"怎么？法院的路是你家的？"顾衍不知道怎么的，今天这案子到底有多不顺利，怎么和吃了枪子一样。他看了眼刘真走远的背影："他看着有点大，好像不是我们的同龄人。"

男人可真是无语，怎么什么都能攀比上呢？

齐溪为刘真说话道："就大五岁，还好吧，挺有邻家哥哥那种气质的，人也挺成熟稳重，业务能力挺强，专业知识过硬，是挺好的法官。"

顾衍看起来有些难以取悦，用找碴般的语气问道："你不是说醉心事业无心恋爱吗，怎么去联谊？上次那个学弟找你表白的时候你不是很坚定拒绝了吗？所以你是喜欢老的？"

什么老的嫩的，当吃火锅时候涮牛肉呢！齐溪简直是无语了。

而且这和顾衍有什么关系呢？明明他自己都已经和白月光有情人终成眷属了，还这样子阴阳怪气的，仿佛很在意齐溪在吃醋似的。

他有什么资格吃醋啊！他自己都不单身，都和白月光去开房了！

齐溪心里有点生气，难得语气也有些强硬："我就喜欢老的，怎么了？难道还要和你汇报吗？"

大概是没料到齐溪会这样子讲，顾衍愣了愣，神色带了点恍惚，然后他才抿紧嘴唇，垂下视线："不用，确实不用和我汇报。你不一直都是想怎样就怎样的嘛？确实和我无关。"

这男人说完，又看了齐溪一眼。虽然他什么话也没再说，但那表情倒像是齐溪的受害者一样，仿佛齐溪去参加联谊、答应刘真的午饭要约是什么背信弃义不讲道德的渣女做派。

明明是顾衍先去找对象的啊！

他怎么可以这样？

难道他还想脚踩两条船吗？想得美！

齐溪给自己再次打了打气，这才拿着补充材料去提交。

齐溪这次跟进的这个案子原本已经山穷水尽，她努力找了新的补充证据，但并不确定能不能得到认可，只是抱了试一试的态度，没想到竟然迎来了柳暗花明。虽然案子没正式再进入庭审，但对接的法官看了证据，觉得效力应当是会得到支持的。

这简直是太好了！

齐溪怀着激动的心情从法官办公室出来，几乎是下意识就拿出手机点到了顾衍的微信页面，想要和顾衍分享这个好消息。

字打了一行，她才突然意识到不妥。

齐溪抿着唇，一个字一个字删掉了聊天框里的话。在这一刻，齐溪的心里对顾衍是带了点怨恨的，也对自己带了点恨铁不成钢——明明说了要远离顾衍的，明明心里这么劝说自己往前看去认识新的人，去忘记顾衍，然而一遇到开心的事，第一反应还是如果顾衍知道就好了。

她坐在法院等候区的公共座椅上，望着法院中庭里的小花园发呆。此时阳光透过落地窗，散满了半个法院的走廊。

然后齐溪接到了顾衍的微信——

《法官已成高危职业，基层法官频遭报复》
《因判决离婚，法官被男当事人当庭刺死》
《嫁给法官，你要学会一个人玩耍》
《男法官的二十个缺点》

顾衍发来了一连串的链接。

齐溪盯着手机屏幕发了很久的呆。虽然阳光很好，但她突然觉得有点丧气。

顾衍，顾衍。

她有点想哭，他怎么可以这样子？

就在她那么努力做心理建设放弃他的时候，他给她发这种充满暗示意味的东西。

他是什么意思呢？

叫自己不要和法官在一起，不要找法官男朋友吗？

那找什么样的男朋友？

但反正不能找他，找什么样的，又有什么区别？难道他还想着坐享齐人之福？

齐溪赌气地关掉了手机，决定不再理睬顾衍，然后整理了下情绪，去赴刘真的约。

只是因为顾衍的插曲，齐溪整顿饭吃得有些魂不守舍。她明明对刘真笑着，也能附和他的话题，正常地讨论一些法律问题，然而她知道自己是完完全全心不在焉。

一顿饭毕，刘真要赶回去办案，齐溪便和他分别。

她有些慢悠悠地往法院大门口前的打车点走，然后看到了顾衍。

可他的案子应该早在两小时前就结束了。

顾衍站在只要是想离开法院就必经的路口。因为上庭，他穿着笔挺的黑西装，头发简单打理过，变得比平日要成熟和稳重；人很高大，腿非常长，整个人比例完美到像找不到缺点。午后的阳光懒洋洋地打在他英俊的眉眼间，然而他的表情淡淡的，像是无法被暖阳融化，带了点冷质。此刻他像是正在和谁打电话的样子。

等看到齐溪，他摘了耳机，把电话挂了，然后朝齐溪走了过去："手机怎么关机了？饭吃好了吗？"

顾衍的问题很简洁，像是也没有在期待齐溪的答案。他问完，垂下视线："走吧，一起打车回去。"

齐溪的心突然又快速跳动起来。

这是非常平常的对话。

然而顾衍像是齐溪的过敏原，即便是沾染上一点点，她就会产生各种奇怪的反应——脑袋发热，心里有一堆情绪想要发作，但又不知道如何发作。

齐溪没有走，固执地站在原地，瞪着顾衍："你吃午饭了吗？"

顾衍的表情看不真切。他很快移开了视线，声音有些低沉："没有。"

"为什么不吃？"

"吃不下。"

齐溪知道自己不应该再问下去了，成熟的人应该笑着打哈哈让顾衍快点去吃饭然后安全地结束这个话题，但齐溪也不知道自己今天怎么了，好像是非要一个答案一样。

她盯着顾衍，有些咄咄逼人："那为什么吃不下啊？"

顾衍的样子看起来有些烦躁，他像是不想回答，但最终还是回答了："你手机关机了。"

"所以你一直在这里等我吗？"

"嗯。"

这不是齐溪想要听到的任何一个回答。

她希望顾衍告诉她，他没吃饭是因为不舒服吃不下，和齐溪无关；他在这里等待也只是因为有别的事，也和齐溪一点关系也没有。

齐溪希望顾衍的回答能让自己死心，然而顾衍没有。

齐溪觉得自己像一只傻乎乎的狐狸，而顾衍像个兜售葡萄的奸诈商人，明明葡萄已经早被别的卖家预定走，不会再卖给齐溪，但这可恶的奸诈商人还要变着法子拉着大幅广告跑来齐溪的面前耀武扬威，澄清自己的葡萄一点也不酸，宣扬着自己的葡萄是多么甜美多汁。然而当齐溪想要伸出手去尝尝的时候，这个奸诈的商人把葡萄收走，非常没品又理直气壮地告诉齐溪不卖，因为这些这么好的葡萄早就有主人了。

虽然知道这很矫情，但齐溪一瞬间还是难受得有点想哭。

该死的顾衍，就不能放过她吗？

她再也再也不想看见顾衍了。

他就像橱窗里陈列着的光鲜奢侈品，齐溪像个口袋里根本没有钱购买的人。如果她不路过橱窗的话，那种想要的渴求和得不到的难受就不会那么强烈了。

而现实一次次不断地提醒齐溪这个事实。

和顾衍的话题还没得以继续，他的手机就响了起来。他微微皱了皱眉，接起来。

虽然听不清楚在讲什么，但齐溪还是从手机里传出的声音听出了来电的人是顾衍的白月光，那位住在楼下的女邻居——顾衍的正牌女友。

　　周围明明艳阳高照，但齐溪觉得自己像是突然被困在了一场暴雨中，周围都是互相搂着撑伞的人，只有她是没有伞的，茫然地想去找人分享雨伞，却发现每个人都已经有了与自己分享雨伞的对象。

　　光是每天看到顾衍，齐溪就已经生出很多不应该的心思和难受，而看到顾衍不经意间和自己女友联系，齐溪就觉得更喘不过气来了。

　　齐溪觉得，与其在违反道德的边缘反复横跳，还不如彻底戒断。

　　她觉得自己需要离开竞合所了。

齐溪的心情很恍惚，因此甚至不记得最后是在怎样沉默和尴尬的气氛里和顾衍一起打车回到竞合所的。

不知道是不是人的情绪多少会影响身体健康，回到所里后，齐溪觉得有点不太舒服，像是吃坏了东西。

顾衍和顾雪涵去和客户开会的时候，齐溪实在难受，发微信和顾雪涵请了半天假。

回家后没多久，齐溪收到了顾衍发来的微信。他先是询问齐溪怎么请假了，然后五分钟后询问她身体哪里不舒服。大概是因为齐溪没有回复，半小时后，他又留言，问齐溪是否要紧。

齐溪其实感觉已经大好，但不知道用什么情绪和顾衍说话，心里乱糟糟的根本没整理好，因此鸵鸟一样选择了把头埋进沙子里，没有回复顾衍的信息。

她坐在电脑前，开始去每个大所的招聘页查看是否有招聘信息。把几家方向和团队比较合适的大所和简历投递邮箱记下来后，齐溪开始对应修改润色自己的简历。

门铃响起的时候齐溪以为是赵依然，然而等她开门一看才发现来的竟然是顾衍。

这男人手里提着个袋子，还穿着西装，站在门口，像是有些局促，因为没料到齐溪开门开那么快，他仿佛还没调整好情绪。

但见了齐溪，他很快皱了皱眉："怎么开门都不看一下门外是谁？"顾衍的唇角很平，"万一门外不是我，又是乱七八糟的人怎么办？"

齐溪也知道自己大意了，但她已经无力和顾衍讨论这种话题，于是佯装没听见，问着顾衍"你怎么来了"，顺利地转移了话题，然后装成姿态自然地把人让进了屋里。

"你不是不舒服吗？"顾衍的语气看起来有些不自然，他把手里的袋子递给了齐溪，"我正好出来办事，顺路想起来，带给你。"

齐溪有些讶异地接过袋子："这是什么啊？"

顾衍言简意赅道："药。"

齐溪知道是药，但这是什么药竟然装满了整整一袋子啊。

她把袋子打开，才发现几乎是包罗万象——有感冒药、退烧药、胃药、咳嗽药、抗过敏药、哮喘药；除了药以外，还有很多保健药品，比如钙片、综合维生素，甚至还有叶黄素、花青素……

面对齐溪震惊的目光，顾衍倒是挺镇定："你没回我，我也不知道你什么病，所以把药都买来了。你自己看着吃吧，需要的话我可以带你去医院。需要带你去吗？"

齐溪连连摆手："不需要了。"

齐溪很想把顾衍赶出去，因为他这样一来，齐溪那种脑子一热的感觉又来了。

顾衍好像也不知道说什么。这时候照理说他应该走了，然而这男人也不知道怎么回事，愣是坐着，像是不想走的样子，和齐溪颇有些大眼瞪小眼的尴尬。

好在最后大概是顾衍有点吃不消这个气氛，他随便扫了眼齐溪放在餐桌上的电脑和散落在周围的文件，像是拼命找话题一般道："你身体不舒服就不要加班了，如果有紧急的工作可以给我做，我——"

大概是想帮齐溪整理，顾衍拿起了齐溪桌上的纸张，无意瞟了一眼，然后有些愣住了。

他不敢置信地盯着纸张上齐溪记下的别的大所的招聘邮箱，然后看向了齐溪："你想跳槽？"

齐溪没料到会被顾衍撞破，有些心虚又紧张地快速从顾衍手里抽走了纸："我就看看。"

可惜顾衍紧追不放："现在你的实习期一年还没到，你是打算满一年挂出了律师证跳槽？"

顾衍确实说中了，这确实是齐溪的计划——等再熬几个月拿到律师证，就一不做二不休离开竞合。

实习律师需要实习满一年才能得到律师执业证书，而没有律师执业证之前，可以说是比较难流通的，尤其没拿到执业证之前，一旦跳槽，此前的实习期就作废了，在新的律所必须重新计算一年的实习期，重新排队。因此很多实习律师即便所里待遇不好或者非常厌恶所里的气氛，也会熬过实习期的第一年，因为一旦有了律师证，学校履历背景又足够好，英文也优秀的话，是非常好跳槽的。

只是，一拿到律师证就走虽然是行业内的常规操作，但也是非常被带教律师讨厌的行为，毕竟谁也不愿意自己手把手教出来的徒弟，刚出师拿到证就跑路，颇有一种投资打水漂的感觉。

顾衍毕竟是顾雪涵的弟弟，几乎是看到齐溪那张纸的瞬间，他脸上的表情就飞速地冷却了下去。

齐溪也知道此举对不起顾雪涵，但要是她有办法控制住自己的心自己的眼睛，她也不想离开竞合。只是顾衍像个毒力强劲的新型毒品，齐溪根本招架不住。

她的道德感让她无法去做插足的第三者，而她也无法忍受每天痛苦的慢性折磨。

顾衍像是想要一个答案，死死盯着齐溪，仿佛生怕错过任何一个她回答里的细枝末节。这男人用一种非要得到一个答案的目光看向齐溪："为什么？你对我姐或者我有什么意见吗？"

此情此景，齐溪尴尬又惶恐，难受又无助得想哭。

为什么？还不是因为你。

可齐溪根本没法说出口，因此她只能故作镇定和自然地撒谎："我对你姐姐和你，还有整个团队没有任何意见，我觉得你们都很好，相处也很愉快，你姐水平也很高，让人能学到很多。"

顾衍皱着眉，唇角是一个难以取悦的弧度。

齐溪避开了直视顾衍的目光，看向了窗台上的绿植，开始胡诌："我考虑跳槽，单纯是觉得竞合所的配套福利待遇有点跟不上。你看我入职以来，也没有什么团建活动，没有组织过旅游，总之，这块是有点薄弱的。我看人家大金所，前几天刚去迪拜旅游呢；还有成轩所，也有团建经费，定期都会出去吃一顿休闲娱乐下，上礼拜刚泡温泉回来呢。"

顾衍听完，显然有些愣："就因为这个吗？"

他顿了顿，然后垂下了视线："所以之前突然要搬工位走楼梯，这么明显地回避我，是因为想跳槽，觉得和我太熟悉了不好意思，所以想要在跳槽之前保持距离吗？"

齐溪以为自己做得很隐蔽，然而没想到对顾衍的回避还是那么明显就被他看出来了。

她有些尴尬，但幸好顾衍给她都找了理由，因此齐溪便顺着台阶下了："嗯，是这样啊，毕竟当你是朋友，和你很熟，觉得这样子跳槽有点背叛你姐姐也有点背叛你这个队友吧。"

顾衍的声音有点轻，像是自言自语："把我当朋友吗？"

齐溪压制住内心的那点难受，赶忙点了点头："是的啊！"

她郑重其事道："但是，可能你无所谓，但是我还是蛮在意这些的。我还是觉得人应该劳逸结合，如果有福利当点缀，感觉工作才更有盼头和意思吧。所以我对一个岗位提供的配套福利待遇还是挺在乎的，这不是针对你和你姐，就是可能竞合的工作文化和我有点不契合吧！"

这虽然是齐溪找的借口，但竞合所配套福利待遇确实并不是容市律师里可圈可点的。

曾经一次闲聊里齐溪从别的同事口中得知，竞合所从来不搞团建或者团队旅游这一套，除了年会之外，竞合所非常难得才会有集体活动——因为几个合伙人都是相对讨厌社交的个性，也不认同集体主义应当高于个人主义这一套，觉得每个律师只要想着完成自己的人生目标，想要好好挣钱，自然会凝聚到一起去，而真正的凝聚力也根本不是靠团建可以建出来的，甚至团建和集体旅游非常占用时间和精力，无效社交也让人很疲惫，不仅没有充电的作用，甚至还会起反作用，纯属浪费时间。

齐溪进了竞合后，对竞合所这个传统就非常认同，只是没想到自己如今竟然要撒谎号称自己不认同这一点才要离职。

对于这个优良传统，顾衍自然也是知道的。

果然，齐溪这番话下去，大概是无法反驳，顾衍也抿唇不语了。沉默了片刻，这男人才再次开了口："那有福利，你就不走了？"

顾衍盯着齐溪的眼神专注而认真，他或许没有任何别的心思，然而齐溪作为心术不正的那一个，就没有办法那么坦然地和顾衍对视了。她移开了视线，几乎算得上落荒而逃，只胡乱地点头，说话也有些语无伦次了："嗯，有福利的话，就不走了吧，没福利还是不行的。"

"那你不用走了。"

齐溪愣了愣："什么？"

顾衍的样子很镇定，他抿了抿唇，这一次是他移开了视线。这男人清了清嗓子，声线也有些不自然："我前几天正好听我姐说，最近可能要改革福利制度，她也发现你说的这个问题了。如果没有意外，近期就会办一些相应的活动。"

他说完，这才重新看向了齐溪，然后盯着齐溪的眼睛，一字一顿道："所以齐溪，你不用走了，别的律所有的，竞合也有。既然对竞合对团队没有其余不满意的，你是不是可以留下了？"

顾衍说到这里，又移开了视线："你如果这样子走了，对我姐来说不太公平，她带你给你案源也挺不遗余力的，我作为她亲弟弟，肯定要防止她团队的人员流失，我觉得我姐肯定希望你不要走。"

这男人补充道："她夸过你挺多次的，还把房子借给你住，你要就这么走了，对她也挺打击的。"

齐溪没有办法反驳，只能烦躁地搅动着衣角，咬着嘴唇道："但是没有福利的话我还是……"

竞合所其余同事早就说过，曾经新加入的合伙人也不是没想过改革这一点，但都遭到了反对和镇压。一个律所里的一项制度，怎么可能是那么容易变更和推翻的？

齐溪咬定了竞合所不可能真的会增加福利，因此打定主意用这个作为借口。

只是齐溪的话最终没能说完，因为顾衍打断了她："福利会有的。"

顾衍的声音笃定而坚持，他用自己深邃好看到犯规的黑眼睛盯着齐溪，像是一个高阶法师说出一句让低阶法师完全无力抵抗无力招架的咒语："所以你还是别走。"

虽然齐溪也知道，顾衍这样子讲，可能更多的是站在顾雪涵的角度上，不希望培养的新人外流，也或许有站在他自己的立场上，毕竟齐溪和他配合起来确实很默契，如果换新的团队成员，顾衍势必需要和对方再磨合，性价比和效率而言都并不高。

但他对她讲不要走的话，齐溪还是没出息地有些内心悸动，接着是懊悔、难过和迟疑。

等顾衍走后，齐溪把他带来的那袋药打开打算分门别类放好时，这份难过和迟疑便更强烈了。

每一盒药上，都有顾衍的笔记——他买了便利贴，在每一盒药上简单明了地写明了适应症状、疗效还有服用须知和服用频率。

他的字非常好看，笔触冷硬犀利，然而写得非常认真，一点也不潦草，让齐溪仿佛能想象出他一笔一画认真写这些东西的样子。

顾衍一共带了将近有十六种药物，他也写了十六张便签条，所有的字数加起来，恐怕都抵得上一篇案情简单的起诉书了。这样的手写真的非常花时间，也能看出写字的人非常郑重的态度，更不可能是顾衍所号称的顺带而为。

被人这样在意和关心自然是好事，但齐溪希望这种在意和关心都不要再有了。

顾衍的好和骨子里的温柔或许对所有人都一视同仁，甚至为了让人不要有心理负担，都会谎称是顺便的举手之劳，但齐溪可能是所有人里尤为软弱的一位，总是会忍不住不自觉沉溺。

她睡了很差的一觉，第二天心事重重地去所里上班。当她还在纠结等拿到律师执业证后要不要辞职的时候，行政部总监跑到大办公区来宣布了一个消息："今年我们所里创收又达到了新高，为了鼓舞士气，所以今天中午会利用午休做一个砸金蛋活动，中奖率百分之百，既算是我们给所里各位的福利，也不浪费大家时间，不需要强迫大家外出团建，非常符合我们所里的原则。这次活动按照团队为单位，每个团队派一个人来砸！"

齐溪愣了愣，有些呆呆地看向了顾衍。

顾衍露出了"我早说了"的表情，非常淡然镇定，难得对这类活动表现出了参加的主动性："那待会儿我们团队就我去砸。"

他说完，补充道："反正是百分之百的中奖率。"这男人清了清嗓子，"而且我手气一直很好。"

大概是为了证明自己运气好，顾衍开始列举自己从幼儿园到大学所有抽中过的奖。

齐溪是知道有些人对抽奖有非同一般热爱的，因为抽奖能带来刺激感和期待感。她对抽奖并没有特别的情结，顾衍又非常想去的样子，因此就顺水推舟赞成了顾衍代表团队去抽奖的方案。

虽然突然真的出现的福利待遇让齐溪的跳槽变得更加不好开口，但对于抽奖本身齐溪还是期待的。

"听行政部说，这次奖品很丰厚，还有苹果、华为的电脑、手机套装，还有床品四件套、电器四件套，大部分都是很实用的，价格也都不低。"齐溪看向顾衍，双手合十道，"你手气这么好，给我抽一台电脑吧！"

只是……人之所以有遗憾，是因为人的愿望常常不能实现。

齐溪看着顾衍抽中的双人观影套餐和双人用餐套餐，只觉得虽然现实和理想之间会打折，但这未免也打太多折了。

尤其是身边在其余团队的律师都抽中了电脑套装、音响套装、VR套装的前提下……

齐溪看着眼前顾衍抽中的福利待遇，简直是目瞪口呆："顾衍，你好意思吗？你还是第一个砸金蛋的，那么多奖品任你挑，你怎么就能砸中一个最差的？别人都是各种套装，怎么全所最差的什么双人观影双人套餐就给你抽中了？你这哪门子运气啊？"

据行政部讲解，这次虽然是福利砸金蛋，但多少还要有些团建的精神在，因此抽中的福利套餐，都是团队内平分的，像电脑、手机套装这类，每人一台，都相当好划分，而到齐溪和顾衍这个双人观影和双人用餐，就……

只是顾衍大概要求低，明明中了全所可以说是最差的奖，这男人脸上倒没有对抽中苹果电脑、苹果手机的同事流露出任何艳羡。虽然他没什么特殊表情，但齐溪感觉到他还挺高兴的。

他可能心态好，所以觉得重在参与？何况至少也有个奖。

而且齐溪看了下双人观影还是双人包厢，而双人晚餐则是一家米其林餐厅，真要兑换成现金，顾衍抽中的这个奖也并不是多拿不出手。

齐溪脑子转得很快："这家餐厅我看人均一千，你就给我五百吧，观影票我就算送你了。"她努力朝顾衍露出毫不介意的笑容，"这样子你就不用和我绑死了，可以自由点，找你想约的人去吃饭看电影。"

她无所谓地耸了耸肩："反正我也比较喜欢窝在家里，你给我五百我就当也中奖了就行。"

结果不知道是不是听到要花钱，顾衍的表情有点沉了下来："为什么要补钱给你？"

"那我补给你也行，或者我给你五百，你把电影票和用餐券给我。"

只可惜齐溪的提议遭到了顾衍毫不迟疑的拒绝："不行。"

这男人看向齐溪，镇定自若地解释道："这个福利兑换条件，是必须团队内两个人去才可以领取的。虽然竞合所没有弄把律师拉到一个郊区去团建这种事，但还是希望团队内成员可以线下多沟通交流，增强下团队凝聚力的。"

齐溪瞪大了眼睛："还有这种附带要求？"

"嗯。"顾衍点了点头，清了清嗓子，"虽然我也觉得这样有点死板，但你也知道，这种福利的兑换条件，最终解释权肯定是在律所的。"

齐溪简直眼前一黑："所以你一个人去吃饭和看电影还不行？或者你换一个人一起去也不行？"

"嗯。"

齐溪心里有点烦躁又混杂了不安和慌乱。她是想尽力避开和顾衍在工作以外独处的，可如今这福利倒是让她骑虎难下起来。

她试图说服顾衍："羊毛出在羊身上，这钱说到底是合伙人出的，也有你姐的一份，要不我们索性专心工作就别去了，还给你姐变相省钱……"

"可我想去。"顾衍抿着唇，移开了视线。大概是承认想去吃什么很难以启齿，顾衍的声音听着不是很自然，但最终，他像是想去的欲望远远超过了爱面子的成分，用一种坚定的语气坦诚道："我想去那家餐厅吃饭。"

他看向齐溪，补充道："反正是团建，我们最近确实也没怎么聚过。"

话都说到这份上了，齐溪也没有了拒绝的理由。

是的，她想，顾衍说得对，反正是团建，自己只要心无旁骛，就当成是和同事出来团建就行了。

只是，很多事说起来容易，做起来就没那么容易了。

等齐溪坐到情侣观影包厢里，看着四周故意装饰成暧昧风格的装潢，还有若有似无的背景灯，以及堪比大床的所谓双人观影沙发，心里的后悔几乎达到了极点。

她想到顾衍以后会和他的女朋友一起去看电影去吃饭去玩耍，他未来的时间会被他的女朋友全部占据，齐溪的心情就一点也好不起来。

她觉得自己像个误入王宫的贫民，因为工作的原因而得以和顾衍有很多正当见面的机会，原本从不觉得在富丽堂皇的地方格格不入，只是如今因为动机不再单纯，再进入这样的王宫便显得心术不正。

大概到底是中了免费的福利，顾衍看起来心情很好的样子，但齐溪心里却很繁杂紊乱。她必须十分努力，才能在顾衍面前显得自然。

好在很快，屋内的装饰转移了齐溪的注意力。她看了一眼室内的沙发，微微皱起了眉。

这沙发，待会儿真看起电影来，简直像是和顾衍两个人一起躺在床上似的。

看得出电影院为了情侣是操碎了心了，但是齐溪觉得下次还是不要了。

"最近上映的有个纪录片和战争片听说还可以！"齐溪决定无视周边这种情侣开房一般的气氛，开始选片。齐溪觉得，越是这种气氛，越是要选伟光正的片子，充分以正气十足的气氛压制住邪恶暧昧的气息。

结果齐溪挑了半天，也没挑到一个战争片或者纪录片。这情侣包厢里所拥有的倒也不是什么爱情片，甚至都不是近期在上映热播的片子，都是些齐溪连名字也叫不上、听也没听过的片子。

"《白雪公主和七个小矮人》《采蘑菇的小姑娘》《狐狸住对面》？"齐溪一边对着观影片单念，一边皱着眉有些纳闷，"这都什么和什么啊？儿童片吗？"

顾衍显然也有些茫然，但碍于来都来了，两人最终还是在一堆奇形怪状的片子里挑了一部《狐狸住对面》。

"听起来像是什么奇幻故事，感觉可能还蛮有治愈系那个味道的。"

齐溪说完，就点击了放映键，然后转头看向顾衍："我刚进来的时候，门口工作人员对我说这里是 4D 观影的，说效果特别好，特别让人有感觉，能身临其境，但说因为一旦进入状态以后气氛特别好，叫我们还是要控制下情绪。"

齐溪一边说着，一边环顾了下四周的装扮："虽说是新开的情侣观影包厢，但也没吹的那么好吧，这装修也没有到奢华的地步吧？就算是4D，我又不是没见过世面，也不至于就这环境还能入戏到控制不住自己吧？"

这双人情侣观影套餐的标价并不便宜，但齐溪来了以后大失所望，因为完全没能达到她的预期，装修得也并不高端大气上档次，倒有些暧昧得像是情侣来开房的主题小旅馆，衣架上甚至还挂着一些像是 cosplay 的古装服，大约是为了模仿最近很红的剧本杀？让观影的情侣有什么沉浸式体验？

对这样的环境，可以看出顾衍也是有些意外和失望的。他大概也期待着什么洋气的环境，进来小包厢以后走了两圈，愣是没找到什么别有洞天的地方。虽然他脸上仍旧淡淡的，但齐溪敏感地感觉到他对于这一点是有点不太开心的。

"花了这么多钱，怎么环境就这样？"这男人最终没忍住，等齐溪抬头看他，他清了清嗓子，很替行政部不值的样子，"我是说行政采购花了这么多钱，感觉不是很物有所值。"

大概最终这次福利活动出资的是合伙人，顾衍的姐姐也是背后的金主之一，所以作为弟弟的顾衍多少对这笔花销有些心痛，脸上的不满仿佛是花了他的钱一样。

但反正来都来了，齐溪趁着片头放映之际，打开了沙发床边上的小冰箱，进来之前工作人员说吃的喝的房里都有。

只是她满怀期待地打开，本来想拿罐可乐或是雪碧，结果竟然落了空。

这小冰箱内除了酒就是酒，甚至还不是那种罐装的啤酒，而是看着颜色暧昧粉红的不知名的酒。

齐溪看了眼这酒的标价，还挺贵，她找来开瓶器当即就把盖子开了。

顾衍愣了愣："你要喝酒？"

齐溪点了点头："当然！之前说这个房间内所有吃喝的东西都包含在票价内了，可这房间就这么普通，放映的片子甚至都不是最近热播的，什么《狐狸住对面》，都不知道是什么鬼！那难道这点玩意就值那么多钱吗？我们至少要把房间能吃的都吃了，能喝的都喝了吧！"

齐溪说完，直接倒了杯酒就开始喝。出人意料的，这酒倒是挺好喝，甜甜的，像是什么果酒，齐溪本来就有些口渴，没忍住多喝了两杯，还盛情邀请顾衍一起喝，可惜被顾衍拒绝了。

这男人的脸色不太好看，像是对这个双人观影套餐非常不满。

对此，顾衍也明确表达了他的不满："品质太差了，下次不会再来了。"

齐溪不想去在意的，但顾衍说下次，是指的他和他女朋友的下次吗？

齐溪为此有一点难受，不得不安慰自己：至少这次自己也是对顾衍和他女朋友做出贡献了，来探店帮他们两个人排了雷，顾衍下次就不会带女朋友来环境这样普通的情侣包厢了。

好在果酒的甜和微微的酒精让齐溪的情绪得到了舒缓和麻痹。虽然喝的时候并不觉得会醉，但是可能多少还有心理作用的原因，齐溪如今竟然觉得有些轻飘飘的上头。

而也是这时，《狐狸住对面》终于播放完了片头，进入了正片，这竟然还是个古装片。

只是齐溪盯着粗糙拙劣的画面和布景，产生了满头的问号。

这看着根本不像个正规的电影啊？正规的电影能拍这么差劲吗？

不过很快，齐溪就知道了其中的症结所在，尤其是当书生推开门，见到对面穿着暴露的女狐狸精的时候，齐溪就知道得很明白了。

确实是狐狸住对面，只是是个狐狸精罢了！

这片子也确实根本不是什么正规电影，而是……那种小电影！

屏幕里的书生已经和穿着暴露的狐狸精开始卿卿我我了，而齐溪坐在沙发床上，只觉得头皮发麻、如坐针毡。

从音响效果来说，这个观影套间确实非常沉浸式，因为现在屏幕里两个主角亲来吻去的声音像是循环播放在齐溪的耳边，仿佛真的近在咫尺，齐溪甚至能听到主角舌头搅动的声音。

但要说是色情电影，倒也不是，因为这片里所有剧情也就点到为止，绝对是能过审的安全尺度。

狐狸精和书生亲完以后，两个人就到了雕花大床上，然后帐子一拉，灯一关，屏幕上的床继而开始有规律地震动起来，虽然没有画面，但暗示着床上正在发生激烈的动作戏。

齐溪以为被迫和顾衍躺在沙发床上看那种小电影已经够尴尬了，只是没想到更尴尬的还在后面。

当屏幕里的雕花大床开始震动的时候，齐溪身下的沙发床竟然也跟着同样有规律地震动起来……

齐溪面无表情地坐着，整个人随着震动的频率偶尔起起伏伏。

她现在知道完全沉浸式 4D 感受是什么样了，知道得很明白了。

齐溪看了眼顾衍，顾衍大概也是尴尬过头了，用同样面无表情的脸武装着自己，生无可恋般地看了齐溪一眼，然后移开了视线。

在这种窒息的气氛里，沙发床坚持震动了十五分钟才停止。

齐溪以为这已经是极限了，然而没过多久，书生和狐狸精被人追杀，不得不坐上马车逃命，结果在马车上，又开始恩恩爱爱……

沙发床为了模拟马车在山路上的颠簸，又一次敬业地地动山摇起来，齐溪简直像坐上了一列驶向不归路的货车，在巨大的摧枯拉朽般的震动里，从床头滑了过去，朝顾衍怀里摔去。

等齐溪缓过神来，虽然飞速从顾衍怀里爬了起来，但很快，她又和顾衍靠到了一起。

这沙发床真的是不能坐了！

齐溪头脑发热，手脚发软，几乎是用最快的速度从床上爬了起来，然后挣扎着赶紧去关掉了播放器。

周遭暧昧的调情对话没有了，但沙发床大概没能同步，还是坚强地震了十来分钟才最终偃旗息鼓。

顾衍看起来有些发自内心的疲惫。他大概被震得也有些恍惚，看了齐溪一眼，就移开了视线，耳朵有些微微发红："我不知道是这样的。"

在这种暧昧的气氛下，齐溪也有些脸红心跳，刚才的酒精开始渐渐占据理智，她的思维变得有些慢，但还是努力劝慰顾衍道："这和你没关系，又不是你买的观影套餐，可能还是行政那边购买的时候没注意吧，光顾着看价格了，觉得价格高的一定就是好的……"

最后齐溪和顾衍几乎是落荒而逃，离开这双人观影 VIP 厅的，好在接着的餐厅没有再触雷。

餐厅可以说得上是环境典雅安静了，只是齐溪遭遇了此前观影的惊吓后，整个人有些蔫蔫的，而在观影时喝的果酒也渐渐显露出了它的能力，齐溪的行动变得有些迟缓。好在顾衍的用餐礼仪相当标准，食不语，吃饭的时候并没有太多需要和对方聊天的地方。

酒精带来的副作用就是犯困，齐溪觉得脑袋有点晕晕的。伴随着餐厅内清浅优雅的背景音乐，齐溪打了不止一个哈欠，她的眼睛开始不自觉地就要闭上，好在最后一道甜点终于上了，齐溪抱着坚持到最后的信念，拿起了叉子。

顾衍的声音也是在齐溪快要睡着时响起来的，他喊了齐溪的名字。

齐溪这才努力睁开了眼睛，用双手托着下巴，才勉强撑住了自己的头不至于东倒西歪。

不知道是不是餐厅的灯光也比较好看，顾衍在这样的灯光下显得更为清俊和挺拔了。虽然齐溪不想承认，但他确实有非常非常迷人的眼睛。

醉酒让齐溪变得有些难以掩饰自己的眼神，清醒时候没有办法直视的人，此刻她却直直地盯着，有些移不开视线。

最后反倒是顾衍有些败下阵来。这男人垂下视线，然后开始频繁地拿起杯子喝水。

"喂，你刚才喊我干什么啊？怎么喊完我名字就没下句了？"

等到齐溪出声，顾衍大概才想起来什么。他重新抬起头，指了指齐溪的嘴边："甜品，沾到你嘴角了。"

"哦。"齐溪毫无诚意地应了一声，然后随性地用手抹了抹嘴角。

"不是那边，是另一边。"

齐溪刚打算抹另一边，结果顾衍就微微站起身，然后拿起纸巾，动作轻柔甚至温柔地帮齐溪抹了一下嘴角。

显然他并不常做这个行为，因此显得也有些不自在。

齐溪因为迟钝和微醺而盯着顾衍的一举一动——除去最初的不自然外，顾衍脸上的表情非常镇定自若，以至于齐溪被酒精麻痹了的迟钝大脑产生了自我怀疑——是不是同事之间这样子的行为是非常合理并且不越线的。

从餐厅出去的时候齐溪已经有点走不稳了，而这时候她才发现，天公不作美，不知道什么时候，外面已经偷偷下起雨来了。

因为没有带伞，齐溪有些犹豫地站在餐厅门口望着外面的雨，顾衍还在店里，大概在用所里的餐券兑换刚才的晚餐。就在这时，齐溪看到他接了个电话。

这通电话没有占据顾衍很长时间，他很快处理好了餐券付款事宜，然后才看见已经走出店外的齐溪。

虽然只有几步路，但顾衍还是快步走到了齐溪的面前，然后他动作自然而利索地脱下了自己的外套，想要披到齐溪身上，语气有些微的责怪，但看向齐溪的眼神里却更多的是无可奈何："外面这么冷，还在下雨，怎么先出来了？"

齐溪有些呆呆地看着顾衍。他的目光很温柔，让齐溪觉得好像自己的酒意更重了。

"顾衍！"

也几乎是同一刹那，路的对面响起了一道惊喜又有些哽咽的声音。

齐溪抬头，才看到了顾衍的女朋友。

对方不知道是不是正好经过，也或许是顾衍刚才那通电话便是和她报备了地点，所以她特意来接他一起回家。

此时此刻，顾衍的女朋友正站在街对面。

她也没有带伞，像是已经在雨中走了一段路，头发已经微微淋湿贴在额边，脸上带了点惶恐和不安，如今见了顾衍，才露出了安心和得救般的表情。

她就这样站在街对面等着路灯变成绿色通行，除了喊顾衍的名字外，还对着齐溪挥手微笑。

大概在她眼里，齐溪只是顾衍的一个同事罢了。

齐溪突然觉得没有办法再待下去哪怕一秒。

刚才被店里温柔的顾衍所麻痹的五感突然恢复，几乎是顷刻间，她感觉到了路上的冷风和被风裹挟着吹到她脸上的雨，还有心里刺骨的难受。

齐溪突然觉得自己像个小偷，偷窃技术并不好，还妄想偷走有层层守卫的宝石。

她觉得自己不应该再出现在顾衍和他女朋友面前，因为她的存在是不正当的。顾衍的温柔、顾衍的时间、顾衍专注的眼神，所有关于顾衍的一切，都是不属于她，而属于顾衍女朋友的。因此，她和顾衍所处的每分每秒，她的角色都宛若一个偷窃犯。

这是不道德，也是让齐溪无法接受的。

因此，她推开了顾衍的外套，笑着看向顾衍，故作轻松地指了指马路对面："那你们一起回去吧，我还有点事，我先走了。"

齐溪说完，几乎是落荒而逃般冲进了雨里，她甚至没有管红灯，就径自横穿了马路，然后用最快的速度跑着冲进了马路对面车站里正好刚到的一班公交车。

她此刻只有一个想法——远离顾衍和他的女朋友，不要看到他们恩爱亲密的场景，这样就能不受伤害了。

因此齐溪根本没有注意到自己上的是什么公交车，等公交启动，她才意识到上错车了，自己上了和回家完全反方向的车。

好在车启动并不拖泥带水，很快车就行驶起来。齐溪望向窗外，看到了不顾越来越大的雨，朝着她和车跑来的顾衍，可惜很快，他就被路上的车辆拦截，被甩在后面，看不见了。

他会和他女朋友一起回家，很快忘记齐溪，然后两人一起度过愉快的夜晚。他们可能会亲吻拥抱，也或者会发生更亲密的事，但都和齐溪无关。

温柔的、强势的、具有侵略性的，甚至或许失控的顾衍，都会属于另一个人。

齐溪光是想想就觉得有些难以呼吸，雨夜里的潮湿像是在她心间晕染开来。

因为魂不守舍般地坐反了车，齐溪花了比平时更多的时间才到家。雨越来越大了，她换乘的过程中不可避免地因为没有伞而被淋湿了。等回到租住的房子，齐溪几乎狼狈得都快让赵依然认不出了。

"你这是怎么了？"赵依然一边惊叹一边赶忙拿来了毛巾，试探地问齐溪道，"你是失恋了？"

齐溪吸了吸鼻子，瓮声瓮气道："没有。"

她何来的失恋啊，这恋都没恋上呢。

"你真的没事吧齐溪？"赵依然还是不放心，"刚才我们执行庭接到当事人的信息说一个老赖开着他的劳斯莱斯去了附近一个酒吧，车正停着呢，所以我们执行庭的同事今晚要加班赶去执行查封那辆车。我准备跟着去见见世面，所以晚上不会在家，你一个人可以吗？要不行我就不去了。"

齐溪摆摆手："你去你的，我没问题。"

齐溪说完，也懒得再伪装坚强，有些疲惫地径自进了淋浴间。

等洗完澡换好衣服回到房间里，齐溪才发现手机上有好几个顾衍的未接来电以及他的微信，都是询问齐溪安全到家没有的，最后一条留言表示他想见齐溪，有话想和齐溪说。

他还能说什么呢?

齐溪看了眼,没回。

也是这时,齐溪手机沉寂了许久的"关爱顾衍协会"突然跳出了消息。

齐溪点开,才发现此前的上一条群内的消息还是自己上次洋洋洒洒写了一堆妄图反哺组织的话。

这个齐溪认为已经消失了的群,在这么久以后终于有了新的信息。

她点开来,结果发现新信息并不是对她的感谢,有的只是一串问号。

原本一直沉默的群,在这一串问号后,又陆续跳出了一堆问号,几乎每个群成员都活跃了起来,发出了巨大的问号,仿佛齐溪此前做了什么匪夷所思的事。

> 你说顾衍喜欢粉色?你还送了顾衍粉色的领带?顾衍还收了?很高兴地带了?
>
> 你说顾衍喜欢甜食?和你一起去吃了甜品?
>
> 你还常常请客和顾衍一起吃榴梿?
>
> …………

虽然齐溪现在一听到"顾衍"两个字就心里难受,但她毕竟在群里得到过一些有价值的信息,因此面对扑面而来的这么多问题,还是一一进行了回应:

> 是的,我之前是顾衍的同学,现在是他的同事,所以接触他的机会比较多,现在和顾衍的关系也好了起来,之前确实还要感谢姐妹们无私分享的《顾衍大全》。

结果齐溪讲完,群里都刷起了省略号。

好在群主最终出现,制止了群里低质量的省略号刷屏,然后她单独私敲了齐溪。

齐溪看着跳出的对话提醒，内心终于有点舒坦了。这群里还是有个明白人的，大概是知道来感谢自己反哺组织反馈信息了。

只是齐溪点开对话框，差点没给气死。

你好，你有这种症状多久了？

什么意思啊？齐溪还没来得及回应，群主下一句话就来了——

我知道顾衍很好很完美，大家都很想接近他，但是梦想和现实是有距离的。妹妹，听我一句话，过度的臆想有害健康，你这个程度，是应该去看看医生了……

难道群里还不相信自己真是顾衍的同学和同事？

齐溪挺纳闷，至于吗？自己好歹反馈这段时间和顾衍相处时，给出了大量细节证据，都能和《顾衍大全》匹配上，这还不够吗？

她解释道：

我真的是顾衍的同学，现在是顾衍的同事啊！

可惜群主完全不买账：

妹妹，我们入群申请里，隔三岔五还能看到坚称自己是顾衍隐婚老婆的呢。

齐溪尚且在无语中，群主的话就又来了：

妹妹，看你这样，我也挺心疼的。就和你说实话吧，我们确实编了一本《顾衍大全》，但给你的那一本完全就是假的，完全是和现实里顾衍的爱好背道而驰的。

顾衍最讨厌的就是榴梿，也完全不喜欢粉色，更不喜欢金属制品，也不喜欢重金属摇滚，更不喜欢吃糖、甜食和巧克力，也不喜欢香菜、香菇和豆制品还有米饭。他喜欢黑色、面点，喜欢吃辣，喜欢喝牛奶，业余空闲最喜欢的就是去运动，爱好户外活动和大自然，喜欢晒太阳，认为人生的意义在于过程，而不在于结果……

齐溪完全来不及反应，群主的信息就一条一条噼里啪啦地发了过来——

我们告诉你的都是反的。那是因为我们建立"关爱顾衍协会"以来，见识了太多只为了顾衍一张脸就想去接近他的女生，其中不乏有一些非常花痴和病态的，甚至想去跟踪顾衍的人。虽然我们这群人都很喜欢、崇拜顾衍，但希望大家的喜欢也不会给顾衍本人造成困扰，保持一种不介入他人生活的单纯欣赏就好。

所以当初我们设置了入群问卷，必须对顾衍的了解达到一定程度，回答对百分之八十的题目，我们才会真正吸纳入群，你当初的问卷几乎都是错的。

我们专门针对你们这样对顾衍一知半解的颜狗，对你们这些人重拳出击，设置了这个假群，发给你们的也是错的《顾衍大全》，因为希望你们这样的人拿到了信息去接近顾衍，也会因为完全弄错他的喜好而被他远离。

齐溪面无表情地看着手机上不断跳出来的信息。虽然每一个字她都认识，但连在一起传递的是什么意思，她好像一时之间真的没能完全读懂。

　　本来也不想和你说的，但看你……唉，你明显是对顾衍的迷恋已经有点过了，都开始产生幻想了，这才能自欺欺人编造出仿佛和顾衍在现实里真的接触过还相处挺愉快的桥段，说得还和真的似的，什么他真的喜欢甜食啊粉色啊榴梿啊什么的。

　　因为你想的这些就不可能，我们给你的那本《顾衍大全》都是照着反的来的，顾衍讨厌什么我们就写他喜欢什么。

　　所以我看你也没有在三次元里真的接触到顾衍，都靠我们给你的那本假的《顾衍大全》在意淫。可能你年纪还挺小的，所以我特意来和你说一声，妹妹，你这个症状，实在不行还是要去看看心理医生的……

　　齐溪的手机还在响，那位群主还在给她发着劝她去看医生的话，但齐溪觉得自己一点也没法再看进去任何东西了。

　　所以，顾衍并不喜欢粉色，也不喜欢榴梿，更不喜欢甜食和重金属摇滚？

　　那为什么齐溪给他准备的榴梿他都吃了，粉色的领带他也戴过，请他去重金属摇滚演唱会也欣然前往？

　　齐溪的心脏像被安了什么加速的装置，几乎是有些狂野地跳动起来。

　　是因为自己吗？

　　因为是自己买的榴梿，自己送的粉色领带，自己找黄牛买的重金属摇滚演出会门票？

　　因为此前果酒的后劲，齐溪觉得自己的脑子还是有点木木的。她像是抓住了什么拼图里重要的一块，但又不知道该把这一块摆到哪里才是正确的位置，有些迷茫又有些慌乱和不安，继而便是委屈和不甘心。

　　她有些赌气地想，要是不知道这些就好了。

她不知道这些，觉得顾衍对自己从来没有多么特殊过，似乎痛苦也变得更加钝感一些，更不会生出不甘心的妄想，也就不会像现在这样更加难过了。

齐溪仿佛一个翘首以盼等待开奖的人，原本她只以为自己没中奖，可如今却被告知，原本她可能是可以中奖的，可能是有机会的，然而因为她迟到了，因为她没有主动争取，所以亿元大奖的得主早已经换了别人。

这完全不是一个量级的失落了。

她开始变得后悔和懊丧。当初那个女邻居还没和顾衍在一起呢，要是当初自己能快点开窍主动出击，是不是顾衍就是自己的了？顾衍明明对自己是特殊的，明明对自己确实或许曾经动心过……

大概是淋了雨，又喝了果酒，齐溪的脑袋有点昏昏沉沉的，感觉做什么也提不起劲来，但一想到顾衍此时此刻肯定是和女朋友在一起，而自己则一个人在出租屋内，这样的对比未免太强烈了。

齐溪想了想，还是改了主意，叫住了快要出门的赵依然："我能跟你一起去酒吧吗？"

齐溪原本是希望今晚能过得热闹一点，但等跟着赵依然和她法院执行庭的同事真的去了酒吧以后就有些后悔了，因为酒吧里非常生动形象地映衬了一句话——"热闹是他们的，我什么也没有"。

执行庭的法官去处理查封豪车的事宜了，赵依然是第一次来酒吧，十分好奇，便索性坐下来点了杯酒喝。她拍了一堆照片和自拍，发了朋友圈，然后豪气冲天地表示要给同样是第一次来酒吧的齐溪也点一杯。

"不喝酒了，我晚上刚喝了点果酒。"齐溪连连摆手。她也没来过酒吧，只能眼巴巴地看着酒水品类单挑，看了半天，也才看到一个看上去像是没酒精的饮料，然后招来了服务生："给我一杯苦橘冰茶。"

酒吧里气氛热烈，没一会儿，赵依然和齐溪身边就坐了个人。

是个长得还挺周正的男人，穿着上看明显身价不凡，手里拿的是豪车的车钥匙。

对方朝齐溪和赵依然笑了下："你好，我刚才就注意到你了，想问问你是做什么的？可以交个朋友吗？"

赵依然识趣地起身就要让位，结果那男人倒是拉住了赵依然："问你呢，怎么走了？"

赵依然有些讶异，指了指齐溪："你不是在和她说话？"

对方挑了挑眉："我在和你说话呀。"

"哦。"赵依然坐回了座位，但一贯热爱中庸生活的她显然对眼前不太中庸的男人并没有太大兴趣，"助理法官。"

"好厉害。那你会判什么案子？有什么特别有趣的案子可以给我讲讲吗？我家里还没有从事法律这块的人，对你们这个职业还挺好奇的。"

赵依然瞥了对方一眼："有的。我是刑庭的，刑庭你知道吧？其实也不判什么大案子，就刚判了几个开豪车的富二代死刑吧。"

可惜挺出乎意料的，这位开跑车的富二代倒是并没有被赵依然的冷酷无情给击退，还越挫越勇了，即便赵依然单音节回复，他也十分热情。在他这样坚持的搭讪下，他还真的和赵依然找到了点共同爱好，两个人聊了起来。

就这样，齐溪唯一的陪伴赵依然就被这个富二代瓜分走了。

齐溪一个人更加百无聊赖，便开始喝起了自己的苦橘冰茶。

只不过第一口下去，齐溪就觉得有点不对劲了，因为并没有任何茶的味道，也不苦，柑橘味道很充足，除此还充满了柠檬汁和可乐的甜味，混杂在其中的，似乎还有些酒味。

但名字都叫苦橘冰茶了，应该是茶饮才对，难道是按照冰红茶的标准来制作的？

至于那隐隐的酒精味，齐溪听说过有些无酒精鸡尾酒味道做得也会带点含酒精般的口感。生怕自己第一次来酒吧不懂闹笑话，她也没敢问服务生，又喝了那么几口。

她从晚饭后没正经喝过水，此刻也有些口渴，这苦橘冰茶又挺甜的，还挺好喝，于是不自觉就多喝了那么几口。

等强烈的酒精反应上头，齐溪才后知后觉地感觉到不对劲。

只是已经晚了。

她觉得整个人晕乎乎的。酒吧里的灯光变得光怪陆离，眼前行走的人群也产生了重影，她好像掉进兔子洞里的爱丽丝，周遭的一切变得虚幻而不真实，以至于她都产生了幻觉——她看到了顾衍。

所有的一切就像慢镜头，齐溪用双手支着下巴。她看到顾衍推开酒吧的大门，然后沿着长长的甬道往里走。他的神色难看，穿着的风衣上有被室外风雨打湿的痕迹，风尘仆仆，和这酒吧声色犬马的气氛格格不入，不像是来喝酒的，像是来闹事的。

一方面，齐溪为自己这种喝醉了酒也能幻想出顾衍的现状感到无力又绝望；另一方面，她又觉得自己好像挺好笑的——顾衍怎么会来？他和他的女朋友恐怕此刻正沉溺在温柔乡里不亦乐乎。

酒精放大了她这段时间以来的委屈、不安、痛苦和挣扎，齐溪突然就有些自暴自弃了。

赵依然不知道什么时候已经和那个富二代走离了吧台，因此就剩下了齐溪一人。她这样长相的女孩子，又带了明显醉酒的红晕，此时又是独身一人，眼神都变得迷离和迟缓，简直像是入了豺狼窝的呆兔子，很快便有不怀好意的男人上来搭讪："美女，一个人吗？要不要跟我一起玩？"

这人不仅动嘴，还开始试图动手动脚，就要伸手来揽齐溪的腰。

"你放开她。"

顾衍冷到极点的声音就是在这时候响起的。

齐溪身边那个男人抬高了嗓门："你谁啊？我和人家美女说话，你管得着吗？"他说着，就想来摸齐溪的手，"美女，你说，你要跟哥哥玩吗？我懂很多东西，保证你能度过一个愉快的夜晚哦。"

因为酒精，齐溪的脑子变得很慢，因此她的思维也变得很直接，像是完全没有办法用委婉的社交语言去成熟地处理眼前的处境。

她分不清是梦境还是现实。

像是踩在棉花糖上一样飘忽的感觉麻痹了齐溪的理智，她想，应该是幻觉或者梦境吧，所以才会根据自己这个梦境主人的意志制造出会抛下女朋友来关心她的顾衍。那既然自己是这个梦境的绝对掌控者和主宰人，她为什么不放纵点，按照自己想要的剧情来编排呢？

反正只是一场梦。

有了这样的想法，齐溪也索性不再约束自己的行为了，因此她非常任性地大力推开了自己身边那个毛手毛脚的男人，语气像个扔掉不称心玩具的小孩："我不要你，你走开。"

然后她直勾勾地盯着顾衍，指了指他："我要你。"

梦境里的顾衍果然愣了愣，脸上冷酷的表情有些瓦解，露出了惊讶而茫然的神色，继而微微皱了下眉："怎么喝成这样？赵依然呢？"

顾衍显然还想要说点什么。

齐溪却不想顾衍再开口，生怕即便在梦境里，这男人也要说出什么煞风景让她难受的话来。

她踉跄着径自扑到了顾衍的怀里，然后死死抱住了他，把头埋进他的大衣里，像个任性的孩子："我要这个，就要这个。"

即便是在梦境里，被齐溪抱住后，顾衍的身体还是显而易见地僵硬了一下，但齐溪已经不想管那么多了。

这个梦境太真实了，连顾衍大衣上室外风雨冰冷的触感，还有顾衍身上的味道都那么像。

明明是根据自己要求出现的顾衍，明明应当是自己满意的剧情，但齐溪却分明感觉到了滔天的委屈和不甘心，以及巨大的悲伤和难受。

还有人比她更悲惨更可笑的吗？

她需要通过幻想才能得到想要的。

酒精让她脑海里绷紧的那根弦轻而易举就松了，齐溪变得一点也不冷静，一点也不理智，更谈不上多有品。

她无法控制自己的泪腺和情绪，像是受到了滔天委屈的小孩子，开始噼里啪啦地掉眼泪。

都是顾衍的错。

齐溪一边抱着顾衍不撒手，一边又开始控诉他的过分行径："都是你，你太讨厌了，我真的太讨厌你了顾衍。

"为什么明明有喜欢的人，为什么明明有女朋友了，还对我这么暧昧？

"我好后悔。我就不应该想着和你修复什么关系，像之前一样井水不犯河水就好了。我根本就不应该靠近你、熟悉你、了解你，这样我就不会伤心难过了。

"你可不可以不要对所有人都这么好？你既然已经有女朋友了，那就好好和别的异性保持距离，不要说让人容易遐想的话，不要做让人容易误解的事。

"不要优柔寡断，不要好像什么都想要，不要总是给我希望，也不要总是在我面前和你的女朋友联系来联系去。我本来就是个很小气的人，还很善妒，但我又没有立场妒忌，你这样逼我，我都不知道应该怎么办才好。"

齐溪知道自己这样子很无理取闹，但是她已经控制不住了，她的声音哽咽，像只被抛弃的小狗一样呜呜地低低哭叫着，发出微弱但其实并没有什么力道的控诉："我真的好讨厌你！我明明都避嫌了，我明明都回避了，你为什么还是每次都能重新贴上来？我都想离开竟合了，你为什么要这样对我？当我是放风筝吗？风筝飞远了就拉拉线把我收回来……

"你可真有手段！我输了还不行吗？以前在学校里就一直是你第一我第二，现在我更是输得一败涂地。我认栽了，你离我远点行不行！"

齐溪不断地哭，顾衍看起来完全慌乱了，他根本不知道应该作何反应，只是笨拙地解释和重复："齐溪，我没有对你暧昧过。"

他竟然还要狡辩？

齐溪又委屈又气愤："我生病了你给我送什么药？还每种药上都标那么清楚怎么使用！我嘴上弄到甜品了还帮我擦，明明不喜欢粉色不喜欢榴梿，还隐忍着收下，你什么意思啊顾衍？你这个垃圾！人渣！你既然有女朋友了，就应该好好对你的女朋友，不要和别的女生有那么多互动和交往！这样既对不起你的女朋友，也不尊重别的女生！

"我干什么要浪费时间在你这种人身上！我现在喊一声，要和我谈恋爱的能从地球这一端排到那一端！"

齐溪骨子里的争强好胜在这一刻被放大到了无数倍，她开始激情痛陈："而且我哪里不好？我哪里比不上你那个白月光？她长得还没我漂亮呢！皮肤没我白、眼睛没我大、头发没我黑！"

齐溪也知道这样子的对比是不对的，她其实对顾衍的女朋友并没有敌意，只是醉酒后自己这种情绪是对那位女生的迁怒，然而她根本控制不住，像个任性小孩一样，明白道理但就是不遵守。她发言后还不忘记总结："所以我才是最好的！

"以后当我男朋友的人，会是世界上最幸福最有眼光的男人！

"顾衍，你是全宇宙最没有眼光的白痴！"

明明是在自夸，但齐溪还是觉得很伤心，因为优秀并不是产生爱情的基础，好像不论她多优秀，顾衍也不会喜欢她，于是她自吹自擂完，觉得更悲伤了。

齐溪又埋在想象出来的顾衍的胸口呜呜哭了一阵，心里已经充满了新一轮的自我嫌弃和厌倦。可能这场梦境让她终于能够宣泄出一直以来的情绪，她完全放任了自己的感受，觉得反正都这样了，因此自暴自弃地想，也不差再在顾衍面前丢脸一点。

反正只是一个梦境。

她的眼泪和鼻涕糊满了顾衍的大衣。

明明刚才还紧紧搂着顾衍，但下一刻，情绪阴晴不定的齐溪就把人推了出去："你走吧！去你女朋友那里，从我梦里走开。"

她吸了吸发红的鼻子，可怜巴巴道："我再也不想在梦里看见你了。"

可惜顾衍并没有走掉，他在经历了巨大的震撼后，已经恢复了镇定和自若。这男人盯着齐溪的眼睛，不仅没有后退，反而上前了一步，声音带了微微的颤抖，像是激动，也像是紧张："齐溪，你说的都是真的吗？"

齐溪脑袋发晕，只重复着推拒的动作："你走！你走！"

只是顾衍的身体岿然不动。这个垃圾男人似乎打定了主意要赖在齐溪的梦里作威作福，捉住了齐溪的手："不是刚才还要我吗？"

齐溪努力让自己显得有气势一点，用通红的眼睛瞪着顾衍："不要了！"

可是顾衍还是没走。他突然略带羞涩地笑了起来，像是能点亮整个酒吧内所有暧昧的昏黄："齐溪，我真的很高兴。这简直像是在做梦一样。

"我没有对你暧昧，也没有女朋友。不知道你成天都在乱想什么东西。"

历来那么镇定有逻辑的人，此刻说出来的话却变得有些语无伦次，但唯有一点不变的是，顾衍紧紧抓着齐溪的手，像是生怕她跑掉似的："我喜欢的从来都只有你一个。

"我不知道你最近是不是误会了什么，我来找你，就是想和你澄清这件事。"

这男人直直地望进齐溪的眼睛，强行牵着她的手去触摸自己的胸口："你刚刚抱着我的时候，我感觉自己心跳快得要得心脏病了。"

齐溪有些蒙蒙的，她的手被顾衍握在手心里，此刻正放在顾衍的胸口。

虽然脸上镇定到冷静，但顾衍的心跳却没有办法说谎。那是一种非常杂乱又急切的节奏，和齐溪此刻的心跳像是在无意中产生了共鸣，它们都跳得那么那么快。

而在齐溪无法控制的悸动和难以形容的情绪里，她听见顾衍的声音再次响起："所以齐溪，你还要我吗？"

你有权
保持暗恋。

Secret
Love

叶斐然——著

江苏凤凰文艺出版社
JIANGSU PHOENIX LITERATURE AND
ART PUBLISHING

目录

第十三章　没法对你说"不"

第二天齐溪是从头痛欲裂般的宿醉的感觉里醒来的，一看时间才发现竟然已经早上十点了，然而爬起来一看，自己竟然不在和赵依然租住的房子内，而是在……

顾衍姐姐的客房里！

齐溪顾不上想别的，几乎是连滚带爬从床上起来了。

她关于昨晚的回忆有些支离破碎，内心第一反应是不安和紧张——自己昨晚那么离谱，总不至于是真的吧……

齐溪关于昨晚的记忆都非常恍惚，她记得似乎顾衍来了，但她也分不出真假，只记得自己心里的委屈滔天似的，也记得自己对顾衍的控诉，但往后更多的，她已经分辨不出是现实还是梦境，因为宿醉后她做了整整一夜光怪陆离的梦——有自己拽着顾衍和赵依然去蹦迪的，还有自己跑去外面挖地种菜的，还有借了顾衍的钱去放高利贷的，甚至最离谱的是她还梦到自己去参加了顾衍的婚礼，接着是顾衍孩子的满月酒，最委屈的是她随了八百块的份子钱，顾衍竟然还嫌她给的少！这男人在梦里也不让自己舒坦！

　　如今自己在顾雪涵的房子里醒来，总不至于自己还一路闹事闹上顾衍的门吧……那可以推断，昨天顾衍来酒吧恐怕是真的了……

　　但其他的应该不是真的吧，毕竟齐溪觉得自己还是比较稳重和克制的优秀典型代表，而且还能不计前嫌地给顾衍随八百块份子钱。这未免太离谱了，要是顾衍和别人结婚了，齐溪非常确认，自己绝对一分也不会给！自己根本就不可能去参加他的婚礼啊！

　　想到这里，齐溪自我安慰道，所以别的那些羞耻的事，绝对应该是自己在做梦。

　　但一想到是做梦，齐溪又有点胸闷起来。她觉得自己有点可怜巴巴，把顾衍在梦里想成那样好，还对自己表白，还表示喜欢的人是自己……

　　自己这未免也太悲惨了吧！

　　因为这些记忆实在太过混乱和奇葩，齐溪一时之间根本难以消化。

　　她刚打算等彻底清醒再一件件梳理，就听到了顾衍熟悉的声音。

　　"齐溪，你醒了？"

　　这男人像是在厨房里，听到了客房内的动静，便走了过来。

　　很快，齐溪便在客房门口看到了顾衍的脸——干净的凌厉的，任何时候都带了美感的脸，虽然没有什么特别的表情，但光是这张脸，就已经相当养眼了。

　　这都上班时间了，自己宿醉后睡过头就算了，顾衍怎么可能也在？

　　或许现在也是在做梦，还没醒透。

　　这么一想，齐溪又平静下来了，看了顾衍一眼，坚信一切都是梦境，抿着唇没有理睬梦里的顾衍。

　　因为坚信只要再入睡就行了，于是齐溪非常镇定地重新掀开被子躺了下来，闭上了眼睛。

　　然后她感觉到顾衍走到了她的床边，然后摸了摸她的额头，像是自言自语般道："脸怎么这么红？是发烧了吗？不应该啊。"

　　他的手带了点微凉，然后这种触觉很快消失了。

　　顾衍移走了手："温度挺正常的。"

温度是挺正常的，但齐溪觉得自己脑子恐怕不太正常了。

因为从顾衍那绝对真实的触碰感觉来说，齐溪绝望地意识到，此时此刻的一切，恐怕并不是梦境，而昨晚自己可能确实又哭又闹，在酒吧对顾衍做出了非常奇葩的事，因此才会在顾衍姐姐的房子里醒来；而顾衍多半恐怕也被昨晚醉酒的自己骚扰了，碍于同事的关系，如今才不得不还留在屋子里看顾自己。

这样一想，事情好像变得非常窒息。

于是齐溪用被子遮住脸，仍旧紧紧闭着眼睛，希望隔绝掉外界的一切，也希望顾衍能够快点离开。

然而没有，顾衍这家伙不仅没有走，甚至还坐到了齐溪的床边："要起来吗？我给你煮了粥和醒酒茶。"

齐溪这下哪里还装得下去，掀开了被子，然后飞快地穿上拖鞋："我去洗脸刷牙！"

她几乎是逃一样跑进了卫生间。

齐溪在卫生间里做了巨大的心理建设。她虽然对昨晚的片段多少有所印象，但也没到能全部记得细节的地步。

她决定先故作镇定，静观其变。

因此等洗漱好出来，齐溪又变回了平日挺云淡风轻的模样。她看顾衍也没什么异常，便也用平常的相处模式朝顾衍打了个招呼，佯装自然地坐到了餐桌前用餐。

只是虽然齐溪想平稳地度过这一刻，但房间内的另一位显然并不同意："齐溪，不是说只要我吗？你就是这么要我的？"

被顾衍用这句话突然袭击的时候，齐溪正在喝牛奶麦片。

顾衍用的是一本正经的语气，连情绪都没有过大的波动，甚至连眼皮都没抬起来，只是盯着齐溪的碗，样子平常得仿佛在讲哪个案子在哪儿立案现在进展到哪儿了。

但他越是这样子，语气镇定得像是在说一件非常平常的事，带给齐溪的惊悚感就越强了。

几乎是刹那间，齐溪没控制好，嘴里的牛奶直接喷了出来，人也忍不住咳嗽起来。

桌子无法避免地被齐溪嘴里的牛奶弄脏了一小片。虽然齐溪并不懂家具品牌，但顾雪涵这套房里的家居品位极好，设计感极强，每个细节都打磨得非常精致，一看就不是便宜的东西。

齐溪望着被自己喷出的牛奶弄脏的实木桌面，有一些赧然和愧疚，然而顾衍看起来对此毫不在意。

他只是很自然地抽了湿巾纸，然后像做一件非常平常的事一样给齐溪擦了嘴，接着把她被牛奶弄脏的手拿起来，非常仔细认真地把一根根手指都擦干净了。

这也未免……

齐溪被顾衍细致地擦着手的时候，因为觉得太羞耻了，不是没想过抽走手，然后顾衍只是抬头半警告似的瞪了齐溪一眼，然后低声道："安分点。"

接着他便强势地拉过齐溪的手，继续给她擦起手来。

顾衍擦手的动作其实非常温和克制，并没有什么小动作或者流露出任何暧昧的意味，但只是这样简单的擦个手，齐溪还是觉得自己的呼吸都变得很急促。她有些不知道自己该怎么办，好像被顾衍拉着的那只手已经不再属于她自己。

顾衍会对自己这样……所以昨晚的一切都是真的吗？

一想到这个可能，齐溪整张脸都变红了。她觉得简直快要呼吸不畅起来，心跳快得也离谱。

昨晚她单纯是仗醉行凶，今天清醒了，她却不知道应该怎么面对起来。

"啊，我……"齐溪试图转移注意力，"我怎么在这里啊？"

顾衍已经放开了齐溪的手，此刻瞥了她一眼："哦，你昨天抱着我不放手，还说要抱着我睡觉。"

齐溪简直要晕厥了，顾衍能不能不要用这种像是谈判一样正经的语气说这么羞耻的话啊！

齐溪变得恨不得立刻逃跑，但顾衍盯着她，这里又是顾衍姐姐的房子，她根本不知道能逃跑到哪里去。

于是齐溪只能再次试图转移视线，聊一下不那么尴尬敏感的话题。她拢了拢头发，顾左右而言他道："你怎么没送我回赵依然那边？"

"因为你说要跟我回家。"顾衍冷静道，"而且我也不放心你跟赵依然回家，因为如果她负责任，就不会留你一个人在吧台喝酒。明明是她带你出去的，结果她却中途和别人聊天去了。"

"如果不是我正好在朋友圈看到她发的自拍，看到你坐在她身后，我根本不知道她带你去酒吧了。"

顾衍看着齐溪，语气有点严肃："如果我没来，万一你昨晚出事了，你打算以后让我怎么办？"

齐溪抬头看了看顾衍，嘀咕道："什么怎么办啊……"

顾衍抿着唇，不再让齐溪转移话题，盯着齐溪："就算你征集男朋友，也讲究先来后到吧。我至少应该是队伍里领到一号的人，难道让别人插我的队吗？"

齐溪红着脸，小声反驳道："你怎么就是一号了啊？至少你在大学的时候，你不还喜欢别人吗？不是还要表白吗？只是可能后来在所里一起工作被我的人格魅力征服了，你才喜欢我的吧……"

齐溪一说起这事，逻辑也变得清晰了起来："而且你说没有女朋友，那你和你那个女邻居又是怎么回事？难道你们去开房是去打牌或者学习吗？说什么喜欢我，该不会是因为退而求其次吧？比如追不上自己的白月光，于是索性找个低配的替身。该不会是最近和她分手了才找我吧？"

齐溪原来还不觉得，如今这么一说，倒是越来越觉得确实是这么一回事了："平时还吃着碗里的想看锅里的，还说没有和我暧昧，没和我暧昧你现在红什么脸啊，肯定是心虚！"

顾衍像是有些无可奈何，低声喊了齐溪的名字。

可惜齐溪不打算买账："你别试图打断我转移注意力。你还说什么没有女朋友，没有女朋友还成天和你那个女邻居打得火热，几次还送她回家，你怎么不送我回家呢？就这样你还好意思说可以排队领一号号码牌？我这个人特别小气没品，也没有和别人分享男朋友的兴趣。"

顾衍的脸有些微红，但样子有些无奈："你又在乱想什么，我和我的邻居什么也没有。"

他看向齐溪，用非常认真的语气说道："我喜欢的从来都只有你。"

"对你根本不是什么日久生情。"顾衍垂下了视线，像是想要遮掩住自己也微微发红的脸，然而没有什么用，因为他此刻连耳郭都有些泛红。他的声音仍旧一本正经，但齐溪还是从中听出了微微的紧张。

"我要表白的人，一直就是你。根本没有什么白月光，一直是你。"

齐溪完全没能反应过来，有些呆呆地看着顾衍，重复道："你一直喜欢的是我？但你不是有喜欢的人吗？"

顾衍有点无可奈何："傻子，一直是你，没有别人。"

齐溪在巨大的震惊面前，愣了很长时间，才终于有些找回清晰的逻辑，用不敢置信的声音试探着问道："所以……你在大学时候要表白的人是我？"

顾衍点了点头，然后有点自嘲："只是没想到还没表白，就被你拒绝了，还是当着全年级毕业生的面，方式还挺激烈。"

齐溪完全不知道自己应该说什么好了，只觉得内心一片混乱，像是闯进了理不清头绪的迷宫。

她盯着顾衍，然后突然想到了一种可能："所以你一开始就业意向明明写的要进律所，是为了我，才突然要去 M 国的？而且还申请了哥伦比亚大学？"

顾衍回答得丝毫不拖泥带水："是。"

齐溪遮住微微泛红发烫的脸，有些嘀咕道："但你后来也没去啊……你当时选择又重新进律所工作的时候，应该还不知道我也没法去 M 国吧。"

"我当时没有别的想法，只是想避开你。"顾衍看着齐溪，"因为我没想过原来我在你眼里形象这么差，你看到那样的表白信竟然第一反应是我写的。"

"齐溪，我费了很大的力气才说服自己放弃你，放弃去 M 国，放弃无意义的追求和暗恋，到我姐的律所来工作，但是没想到你也来了。"

顾衍的样子有些自暴自弃："我已经很努力了，是你要来招惹我的。说什么祝我生日快乐，结果送了那么白痴的礼物；明明我最不喜欢粉色，结果你说什么粉色和我很配，还给我做饭做菜，但里面全是我讨厌的香菜；还邀请我吃我很讨厌的榴梿，又带我去听我根本不感兴趣的重金属摇滚，还自说自话觉得我喜欢吃甜食。

"我明明知道你根本对我不上心，送我这样的东西，但是还是根本不敢拒绝你，也没有勇气去澄清。因为我喜欢你就是喜欢到这样子没有自尊，喜欢到即便你根本不在意我，送我我根本不喜欢的东西，但只要是你送的，我也想要。"

顾衍移开了视线，看向了别处："比起收到不喜欢的东西，比起不得不吃自己讨厌的食物，你什么都不送我，什么也不做给我吃，好像更让我没有办法接受。

"我活到这么大，从来没觉得什么事情是很有难度完不成的。第一名我可以轻松地得到，任何比赛和工作我也能游刃有余，但唯独你，你是我这辈子最大的挫败。"

顾衍每控诉一次，齐溪的心情就如云霄飞车一般跌宕起伏一次。

她从不知道。

她从不知道原来顾衍在她根本看不见的地方经历了这样的纠结和情绪的反复推拉。

顾衍的语气是平淡的温和的，明明他的陈述里齐溪那么可恶，但是他仍旧用了一种非常温和的语气去阐述："有时候我觉得你像个小恶魔，但是偏偏包装成我最喜欢的样子，甜美得像一个美梦。很多次我想要结束这种暗恋，但是每次一看到你，就算你不和我说什么，不做什么，甚至不用对我笑，你的存在本身就让我头脑发热，好像可以为你去做任何事情。"

被顾衍这样直白地告白，齐溪只觉得心跳加速到快要无法控制。

顾衍看着齐溪的眼睛："我每一天都要装成不在意地在你周围，可越是这样，我心里越是在意你。你去相亲，你去参加联谊会，你认识了别的男生，这是多么平常和自然的事，但我好像都变得无法接受，恨不得你身边即便是个公的蚂蚁都要消灭掉，好让你只看我一个人。齐溪，你能体会我的感受吗？"

顾衍看起来并不指望齐溪回应，然而齐溪却也有话要说。

"我能体会的。"她听见自己的声音道，"因为我对你也是一样的。"

那种看到对方头脑发热，像是触电一样的感受，那种想为对方去做任何事的冲动，那种会因为对方变得嫉妒的患得患失。

都是一样的。

齐溪看着顾衍，顾衍也看着齐溪。

两个人几乎是有些大眼瞪小眼的感觉。在这种对视里，齐溪的脸慢慢红了，变得不知道应该做什么，手脚仿佛也多余到不知道应该往哪里摆，也不知道下一句应该说什么，仿佛这种安静才是难能可贵的平衡。她眨着眼睛，不时又一瞬不瞬地盯着顾衍。

最后是顾衍先找回了声音，看着齐溪，语气带了一丝迟疑的扭捏和循循善诱，但温柔到仿佛不真实："齐溪，你刚才说的，可以再说一遍吗？"

齐溪瞪着顾衍："你昨晚不应该都知道了吗？还要我说什么啊，我昨晚脸都丢完了。"

顾衍有些不好意思的样子，看了齐溪一眼，垂下了视线，脸色有些微微的红："坦白说，我到现在都怀疑昨晚是我做了梦，喝醉酒的人是我，不是你，因为到现在我也没有真实感，不敢相信你会对我说那种话。"

什么那种话！说得自己好像性骚扰了他一样！

齐溪有些色厉内荏地瞪着顾衍："我说什么了啊，又没有说什么少儿不宜违法乱纪的话。"

顾衍低咳了下，然后移开了视线，像是不敢直视齐溪的样子："你说的那种话，在我心里的效果和违法乱纪差不多，我变得根本没有抵抗力，你想对我怎么样就怎么样，像是做梦一样，所以好像什么都会为你做。"

虽然顾衍这么说，但齐溪觉得自己才是没有实感的那个人。她的心里混杂着赧然、羞涩和不敢置信，像是被邀请参加一场结婚典礼，等入场才发现原来自己并非来观礼的旁观者，而是今天结婚的主人公，而新郎正是她已经喜欢了多年的男人，她此刻有一种被大奖砸中的感觉，好像她才是全世界最幸运的那个人。

但表现出很激动被顾衍看出来是不行的，齐溪按捺住自己想要转圈圈的雀跃，心里还是很委屈："你说得好像多喜欢我似的。你既然号称一早就喜欢我了，那为什么表白的人反而是我？明明按照先来后到，你先喜欢我的，不应该是你在长久的相处和越来越强烈的心动里，先行按捺不住朝我表白吗？"

结果愣是拖到了齐溪憋不住喝醉了才说出心里话。

被这么问，顾衍难得有些局促，他有些笨拙地解释道："我本来昨晚找你，也是打算再一次表白的，但没想到……"

齐溪心里酸酸涩涩的，忍不住嘟囔道："什么再一次啊？说得好像你之前表白过一次了一样……"

顾衍低下了头，声音也变得低沉："毕业典礼那次没来得及说就已经被你拒绝了，在我自己心里已经表白过，并且得到你的答案了。"

这怎么能一样呢？

"你要是好好写一封言辞恳切的表白信，当面给我，当面对我说你喜欢我喜欢得不行不行的，求求我和你谈恋爱，我……我也不会像那样对你啊。"

齐溪回想起当初毕业典礼时的慷慨陈词，只觉得双颊发烫。她清了清嗓子，装作很冷静的样子："我毕竟是容市难得一见非常善良的人，你要是真的离开了我不行，觉得我是你生活的必需品，那我可能也还是愿意日行一善的。"

　　如今齐溪已经清醒了个透顶，此前因为醉酒有些模糊的细节也已经七七八八归位。她想起昨晚自己的行为，真恨不得立刻打个地洞逃跑，想想昨晚在酒吧也算在小范围闹出了点小动静，指不定被人拍了视频上传了。

　　好丢人啊！

　　齐溪简直想捂住脸，好不去面对昨晚的自己，她只记得自己死命任性地抱着顾衍不撒手，还带着哭腔撒娇地点名"就要这个"。

　　"就算……就算我在毕业典礼上那么说了，但那是个误会，我也找你澄清道歉了，后来我们还在竞合所一个团队里共事，我难道对你释放的友善还不够吗？那后来那么久的时间里你怎么也不表白啊？"

　　齐溪一想起这个，就忍不住有些委委屈屈的："我去参加赵依然那个公检法联谊，好多就见了我一面的，都大大方方通过赵依然和我表白了，你这个排队队伍里的第一名在干什么啊……"

　　这么久，害得齐溪白白内心煎熬了这么久，害得齐溪白白等了那么久。

　　"我也很羡慕那种见了你一面就能表白的人。"大概是听到齐溪原本被这么多人表白过，顾衍的声音听着有些沉闷，他移开了视线，"但我做不到。"

　　然后他重新抬头，看向了齐溪的眼睛："因为我比他们都更喜欢你。"

　　顾衍的声线低沉，带了一种让人不自觉的沉溺感："我也希望我和你只是一面之缘，因为只见了一面，只出于见色起意的最初级冲动，所以抱着表白试一试，失败了也没太大损失，但万一成功了那就赚到了的心态，这样就能随时随地轻松地对你说喜欢，请你和我交往。

　　"因为没有付出过多的感情，所以这样子的表白，即便被拒绝，也不会觉得遭受很大打击。"

　　顾衍垂下了视线："但我没有办法再接受被你拒绝一次了。

　　"齐溪，你对我来说，是比喜欢更喜欢的存在。"

　　顾衍有些自嘲地笑了下："所以可能确实喜欢是克制吧，有了毕业典礼的插曲，即便你对我释放再多的友善，我也只敢把你的态度当成为了对我进行补偿。在有百分之百把握之前，我根本不敢再尝试表白。"

顾衍望向了齐溪的眼睛："齐溪，我没你想的那么勇敢，我也只是个正常人，也害怕失望，所以我学着克制自己，就像是想吃糖的穷小孩，不对着糖伸手讨要，最后虽然也吃不到糖，但看起来会比伸手讨要但还是没得到糖好一些，变得不那么可怜和可悲，至少可以在吃不到心爱的糖的时候，还能挺直脊背，装作自己没有对那些糖起过非分之想。"

顾衍说到这里，像是突然想起来什么一样："而且是你自己说，现阶段要专心工作，无心恋爱的，说什么男人只会影响你晋升的速度。结果你转头就去什么联谊会，还上酒吧，看起来只有我比较笨，信了你的邪。"

顾衍的逻辑严密，此刻眼神也带了种步步紧逼的誓不罢休，像个被始乱终弃来讨要说法的大房。

齐溪一下子心跳变得很快，脑海里也一片混乱。她都不太敢直视顾衍质问的眼神，只能眼神左右闪躲着轻声道："别人的话是不行的，确实是醉心事业的好。"

齐溪挣扎了片刻，但最终咬了咬嘴唇，还是破釜沉舟地说了出来："但如果知道是你，我想可能也不是不行。"

顾衍愣了愣。

齐溪彻底豁出去了："如果是你说要吃糖，我一定会给你的。"

她变得有些赧然，有些不像自己，明明是自己开的口，但像是又不想让顾衍听到一样，故意用很轻的声音道："帮你的忙也好，让我帮你做菜也好，做你女朋友也好，只要你开口，其实我没有办法拒绝你。"

顾衍原本微微有些咄咄逼人的眼神变得温和下来，他用手捂住了眼睛，像是不想让齐溪通过眼睛看透他此刻的情绪。

片刻后，顾衍才放开了手，然而眼里还残存着无可奈何的爱意。他没说什么别的，只是有些无措地喊了齐溪的名字，然后有些试探性地想拉起齐溪的手。

气氛确实很好，不过……

齐溪突然想到了关键问题还没问，抽回了手，微微皱着眉，摆出戒备的姿势："你问完我了，我还没问完你呢。那你开房怎么说？我看到你和你那个女邻居去酒店了。要当我男朋友，别说一堆有的没的，先把这个解释清楚才行吧。"

齐溪指了指自己的眼睛："我可没冤枉你，用我这双眼睛看到的！"

"我没有女朋友，她不是我女朋友。"顾衍盯着齐溪的眼睛，看着有些头大，语气认真道，"我想有的女朋友只有一个人。"

"齐溪，从头到尾，我希望能做我女朋友的人，都是你。"顾衍的语气有一些不自然，像是有些不好意思，但最终还是继续了他要说的话，"你以前劝过我放弃，但是我没法放弃。只要你没结婚，我觉得我都是有机会的。"

齐溪想起自己通读《顾衍大全》以后还沾沾自喜，觉得自己掌握了和顾衍搞好关系的密码，此刻觉得又是羞愧又是恼火。

她再一次意识到，原来顾衍口中对他很差的女的，一直是她自己。

原来渣女竟是她自己。

齐溪的脸有些烧："我那时候对你那么差，你还喜欢我啊？"

"喜欢的。"顾衍抿了下唇，"喜欢能有什么理由？就算明知道你不喜欢我，理智知道应该停止，但是心是不那么好控制的。"

"你说的女邻居，她叫林琳。那天我送她去酒店，是因为她被她的前男友跟踪骚扰了。对方知道她住在哪里，说要上门堵她，并且情绪激动，还带了刀，威胁如果她不复合的话，就要和她共归于尽。她知道我是律师，所以才求助了我。"

顾衍的表情很认真："那天去酒店是为了防止被她前男友堵在门口发生危险，因为在那天之前，她前男友已经上门骚扰过她一次，还有一次就在地铁口守株待兔，她也是在业主群里求助，我正好刚出地铁口，又和她住在一幢，顺路就陪她一起回家了。"

"所以那天在电梯里她感谢你之前送她回家？"

顾衍点了点头："我当时远远见过她前男友一眼，觉得他整个人面相非常奸恶。她给我看了她前男友的威胁信息，我觉得对方情绪非常激动，保不准会做出极端的行为，所以那晚才建议她暂时不要回家去住酒店的。她害怕前男友埋伏在小区门口，那天又确实比较晚了，我才陪她一起去酒店的。但送到酒店等她拿好房卡后，我就离开了，甚至都没送她到房门口。"

原来如此。

如今被突然在手里塞上葡萄园通行证的小狐狸齐溪，顿时一改此前的说辞，再也不想说葡萄酸了。

既然这葡萄以后就是自己的了，那么只要是自己的，就是最好的，她说甜的就是甜。齐溪决定特此宣布顾衍又能行了。

顾衍并不知道齐溪脑袋里都在弯弯绕绕想什么乱七八糟的："而且如果你注意到看我送她去酒店的时间和我回家的时间，你就会发现我还兼顾着和她开了个房是完全不现实的，因为时间上根本不允许。"

齐溪忍不住嘟囔道："我注意看时间了……"

顾衍愣了愣，才有些不好意思地低下头："那你可能不太清楚，总之，那么短的时间是什么也不可能做的。"他努力解释道，"我和她真的没什么。你可能是女生，不太懂男生的这种常识性问题。"

"我又不是不上网……"齐溪有些不服，低声嘀咕道，"短也可以做很多事的……"

顾衍身上原本洋溢着的幸福和温柔的气质一下子变淡了，变得有一点点咬牙切齿，一字一顿澄清道："不是每个人都这样，我不是。"

行吧行吧，你说什么就是什么吧，总之，原来女邻居和顾衍并没有一腿，齐溪已经完全被这个事实搞得幸福到找不着北了。

然而顾衍反而像是过不去之前那个坎了，又喊了齐溪的名字，把她从巨大的幸福感和眩晕感里拽了出来。

这男人再次严肃澄清道："齐溪，我不这样，你知道没？"

齐溪不得不在顾衍的虎视眈眈里连连点头："知道了知道了。"

顾衍显然也无法非常冷静地去谈论这种话题，但是为自己澄清正名的欲望超越了一切，他顶着羞愤，努力佯装镇定地再三强调道："总之，事实是不会因为一些谣言就改变的。"

齐溪再次连连点头："是是是，事实胜于雄辩！"

顾衍看了齐溪一眼，想说点什么，但最终忍着没说。

不过大概看齐溪态度良好，顾衍总算好受了一些。他又看了齐溪一眼，然后清了清嗓子，语气相当一本正经地继续把话题转移回了正轨："实际上，林琳这件事，我后来想想，送佛送到西，更谨慎点的话，我应该送她到门口的，但那天我有私心，能这么快回来，是因为只把她送到了酒店的大厅里，看着她拿到了房卡进了电梯，我就走了，事后想想，是有些愧疚的。"

齐溪愣了愣："什么私心？"

"你。"顾衍盯着齐溪的眼睛，但很快又有些不好意思地移开了，他盯着地面，像是地面会开出花来一样，努力用平静的语气道，"你第二天要去法律援助中心值班，我急着想回家把工作上的事情处理完然后给你写注意事项。"

齐溪忍不住嘟囔道："那也不至于愧疚吧。你至少把林琳的事先处理了，处理完她的事你才回家写给我去律协值班的注意事项吧，不然我为什么会觉得林琳才是你的白月光？我那天下午就和你说我要去律协值班了，你都没理我！"

说起这事，即便如今齐溪还是有些委屈的。她兴致勃勃想找顾衍取取经，结果顾衍根本没理睬她。

"因为她的事，我可以非常简洁干练地用最短的时间处理完；但你的事，我做不到。"

对这个回答，齐溪有些不买账："我那次的事根本不是有多难，你当场给我几个建议不就完事了吗？哪里有很需要花时间？"

顾衍没有看齐溪，仿佛这样他才能顺畅地把话讲完："可你的事，即便小到去律协值班这种事，我还是觉得没有办法简洁地做好，因为好像只要涉及你，我就想把自己所有知道的情况，所有你可能会遇到的问题都罗列齐全，想预估出所有你可能会遭遇的事，好帮你规避所有的风险和挫折。

"因为不想用三两句话简短地处理你的事，所以我才想留出一整片的时间给你。因为是你，觉得用碎片化的瞬间去对待你都是一种不尊重。"

"其实那天晚上，我一边写给你的注意事项，一边觉得很沮丧。"顾衍垂下了视线，"虽然没有签订严格的代理协议，但从道义上来说，林琳也算我的半个客户。明明她的情况更紧急，但我不可救药的脑子里想的都是你，你永远是第一位的。她在向我哭诉前男友利用他们交往期间得知了她的手机密码，从而破译复制了她的所有社交网络聊天信息，从中找出了她背后吐槽她现任老板、同事的一些言论，对她进行威胁，对她进行情绪控制的时候，我却在想你。"

齐溪原本以为人最无法招架的应当是辞藻华丽的表白，然而事到临头，她才发现，最难以抵挡的永远是最质朴最直白的东西。

顾衍的话里没有任何修饰，他阐述起来甚至带了点沮丧。这与其说是表白，倒更像是一种自我剖析和反省，但是齐溪却觉得，没有什么话比这些更动人。

她的睫毛微微颤动，声音轻轻地问道："你在想我什么？"

"想如果你是我的女朋友，我一定不会让你遭受到任何伤害。"顾衍说到这里，像是不好意思了，但他还要佯装出非常自然和镇定的模样，"后来也没有再想别的，就是突然很想见你。"

始作俑者没在意，但齐溪却听得都有些面红耳赤了。

顾衍在她心里一直是高高在上的，他是难以逾越的第一名，是什么事都能冷静处理的人。齐溪难以想象，这个看着无懈可击的人的内心，是这样子激烈和充满热意的。

她变得有些紧张但又觉得有点酸涩甜蜜："所以你后来偷偷接林琳的电话，也是为了处理她和她前男友的事？"

"是的。"顾衍看向了齐溪，"她的前男友很小心，所有的威胁还有跟踪，都让人很难取证，所以那阵子我给了林琳一些指导，教她怎么尽量保存证据，好去起诉她前男友。但她毕竟不是法律专业人士，很多实操上的问题还是比较容易出瑕疵，所以会常常给我打电话询问下一步怎么做；有时候她顺路也会来竟合，把她之前偷偷拍摄下的关于她前男友威胁她的证据拿来给我看，让我把关下是否有效力。"

原来是这样！

齐溪有点懊恼："那你怎么不和我说？害得我误会了……"

"我以为你根本不在意我。"顾衍的声音低沉，"觉得你不会想知道这些事，也不会好奇我在干什么，所以我没有和你说过。"

"而且，因为这件事在林琳看来非常不光彩，而且她当时也有正在交往的男友，不希望为此引起现男友的注意，以至于破坏这段感情，所以她不希望声张，请求我保密。"

可如果你早点说，齐溪想，自己就不会到这时候才知道顾衍对自己是这样的感觉了！说不定他们早就能在一起了！就算不能说明林琳具体遇到的事，要是提一嘴只是帮林琳一个忙，自己也不至于误会成这样。

虽然齐溪什么也没说，但她的表情已经让顾衍知晓了她的情绪。这男人顿了顿，才继续道："坦白来说，我确实想把自己生活里所有的事情都和你分享，把我所有的情绪都捧出来给你看，事无巨细都愿意和你汇报，可如果真的这样，万一你被吓跑了怎么办？"

他低头看向地板："不被你喜欢，被你当众批驳说你是我这辈子都追不上的人的时候，我觉得自己已经是全世界最悲惨的人了，但如果你明明不喜欢我，我还要把自己所有的一切，把自己的心毫无保留地双手奉上给你，那不是更悲惨和卑微了吗？"

顾衍抬起头，看着齐溪，语气含蓄，带了点微微的内敛："齐溪，我说过，我也是正常人，我也害怕失望，尤其是一次次期待后的失望。"

顾衍的长相偏向冷质，因为容貌太过出色，因此带了点难以接近感，然而此刻他的语气是温和而无害的。即便曾经被齐溪无意中伤害过，他完全没有怪罪齐溪的意思。

齐溪如今突然能明白了，为什么在毕业典礼被自己误伤成那样，顾衍没有采取任何行动。他没有起诉也没有责怪她，只是沉默而受伤地接受了一切，唯一做的只是放弃了留学，希望离齐溪远一点，好斩断这段没有希望的爱情。

齐溪不是没有为毕业典礼时的冲动后悔懊丧和自责过，然而她从没有像这一刻这样子心疼和难受。

原来顾衍当时真的是打算和自己表白的。

被自己喜欢的人如此当众不留情面地拒绝，他该是一种什么样的心情？

齐溪第一次有些青涩但坚定地捧起顾衍的脸，非常认真地看向了他的眼睛，决定好好地道歉："顾衍，对不起，真的很对不起。"

顾衍愣了愣，被齐溪的手触碰到的脸有一些微红，随即笑了，他的声音温柔："没关系。齐溪，不论你做什么，永远是没关系。"

顾衍并没有说什么奇怪的话，但齐溪整个人却感觉很奇怪——她的心像是泡在酸梅汁里，感染了酸梅汁的酸涩味，整个心脏像是被泡皱了，带了奇异的悸动，有些难受，又有些庆幸，还有些尴尬和脸皮发热。

所以自己都干了些什么啊？

自以为掌握了《顾衍大全》，结果到头来拿的是一本《顾衍残害大全》，自以为对顾衍投其所好，结果到头来成天在顾衍的雷区蹦迪。

也真的是因为顾衍很温柔，才不仅没有发过一次火，甚至都默默地忍了下来。

顾衍什么都不说，但齐溪心里内疚得要死："对不起啊顾衍，那时候给你买榴梿吃。其实我也不喜欢吃榴梿，我以为自己是舍命陪君子了，结果没想到我们是自相残杀……

"还有给你做的有香菜的吃的，我其实也不喜欢香菜的……"

齐溪一路细数了自己的过错，但顾衍仍旧非常温柔，甚至稍微想了一下："你有做了这么多和我的爱好背道而驰的事吗？"

然后他打断了齐溪："不用再想了，也不用再说了，因为这些事，我都记不得了。"他移开视线，语气有些不自然道，"好像每次你对我做即便是不那么好的事，我转个身就会忘记；但你对我好的时候，我却会记很久很久。为了这些很细小的好，我好像可以一直厚着脸皮在你周围待着。"

齐溪不得不和顾衍解释了《顾衍大全》的来历，然后可怜巴巴地看向顾衍："判定一个人犯罪还要看主观故意，你看，我主观上完全没有对你不好的意图，你怎么就可以控诉我对你差啊！"

齐溪对此也挺委屈："我也很仔细研究《顾衍大全》了，还特意打印了一本，时不时拿出来翻翻，都快翻烂了，我哪知道你的粉丝那么坏……"

顾衍憋了憋，最终像是没憋住："别的都没关系，但你说要和我做朋友，还希望我和你的友情如不锈钢一样坚固。

"你还给我发好人卡。我为了要和你谈恋爱什么都想顺着你，结果你说要和我做朋友。

"你和你爸介绍的相亲对象聊得挺好，还希望我不要中途出来喊你走。

"学弟问你要微信你就给，也不看看我就站在一边。

"你还跟着赵依然去法院、检察院的联谊会，才去了一会儿就认识了个法官，还聊得挺好。我和你同学四年，现在还是同事，你平时怎么不来找我聊天？

"你说因为竞合没有福利活动就要辞职，我感觉我在你心里还没有福利活动随便发的坚果礼盒来得重要。

"但你真要觉得福利更重要，我也只能接受。为了说服我姐，我只能自己掏钱赞助了全所这一次的福利活动，还卑鄙地做了手脚，让自己抽到可以和你一起去看电影、吃饭的福利券，结果因为没有做好调研，变成了那么尴尬的观影体验。最后我好像什么好也没捞着，你也没变得更喜欢我一点。

"你误会我和邻居谈恋爱也不知道来问我，反而跑去酒吧。你知不知道多危险？"

果然，再温柔的男人也是有脾气的，顾衍不说还好，这一控诉起来，竟然颇有列举齐溪"十宗罪"的架势。

明明原本是齐溪占据了主动权在质问顾衍和女邻居的，结果到头来变成了顾衍指控齐溪。

齐溪不得不手忙脚乱地开始解释："做朋友也没有什么不对，女朋友不也是朋友的一种吗？

"那块不锈钢，我今天就重新下单定制，改成'坚固的爱情就和不锈钢一样常伴你左右'。

"学弟的微信马上删掉！

"朋友圈里马上昭告全世界给你一个名分！"

…………

齐溪口干舌燥说了一堆，有些紧张也有些语无伦次。她说话的时候，顾衍就那样非常温柔地看着她。他的眼神里带了炽热的温度，温柔得像是太阳，包围着你，有时候不知道具体在哪里，但就是哪里都在。

齐溪突然不想说话了。

她回忆着昨晚醉酒后的记忆，然后笨拙又生涩地朝顾衍走过去，抱住了他，把头靠在他的怀里，听着他的心跳声，露出很依赖对方，没有办法没有对方的样子。

"对不起嘛顾衍，但是以后这样的事都不会再发生了，以后我会对你很好很好的。"

齐溪把头朝顾衍的胸口又埋了埋。她有一点尴尬也有一点紧张，更是充满了无所适从和第一次做这样的事的忐忑："所以你做我男朋友好不好？"

两个人虽然因为在竞合所共事几乎天天见面，也可以说很熟悉，但实际又仍旧是陌生的，尤其是对于如今这样需要切换身份的相处模式。齐溪有些别扭和紧张，顾衍也谈不上好到哪里去。这个办案时一向冷静自持的男人，如今竟然也有些羞涩的腼腆和不知道下一步该怎么做才好的手足无措。

但只紧张了非常短暂的片刻，顾衍就突然放松了下来。

他并没有刻意做什么，似乎只是顺从了自己的内心，然后齐溪感觉到他的手轻轻地摸了下自己的头，接着是他温柔又带了点无可奈何的声音："你知道我没有办法对你说'不'的。"

齐溪从没有谈过恋爱，也不知道正常恋爱的流程应该是怎样。

但和顾衍把误会都澄清后，她忍不住变得有点懒散，恨不得世界停摆，然后她和顾衍就窝在这个只有两人的地方，即便什么事不做，好像只要对方在，她就可以一直这样无所事事下去，也不想去上班。

齐溪原本赖在顾衍的怀里，不过一想到上班，她就一个激灵。他们还在顾雪涵的房子里呢！

齐溪几乎是立刻从顾衍的怀里爬了出来。她整理了下仪容，恢复了正经严肃的样子，恨不得坐得离顾衍几米远。

面对顾衍有些疑惑和询问的目光，齐溪清了清嗓子，提醒道："你姐姐万一突然回家要拿个资料或者文件什么的，要看到我们这样子衣衫不整抱在一起，心里肯定会觉得不能接受。"

她越讲，声音越是有些不好意思地变低："毕竟我们今天上午都请假了，她要看到我们竟然不上班在这儿偷懒谈恋爱，应该会觉得我们特别不敬业的，更会觉得我这个人吃里爬外，借住了她的房子还要泡她的弟弟，简直恩将仇报。"

齐溪讲到这里，清了清嗓子："所以从现在开始，我们还是要克制自己的情绪，还是要在这个屋里保持距离，像真正的同事那样克己守礼。"

可惜这番话却没能说服顾衍，他只是笑了下，然后抓住了齐溪这番话中最关键的中心思想："需要克制自己的情绪，那你的意思是，你现在很想和我抱着吗？"

被说中心事，齐溪的脸有些红。她色厉内荏地看了顾衍一眼，嘴硬地否认道："没有这回事。"

只是话刚说完，顾衍就从身后抱住了她。他一开始的姿势有些僵硬和明显的紧张，但很快，他像是渐渐进入了新的角色，轻轻地把齐溪搂紧了些，然后弯腰把头轻轻靠在齐溪的肩上。

齐溪感觉到自己颈间传来的微热，觉得有些痒，然后这种痒意顺着皮肤似乎钻进了她的心里，让她的心跳好像都变得快了起来。

然后她听到了顾衍近在咫尺的声音："没关系，想抱就可以抱。"

顾衍一边说，一边加深了这个从背后的拥抱。

齐溪明明看不到对方的脸，但不知道为什么，反而觉得比面对面的拥抱更让人脸红心跳，但她一想到这里是顾雪涵的房子，立刻就感觉这要被发现，简直是如出轨被抓一般的尴尬，于是便轻轻推了下顾衍，试图挣开这男人的怀抱。

"顾衍，你先放开我。"

结果顾衍竟然耍赖上了，理所当然道："我不放。"

"可是你姐要是回来了……"

顾衍抱着齐溪，头埋在她的长发里，声音低沉但冷静："你可以放心，她绝对不会回来。"

这说的是什么话呀！出轨偷情的人也都这么想！最后还不是被当场抓获吗！

齐溪刚想规劝顾衍，结果就听到顾衍继续道："因为这房子不是我姐的。"

这男人非常冷静地澄清了自己此前的谎言，声音镇定，理直气壮："这房子就是我的，从头到尾就是我的，所以我姐根本不会来。"

齐溪这下不淡定了，转身看向了顾衍："你骗我？"

"我就是骗了，怎么了？"顾衍只微微移开了几秒钟眼神，就重新直视看向了齐溪，"不骗你，你又不可能住在我对面。"

虽然样子挺理直气壮，但顾衍多少看着像是有些不好意思，于是言简意赅解释了几句："因为我的书很多，但这套房的格局是书房非常小，所以我爸妈在买的时候把这一层两套都买到我名下了，一来是这样隐私性也更好，二来也觉得还有个储物间，三来……"

结果刚说到三来，这男人竟然停下了，像是突兀地截住了话头。

齐溪抬头看了他一眼:"三来是什么啊?"

顾衍移开了视线,像是想遮掩什么一样:"算了,没什么。"

可他越是这样,就越有点欲盖弥彰的意味,也让齐溪越发想一探究竟。她开始耍赖撒娇:"你告诉我嘛,说话说一半太吊人胃口了。"

顾衍一开始显然并不想说,但是他好像确实对齐溪的要求没有太高的抵抗力。齐溪只撒娇了一次,然后用湿漉漉的眼睛盯着他看,这男人就几乎立刻败下阵来,毫无抵抗地缴械投枪了:"三来是我爸妈买这两个房子的时候,想着是未来我要结婚生孩子了,他们过来照顾小孩也方便,就可以直接住在对门,既方便照顾,也不会干涉介入太多我们的生活。"

他说的理由非常合理,也是长辈们正常的体贴考量,然而那个"我们"以及顾衍一边说结婚一边望着齐溪的眼神,让齐溪觉得整个人都不好意思起来了。

齐溪有些故作镇定地撇开了头,然后用即便竭力掩盖但仍旧非常不自然的声音道:"你爸妈也想得太远了吧。"

结果顾衍接过了话头:"我以前也觉得他们想太远了,但现在觉得好像也不是太远。"这男人咳了咳,努力用平静的语气继续道,"姜还是老的辣,房到用时方恨少,早点买挺好的,想用的时候立刻能用。"

这话说的……

齐溪直接轻轻捶了顾衍一下,然后对这男人色厉内荏地瞪了一眼:"不许你再说了!你是我事业道路上的绊脚石!"

提及房子,齐溪也是陡然间想起了什么:"所以陈璇当时也想借住,也是因为你不愿意她来住?"

顾衍对此完全没有负罪感,淡然地点了点头,然后露出了有些任性的表情:"就是不想让她住。"

"这个房子,只想给你住。"他又轻轻抱了下齐溪,变得像个任性的小男孩,只想把糖果分享给特定的某个人,旁人不论多渴求,他也不松口。大概是为了表达自己内心的态度,这男人又强调了一遍:"不给任何别人住。"

他看向了齐溪的眼睛:"好不容易让你住在我的隔壁,我也不想有任何人过来破坏,只想和你在一起。"

顾衍毫无心理负担地继续坦白道:"所以那天本来我爸妈要来看我,我也拒绝了。"

这话顾衍没觉得有问题,但齐溪听完倒是有些紧张和局促起来:"你这样不太好吧!万一以后你爸妈知道了,那我的人设好像有点差,还没和你怎么样,就鸠占鹊巢似的把你爸妈赶走了。以后见面怎么办啊,他们会不会觉得我这个人很不上路子……"

"齐溪。"

"嗯?"

顾衍把拥抱加深了一点,低沉的声音里带了点笑意:"刚才是谁叫我不要想那么远的?"

齐溪愣了愣,等明白过来顾衍的意思,立刻就露出了恼羞成怒的表情,举起手做出了要捶他的表情。顾衍不得不笑着把齐溪放开,齐溪这才作罢。

喝完粥,齐溪总觉得还是有些不满足,拽了下顾衍的衣袖:"你家还有别的吃的吗?"

顾衍下意识回答道:"冰箱里有我之前买的甜品。"

甜品好啊!

齐溪觉得自己急需一些葡萄糖的摄入,只是她刚打算去厨房打开冰箱门,顾衍却又突然想起什么似的飞快跑来把她拽走了:"算了,你就当我没买吧。"

齐溪有些纳闷了,靠在冰箱门上,看着顾衍,眨了眨眼睛:"为什么啊?"

顾衍像是不太好意思,咳了咳:"因为我买的是榴梿口味的。"他解释道,"是之前买的,那时候还不知道你也不喜欢榴梿。"

"我喜欢不喜欢不重要,但你不是不喜欢吗?不是据说闻到那个味道就受不了吗?还在冰箱里放榴梿味的甜品呀,那整个冰箱里岂不是都……"

顾衍的样子看起来有点无奈："没办法。"他看向齐溪的眼睛，然后又像是不太好意思直视对方，垂下了视线，"虽然我不喜欢榴梿，但你真的要那么喜欢的话，我也会努力喜欢起来的。"

说到这里，顾衍脸上露出了如释重负得救了的放松表情，感慨道："幸好你不喜欢。"

看着顾衍因为自己也不喜欢榴梿而劫后余生般的表情，齐溪简直哭笑不得。

"你是傻子吗？"她拉了拉顾衍的衣摆，小声嘀咕道，"就算我喜欢的东西，你也不用都喜欢啊……"

"可是我想陪着你吃。"顾衍想了下，很认真地说道，"其实你真的喜欢吃榴梿，我觉得也可以陪你一起吃。"

"榴梿欸！那个味道！"齐溪一提起来，整个人都要窒息了，"我当初都是忍着！顾衍，你也大可不必！"

顾衍抿了下唇："其实你每次买那么多给我，我都吃得麻木了，虽然还是谈不上喜欢，但我觉得自己也习惯榴梿的味道了。"

这也是能习惯的吗……

齐溪觉得顾衍有一点傻，但同时又觉得他可能是这个世界上最聪明的男人，因为他好像永远清楚说什么话能让齐溪轻而易举地动心和无法抵抗。

"我以后不吃榴梿了，再也不会让你吃榴梿了。"齐溪心里升腾起无法言喻的温柔和不舍，摸了摸顾衍的脸，"顾衍，你愿意和我一起去重新写一本精确的《顾衍大全》吗？"

听到《顾衍大全》几个字，顾衍果然愣了愣，继而有些憋笑，但面对齐溪严肃认真的眼神，他好像也不敢真的笑出来，以免对面的女孩恼羞成怒。

他只是伸出手非常温柔地拍了拍齐溪的头顶，然后轻轻捏了下齐溪的脸，然后毫无悬念地答应了对方的要求："好。"

因为这样一个"好"字，齐溪的心跳却陡然加速了起来，像是连夜逃离羊圈的叛逆小羊在翻过篱笆那刹那的心情。齐溪变得对未来的刺激充满了渴望和不安定的期待。

顾衍顿了顿，他的耳朵有些微红，但语气很坚定认真："不过我的爱好有点多，也有点复杂，你可能要花很长很长的时间，才能把正宗的《顾衍大全》修订完。"

他看着齐溪："所以你可能要陪我很久很久，才能真的做出齐全的《顾衍大全》。"

齐溪心里酸酸涩涩一片，但又不是全然的酸，仔细品品，那酸里带了柑橘般的甜美，酸甜相交才构建出了更丰富和有层次的口味。

在这种巨大的惊喜混乱和手足无措里，在这种酸胀又甜美饱满的情绪里，齐溪迎着顾衍的目光，郑重地点了点头："那从此以后，我就是《顾衍大全》的主编和责任人了，拥有《顾衍大全》的最终解释权。"

顾衍带着笑，也学着齐溪的样子郑重地点了点头："好，你是唯一的主编。"

齐溪作为新晋脱单人士，总还有种近乡情怯的意味，抱着顾衍又撒了会儿娇，再三在心理上确认了这一切是真的，她才有些迷迷糊糊地像个离开树杈的树袋熊一样放开了顾衍。

齐溪的脸还是很红，整个人也都还是有些紧张。为了缓解这种奇怪的情绪，也为了转移自己的注意力，齐溪清了清嗓子，决定把精力集中到更专业的事情上来："那林琳怎么样了？她被她前男友威胁的事处理好了吗？"

此前只顾着专注自己的感情问题，如今情绪和缓下来，齐溪对那位女邻居的事也在意起来。她为自己之前莫名其妙的妒忌而感到羞愧，难以想象那么温柔的女生竟然被前男友威胁，她希望林琳的麻烦已经解决。

顾衍沉吟了一下："其实取证已经基本到位了。她的这个前男友真是不知死活，一开始只是用以前交往期间获取的聊天记录威胁林琳复合。

你也知道的，朋友情侣之间吐槽上司或者奇葩同事，这是再正常不过的事，可如今分了手，他竟然拿着这些聊天记录截图，威胁林琳要——发给那些被吐槽的人，让她社会性死亡。他利用林琳的害怕，不断操控林琳的情绪，不断要求她出来约会、逛街、看电影，还妄图复合，而现在竟然已经发展到为此问她要钱了。"

要钱？

一听涉及钱，齐溪就来了兴趣："金额大吗？能按照敲诈勒索来吗？"

这种能拿着交往期间所获得的女孩子隐私做要挟的男的，如果每次都退让，不一次性反击个彻底，恐怕会像个蚂蟥一样不断黏着吸血。

要是只是一般的威胁复合之类，即便报警，估计也是小打小闹的处罚，很可能不仅没法终止对方的行为，甚至激怒对方，让对方做出更过激的骚扰；但如果涉及敲诈勒索这样的刑事犯罪，那性质就完全不同了，完全可以引入检察院这样的公权力介入，让对方吃不了兜着走。

顾衍点了点头："既遂的金额早就超过数额较大的范畴了，至今已经对林琳敲诈勒索了五次。截至上次林琳的统计，他已经总共从林琳手里拿走了十四万左右的钱。"

虽然以往把林琳当成顾衍正牌白月光时，齐溪暗戳戳总有些酸溜溜的情绪，把她当成了假想敌，总要背地里精神胜利一样偷偷骂两句她不上路子，老吊着顾衍。可如今听说了她的遭遇，齐溪作为女性设身处地代入一下，这种共情一下子就让齐溪非常愤怒起来："不能这样下去，不能坐以待毙！既然证据也收集齐全了，那我们就陪林琳去报警吧！"

结果说到这里，顾衍反倒是有些无奈地摇了摇头，有些头痛道："问题就出在这里，林琳不同意报警。她几次用再这样就报警了去告诫她前男友，也告知了他，他的行为已经涉嫌严重犯罪，希望他停止，但对方肆无忌惮，像是吃准了林琳不会去报警一样，不仅没收敛，还变本加厉了。我也劝过她，和她分析过利弊，但她还是没有行动。"

怎么会这样呢？一旦去报警，这可是稳赢的啊！

齐溪无法理解林琳的决定。但既然此刻她正在顾衍的房子里，他们何不约楼下的林琳出来当面谈谈？

顾衍听了齐溪的计划，愣了愣，但随即就了然地点了点头："好。或许你们都是女生，你和她聊起来更能贴近她的心理。"

齐溪点了点头，没忍住补充了一句："但我要声明，我不是因为得知了林琳不是你女朋友我才愿意帮忙的。"齐溪语气认真道，"即便林琳是你的女朋友，就算是你老婆，要是得知她遇到了这种事，我也会帮到底的。"

顾衍愣了愣，然后用带了点无可奈何的表情道："你不用解释这些，因为我知道你是什么样的人。但有一点我也要声明，没有别人会成为我的女朋友或者我的老婆。"

他说完，低头拿起手机，开始给林琳发起消息来。

刚才他的话点到为止，并没有把后半句说出来，然而他盯着齐溪的眼神却已经把他想说的都传递了出来。

没有别人会成为他的女朋友或者他的老婆，只有齐溪。

齐溪觉得头脑发晕。自己大学不谈恋爱确实是对的，因为男人确实是学习、工作上的绊脚石，自己刚才还一门心思投入在林琳这个事上思考方案，结果此刻和顾衍一对视，竟然有点色令智昏的错觉。

这男的怎么总是能这么一本正经地夹带私货！

齐溪有些色厉内荏地拍了顾衍一下。正在小打小闹的时候，敲门声传来——林琳正好在家，顾衍一联系，她就径自上楼来了。

齐溪整了整仪容，做出端庄职场丽人的姿态，然后才让顾衍去开了门。

才几天不见，原本印象里温柔白净的林琳，此刻脸色却带了点憔悴的蜡黄，眼神看着也没什么神采，嘴唇因为长久没喝水有些干裂了。

看她这个模样，齐溪心里就难受上了。

被曾经亲密的人以隐私要挟，这需要承受多大的心理压力才会如此憔悴不堪？

此刻，齐溪原本到嘴巴的话都不知道如何开口了，下意识做了自己觉得应该做的事——轻轻地抱住了林琳，然后拍了拍她的背。

"没关系的，别害怕。"

没有过多的言辞和允诺，但只是这样一个拥抱和安慰，林琳原本情绪紧绷的脸上终于露出了撑不下去的裂缝，埋在齐溪的肩上哭了出来。

大概是情绪一直没能得到宣泄，这一哭，林琳哭了将近半小时。

其间齐溪也没催她，只是耐心地拍着她的背，等她情绪缓和。

林琳哭过以后，果真看起来情绪放松了一些。她用红肿的眼睛看着齐溪："对不起，给你们添麻烦了。"

齐溪给她抽了几张纸巾："没关系的，你遇到的事，其实很多别的女生也会遇到。但你相信我们，我们一定能处理好。"

一提起这事，林琳的脸就黯淡了下来："没那么容易……"她微微哽咽道，"他有我很多把柄。"

把柄？指的是那些所谓的林琳背后吐槽同事、老板的聊天记录吗？

齐溪看了顾衍一眼，刚想问顾衍能让自己和林琳先单独聊聊吗，结果顾衍似有所感，他朝齐溪笑了下，非常有默契地读懂了齐溪未尽的话语，非常自然道："我去给你们准备点水果。"

顾衍一走，齐溪也没藏着掖着："林琳，你到底遇到了什么事，你男朋友是真的只掌握了你的聊天记录吗？"

很多普通人都会吐槽自己的同事和老板，即便这些吐槽真的被恶意的前男友公开，也完全达不到彻底摧毁人的地步，因为工作都是可以换的，大不了辞职走人，跳个槽重新来过。

要对这份工作真的爱到不行不愿意离职的，那或许可以趁机真诚地和被吐槽的同事上司谈一谈，把心结解开；要是被吐槽的人真的非常介意，那只要林琳自己厚厚脸皮，赖在公司也没人能把她怎么样，何况但凡能被人背后吐槽，说明这些同事或者上司平时为人处世确实有有问题的地方，没准林琳还能成为其余同事钦佩的对象呢。

不论哪一种情况，林琳都远远好过被一个前男友以此拿捏着无止境地搓圆捏扁。

而林琳为此竟然还不愿意报警，齐溪觉得，是不是这个前男友手里拿捏的远不止林琳说的那些？还有别的？

齐溪看向了林琳的眼睛："林琳，你不要在意我得知以后会不会评价你，我现在的身份是一个律师，不论你做了什么，我都不会用外界的道德三观去评判你，我只会在法律层面评价你的行为，分析你行为的风险。如果你希望甩脱你的前男友，那你需要把所有真实的情况都告诉我们，否则我们没法真正地帮到你。"

大概读懂了齐溪表情里的认真，林琳非常难堪地咬了咬嘴唇，有些迟疑，有些赧然，挣扎许久后，她还是开了口："他是我交往的第一个男朋友。我当时不懂事，又是第一次恋爱，投入太多了，因为给了他太多第一次，总觉得想一段恋爱谈到结婚，结果……结果他和我在一起没多久后，我就发现他在撩别人。"

齐溪心里有了点猜测的雏形，微微皱着眉，看向林琳："所以你……"

"所以我为了挽回他，也找他吵了闹了，结果他说，因为他工作是在金融圈的，常常需要出差，所以也常常见不到我。他说他是正常男人，每次有那方面需求，我又不在身边，他忍不住……"

林琳说到这里，神色间充满了懊丧："所以我听了他的话，一旦他出差，就给他拍一些私密视频，他要我摆出什么姿势做什么动作，我都照做，只想着这样能拴住他的心。"

林琳讲到这里，齐溪就全明白，她如此被威胁仍旧不能下定决心报警，是因为她被前男友拿捏在手里的可不光是吐槽上司和同事的聊天记录那么简单。

齐溪的语气也变得严肃起来："所以他现在拿着这些视频威胁你是吗？"

林琳眼眶红了，点了点头："是的。我和他认识交往的时候才大一，他当时就已经工作了，比我大五岁，比我成熟很多。我之前是太恋爱脑了，后面进了社会，接触了更多的人和事，渐渐冷静下来，知道他这样的人并不适合我。他在金融圈工作，做事的三观和我都合不来，比如他会利用做项目出差的机会，虚假报销，然后为了拉项目和投资，总会请那些合作伙伴去 KTV 或者高档会所之类的地方，而且他真的很喜欢撩别人，感觉是刻在他骨子里的，改不掉。"

说到这里，齐溪也猜到了："所以你提了分手？"

"是的。一开始他倒是爽快地同意了，因为他从事金融工作，算是高收入人群，不缺能填补他空窗期的女生。只是没想到，分手后没过多久，他假公济私虚假报销的事被同事举报了，也是那个时候，他之前带的项目也出了问题，业绩也不好，正好和他们公司的劳动合同到期，公司人事做出了到期不续约的决定，把他给开了。他一下子没了工作，还补还了公司之前虚假报销套现的钱，之前他撩的几个女的也都跑了，他就回头想起了我。"

讲到这里，林琳的情绪有些忍不住，眼泪啪嗒啪嗒掉了下来："我和他分手后虽然也痛苦了一阵子，但他再来联系我的时候，其实我已经走出来了。当时因为工作原因我也结识了新的男生，对我很好，很尊重我，人也非常专一温柔。这个男生当时刚和我表白，我们刚在一起，但没想到这时候，我那个前男友找上了门。"

齐溪听到这里，除了对林琳的同情外，就是对她那个垃圾前男友的愤怒："他拿着你以前拍摄的那些私密照片和视频威胁你？"

林琳点了点头："是的。他说从我微博上看到我开始新的感情了，说他放不下我，要和我复合，我拒绝了。没想到之后他就拿着那些私密的照片、视频还有以往的聊天记录威胁我——如果我不同意复合，他就把这些都发给我现在的男朋友，看他还要不要我。"

竟然是这种人渣！

林琳讲到这里，已经泪如雨下："我当时的男朋友人真的非常好，家里虽然不是大富大贵，但是是知识分子家庭出来的，父母也都很好。我实在不希望我以前的这些丑事被曝光到他们面前，也不想看到他得知这一切后对我露出厌恶的样子。有我前男友手里捏着那些东西从中作梗，我和现任男友已经不可能有未来了。我想着既然这样，还不如体面地从他的世界离开，所以不顾他的挽留，坚决提了分手。

"我以为前男友只是因为失业了各种不顺利，看到我工作和感情生活都上了正轨心里不平衡，只要我和现男友分手了就好了，但没想到他的威胁开始升级了。他说我拒绝复合也没事，但是要陪他最后一次，只要陪了最后一次，他就和我两不相欠了。"

怎么可能会是最后一次呢？

身处事件中心的林琳可能因为慌乱对前男友的话信以为真，但作为旁观者的齐溪，几乎是听到这里就可以确信，有一就有二，只要你软弱了一次，对方就一定会得寸进尺。

果不其然，林琳接着的陈述已经快要泣不成声："可我没想到，他像个无底洞，一次以后又要第二次。只要他想要了，他就故态复萌，用我的隐私要挟。如果我不和他去，他就要把我的隐私发给我的爸爸妈妈还有同事亲戚。就这样，一次又一次，到后面他连出去的钱也要我付，还要我给他钱去吃喝玩乐，把我当成是免费的招待和提款机。

"我因为这个事，每天失眠，精神恍惚，得了重度抑郁症。我把这事告诉顾衍也是阴差阳错。我除了之前被前男友骚扰在业主群里求助，正好顾衍顺路陪我一起回去外，有一次站在小区楼顶的天台上，我一念冲动想要跳楼自杀，被正好也上天台散心的顾衍撞见，把我救了下来，我才和他掐头去尾地说了这件事。"

原来如此，所以才有了林琳向顾衍求助的这些事。但由于顾衍毕竟是男生，林琳为前男友拍摄私密视频和大尺度照片这件事，她恐怕是实在没有好意思向顾衍和盘托出，因此顾衍也以为林琳被前男友拿捏着的只有一些私人聊天记录。

林琳抹了抹眼泪："我理智里也知道要报警，可他手里捏着那些东西，我怕鱼死网破之下，他把这些都公开出来，那我真的也不想活了。"

原本齐溪还不能理解林琳不报警的行为，听到这里，她全都明白了。

在这个社会里，作为一个女生，往往被要求有更强烈的道德义务和清白义务，所有艳照事件里，抑或是出轨事件里，男性总是比女性更容易全身而退，甚至还有人会以艳羡的语气谈及事件中的男性，但留给女性的只有无穷无尽的嘲笑和侮辱。

林琳的顾虑齐溪完全能够理解。

但……

"你如果不主动出击，就会被你前男友当成软弱可欺。人的恶劣品性是有惯性的，他现在恐怕觉得你满足他的一切要求都是理所当然的。那你想一辈子被这样一个人渣捆绑住以至于束手束脚吗？你想以后只要遇到一个好男生，就碍于这个恐怖的前男友，就不得不分手吗？直到自己的人生都被毁掉？"

齐溪的语气是难得的严肃："而且你要相信现在警方的办案能力。你前男友的行为涉及严重的敲诈勒索，而利用你的隐私威胁你发生关系，这就是强奸罪；违背女性的主观意愿强行发生关系，不论他是陌生人，还是你的现男友前男友，这都叫强奸；一旦你报警，警方查证后介入，就是刑事犯罪，数罪并罚，这是要交给检察院公诉的。他在你面前再横行霸道，也强不过国家公权力。"

齐溪一番话可以说是推心置腹，给林琳分析了事情的利弊得失："你想的可能是息事宁人，可他的胃口早被养大了，永远没有满足的那一天。你自己想想，他每次向你提过分要求时，一定保证说是最后一次，可是不是每一次后，都有下次？"

这话大概说到了林琳的心坎上。她经历了太多这样的下一次，好不容易以为生活终于有出口了，结果走到尽头，才发现此路不通。那些违背她意愿的事好像无穷无尽，也是为此，她才罹患了重度抑郁。

只是虽然林琳的决断已经只差临门一脚，但她还是有诸多顾虑："但一旦上升到刑事层面，我的家人……还有他……可能都会知道这些事……我很害怕，我怕事情不好收场。"

听到这里，齐溪心里也有了计较。

林琳内心是想报警与前男友做个决断的，但让她如此犹豫不决的并不是不敢直面前男友，而是不敢直面自己过去因为疏忽和过分天真犯下的错误。

"与其永远担心你的前男友什么时候曝光你的过去，不如你自己正视这件事。过去年纪还小的你，因为不懂事犯了错，听信了不该信的人，拍了一些私密视频，被对方拿捏了把柄，那与其每每被对方威胁，不如你直接报警。"

"做任何事，本来也都是要承担后果的。"齐溪给林琳递上了纸巾，"林琳，过去做错了没有关系，但不能放任这个错误越变越大。过去为了挽救和前男友感情而把自己变得卑微，没能好好爱自己的你，做了傻事，亲手把那些能伤害到你的视频交到了人渣手里，那我们现在就一起去纠正它。"

齐溪循循善诱道："现在，你即便为了掩盖这些事，满足你前男友一切要求，但总有一天，你会难以支撑。现在他问你要十几万，未来呢？未来可能是上百万、几百万，甚至上千万。你总有满足不了的一天，到时他还是会选择把这些过去曝光出来。那时候对你造成的伤害已经像是日积月累滚大的雪球，只会更难让人招架了。"

林琳还有些犹豫："可万一进入法律程序后大家知道……"

齐溪盯着林琳的眼睛："我知道你在担心什么，可你的父母就算知道这些事，只会心疼你，而不是来责备你；而那位你喜欢却被迫和他分手的男生……"

齐溪喊了顾衍的名字，几乎是没多久，顾衍就推开了门。他端了水果出来，显然在门外等待齐溪的指令已久。

齐溪看了林琳一眼，然后看向顾衍："顾衍，假设，我举个不恰当的例子，假设我在遇到你之前做了很差劲的事，你得知后，会选择离开我吗？会责怪我吗？"

顾衍愣了愣，显然还有些没跟上齐溪的节奏，问道："你做了什么事？违法了吗？"

"那没有，只是从道德上来讲是不太恰当的，比如……"齐溪一时之间也想不出适合的类比来，"比如在不知情的情况下做了第三者。"

虽然只是假设，但顾衍的神色果然还是严峻了起来，搞得齐溪甚至有些忐忑。

"齐溪，我不会责怪你。"然而顾衍温和镇定的声音很快驱散了齐溪心里的那点不安和紧张，他沉声道，"我只会责怪自己，怪自己遇到你不够早，怪自己没能更早地保护好你，才让你遭到这样的事。这根本不是你的错。"

虽然并不明白齐溪这个突如其来的问题的含义，然而当林琳开始放声痛哭时，顾衍也终于反应了过来。他看向了齐溪，而齐溪对他点了点头。虽然没有说上话，但齐溪确信，顾衍已经从自己的眼神里猜出了大概。

在林琳漫长的哭声里，齐溪一直陪伴着她，安抚着她："你看，林琳，并不是所有男生都会认定有些事是女生错的。你那么惧怕你喜欢的男生知道，甚至为此直接喊停了这段感情，是不是对他不公平？因为你预设了他的反应，觉得他会为此歧视，鄙夷你。但其实说不定他和顾衍的反应是一样的，不仅不觉得你有错，反而会心疼你，坚定地站在你的身边，陪伴你走过最黑暗的路。"

"他如果真的是如你所说那样温柔善良的人，在得知这些后，是不会来怪罪你的。他只会觉得是自己没能保护好你，会更想对你好。"

齐溪温柔地笑了笑："如果他因为得知这些就远离你，那又怎么和你走过未来更长的人生？生活从来不是一帆风顺，真正的爱人不仅能同甘，也要能共苦。如果他不能接受，那你们分开，你也不会再遗憾了，也算给自己一个交代，也是对这段感情有一个交代。所以你做你应该做的事，去报警，其余的事交给时间，时间都会有答案。"

齐溪讲到这里，朝林琳眨了眨眼："何况，现在公检法工作人员的素质都非常高，办理你这样的案子里，也非常有人文关怀，进入法律流程后，也未必会扩大这件事的后果。现在公检法的团队里，有大量优秀的女工作人员，像你这样涉及女性隐私的案件，完全可以要求由更容易和你共情的女性工作人员对接。"

以上所说的确实都是事实，但齐溪也不想骗林琳，好的方面说完，坏的方面，她希望林琳也能有个准备。

因此，齐溪坦诚道："只是进入法律流程，尤其是进入公诉，后期确实会面临你的至亲多少得知的可能性，我希望你报警前还是能为此做好准备。但我想告诉你的是，你的至亲至爱，永远不可能站到加害人的立场去，只会坚定地站在你的身后。"

在齐溪和顾衍包容和温和的劝说里，林琳终于止住了哭声。

一改此前的犹豫和纠结，此刻林琳的脸上终于露出了坚毅的神色，她看向了齐溪："谢谢你们。

"我要报警。"

最后是齐溪和顾衍一起陪同林琳去报的案，对接人确实是女警员，非常温柔耐心，像个邻家的大姐姐，一点没有让林琳难堪。

等整个笔录调查完成，齐溪和顾衍从派出所出来，计划把林琳再安全送回。林琳看了对面马路一眼，拒绝了齐溪和顾衍的提议。

她赧然道："已经很麻烦你们两个了，你们去忙自己的事吧。"

顾衍看了齐溪一眼，还是很坚持："还是我们送你吧！你那个前男友说不准又在哪个路口等你，等他被采取强制措施之前，我觉得你最好还是不要一个人行动，我怕他过激之下真的做出暴力行为。"

顾衍显然是真的不放心林琳，还试图说服她这段时间一定要警惕注意。但齐溪望了一眼马路对面，突然有些了然，拉了拉顾衍的衣袖，然后朝他使了个眼色。顾衍愣了愣，随即循着齐溪的眼神也朝马路对面看了过去。

在那里，正站着一个身穿西装，戴着眼镜，看上去文质彬彬，但脸上充满焦急的男人。这男人像是在找什么人，正在东张西望，模样很急切。齐溪看着他拿出了手机，拨打了谁的电话。

果不其然，几乎是同时，林琳的手机响了起来。齐溪看到，在她的手机备注里，打来电话的人显示的名字处标注的是一个爱心图案。

林琳像是有些愣神，看了眼马路对面，又呆呆地看了眼手机，像是还不能相信这一切是真的，有些不安和紧张地捏着手指，像是手足无措，直到齐溪实在看不下去："接呀！"

林琳这才手忙脚乱地接起了电话。

齐溪和顾衍自动回避，稍微走离了点林琳。隔着距离，他们听不到林琳在说什么，只能间或听到她略带哽咽和鼻音的"嗯"，像是在答应着对方什么。

而马路对面的男人很快也看到了林琳。他挂了电话，快步朝林琳走来。然后他越过马路，走到林琳面前，表情严肃，一言不发，只是把林琳抱进了怀里。

报警和做笔录的时候，虽然需要回忆那些遭到胁迫的细节，多少有点二次伤害，林琳整张脸都很苍白，但整个过程非常坚强勇敢。她没有情绪崩溃，没有哭，只是有些颤抖地把前男友的罪行和盘托出。

然而整个报警过程里都坚持下来的林琳，此刻被男人抱着，终于忍不住哭了出来。

不用说明，齐溪也知道了来人的身份，恐怕就是那位林琳喜欢但迫于前男友威胁而选择分手的男生。

"我在出发去报警的路上，可能也是冲动之下，做了个决定——我给他写了一条很长的信息，说明了前因后果，告诉他我之前做错了事，爱错了人，向他道歉，也为之前没有理由的分手做出了解释；我想告诉他，就算他为了这件事看不起我远离我，但我分手是被迫的，我心里一直爱他，希望对这段感情至少有个好好的告别，也祝他未来能幸福。"

半小时后，林琳坐在派出所附近的咖啡厅里，向齐溪和顾衍坦诚了此前冲动的行为，她的脸上是羞赧和劫后余生般的动容："真的，谢谢你们。要没有你们那么劝我，我不会有主动面对这件事的勇气。"

她说话的时候，她喜欢的男生全程紧紧握住她的手。那男生虽然沉默，但一直坚定地陪在她身边。

不用言语，齐溪已经知道，自己没有推测错这个男生，他是值得林琳信任和依靠的。

既然最难的一步——报警，齐溪和顾衍已经陪着林琳走过，那接下来的一路，随着公权力介入，林琳身边有那位男生陪伴就足够了。

和顾衍一起与林琳两人告别后走出咖啡馆，齐溪突然觉得今天的太阳仿佛都更晴朗了一点。

她伸了个懒腰："林琳找了个很好的男朋友啊！这男生一看人就很沉稳，也很温柔。"

"哦。"

"而且你注意到没有，在咖啡厅里，他一只手全程都和林琳的手十指紧扣，就让人觉得他们好配啊……"

齐溪本来还想说点祝福夸赞的话，然后手上突然被顾衍拉了一把。

她还没反应过来，顾衍就拉着她的手和她十指紧扣起来。

这男人手上这样一连串小动作，但脸上却完全波澜不惊的，可惜他的嘴好像闹了独立革命，都不用齐溪拷打，就自发地泄露出了主人内心的情绪。

"人家找了个很好的男朋友，你找的也不比人家的差。"

顾衍的声音一本正经，像是在说法律意见一样镇定自若。他看了一眼和齐溪紧扣的双手："我看我们也挺配的。"

齐溪忍不住笑了下，继而也有些脸红，有些想挣脱顾衍的手："感觉人家都在看……"

可惜顾衍并不松手："你那么慌干什么。就你这样紧张，别人才会觉得奇怪。"

不过两人走到竞合所楼下，顾衍还是听话地松开了齐溪的手。

虽然恋爱是谈上了，此前也喊着朋友圈给顾衍名分，但理智回笼一想，齐溪觉得既然算是办公室恋情，就还是别太高调为好，何况顶头上司还是顾衍的姐姐……

齐溪觉得告知顾雪涵这件事，自己还需要一些心理建设。

顾衍对此的态度非常配合："那就等你准备好。"

这样的态度反倒让齐溪有点意外了："你不怕我不对外公布你的名分，然后偷偷摸摸再去相亲或者认识别人什么的？"

"那没可能。"顾衍笑了下，然后凑近齐溪的耳朵，像是不好意思一样，压低声音轻轻道，"我挺黏人的，你没可能还有别的时间了。"

这男人说完，大概也觉得有点不好意思，移开了脸，目视前方，仿佛刚才说黏人的不是他。

然而脸上和耳根的微红还是泄露了顾衍的真实情绪。

他在害羞。

齐溪突然想起之前彩排的普法小视频，这一刻，她比任何时候都想代入女恶霸的心理。在进竞合所写字楼之前，她飞快地冲上前亲了顾衍的脸颊一下，成功看着他在错愕里脸和耳朵变得更红，然后恶劣地朝他又飞了个吻，然后像只狐狸一样先行蹿进电梯间了。

只是齐溪没想到她和顾衍走进竞合的时候会撞见顾雪涵。

顾雪涵见了他俩也愣了下："你们不多休息一会儿？"顾雪涵狐疑地看向了顾衍，"早上的时候不是和我说昨晚你们去聚会吃坏东西了？这么快就来上班了？"

顾雪涵皱着眉，看了眼顾衍的脸："你脸红成这样，不是肠胃炎导致发烧了吧？"

顾衍咳了咳，有点不自然："哦，我没事。想着所里可能有事，我们都不来不行。"

顾雪涵还觉得有点奇怪，但她像是赶着出去开什么会或开庭，也没再追问什么："律协之前开了律师职业道德年度会议，待会儿所里会开个全体大会，一来做一下案例学习分享，二来传达一下律协的精神。正好我没空，你们两个没什么事的话去参加一下。"

顾雪涵说完，就离开了，留下齐溪松了一口气。

她和顾衍对视了一眼，然后都飞快移开了视线，彼此佯装镇定地回到座位上。

还是原来的工作内容，还是原来的办公场所，甚至连身边的顾衍也没有变，但齐溪就是觉得一切都变了。

她变得有点心猿意马，不断偷偷瞥向顾衍，然而顾衍好像想的也是如此，因为两个人的目光总是能偷偷瞟到一起，然后像是触电般飞快移开。

齐溪气鼓鼓地想，难怪那么多公司禁止办公室恋情，像有顾衍这样子的红颜祸水在身边，根本没法安心工作。

好在下午没什么工作要忙，没多久，行政部就通知开全体学习会了。

竞合所的这类学习会，算是定期的习惯，一般第一部分议程是每期由合伙人轮流选定法律主题，针对一些疑难或者有探讨意义的案件，进行实习律师的交流探讨；第二部分议程则是趁着全体学习会，顺带重申下律师的职业道德，强调下怎么处理和当事人之间的交往分寸，属于老生常谈，一般会由对接律协的同事代为传达下律协精神，接着便是例行观看律协的律师职业道德宣传片。

齐溪和顾衍进会议室的时候已经算晚了，只剩下会议桌最角落的两个座位。两人没挑，径自坐下了。

案例探讨会很快就开始了。竞合所的案例探讨会有点像模拟庭审，会选出原告和被告两方，针对案情进行模拟辩论。

齐溪抽了签，结果和顾衍成了对垒的原被告代理人。

这次需要模拟的是个复杂的股权转让纠纷案，原被告代理人分别会有两人，齐溪和另一个团队的男律师成了搭档，顾衍则和另一位所里的女同事做了搭档。

案情虽然复杂，但齐溪提炼了一下要点，觉得自己作为原告方的律师，胜诉的概率比较大。只是等她准备好自信地上场，被告律师却比她想得更难缠。

自然，难缠的并不是那位女同事，而是顾衍。

几乎齐溪只要另辟蹊径提出一个新思路，作为被告律师的顾衍就能巧舌如簧地用各种名目把被告方的过错合理化，紧咬不放，从各个层面质疑齐溪的证据效力，用尽一切办法否认事实。

历来所里的模拟辩论赛，一来是给大家练手的，二来则是另类的"团建"，让不同的同事之间打破团队能够合作，或者竞争。没什么是比在工作中互相了解彼此更容易建立信任感的了。

因此这类模拟辩论赛更偏向友谊性质，历来都不会剑拔弩张成这次这样。齐溪的搭档很快笑着点到为止，顾衍的女搭档也不再紧追不舍，但齐溪和顾衍都没有就此停止。

虽然也知道就是场练习赛，可看着顾衍认真的样子，齐溪不服输的倔强也被激发了。她铆足了劲和顾衍唇枪舌剑，你来我往，完全全情投入，根本忘记了顾衍是自己的男朋友这件事了。一进入到原被告代理方对立的身份里，齐溪脑海里只剩下和顾衍拼个你死我活。顾衍显然也是如此，一点都不带让步的，颇有种输了女朋友也要赢了庭审的气势。

一场友谊赛，最后被齐溪和顾衍打出了血海深仇的气场，以至于原本点到为止、很快能结束的模拟庭审延长了整整半小时才结束，并且还没分出胜负。齐溪和顾衍打了个平手，因为时间问题被此次主办会议的人事部女同事给叫停了。

"你们两位要没尽兴的话，等会议结束后私下找个时间再切磋。"这位人事部女同事看了齐溪和顾衍一眼，"时间有限，我们先进入下一个议程。"

虽然还是有些没分出谁胜诉，但确实不应该占用集体的时间再辩论下去，齐溪没说什么，点头走下了台，而顾衍也是同样。

等会议室里放起律师职业道德宣传片，齐溪才推门去了下洗手间，结果挺巧，竟然撞见了人事部女同事。她见了齐溪，也是愣了愣，两个人一起在水池前洗手，自然要客套地聊两句。

齐溪和对方聊了个正在连载的漫画，发现竟然是同好，瞬间真情实感地聊上了。

"对了，齐溪，你是不是和顾衍之间关系不太好啊？"临走之前，人事部女同事终于像是忍不住了，"按理说你们是一个团队的，感情应该不错才是，但刚才你们那么剑拔弩张的，看起来真的关系很紧张的样子。"

她有些担忧地看向齐溪："你现在在顾律师的团队，顾衍又是顾律师的亲弟弟，你是不是在案源分摊上和顾衍有什么矛盾啊？有顾律师偏袒顾衍的事情发生吗？如果真的和顾衍处不好，你也可以找我们人事部老大反映，看看能不能把你调到别的团队去……"

齐溪愣了愣，既而有些失笑，解释道："没有啦，我在顾律师团队很开心，和顾衍相处也很好，顾律师也从没有偏袒的行为。"她澄清道，"只是可能我和顾衍都较真了一点。"

虽然还有些狐疑，但人事部女同事还是点了点头："那就好。总之如果在工作中有关于同事和上级人事方面的问题，你可以随时和我们单线联系哦。"

齐溪真心实意地向对方道了谢，这才回到了会议室。

此时会议室内还在播放宣传片，而顾衍正襟危坐，像是认认真真地在听。

刚才辩论时，除了必要的眼神对视，其余全程顾衍都对齐溪表现出了非常严肃正经的非礼勿视，甚至大概为了避嫌，还对齐溪表现出了一种比平时更为不近人情的冷若冰霜，如今也是如此。这也难怪刚才人事部女同事要误解。

齐溪没忍住，她拿起手机，给顾衍发了微信。

　　你好凶哦。

齐溪想了想，又偷偷瞥了眼正目不斜视看宣传片的顾衍，继续打字道：

　　对女朋友都这样赶尽杀绝。
　　我还以为你会让让我呢。
　　你超凶的。人事部姐姐都以为你和我关系紧张，不对付呢。

而且辩论的时候你怎么都不看看我！

齐溪并不是真的想让顾衍放水，反而觉得顾衍和自己都发挥真实水平好好切磋一下才畅快。只是虽然在律所不公开低调处理是齐溪的决定，但真看到顾衍如今这么一副好像置身事外，与自己完全无关的模样，齐溪心里又觉得酸酸涩涩的。规矩是自己定的，结果自己第一个带头嫌弃顾衍犯规。

齐溪也没想责备顾衍或者真的借着女朋友的身份得到什么偏袒优待，只是……

只是想让顾衍哄哄自己。

虽然只是发几条信息，没有任何人会发现，但和顾衍一起坐在众多同事都在的会议室里，这感觉就很奇妙，颇有种……有种偷情的刺激感……

齐溪因为这不恰当的联想，瞬间觉得脸都有些烧起来。

而因为频繁的微信提醒，顾衍终究是微微蹙着眉解锁了手机。

齐溪以为顾衍看到后会立刻看向自己，或者马上回复。

结果这男人看完后，竟然就一本正经地把手机放回去了，不仅没有看齐溪，也没有回复。

齐溪有点纳闷了。

照道理来说，自己和顾衍还应该算是热恋期呢，怎么这男的就这样了？自己都在他面前呢，他看也不看理也不理。

会议室里的宣传片正放到大谈律师不应该收取当事人好处的部分，这算是老生常谈的例行教育。齐溪环顾四周，会议室里的其余同事果然都有些昏昏欲睡或是在走神或者是在看手机，甚至还有在偷偷改合同的。

既然这样……

齐溪的心怦怦地跳着。她也知道最好不要，但还是忍不住，心里像住了理智和冲动两个小人，而冲动恶劣的那一个取得了上风。

鬼使神差地，齐溪悄悄地往顾衍那边靠了靠，然后借着会议桌的遮掩，她的腿轻轻靠近了顾衍的，在会议桌下生涩而刻意地蹭了蹭顾衍的腿。

齐溪在很多影视剧里看过，坏女人一般都这么勾引男人。

大概招数真的有效，顾衍这次果然看她了，可惜完全没有影视剧里演的那种对她来一眼心照不宣和暧昧丛生。这男人只是面无表情地看了齐溪一眼，然后就继续目不斜视仍旧盯着宣传片屏幕，继而避开了齐溪的脚，把自己的身体往另一边侧了侧。

"……"

齐溪简直无语了。

这破宣传片有什么好看的，每年都会变着法子看一遍，以顾衍的记忆力恐怕台词都能倒背了。大家集中观影都是走个流程的，结果顾衍还真心实意认真看上了！

齐溪心里有点失落和挫败。小说里不都写了吗，刚热恋的时候，看对方一眼都像是触电一样，结果到了自己这里……是自己太没有魅力了吗……

刚在一起的感觉原本就带了点不真实的感觉，如今因为顾衍这样的态度，齐溪竟然有些患得患失起来。

她也努力集中精力去看宣传片，然而心里还是气鼓鼓的，又有些委屈。大概是有些恍惚，她拿起手机想要放好的时候，一个不当心，手机就从手里滑脱，滚落到了会议桌的下面去。

齐溪没有想什么，下意识便弯腰去捡，而与此同时，顾衍也从椅子起身，半蹲下来，像是也要帮齐溪去捡。齐溪先行捡起了手机，而顾衍慢一拍，按在了齐溪捡起手机的手上。

齐溪拿到手机就下意识要直起身，然而那只手被顾衍按住了。

齐溪维持这样弯腰的姿势有些累，刚想开口，嘴唇刚刚轻轻开合，嘴上就传来了温热的触感。

顾衍亲了她。

竞合所的这个会议室的会议桌有前挡板，而顾衍半蹲着，齐溪则弯着腰，两个人又坐在最后面没有别人的角落里，会议桌的高度阻隔了外界的视线，遮盖了两个人的身形。

顾衍把齐溪从椅子上拽了下来，把她一起拉到了会议桌的下面，然后按住她的脖颈，温柔但又十分强势地把她的脸往下压，压向他的嘴唇。

在所有人看不到的会议桌下面，顾衍又一次亲了齐溪。

明明会议室里有那么多同事，但顾衍亲得却相当肆无忌惮。齐溪体会到占有欲、强势和侵略性，觉得自己宛若一座无力抵抗的被顾衍攻城略地就地正法的城池。

因为紧张，因为担心被发现，齐溪的心跳简直快到离谱。被顾衍亲吻的刺激和甜蜜混杂着偷偷摸摸害怕被抓包的惶恐，让这个和顾衍的第一次亲吻变得狼狈仓促但又回味无穷到每个细节都让人无法忘怀。

因为顾衍，整个会议室好像变成了两个世界。

明亮的是看得见的众人都在看律师职业道德宣讲视频的那个世界。

而在晦暗不明的地下世界里，被人事部误认为有仇的两个人正在放肆亲吻。

其实这并不是一个多绵长的吻，顾衍很快放开了齐溪，抵着她的额头，声音沙哑低沉地警告："别胡闹。"

然后这男人把手机重新放回到齐溪的手里，状若无事般重新起身，坐回了座位上，留下齐溪有些手脚发软地慢慢直起身体。

齐溪的头脑里像是被投掷了一枚原子弹，此刻充满了爆炸后的后遗症，整个大脑里嗡嗡的。隔了很久很久，她才找回自己的五感。

顾衍那句"别胡闹"仿佛还在她的耳畔回荡。

什么胡闹啊，齐溪整个人感觉烧得快要冒热气，明明不是自己胡闹，是顾衍胡闹。

这里可是竞合所的会议室啊！

因为赧然和一点点恼羞成怒，齐溪又拿出了手机，她要质问质问顾衍，这都什么意思。刚才还对自己爱理不理的，结果在会议桌下面偷袭，这是她的初吻啊，就这么猝不及防完成了第一次亲吻。

只是齐溪刚解锁手机，还没来得及发信息，就发现顾衍不知什么时候已经回复了她刚才的质问。

傻子，看了你，喜欢你这件事就藏不住了。

因为太喜欢你，想和你装成普通同事的样子都觉得很难。
只要看你，只要和你说话，就会忍不住，所以只能矫枉过正装得冷淡一点了。

你别胡闹了，离我先远一点。我的自制力没你想的那么好。

齐溪看了一眼顾衍。此刻这男人身体再次倾斜向了另一侧，仿佛是为了离齐溪远一点，脸上的表情一本正经，仿佛刚才把齐溪拉到桌子底下亲的人不是他。

齐溪觉得难以形容自己此刻的情绪。她的心像是分成了两半，一半是急速跳动的怦然心动和紧张，一半是逐渐变得安心又温柔的安定感和确定感。

顾衍喜欢她，而她也真的好喜欢好喜欢顾衍啊。

第十四章　有你就够了

因为临近圣诞，竞合所里迎来了第一波淡季——大部分海外客户和外资企业客户都放圣诞假去了，又快到新年，大家手里的活儿普遍少了起来，都带了点休闲的气质。

赵依然也终于忙完了他们法院里的案子，算是得了个空当。

下班的时候，齐溪接到了赵依然兴奋的电话："齐溪，晚上看电影去吗？最新上映的那个奇幻片《乘龙》，我们庭长为了犒劳我们之前加班加点，自掏腰包包场，还可以带家属。之前统计过名单，现在临时有四五个同事来不了，场子很空，你来不来？"

齐溪看了眼顾衍。《乘龙》据说特效效果拉满，是最近的热播片，电影院都快爆满到一票难求了，齐溪原本今晚就想去看这个，奈何发现附近电影院黄金时段的票都卖完了，才计划和顾衍改为去逛街。如今接到了赵依然的电话，齐溪就有些蠢蠢欲动了。

她拽了拽顾衍的袖子："去吧，好不好？晚上去看这个嘛，他们法院刑庭包场了。"

顾衍看起来有些无奈："我什么时候对你说过不好？"

"那就这么愉快地决定了！"

齐溪很快回复了赵依然，并且表示要带上顾衍。

大约因为顾衍和齐溪既是同学又是同事，赵依然根本没多想什么，欣然应允。

齐溪便和顾衍匆匆吃了个晚饭后赶去电影院，他们到的时候电影已经开始放映片头了。齐溪来不及找赵依然，只能先和顾衍摸黑找了个座位坐下，好在是包场，整个场里人并不多。

不得不说，《乘龙》能得到这么高的口碑，确实拍摄质量很高，只是齐溪根本无心观影。

因为在黑暗的掩映中，顾衍的手握住了齐溪的手。

黑暗放大了感官的敏锐，顾衍的皮肤尚且带了户外的冷意，像是蜿蜒的美女蛇，带了诱惑，缓慢地爬上齐溪的皮肤。然而齐溪感觉不到害怕，也感觉不到放映厅内的音效，好像进入了一个只有自己和顾衍的真空地带，除了心里那怦怦直跳的声音，以及手上顾衍手触碰带来的触感，别的好像什么也感觉不到了。

黑暗里，顾衍的小动作很多，他先是摸了下齐溪的手背，然后开始描摹她的每一根手指，像是对待什么珍品一般细细把玩了一番。这男人终于把自己的手指嵌入到齐溪手指的缝隙里，成了一个十指相扣的姿势。

就着放映厅里昏暗的灯光，齐溪朝顾衍看去。明明顾衍手上的小动作很多，但顾衍的脸上是一派正经镇定的自然，仿佛他真的在认真看电影，根本没有在意坐在身边的齐溪。

被弄得面红耳赤手脚发软的齐溪反而像是在演什么独角戏。

这就很不公平。

《乘龙》的画面这么美，打斗场面也这么精彩，结果自己就因为顾衍心猿意马看不进去，这合适吗？

不合适。

齐溪赌气地想了想，觉得不能自己一个人看不进去，得拉顾衍一起下水。

趁着黑暗的掩护，齐溪不甘示弱，也开始了她的小动作。她从顾衍的手里挣脱了一点，然后轻轻挠了一下顾衍的手心。

果不其然，几乎是瞬间，顾衍的手就绷住了，他像是被打得措手不及，整个人愣了下，然后他的手开始想来抓齐溪的手。他失去了刚才佯装的平静，侧头看了齐溪一眼，开始想要镇压齐溪黑暗里的小动作。

可惜顺从是不可能顺从的，齐溪不仅没停下，还变着法子开始触碰顾衍的手心。

她倒要看看，顾衍能镇定到什么时候。

齐溪这边正玩得不亦乐乎，结果顾衍像是忍无可忍般最终抽走了手。齐溪还想继续追，结果顾衍的手就压了下来，他的手按住齐溪那只作乱的手。昏暗的放映厅让人看不清顾衍脸上的表情，齐溪只能看清他的轮廓以及他往下压时齐溪眼前被遮住的光影。

在《乘龙》播放到打斗最高潮的时候，顾衍在灯光晦暗不明的放映厅里，压着齐溪吻了起来。

因为接吻，他的声音变得有一些含糊，但似乎他一边吻着齐溪，也要一边控诉她刚才的过分行为，然后合理化自己此刻的侵略行径。

"都和你说了，我没那么好的自制力。"

顾衍啄吻着齐溪的嘴唇，片刻后，才依依不舍般地放开了齐溪。

周围观影的人都津津有味地盯着电影里跌宕起伏的剧情，唯独齐溪觉得自己因为那个吻而变得魂不守舍、格格不入。

她咬了咬嘴唇，仿佛顾衍触碰的感觉还在，压低声音闷闷道："你做这种事怎么这么熟练，都……都不会不好意思吗？"

齐溪埋怨顾衍并没有指望得到顾衍的回复，然而她急速跳动的心跳还没恢复正常，顾衍便又凑近齐溪的耳畔，用很低的带了点暗哑但很性感的声音轻声回答了她的问题。

"以前就想过这样做。"

他亲了齐溪的耳垂一下，像是也有些害羞的样子："像做梦一样。"

因为在放映厅，顾衍的声音压得很低。他的声线仍然是平稳的，然而齐溪总觉得他和过去都不一样了，他的声线末尾带着像是要溢出来的甜蜜和幸福，无端让听的人也感染到情绪，变得心境平和而快乐，而作为这种甜蜜情绪接收方的齐溪，则觉得幸福之余更有很多心动的感觉。

原来恋爱是这样的。

原来喜欢一个人是这样的。

齐溪一方面觉得快乐而幸运，一方面又觉得惋惜。她以往从没觉得大学期间没有谈恋爱，把时间都贡献给学习并没有什么太过遗憾的，但这一刻却真切地有些后悔起来——如果和顾衍大学时候就在一起，是不是……

是不是就能赢过顾衍当第一名了？

齐溪想到这里，偷偷看了顾衍一眼，开始分析起如果大学就和顾衍在一起，然后用美人计给顾衍大灌迷魂汤，让顾衍沉迷温柔乡，最后不思进取只能考第二名的可能性来……

但顾衍的男色齐溪觉得自己也有点受用，所以要真的在大学期间就谈起恋爱来，也可能顾衍和自己双双都变成大学里的学渣了……

这么一想，齐溪觉得大学里还是好好学习无心恋爱比较合适。

只是心猿意马的种子一旦撒下，那种野生的生命力似乎完全无法用理智去约束，齐溪几乎是在魂不守舍里度过了《乘龙》的下半场，而时不时侧头来偷看齐溪的顾衍想必也没好到哪里去。

而等放映结束，观影厅内重新亮起灯，齐溪和顾衍已经恢复到了人模人样的状态。两个人正襟危坐，互不斜视，仿佛一对非常塑料的同事。

也是这时，坐在前排的赵依然回头，然后看到了齐溪和顾衍。她站起来，一边非常热情地朝两人挥手，一边埋怨道："你们怎么来得那么晚啊？得亏我还在我边上给你们预留了两个位子呢，结果你们坐那么后面。真是的，全场这么空，你们坐那种靠边的观影位子也太可惜了吧。"

赵依然刚结束了将近一个月的加班生活，看完电影出了电影院，她相当神清气爽："这电影院附近有一家超好吃的烧烤，走，我请客，一起去吃！"

　　赵依然推荐的烧烤店确实不错，十分钟后，齐溪和顾衍、赵依然坐在了店里。齐溪确实有点饿了，一边听赵依然讲着他们法院的八卦，一边欢快地吃着烤羊肉串；顾衍则坐在一边，喝着罐装啤酒，安静地听着，间或趁着赵依然不注意，向齐溪投去心照不宣的眼神，颇有种地下情的错觉。

　　齐溪觉得轻飘飘的。夜色温柔，他们坐在烧烤店户外的座位上，就在星空下，气氛好到像是个梦境。

　　为此，齐溪原本也想喝点啤酒，但刚伸手去拿，就被顾衍仗着自己手长先一步拿走了，然后给齐溪递来了一杯温椰奶。

　　齐溪只能趁赵依然低头吃东西的时候瞪了顾衍一眼，可惜没什么作用，顾衍只是笑了下，然后欠扁地开始喝起啤酒来，简直是明目张胆的"只许州官放火，不许百姓点灯"。

　　赵依然一点没感知到齐溪和顾衍之间的微妙，还在一个劲地吐槽此前遇到的奇葩案件当事人。齐溪原本有一搭没一搭地听着，还能附和两句，只是没想到赵依然也不知道怎么回事，话锋突然一转，开始聊起今晚的电影《乘龙》来了。

　　"对了，你们觉不觉得后半段拍的时候男主角的人设有点模糊啊，然后去救女主角的时候，这段男主角的人物逻辑整个是错的啊！"

　　赵依然显然对这个电影很上头，聊起来头头是道，很有些意犹未尽的意思。齐溪只能嗯嗯啊啊予以配合，她和顾衍都颇有些尴尬地想快速结束这个话题。

　　可越想什么不来，什么就越来，赵依然却是越聊越起劲了："对了，最后快结局之前，男主角突然掉进山洞，被抽走龙骨以后，他是怎么重生归来的啊？"赵依然非常在意道，"我那个时候突然有点肚子痛，憋不住只能赶紧去厕所了，正好这一段没看到。这一段讲什么了啊？"

　　齐溪怎么知道讲了什么！别说这一段，《乘龙》里随便哪一段她都不知道讲了什么。顾衍坐在她身边，她根本就没能好好看电影。

　　但这种事怎么可以被赵依然知道！

求生欲很强的齐溪几乎是立刻道："我也正好去厕所了！"她心虚地补充道，"所以也没看到，也不知道这一段讲了什么。要不你问顾衍吧！"

顾衍，对不起了，只能祸水东引了！

赵依然嘟囔了句"怎么在厕所没见到你"，便也没有多想，只是用渴求的眼神看向了顾衍，"顾衍，那一段讲了什么啊？"

齐溪不得不也佯装渴求般看向了顾衍。

顾衍显然没料到这个走向，愣了愣。一贯面对问题从不迟疑的人，如今却有些磕磕巴巴的，他谴责般又相当无奈地看了眼齐溪，清了清嗓子，开始信口雌黄："就是掉进山洞，被抽走龙骨，然后一段机缘巧合后，就王者归来了，基本上就是这样吧。"

赵依然目瞪口呆："没了？"

顾衍点了点头，镇定道："嗯，没了。"

"机缘巧合？"

"嗯。"

赵依然不死心，追问道："那是什么样的机缘巧合呢？"

顾衍冷静地喝了口啤酒："我有点醉了，突然有点晕，记不起来了。"

"……"

赵依然满脸写满了无语，开始抱怨顾衍酒量未免太差。在一旁的齐溪却是差点笑出声来，尤其是看到顾衍很清明但颇为无奈的眼神后——这男人偷看齐溪时候眼神精神得很，可一旦赵依然目光瞟过，顾衍就又开始双眼放空般盯着不远处的一个路灯直直地看，像个称职的醉鬼。

赵依然用手指在顾衍的眼前晃了两晃，最终下了结论："醉了，顾衍真的醉了，太不行了。"

因为以为顾衍已经喝上头了，失去了清醒的神志，赵依然也不再管他，径自开始拉着齐溪聊起天来。

一开始，她还和齐溪聊了聊此前去酒吧认识的超跑富二代，告诉齐溪对方人不错，并为此前自己因为富二代的身份就对他有偏见有些羞愧，总之把那个富二代夸赞了一番。明显是有情况，只是当齐溪想八卦的时候，赵依然大约是有些害羞不肯讲，径自转移话题道："不说我了，说说你呗。上次不是喊着要尝尝爱情的滋味，找个男人谈恋爱吗？我带你去了那个联谊会后，我们院里好多男同事至今还在追着问我要你的联系方式呢，你还有想再处处看的吗？"

赵依然以为顾衍喝醉了神志不清了，可顾衍根本没有啊！

几乎是赵依然一提这话题，顾衍就朝齐溪瞥来了凉凉的一眼。

齐溪拼命地给赵依然使眼色，疯狂暗示道："哎，顾衍还在呢，你别说这种敏感话题了。哈哈哈，我怪不好意思的哈哈哈。"

可惜赵依然这家伙根本没有收到齐溪的暗示，大手一挥豪迈道："没关系，顾衍都喝多了，连刚才电影里的剧情都记不得了，还能记得我们现在在说什么啊？你就当他不存在就行了。"

赵依然说完，摆出了打破砂锅问到底的姿势："齐溪，你是不是心里有人了？所以你到底看上谁了？"

齐溪刚想再次努力转移话题，可惜赵依然是铁了心要八卦了。她好奇道："是刘真吗？就我们那个法官，他人不错的，我们院里追他的女生也有，他几天前还问我什么时候有空，想请你和我一起吃饭呢。

"如果刘真你觉得不来电，还有上次检察院的王廉……"

随着赵依然的话，顾衍瞥来了一个又一个冷眼。

齐溪的求生欲很强，当即义正词严道："我想了下，我还是希望找个律师！还是律师和我更有共同话题！"

"律师也行啊！咱们有好几个学长，在律所呢，这都多少年了，在大学时就各种请我吃饭，求我帮他们给你递情书，被你拒绝了那么多次，如今还'涛声依旧'呢，为了得到一些你的情报，天天给我朋友圈点赞套近乎呢！"

别说了别说了！

齐溪简直都想跪下求赵依然了，她这是要把自己送走吗？

边上的顾衍看起来是真的不高兴了，连刚才冷冷的目光都没了，已经开始喝闷酒了。

果不其然，等到赵依然被她的几个同事叫去吃第二波消夜，只剩下齐溪和顾衍时，顾衍的情绪都有些闷闷的。齐溪去拉了顾衍的手，他才握紧了齐溪的。

顾衍像是有什么话要说，但又不想说，看了齐溪好几次，沉默了片刻，才终于开了口："齐溪，为什么会选我？"

顾衍的声音有一点闷："其实外面比我优秀的男生确实还有很多，你这么年轻，各方面条件这么好，追你的人也那么多，以后或许还会遇到比我更好的男生，到时候你会后悔吗？"

齐溪原本以为顾衍听到赵依然那一番不着边际的话以后会吃醋或者生气，然而没想到顾衍并没有，他反倒有一些失落和迟疑。

虽然他的声音很平静，但齐溪却感知到了他的情绪——

顾衍在害怕。

从来对任何事情游刃有余，几乎不费力气就能拿到第一名的顾衍，在齐溪眼里一直强大优雅的顾衍，竟然为了齐溪害怕。

此刻的夜已经有一些冷，但齐溪觉得自己的内心却变得非常温暖。

"顾衍，我以前看到过一句话，说其实选择和谁在一起，都像是去海边捡贝壳，海边那么宽广，只要你坚持寻找，一定能捡到比自己手里的那个更好看、更美、更特别的其他贝壳。但人的一生是这么短暂宝贵，那些离我更远的海滩上的贝壳，不管多漂亮多特别，都留给其他人吧。"

齐溪看向了顾衍的眼睛："因为我已经捡到了属于我的独一无二的那个贝壳了。"

齐溪从来是属于能用做的就不用说的那类人，她觉得在这个时刻，再说别的都没有意义，她只是拉住了顾衍的手，然后扑向了她独一无二的贝壳，在他愕然的目光里，给了他一个吻："顾衍，我只要有你就够了。"

齐溪以往对情侣黏黏糊糊的行为非常嗤之以鼻，但如今轮到自己了，等亲身体验过，她才开始为自己过去的单纯感到羞愧。

她确实是真的不想和顾衍分开。

这么冷的夜，她和顾衍坐在小区里路边的椅子上告别，竟然都能告别上半个小时，就好像有说不完的话，还有交换不完的吻。

等齐溪最后被顾衍目送着上楼时，她觉得自己已经被亲得头晕目眩，甚至都有点醉了。

而不久后回家的赵依然也是这样认为的。她嗅着齐溪的周身，微微皱着眉，有些疑惑："你不是没喝酒吗？怎么感觉浑身都有点酒味？连说话都有一点酒味呢？"

齐溪确实没有喝酒，但顾衍有喝啊！

齐溪心虚地看了赵依然两眼，一边胡乱地点头，一边开始转移话题："你手上拿的什么啊？"

"吃的！热乎的！刚送来的！你饿了吗？要不要吃一点？"

赵依然不说还好，一说，齐溪确实又觉得有点饿了，可能是谈恋爱太消耗能量了吧！

只是等打开包装，和赵依然一起吃起来之后，齐溪就被熟悉的味道唤起了记忆。这不就是此前自己借住在顾衍家里时，他带回来的三无外卖吗？

果然，齐溪翻了翻，赵依然带回来的外卖盒子也同样没有商铺名、品牌信息，但饭菜的味道还是和上次一样堪称一绝。

齐溪并不在意吃的东西是不是昂贵，只是也有些好奇："你买的这是哪家小手工作坊店的东西啊？虽然看起来都没有食品安全许可证之类的，但味道真的好。是什么网红店吗？把名字给我下，以后哪天我不想做饭了也去点一下这家的外卖！"

"什么网红店啊！这家是超级难订的高档私家菜馆好吗？"赵依然摇了摇头，给齐溪科普道，"你呀，都不上网的吗？不知道这家是超级难订，只有 VIP 客户可以预约的私家菜馆吗？不仅难约，还贵。别小看这么几个菜，够我们一个月工资了。"

齐溪瞪着眼前的"三无产品"，有些匪夷所思，原来自己以为顾衍随手买的外卖，也如此大有来头。齐溪在震惊之余，又觉得有些甜蜜的悸动。

顾衍从没说过，他就像是平常带了一份家常外卖一样随手丢给了齐溪，在看到齐溪赞不绝口胃口大开以后，甚至在之后自己借住的日子里，顾衍隔三岔五给她买。按照一餐就要将近赵依然一个月工资的花销来看，自己在顾衍家借住时岂不是花了顾衍大几万的钱……

齐溪一贯觉得自己勉强也算个艰苦朴素的人，如今没想着靠着顾衍，提前过上了挥金如土、娇生惯养的生活。

她心里像是住着一只横冲直撞的小鹿，甚至能感受到小鹿四蹄在春天的草地上来回跳动的节拍。

为了掩饰显而易见的害羞紧张，齐溪开始下意识转移话题，看向赵依然："这么贵啊，那你怎么舍得买？你不是还打算攒钱凑首付买房吗？就算结束加班很高兴，花一个月工资吃个夜宵是不是也有点奢侈啦？"

结果不问还好，齐溪这随口一问，有些害羞紧张和尴尬的反而变成了赵依然。

她磕磕巴巴顾左右而言他道："这个嘛……也不是我买的，就是有人为了庆祝我结束加班，一定要强行买来送我的……"

赵依然话说到这份上，齐溪就懂了。她凑近赵依然，狡黠地笑起来："是上次酒吧里勾引得你直接把我抛下的超跑富二代啊？难怪你这么夸人家！"

"什么超跑富二代啊！人家有名字的啦，叫林君河。虽然他家里是蛮有钱的，不过他也不靠家里，算是在自己创业的。买这家私房菜馆的钱，还是他这个月完成 KPI 奖励自己的绩效奖金呢。"

齐溪这下真的好奇起来了，托着下巴："那你们发展到什么地步了啊？"

赵依然原本是不会说的，但一来恐怕刚和林君河见过面，二来她也喝了些酒，情绪也有些上头，外加和齐溪关系确实一直很铁，此刻遇到齐溪这个问题，赵依然虽然有些害羞，但最终还是相当坦诚地偷偷分享了她的秘密："其实……因为他追我追得也挺认真的，而且为人处世也没有普通富二代那种浮夸的作风，是挺踏实的一个人，人品长相学识各方面都不错，那我也不能因为人家有钱就歧视人家不给人家机会吧？所以一周前我们已经确立男女朋友关系了，现在当然属于该做的不该做的，都做了啊。"

什么叫"该做的不该做的"？

赵依然大概是理解了齐溪疑惑的眼神，有些没好气地轻轻用桌上的一份文件拍了下齐溪的头："我的学霸小姐，你傻啊，该做的不该做的，就是那个啊。"

"哪个啊？"

"就……平时你看小说看电视剧，会被剪掉的那种地方！"赵依然用"孺子不可教"的眼神看了齐溪一眼，"你说你是不是傻？男女谈恋爱，不就那档子事吗？难道还和以前一样，谈恋爱就是盖被子纯聊天啊？怎么说呢，虽然这种事不能随便，但感情到了，彼此也喜欢，水到渠成也是很正常的事。"

说到这份上，齐溪终于反应过来了。她并不是多保守的人，也并不认为婚前必须守贞，并不反对婚前性行为，但作为第一次谈恋爱的新手，齐溪觉得自己还是有点震惊。

"你们才确立关系一周，会不会有点太快了？"

赵依然对此不以为然，撩了下头发："一个男生，要是真的特别喜欢你，一旦成了男女朋友，这种事根本忍不了。他要一直对你以礼相待，一点这方面要求都不提的，这才有问题。我们法院里民庭那边就有不少被骗的同妻来起诉离婚的，陈述里多半都是婚前恋爱期间，男的从没提过这方面要求，女方则把这当成了男方比较保守、儒雅有风度了，结果婚后就出问题了。"

赵依然说到这里喝了口水："现代社会了，男女平等，有些男的真的不一定行，结婚之前短时间的婚前同居是有必要的，既考察性格合适不合适，一起生活能不能磨合，还有就是也要看下夜间生活和谐不和谐，这是婚姻生活很大一部分议题啊。"

齐溪露出恍然大悟的表情："是这样吗……"

"是啊！"赵依然皱了皱眉，"不过你为什么问这种问题？你最近谈恋爱了吗？"

"是谈了一个。"齐溪有点紧张，解释道，"刚谈的。"

"什么时候带出来见见？"

"下……下次吧。"

齐溪有点忐忑，但幸而赵依然并没有追问齐溪的男朋友是谁。她只是一脸高深莫测地摸了摸下巴："你这个男朋友，还没对你提出那方面的想法？"

齐溪有点害羞，不太想再聊这个话题，移开了视线，开始又吃起私家菜来："就我们也刚确立关系，所以也正常嘛。他很害羞的，也是第一次恋爱。"

"哎呀！越是表面纯情的男生，越是心里一肚子坏水好吗？都什么年代了，你以为还真的有纯情男孩啊？现在市面上流通的'纯情男孩'，百分之八十都是贴牌的，都是'黄色男孩'伪造的好吗？"

"……"

齐溪想了下顾衍的样子，难以想象他是由"黄色男孩"贴牌的。

她试图为顾衍正名："我觉得——"

赵依然不客气地打断了她："别你觉得了。你真要注意点，你的男朋友要是一直没有进一步的暗示，只是搂搂抱抱亲亲，那肯定是有问题的！"

她说完没多久，林君河的电话就来了，赵依然一脸甜蜜地躲进房里煲电话粥去了。

赵依然说者无心，但齐溪倒是有点在意。

好像自从交往以来，除了亲吻之外，顾衍真的没再逾矩过一步，连进一步的意图或者情难自控的场合都不曾有过。

这正常吗？齐溪有点纳闷。

还是自己吸引力不够？

或者……顾衍会不会真的不行啊……

齐溪在这种胡思乱想里入睡，第二天就带了两个黑眼圈去上班。

其实才分别了一晚而已，但齐溪就是觉得特别想顾衍，想见到他，想陪在他身边，想自己的每一个时刻都能和他分享。

但工作是工作，进入到手头安排的任务上，齐溪并不至于恋爱脑到心里只有顾衍，她还是能很快沉下心来，高质量地完成顾雪涵交代的事。

上天大概是为了防止顾衍男色误人，午饭之前，顾雪涵把齐溪叫去了办公室，给她安排了一个临时出差去邻市的紧急任务："是我们一家顾问企业元辰的事，有个劳动纠纷，人事部在开除一个员工的时候遇到了很大阻力，对方需要我们派律师过去一起协调。元辰这家公司一直以来是你对接的，你和他们人事部总监老董也比较熟。我下午临时有点事，就你代我出席吧。"

顾雪涵喝了口茶，朝齐溪笑了笑："他们人事部发来的邮件和资料我也看了，并不是多难搞的纠纷，大致就是个入职没满一年的女员工，因为多次旷工，按照严重违纪正常开除。但现在的年轻人比较难搞，在谈离职条件时很难沟通，闹得有点难看，公司那边因为在推进上市了，希望平稳过渡。"

顾雪涵补充道："老董也是老江湖了，派你过去也就是给他打打下手。你们到时候一个唱红脸一个唱白脸，按照法律规定把该给的钱给了；那个员工是女的，你作为女性再多给点情绪上的安抚，把人好声好气给哄走。元辰最近在做上市准备了，不希望这时候闹出诉讼纠纷来。"

这类工作齐溪跟着顾雪涵已经经历过几次，在辞退时，员工一般对公司的人事部比较防备和抵触，而以律师的身份介入，作为一个陌生的第三人，则会在情感上让员工感觉好接受一些，这样三方才能心平气和地坐下来谈判，争取拿出一个彼此都能接受的方案。

而元辰确实是齐溪第一家对接的顾问单位，准确来说，齐溪和元辰人事总监老董确实也算非常熟稔。

刚上手公司的顾问业务时，齐溪作为一个实习律师，可谓犯过很多

低级错误，不仅偶尔给出的咨询解答有瑕疵，更多时候，她对元辰公司
内的架构和政治斗争不敏感，抄送邮件时差点闹出大问题，幸而身为人
事部总监的老董多次私下提醒，齐溪才意识到，抄送邮件时的排列顺序，
包括哪些要抄送给谁，都是非常有讲究的。多亏了老董的提点，齐溪才
没有因为一封小小的邮件而翻车，进而得罪元辰的各路中高层。

而此后，针对元辰的一些合规问题以及离职纠纷问题，老董也都站
在一个经验丰富的人事总监的立场，给过齐溪不少法律之外的提点。甚
至有时候齐溪在处理其他劳动纠纷有迟疑时，还会私下问问老董的意见，
每一次老董都算是倾囊相授，也从没嫌弃过齐溪是个小律师。

平时逢年过节的，齐溪偶尔自己做了点手工小礼物，也都从不忘记
给老董寄去一份。

虽说顾雪涵才是自己的正经老板，但在这些友善的合作伙伴身上，
齐溪也学到了很多。

职场里，只要放平心态愿意学习，其实谁都能成为自己的良师益友。

这次去元辰出差，帮老董打下手处理劳动纠纷，齐溪还是很乐意的。

邻市离容市并不远，齐溪预估了下，顺利的话可以当天来回，甚至
不需要在邻市居住。因为此刻大办公区的各位同事都在，齐溪也不好和
顾衍多说什么，只能多看了两眼，打个招呼交代了一声，就赶紧让行政
部的同事安排车赶去邻市了。

齐溪还记得上次老董提到喜欢容市的桂花酿，临出发之前，齐溪还
特意去买了两壶给老董带去。

因为并非上下班高峰，齐溪几乎是一路畅通无阻地到了邻市。因为
顾雪涵说事出紧急，她几乎是马不停蹄地奔向了元辰的大楼。

齐溪争分夺秒，跑到快要断气才气喘吁吁地进了元辰的人事部办公
室，好在看样子赶上了和那名员工开谈判会，因为齐溪正撞见老董一脸
凝重地往外走。

老董其实并不多老，也才四十出头的年纪，因为保养得当，看着也
就三十五左右，平日里大概勤于锻炼，也没有变成挺着啤酒肚的中年人，

整个人很精神，虽然长相并不多出挑，但平日里总是笑盈盈的，让人觉得很亲近，相当有亲和力。

　　元辰一直以来很少有员工离职时闹纠纷的，靠的就是老董与人交好的能耐和平易近人的谈判态度。齐溪曾经陪顾雪涵一起参加过老董他们人事部削减生产线、开除一批员工的电话会议，会议上老董一个人就力挽狂澜。他的共情能力很强，非常能设身处地地感知员工们的情绪，因此那次即便是顾雪涵都以为会闹出大纠纷的集体辞退，也在老董的保驾护航下温和顺利地交接解决了。

　　所以这次到底是什么样的员工，连老董都搞不定了？

　　在来的车上时，齐溪仔细研究了顾雪涵转给自己的邮件，但邮件中关于这次辞退的员工相关信息寥寥，几乎提炼不到什么有价值的内容，只知道这个女员工名字叫于娜娜，本科毕业后就进入了元辰工作，在元辰入职还没满一年，但考勤方面光是被记录到的旷工就有将近三十次，还不包括她走了流程手续的请假。

　　齐溪有点惊讶，这样的工作态度元辰到底是怎么忍了将近一年才提出辞退的？

　　齐溪把两壶桂花酿提给了老董，刚要开口问起于娜娜的细节，就见老董有些不好意思地朝自己笑了笑："辛苦你跑一趟了小齐。"

　　齐溪很想快点解决这个案子："我们是直接去会议室？"

　　"不用了。"老董却连连摆手，"不好意思，我刚和于娜娜谈完，我把她给说服了，达成了和解协议。因为事出紧急，真的是你来之前我刚和她达成一致，没来得及通知你，害得你白跑一趟了。"

　　齐溪有点意外，按此前顾雪涵给她的信息来看，这个于娜娜相当棘手才是，怎么现在竟然已经解决了？

　　齐溪再次向老董确认道："所以这是事情解决了？"

　　老董脸色看着还是不太好，但他连连点头道："是的，是的，解决了，已经谈妥离职赔偿方案了。辛苦你这一趟了。等我这边和于娜娜签完赔偿协议，把这个事处理掉，我带你去我们公司附近新开的一家店吃饭。"

齐溪虽然喜欢吃，但注意力还是被"赔偿方案"四个字给吸引住了，她皱起了眉："于娜娜不是因为严重违纪、多次旷工被开除的吗？这种情况下不应该涉及什么经济补偿金之类的赔偿啊？"

对于这个问题，老董也是愣了一下，随即笑起来，解释道："这个于娜娜家里情况比较艰苦，所以隔三岔五请假、旷工也是为了照顾生病的父母，我觉得也能理解。现在她被开除了，一个年轻女孩子，也没办法在这个经济形势下立刻找到新工作，所以之前才死闹活闹地不肯走，还扬言要起诉元辰。"

老董看向了齐溪："但你也知道，我们元辰正在启动上市流程，我们老板不希望这中间有什么诉讼发生，给我们人事部和法务部的指令就是尽可能和解，不要闹上法院，毕竟一旦进入法律流程，即便我们能胜诉，也要先进行劳动仲裁，然后再上法院一审二审，时间会被拖得很长。一旦提交上市材料，这些诉讼都需要披露，我们老板觉得这类小打小闹就尽早解决，毕竟给那么点人道主义赔偿金也不至于让公司没法运转起来，算是花钱消灾吧！"

老董说到这里，看了下时间。他大概近期很忙，看着整个人都有些难掩的焦虑："小齐啊，你先在办公室里等我一下，我先把于娜娜的那个和解协议给法务，让他们尽快过目后走流程。"

老董说完，和齐溪打了个招呼，就从他的办公室里行色匆匆走了出去。

看得出来，老董是非常迫切地想要把于娜娜这个纠纷给结案，赶紧息事宁人，让于娜娜走人。

既然元辰和于娜娜都达成了一致，又是往公司想要的和解方向去的，虽然齐溪白跑了一趟，但事情总算是解决了，齐溪还是替元辰感到高兴。

齐溪在老董办公室里等得有些百无聊赖，转了好几圈，把老董办公桌上的摆设都看了好几遍。

老董的办公室内所有摆设都偏向稳重，和所有他这个年纪的男人一样有些千篇一律，唯一让整个办公室有点亮色的是他桌上的一个招财猫水杯，和他办公室的氛围格格不入，变得有些活泼。

但别说还挺可爱的，齐溪想，大概是老董的女儿买给他的，一看就不是老董自己会买的风格。

齐溪又在老董的办公室里来回踱了几圈，开始有些困，于是索性出了办公室，打算去元辰的茶水间泡一杯咖啡。

这个时间差不多是元辰下午的茶歇时间，茶水间里来来往往不少人，有些泡完茶拿几块小点心就直接回办公座位了，还有个别员工则捧着咖啡杯一边喝一边轻声聊天。

齐溪原本只打算用咖啡机泡杯咖啡就走，但等待的时间里，不小心便听到了身边两位闲聊女生的对话——

"于娜娜可真是好命。"

"怎么不是哦！将近一年时间里，加上巧立名目的病假、事假，还有直接不来上班，几乎总共就上了一两个月班吧，虽然旷工抓到了快三十次，但是她没被抓到的旷工时间更多呢。"

公司不是做慈善的，其余同事也不可能容忍于娜娜这么不守规矩的行为，如今有这样的讨论也算正常，毕竟大家谁家里没个生病的老人或者小孩的，于娜娜再可怜，强行要求其余同事一起同情她包容她，也是不现实的。

只是齐溪刚打算转身，那两位女生接着的话却引起了她的注意——

"怎么不是啊，天天穿金戴银的，几乎一个礼拜换一个名牌包，是家里很有钱吗？"

"可家里要这么有钱，还出来打什么工啊，就在家里躺着别来祸害我们了。和她一组的金寒梅，可倒了血霉，因为于娜娜长期不在，所以她的活儿都只能我们寒梅去干。你说寒梅是遭了什么罪啊，又不是领两份工资，凭什么要打两份工啊。"

"那你说于娜娜那些包会不会都是假的啊？"

"不可能！都是真的。我有一次看到她上班时候在官网下单呢，一口气买了两个包，还是寄到公司的，当时前台还帮她签收了呢。"

"真是人比人气死人！而且你发现没，每次有人匿名去人事部举报她，都是大事化小小事化了，你说她该不会是关系户吧？"

"怎么可能？真是关系户，还能被开了？"

说者无心，齐溪这个听者却是有意上了。

按照老董的说法，于娜娜不是家境贫困吗？可按照这些同事的说法来看，她的生活听起来是肉眼可见的奢侈。

所以到底是怎么回事？

齐溪被顾雪涵派来元辰之前，只以为这是一个简单的例行的员工离职纠纷，但如今才发现这案子竟然好像另有隐情。

确实，按照齐溪对老董的了解，他做人事工作这么多年来，从来尺度把握得很好，历来并没有听过他对员工让步的事发生。老董的谈判方式很温和，但底线从来很坚持，可轮到这个于娜娜，为什么老董变得这么退让和好说话了？

这个案子发展至此，齐溪只要不再多管，老董自然会把于娜娜处理好，最终达成和解。一旦签订和解协议后，后续无忧，齐溪也不用再多花时间和精力处理这个事，铁定可以和老董一起吃完小龙虾后就当晚回到容市，晚上还能再见到顾衍和他一起逛逛街。

但齐溪还是过不了自己心里那关。

既然自己是元辰的法律顾问之一，既然顾律师把元辰这个案子交给了自己，那自己就要负责到底，至少在对案子有疑惑的时候，趁着如今在元辰，就应该好好调查一下。

齐溪定下了主意，没有再继续待在茶水间。她把咖啡一饮而尽，然后径自走向了老董即将和于娜娜签和解协议的会议室。

也是巧，此时老董大概是去法务部确认和解协议版本了，人并不在会议室里，齐溪推门进去，就见偌大的会议室里，只有一个高挑白皙的年轻女生坐着。

对方听到推门声，循着声音转过头，和齐溪四目相接。

坦白说，于娜娜并不算漂亮，但因为年轻、皮肤白皙，整个人又确实如茶水间里那些女同事所言浑身名牌，整个人看着都上了一个档次，根本不是老董嘴里贫困女生的模样。

齐溪在打量于娜娜的时候，于娜娜显然也在打量她。

她把齐溪从头到脚看了一番，才有些倨傲道："你是谁？"

齐溪不卑不亢道："我是元辰的法律顾问，来自竞合律所的齐溪。"

"哦。"于娜娜听完，看起来兴趣缺缺，"是签那个和解协议还要你们律师列席在场吗？那你坐吧，反正我和公司也谈妥了，签完快点给我打钱，我也不想在这里继续待着了。"

齐溪看向对方："我看了你的入职资料和在职期间的各项表现以及请假情况、旷工情况，根据你的这种情况，你理应被元辰做开除处理，也不应该有资格获取经济补偿金一类的赔偿——"

齐溪原本只想试探一下于娜娜，看看她听完这番话会不会自乱阵脚。结果她的话还没说完，于娜娜就打断了她。于娜娜不仅没有发飙或者情绪失控，甚至有一种掌控全场的冷静。

她只是冷冷地盯着齐溪，很沉着道："你不要和我谈这些，你去找董总监谈，给我五倍补偿金的方案可是他点头同意的，如果他要反悔，那我不保证我会做出什么事来。"

五倍赔偿金？老董竟然一开口答应了对这么一个严重违纪的员工五倍的赔偿金？就算是公司单方面违约辞退，要对员工做出经济补偿的，也不至于要补偿五倍的钱啊！更何况这个于娜娜完全是自己的问题导致被开，就算她真是家境贫寒，元辰给出一点人道主义补助，也不能给五倍啊！而且眼前这个女生，根本和"贫寒"两个字不搭边，齐溪这个律师和她一对比，反而才显得比较贫寒。

可于娜娜这番话却已经是隐隐的威胁了。

事情发展到这一步，饶是谁都能看出这个于娜娜手里八成捏着什么把柄。

是公司有什么机密信息被她得知了拿来要挟？

还是别的什么？

齐溪正在纳闷间，老董推门而入。他不知道齐溪也在，进来时脸上还带了战战兢兢讨好的笑意，直到眼光扫到齐溪，这才赶紧收敛了表情，恢复到了一贯的模样。

于娜娜连起身都没起身，只眼皮抬了抬，看向了老董："和解协议呢？"

平日里对员工从来很拿捏得住的老董，此时在于娜娜面前，却反而有点束手束脚，像是汇报一般地对于娜娜解释道："法务那边还要过流程，协议初稿已经出了，只要等走完 OA 里的流程定稿，就能签了。你再等等，今天就能签掉。有不舒服的话我找助理去给你倒杯水？"

"不用了。"于娜娜脸色不是很好看，瞥了一眼齐溪，"这律师是不是不太了解情况，能麻烦董总监和她沟通下吗？"

于娜娜颇有深意地看了一眼老董："要知道，我也是好不容易才接受了你的和解方案。要是总有人从中作梗，把我搞不开心了，我也未必就肯按照原来的方案签了，你知道多则生变吧？"

令齐溪非常意外的是，老董被如此放话，不仅没有生气，脸色甚至变得有些苍白，情绪也肉眼可见地变得紧张。他赶紧把齐溪拉出了会议室。

"小齐啊，这事儿你还是别掺和了。总之，我已经和于娜娜谈好了，这五倍的赔偿，也在我的权限范围内，不需要上报老板，所以我们低调地把这个纠纷处理掉就行，我也不希望于娜娜再闹出什么事弄得不好收场。你也知道，现在这些年轻人心智不成熟，也不知道会做出什么来，到时候万一影响到元辰上市或者一些市场口碑风评，造成的损失可比五倍赔偿还多。"

可老董越是这样，齐溪心里的怀疑就越大，这里面一定有什么问题。

因为老董的坚持，齐溪不得不暂时离开了会议室。老董像是重新进去安抚于娜娜了。齐溪便在办公区徘徊，踱来踱去，虽然很想解开于娜娜这个谜团，但因为思绪太乱，根本不知道从何开始。心里烦乱之下，齐溪走到了一个靠窗向阳的座位上。这个座位上的绿植长得尤其好，齐溪便忍不住多驻足了一下，然后无意一瞥，在桌上看到了一个熟悉的水杯。

和老董一模一样的招财猫水杯。

但老董那个招财猫咪明显是个男猫咪，而此刻齐溪面前桌上这个猫咪，则是个穿着裙子的女猫咪。

这两个水杯明显是一套的。

齐溪的心里剧烈地跳动起来。

或许还真是踏破铁鞋无觅处，得来全不费功夫。

这个办公桌上没有人，于是齐溪拍了拍旁边办公的一个女生，指了指那个空座位："这里是谁坐的？"

"是于娜娜。"被齐溪拍到的女生有些不明所以，但还是解释道，"她不常来，也马上要离职了，这个座位会收拾走空出来。你是新来入职的吗？等她走了你可以搬来这个位置的。"

齐溪没再多解释，只是笑了笑，指了指桌上的水杯："这个水杯是你们公司统一发的吗？"

对方愣了愣，摇了摇头："没有呀，应该是于娜娜自己买的吧。你喜欢的话可以问她要个链接。"

齐溪谢过对方，心里已经有了计较。

果然如此！

只是这样一个简单的回答，齐溪心里已经逐渐清明了起来，那些复杂线团一样的细节碎片，终于可以拼凑还原出最有可能的事实。

齐溪心里有些如释重负的了然，没想到自己竟然还无心插柳柳成荫了。

此刻，她有了一个非常大胆的猜测。

老董和于娜娜之间，恐怕有猫腻。

于娜娜才入职不到一年，又不常来上班，也不是公司核心岗位人员，接触元辰商业机密的可能性几乎为零，因此她多半不可能握有元辰的什么机密，她手里有的，恐怕是老董这张牌。

看着桌上和老董那个明显是情侣杯的杯子，齐溪心里的答案已经呼之欲出——老董恐怕是和于娜娜有婚外情，因此才被于娜娜拿捏着，根本不敢触怒于娜娜，只能唯她马首是瞻。

这样一想，一切就都解释得通了。

但据齐溪所知，老董和他太太是从初中情窦初开就在一起的青梅竹马，两人爱情长跑十几年才终于喜结连理，婚后也是恩爱有加，生下了一个可爱的女儿。此前齐溪和老董几次聊天里，都有听老董用非常幸福的语调炫耀自己的太太和女儿，分明是一个顾家好男人的形象。

这样的老董，真的会出轨吗？

齐溪心里憋着疑问，但还是决定一探究竟。

齐溪是在老董的办公室里堵上老董的。他正在焦躁不安地给法务部打电话催促赶紧出具于娜娜的和解协议，见齐溪来了，焦虑的表情才收敛了些，快速挂了电话后，又挂上了笑容。

"不好意思啊小齐，今天太忙了，事情真的有点多，没来得及招待你……"

齐溪没有给老董继续虚与委蛇的机会，盯着老董的眼睛，直截了当道："董老师，你和于娜娜之间的事，你太太知道了吗？"

原本齐溪对老董和于娜娜之间发生婚外情这件事还颇有些自我怀疑和不敢置信，总觉得是不是自己多心了，多半是有什么误会在，然而她的问句丢下去后，老董惊惧不安的表情已经说明了一切——

她的猜测是对的。

老董的脸色很差，看起来也颇为慌乱。他愣了片刻，才声音有些沙哑地哀求齐溪："小齐，我太太还不知道。我是一时鬼迷心窍，你千万要帮我保密啊。"

事到临头，真的面对这样的现实，即便她并不是这段婚姻的当事人，但同样作为女性，又作为老董多有照料的后辈，齐溪觉得有些无力和挫败，以及深受打击。她不知道老董为什么要做这种事："你不是很爱你的太太吗？为什么要做这样对不起她的事？"

老董被齐溪识破后，也不再遮掩了，拼命用手抓着头发，然后颓丧地坐到了办公室的沙发上，此前一直佯装的平静也终于龟裂了。

他无力道："我心里只爱我太太一个人，对于娜娜没有真感情。当初于娜娜刚开始进公司的时候是我招聘进来的，她的家境确实不好，家里还有病了的父母。我看她挺可怜的，多少照顾点，平时聚餐什么的，都带着她一起。

"我太太是高知分子，学历比我还高，博士毕业的，现在也是一家企业的高管，性格也好，各方面都好，但因为她太优秀了，对我从来没有那种崇拜的感觉。半年前她升了一个级别，如今工资比我还高。我面对我太太有时候常常没什么成就感，但于娜娜不一样，她什么也不会，什么都要来问我请教我，好像没了我就什么也干不成了。"

老董的声音带了后悔和痛苦："我那时候也不知道她是蓄意装的，当时被猪油蒙了心，觉得她就是个什么也不懂的小孩，一来二去失了分寸。那次一起去聚餐我喝多了，她说送我回家，结果我醒来的时候，和她已经在宾馆了，什么事都做了。"

说到这里，老董急切地解释道："但我内心爱的一直是我太太，我和太太才是灵魂伴侣，我的内心没有背叛过我太太，我只是一时失守，中了于娜娜的圈套。"

齐溪没说别的，只是问道："然后你就被她开始步步为营拿捏住了？"

老董的表情悔不当初："是。没想到和她发生关系以后，她就像是变了个人，根本不再是当初崇拜我的小女孩了，变得颐指气使，开始问我要这要那，一会儿是买包，一会儿是买首饰化妆品，或者去旅游，总之我变得像她的钱袋子；而且仗着我是人事总监，她开始长期请病假，或者直接不上班开始旷工。我已经给她擦屁股擦了好几次，可她还是不满足。"

老董的语气是懊丧的自责的，但齐溪仍旧觉得他并不是真的在后悔，因为他说的甚至不是实话。

如果他真的只是鬼迷心窍喝醉酒后断片被于娜娜套路发生了关系，那为什么他的书桌上还会有和于娜娜的情侣杯，为什么于娜娜可以有那么颐指气使的表情，为什么老董愿意被她要挟将近一年的时间？

于娜娜即便再坏、再刻意，但也才刚毕业没多久，瞧她刚才对齐溪也藏不住脾气的模样，并不像心机多深沉的人，真的要硬碰硬，能斗得过深谙人事操作的老董吗？

恐怕和于娜娜是怎么发展出了婚外情，到底是谁主动，到底有没有心猿意马不仅肉体出轨还精神出轨，这都只有老董心里清楚了。

但不论如何，老董背叛家庭背叛妻子已经是不争的事实。

老董却还在抱怨："都怪于娜娜不知好歹。我已经尽量帮她掩盖她旷工的事了，能打点的都打点了，可她实在做得太过分了。我是人事总监，但我不是公司的老板。她把公司当成什么了？公司又不是我开的，她想来就来，想走就走，根本不避人耳目。这下好了，她的部门经理对她忍无可忍，在公共办公区自己的位置上装了个监控摄像头，正好能拍到于娜娜的座位，连续拍了三个月，证明于娜娜在三个月里来上班的时间一共才不到八天，然后提交到了公司后台的人事举报那里，我根本没法再给她遮掩什么，只能开除她。"

齐溪看向老董，表情相当凝重："所以你和于娜娜因为这件事产生了矛盾？她是仗着你在人事部，所以即使是自己有错，也知道法律上不会支持她，但还是狮子大开口索要一大笔赔偿金？"

老董点了点头，看向齐溪，面上露出祈求："小齐，这事儿你一定要帮我保密，我也是悔不当初。现在趁着开除她的机会，正好把赔偿谈妥了，我们也说好一拍两散。她眼皮子浅，拿了那些钱就满足了，也不会再纠缠我，会彻底离开我的生活。"

四十多的男人了，老董看着齐溪眼眶泛红："这样我也彻底迷途知返了，不会再和她有不清不楚的关系，我太太也不会知道这事，我们一家的幸福生活也不会被破坏……"

齐溪看着自言自语的老董，只觉得自己原本心目中那个儒雅温和的大叔形象已经彻底崩塌了，取而代之的是面前这个死不悔改、满嘴谎言、拼尽全力推卸责任的油腻中年人。

齐溪只觉得有些反胃："你想和于娜娜和平分手，用钱解决她是吗？"

老董点了点头："她这次也没要太多……还在我可以承受的范围内。小齐，只要你帮我保密，一切就都能顺利解决了。"

是了，五倍赔偿还在老董人事总监可以定夺的权限内。

可这钱是公司的啊！

大概是看出齐溪的迟疑和挣扎，老董就差给齐溪下跪了："小齐，我自问待你不薄，之前对你也多有照顾，当时真的也不图你什么，你有什么困难，哪一次我不是能帮的时候就帮一把？"

老董确实深谙人心。他看着齐溪的眼睛，循循善诱道："但现在我老董遇到事儿了，我不求你伸手拉我一把，只求你睁一只眼闭一只眼。这是我人生里的一道坎。你就大恩大德，就当做好人好事，这事儿你后续就别管了。和解协议也是我主导签的，流程上也不用你签字，所以到时候也不需要你负责，你只要保持沉默，对大家都是个好事。要真出事了，被公司发现了，那也是我的责任，和你无关。"

齐溪不是傻子，老董此前对自己的关照，确实没有出于任何私心，平时偶尔来元辰开会，听元辰的员工们闲聊，也知道老董为人处世的口碑很好，确实是个热心的大叔。

齐溪回想自己过去初来乍到时的跌跌撞撞和老董自发出自好心的帮助，在理智和情感的拉扯下，不可避免的，心里确实产生了一些轻微的动摇。

"小齐，我知道你们年轻人眼里揉不进沙子，看不得我这种出轨的行为，可现实生活常常没那么完美，谁能保证结婚几十年的夫妻，其中一方从没有心猿意马过吗？

"你就当帮帮我。我也不是杀人放火十恶不赦了，我只是偏航了。只要你当作这事儿没发生，我保证会回到正轨上去，会对我太太加倍好的。"

齐溪皱着眉，语气是忍不住的严肃："你和于娜娜的私事，我不会管，我也不至于吃饱了没事干，去你太太那边告状或者把这件事公之于众，你和她怎么解决是你的家事，你对不起的人毕竟不是我，是你的太太。

"但你要赔偿于娜娜也绝对不能公私不分，用公司的钱去负担你自己私人的过错！"

老董的语气几乎是恳求了："小齐，我的钱都是交给我太太管的，我自己根本拿不出那么多钱。要是和于娜娜私了，我就得动用家里的钱，到时候这么大一笔钱，我太太肯定会追问是什么用途，那样就败露了……更何况我们家最近新换了个学区房，还贷款都有点吃力……

"我知道这钱让公司替我出不合适，但元辰都要上市了，就算是五倍赔偿，对公司来说也没几个钱。我在元辰做牛做马这么多年，加班从没拿过一分加班费，要算这笔加班费，公司该给我的也早就远远超过那五倍赔偿了！我老董自问除了于娜娜这事儿做得不地道，可别的时候，我真是对公司鞠躬尽瘁了，我对公司的贡献，绝对远远超过那笔五倍赔偿了。"

老董翻来覆去地说，中心主旨就一点——对这件事，齐溪视而不见，于娜娜拿钱走人，老董也不用惊动太太，还能继续拥有温馨的家庭，这事就是老董幸福人生里的一个小插曲。

齐溪看着眼神哀求的老董，说没有一丝丝的迟疑是不可能的。

老董显然还想继续说服齐溪，只是这时他办公室的门被敲响了，他的助理提醒他去开一个公司的高层电话会议。

老董没法子，只能收拾笔记本准备参会。

但在离开办公室前，他再次殷切地恳求齐溪，压低声音道："小齐，我也不逼你，你好好想想，按照我的方案走，真的是你好我好大家好。你也不需要再为这个事情浪费时间，可以今晚就回去。我太太也不会知道这一切。我岳母最近身体不好，是癌症晚期，撑不了多久了，要是现在知道了这件事，我太太一定会被打击到不行的。就算我求你，为了她也不要把这件事捅出来行吗？否则这事情公布出来，最受伤害的就是我太太，你就当可怜可怜她。

"总之，你先冷静冷静，别冲动，有什么事等我开完会回来再和你商量行吗？你现在要是没事干想吃点喝点什么，尽管开口，我待会儿都让助理给你叫。"

老董再三关照了齐溪，看齐溪情绪稳定，这才心事重重地离开了办公室，带上门之前，齐溪听到他在门外喊自己的助理，继续催法务部出具于娜娜的和解协议，赶紧把协议给签掉。他大概是想让这件事赶紧变成既定事实，好让齐溪因为怕麻烦而放弃跟进。

老董走了以后，办公室里便只剩下齐溪一个人，齐溪的目光再一次落在了老董的办公桌上。

令人讽刺的是，就在那个他和于娜娜的情侣水杯边上，摆放的是他的全家福，照片里他搂着太太，两个人一起抱着女儿，笑得甜蜜又幸福。

如果自己叫停法务部此刻出具的和解协议，把老董假公济私的行为向元辰公司高层汇报，那么几乎不用怀疑，老董肯定会被开除。

而老董一旦被开除，他的太太肯定会得知他出轨于娜娜这件事，那样不论如何，对他太太的情感绝对是一个重大的伤害，他们将永远回不到这张全家福里的状态。

老董的太太肯定会伤心欲绝，而不论离婚与否，这样的家庭对孩子的成长绝对没有益处。

如果齐溪什么也不说，以上所有事确实都不会发生，唯一受损的只是公司的利益；而老董说了，公司如今业绩良好，赔这点钱也在公司的接受范围内，甚至不会触发内审问题。

齐溪的脑海里闪现过老董哀求的模样以及他平日对她关照有加的模样。

人在面对这样的人情的时候，在做出重大决定之前，内心真的非常挣扎。

但……

齐溪深吸了一口气，但她不仅是一个人，更是一个律师。

在此刻，她的身份更应该是以她的职业来定位。

最终，即便内心很难受也很压抑，但齐溪还是站起来，走出了老董的办公室，去了法务部。

她叫停了和解协议的出具流程，然后给元辰的管理层写了一封信，简要说明了发生了什么。

虽然只是一封短短的信，然而等到写完之后点了发送键，齐溪才感觉到一种如释重负的脱力。

她做了对的事吗？

老董没等到电话会议结束，就带着狂怒和失控的情绪冲进了办公室。

"齐溪！你为什么要害我？"

他已经顾不上维持形象，甚至没在意门外大办公区的员工们，只是目眦欲裂地朝齐溪大吼起来："你这个白眼狼！我对你有多好你可真是转眼就忘！恩将仇报的东西！"

元辰的管理层办事一向雷厉风行，老董如今这个狼狈又恼怒到失去理智的模样，明显是已经收到了管理层对他这件事的调查意见——元辰应当已经按照公司章程启动了对他的停职调查流程，一旦后续有证据坐实了齐溪举报的事项，那他除了被开除之外，甚至可能会被通报批评并被索要相应的赔偿。

圈子就这么小，闹出这些动静，很快就会传遍整个市里的职场圈。

老董也知道事情的后果，因此此刻他整张脸上全然没有了过去的温和，尽是暴虐和震怒。

他死死盯着齐溪："齐溪，这样做对你有什么好处？你能多拿点钱吗？还是你以为能靠举报我巴上公司的管理层？我告诉你，你做梦！你这么害我，把我弄走了，等我一走，就我所知，人事部上位的大概率会是个很难相处的女人。等你以后对接元辰配合她的工作，肯定有你受的！"

"我太太要是因为知道这件事出个三长两短，你就给我等着！"

齐溪第一次知道，人在利益面前原来可以丑陋到这个地步，而事到如今，老董竟然没有任何一点真切的愧疚和自责，话语间把责任全推卸给了别人。

"老董，我很感激你在我初出茅庐的时候对我的关心和帮助，在这一点上我至今仍然是感激你的，但一码归一码，你对我的好并不能抵消你在于娜娜这件事上的错啊。"

齐溪有些难过和痛心，但同时也多了一份坚定："你把自己婚外情出轨的原因归咎于于娜娜的蓄意勾引，淡化了你自己的原因，不断解释是自己喝醉了鬼迷心窍了；把用公司的钱处理自己婚外情的事冠以冠冕堂皇的理由，号称这是用另一种方式向公司收取你应得的加班费；把现在自己的困境怪罪在我举报你这件事上。

"你听听你刚才对我吼的是什么？你说你太太要是出了三长两短是我的责任，可我逼你出轨了吗？伤害你太太的人不是我，而是明知道后果，还放任自己的你，是你亲手用尖刀插进你太太心脏的，你才是那个加害者。"

如果说齐溪原本面对资历更深、年纪更大的老董还有些露怯，那么此刻，她变得越发有底气起来。

是的，她没有错。

错的从来不是揭发错误的人，而是犯错的人。

"老董，我没有做错什么。我是个律师，但我不是你的私人律师，我是元辰的顾问律师，我的服务对象是元辰，元辰的利益才是我要维护的，我做了对得起我职业道德的事。"

齐溪勇敢地看向年纪比她大了一轮，此刻表情仍旧狰狞的老董："即便你现在威胁我，诅咒我此后对接元辰的工作不顺畅，但私人感情上，我也不恨你，也不希望你落到不堪的地步。

"我希望你过得好，希望你真诚地和你太太道歉，然后接受她对你的处理。不论是离婚还是继续修复感情过下去，你应该为你的错误而付出代价，并真心悔过。你的太太能原谅你、接纳你，我祝福你们；你的太太要离婚，我对你也不感到歉疚。"

齐溪看向老董，一字一顿道："因为整件事里，最应该感到歉疚的人是你。"

齐溪说完就拿起包。她挺直了背脊，这才发现，面前这个原本让她敬仰过的男人，其实远没有她想象里的高大。

老董佝偻着背，在齐溪的指责里，即便死不承认，也到底露出了心虚的表情，他的眼睛甚至再不敢直视齐溪。

齐溪没有再留在元辰，不知道为什么，她迫切地想回容市，想回到顾衍的身边。

在返程的车上，她接到了元辰的内部审核电话，就老董和于娜娜的事对齐溪做了一些提问，齐溪很公正地把自己了解的情况反馈了过去。

临到挂断电话之际，齐溪虽然有些迟疑，但还是问出了自己关心的问题："董总监他……他怎么样了？后续会有什么处理吗？"

十分钟后，齐溪怀着沉重的心情挂断了电话。

她被告知因为和解协议中断，意识到自己拿不到这笔钱的于娜娜，在齐溪离开后没多久就在公司里和老董鱼死网破地闹开了，而老董被于娜娜抓破了脸，最后闹到报了警，原本就有巨大矛盾的双方开始在派出所争辩。

最后不仅牵扯到了这次离职赔偿的事，甚至连老董过去利用职权之便给一个远房亲戚解决工作的事也被翻了出来；而于娜娜也留了一手，把过去和老董开房的证据全部甩了出来，哭诉自己年轻不懂事，被老董精神控制了。于娜娜就这样把自己塑造成了一个受害者，甚至号称第一次发生关系也是老董把她灌醉后违背她的意愿进行的，扬言要告老董强奸……

最终反而是老董的太太在这个时候站了出来。

"董太太虽然突然知道这些事受到的打击非常大，但她还是在看了老董手机里所有的证据后，力挽狂澜稳住了局面。针对于娜娜污蔑老董强奸的事，她也准备帮老董以名誉侵权和诽谤起诉于娜娜。"

　　齐溪想起给她打电话的元辰内审调查员谈起此事时的唏嘘："董太太真的是一个非常温婉但有力量的女人，明明那么愤怒那么痛苦，但为了孩子，她还是沉着冷静地维护了老董作为一个父亲的体面，打算帮老董把强奸这种莫须有的罪名洗清。"

　　齐溪当时对此就很好奇："所以董太太是打算原谅老董，接纳他重新回归家庭了？"

　　对方的答案却让齐溪很意外："没有，董太太说，老董没做过的事，她作为孩子的母亲，会和他统一战线一致对外，保护孩子眼里父亲的形象，也保护孩子未来生活的舆论环境，不至于因为这种事被欺负排挤；但老董做过的事，做了就是做了，她没法视而不见，也没有办法原谅，更不相信破镜重圆，所以在帮老董澄清强奸谣言的同时，她会启动和老董的离婚手续。"

　　直到车子到达容市，齐溪还有些恍惚。

　　董太太真是一个有担当又有原则底线的人，而老董原本和她的幸福婚姻，也因为自己的失足最后走向了毁灭。

　　这是何等令人遗憾和唏嘘。

　　人生在世，或许更应该珍惜的就是眼前人。

　　因为老董这个插曲，齐溪没赶上原本回容市的车，不得不改签了下一班，等抵达容市高铁站的时候，已经将近凌晨了。

　　车站此刻只有稀稀拉拉的几个人，显得有些冷清，晚上很冷，站台上的冷风直往齐溪脖子里灌，她只能缩着脖子，形单影只地往出站口走。

　　容市这个高铁站有些年头了，此刻周遭的一切都有些萧瑟寒寂，但齐溪心里不是，她快步走向出站口，因为那里有顾衍，顾衍会来接她。

　　不用齐溪走到出站口，她一抬头，就已经能看到顾衍。

　　这个时间了，接站的人并没有几个，多数是困倦疲惫的中年人，穿着厚厚的羽绒服，而顾衍是其中最鹤立鸡群的一个——他穿着深灰色大衣，挺拔而又温和，像是给予迷航船只引领的高大灯塔。

齐溪突然感受到了安心。

齐溪此前被老董咒骂时的难受、为老董这事产生的纠结和自我怀疑以及糅杂了愧疚和焦虑不安的复杂情绪，好像在见到顾衍的这一刻，都消失殆尽了。

齐溪觉得自己像一个驾驶太空船出舱探险的宇航员，而顾衍则是自己的搭档，不论自己在出舱作业里遇到多么危险急迫的困境，顾衍都有办法令她安全返航。

齐溪就这样带着温柔安心又雀跃的幸福感，走到了顾衍面前。

她抬头看向顾衍，盯着他的眼睛没有说话。

她以为顾衍会给自己一个拥抱，然而他并没有。

这个男人只是解下了自己的围巾给齐溪围上，语气淡然。除了系围巾的动作让两人显得更亲密一些，别的时候竟然都规矩得像是一对兄妹。

"走了，我的车停在地下二层。"

顾衍浑然不觉齐溪此刻的失落，非常平静地走在前面带路，甚至没牵齐溪的手。

小说里不都说小别胜新婚的吗？

齐溪心里有点别扭的纳闷。

顾衍总是这么克己守礼，在公众场合非常有分寸感，但这种分寸感未免也太冷淡了吧……

齐溪一边这么想，一边偷偷盯着顾衍看。

此刻两人已经到了电梯里。要不是电梯里还有另外三名乘客，显得有些拥挤，齐溪都怀疑顾衍要站在自己的对角线那头，和自己保持最远的距离。

虽然说了在竞合所里避嫌，但也不至于在公共场合也避嫌到这个地步吧！

顾衍开的是齐溪喜欢的那辆车，但齐溪几乎是有些气呼呼地上车的。

只是等她上车系上安全带，顾衍这个开车的却没有系安全带的打算。

"怎么不系……"

齐溪的问句还没说完，顾衍就侧身朝她压了过来。因为顾衍身材高大，齐溪的视野完全被他的身形遮盖住了。

她还没有来得及反应，顾衍的唇就印上了她的。他的手轻轻抚住齐溪的脸，温柔地摸索着，然而很快，随着这个吻的加深，这种温柔开始变质，变得充满侵略性，由齐溪的脸颊蜿蜒向下，然后停留在她的锁骨边，间或孩子气地把玩齐溪垂在锁骨边的碎发。

此时此刻，在昏暗的地下停车场里，顾衍完全没了此前在出站口和电梯里时的冷淡和镇定。

齐溪一开始还有些愣，但很快，随着顾衍的投入，齐溪回应了这个吻。只是这里显然不是合适的场所，最终顾衍恋恋不舍地结束了这个吻，随即他又不甘心似的，回头啄吻了一下齐溪。

在非常近的距离下，他盯着齐溪的眼睛，用略微沙哑的声音，有些孩子气地带着鼻音道："齐溪，我好想你。"

这听起来都有些像撒娇了。

说完全能招架住这样的顾衍是不真实的，但齐溪还是努力抵抗了。她还有些气鼓鼓的委屈："说什么想我啊？刚才接我出站的时候，搞得像革命友谊一样，隔那么远，都不牵我手，也没抱我……"

顾衍忍不住又亲了齐溪一口，声音有些含糊地嘟囔道："刚才人太多了。"

齐溪有些脸红，但犹自强装镇定："人多怎么啦？我们又不是婚外情，正正经经谈恋爱的，人多难道就见不得光了吗？你都是什么老思想啊……"

"不是老思想。"顾衍垂下视线，声音变得也有些不好意思，"我刚才不敢牵你的手，不敢抱你，只是因为我怕自己会失控。"

他用平静的声音说着非常让人不平静的话："太想你了，怕忍不住。"

第十五章　对你负责

　　齐溪只觉得自己像个喝高了的人，酒气上涌，突然上头，此时此刻只恨不得找个地方躲起来。

　　顾衍真是的，这种话怎么可以随口就来。

　　她看了顾衍一眼，有些好笑又有些甜蜜："我才出差了一天！都没有住在临市，和你也就半天没见吧……"

　　"是的，整整半天了。"顾衍的语气很克制很正经，但说的话有些酸溜溜的，"你去了临市半天都没联系我，我觉得半天很长了。"

　　他有些阴阳怪气道："但看你的样子似乎觉得半天还挺短的，看起来是没有经历我这样的感受。"

　　齐溪看着顾衍认真控诉的侧脸，突然间有些福至心灵地伸出手，然后在她自己都没反应过来之前，摸了摸顾衍的头。

　　顾衍显然没有预料到齐溪的这个动作，愣了愣，但没有移开脑袋，反倒是用眼神给出了一些鼓励的暗示。

　　齐溪有些失笑，然后像摸大狗狗一样再次摸了摸顾衍的脑袋。

　　"没有没想你，只是今天处理了以前和我关系很好的一位人事总监的事，为了赶时间早点回来，所以在元辰的每分每秒都在工作。"

顾衍愣了愣："为什么那么赶时间？"

"因为想快点回来见到你啊。"齐溪看着顾衍，语气有些无奈，"毕竟容市有一个想我想得半天都忍不住的男人啊。"

"……"

齐溪任由顾衍把玩着她的手指，没有再调戏顾衍，而是简单叙述了这天在元辰遇到的事和自己此前内心的挣扎。对此，她坦然道："其实处理这件事的时候，我心里一直在想你。我确实有一瞬间会怀疑自己做得对不对，但想到你之后，就觉得你一定会支持我的做法；而如果这件事是你在经历，你也一定会选择和我一样的做法。所以虽然确实是第一次遇到人情和法律的冲突，也很惶恐不安和紧张，但我没有后悔，我觉得做了对得起自己内心的决定。

"我听说老董的下场会很惨，他可能会一直恨我，但……"

顾衍回握了齐溪的手："但你做得没有错。"

他坚定地看着齐溪，用非常令人信服的声音道："你只是做了你作为一个律师应该做的事。你是作为律师被派去元辰辅助解决于娜娜的离职纠纷的，那在整个事件里，你都必须以一个客观的律师职业视角去处理这个事，所以齐溪，你做得很好。

"面临这样的抉择，能不为人情所困，公正地做出决定的人才是少数，也正因如此，这样的少数才会显得伟大。比如得知自己孩子犯了法却没有选择包庇，而是选择向警方举报的父母。这很难，但正因为难，所以才会显得更加珍贵。"

顾衍轻轻摸了下齐溪的脸，有些不好意思地移开了视线："当然，在我眼里，你一直是最珍贵的。"

齐溪啄吻了一下顾衍的侧脸，然后也有些赧然："你也是最珍贵的。"她说完，有些不好意思地转移话题，"不过今晚这么晚让你来接站，还是辛苦你了，害得你都没睡好。"

"不辛苦。"顾衍被齐溪偷袭后，脸有些红，他移开了视线，声音低沉好听，"一直忘了告诉你，我的幸运数字从来不是'七'。我喜欢这辆车，只是单纯因为'七系'的谐音是你的名字而已。能开着这辆车来接你，我没觉得辛苦，因为这是以前我梦里才有的场景。"

齐溪歪着头想了想，然后看向顾衍："那你的意思是，你平时晚上睡觉会梦到我吗？"

顾衍愣了愣，显然没意识到齐溪的关注点会往这个方向走，但他还是"嗯"了一声。他垂着视线，看着轿车的内饰："会吧。"

齐溪凑过去，揽住了顾衍的胳膊，用鼻尖蹭了蹭他的衣服，用很撒娇的语气诱骗道："那你都会梦到什么呀？我在你梦里的形象好吗？"

也不知道是想到了梦里的什么，顾衍的表情变得尴尬起来，眼神有些躲闪，语气也变得有一点紧张。他像是不想再谈这个话题，用言简意赅的回答表达了自己回避的态度。

"都忘记梦到什么了。"顾衍有些自相矛盾地解释道，"梦里你的形象是好的吧。"

齐溪很快就抓住了顾衍话里的漏洞，有些不满意顾衍像是敷衍一样的态度，有点赌气道："既然忘记了，怎么还能记得形象是好的呢？"

何况这个"吧"字用得也很有灵性。

齐溪怀疑顾衍在梦里对自己进行了丑化，因为随着自己的追问，顾衍脸上的尴尬似乎越来越强烈了，甚至都给人一种恨不得现在跳出车窗逃跑的错觉。

然后齐溪看着顾衍装模作样地看了眼手表，表示时间不早了，还是早点送齐溪回家，由此生硬地转移了话题。

齐溪这下十分能确定顾衍梦里的自己肯定没干什么好事，有点生闷气，并且决定今晚一定也要做个梦折腾折腾顾衍。

最后顾衍顺利地把齐溪送到了家门口。

第二天就是周末，齐溪的妈妈也快要过生日了，因此齐溪决定这周末不再留在租的房子里，要回家一趟。

自从齐溪非常不配合地搅黄了爸爸齐瑞明安排的两次相亲后，齐瑞明就勃然大怒。齐溪听妈妈说他回家后暴跳如雷，把齐溪从头到脚数落贬低了一通，扬言要看看齐溪靠自己能走到哪一步。

为此，齐瑞明决定对搬出去租房住的齐溪不提供一分一毫的经济支持，就等着齐溪先低头。因此齐溪在外租房工作期间，他还真是一分钱都没支援过，甚至自从齐溪不配合相亲和他闹掰后，他都没主动关心过齐溪的生活。

"你呀也真是的。你爸是个倔脾气，他人不坏，就是性格火暴，而且有高血压，高血压的人真的很难控制情绪，有时候脾气就大；你爸又是律所的合伙人，虽然不是竞合这样的大所，但平时业务压力也很大。你们父女之间哪有隔夜仇啊！溪溪，其实只要你给你爸低个头，你爸也就有个台阶下了。"

第二天一早，齐瑞明有一个外地客户找他，说有一个需要律师见证的事，因此他一早就出门赶火车去了，齐溪没和他打上照面。

家里没了齐瑞明，原本剑拔弩张的气氛倒也缓和了下来。

齐溪的妈妈奚雯也试图趁着这个机会做齐溪的思想工作，拉着齐溪的手："你们父女俩简直是一个脾气。"

可惜齐溪心里憋着口气："得了吧，他就是看不起女的。你看看他都是什么老思想，总觉得男主外女主内，女的就应该回归家庭在家里相夫教子，那我拼命考上容大的意义是什么？我这么努力学习，难道就为了结婚生孩子啊？"

齐溪的妈妈语气温和地拍了拍齐溪的手背："话不能这么说。妈妈也和你爸爸一样是容大法学院毕业的，但现在在家里当全职太太，妈妈也觉得很幸福。能生出你这样的女儿，妈妈很骄傲；为了陪伴你选择辞别职场，妈妈没有后悔过，也不觉得被逼迫，这都是妈妈自愿的，并不觉得自己的学历为此浪费了。妈妈觉得现在的生活很幸福。"

齐溪忍不住靠向奚雯。

奚雯总是很温柔，齐溪的内心因此也变得平和了一些，但她还是不服:"可是妈妈,我觉得女性到底想要怎么过,不应该有一个既有的章程,我们的选择应该是自由的,完全由我们自己做主的。你觉得家庭生活、养育孩子带给了你比职场成功更大的快乐,那你不用顾忌自己是什么学历,就算是名牌大学的博士,社会舆论也应该尊重你当全职太太的选择,而不是去指责你浪费自己的学历自毁前程,因为这是你的人生、你的选择。

"但同样的,像我这样觉得职场成功才是我人生价值最重要部分的女性,也应该得到尊重,而不是用所谓的传统来把我们排挤出职场,压缩我们在职场的生存空间。"

齐溪的语气很认真:"只要不违法犯罪,女性应该自由地做出任何选择,只要她能承担选择的后果。女性不应该因为受到异性的干涉而觉得应该放弃职场拼搏回归家庭,也不应该因为受到同性的干涉而觉得必须进入职场打拼,这才是新时代女性。"

奚雯笑着点了点头:"我知道我知道,我的大道理讲得不如你好,口才远比你差。你爸的思想是有点太过传统了,但他就那个理念,出发点确实也是不希望自己的孩子太辛苦。你看看他,昨晚你出差凌晨回家的时候,他也还在所里加班;你和我都睡下了,他才回家,结果今天一早,你还没起床,他又出差去了。

"律师想要做出头,是不得不牺牲一些私人时间,让渡给工作的,而且你现在还是实习律师,可能还感受不到那种压力,但等你接的客户多了,每个客户都催着你的时候,那个压力真的不是你现在能想象的。你现在头上还有你的带教律师给你顶着压力,你还没直接面对客户呢。"

奚雯温柔地为齐溪拨开了额前的碎发:"别的工种,可能只要熟悉业务,随着年龄上涨经验增加,就可以依靠过去的经验处理掉,会越做越轻松,越做越熟练。但律师不是,律师接的案子只会越来越复杂,而且每个案子之间的事实千差万别,根本不可能有靠着过去某个案子的经验,就重复过去的处理方式这样省心的做法存在。

"我们作为父母,肯定不希望孩子过那样辛苦的人生。"

奚雯看着齐溪的眼睛，循循善诱道："我们父母这么辛苦地奋斗，还不是为了孩子能更轻松地活着吗？作为你的妈妈，我自然也和你爸一样希望你别那么累，但妈妈也是女性，所以也能从另一个层面理解你，所以我愿意尊重和支持你的选择，只是你爸偶尔的一些话，你也别太放在心上。"

奚雯笑了笑："你爸这人就这样，说话有时候有点冲，但内心是很善良的。"

奚雯一谈起齐瑞明，脸上就洋溢出不自觉的笑意。

齐溪知道，虽然爸爸妈妈的那个年代还流行相亲甚至包办婚姻，但奚雯和齐瑞明是自由恋爱的。当初两人一起在容大法学院的辩论队里相识，奚雯当时已经是小有名气的辩手，而齐瑞明是初出茅庐刚加入辩论队的菜鸟。但那时还是愣头青的齐瑞明就是凭着一股劲，一天一封情书地把奚雯给打动了，而这些情书合集，如今还是他们爱情的纪念品，齐溪常常见到奚雯隔三岔五地拿出来回味品读，幸福之情溢于言表。

齐溪听妈妈的朋友说过，在校时，奚雯的成绩是好过齐瑞明的，但最后是奚雯放弃了事业回归家庭，反倒是齐瑞明在奚雯的支持下，一步步在大律所里历练，积累了经验和人脉，最后跳槽出来自己开了一家小型律所。

虽说是小所，但毕竟是合伙人，所以虽然比不上竞合所这样的精品所合伙人的收入，但比起普通工薪阶层也算是高薪人士了。

齐溪也算是父母互相扶持白手起家的见证人。齐溪的爷爷奶奶是农民，根本没法给这个小家庭什么支持，齐溪能拥有现在的生活水平，确实是齐瑞明奋斗的结果。

这样一想，又加之奚雯的劝说，齐溪内心对齐瑞明的怨意也少了那么一些，但她嘴上还是不饶人："就他最忙了，从我高中开始就是，基本上不回家吃晚饭，几乎天天都在所里加班；好不容易周末了，法院都休息了，他又有一堆应酬。"

虽说对齐瑞明意见很大，但父女之间确实没有隔夜仇，只是说起往事，齐溪越说越心酸："我高考填志愿那天晚上他都没回家，我高中毕业时作为学生代表讲话，他也没来，大学的时候又是。我以后结婚是不是还得找个他不加班的时候和他提前预约啊？"

奚雯有些无奈地摇了摇头："你这孩子。你爸也不容易，所里确实一堆事，他也是想趁着现在还年轻多挣一点，将来多给你留一点。"

奚雯说到这里，像是很快找到了齐溪话里不经意间漏出的一些细节，盯着齐溪的眼睛："溪溪，你有男朋友了吗？"

齐溪愣了一下，立刻顾左右而言他地掩饰道："啊？什么啊？妈，你怎么突然问这种问题？"她做出气呼呼的样子，"你不是要像爸爸一样给我介绍对象吧？"

奚雯忍不住促狭地笑了："我原本还只是怀疑，但现在看来，你应该至少是有了喜欢的男生了。你现在要是觉得没准备好，可以先不告诉妈妈，但以后要先带给妈妈把关的。"

齐溪自然还是不承认，撩了下头发，移开视线，佯装镇定地反驳起来："你这都是无根据的猜测，而且怎么突然就这么说嘛。"

"平时谁和你提结婚你就和谁急，仿佛结婚是什么洪水猛兽，来阻碍你这个律政精英发光发热的，结果你听听你刚说了什么，说以后结婚要和你爸预约时间……"

齐溪不得不承认，妈妈虽然退出职场已久，但毕竟是容大法学院毕业的，这抓重点的能力简直是杠杠的。

为了转移话题，齐溪决定祸水东引："别说我啦，妈，我就算工作认真，好歹也知道平衡生活呢，你倒是管管爸爸吧！"

齐溪不满道："爸爸刚创设律所那会儿忙也就算了，可现在所里都步入正轨了，按理说他下面都有团队和助理律师，怎么还像事事都要亲力亲为一样忙啊？竞合所比我爸那小所强多了吧？里面合伙人随便一个谁，创收都是我爸的好几倍甚至十几倍了，但人家都没我爸那么忙。我看我们所一个合伙人，每周末坚持陪儿子打网球呢。"

齐溪虽然提及这个话题是为了转移妈妈的注意力，但说到这里，也忍不住有些气闷和无奈。

撇开父亲滤镜公正地来说，齐溪也知道，齐瑞明并不是一个在法律上多有天分的人。上大学时齐溪因为好奇，偷偷看过爸爸留在书房里的起诉书，其实写得有些粗糙，偶尔从爸爸妈妈的聊天里也能得知爸爸砸了什么案子，还曾经被客户举报到律协，闹腾了好一阵子才消停。

而她进入竟合以来，见识了顾雪涵写的法律文书，才知道了什么是真正的专业和高水平。

所以或许她确实没法强求爸爸在处理好业务的同时，还能像顾雪涵这些精英律师一样游刃有余地处理好私人生活。本来平衡好事业和家庭就是一门非常高难度的艺术，能做得好的毕竟是少数。

这样一换位思考，齐溪也开始有些自我怀疑，是不是自己此前对爸爸的要求太苛刻了？因为她的爸爸也不是超人，只是一个普通的中年男人而已，有很多事他也力不能及，世界上也有很多他办不到的事。

"溪溪，你也别和你爸爸置气了，你小的时候他多宝贝你啊，他颈椎本身不太好，但因为你每次被他架在脖子上的时候都会笑得很开心，所以怎么都不听我的劝，天天把你架脖子上到处扛着玩，结果有次弄得颈椎病复发，在床上躺了一个礼拜。"

奚雯说到这里，露出了又好气又好笑的表情："还有你上初中，当时你们学校搞了一个封闭式军训，把你们送去了一个临市的军训营，结果你扭伤脚，那边连云南白药都买不到。那时候也没有跑腿和外卖服务，还遇到了临市百年一遇的大暴雨天气，你爸当时放下手头的工作，愣是扛着雷暴天，开着刚买的二手小破车连夜给你送云南白药……"

奚雯不说还好，这样一讲，齐溪也心软了。

这些小时候的回忆，她并不是不记得，也正因为她一直记得爸爸对她的好，才在成长后对爸爸那些性别歧视的观点更不能容忍——明明小时候他并没有因为自己是女孩而对自己横眉冷对过，怎么自己越长越大，他却反而因为自己是女孩，就各种打压自己，觉得自己就注定不能成功呢？

说到底，齐溪会不能容忍，还是因为那是自己的爸爸，因为自己在乎他的看法，希望得到爸爸的认可。

奚雯性格温和，看齐溪明显有松动的模样，摸了摸她的头："每个人都有点缺点，你爸爸也不是完美的，我们也不能因为他的一点问题就否定了他整个人是不是？你爸是农村出身的，在他们那儿，男孩才是香火传承。"

可齐溪还是委屈："可他都是容大法学院毕业的，受了高等教育，也早就脱离了农村的生活环境，怎么还这样啊？"

"可一个人根深蒂固的观念怎么会那么容易改变呢？"奚雯笑了下，非常包容又温和地解释道，"一个人童年接收的信息，有时候是很难改的。你爸爸也只是个普通人，但他心里最在乎的还是你。前几天他还在说过阵子要催你去学车，等之后给你买辆车，以后也方便你周末回家。"

奚雯拍了拍齐溪的背："所以别生你爸爸的气了，好吗？"她对齐溪笑起来，"妈妈都快过生日了，你就当送妈妈个生日礼物好吗？"

奚雯话都说到这份上了，齐溪觉得自己再不肯退一步，也有些矫情和过分，因此虽然内心还有些抵触和不情愿，但好歹还是点了点头。

奚雯一见齐溪这样表态，果然高兴起来："你还刚工作，我过生日你就别花钱买什么贵重的礼物了。只要我们一家三口好好的，就是最好的礼物了。"

齐溪嘟了嘟嘴："妈妈，你这是不是看不起我的工资啊？我都是自己挣钱的人了，总不能什么都不买吧？人要是过生日连个礼物都收不到的话，岂不是这个生日过得都有些没意思？"

"你爸不会送我吗？"奚雯笑起来，"而且即使不过生日，你爸最近已经送了我不少东西。上个月他去凯悦办了张SPA卡，一下子就充了三万，还很贴心地每周帮我固定约一个晚上去做SPA和美容呢。"

奚雯半是埋怨半是开心地数落道："都叫他别破费了，也不听。"

行了行了，齐溪也有点无奈，觉得自己又被迫吃了父母的狗粮。

只是虽然齐溪决定退一步，趁着这次回家和齐瑞明好好吃顿饭冰释前嫌，可惜他并没有给她这个机会。

他近来越来越忙，早出晚归是常态，临时出差更是多如牛毛。当晚，奚雯亲自下厨做了满满一桌菜，可等来的是齐瑞明又要晚些回家的电话，叫齐溪她们不要等他吃饭。

妈妈的脸上是显而易见的失落，齐溪为此也有些抱怨："爸爸也真是的，都五十多的人了，怎么最近反而越来越拼了。"

坦白说，齐瑞明年轻时虽然也拼过，但也还不像如今这样。

奚雯听了也有些无奈："是。其实我们家开销也不大，但你爸也不知道怎么的，四十岁那年起了事业心，变得很拼，接的案子也不怎么挑了……"

齐溪对此是有印象的，因为那几年，奚雯和齐瑞明为此发生过不少争执。奚雯认为作为律师，尤其是温饱问题早已解决的律师，还是应当有一定的社会责任感，稍微挑选一下当事人和案子的，有些道德层面上很难让人接受的当事人，不应该因为对方给的代理费多，就不管不顾去接业务。

但齐瑞明不这么认为。从四十岁开始，他对钱的欲望似乎突然变大了，一心一意就想多赚钱，即便是齐溪，也能从父母的争执中知道爸爸为了胜诉，在操作一些案子的时候，手法并不光彩。

虽然如此，齐溪却觉得自己一家的生活品质并没有因为爸爸拼命搞钱而更上一层楼，他们甚至过得比一般的小康家庭更节俭。

齐溪憋了这么多年，终于还是忍不住，问出了一直以来的问题。

"妈，你说爸那么拼命赚钱是为了什么？人挣钱不就为了生活过得更好吗？钱只是工具，而不是目的，不应该为了挣钱而放弃生活，这反而是本末倒置。你们成天说以后的钱是留着给我花的，可我真需要花钱去留学的时候，也没见爸爸掏出来。"

奚雯则还是为齐瑞明说话，希望解开齐溪和齐瑞明之间的龃龉："你爸一来是希望你也别太累了；二来你万一出国了就留在国外了，我们身边老了也没个陪伴；三来，你也要原谅你爸的小私心，我是全职太太，他做律师，虽然现在收入还可以，可这些律所给律师缴的社保一般都是按照最低的档缴的，以后退休了不像公务员那样有很好的待遇，所以你爸想手里攒些钱以备养老。这个层面上，妈妈也可以理解他，何况你爸还有你爷爷奶奶要照顾，老人万一生个病，花销也很大。你爸是农村出来的，小时候受过没钱的苦，现在年纪大了，手里没钱就容易心里慌。你不是他那个成长环境和年代里出来的，可能不一定能设身处地理解他对攒钱的冲动。"

话虽然这么说，可齐溪还是有些怨气："他不肯出我留学的钱也行，但别骗我啊！他要是早点说不资助我，我就可以早点往有奖学金的学校申请，甚至可以早点去打工攒钱，总之不会拿到 offer 后才知道，然后束手无策来不及应对……"

抱怨归抱怨，如今齐溪那股气过去之后，对没法去 M 国这件事也释然了很多。父母愿意支持孩子是情分，不愿意花钱支持孩子也无可厚非，毕竟齐瑞明在平日里的基本开销里确实也没短过自己什么，至少是给了自己一个小康家庭孩子应该有的一切。

何况妈妈说的也对，律师挣的都是辛苦钱，不管怎样，齐瑞明想留点钱给他自己老了花，也没有错。

只是齐溪好不容易想通了，打算趁着这次回家和齐瑞明破个冰，为了一起吃顿饭，齐溪和妈妈也并没有在正常饭点开吃，一直等着齐瑞明。只是等了将近一个小时，都快到七点多了，齐瑞明突然打来了电话："老婆，我之前经手的那个众恒的破产重组案，突然出了点事，我现在还在公司这边紧急开会，回不来了。"

奚雯开的是免提，因此齐溪也听得一清二楚。因为难得一家三口周末聚在一起，奚雯亲自下厨做了一桌大菜，如今听说齐瑞明不回家，脸上是明显的失落："不是和你说过吗？今天溪溪难得回家，我给你们做了一桌子菜呢。"

电话那端，齐瑞明语气遗憾："我也没办法，我也想回家吃你亲手做的大餐呢，可现在客户公司这情况，别说是大餐，我恐怕是饭也没时间吃上。"

奚雯一听，果然完全不在意齐瑞明回不来这件事了，有些担忧地道："客户的事虽然重要，但身体是自己的，再忙也记得吃。我早晨就怕你忙过头突然饿，在你包里塞了点饼干，你记得拿出来垫垫肚子。"

"老婆对我真是太好了，娶到你真是我的幸运！"

两人又互相关照了几句，这才挂了电话。

还别说，虽然爸爸重男轻女了一点，但对妈妈每次都还挺好的，两人都结婚这么多年了，爸爸每次都还能把妈妈哄得脸红得像个少女似的。

齐溪忍不住朝妈妈撇了撇嘴，表示没眼看，换来奚雯娇俏地捶了一下她。

虽然爸爸不回家吃，但这么一桌丰盛的饭菜，齐溪肯定是不会辜负的，她大快朵颐了个畅快，一边吃一边夸赞妈妈厨艺好，哄得奚雯一脸愉悦，也早忘了齐瑞明不能回家一起吃饭的失落。

饭毕，齐溪原本还想在家里待会儿陪妈妈说说话，可没想到赵依然这家伙忘了带钥匙，此刻正在房子外面干等着。

齐溪没法子，只能赶紧收拾了东西，提前离开家里赶着去给赵依然开门救她的狗命。

为了快点回到租住的房子，齐溪直接打了个车。也算她幸运，刚上车没多久外面就飘起雨来，再晚几步，她恐怕连车都打不上。

一旦下雨，路就开始变得堵起来，齐溪被堵在一个红灯处。她给顾衍发了个"猫猫无聊"的表情包，就开始百无聊赖地看着窗外。

原本只是随便一瞥，齐溪却皱起了眉——堵在自己隔壁车道的前面一点的车，不正是齐瑞明的车吗？

齐瑞明的车牌号很特别，尾号和奚雯与他的结婚纪念日一致，因此齐溪绝对不可能看错。

可爸爸不是说他正忙着处理众恒的破产重组案吗？

众恒是容市一家老牌的机械公司，公司办公地址和厂房都在远离市中心的郊区，离如今这条路有将近两小时的车程，所以爸爸怎么会突然出现在这里？

难道是他已经结束那边的事，所以赶回家了？

可就算齐瑞明刚才打电话来后瞬间忙完了众恒的事，然后立刻开车赶回来，按照时间来说也对不上，因为他根本不可能在那么短的时间内出现在这条路上。

更何况，齐瑞明现在行驶的这条路根本不是回家的路。

齐溪的心突然开始怦怦地跳起来，开始有种失重般的恶心感，心里有了一个不愿相信的猜测的雏形。

她爸爸会不会……

齐溪觉得整颗心都提到了嗓子眼里："师傅，麻烦跟着那辆车走。"

在师傅迟疑的眼神里，齐溪强行挤出了微笑："我爸爸的车，我想给他个惊喜。"

师傅没再多问了，反倒是聊起了自己的女儿："你们这些小年轻啊，就喜欢这样。我女儿前几天一个招呼没打，突然从寄宿学校回来，就说为了给我个惊喜给我过生日……"

师傅兴致高昂，但是齐溪一点搭话的情绪都没有，她的眼里只剩下齐瑞明的那辆车，心里全是杂乱和慌张。她颤抖着用手给赵依然发了条信息，告知她自己有点事，会晚点回来，让她先去咖啡厅里坐坐。

齐溪心不在焉地发完信息，甚至没去看赵依然的回复。

她现在觉得非常分裂和无措，爸爸行踪诡异，该不会真的是出轨了吧？

如果是真的，那她该怎么办，妈妈怎么办？

在这种反复的煎熬和忐忑里，齐溪看着出租车师傅跟上了齐瑞明的车。她探头探脑地张望，发现至少让人稍感安慰的是，齐瑞明的车里应当没有坐别的人。

齐瑞明果然不是打算回家，径自驶向了容市最高档的商区，然后在奢侈品一条街找到停车位停了车。

齐溪也飞快地付钱下了出租车。

　　这下齐溪再次确认了，齐瑞明的车里确实没有坐别人；也幸好因为下雨，齐瑞明从后备厢里拿了伞，撑起后遮挡了他的视线，他没能看见鬼鬼祟祟跟在他身后的齐溪。

　　齐溪就这样，看着爸爸径自走进了品牌店里。

　　店里根本没有别的顾客，齐溪冲进去就太过显眼了，势必暴露。好在店铺的橱窗足够敞亮透明，而齐瑞明显然也不是去里面挑挑拣拣的，像是去取什么预约好的东西。

　　齐溪看着店里的销售很熟悉地和齐瑞明打了招呼，然后就从货柜里取出了一个包。为了当场验货，销售拆开了防尘袋，给齐瑞明展示这款包前后左右的各种细节，齐瑞明则只简单看了下便点了点头，然后就爽快地掏钱付账。

　　齐溪并不是奢侈的人，从来没买过奢侈品牌的包，但这并不妨碍她对这些有所了解——这家店的包非常难买，尤其是稀有款和特别款，买包似乎都需要按照一定的比例去配货。因为订货周期很长，很多现货的包价格都被炒到了原价的两到三倍不止。

　　齐溪不知道齐瑞明拿的这个是什么款式，于是只能静观其变，等着他拿着包离开。

　　齐瑞明看起来心情大好，把购物袋放进了后备厢里，但没有立刻回家，而是再次沿街走起来。齐溪在雨中一步一步地跟着，直到看到他进了一家花店，然后买了一束花，这之后，他才去附近的一家甜品店里买了份甜品。

　　买好这些，齐瑞明才回到车里，发动汽车离开。

　　齐溪心里七上八下的。雨已经变得很大，齐溪因为没有带伞，浑身已经淋透了，像一个落汤鸡，风一吹就冷得发抖，但这些她都顾不上了。齐溪找了个躲雨的门廊，然后开始在网上浏览起这家店一款款的包来。

　　好在十几分钟后，她就找到了齐瑞明买的这款包的名字。

　　是这家店某个系列的二代鳄鱼皮。

　　据说这款包很受粉丝的追捧。这个款式的普通皮都已经相当抢手，而这款的鳄鱼皮则更是一包难求，价格吵到了裸包的许多倍不止。

齐瑞明今天能拿到这个包，恐怕预定周期最起码有半年以上，价格最起码要二十万起。

齐溪突然觉得有些眩晕。

二十万，她如今还是授薪律师，一年的工资到手都没有二十万。

齐溪心里很乱，也不知道自己在想什么，只能保持着浑浑噩噩的状态回到了租住的房子。

她的模样把等她的赵依然吓了一跳："我的天啊，你没带伞吗？怎么淋成这样了？快进去洗个澡！"

可齐溪哪顾得上洗澡，只裹了条毯子，胡乱擦了擦，心里还沉浸在不可思议的矛盾感和不安痛苦的情绪里。但不管怎么说，要是齐瑞明真的出轨了，奚雯有资格知道一切。

她想起从元辰调查员嘴里得知的老董的太太的痛苦和崩溃，心里第一次产生了畏缩。在老董出轨的事件上，即便天人交战，齐溪内心的天平仍旧偏向了忠于自己的职业，因此出于职业道德，她必须上报老董的行为，而他太太得知一切，也是之后才产生的连锁反应，只是如今……

如今她看见的一切，并不涉及自己的职业，没有职业责任那么强的驱动力去说服她向天平的任何一端倾斜。

奚雯自然是有资格知道一切的，可是她能承受得了这样的打击和变故吗？是应该自己出面找齐瑞明谈一谈，把这个事情处理掉吗？还是怎样？

齐溪心里乱作一团，结果她刚想给奚雯打电话，心有灵犀般的，奚雯的电话就来了。

齐溪接起来，手机里便传来奚雯的声音："溪溪，到住的地方了吗？怎么一直没回妈妈的微信？我还当你出什么事了呢！"

听到熟悉的声音，齐溪鼻子一酸："妈妈！"

奚雯有点奇怪："怎么了？遇上什么事了？别怕，有什么事都可以和我们说，你爸也刚回来呢。"

齐溪原本想告诉奚雯下午的插曲，可一听齐瑞明回来了，倒是愣了愣："爸爸回来了？"

"是啊，回来了，还给我带了一束花和甜品呢。真是的，都和他说了，这些都是小年轻才会玩的事，我们都老夫老妻了，还搞这一套，不是浪费钱吗？他还说什么我生日快到了，到时候要送我一份神秘礼物，在那儿卖关子呢。"

奚雯虽然在抱怨，但语气是甜蜜的。

这反倒让齐溪顿住了。

她皱了皱眉，突然意识到了另一种可能——花和甜品都是买去送给妈妈的，所以那个死贵的包，其实也只是爸爸提前订货，之后要送给妈妈的生日惊喜？爸爸现在保密只是为了之后生日时送出给妈妈惊喜？如此一来，似乎一切也都说得通了。

爸爸明明不在众恒，但谎称在外面工作，也是为了神不知鬼不觉地去店里提货，甚至或许还可能在偷偷布置什么？

这么一想，齐溪突然就觉得羞愧起来了。

她可能真是做律师以来接触的离婚出轨案子太多了，以至于一点蛛丝马迹，就被自己放大到变成推理破案一样的侦查了。

虽然爸爸是因为工作常常欠缺家庭参与，也因为重男轻女，近年来也和自己确实关系紧张，但把他直接不经过交叉举证就断定为出轨，齐溪如今想起来，只觉得自己是有些应激过度了。

她自我反省：或许自己对爸爸的敌意和偏见是强了那么一点。

电话那端，妈妈还在关心齐溪的情况："溪溪，所以你到底发生什么事了没？安全到住处了吧？"

"到了到了。"

齐溪有些赧然。她和妈妈一向亲厚，考虑到爸爸买了名牌包当惊喜礼物，于是她撇开这一点，把自己跟着车看到爸爸买花和甜品，误以为他出轨的事给说了。

奚雯听完，果然忍俊不禁，压低声音道："溪溪，你这可不能让你爸听见，不然他可得气死。他在外面忙死忙活的，结果还被女儿怀疑出轨了。你这个脑袋瓜，也不知道成天在想什么。"

齐溪嘟囔道："谁知道啊，男的可能天生都想出轨呢，我这不是每天绷着弦吗？而且平时就要严防死守，男的才不敢出轨！我觉得你对爸爸管得也太松了，平时从不查岗，都不管管他是不是真上哪儿去了。"

奚雯像是走离了客厅，大概是到了一个人的房间里，她的声音也不再压低，变得正常起来："你这孩子成天研究这做什么？"

"全世界的男人出轨了，你爸也绝对不会出轨的。"奚雯的声音很自信，"你想想你爸平时打扮自己吗？这十几年来为了工作攒钱都疯魔了，叫他多保养保养也不听。连自己身上都不肯花钱打扮，你还指望他会给别的女人钱花啊？有什么女的肯跟他？难道图你爸的人啊？"

这话倒是没错，齐瑞明早年形象还是不错的，可随着工作压力增大，他没日没夜地干，这几年老得很快，啤酒肚也出来了；因为常常熬夜，他的头发也稀疏了，眼睛下面常年挂着没精神的黑眼圈；而他确实也没什么奢侈的爱好，开的车还是七八年前的一辆日系老款车，并没有那种有了钱就可劲花的做派。

反之，奚雯因为一直做衣食无忧的全职太太，平时作息健康，保养得当，走在齐瑞明身边，明明是同龄人，看着却比他小十来岁。

何况虽然家境一直在变好，但齐溪不可否认，爸爸确实骨子里挺抠抠搜搜。齐溪平时要买个什么，只要价格稍微贵点，齐瑞明就要唠唠叨叨，能为妈妈花二十万买个包，可谓是真爱了。

齐溪松了口气，觉得自己是真的想多了。

她高高兴兴和妈妈道了别，这才心无旁骛、一身轻松地跑去洗热水澡了。

等齐溪意识到虚惊一场，终于有心情洗完澡吹完头躺到床上时，才发现手机上早就已经满是顾衍的未读信息和未接来电了。

一开始是惯常的问候——

起来了吗？我在看案例，好无聊。

午饭自己做了，照着网上新学的菜谱，做出来味道不错，下次做给你吃。

你在干什么？陪你爸爸妈妈聊天吗？我又在看案例了，还是很无聊。

大概是齐溪一直没回复，顾衍的留言变得越来越像自言自语。齐溪看着他发了几个自己正在看的案例的照片，甚至还附上了他对案例的点评，然后他开始给齐溪分享他最新的歌单，以及他觉得有意思的一些书。

齐溪一边看，一边觉得顾衍这人真有意思，明明很想和自己聊天的样子，但又不明着说，总用"看案例看得好无聊""也不知道干什么"这种话来疯狂暗示自己。

但很可惜，齐溪虽然看懂了他的暗示，但上午忙着和妈妈聊天，中午吃完饭后则因为怀疑爸爸出轨这一有惊无险的小插曲，根本没顾上看手机。

因此到了下午，在还没收到齐溪任何回复的情况下，顾衍接着的信息变得委委屈屈起来，情绪也不再藏着掖着憋着了——

怎么还不理我？

齐溪。

齐溪，我有点想你。

齐溪，想和你打电话。

配合着顾衍这条信息的，是一通来自他的未接来电。

其实顾衍也没说什么肉麻的情话，但齐溪一边看一边就觉得有些脸热。

这一次，齐溪没再让顾衍等候了，径自给他打了电话。

几乎是电话一响，对面就接了起来。

顾衍低沉而好听的声音传了出来。这男人把语调拖得老长，像个要着小脾气不太明智的小孩："齐溪，你总算想起原来还有个男朋友了啊。"

齐溪没回应顾衍的话，只是问："你现在在哪里啊？"

顾衍愣了下，但还是回答道："当然在家里。"

接着，他有点闷闷地道："我的周末生活又不太丰富，只是在家里看看案例一边等你打电话给我而已。"

虽然没有得到齐溪的回应，但顾衍并没有放弃坦白自己的情绪："齐溪，我很想你。"这男人有些自暴自弃，"就算你没有想我，我也是想你的。"

傻瓜。

齐溪没有再迟疑了，开始收拾起东西来："给我半个小时。"

"什么？"

齐溪笑起来："半个小时后，到你们小区大门口接我。"

顾衍愣了下，随即声音听起来有些不敢置信："你要过来？但现在很晚了，还在下雨，会不会不安全？"

"顾衍。"

"嗯？"

"不用说别的，我就问你一句，你是想我来，还是不想我来？"

电话那端沉默了片刻，最终，顾衍开了口，他说："想的。"

齐溪的脸变得更加热，心跳也变得更快一些，她嘟囔道："那我来不就行了吗？"

刚才还在劝说雨天晚上不安全的顾衍，立刻道："那你在住的地方等我，我开车来接你。"

"不要。"齐溪几乎是当即就给出了拒绝。

顾衍果然有些意外："为什么？"

齐溪咬了咬嘴唇，压低声音轻声道："因为雨天，你开过来会很堵。"

顾衍很认真地解释道："我不在乎的。"

"可是我在乎啊。"齐溪的脸憋得有一些红，她的声音也越变越轻，

"你开过来堵上半小时，然后再带着我开回去又堵上半小时，那要花一个小时，可我不想等一个小时才到你家，我想越快越好。"

"因为我也想你啊。"

还好，齐溪下楼很顺利地打到了车。似乎为了预示接下来一切的顺顺当当，一路也没有堵车，半小时后，齐溪就出现在了顾衍小区的门口，而顾衍早就已经在一边等候。

原本的小雨已经夹了点雪珠，顾衍的帽子和大衣上已经积了薄薄的一层雪，他白皙的脸被冻得有些泛红，睫毛上都有些水珠，随着他眨动眼睛的动作而微微颤动。齐溪看到他呼出的气息，在冷空气里变成明显的白色徐徐上升。

她几乎是有些心疼了："都和你说了最起码要半小时到，你这是提前多早就出来等了？我又不是不认识你家住哪里，等我到了你家楼道里，会给你打电话的呀。"

因为冷，顾衍也穿得很厚，像一只温暖的大熊。他拍掉了身上的雪，毫无诚意地撒谎："我刚下来的，没等多久。"

他朝齐溪笑了下："不信你摸我的手，还很暖和。"

顾衍这么说着，就从口袋里伸出手，然后握住了齐溪的手。确实是温热的，然而齐溪摸了摸顾衍的脸，明明是冰凉的。

齐溪一边被顾衍牵着往小区里走，一边忍不住有些埋怨："你也真是的，知道戴手套，怎么不知道戴条围巾，脖子里好冷的。"

"想着待会儿不能用凉手牵你，所以记得戴手套了。"顾衍有些不好意思，"脖子真的没想起来，现在你这么一说，是觉得脖子里空荡荡挺冷的。"

好在很快，两人走到了楼道内，进入了电梯后，那种室外的冷意渐渐就退了。

明明在手机上表现得很想念齐溪，露出很黏人样子的顾衍，结果真的见到深夜来访的齐溪，也还是没有流露出明显的热情，他甚至还一本正经地在电梯里开始给齐溪汇报林琳报警后的最新进展:"她前男友敲诈勒索和涉嫌强奸基本是证据确凿,检察院已经介入,现在已经批准逮捕了,涉案手机之类的也被警方都控制住了,所以她那个人渣前男友也没来得及再散布林琳的隐私照片和视频。现在林琳的父母和男友都陪着她,她状态还不错,抑郁症也开始有好转。周末我在电梯里见到她,人开朗了不少。"

"那真是太好了!"

能知道林琳平安无事,人渣前男友也即将得到应有的惩罚,齐溪自然是高兴的,但高兴之余又忍不住有些嘀咕:顾衍才真是的,自己大半夜跑来和他私会,结果这不解风情的男人在这里和自己搞什么案情汇报,搞错没有呀!

齐溪越想越觉得委屈,抱紧了自己的斜挎包,觉得临出门之前红着脸顶着天大的羞耻感跑去便利店买安全套的自己有一点点可怜。

大半夜女朋友跑到男朋友家里去,这本身不就是一种暗示吗?

何况自己和顾衍也算热恋期,除了亲亲抱抱之外,顾衍就没有更进一步的想法吗?

明明对自己也很好,但怎么顾衍从来没有别的暗示呢?

齐溪觉得自己像只心急的狐狸,围着葡萄团团转,不知道葡萄园的主人怎么还不邀请自己进去,开始担心这葡萄是不是真的有什么难言之隐不太好吃,以至于主人才三缄其口?

电梯"叮"的一声打断了齐溪的思路,顾衍家所在的楼层到了。

因为委屈和尴尬,齐溪状若镇定地提前跨出了电梯,然后熟门熟路地快步往前走,像是想要甩脱内心乱七八糟的情绪源头的始作俑者。

她先顾衍一步到了顾衍的家门口,刚回头想喊顾衍的名字,结果刚喊出了"顾"字,就被身后的顾衍推到了墙边,然后用嘴唇堵住了未尽的那个"衍"字。齐溪来不及说任何别的话,声音已经消失在了相交的唇舌间。

顾衍门口的声控灯因为齐溪那一声短暂的"顾"而亮了起来。

在这短暂的光明里，齐溪看到了顾衍的脸上，带了忍耐和不可控的侵略性，甚至他刚刚把齐溪推到墙边的动作，都带了微微的粗暴，像是已经等不及了。

齐溪突然间觉得自己此前的委屈和不甘都一扫而空了，任由顾衍搂着自己的腰，也轻轻抱住了顾衍的背。

很快，她的斜挎包因为没有背好开始慢慢滑脱。齐溪不得不推开了顾衍一点，强迫他和自己分开，用带了喘息的声音轻声道："顾衍，我的包……包要掉了。"

只可惜顾衍根本没给她机会弄好包，因为他径自捧着齐溪的脸，重新把她按回到原来的位置上，抵着墙，再一次吻住了她。

他盯着齐溪的眼睛，在两人不得不分开喘息的时候，用鼻尖抵住齐溪的鼻尖，用带了湿润又煽情引诱的声音说出咒语："我不在乎包，我只想吻你。"

齐溪根本无力抵抗，也不再想抵抗。

这是一个沉默又深入的吻。渐渐地，齐溪感觉到顾衍的喘息也变粗了。楼道间只剩下了接吻声，但不足以引发声控灯，楼道里重新恢复了黑暗。齐溪和顾衍在这黑暗里不再克制，释放出彼此最浓烈的情绪，吻到难舍难分。

好在顾衍的门除了设置了密码外，也录入了指纹，因此最后，顾衍是一边吻着齐溪一边用指纹摸索着开门的。

顾衍最终打开大门的方式堪称粗鲁——他是用脚一脚踹开大门的，然后搂着齐溪进了屋。原本两个人将顺理成章地到沙发上，但是屋里灯火通明。

顾衍不得不意犹未尽地结束了和齐溪的吻。

齐溪不明就里，眼神像是沾了水的玫瑰花，湿润又诱人，被顾衍吻到发红的嘴唇轻启。她的大衣外套已经解开，里面的开衫上，领口的纽扣也已经被解掉了两个。

顾衍本意是不想看的，然而不知道为什么，他的眼睛像是有了自己的意志，止不住就往齐溪胸口看。顾衍不得不强迫自己移开视线，然而绝望的是，视线变得像有自主意识，很快又会移回它感兴趣的事物上去。这样视线来来回回，反而更显得突兀而刻意了。

顾衍开始后悔此前把家里客厅的灯开得太亮了。

这么亮的灯光下，总让人觉得似乎做什么事都无所遁形。齐溪的脸很烫，顾衍看着她露出像是很害羞的样子。齐溪不得不稍稍直起了刚才软得不像话的腰，用像是顾衍做梦一般的眼神看了他一眼。

如果不是突然从顾衍书房里传来的手机闹钟铃声，顾衍觉得，光是齐溪这样的一个眼神，就能让自己脑海里那根弦完全绷断了。

只是书房里怎么可能有手机闹钟铃声？顾衍根本没有设置过。

他愕然的眼神立刻让齐溪警觉了起来——

顾衍的家里还有别人。

还不用齐溪猜测书房里的人是谁，对方的声音就已经大大咧咧传了过来："顾衍，你回来了啊！我记得你之前买过一本关于企业创业板上市的筹备和操作指南的书，我找不到在哪里了，你快来书房帮我找出来，我急着参考看看。"

不是顾衍的父母，这是顾雪涵的声音。

齐溪先是松了一口气，但很快就意识到，是顾雪涵的话也并没有比是顾衍父母来得好多少。

齐溪的心跳得飞快，像是要从嗓子眼里蹦出来，只觉得刚才沙发上绮丽的一刻和此刻吓到快心梗的一刻简直像是完全割裂开的两个极端世界，仿佛一秒之内从炎热的夏季过渡到了飘雪的冬天。

如果非要形容，齐溪觉得自己此刻的心境，恐怕和趁着原配不在，跑来原配家里和原配老公出轨，结果差点被意外返回的原配撞破时有的一拼。

齐溪转头看了眼顾衍，才发现顾衍也不比自己好到哪里去。虽然多数时候他总是沉稳可靠又冷静的，但此刻顾衍也仿佛一个考试作弊差点被当场抓获的小学生，脸上也带了尴尬和紧张。

像是为了表现得更加理直气壮些，顾衍用仍旧喑哑的声音努力掩盖自己的不自然，又像是因为心虚，所以反而故意用了比平时大很多的声音："姐，你怎么来了？"

"嗯。爸妈做了点卤菜，让我带给你，我顺带也过来找本书。敲门见你不在，我就用备用钥匙先进来了……"随着顾雪涵的声音接近，很快书房门口就出现了她的身影。她出门后，随意地抬了下眼，这才看到了齐溪，露出很意外的神色："齐溪？——"

几乎没等顾雪涵问完，顾衍就径自截过了话头，状若不经意道："哦，齐溪也是想问我借本书。上次我和她提过一嘴，我们之前讨论一个案例的时候聊起过，是关于信托纠纷的，她刚才回家途中正好路过这边，我就叫她顺路过来取一下再走。"

只是虽然想装得非常随意，但齐溪还是从顾衍明显变得比平常更快的语速里觉察到了他的紧张。

其实顾衍的说辞里有很多漏洞，比如顾衍此刻住的地方和齐溪租住的房子根本不顺路，而且齐溪也根本犯不着这么大晚上的特意过来"顺路"取个书，因为她和顾衍明明每天上班都会见，只需要顾衍明天上班时候顺手带去竞合就行了，根本不会大半夜叨扰同事吃饱了没事干浪费点时间，就为了借本书……

齐溪是见识过顾雪涵质问不肯老实交代案情而对律师隐瞒的客户的，知道顾雪涵对案子里的细节能咄咄逼人到什么程度，也知道顾雪涵的逻辑辩证能力有多强，顾衍这个处处是漏洞的解释简直是没眼看。

齐溪觉得自己此刻的脸一定红得非常可疑，怀疑自己夸张的心跳声甚至能被顾雪涵听出异常。

也就在齐溪几乎已经硬着头皮开始想万一被顾雪涵质疑时，自己应该怎么去弥补这些细节上的漏洞时，出乎齐溪的意料，大概是下班后顾雪涵对自己生活里的细节并没有产生职业病，她几乎是想也不想就接受了顾衍的那番说辞。

顾雪涵看了齐溪一眼，然后笑了下："我团队里的两个成员都这么好学，让我这个带教律师都有点危机感了。"

虽然顾雪涵的表情并不严肃，但此刻她还穿着职业套装，让齐溪总不自觉地有些紧张和忐忑，宛若又回到了办公室。齐溪的眼神忍不住有些躲闪，像是生怕被顾雪涵看出来自己来她弟弟这儿根本不是为了好学。

好在顾雪涵并没有久留的打算，她朝顾衍晃了晃手里的书："书我找到了，卤菜我已经帮你放冰箱了。我还有点事，那我先走了。"

虽然顾雪涵的神态看不出异样，但齐溪因为心虚，总觉得怎么看怎么慌，于是为了自证清白般，也生怕顾雪涵回头一想发现顾衍说辞里的漏洞，齐溪几乎是急切道："顾律师，能麻烦您等等吗？我拿完书，也马上要走了。顺路的话我能不能搭下您的车？不顺路也没事，您把我带到地铁口就行……"

顾衍也十分配合地立刻给齐溪不知道从书房的哪个犄角旮旯里翻出了一本发黄的和家族信托相关的案例书来。

只是没想到顾雪涵却拒绝了齐溪的搭车要求："不好意思齐溪，今晚我不是自己开车来的，也是搭了个朋友的车。我马上还有一个客户从国外刚回来，急着想当面和我交接一份文件，所以我自己都还得麻烦那位朋友把我送到和客户约的地方去，时间又有些赶，也不好意思再麻烦她再带个人了。"

顾雪涵露出了不好意思的表情："她自己也赶着回家带孩子。"然后她看向了顾衍，"你待会儿记得把齐溪好好送出去，帮她打个车，送她进了出租车再回家，知道吗？爸妈准备的卤菜也很多，你正好分一点给齐溪。"

大概真的很赶时间，顾雪涵不等齐溪和顾衍回复，就急匆匆穿上高跟鞋开了门。临走前，她从口袋里掏出了备用钥匙，丢在了餐桌上："顾衍，你的备用钥匙还给你了，下次来之前我提前和你说就是了。放把你的备用钥匙在我这里，万一被我弄丢了，为了保险起见你还得换大门，太麻烦了，你自己拿着吧。"

顾雪涵说完这些，放下了钥匙。大概为了赶时间，她几乎头也不回地穿上高跟鞋走了。

等听到电梯门关上的声音，齐溪这才松懈下来。

她拉了拉顾衍的衣袖："幸好你姐姐没看出来。"齐溪忍不住嘟囔道，"你刚才都是什么危机反应啊，说的借口里全是漏洞，幸好顾律师没在意。"

可惜比起齐溪的放松，顾衍显得面色有些难以辨认的复杂，他像是还有些尴尬，也有些不知道怎么和齐溪开口。

齐溪放下了此前的紧绷后，一下子有些脱力。这时候她才觉察出因为刚才的紧张，整个人都有些微微发热，于是开始用手往自己脸上扇风，然后自然而然地坐到了沙发上。

只是她刚想说点什么，突然意识到刚才在这张沙发上差点发生什么，以至于一下子有些应激反应，又如坐针毡般弹了起来，有些心烦意乱地脸红起来。

然而顾衍的下一句话，就让齐溪快要喘不过气来了："我姐知道了。"

齐溪原本为了缓解尴尬，拿起了桌上的水杯喝了一口，因为顾衍这句话，立刻呛到咳嗽起来。

始作俑者顾衍倒是很平静，明明那么有杀伤力的一句话，他竟然仿佛只是在陈述一个法律事实一样冷静。见齐溪咳嗽，他才用略带无奈的眼神看过来，伸手给齐溪轻轻地拍背顺气。

齐溪缓了缓，才找回了自己的声音，结果一开口，齐溪才发现自己的声线也因为顾衍太过惊悚的话语而变得有些微微发颤："为什么说你姐姐知道了啊？刚才她一直在书房，直到我们整理好仪容她才出来的……"

顾衍的脸上也带了些无可奈何的尴尬，但更多的是笃定。他看了齐溪的胸口一眼，然后飞快地移开了视线，声音低沉带了点喑哑："我们确实整理仪容了，但应该没整理好。"

"嗯？"

顾衍的耳朵变得有些微红，他还是没有看齐溪，但他的声音回答了齐溪的问题："你的纽扣。"

齐溪这才下意识看向自己胸口，不看还好，这一看，她整张脸全都红了。

她胸前被解开的三颗纽扣，刚才情急之下，扣错位了两颗，导致原本应该布料平顺的胸口，非常突兀地因为一个仿佛意外逃脱制裁的纽扣，轻轻拱起了一座小山一样的褶皱，明显到简直不可能会忽视。

齐溪几乎觉得呼吸不过来了，背过身，在恍恍惚惚的心情里开始重新扣纽扣。然后她也不知道是不是因为紧张，还是因为实在受到的打击太大，愣是扣了三次才把纽扣全部正确归位。

但就算纽扣扣错了，就算顾雪涵看到了，也未必就会联想到别的吧？

齐溪自欺欺人，还抱着最后一丝希望："顾律师也未必就想那么多吧，也可能是我自己马虎，出门之前自己扣错了呢。"

顾衍看了齐溪一眼，平静道："我姐从不会弄丢东西，尤其是备用钥匙，她是个非常谨慎的人。"

齐溪觉得自己要窒息了："所以她刚才临走时，特地说自己会弄丢备用钥匙，为此要还给你，其实是……"

虽然齐溪的声音已经非常艰难了，但顾衍还是不忍心骗她，他冷静地点了点头："嗯，我姐就是特意把备用钥匙还给我的。"

他清了清嗓子，移开了视线："应该是委婉地告诉我，下次不会存在她不经意当电灯泡这种事了，让我们可以放心一点在这里谈恋爱……至于她一开始躲在书房里没出来，应该也是给我们留足了时间以避免尴尬。那个闹钟，应该也是她故意设的，为了提醒我们，免得产生特别尴尬的场景……"

齐溪还试图挣扎："智者千虑必有一失。虽然顾律师在工作上非常仔细谨慎不会出错，但人的精力毕竟有限，很可能她在别的时候确实会粗心，毕竟注意力都集中到工作上了，她刚才可能确实就是在书房里找书呢。"

可惜顾衍没有给齐溪继续自欺欺人的机会，冷静地盯着齐溪的眼睛：

"她说的在找的那本书，本来就是她的，她早看完了，所以我才借来打算看，她不可能还会需要再借回去看一次。"

"……"

齐溪眼神虚空地望向了天花板。她不知道明天要以什么样的脸面去面对顾雪涵，只能拿起抱枕盖住了自己的眼睛，整个人都像个悲伤表情包一样缓缓地从沙发上滑了下去："顾衍，要不我和你还是赶紧连夜分手吧。"

谈恋爱被撞破也就算了，最尴尬的是在做那种事的时候被撞破，扣子错位成这样，齐溪觉得社会性死亡也不过如此。除了和顾衍连夜分手赶紧逃离地球，她好像真是没什么可以补救的措施了。

"分手倒也不必。"虽然也有些尴尬，但顾衍还是比齐溪冷静多了，"反正也已经这样了。"

什么叫"也已经这样了"啊！

齐溪急了："顾衍，你不能就直接躺平啊！更不能摆烂啊！要不是你刚才那么亲我，也不会被你姐撞见！你得负责！否则我以后在你姐心里是什么形象？"

顾衍像是想了一下，然后冷静道："也可以，那明天上午请一个假，你去拿一下你的户口本。"

"？"

"直接去民政局。"

齐溪脸热脑热起来，有些恼羞成怒道："去民政局干什么？"

顾衍撩了下齐溪脸颊边的碎发，用有些勾人的慵懒语气道："去对你负责啊。"

"我说的不是这种负责！"齐溪只觉得自己有些气血上涌，然而原本在工作中遇到这种情况总能急中生智变得更加机灵的她，此刻却有些磕磕巴巴的，"我说的是你负责去给我正名，好歹要找你姐姐解释一下吧！"

顾衍瞪大了眼睛："还能解释什么？不已经人证物证俱全了吗？还能

翻盘吗？"

　　齐溪气不打一处来："顾衍，我们可是邪恶的律师！你看律师什么时候大大方方承认自己当事人的犯罪事实了？对方没证据的，死不认账；对方有证据的，不也都主张证据真实性、合法性和关联性上的瑕疵吗？就算证据三性上做不出文章了，那也不能躺平认输啊，不还得搞搞什么管辖权异议之类拖延庭审的小动作吗？"

　　齐溪咳了咳，开始发表自己的"高见"："你就去解释下，我们确实就是关系比较好的同学加同事。你姐姐来的时候，我们克己守礼，没有发生任何别的事，我的扣子完全是因为我就是个粗心的人，总扣错。你没有对我做任何邪恶的事，我也没对你做任何邪恶的事……"

　　可惜齐溪的主张没有得到顾衍的响应，他盯着齐溪："可我确实对你做了邪恶的事啊。"这男人用一种非常无辜又天真的语气凑近了齐溪的耳朵，"而且还会继续对你做更邪恶的事。"

　　律师真的是一个邪恶的职业，果然连顾衍都变邪恶了！

　　但顾衍可能忘了，齐溪也是一个同样邪恶的律师。她转过头，直接含住了顾衍猝不及防的耳垂，用含糊的声音不甘示弱道："那我也会对你做很邪恶的事！"

　　顾衍的邪恶很显然还不到位。

　　因为齐溪的反击很快让他自乱阵脚，败下阵来。

　　刚才那挺游刃有余的模样果然都是装的，顾衍几乎是有些仓皇地推开了齐溪，然后径自起了身，去了厨房，声音还带了点喑哑，走路的姿势也有些不自然，显然在忍耐着什么："我给你倒杯水。"

　　齐溪抗议道："我不要喝水！你别走啊！"

　　可惜齐溪越是挽留，顾衍跑得越快。这男人一边跑，还一边用很笃定的语气告诫齐溪，"不，你要喝水，你得喝水。"大概因为紧张，他的话语都有些思维跳跃了，"女生要多喝水皮肤才会更好……"

　　齐溪挡住了顾衍的去路，摆出了不依不饶的姿势："你的意思是我现在皮肤不够好吗？"

顾衍看起来都有些无奈了："我没有这个意思，你——"

齐溪故意打断了顾衍的解释，没等他说完，她就状若自然地点了点头："不过也是哦，我脸上的皮肤确实不如身上好。那要不你看看我身上的皮肤嘛，我觉得完全没有必要再喝水补水了，你不信的话可以摸一下呀……"

她一边说，一边作势要去解衣服扣子。

几乎是在齐溪的手刚碰到胸口的扣子，顾衍急促的声音就传了过来："不用了！"

这男的扔下这句话，就落荒而逃一样跑去了厨房，留下齐溪在沙发上笑得东倒西歪。她觉得自己像个玩弄男人的渣女，但真的好有趣哦。

齐溪觉得自己自从恋爱后，好像变得更邪恶了。

因为顾雪涵这个插曲，此前的绮丽气氛一扫而空。在喝完顾衍倒来的水后，齐溪还真的留下来和顾衍正经地讨论了个案子，只是讨论着讨论着，因为对观点有分歧，齐溪和顾衍忍不住又争论起来，谁也说服不了谁，最后只能以顾衍忍无可忍把齐溪压到墙上亲告一段落。

最后是顾衍开车把齐溪送回租住的房子里，还真的按照顾雪涵交代，给齐溪打包了一些卤菜。

只是第二天一早，和赵依然一边分享着顾雪涵的卤菜，齐溪内心想的是怎么去顾雪涵面前挣扎一下。

好在虽然顾衍今天上午有外勤工作，但顾雪涵一直在办公室。大概正好有一个案子要交办，顾雪涵给齐溪打了内线电话，让齐溪去一趟她的办公室。

齐溪等的就是这个机会。她今天特意穿了一件有扣子的衣服，此刻深吸了一口气，拿上自己的笔记本。在进顾雪涵的办公室之前，她故意把自己的扣子扣错了几个，这才一脸淡然地走进了办公室。

"就是个简单的交通肇事案件，我们的当事人开车时因为对方闯红灯，不得不紧急避让，结果发生了撞车事故，挡风玻璃都撞坏了，玻璃碴飞溅到了她的脸上，现在还不得不躺在医院里治疗，脸上还可能留疤。

她除了走保险理赔外，要起诉闯红灯的一方，要求对方进行民事赔偿。交通类案件你还没办过吧？你可以尝试一下，这类案子虽然标的额不大，但是很锻炼人，很让人成长。"

顾雪涵见了齐溪，并没有什么异样，如往常一样把案子的材料给齐溪后，简单和齐溪讲解了下案子情况。她大概在忙着看什么材料，甚至从电脑屏幕前多抬头看齐溪几眼的时间也没有。

齐溪心里打鼓似的忐忑。就交通肇事案，她针对已有的材料朝顾雪涵提了几个问题后，迟疑了再三，在临走出顾雪涵办公室前，还是心一横，决定豁出去了。

"啊呀。"齐溪用极其自然的语气讶异道，"怎么扣子又扣错了。"

她的表情也露出了真实的懊恼和羞赧，微微抬了下头，很快又不好意思地解释道："早晨总是起不来，匆匆忙忙赶到所里，每次都扣错扣子。"

齐溪自觉自己的演技相当自然，因为顾雪涵的脸上也并没有什么异样的表情，甚至像是因为齐溪主动提了，她才注意到了齐溪扣错的扣子。

顾雪涵看了齐溪胸口一眼："还真是扣错了，下次注意。律师着装也传递着你能给客户的信任感，扣错扣子这样的失误对一个律师来说太粗枝大叶了。"

齐溪觉连连点头，充满歉意道："下次我一定会注意的。"

只是到底还是心虚和紧张，明明来之前模拟了千百次，内心也告诫了自己千百次不要慌，然而事到临头，齐溪还是乱了阵脚。明明时机并不适宜，可等齐溪意识到时，自己已经此地无银三百两般澄清了昨晚上的事："可能因为最近压力有点大，睡眠不好，所以才会这样连续两天都扣错扣子，但以后一定不会再犯了。"

其实说完，齐溪就后悔了。谁没事干会去主动提昨晚上的事啊，太刻意了！也太可疑了！

然而出乎齐溪的意料，顾雪涵听完非常意外的样子："昨天你也扣错扣子了吗？我都没注意。"

她竟然没注意？

顾雪涵的诧异并不像作假，齐溪此前一直绷着的那根弦突然就松懈下来了。她内心一喜，看来顾雪涵也没有顾衍说的那么神乎其神。

如果顾雪涵都没发现自己昨晚扣错扣子了，她岂不是更不可能意识到自己和顾衍在客厅里干什么？那昨晚他们岂不都是虚惊一场？

齐溪一下子如蒙大赦，松了一大口气，回头朝顾雪涵笑了下，顿时觉得在顾雪涵面前都抬得起头了："嗯，昨晚也扣错了，就是去顾衍家拿书的时候，回头回家的路上才发现，尴尬死了。"

顾雪涵笑了下："是吗？我都没发现。不过没想到你和顾衍关系私下这么好，那么晚了还会去借书。说实话，我还以为你们两个可能会谈恋爱呢。"

既然顾雪涵都没发现，齐溪决定索性否认到底："没有的。顾律师，我和顾衍就是关系比较好的老同学外加同事，顾衍没有和我谈恋爱的。"

"哦，这样啊。"顾雪涵歪了歪头，"那你有男朋友吗？考虑交个男朋友吗？"

齐溪此刻心里有底，撒谎也变得更加脸不红心不跳了："我现在还是想先专心工作，谈恋爱的事不急，我毕竟还年轻。"

顾雪涵像是考虑了一下，然后朝齐溪点了点头："那我知道了。"

接着，她朝齐溪又笑了笑："既然这样，那近一些临时加班的工作可能要安排给你了。"

一听说安排工作，齐溪立刻挺直了脊背："好的，没有问题。"

顾雪涵抿了下唇，然后目光重新回归到了电脑屏幕前，很自然地顺口道："既然你近期不打算谈恋爱，那团队里的工作你多担待些。"

齐溪有些好奇，虽然顾衍是顾雪涵的亲弟弟，但按照以往顾雪涵的端水大师级水平，很多活儿都是让齐溪和顾衍一起做的。面对这些顾雪涵显而易见打算分开两人工作内容的决定，齐溪忍不住问道："是顾衍最近也会被安排很多工作比较忙吗？"

"不是哦。"顾雪涵红唇轻启，"顾衍是单身嘛！但顾衍此前我看大学里一直很想谈恋爱的样子，只是碍于各种原因没谈成，我有个朋友的妹妹刚见过顾衍，说对他一见钟情了，我计划顺手撮合下。"

顾雪涵朝齐溪友善地笑了下："本来也有合适的男生介绍给你，但你既然想冲刺事业，那我就不给你制造障碍了。不过之后我可能会多带顾衍参加一些相亲局，工作上的事这阵子你就要多担待些了。当然，经手的业务多了，你的能力提高也会更快。我想，这和你要发展事业的决心正好不谋而合吧？"

顾雪涵喝了口茶，看向了齐溪："你没问题吧？"

齐溪有些庆幸顾雪涵完全没看出自己和顾衍有一腿，但一听顾雪涵要给顾衍介绍对象，心里又像是吃坏了东西一样翻腾难受起来。

只是自己撒的谎，跪着也要撒完，齐溪忍着内心的情绪，干巴巴地点了点头："没问题的。"

齐溪刚心乱如麻地转身要走，顾雪涵又叫住了她："你和顾衍关系既然那么好，那正好帮我参谋下，顾衍喜欢哪款女生呢？"

顾雪涵说完，从手机里翻出了一张张的照片："这几个里，你觉得顾衍最可能对哪个有眼缘？"

还几个？

"不是您朋友的妹妹对顾衍一见钟情了吗？怎么有这么多……"

顾雪涵撩了下头发："哦，太多了，我省略了。其实还有客户啊客户的亲属啊法院的小书记员啊，还有以前顾衍青梅竹马的小邻居……"

齐溪心里的火苗越蹿越高了，到底多少个人对顾衍一见钟情了啊？而且顾衍竟然还有青梅竹马的小邻居？他怎么都没有和自己汇报？

齐溪憋着气，但碍于顾雪涵，不得不佯装平静地凑过了头去。她只看了顾雪涵的手机里第一张照片一眼，就有些不开心和紧张了。

顾雪涵手机里那个女孩长得非常漂亮，齐溪甚至觉得和自己是一个类型的，眼神还比自己更温婉可亲，大概因为挺有亲和力，看着还有些眼熟。

而还没等齐溪的危机感上升到最高点，顾雪涵又滑动手机到了第二张照片。这张里的女孩就显得成熟美艳多了，接着是第三张、第四张……

怎么越来越漂亮了？

齐溪简直越来越胸闷了。

要是顾衍被顾雪涵当成单身，真的去见了这么一连串的美女，那万一他真的把持不住心猿意马了怎么办？

何况就算不心猿意马，凭什么他可以去见这些对他有意思的美女呢！他都有自己的女朋友了！

齐溪越想越憋屈，可顾雪涵却仿佛还嫌这刺激不够一般，感叹道："其中几个女生还挺主动的，说要倒追顾衍呢。现在的年轻女孩真是很让人佩服，勇敢追爱，也没什么不好的，像顾衍这种闷骚的人，没准追追就追上了呢。"

"……"齐溪站着没动，但内心的火苗越烧越旺了。

顾雪涵像是这才意识到齐溪还在办公室内，愣了下，挺意外道："怎么了齐溪？还有什么事吗？怎么脸色这么难看？"

齐溪觉得自己就像是一位劳苦功高的卧底，本来明明可以功成身退，然而在最后关头，为了维护自己的无产阶级信仰，不惜选择了自我暴露，完成了自杀式袭击……

齐溪的嘴巴比脑袋先行，她的思维还没跟进，但嘴里已经发出了声音："顾律师，请不要让顾衍相亲了。"

顾雪涵露出了诧异："嗯？"

说都说了，事到临头，伸头是一刀，缩头也是一刀，齐溪想了想，索性豁出去了。

"顾衍有女朋友了，所以不用相亲了。"

顾雪涵果然来了兴致，挑了挑眉："可你刚才不是还说顾衍是单身吗？"

齐溪顶着顾雪涵玩味的目光，硬着头皮道："就他最近刚刚秘密地脱了个单，因为怕影响不太好，所以还在对外保密的阶段……"

虽然开了口，但临到要承认顾衍的女朋友就是自己，齐溪还是有些挣扎，只是她还正在斟酌着怎么措辞会显得更加理直气壮和镇定自若，就听顾雪涵轻笑道："齐溪，就是你吧。"

啊？

顾雪涵看着齐溪瞪大的眼睛，语气变得有些好笑："你们对我也保密就有点让我伤心了，毕竟我是一直很支持肥水不流外人田、内部消化的。"

"可……可你是怎么知道的……"齐溪简直有些混乱了，她的一张脸涨得通红，"不是没注意到……"

"我是没注意到你的扣子。"顾雪涵喝了口茶，"但你们的破绽太多了。"

齐溪简直无地自容："是因为顾衍的说辞太漏洞百出吗？"

"也不是。"顾雪涵狡黠地笑起来，"不需要他开口我就知道了。"

……怎么会？

顾雪涵看了眼齐溪："你知道顾衍家门口是声控灯吧？"

齐溪点了点头，但弄不明白这和现在聊的话题有什么关系。

"你们开始上楼后，声控灯就亮了，接着就暗了，但暗了很久以后，你们都没有进屋。"

齐溪有些茫然地看着顾雪涵，而顾雪涵就那样笑眯眯地盯着她。

直到片刻后，齐溪的脸上才开始浮上一层层的红色。

她懂顾雪涵什么意思了。

声控灯灭了很久却没有进屋，但又没有继续在屋外说话触动声控灯，所以一定是在黑暗里做了一些不能说话的事……

顾雪涵什么也没有再说，但齐溪已经知道了——顾雪涵从那时开始就知道顾衍和人在外面接吻，只是不知道是谁，而等齐溪和顾衍开门进去就完全属于被顾雪涵抓现行；顾雪涵根本不需要注意什么扣子，也不需要顾衍糊弄一堆漏洞百出的说辞，因为顾雪涵比齐溪想象的更加一针见血。

"毕业典礼上发言的女生，也是你吧？"

面对顾雪涵的问题，齐溪只能低头承认："是的，对不起，是我误会了顾衍。"

顾雪涵却并不在意，只是乐不可支地笑起来："我现在终于明白为什么顾衍那时候死也不肯说是谁，也不肯采取任何行动，打定了主意要包庇对方了。哎呀，想想我弟弟的心路历程，可真是可怜得让人忍不住笑起来。"

"……"

"不过我真的很意外，竟然是你，我弟弟还真的挺能憋的。"顾雪涵感慨道，"我昨晚见到你的时候也非常惊讶，但想一想，好像也都有迹可循，只是想不到在我的眼皮子底下就在发生办公室恋情……难怪我说顾衍最近怎么这么奇怪，好几次周末找他帮我翻译个文件，都和我表示有事。明明他之前的工作态度不这样，恨不得成天加班的……"

顾雪涵这是来兴师问罪吗？

齐溪有些忐忑道："那顾律师，您对办公室恋情……"齐溪斟酌了下用词，换了个说法，"您会要求我和顾衍其中的一个人调离团队吗？本身顾衍是想好好工作的，是我主动才会把他拉下水谈恋爱的。顾衍无心工作责任还是在我，如果有任何惩罚措施，我都希望不要波及顾衍。"

齐溪摸不清顾雪涵的态度，越说越急："那天在顾衍家门口，也是我拉着顾衍的，和顾衍没关系的……"

虽然竞合所里并没有禁止办公室恋情的规定，但一般而言，很多老板会介意一个团队或同一部门里的人谈恋爱，因为生怕影响了工作效率，会要求一方至少换部门；为了便于管理，以儆效尤，有的公司甚至会有内部的通报批评。

齐溪内心非常不安，但也做好了接受调岗安排的准备，只是她还没开口主动请缨，就听顾雪涵高兴道："我支持办公室恋情。这样多好，以后你们两个也不用担心没时间约会见不到面，因为可以一起加班啊！两个人一起加班，干起来还快！为了早点下班去约会，斗志也更充沛，效率还更高！"

"……"虽然顾雪涵的回答让齐溪松了口气，但她反倒是有些好奇了，"您不怕万一我和顾衍闹矛盾分手了影响工作吗？"

顾雪涵笑了下，声音非常笃定："不，顾衍绝对不会和你分手的。"

齐溪愣了愣。

顾雪涵合上了笔记本电脑，刚想和齐溪说点什么，结果被一阵突兀的开门声给打断了。

"姐。"

站在门口的，赫然是顾衍。

他应当是刚出完外勤回来，像是非常赶的样子，因此声音还带了跑过后的喘息和不稳定。

顾衍径自走进了办公室，走到齐溪身边，然后往她的身前一站："姐，我听同事说你把齐溪叫进来很久了。"

顾衍的眉头微微皱起，虽然表情很冷静，但声音里多少透出些许不安。他看了齐溪一眼，轻声道："没事，别怕，有我在。"

然后这男人又看向顾雪涵："姐，你别为难齐溪。"

齐溪拼命拉了拉顾衍的衣袖，但顾衍像是铁了心，他不仅没理齐溪的动作，也没有走，只是用他高大的身躯挡在齐溪面前，害得齐溪甚至都看不到顾雪涵的表情，只能听到顾雪涵颇为忧伤的声音："你平时在竞合都很注意，从来都很少叫我'姐'，都喊'顾律师'，现在为了齐溪，倒是喊起'姐'，试图打感情牌了。"

顾衍被说中心事，身体明显地顿了顿，但他还是很坚定，几乎是语气有些急切地解释起来："我喜欢齐溪很久了，从大学里就喜欢。她不想谈恋爱的，主要是我不停追，她才同意和我恋爱。你不要怪她，我也没有因为她在工作中出现过失误。就算要找人谈话，也不应该找她谈，你找我谈就行了。"

"你们一个两个这是上赶着到我面前上演苦情戏呢？"顾雪涵的声音听起来很无奈，"齐溪说是她拉你下水的，你说是你拉齐溪下水的，你们这个'犯罪团伙'凝聚力倒是挺强的。"

"走吧走吧，别在我眼前碍眼，我忙死了，要'团建'你们下班后上别的地方去。"顾雪涵揉了揉眉心，"出去的时候帮我把门带上。"

顾雪涵不顾齐溪和顾衍的尴尬表情，径自朝两人挥了挥手，示意他们无事退朝可以跪安了。

在齐溪跟着顾衍几乎是同手同脚地离开办公室前，她听到顾雪涵又补充了一句："还有，空了以后记得带齐溪回家吃饭。"

……这是要见顾衍父母的意思吗？

只是这样一个计划而已，齐溪就变得有些心跳加快呼吸急促。她几乎是落荒而逃般地离开了顾雪涵的办公室，突然觉得自己此前竟然还妄图欺骗顾雪涵，简直是愚蠢的白痴行径，她和顾衍两个人加起来都斗不过顾雪涵。

她通红着一张脸走回办公桌前，简直恨不得扇自己两巴掌。

经历了如此尴尬的一幕，顾衍倒是比齐溪镇定得多，只是他坐下后，为了掩饰尴尬而频繁拿起水杯喝水的模样，多少还是泄露了他此刻也不平静的心情。

齐溪也不知道能说什么，尤其还是上班时间，只能色厉内荏地瞪了顾衍一眼，然后开始翻看起顾雪涵交给她办的交通肇事案来。

顾衍也没再说什么，开始打开电脑看起邮件来，面上一片镇定。

齐溪几乎都要觉得他已经把刚才尴尬的插曲给抛到脑后了，如果不是顾衍的右手经由办公桌的遮掩，从办公桌下面伸过来，轻轻地拉住了自己左手小拇指的话。

第十六章 这场仗，她要赢

　　虽然顾雪涵已经知道了齐溪和顾衍的关系，但齐溪和顾衍都并没有为此就松懈过在所里的状态，两个人还是兢兢业业负责着各自的案子，留下一起加班的时间倒确实多了，但齐溪并不觉得累，只觉得满足——既能谈恋爱陪着男朋友，又没有浪费一分一毫的时间，也获得了工作能力上的提升，简直是完美。

　　顾雪涵虽然邀请了齐溪一起去拜访顾衍的父母，但齐溪多少还有些局促和害羞，总觉得还有些紧张，没做好心理准备，好在顾衍挺理解她，也没有催促过。

　　这天是齐溪的妈妈奚雯的生日，虽然顾衍没能一起去也并没有和齐溪闹情绪，但齐溪看了看顾衍发来的信息，还是多少能感觉到这男人努力掩盖的失落。他似乎强烈地盼望着以正牌男友的身份见见齐溪的父母，仿佛见了父母就像合同盖章一样落定了。

　　齐溪确实计划带顾衍见父母，只是她上次回家也没能见到爸爸，和爸爸此前为了出国留学和相亲等闹出的矛盾都还没彻底化解，实在觉得自己家这边，事情还得一件一件来。

不过今天给妈妈过生日，齐溪还是高兴的。齐瑞明订了一个高档的西餐厅，做了个包场，还特意请策划公司进行了装扮，现场摆满了玫瑰花和气球，甚至还有蛋糕和香槟，非常时髦和浪漫，都有些不像是齐瑞明的风格了。

毕竟以往的爸爸，也只是找一家餐厅一家三口吃一顿，订一个蛋糕再送一份礼物而已，如今这样大张旗鼓地准备，齐溪也为这份郑重其事的心意所感染，很自然地和自己爸爸打了招呼，父女俩此前的龃龉，似乎也在奚雯的生日里烟消云散了。

"真是的，我们都一把年纪的人了，还搞这种。你准备这些，得浪费多少时间啊。"

面对奚雯的埋怨，齐瑞明笑得很爽朗："我让我助理给我弄的，年轻人，点子多。"

作为这场生日会主角的奚雯脸上洋溢着快乐，虽然说着"太破费了"，对齐瑞明多有埋怨，但齐溪能看出来，妈妈脸上露出的娇羞和快乐都是真的，那些埋怨也不过是害羞之下的唠叨。

最终，在齐溪和齐瑞明的起哄里，奚雯许下了生日愿望，然后吹灭了蜡烛。

整场生日会，全家三个人都很高兴。到了送礼环节，齐溪给妈妈挑选了一套漂亮的胸针、发夹和项链。她送给奚雯后，奚雯果然很高兴，而很快就轮到齐溪爸爸了。

果不其然，齐瑞明拿出了一个外面包装了礼盒彩纸的礼物盒。

奚雯有些害羞地拆开，齐溪拿着手机录视频，想拍下妈妈看到包包时惊喜又错愕的样子留念。

盒子里确实是个包，等奚雯拿出包时，果然露出了惊喜又错愕的神色，只是全程最错愕的并不是她，而是齐溪。

奚雯拿出的并不是之前齐溪看到的那个包，而是一个其他品牌的包。

相比齐溪的愣神，齐溪妈妈显得高兴极了，当即背着看了看，很爱不释手的样子："颜色配我的衣服正合适，又能装，拎着买菜也很方便。"

齐瑞明也笑起来："老婆你喜欢就好。要给你买礼物让你称心真的不容易，我想来想去，觉得这包最适合你，又不多贵，也不会被你念叨破费，算个经济适用的小牌子货，而且你平日里出门也就是买买菜之类，拎这包，也不担心磕碰，又能彰显我老婆的身家——咱们老齐家的媳妇，买菜的拎菜包也最起码是个几千块的。"

齐瑞明法学院出身，又在律所浸淫了多年，一张嘴非常能说会道，几句话就把奚雯哄得笑个不停。两个人你来我往，倒是恩爱非常。

这本来是让人幸福憧憬的婚姻生活和家庭气氛，只是齐溪今天坐在餐桌前，心里却翻腾着惊涛骇浪。

如果爸爸送给妈妈的是这个包，那另一个很贵的品牌包呢？

那个包在哪里？

齐溪原本就存了些疑虑，只是当时以为齐瑞明是要给奚雯一个生日惊喜的，因此在这个认知之下，暂且打消了怀疑，然而……

如今齐溪内心的不安和翻腾的情绪，再次像涨潮的水一样漫了上来。

而也是此刻，当初被她有意忽略掉的细节再次浮了出来——那个包的颜色，确实太过青春靓丽了一点，根本不是妈妈那个年纪会背的包，反倒像是比较适合齐溪这个年纪的女生。

因为这个包，齐溪的情绪已经被波及着一惊一乍了好几次，她看了眼眼前正搂着妈妈肩膀一起切蛋糕的爸爸，心里又涌现出了愧疚——他们看起来明明那么恩爱，是不是自己又因为不满意爸爸重男轻女，所以连带着用带了偏见的眼光去解读他的一切行为？

只是齐溪也不知道怎么回事，她心里总有些忐忑不安。

齐溪虽然对爸爸多有微词，也认为他近几年来过分关注事业，与家人相处时间减少了很多，但婚姻毕竟是两个人的事，妈妈对此好像并没有什么意见，除了偶尔抱怨两句，更多的是心疼爸爸工作太繁忙压力太大，而平心而论，齐溪的父母确实鲜少吵架，顶多偶尔拌嘴，大部分事情上爸爸都非常顺着妈妈。

这样的爸爸，应该不至于会出轨吧？

也不知道是不是接连办理的案子带给齐溪的冲击，齐溪好像觉得自己都变得疑神疑鬼了。

这么大好的生日会，她决定不去想这些捉摸不透的猜测，甩脱了脑子里乱七八糟的念头，开始和爸爸一起给妈妈唱生日歌。

这场生日会也像个破冰的契机，虽然齐溪和齐瑞明都没明说，但两人相处一改此前的剑拔弩张，融洽了不少。

在家里过完了周末后，还是齐瑞明坚持要送齐溪去租住的房里。

"听你妈说你和同学合租了，是叫什么陈依然的？爸爸对你这朋友有印象，是你高中时候的同桌吧？你俩当时那么要好，没想到现在还有联系呢。她后来考了什么大学，现在在做什么？"

一路上，看得出来，齐瑞明心情很好，很想和齐溪拉拉家常，只可惜因为实在缺乏对齐溪成长的参与，齐瑞明根本不知道齐溪有哪些朋友，他那种故作慈父的尴聊，反而彰显了他对齐溪生活的漠不关心。

齐溪从没有叫陈依然的高中同学，她的高中同桌甚至根本不是女生，但齐瑞明都不知道。

他太醉心工作了，只偶尔从奚雯的只言片语里不过脑子地记下个什么名字的轮廓，如今便堂而皇之地试图用这张冠李戴的名字拉近和齐溪的距离。

齐溪以为自己对这样的事已经失望到麻木了，然而当齐瑞明如此笨拙而错误百出地试图走近齐溪了解齐溪的生活时，齐溪还是感觉到了一些不同——她觉得有一些开心，也像是一种经年累月求而不得的空洞终于开始慢慢被填满。

爸爸那个年代的人，本身并不多会表达对孩子的感情，那个时代也从没有讲究过什么亲子关系的培养，齐瑞明如今能虽然尴尬但还试图和齐溪攀谈，齐溪至少觉得看到了爸爸的进步和改变。

她的爸爸还是关心她的，即便他并不完美，但他是自己的爸爸。当齐瑞明还不那么忙的时候，齐溪年少所有的时光里，都有他的影子和陪伴。

光是这个认知，就让齐溪的情绪温和了下来。

难得的，齐溪心平气和地和齐瑞明聊了些自己的生活，讲了讲最近办案里遇到的搞笑的事。齐瑞明听得很入神，当齐溪用夸张的语气吐槽奇葩客户时，他也忍不住笑起来，还分享了他刚执业时遇到的糟心事，竟然比齐溪的有过之而无不及。

不过齐溪没让齐瑞明知道的是，他刚把齐溪送到租住的小区离开，等在小区门口不远处的顾衍就走过来接了齐溪。顾衍一见齐溪，径自就把她手里提的包给顺手拎了过来，包括一袋很轻便的衣物，好像什么也舍不得齐溪提的样子。

顾衍拿过了衣服，状若不经意道："刚才的是你爸爸？"

齐溪心情很好，点了点头："嗯！"

"哦，他挺关心你的，之前还一直给你安排相亲。"

虽然顾衍的语气很平静，但齐溪已经听出了这男人话里的风雨欲来，她几乎是求生欲很强地立刻打断了顾衍："马上安排把你介绍给我爸妈！"

她有些揶揄地看向了顾衍："不要急，男人要有耐心。"

顾衍有些没好气："我姐说我就是耐心太好了才会这时候才找到对象。"

"好了好了，我们顾衍不生气，我来亲一下安慰一下。"齐溪说完，径自跳起来，偷袭似的亲了下顾衍的侧脸。

今天赵依然在家，因此顾衍并不打算上楼，他帮齐溪把东西提到电梯里，就打算告辞，反倒是齐溪拉着他有些依依不舍："这就走了啊？"

顾衍虽然声音很冷静，但面对齐溪的挽留，显然有一些挣扎，但最终，他还是抿着唇拒绝了齐溪："赵依然在家。"

齐溪抓着顾衍的手忍不住撒娇地晃起来："赵依然在家又没事，你也是她同学啊，又不是不熟。"

"她在的话，不太方便，还是算了。"

齐溪有些赌气道："有什么不方便啊，你难道想做什么违法乱纪的事吗？那你——"

只是齐溪这句话还没说完，顾衍就一把把她拉到身前，一只手揽着她的腰，把她往自己怀里送，然后在她的措手不及中吻了她。

和顾衍谈恋爱以来，一开始的吻都是蜻蜓点水或浅尝辄止的，只是最近顾衍的吻越来越深，越来越带了侵略性和一些别的意味。

虽然除了接吻什么也没干，但顾衍接吻时的气息，他身上的味道，还有微微性感又努力压抑的喘息，接吻后变得低沉喑哑的嗓音，仿佛都是咒语和某种暗示，让齐溪变得脑袋发热，好像完全想不了其他事情。

"知道我为什么不能上去了吗？"

顾衍的声音带了努力压制的喘息，他摸了摸齐溪的头："因为看到你，就会想做这样的事，好像不是什么方便赵依然在一边参观的事。"

他又俯身吻了齐溪一下，然后从齐溪的唇瓣里退出后，又像是情不自禁般亲了亲她的鼻尖："好了，上去吧。"

齐溪变得有些害羞，声音也变得有些轻，但她也很想顾衍，拉着顾衍的衣袖扭扭捏捏道："那你开车过来一趟，就为了在楼下见我一面啊？不是性价比太低了吗？"

"本来不想来的，但很想你，在家里无聊，开车出来想逛一下，结果等反应过来的时候，已经在你们小区的门口了。"顾衍的声音有些自暴自弃，"等意识到自己又到你们小区门口的时候，我自己也觉得自己很无语，但来都来了，不见你一面这才有些性价比低。"

齐溪也是想顾衍的，靠在顾衍身上，也不想离开。

齐溪踮起脚，靠在顾衍的耳边，用非常轻的声音说了一句什么。

只可惜顾衍没听清，他有些不明就里地皱了皱眉："你说什么？太轻了，我没听到。"

齐溪不得不忍着脸红又说了一遍，可惜顾衍竟然还是没听清。

最后，齐溪都有些气急败坏了，咬着嘴唇恶狠狠瞪了顾衍一眼："我说，我今晚可以不回这里，你可以带我去任何地方。"

她用一种恶霸一样的语气道："我们可以去酒店。"

顾衍愣了愣，看起来非常心动的样子，然而就在齐溪以为他会拉着齐溪的手去酒店的时候，顾衍却叫了停："不行。"

齐溪听到这男人用非常挣扎的声音说出了拒绝。

顾衍，你是不是真的不行？

齐溪内心的疑惑都快要冲破天际了。

大概她脸上的怀疑太明显，以至于顾衍的脸迅速黑了："齐溪，停止你现在想的那些东西。没有，绝对不是那样。"

齐溪瞥了顾衍一眼，还是非常怀疑。

"不是，因为明晚我们竞合所，会和意林所有一场律所之间的篮球友谊赛。"顾衍抿着唇，很郑重严肃地解释道，"我会参赛。"

"所以呢？"齐溪不明白这两者之间的联系。

顾衍大概是没想到齐溪没理解他的意思，有些无奈，但不得不往细里解释。他努力委婉道："你知道为了保持最好的状态和体力，运动员比赛前都建议禁欲吗？"

"……"话说到这份上，齐溪就是不懂也懂了。

顾衍提及这个话题，也相当不好意思的样子，他的眼神乱飘，甚至不敢直视齐溪。直到片刻后，大概情绪恢复平静，这男人才把视线移了回来，轻轻捏着手心里齐溪的手指："那明晚你来当我的啦啦队。"

那是当然的！

别说意林律所有很多年轻的女律师，只要是打球，球场边总有些观战的年轻女孩子或者是学生，齐溪可不得去宣示下主权吗？

自从顾雪涵撞破齐溪和顾衍的关系以后，为了证明自己并没有因为办公室恋情影响工作，齐溪上班更认真了。她是真的很想跟着顾雪涵在竞合好好干，不想给顾雪涵留下靠着和顾衍谈恋爱，就想享受性别红利的坏印象，因此反而比之前都更拼了些。

这两天容市连续下大雨，因此顾雪涵把几个外出立案或者提交诉讼资料的外勤工作都交给了顾衍，但齐溪为了表明自己并不想靠裙带关系获得便利的意图，愣是从顾衍手里抢走了几个外勤的任务。

这次齐溪要去立案的法院在容市郊区。雨下得也比想象中的更大，风太大甚至把齐溪的雨伞都吹坏了，车也相当难打，等齐溪送完材料出来，不得不依靠公共交通。只是最近的公交站也需要步行一段距离，等齐溪坐上公交车，整个人都像一只落汤鸡了。

此刻已经接近午休时间，齐溪还没吃上饭，顾衍也在外面跑外勤。齐溪看了眼手机里回竞合所的路线，意外发现这班公交车转地铁的中转站离她爸爸的律所不远。

要不索性去找爸爸一起吃个午饭？

上次送齐溪回家路上齐瑞明很主动地和齐溪打破了此前的关系僵局，之后断断续续给齐溪发短信询问近况。齐溪的心毕竟不是铁打的，几次过后，她内心也确实放下了很多对爸爸的不满。

齐溪说干就干，当即给爸爸发了个信息，虽然没收到回复，但她还是一路先往律所去了。

齐瑞明开的是个人律师事务所，因此律所名字就沿用了他名字里的两个字，叫"瑞明"，租住的办公楼在地铁口和公交站台附近，是容市的一个重要交通枢纽，非常方便，人流量很大。

齐溪几乎一下公交，就看到了对面写字楼上巨大的"瑞明律所"这几个字，街边也都有瑞明律所的广告。

虽然业务能力可能不是顶尖的，但在拓展案源上，齐瑞明的不少方法确实也让齐溪挺佩服。最初设立瑞明律所时，齐瑞明真是亲身上阵到各个写字楼里那种缺乏法务的小公司里发传单推销自己的。

不过等齐溪刚走到瑞明的写字楼电梯里，就收到了爸爸的短信回复："不好意思啊溪溪，爸爸中午在陪一个客户用餐，但司机老陈在所里。雨这么大，我和老陈说过了，待会儿让他送你回竞合。"

虽然有些失落，但毕竟这次中午来瑞明，也是临时通知的，齐溪心里也没太难受。她的伞坏了，外面雨又大，让老陈送一下也方便许多，如今既然来都来了，那顺带进去擦一擦脸上头上淋到的雨。

　　瑞明是个小型律所，加上行政、前台、司机，还有执业律师和实习生、助理，一共也就十来个人。除了实习生外，其余员工流动性不大，都是齐溪熟悉的老面孔。

　　齐溪上一次来瑞明还是几年前，如今时隔多年再来，才发现瑞明在装修上也翻新了些，多少还是有些变化，人员也有了点变化，比如前台就应该是新招的，并不认识齐溪，正用疑惑的眼神看着她："这位小姐，您是和哪位律师有预约吗？现在是我们的午休时间，大部分律师都已经去用餐了。您如果没有预约的话，可以在这里登记一下您的信息和想咨询的事由，此后我会根据您的需求对接给相关专业方向的律师。"

　　齐溪正要解释，好在这时，认识齐溪的行政大姐李姐正走到门口。她看见齐溪，有些惊讶："溪溪，来找你爸爸啊？齐律师和客户中午有约出去了。你怎么搞成这样了？淋得这么严重！你等下啊，我去办公室给你拆条新毛巾，你赶紧擦，不然感冒了就不好了……"

　　李姐朝前台笑了下："这是咱们齐律师的女儿齐溪，我让她先进齐律师办公室里坐坐。"她看向齐溪，"齐律师的办公室里刚搞了个小休息室，偶尔加班太晚了会睡这儿，还弄了个小淋浴间的，那儿有电吹风，你赶紧去把头发吹干。"

　　齐溪就这样被李姐迎进了爸爸的办公室。确实如李姐所言，爸爸的办公室如今变化挺大，还真的有个休息区，有张小床，边上的衣架上还挂着几套外出备用的西装。

　　齐溪看到这些，心里又升腾起些赧然来。她此前一直怀疑爸爸加班是编造的谎言，如今看来还真是错怪他了，那个包也多半是爸爸买来疏通维系人脉的。

　　等李姐把毛巾给齐溪，齐溪道了谢之后吹干了头发。齐溪看了眼时间，决定下楼去吃个简餐再和司机陈师傅接头，只是她刚走到瑞明门口，就和一个正低着头玩手机的女人差点迎面撞上。

　　对方低低惊叫了一声，这才抬头看向齐溪。齐溪也循着声音看去，发现是一个看起来不比自己大几岁的女生——皮肤白皙、妆容精致，长得挺好看，头发明显精心打理过，穿的也是品牌的职业套装，脖子上挂着名牌项链，虽然非常年轻，但身上可以用珠光宝气来形容，手指也莹白如玉，指甲做了非常讲究的美甲。

虽说律师事务所里不少女律师也非常注意形象，穿职业套装、化精致的妆，但因为律师这职业本身的忙碌程度，根本分不出太多的精力每天打理发型或者搭配衣物，能从头发丝到脚趾都精致武装成对方这样的是很少的，尤其是大部分女律师不会做那么精致的指甲，因为非常不方便打字。但此刻出入瑞明的，或许是哪个甲方客户？

"对不起啊！"对方朝齐溪笑了下，打断了齐溪的猜测，然后让了下位置，示意齐溪先过。

齐溪也立刻道了歉，对对方身份的猜测也只是在一瞬间。对于这样擦肩而过的路人，齐溪也并没有什么太多继续探究的欲望，只是对方侧了侧身让齐溪先行通过的时候，齐溪眼神扫到了对方的包。

是一个二代鳄鱼皮的包。

不知道是不是巧合，这个包和齐瑞明此前从店里提货的那个，连颜色也一模一样。

所以爸爸买的包送的是这个客户吗？对方穿得这么贵，看起来也确实像是大客户的样子。

齐溪顿住了脚步，在好奇的驱使下，稍微回头，然后看着对方哼着歌，熟门熟路地走进了所里，然而她并没有朝会客室或者会议室去，而是提着包，径自在大办公区窗边的位置坐下了。

齐溪像是站在一栋危房下，心上突然重重地被危房里掉落的石块砸了一下，甚至有些站立不稳。

这个女的不是客户，而是瑞明的律师。

明明刚才已经吹干了头发，然而这个认知却让齐溪如今仿佛还置身在暴雨中，置身在风暴的最中心。

她已经不记得自己是怎么下的楼，怎么和陈师傅打的电话接的头。

齐溪只知道，等再从繁杂的思虑里逃脱出来时，她已经坐在了陈师傅的车上。陈师傅是个话痨，此刻正絮絮叨叨地说着最近的社会新闻。

车上的空调开得很足，但齐溪却如坠冰窟，那些暖风仿佛根本吹不到她的身上，她的心里充满了恐惧和不安，还有不知道该怎么办的怯懦，她不知道自己是不是在打开潘多拉的魔盒。

而打开后，那些后果是她能承担的吗？

但人能因为恐惧，就不去做一些事情吗？

齐溪的心里混乱而惶恐，然而她还是听到自己努力用平静的声音问出了问题："陈师傅，最近我爸所里是不是招了新人啊？"

陈师傅本身就喜欢唠嗑，并没有什么怀疑地就和齐溪讲起来："没有啊。除了以前所里的老前台去生二胎换了，最近又不是毕业季，其余没招什么新人，不都是以前的老面孔吗？"

齐溪状若自然道："可所里原本几个律师年纪不都挺大的吗？我爸还一直抱怨说所里搞点活动都没个人出新鲜点子，我还以为他会招点新人降低一下所里的平均年龄呢。"

大概是齐溪这话提醒了陈师傅，他很快就接了茬："你可别说，现在所里的活动还挺丰富和年轻化的。之前那个什么万圣节啊，我第一次知道，还是小王搞了个活动，后面又弄了圣诞节礼物交换啊什么的，听说新年还要搞个小型晚会呢。"

齐溪皱了皱眉："小王？"

陈师傅点了点头："就王娟啊，你不知道吗？"

"王娟？所里以前有这个人吗？"

"有！以前她大学就来实习过，后面实习了不到一年就走了。当时我还以为她是彻底离开法律行业了呢，没想到这过了快十年了吧，又回来上班了。"陈师傅不好意思地抓了抓头，"我都把她给忘了。要说最近招的新人，也就她了，但她这样的，年纪也不小了，以前也在瑞明做过，不能算新人吧。"

如果是大四时来实习过，如今又都隔了快十年，那这女的年纪应该已经三十左右了，可对方看着只比齐溪大上几岁而已。

她这十年来可见真的是没受什么蹉跎，才能保养得如此得当。

陈师傅提起王娟，也是很感慨："看着就像个刚毕业没几年的大学生是吧？你可别说，这小王还是个什么网络红人，网上红着呢，听说接一条广告就好几千好几万的。"

齐溪愣了下，不着痕迹地继续问道："那她收入很高？"

陈师傅哈哈笑起来："我上次听李姐说，她是普法领域的什么达人，挣的钱不少，还比律师来钱快多了。难怪我女儿成天嚷嚷着未来要当网红。"

陈师傅感慨道："或许现在人能不能挣钱真的和学历没啥关系，王娟也就是一个什么三本法学院扩招的，在瑞明工作没多久辞职后，也一直没正经上班。听李姐说，这次她回瑞明，给她缴社保时，发现她原本的社保都是断档的。所以啊，可能我们这一代人真的老了，我一直关照我女儿读书才有出路，但实际你看，王娟也不是多好的学校毕业，更没安安分分上班，反倒是靠当网红杀出了一条血路。你看到没？她现在浑身可都是名牌！她现在回瑞明工作，估计也就是体验人生了吧！"

陈师傅并没有在意这个话题，很快就聊起了别的。没多久，竞合所也到了，齐溪谢过了陈师傅，这才径自下了车。

她听赵依然说过，有些专业垂直领域的网红确实光是打打广告收入就不少，而陈师傅也说了，王娟也是一个月前才重新入职瑞明的，所以她背着的那个包，和爸爸有关系吗？

不管怎样，这个包成了齐溪心里的一根刺，而一旦对此开始生疑，齐溪开始觉得哪儿都可疑起来。

她想了想，还是咬了咬牙，给爸爸打了个电话。

齐溪先是谢过了他安排陈师傅把自己送到竞合，和他随便聊了两句，然后就佯装不经意地提起了包："对了爸爸，前几天我老板找我谈，说我们律师也应该注意一下形象和排场，建议我买个名牌包，这样拎出去比较有气场，让客户觉得我们的业务做得好所以收入高，你能不能给我买个包啊？"

齐溪曲线救国道："而且你给我之前介绍的那些男生，都是家境很好的，我觉得我自己买个好包，以后和他们见面，一来是更有自信，第二呢，也让人家观感更好，觉得我们家的家境完全配得上对方。"

果不其然，齐瑞明一听齐溪对相亲表现出了缓和的态度，语气也热情了起来："溪溪，我就知道你早晚会懂爸爸的一片苦心。你说的也没错，你确实得买个有牌子的包，不能总背着个书包用来放电脑，出门像个学生似的。你说吧，想买什么包，爸爸给你报销。"

齐溪就说了之前她看到齐瑞明去提货的那个包的牌子："包的话，求质不求量，只要这一个包，走遍天下都不怕了。反正包是很耐用的，这个包虽然贵，但可以用好多年呢，平均到一年，其实花费也不多。"

只是令齐溪寒心的是，齐瑞明几乎是一听到这个品牌，语气里就没了此前的热络和支持，又摆出了自己不容易的姿态，长叹了一口气："溪溪，我们虽然要注重下自身的形象，但也不要盲目追求名牌了。这个牌子的包一个那得多少钱啊，就花几十万买那个牌子，根本没意思的。倒是几个轻奢品牌我觉得挺好，适合你这个年纪的，你看看你喜欢哪个，爸爸给你买。"

齐溪咬了咬嘴唇："可我就要那个！我都没进过那个牌子的店呢，爸你什么时候带我见见世面吧。"

只可惜不论齐溪是拿出了骄纵任性的态度还是软磨硬泡，齐瑞明是铁了心不答应："你一个女生，不要这么虚荣。"他拿出了家长的架势，软硬兼施道，"何况爸爸也没法带你去见世面，就爸爸这个收入，也根本没底气进这个品牌店。我自己都没去过，怎么还带你买呢？总之你买个轻奢牌子的包，再搭个钱包或者围巾，爸爸一起买单。听话，先不和你说了，爸爸客户这边还有点事，挂了啊。"

齐瑞明哄了齐溪几句以后，又和往常一样号称很忙，顺势挂断了电话。

然而齐溪这一次，再也没法像往常那样内心埋怨齐瑞明总是没耐心听完自己的电话了。

她明明亲眼看到了齐瑞明出入那个品牌店，他和柜姐打招呼的模样也明显是熟客，可如今他却睁眼说瞎话一样表示连店都没进去过。

如果说此前还抱着侥幸，认为是自己想多了带上了偏见，那现在齐溪可以非常确定，爸爸绝对有问题。

齐溪从没想过有朝一日，自己会需要亲自调查爸爸到底出轨没出轨，然而事到临头，她发现自己虽然情绪低落而复杂，浑身也有些发冷和颤抖，但人一旦冷静下来后，也并没有如电视剧里的当事人那样情绪崩溃。

虽然有了合理怀疑，但大概是齐溪的内心也不希望真的发生这种事，齐溪也不准备直接对齐瑞明进行有罪推定。

她并不算"网瘾患者"，对网红尚且一知半解，更不可能了解法律垂直领域的网红了，但好在赵依然熟悉。

而等齐溪给赵依然打了电话询问，赵依然果然没有辜负她的期望："哦，你说法律领域的网红啊，我关注了一堆呢，各种类型都有，有直接学者型的，面向的基本是法学生，探讨的多数是实操问题或者是司法考试里的疑难问题，比较专业向的；还有就是普法型的，这种的话会对法律问题讲解更直白一些，通俗易懂；还有就是咨询推广类的，这类吧，一般是以拍摄小视频为主，比如这个律师团队专注做婚姻纠纷的，会拍很多婚姻纠纷类的小短片，最后简单给你讲解下遇到这种情况的操作方式，但讲得也很浅显，主要是给自己的律所或者业务引流的。"

赵依然一边说，一边在微信上给齐溪推荐了好几个法律网红公众号和微博号。可齐溪点进去一看，基本上都是男的，鲜少的几个女网红，也多数是资历较深的女律师，显然都不是王娟。

齐溪抿了抿唇："法律领域网红里没年轻的女的吗？"

赵依然顿了顿："有是有，不过有几个年轻的女网红吧，不太发专业的东西，给人感觉更多是造人设，比如那个'涓涓细流'，还有'蒙桃桃勇闯律政界'。这几个好像都在律所工作，偶尔会发点律所工作日常，但是关于办案的干货几乎没有，更多的反而像是颜值博主或者纯网红了，比如那个'涓涓细流'，家里好像挺有钱的，常常晒各种包和鞋，三次元是个很成功的女律师，靠着自己的业务能力过上了白富美的生活……"

"涓涓细流"？王娟的名字里，"娟"字倒是谐音。

赵依然说者无心，但齐溪却整个人紧绷了起来。

赵依然并不知道齐溪遇到了什么事，还以为齐溪只是好奇，因此非常热情地继续科普道："不过呢，网红界也是王不见王。这个'涓涓细流'和'蒙桃桃勇闯律政界'不仅没抱团一起固粉，还出了名的不对付，两边的粉丝一直对掐，闹得很大，正主也都下场阴阳怪气过另一方。比如这个'蒙桃桃勇闯律政界'，虽然家里看起来有矿，然后又号称要勇闯律政界，但实际上被'涓涓细流'的粉丝扒出来连司法考试都没通过，都考了五次了，至今还在复习备考呢，虽然也在律所工作，但其实只是在律所做行政，之前被扒皮后招了一堆黑粉，骂她靠爸爸炫富，抹黑法律从业者和女律师。"

赵依然顿了顿，像是喝了口水，这才继续道："而'涓涓细流'则各种细节里都坐实了在律所工作的身份，好像还是个学霸。网友发现她还是穷苦农村出来的，应该是靠自己一步步打拼至今的，是靠自己逆袭的，所以她的粉丝黏性都很高，都很崇拜她，以她为榜样的。"

齐溪皱了皱眉："那为什么'蒙桃桃勇闯律政界'就被扒皮盖章说是伪装律政精英的，'涓涓细流'只是号称自己靠自己逆袭，就获得了大家的信任？"

赵依然语气里充满了百科达人的了然："互联网都有记忆啊，她俩都是老互联网人了，网上还能没留下点以前的蛛丝马迹供人挖坟啊？'涓涓细流'以前微博上很多定位在村里的，每年过年也有发过自己家村里的房子，包括一些村里生活的日常，虽然现在是删掉了，但她早年发那些的时候，根本没红，就是个很简单的个人微博，随便发发牢骚那种；而'蒙桃桃勇闯律政界'也是一样，以前微博抱怨过考了几次司法考试都考不过……"

原来如此。

齐溪听赵依然又讲了一堆"蒙桃桃勇闯律政界"和"涓涓细流"之

间的"爱恨情仇"，这才终于找着机会挂了电话。

而一旦挂了电话，齐溪就开始按照赵依然提供的名单一个个排查。

等齐溪翻到"涓涓细流"微博主页的时候，只是简单的几条微博和几张照片，齐溪的第六感让她几乎已经确定，就是这个人。

这个人就是王娟。

而齐溪几乎可以确认，她的包就是齐瑞明买的那一个。

因为在微博上，"涓涓细流"几乎是一拿到包就晒了，而那个日期正是齐溪爸爸取了包后的第二天。

齐溪皱着眉抿着唇，一路继续往下翻对方的微博，而越是看，齐溪的心也越是往下沉。

> 出差湘市啦，奶茶店打卡！
> 今天来深市谈收购。深市的天气好好哦，半天的收购事宜发挥超常一个小时就谈完了，剩下的时间就可以偷偷摸个鱼，拿出我的沙滩裙，海边走起！
> 去帝都啦！必须爬长城！不爬完就不是好汉！
> 明天去港城，今晚开始绞尽脑汁罗列购物清单……

齐溪一边看，一边记下了王娟每次外出的地点和时间，然后她开始翻自己和妈妈的聊天记录——

> 你爸出差去湘市啦。
> 最近在深市谈一个收购案……
> 你爸去帝都出差。你不是喜欢帝都的糖葫芦吗？我让他给你带点。
> 溪溪有什么化妆品要买的吗？你爸要去港城……

齐溪对比了齐瑞明近半年出差的地点和时间，发现他和王娟的行程完全重合了。

而王娟重新入职瑞明，明明也才是一个月之前。

齐溪愣愣地看着屏幕上王娟每条微博下面的配图。她并不常露脸，更多的是露出一些奢华的细节，比如她状若随意摆放的名牌包，比如她精致的指甲，比如她的名牌墨镜，还有名牌鞋子……

齐溪最后一丝关于父亲没有出轨的侥幸，也在这样的现实面前破灭了。

齐瑞明并不是才出轨的王娟，他和王娟应该是早就搞在一起了。

好在下午顾雪涵安排的是一份中英双语合同的校对工作，并不怎么需要动脑，因此齐溪才能在魂不守舍的情况下仍旧完成了工作任务。

顾衍是在下班前才回来的。他坐到齐溪身边，很快就意识到齐溪的状态不对："怎么了，这么心不在焉的？"

齐溪连自己爸爸和妈妈都没想好能怎么面对，此刻对顾衍更是难以启齿，只好笑了笑，努力装出没事的模样："今晚你不是和意林律所有篮球友谊赛吗？我有点迫不及待看到自己男朋友成为全场 MVP 的样子了呀。"

顾衍不疑有他，见齐溪提起篮球赛，也有些期待的样子。他像是想说什么，但最后又憋着没说，只是到底最终还是没忍住。

快下班的时候，他突然很郑重地对齐溪道："今晚球赛，我会好好打的。"

只是比起顾衍的投入和认真，齐溪就真的堪称恍惚了，她甚至不记得自己是怎么跟着竞合所的同事以及顾衍一起到达约定的球赛地点的，直到比赛开始的吹哨声把她像是从噩梦中唤醒。

虽然是友谊赛，但两家律所的男律师显然都存了表现一番的决心，竟然打得有板有眼的。顾衍几乎是一入场，就成了众人视线的焦点。果然如齐溪此前预料的一样，即便是意林律所来的律师亲属们，也忍不住朝顾衍投去了目光，而篮球场附近的学生们，也都倚靠到座位边一起为顾衍加油欢呼起来。

齐溪的心情终于随着这样热烈的气氛变得好了一些。望着球场上顾衍飞奔的身影，她觉得有些与有荣焉，也带了一点点隐秘的快乐。

所有人目光望向的男生，眼里只有自己。

顾衍上半场打得非常不错，因为身高和体能优势，由他带领的竞合律所几乎可以说是横扫球场。意林律所仿佛被压着打，几个意林律所的男律师脸上都露出了真实的疲惫和被按在地上摩擦的尴尬，其中意林队的一个主力球员，显然非常努力，技术也不错，可惜对上顾衍，也没什么胜算。

每一次顾衍进球，全场都会爆发出整齐的欢呼声。他在球场上奔跑，像一只自由的猎豹，自信又张扬，仿佛是天生站在食物链顶端的顶级猎食者。

脱掉西装换上球衣以后，齐溪才发现，顾衍的身材是真的很好，肌肉线条流畅漂亮，但又不至于太过夸张，一切都恰到好处，每个动作间紧绷的线条感，都让人感觉蕴藏着力量。

因为没有在竞合所里公开，因此顾衍不可能在球场上公开表白，但每次一进球，顾衍都会下意识地在场上寻找齐溪的身影。他流着汗，眼神专注而热烈，隔着远远的距离，在众人的鼓掌或欢呼里看向齐溪，像是一个期待被表扬的小男孩，仿佛不论别人夸赞他有多好，他也固执地只需要某一个人的肯定。

齐溪终于也被这种气氛感染，心情变得好了一些。她朝顾衍用力地挥手，卖力地跟着身边的同事一起为顾衍打气加油，场上的顾衍这才笑了一下，然后重新投入到比赛中去。

中场休息的时候，顾衍几乎是一出球场，就有很多来观赛的陌生女生给他递水或毛巾，顾衍几乎像是被花团锦簇地包围了起来，但他谁的也没有收，只是礼貌地拒绝了所有人，然后分开人群，朝着齐溪所在的观众席走来。

"怎么都不过来递水的？"这男人径自拿过齐溪手中的水和毛巾，

有些像小孩子地赌气埋怨道，"我好歹也是你的……"他看了一眼齐溪身边的同事，像是颇为委屈地转变了说辞，"好歹是你的团队队友，你不应该表现得热情一点吗？"

齐溪忍不住笑起来，觉得心情真的有变好一些。她看着顾衍，要赖道："我不过来，那是因为我知道你会过来啊。"

当着这么多同事的面，顾衍也不能和齐溪公然打情骂俏，只能颇为含蓄又不太甘心地看了齐溪两眼，又和来观战加油的同事们聊了两句，休息了片刻，这才重新回到了场上。

而几乎刚回到球场上，意林律所就有几个球员朝顾衍走了过去，像是在交流什么一样。对方和顾衍在说着什么，顾衍愣了一下，然后看了一眼齐溪，神情有些纠结，但对方律师大概又说了什么，露出恳求的神色，顾衍最终还是点了点头。

下半场一开始，齐溪就看出顾衍的异常来了。

他很明显地收敛了锋芒，虽然还是很认真地在打球，但是投球的机会，几乎都分散地让给了自己队里的其他人；而意林律所，下半场显然重振气势，几乎所有队员，都把球传给了那位主力球员投篮。原本上半场顾衍名下累积的进球比分，很快就在这种形势下逆转了，齐溪就眼睁睁地看着顾衍的比分被对方超过了。

最终，竞合所还是以几分之差赢得了比赛，只是全场投篮得分最多的并不是顾衍。因为并不是严格意义上的篮球赛，MVP 只简单地按照谁得分最高获得，如今这 MVP 便成了意林的那位主力球员的荣誉，顾衍变成了第二位。

而齐溪还没来得及纳闷，球场上意林律所的律师突然集体从球场边拿出了横幅，还有藏起来的气球和鲜花，在起哄声中，那位最终获得 MVP 的球员单膝跪地，竟然现场上演了一出求婚戏码。

一下子，球场上的气氛也热烈了起来，大家都不再关注这场球赛，而是开始关注起这场求婚来，主角一下子成了这位球员和他惊喜交加的女友，而在大家的鼓掌和欢呼声里，那位球员的女友最终接受了求婚。

不论如何，人在看到这种让人雀跃的有情人终成眷属时，都还是会本能地共情到开心的情绪，齐溪也忍不住和人群一起鼓起掌来，连顾衍什么时候回到她身边都没反应过来。

直到顾衍酸溜溜的声音飘过来："热闹是他们的，我还真的是什么都没有，连女朋友都去给别的男人鼓掌了。"

趁着其余同事们也都去起哄这场求婚，不再关注顾衍的当口，这男人坐在齐溪身边，装成若无其事地哀叹起来。

"我刚才也给你鼓掌了的！"齐溪不得不澄清自己的立场，伸出手，"你看，刚才手都拍红了。"

顾衍看起来像是被哄高兴了一点，趁着没人注意，他拉过齐溪的手："还真的红了啊，那我帮你吹吹吧。"

"顾衍！"齐溪有些急了，赶忙缩回手，瞪了顾衍一眼，"其他同事都还在呢！"

顾衍像是看到齐溪惊吓的模样才满意，笑着松开了手。

球赛散去，大家都各自散开回家，而一旦离开热闹的人群，齐溪便忍不住开始想爸爸的事。

"齐溪，我没有得 MVP 你是不是不高兴？"

大概是齐溪的心不在焉太明显，顾衍显然误解了她的情绪来源。

顾衍看起来有些无措，过来拉了齐溪的手，解释起来："本来我确实是想当 MVP 的，可中场休息快结束时，意林律所的人过来和我打了个招呼，说他们的主力球员这次是打算用这个球赛求婚的，让我能不能通融一下。"

顾衍垂下了视线："我知道我答应过你，这次要拿 MVP，但对方毕竟可能是这辈子唯一一次求婚，在这场球赛里赢得 MVP 对他比对我重要得多。"

齐溪这才有些恍然大悟："所以你故意把后面的球都让给了竞合的其他同事去投，而意林律所的则把投球的机会都让给了那个求婚的男律师？"

顾衍点了点头："我也没有放水就让竞合输，只是让掉了 MVP。"他看了齐溪一眼，"但如果知道你会不高兴的话，我是不会把 MVP 头衔让掉的……"

齐溪因为齐瑞明的事，整体情绪就不高昂，虽然她还是努力伪装正常，但顾衍还是一眼就看出来了，只是误判了齐溪情绪低落的方向。

这男人因为齐溪的不高兴，显而易见也为此情绪有些低落了下来："齐溪，是不是我做不到第一名，你就不会那么喜欢我了？"

这样的说法齐溪还是第一次听说，愣了愣，才惊讶道："为什么这么说？"

"因为你好像只会关注第一名。"顾衍的声音有些低，"在学校里的时候，我参加很多活动，但好像你都不会看到；每次你去图书馆，我也会去，就坐在你不远处，但你几乎不会注意到我，每次就自己埋头学习。"

顾衍的视线望向地面："后来我才发现，好像只有考上第一名，你才会看到我。每次看到成绩单排名时，你就会看我，虽然只有十几秒钟，甚至连一分钟都没有，但我为了你这十几秒的目光，会一直去当第一名。"

在漫长的沉默后，齐溪才终于有些回味过来，也才想起来以往并不知道顾衍的暗恋对象就是自己时这男人的说辞。

她看向顾衍："所以你每次都考第一名，只是为了让我能看你？"

"嗯。"顾衍的声音有些闷闷的，"所以这次我没有得到球赛里的第一名，你是不是不太高兴，你是不是觉得只有第一名才是最优秀的？"

齐溪简直有些哭笑不得，但继而内心也涌起一些温柔的爱意，突然想把自己心里此刻的压抑、难受和无措都告诉顾衍："我不知道你为什么选法学专业，但我选法学，根本不是因为我喜欢法律或者想当律师，只是因为我憋着一口气。"

这些话齐溪甚至没有对妈妈说过，但如今面对顾衍，不知如何，好像觉得反而能畅所欲言地讲出来。

顾衍给她的感觉是安全的，让她觉得温和而无害，既是让她心跳加速的男孩，又是能够予以信赖的朋友，还是能够并肩作战的队友。

"我其实更喜欢艺术，原本很想学艺术，但有一次无意间听到我爸说了一嘴，说女生就这样，只能搞搞艺术之类的学科。而对于我是个女孩这件事，他一直耿耿于怀，几次对着我妈长吁短叹，说他自己创设了一个律所，可惜只生了一个女儿，可谓是后继无人。"

顾衍愣了愣，显然没想到还有个中曲折，有些意外道："所以你为了赌气才学了法律？"

"嗯，我就想证明给我爸看，女生可以做任何事情，可以学任何学科、可以从事任何工作，并且只要努力，都可以完成得非常出色。"

齐溪抿了抿唇："我选择法学院的初衷确实不纯粹，我爸妈都是容大法学院毕业的，我就是憋着一口气，才一定要考容大的法学院。进了法学院以后，我几乎可以说'两耳不闻窗外事，一心只读圣贤书'了，大学校园里很多有趣的活动和经历我都没有体会过，只为了追逐第一名，因为我觉得只有第一名这样直白的名次，才能在我爸面前证明我自己。"

齐溪讲到这里，抬头看向了顾衍："所以我并不是真的只在乎第一名，也不是只会喜欢第一名，我只是一直有些病态地在追逐这个名次。"

齐溪顿了顿，才继续道："但直到现在，我才发现，即便我得了第一名，也是没有意义的。"

她苦笑了下："因为在我爸的眼里，可能只因为我是女孩，他就永远看不到我的努力我的优秀，也永远不会承认我的成功。"

对面的顾衍果然如齐溪所预想的一样，只是他虽然有些意外，但很快恢复了平静，温柔而包容地看着齐溪。在这一刻，他是最好的倾听者。而顾衍不带有任何苛责和评价的眼神，让齐溪觉得放松而安定。

"我今天心情不好不是因为你没得到第一名，顾衍，我希望你知道，我喜欢你，只是因为你是你，和你是不是第一名一点关系也没有。"

齐溪深吸了一口气，鼓起了勇气，对顾衍做了坦白："我情绪低落，只是因为我发现我爸出轨了。"

要说此前顾衍的表情还相当淡定，那齐溪这句话下去，饶是顾衍再镇定，脸上也显出了惊愕的神色。他开解齐溪道："会不会是误会？"

明明正常来说家丑不可外扬，但齐溪此刻真的急需一个倾诉的通道。她毕竟也才刚毕业没多久，爸爸竟然长期出轨这样的真相，齐溪根本没有办法一个人扛。

而齐溪也还抱着最后一丝自欺欺人的期待，那就是顾衍在听完她说的情况后，能从中为自己父亲找到可能被误会的证据。

只是现实永远不是童话，在听完齐溪的细节后，顾衍也陷入了沉默。

片刻后，他才开了口："那你现在打算怎么办？要告诉你妈妈吗？你觉得你妈妈的性格是什么样的，知道你爸这样的事后，她会怎么做？"

关于这一点，齐溪其实也有考量过："我妈虽然也是学法律的，但性格没有那么刚硬，而且她对于事业的野心从来不大，一直以来的梦想就是能操持好一个家庭，拥有一个幸福的小家。

"我现在只能确定我爸肯定是出轨了，但这事到底坏到什么程度，是精神出轨还是身体一起出轨，还是别的，我想先调查确定一下。"

只有确定爸爸到底做了什么事，齐溪才能预估妈妈的反应。

"如果我爸只是和对方暧昧，给对方花了些钱，那按照我对我妈的理解，她可能是不会离婚的，但知道这件事后会相当痛苦。那或许只是这样的话，我会先不告诉我妈妈，先自己找我爸谈，看看他的态度再说。"

但不消齐溪开口，顾衍已经替她说出了她还没说出来的话："但齐溪，我觉得这个事情，你可能要做好最坏的打算。"

顾衍顿了顿，像是在等着齐溪消化一样，他的眼睛盯着齐溪，关心着她每分每秒的情绪。直到确保齐溪此刻是稳定坚强的，顾衍才继续了下去："我觉得你爸爸，可能不是你说的那种轻微的犯错，听起来更像是长期严重的出轨。可能我这样说有些冒犯，但很显然，你爸爸和王娟在王娟回律所前就一直在一起了，那么往前倒推，是不是有很大可能，王娟在你爸爸律所实习时，其实两个人就已经在一起了。这两个人出轨的时间线，可能比你想的还长得多。"

顾衍说的齐溪并非想不到，只是她固执地不愿意去正视。

确实，但凡一个在法律上想要有所建树的人，都不可能连一年实习期都没满就辞职走人，更不可能在如此短暂的工作时间内和合伙人成为忘年交，以至于能让律所合伙人摆着更便宜能干的应届毕业生不要，非要找一个三十岁左右却毫无工作经验和相应资质的女人回来干活。

王娟在网络上营造的是穷山村里出来的姑娘，通过自己的努力逆袭考上了好的大学进入了好的律所，通过兢兢业业的工作过上了如今白富美的生活。

但齐溪知道，这些都是假的。王娟出身确实很穷，考上的却根本不是名校，只是一个三本法学院的扩招生名额；而中间那么多年，她的社保都是空缺的，说明她根本没有上过班，哪里来的通过工作就收入颇丰呢？她的微博红起来，也才是近两年的事，而她微博晒的"白富美"生活，可至少已经持续六七年了！

唯一的答案只能是，王娟这么多年没工作没上班，却还有那么多钱花，是因为她被人养起来了。

齐溪发白的脸色大概已经说明了她此刻的想法。顾衍的脸上露出不忍，他什么也没说，只是把齐溪抱进了怀里，摸了摸她的头。

"齐溪，先别急，事情可能也不至于有你想的那么差。"在这个让人慌乱而无措的巨大变故里，顾衍的声音像是迷雾里的灯塔，温柔地抚慰着迷途旅人的心，让齐溪也莫名安定了下来。

他拍着齐溪的背："不要担心，我会陪着你一起先把情况摸清楚，到底什么时候告诉你妈妈，以什么方式告诉她，我们首先要做的是掌握事实和真相。"

齐溪办理别人案子的时候可以非常冷静利落，但一轮到自己成了案子里的当事人，她也难以避免地变得有些当局者迷。好在顾衍的一番话让她逐渐恢复了理智。

是了，不论如何，爸爸到底做到了哪一步，他的出轨到底多严重，还是需要调查取证的。

只是齐溪没想到，虽然自己在了解全貌之前想先按住不表，然而也不知道是不是冥冥之中命运的安排，奚雯在齐溪告知之前，也发现了齐瑞明的问题。

在和顾衍商量好一起调查齐瑞明的当晚，齐溪接到了妈妈的电话。

电话那端，奚雯的声音带了点颤抖："溪溪，你爸爸应该出轨了。"

齐溪愣了愣。

"我知道你可能不相信，但这是妈妈亲眼看见的。"奚雯并不知道齐溪已经知情，声音带着巨大的痛苦，齐溪听到她深吸了一口气，仿佛如此才能最大程度上汲取到空气中的氧气，"今天是你爸给我约的固定的SPA 日，他也是亲自把我送到酒店的，说会在酒店的咖啡厅里一边等我一边处理工作邮件，等我做完再接我一起回家。"

对于齐瑞明的这个习惯，齐溪是知情的。虽然齐瑞明常常缺席齐溪学校的活动，但他对自己太太倒是还算上心，比如每周固定有一天能放下手头的工作，亲自接送老婆去做 SPA，全程就在酒店楼下等着。

也正是这些细枝末节，曾经让齐溪认为父母是非常相爱的，爸爸就算有点重男轻女的毛病，至少对妈妈是没话说的。

然而如今听着电话那端奚雯颤抖的声线，再想到自己见到那个包在王娟手里时的震惊，齐溪已经感觉没有什么是不能被推翻的了。

很多事情，根本经不起对比，一旦对比，过去的认知或许完全被打破，留下的只有千疮百孔。

往日再恩爱的细节，或许从另一个角度来看，根本只是处心积虑。

"SPA 本来是一个半小时的项目，但技师做了十来分钟后，就身体不舒服晕倒了，所以这次 SPA 也临时取消了。技师被送去了医院，我就打算去酒店的咖啡厅找你爸爸。"

不等妈妈说完，齐溪其实已经猜测到了发展。然而再次从妈妈嘴里听到自己的猜测成真，齐溪仍旧觉得深受打击。

"但你爸爸不在咖啡厅。"奚雯的声音已经变得几近支离破碎，"我找了一圈，发现他不在原本等着的座位上。也是巧了，我抬头就看到他正从卫生间出来，刚想叫住他，却发现他并没有往咖啡厅那边走，而是朝酒店健身房和游泳池的方向走。

"前几天我刚调侃过他最近有点小肚子，想着他是不是虽然当时不在意，其实内心介意得要死，准备偷偷去减肥。为了不下他的面子，我就偷偷跟着他，结果他去的不是健身房的器械区，而是酒店的游泳池……但他根本不会游泳，他小时候落水过，所以对水还有点心理阴影。我有点好奇，不知道他为什么放着器械不练，竟然打算一把年纪了学游泳，所以就跟了上去……"

齐溪只感觉血液往头上涌，所以齐瑞明是去游泳池私会王娟了吗？如果妈妈看到了这么恶心的场面……

可齐溪没想到的是，奚雯看到的，是比齐瑞明和王娟亲密互动更恶心的情景："结果我发现，你爸确实不是去游泳的，他是去看一个小孩游泳的。"

齐溪愣了愣。

明明此刻气温并不低，但奚雯的声音像是从冰天雪地里发出的，齐溪甚至能听到她牙齿微微打战的声音："是个男孩子，十来岁的样子。"

齐溪一下子没反应过来，直到奚雯的下一句话像是一桶冰水把她从头浇到尾："和你爸长得很像。"

人在特别大的打击和痛苦面前，为了自我保护，常常会关闭一些过分敏锐的感官，原本齐溪从不认为这种话是对的，然而直至这一刻，她才意识到是真的。

奚雯的声音并没有变轻，然而齐溪却觉得她的声音变得很遥远，像是从梦里发出来的，好像她和妈妈实际并没有打这一通电话，这一切不过是齐溪的一个梦境。

"我听到那个男孩子，喊了你爸'爸爸'。"

齐溪已经不记得自己是怎么和妈妈挂掉电话的。她浑身发抖，像个严重的帕金森病人，同时狂犬病发作，以至于怕光、怕人、怕外界的一切声音。

如果她能找到地洞躲起来，就像冬眠的熊一样，不论有多少风雪，只要闭着眼睛睡觉，待到春天再苏醒，就自然而然是冰雪消融、春暖花开，那该有多好。

然而齐溪觉得自己像是被丢进了密室的求生者，面对四面的围墙逃无可逃。

再恶心、再三观崩塌，她也不得不去面对这些事情。

她以为发现爸爸出轨王娟已经是足够没有底线和操守的行为，然而她没想到，爸爸对这个家庭的背叛，比她想的还离谱。

结束球赛后，是顾衍一路陪着齐溪回的租住的房子。赵依然今晚加班，因此屋内就只有顾衍和齐溪。原本齐溪还打算趁着这个空当和顾衍好好合计合计调查取证的方向，只是没想到计划最终赶不上变化。

在电话里，齐溪只能简短地安抚奚雯。好在奚雯虽然受了很大的打击，但理智尚存，并没有打草惊蛇直接冲进去和齐瑞明对峙，反而还在安抚齐溪："溪溪，别担心，妈妈知道要怎么办。"

在齐溪的不断安慰和陪伴聊天下，奚雯的情绪渐渐平缓了下来。她的声音仍旧微微打战，但情绪听起来平稳了些："妈妈不会冲动做傻事，你也不要立刻回家，会引起你爸的怀疑。这件事还是要从长计议。如果你爸真做了对不起我的事，在外面养了一个十岁左右的儿子，他一定计划得缜密完善。我今晚不能露出破绽，所以我还是会假装按时做完了SPA，再跟着你爸一起回家。你千万不要这时候冲回家和你爸对峙，也不要打电话给你爸，你就只管做好你自己的事，你爸爸的事，妈妈会处理。"

虽然齐溪也是家庭的一分子，但遭遇配偶出轨甚至可能在外有私生子的重大背叛，女儿和妻子的感受完全是不同的。齐溪作为子女，已经感觉到天崩地裂，更难想象一直以来对齐瑞明那么信任的妈妈，此时此刻是什么心情——妈妈几乎是在毫无防备的情况下遭受了灭顶之灾般的打击。

然而直到此刻，明明她才是最大的受害人，奚雯却还在安慰着自己，还在试图保护自己不受这样丑恶事情的影响。

齐溪在发现齐瑞明出轨时都没流下的眼泪，此刻终于忍不住，扑簌簌地掉了下来。

虽然齐溪努力咬住了嘴唇不发出声音，但即便隔着电话，奚雯还是很快洞察了齐溪的情绪。在这样的情境下，她的声音仍旧带着温和而让人安定的力量："溪溪，你不要害怕，也不要哭。你放心，妈妈会保护你，会保护这个家。即便没了你爸爸，只要有妈妈在，你就还有家，妈妈会竭尽所能，争取我们应该得到的东西。"

奚雯的声音已经变得冷静起来："如果你爸爸真做出这种事，我绝对不会原谅他。虽然我也知道你肯定更希望有一个完整的家，但妈妈这次给不了你了，希望你也能理解妈妈。"

齐溪当然可以理解妈妈，她的眼泪根本止不住，几乎是立刻表明了态度："妈妈，不论你想怎么做，我都无条件支持你！你不要顾及我的感受，做对得起你自己的决定就好。"

直到挂了电话，齐溪还是忍不住难受和自责。

一直以来，因为妈妈没有在职场上厮杀，性格又总是显得温和软糯，以至于齐溪也对她产生了误解。齐溪总以为，即便妈妈知道爸爸出轨，只要爸爸没有太离谱，或许妈妈都是不会离开爸爸的。

齐溪这一代人，能够忍受婚姻里带来的背叛和不快乐的是少数，但她此前经办过艾翔的案子，也多少知道不能以自己的价值观去要求他人，尤其是年纪比自己大的那代女性，她们成长时的社会思潮和自己的不同，因此在遭遇配偶背叛时，做出的决定也不同。

为此，齐溪甚至挣扎地想过，如果妈妈想继续和爸爸过下去，她也只能尊重，规劝自己想开点。

只是事到临头，她才发现自己对妈妈并不那么了解。

奚雯比她想的更加坚强，也更不能容忍背叛。

原本齐溪还担心妈妈万一不愿意离婚，那知道出轨了是否是徒增烦恼，但如今见妈妈如此的态度，终于松了一口气。

只是松了口气之后，齐溪也开始有些羞愧起来，她明明是个成年人了，但遇到这种事，竟然不仅没能站出来保护妈妈，还需要妈妈顾忌着她。

齐溪意识到，自己在洞察爸爸出轨后，不能再沉浸在受害者的情绪里自怨自艾或者痛苦为什么会发生这种事，她得去做她应该做的事。

她必须站出来保护妈妈。

她都是个成年人了，已经工作了，不应该还要让妈妈保护她了。

既然妈妈都已经表明了态度，齐溪觉得自己就没任何需要束手束脚的了。

婚姻里一旦一方出现出轨，而另一方决心离婚，那最重要的就是抢占先机取证。

奚雯让齐溪不要回家的策略是对的，因为像这样表现得更加平常，才不会引起齐瑞明的怀疑。

虽然脸色惨白情绪也很复杂，但齐溪还是和顾衍简单讲述了妈妈的发现。她深吸了一口气：“所以，我爸大概率是在外面有了私生子。我怀疑这个私生子就是王娟生的，因为这样也对得上王娟为什么这么多年没有工作还有人养，为什么我爸挺抠门的一个人，愿意给她下血本买包，不是仅仅因为出轨，是因为她是他儿子的妈。”

顾衍的脸上是真实的愕然和惊讶，像是愣了愣，继而才轻轻拉住了齐溪的手：“你还好吗齐溪？需要我给你热杯牛奶缓一缓吗？”

顾衍的声音非常温和，仿佛怕稍微提高任何一点声音都会吓到齐溪：“今晚要不要早点休息，再大的事情明天再说。”

齐溪知道顾衍是好意，但她还是摇了摇头：“不用，我想尽快把证据链完善下。”

顾衍没有放开齐溪的手，他的语气也很坚定：“那我留下来陪你，等赵依然回家了我再走。这样的情况下，我不放心你一个人在家。”

齐溪抹了抹眼泪。她现在真的很需要有人陪伴，也不再矫情和逞强，只是红着眼睛对顾衍点了点头。

大概是被妈妈的一番话带动起了干劲，齐溪几乎是很快就进入到自己职业的思维方式里："如果我妈要离婚，那我肯定要为我妈妈争取尽可能多的财产分割。"

齐溪一旦擦干眼泪回到专业的领域，声音也变得冷静起来："那么首先可以先取证证明我爸确实出轨了，一来是拍到他和王娟出轨的证据，二来则是找到金钱上蛛丝马迹的来往。

"第一种方式最直白，但按照我爸出轨十来年都没被发现的情况来说，他应该非常小心；更何况王娟现在就在他的律所，他平时完全可以打着工作的幌子和王娟有合理的接触，即便我拍到他和王娟在一起的照片，他也完全可以用只是关系比较好的工作伙伴来解释推脱。"

顾衍点了点头："没错，所以我们更应该从第二种方式入手。但现在银行非常保护个人隐私，即便你们能偷偷拿到你爸爸的身份证，只要不是本人亲自去，也没法调取银行卡流水。"

顾衍的分析齐溪不是不知道，她咬了咬嘴唇，短暂地皱了下眉，不过很快眼睛亮了起来："但可以利用微信！我爸肯定会和王娟加微信，微信上肯定也会有转账。现在法院认定出轨很多就从微信转账来看，一旦能找到多次长久的 1314、520 这类有特殊意义的转账款，就可以推定是出轨！"

"但微信转账取证的话，司法实践里，几乎是得靠配偶自己去找对方手机取证了。"

齐溪知道顾衍说的是事实，如今即便去法院起诉，法院也不可能强制调取他人手机里的聊天记录和转账记录。齐溪曾经研读过法院判例，诸如婚内出轨将婚内财产多次打给出轨对象的，这类转账记录都只能由被出轨人拿到出轨者手机完成取证。

如果没记错，齐瑞明号称明天就要出差，齐溪生怕久则生变，当即给奚雯打了个电话。

大概是为了找个远离齐瑞明的安全地方接电话，电话过了片刻才被奚雯接通。

齐溪也来不及说别的，只言简意赅说了自己的取证思路："妈妈，你最好拿到他的手机，微信里肯定会有各种蛛丝马迹，除了转账记录外还有聊天记录，聊天记录可以证明出轨，转账记录里的钱则都可以起诉要求对方返还属于你的那部分，因为这都是婚内共同财产。"

奚雯毕竟遭受重创，声音听起来有一些疲惫，但非常配合齐溪："溪溪，那你告诉妈妈，应该怎么做？"她有些局促，"虽然我也学了法律，可没怎么工作过。微信上的转账记录，直接截图就行吗？这样作为证据可以吗？"

"妈妈，你先拿到爸爸手机，点开微信找到账单，点下载账单，然后微信会跳出两个选项，一个是用于个人对账，一个是用作证明材料。你选择用作证明材料的那一项，这样导出来的电子账单，会加盖公章，里面有他全部的交易明细，可以用来作为财产纠纷、诉讼的证明材料，法院是认可的。"

齐溪一边拿着自己的手机一步步操作，一边指导妈妈："点了用作证明材料后，你需要选一下账单时间，然后填一下接收这份材料的邮箱，之后会跳出一个页面，要求你填写微信主人的姓名和身份证号码，这些你就照着我爸的真实信息填；之后就到最后一步了，这一步很关键，因为要输入一下微信的支付密码。爸爸的支付密码，你知道会常用哪几个吗？"

电话那端的奚雯听得非常认真："我知道你爸大概会用哪几个密码，八九不离十。"

奚雯像是在走路，齐溪听到了她那端开门关门的声音。

齐溪只是以为妈妈在走动，却没想到，没隔多久，奚雯就压低声音道："溪溪，你爸爸正好在洗澡，手机放在外面充电，我现在拿到他的手机了。"

齐溪的心跳如鼓，她没想到这一切能这么快实施起来。

电话那端，奚雯大概正在按照齐溪此前的指导取证电子账单，电话里只能听到她微微紧张急促的喘息声。

片刻后，奚雯道："我在你爸的微信上收到微信支付发来的电子证明发送成功通知了。"

"妈妈，这个发送成功的通知里有个解压码，记下解压码。你记下后，把这条推送通知删除，这样就不会给爸爸留下痕迹，他也不会知道我们用他的手机申请过微细账单明细证明。而这份电子账单会发送到你填的邮箱，你用解压码就可以打开文件了，这样就可以获取他的电子转账明细。"

"好。"

奚雯应和后，有一小会儿没发出声音，大概是去解压文件了。而没多久后，齐溪才听到了妈妈压抑但痛苦的声音："溪溪，我申请了你爸一年的转账记录，有很多 1314 和 520，但更多的是 52000 和 5200……"

因为已经有心理准备，对于这样再次坐实出轨，齐溪已经变得没有那么大的震撼，心里只有巨大的愤怒和仇恨——妈妈体贴齐瑞明工作辛苦忙碌，因此从来在生活上非常节俭，用的也都不是名牌货，有时候甚至一年的开销都没有王娟一次收到的红包大。

可齐明瑞，对自己和妈妈这么抠抠搜搜，对王娟却大方得很。

齐溪的心里像是燃烧着一把火，她此时此刻已经没有别的想法，心里只有一个目标——她不能原谅，也不能甘心，她一定要把这些钱，都从王娟那里要回来。

如今的时机没有给齐溪和齐溪妈妈任何喘息的机会，齐瑞明任何时候都可能洗完澡吹完头出来找手机，这次的取证几乎是分秒必争的，因此，齐溪几乎没有停顿，继续道："妈妈，现在你邮箱里拿到了账单，转账金额里已经有 1314、520 这样敏感的转账，光是这一点就可以从法律上证明他出轨了。另外，找到这个转账的对象后，妈妈，还需要你干一件事，你要点进这个 520、1314 转账的电子账单，在账单服务里找到申请转账的电子凭证，把每一张这个金额的账单，都申请一下。"

因为要防着齐瑞明出现，母女俩都十分紧张，奚雯的声音更是带了点颤抖："我点了，但是显示'当前申请的电子凭证包含个人重要敏感信息，为保护信息安全，请输入对方姓名进行验证'。"

妈妈的声音听起来快哭了："溪溪，可我们不知道对方的名字啊。"

"'王娟'，妈妈，你输这个名字。"

奚雯应了一声，短暂的停顿后，她才重新开了口："溪溪，已经申请成功了。"

能申请成功，说明齐瑞明转账的对象确实就是王娟，因此才能认证成功得到电子凭证。

至此，一切尘埃落定，不用再怀疑也不用再抱有任何不切实际的期待，王娟确确实实就是爸爸的出轨对象，爸爸那些有示爱意味特殊金额的钱确实都是打给她的。

奚雯显然非常意外为什么齐溪会知道这出轨对象的名字，但齐溪此刻没有时间解释那么多了，她只能简单道："妈妈，王娟现在在爸爸所里工作，三十岁左右，具体我怎么知道的，还有一些别的事，晚点和你详细说。"

齐溪的心里是滔天的愤怒和被背叛后的伤害感，但此刻还不是能放纵愤怒和悲伤的时候，她咬着牙，努力冷静道："妈妈，现在把这些转账记录都申请电子凭证，一会儿你就会得到微信支付推送给你的电子证明，你下载转账电子凭证后，就把微信支付推送来的消息删除。"

奚雯这一次已经熟练："知道，毁尸灭迹，妈妈会搞定的。"

齐溪和顾衍合作过，和顾雪涵配合过，和竞合所里别的同事也都互相帮助过，但这是她有生以来第一次，在自己的专业领域和妈妈携手。

奚雯虽然早已经脱离职场多年，对当今电子取证手段也不甚了解，但齐溪的讲解很快补足了她知识上的不足，两人联手完成了这一次简单的取证。奚雯这才起忙把齐瑞明的手机放回了原位充电，然后才继续回到书房和齐溪讲电话。

"溪溪，我大致扫了一下电子账单，我怀疑你爸爸微信上转给王娟的钱并不是大头，平时肯定有用银行卡定期转生活费和开销给对方。他们的儿子看着也十岁左右了，开销不会少。明天他会去出差，我会利用他不在的机会，去翻一翻他的发票袋。"

奚雯的声音虽然还有些微微的不稳，但逻辑通顺清晰："平时你爸为了方便报销，或者给所里做成本，只要花钱能开发票的，都会有开，几乎已经养成习惯了，而因为怕麻烦，每次他发票都会累积个大半年才一起给所里的财务，最近这半年的发票袋还在家里。"

奚雯顿了顿，这才继续道："他和王娟出去消费，一定会开发票。我们只要把近半年餐饮发票里的餐厅都标注出来，看看在哪儿附近就餐最频繁，就能找到他把王娟养着的大致地点了。"

遭遇到了重大的背叛和毁天灭地般的家庭破碎，不论是齐溪自己还是奚雯，心里都是痛苦而杂乱的，然而这一刻，对齐溪而言又是非常难以形容的体验。

她从没想过有朝一日会和妈妈一起就法律专业的取证问题讨论合作，而妈妈好像总是能给齐溪惊喜。

也是这一刻，齐溪才真真切切感受到了妈妈曾经是容大法学院优秀毕业生的光芒。

从前，奚雯只是齐溪眼里温柔包容的妈妈，但如今，齐溪才体悟到，她也是自己的校友，自己的前辈，和自己同样接受过专业的法学教育，所学的一切也并没有完全荒废。

"另外，你爸明天出差是坐飞机，会让陈师傅直接接他去机场，他的车会留在家里。妈妈明天去找他行车记录仪里的 SD 卡，还有他平时导航里搜索、常用的地址，也应该有用。"

奚雯条理清晰，在电子证据的取证上她不如齐溪那么熟练，但在别的证据上，她的缜密程度并不输给齐溪："你爸和那个王娟，应该很多年了，而且有小孩的话，绝对不止平时给点现金这么简单；你也和妈妈说了，这出轨对象才三十岁左右，愿意给你爸生儿子，肯定是得到了大的好处。"

没错，就是这样。

奚雯接着分析道："所以你爸肯定一直有私藏婚内财产，大概率已经给对方买了房和车，平时吃穿用度给的也不会少，所以我们要找到所有的证据线索，去拿到他转移掉的财产的具体信息。"

齐溪的呼吸变得有一些急促，但眼睛却亮了起来，找到了那种完全沉浸到工作中解决了某个难题时的投入感，因此连愤怒和悲伤都被冲淡许多："妈妈，你的意思是我们要把他转移的财产都挖出来？"

"嗯。"

齐溪真心实意道："妈妈，你知不知道你真的很适合当律师？"她忍不住有些惋惜和难受，"为了我、为了我爸牺牲自己的事业，真的太可惜了。如果你当初和他一起创业，是不是就不会……"

"溪溪，妈妈从不后悔为了照顾你选择不去职场，你也不要为此自责。孩子不是自己选择到这个世界的，是妈妈选择把你生出来，理所应当应该照顾你，你没什么对不起我的。辞职是妈妈自己的选择，所以现在也是妈妈自己应该承担的后果。"

即便是此刻，奚雯痛苦的声音里都带着温柔："我辞职在家这些年里，也不是不快乐，也有很多美好的回忆，只是现在情况变了。你爸这样对我，我永远不可能原谅他，也永远不可能回到过去。

"所以，我也不会去想如果，不会去假设如果我没辞职，如果我和你爸一起创业，如果我每天看着你爸，是不是你爸就没机会出轨，因为现在木已成舟，再想这些没有意义，我只想放眼往前看。你爸对不起我，我会要他付出代价。"

齐溪这一刻才真正理解了妈妈的温柔。真正的温柔应当如蒲草，看起来柔柔弱弱被风一吹就弯腰，然而正因为这种随着情势能任意转换身姿的柔韧，才是永不折断坚韧的精髓。不论外界多大的风雨，蒲草即便在风雨里飘摇，也仍旧不屈服地生长。

齐溪的心里升腾起一股信念。

她和她的妈妈一样，都是法律人，法律人不应该白白吃了暗亏；正因为是法律人，她们更应该拿出最拼命的态度去用尽自己所学维护自己的权益，让婚姻的过错方付出代价。

不论是齐瑞明，还是齐瑞明的出轨对象，一个也跑不了。

齐溪绝不原谅。

顾雪涵说的没错，让一个男人知道错误的代价，最直白的就是拿走他的钱，男人那么自私自爱，只有钱才会让他们真正地痛心疾首。

说干就干，第二天一早，齐溪爸爸前脚刚去机场，奚雯没多久后就发来了整理好的可疑发票照片以及行车记录仪里她筛选下来的可疑地点。

齐瑞明不仅出轨，竟然还有一个十岁左右的儿子，这原本是天塌下来的打击，齐溪也确实为此整夜失眠痛哭，但除去痛苦之外，为妈妈讨回公道，让破坏婚姻契约的人遭到惩罚，成了支撑齐溪走下去的动力。

即便一夜没睡，她此刻犹如打了鸡血一样，思维清晰头脑活跃。

顾衍则全程陪在齐溪身边，很自然地和齐溪筛选起票据里的信息来。两个人都全心全意地投入，工作效率非常高，很快，他们就确定好了可疑的商圈地点——齐瑞明近半年来，每周都有两天会定期去离家和自己的律所都很远的城南的 CBD 区吃饭。

"所以我爸给出轨对象买或租的房子，大概率在这一片。"齐溪在容市地图的城南片区上画了一个圈，"出轨对象的孩子大约十岁，出轨对象也是大约十年前突然从瑞明离职的，我推测当时她就怀了孩子，所以匆忙辞职去养胎生孩子了，毕竟等肚子大出来后容易露馅，而且很可能已经通过熟人渠道确定孩子是男孩。我爸那种重男轻女的人，恐怕得知是儿子后欣喜若狂，才会让王娟留下孩子。要真查出来是个女孩，按照我爸的德行，肯定早给钱让人打了。"

顾衍点了点头："出轨对象也应该是趁着有了儿子的当口，占据主动权找你爸谈对价的，所以如果是房产和车，也应该是孩子生出来之前谈的，毕竟你爸爸求子心切，只要威胁他不满足要求就打胎就行了。"

齐溪想的也是如此。王娟显然求的是通过不正当手段走捷径，根本不可能说和齐瑞明搞在一起是为了爱情，不过是不愿意自己付出努力，就想获得"白富美"的生活体验，明显是目的性很强的女人，不太可能会同意租房，大概率是会要求齐瑞明买房。

那么……

"是不是可以看一下十年前时哪几个是这一带比较好的小区？"

齐溪带着这样的目标，又把周围的小区缩小了，圈中了零星几个小区。

奚雯虽然也发来了齐瑞明的导航信息和行车记录仪内容，但齐瑞明毕竟也是律师，显然这么多年里，早就养成了定期删除记录的习惯，因此并没有留下明显的痕迹。但好在人只要做了某件事，即便微小，也会留下证据。

利用发票上的餐饮店地址缩小排查小区后，再搭配零星的行车记录仪和导航残留信息，这样一交叉，齐溪很快圈出了唯一一个符合要求的小区。

在二手房网站上，齐溪可以查到，这个小区在十年前也算是比较高档的小区，都是小洋房，当年价格在一百多万，而十年间随着房价的暴涨，如今一套均价已经在六百万左右。

虽然微信上的那些转账要求王娟返还是妥妥的没问题了，但大头还是房产。而起诉婚内财产返还，是需要精准知道王娟这套房产地址的，另外还需要能证明出资款来自齐瑞明，或者证明王娟没有正当收入，因此有极大可能购房款来自齐瑞明，以此证明齐瑞明大概率利用这套房产隐匿婚内正常收入，这才有可能在离婚分割时，以对方隐匿婚内财产为理由申请法院查询齐瑞明存款和财产流动状况。

因此此刻，还只能算是万里长征第一步。

不过功夫不负有心人，虽然齐瑞明平时注意得很，但大概真的因为十年来隐瞒得都没露出过马脚，他到底也有些自负大意了，齐溪在他的导航查询记录里，找到了一条学校的信息。

容市枫凌国际学校。

顾衍也看到了这条信息，皱了皱眉："我听过这个学校，是个很贵的私立国际学校，是和国外合办的，双语教学，从幼儿园到高中都有开班。"

他看了齐溪一眼，眼里有些心疼，欲言又止道："这学校在容市属于非富即贵才去上的，每年光是学费就在二十万左右。我姐有个朋友的孩子在那儿上学，但说实际花费远远不止二十万，因为国际学校有很多活动，诸如寒暑假海外游学之类，这些项目都要加钱，基本里边的小孩子都会参加，否则假期过后都和其余同学没什么共同话题。因为是合作办学的私立学校，用的是国外的那一套教学体系，所以毕业后，这些小孩基本也都会去国外留学，比如 M 国。你知道的，那边的留学费用都不便宜……"

顾衍很顾忌齐溪的感受，因此只是点到为止，但他没有说出的话，齐溪已经立刻懂了。

她爸爸的那个私生子多半正在这个学校里，花着每年二十几万的钱，享受着无忧无虑的贵族教育，而王娟也母凭子贵，得到了靠自己一辈子都买不上的房子以及享受不到的生活。

齐溪突然就觉得有些悲凉，看向顾衍，自嘲地笑了下："你知道吗？我最终放弃去 M 国，是因为我爸爸一分钱的支持也不愿意提供给我，他说他没钱了，而 M 国学费太贵了。"

事情发生以来，齐溪一直以为自己已经足够坚强，然而她忘记了，饶是再坚强，她毕竟对齐瑞明曾有过期待，她也是会受伤的。

原来他不是没有钱才不肯支持自己去国外进修，不过是因为打算把所有的钱留给儿子，因为儿子才是齐瑞明觉得最重要的人，而齐溪这样的女儿，不论多努力多优秀，也不配花他的钱。

齐溪的心里愤怒而绝望。

就因为自己是个女孩，齐瑞明就为了要男孩不惜做出这种违背人伦道德的事吗？

就因为自己是个女孩，不论多刻苦，永远是低人一等吗？

凭什么？

"齐溪，你先冷静下来，不要生气，不值得。"

在齐溪情绪濒临崩溃的时候，顾衍给了她一个拥抱。他温柔地拍着齐溪的背，像对一个小孩一样笨拙但努力地安抚着她："我知道你非常愤怒也非常痛苦，但这些情绪除了伤害你自己之外，带不来任何帮助。

"你不用去为了得到他的肯定而证明什么，你的优秀和努力根本不需要任何第三人的认可，因为你本来就很优秀。人只要自己能认可自己，自己坚信自己做的是对的，就会足够强大了。"

是了，何必要追求别人的认可？变得优秀不应该是目的，而应该珍重过程，只要自己在追求优秀的过程里成长了，何必在意最终的结果？得没得到第一名不重要，重要的是在追求成为第一名的过程里，自己变得比过去的自己更好了，不就可以了吗？

毕竟真正优秀的人，根本不需要一纸成绩单或者一张奖状或一份排名去证明什么，要成为一个优秀的人，首先要有的是对自己的信心呀！

也许齐溪一直以来追逐的东西就是错的。

她根本不需要齐瑞明的肯定，她就是她。

她是偶尔会脆弱，是有时候情绪化，容易被感动的，但也是能破釜沉舟、能咬定目标不松口的女生。

女生不会因为这个性别就不如男生，但女生不需要为此去拼命证明什么。

顾衍的声音像是久旱里的甘霖，齐溪只觉得自己龟裂的内心也重新变得湿润了起来。顾衍见她情绪好转，才放开了拍着她后背的手："所以从当事人的角度里抽离出来，这样才能更客观地分析问题。不如我们把这当成一个你经手的案子，你的妈妈是你的当事人，而你的爸爸代理着干娘和她的儿子，是我们的对立阵营，我陪着你一起，在专业的角度上，打败你爸爸。

"他现在将不再是你的爸爸，而是和你同台竞技的一个律师，你完完全全，可以用自己的专业能力，碾压他，击垮他和他的当事人，让他们输得彻底狼狈。"

顾衍说着，伸出了小拇指："我们拉钩。"

齐溪看着顾衍，他的表情认真而严肃，明明没有说任何煽情的话语，然而齐溪只觉得心跳加速，是心动，也是燃起斗志和好胜心的血性。

齐溪就这样望着顾衍的眼睛，郑重地伸出了手指："拉钩。"

这场仗，她要赢。

为了专心调查，顾衍帮齐溪分摊了工作上的事，好让齐溪能腾出时间去取证。

为了不辜负顾衍的苦心，齐溪一分钟也没浪费。

她心里已经有了大致的计划。

齐溪先登录了微博，点进了"涓涓细流"的主页。果不其然，这次齐瑞明出差，王娟又陪同一起去了，正在社交媒体上努力营造成功忙碌律师的形象——

> 又要出差了，这个月简直是空中飞人了。

为了真实性，这女的还放了个容市机场的定位。

齐溪从没有哪一次这么感谢过社交媒体。

幸而齐瑞明和王娟都不在容市，没有办法突然意识到什么，从而阻止齐溪的调查取证，因此齐溪要趁着这个时机，把该处理的事都处理完毕。

她几乎是立刻跑了瑞明所一趟，号称自己正在附近见客户，中午把李姐给约了出来。

"李姐，上次下大雨那天，幸好你给我毛巾擦干，不然我肯定要得病了。趁着今天正好在附近办事，我想怎么的也得请你吃个饭感谢一下。"

有上次的事做由头，李姐一点也没怀疑，笑呵呵地和齐溪说不必在意。

　　李姐是瑞明的老员工了，都能算是看着齐溪长大的，本来对齐溪就有亲切感；如今两个人一桌吃饭，李姐正苦恼儿子快要高考了，未来选专业的事齐溪以过来人身份给了不少建议，两人的距离很快就拉近了。

　　见时机成熟，齐溪话锋一转："对了李姐，我妈上次生日会，我爸给搞了一个别开生面的排场，还说是所里的律师帮忙安排的，我听说是王娟律师，是吧？"

　　既然连自己的妻子都能隐瞒十年，连妻子都毫无觉察，齐溪推测，齐瑞明和王娟的关系对外一定也是保密的，否则世上没有不透风的墙，齐瑞明在外有婚外情，这事早就会传进妈妈的耳朵里了。

　　齐溪几乎是这句话刚问完，就目不转睛地观察着李姐的表情。果不其然，她的脸上连一丝一毫的波动都没有，眼神也毫无躲闪的意图，甚至连尴尬、惊讶或者一秒的停顿都没有，明显对齐瑞明和王娟之间真实的关系毫无所察。

　　因此，李姐对齐溪这个问题不疑有他，连连点头："是王娟，都是她给安排的，连你妈那个过生日的礼物包，都是你爸爸找她挑的，还直夸她会办事呢。"

　　李姐说者无心，齐溪听了却是几近按捺不住的愤怒。

　　齐瑞明不仅让王娟给妈妈安排生日宴会场，甚至连那个包都是让她挑的！她也有脸？

　　仗着枫凌国际学校是周一到周五寄宿制的学校，这王娟倒是生个孩子一劳永逸，平时不用带孩子，高昂的学费都由齐瑞明出，自己平时就负责貌美如花，伸手问齐瑞明要钱；然后齐瑞明上哪儿，她就盯着上哪儿游山玩水，顺带还能在微博营造一个独立工作的人设，可真是什么好处都给她占了。

　　齐溪忍着恶心，一脸笑容道："确实挑得好，我妈可开心了。听我爸说是所里律师安排的生日活动，一直想感谢来着，我妈千叮万嘱让我给王娟律师送份小礼物，不过我爸死活不同意，说这样给所里其余同事看到了不太好，就会觉得王娟律师和老板家有私交，对王律师影响不好。"

齐溪装出埋怨爸爸的样子，嘟囔道："不然我就直接来所里当面给王律师感谢了，现在这样，也不知道下次回家怎么和我妈交差了。"

李姐一脸了然："哎呀，我们齐律师就是这方面讲究。其实瑞明所的同事大部分很固定，处着处着以后也都和家人似的，有点私交不是很正常吗？"

齐溪皱了皱眉，露出很无语的表情："就是呀！也就我爸那个死脑筋！"

齐溪说到这里，话锋一转道："所以李姐，你能不能把王律师的家庭住址给我欸？我就把小礼物快递给她，然后私下给她发个短信，约出来吃个饭感谢下，这样我爸也不会知道。"

李姐本就是个热心人，此刻对面坐着的又是老板的女儿，一点都没怀疑，当即点头道："没问题，你等着，我马上回去翻下行政档案，把她的地址发你。"

齐溪露出了吃这顿饭以来第一个真心实意的笑容，松了口气，又和李姐聊了些别的，这才告辞。

不多一会儿，在回程的路上，她就收到了李姐发来的信息——

项城花园 6 栋 403 室。

果不其然，王娟的现住址和齐溪此前排查的小区一模一样。

不过这一次，齐溪拿到了王娟详细的地址以及她的联系电话。

她回到律所，几乎是马不停蹄地就和顾衍分享了她的成果，并且把王娟的手机号给了顾衍。

确认好王娟的住址后，下一步就是确认这套房确实是王娟名下的，而非王娟租住的了。

顾衍找了个会议室，当即就给王娟拨打了电话："您好，请问您是项城花园 6 栋 403 的住户王娟女士吗？"

顾衍开的免提，果不其然，电话那端的王娟的声音非常疑惑："什么事？你是谁？"

"您好，我这边之前在房产中介的网站上看到了您这套房源，很想买下，通过一些私人渠道得到了您的联系方式，想不通过中介我们私下交易……"

王娟像是有些不耐烦了："我不卖！我不知道你是从什么地方拿到我联系方式的，但我从没和中介合作过说要出售这套房……"

"那您是业主本人吗？还是您只是房客？是房客的话方便给我业主的联系方式吗？"

因为顾衍的纠缠，电话那端的王娟果然生气了："你这个人听不懂人话啊？我都说了我不卖了！当然我是业主！房子不卖！你再骚扰我，我报警了！"

她怒气冲冲地说完，当即挂断了电话。

顾衍松了口气，关掉了录音键，保存好录音发给齐溪，然后他看了齐溪一眼："确认完毕，房子就是登记在她名下的。"

以王娟的出身背景以及工作履历，绝无可能靠自己买得起这套房，那么这套房不用说，必然是齐瑞明以婚内财产给王娟买的。

齐溪把所有的证据全部分门别类整理好。

此时已经接近下班时间，她一点时间也没浪费，径自直奔此前妈妈做 SPA 的酒店健身房游泳池。

见她并非是健身房会员，又是新面孔，健身房的销售很快就热情地迎了上来："美女，有什么我可以帮忙的吗？"

"哦，我弟弟想报个游泳班，我正好有空，想过来考察考察游泳池的情况。"

这销售一听有生意上门，当即态度更热情了："那你可真是来对了，我们最近正在搞活动呢，游泳课包都有优惠。你弟弟多大年纪啦？要不要上一对一的私教课？"

"我弟弟十岁，也就上小学。"齐溪露出忐忑的表情，"学游泳会不会太小了啊？"

"不小不小！我们这就有很多这个年纪的男孩子！"

销售一边说，一边就带着齐溪往游泳池附近走："你要不换个拖鞋，我带你进游泳池看看环境？我们这恒温水池，每天消毒，现在正好在消毒时间，所以也没有客户，可以带你转一圈。我们这儿的环境维护得非常好的。"

齐溪装模作样看了一圈，提了几个问题，装出真的非常动心想报名的样子，但很快，又露出了迟疑的神色："可我弟弟学校离这儿太远了，平时都寄宿的，只有周末才能回家，可周末早就排好别的兴趣班了，都没时间啊……"

"哎呀，美女，这容市大市范围里交通那么发达，再远能有多远？你弟弟哪个学校的啊？"

"我弟弟是枫凌国际学校的。"

销售一听，当即接嘴道："那你可不用担心了！说来巧，我们这儿就有这学校的男孩来报游泳私教的。"他拍了拍脑门，像是想起来什么一样，"你还别说，和你弟弟还是同龄，也是十岁呢！他也寄宿，但是说和学校请假就没事，每周有一天晚上来我们这儿上一对一私教课的呢。"

销售相当热情："确实，枫凌国际学校离咱们酒店是有点远，但是呢，我们的教练确实好，所以这孩子的爸爸就来看了一眼，就当场定下把孩子的游泳课放到我们这儿了。"

呵呵，可不是吗？

毕竟齐瑞明想儿子想得发疯，平时为了隐瞒又不能大张旗鼓去见儿子，恐怕想得不行，但怕露馅，只能利用奚雯上酒店做 SPA 的时候，以陪同等候妻子做 SPA 的名义，来私会一下他的宝贝儿子。

所以不论这酒店的游泳教练有多差，齐瑞明都会把他儿子的游泳课约在这里的，毕竟上游泳课是次要的，见宝贝儿子才是重要的。

但齐溪面上什么也没展露，只恰到好处地露出了讶异的目光："哎呀，他叫什么名字呀？没准和我弟弟是同学呢，我赶紧和我弟弟说说去。他这孩子吧，对游泳这种体育锻炼也不热情，但又有点哮喘，我们家里也是希望他身体好些想让他学游泳。"

齐溪补充道："要是他知道有同学也在这儿学，没准就肯来了！"

销售只想着赶紧卖课，又听说齐溪弟弟是在这所贵族国际私立学校的，只觉得又来了一条大鱼，当即道："那男孩名字叫王齐亮！"

"姓王啊，我弟班里好几个姓王的呢，'王齐亮'三个字怎么写啊？"

销售没多想："齐齐整整的齐，明亮的亮。我想想啊，枫凌国际学校二年级 A 班的，当初就从我这儿报名的，报了私教一对一的，效果挺好的，如今都快学会啦……"

王齐亮。

光这个名字，齐溪就能确定这绝对就是齐瑞明和王娟的私生子了，因为这完全就是齐瑞明取名时的风格——他喜欢把男女双方的姓氏嵌在小孩的名字里，偷懒地美其名曰这样的孩子才是父母爱情的结晶。

比如齐溪名字里的"溪"，就来自于妈妈奚雯的"奚"字谐音。

只是当初齐溪有多喜欢自己名字，如今听着"王齐亮"三个字，就觉得有多恶心。

王娟和齐瑞明生命的亮光吗？

可真是无耻至极。

齐溪的内心满是愤怒和仇恨，只觉得这个名字简直就像个黑色幽默。

她的内心充满了冷冷的嘲讽，但面上拿捏得很好，什么也没露出来，只颇为遗憾道："哎呀，A 班呀，那有点可惜，和我弟弟不是一个班的。"

此后，齐溪又问了几个关于课包和一对一私教的问题，和这销售加了个微信，这才转身告辞。

很好，如今来说，敌在明，我在暗。

至此，齐溪已经基本摸清楚了王娟和那私生子的大致情况。

离齐瑞明和王娟回容市还有两天时间，这两天时间，齐溪有把握，足够她和顾衍以及妈妈坐下来一起把所有证据关联起来，再从蛛丝马迹里寻找别的财产线索列明清单，也足够齐溪想一想之后怎么对付这对寡廉鲜耻的出轨男女。

以往但凡齐瑞明看个电视剧，总要对电视剧情节里女生哭哭啼啼表达自己的看不上，齐溪直到现在都记得他是怎么说的："女的就不行，只知道一哭二闹三上吊，一点本事没有。哭有什么用啊？"

是的，哭有什么用呢？

社会给予女性的性别枷锁里，总觉得女性温柔忍让是美德，喜欢和雄性一起竞争的女性被视为不讨男人喜欢的，或者动辄就被冠上野心太大之类带贬义的形容，仿佛男人去追逐赢理所当然，而女性想赢都是大逆不道。

可女性需要得到男人的喜欢吗？

女性的价值在于被异性喜欢吗？

女性不可以赢吗？

排挤女性的男人，像齐瑞明这样重男轻女的男人，恐怕是为了排除一些优秀女性同台竞技造成的威胁吧？

他确实是男的，但他在律师圈里，能有顾雪涵十分之一的优秀吗？嘴上叫嚣着男人才能在律师界里崭露头角，实际上自己也不过是个三流律师罢了。比齐瑞明强的女律师，光齐溪自己见过的，就不下十个。

男人在某些领域更能容易产生成就，恐怕不过就是男人给自己脸上贴金，然后用来洗脑女性用以排除竞争的奸计吧！

齐溪的努力以及对第一名的执着，一直以来被齐瑞明诟病成争强好胜，并且断言这样的性格将得不到幸福，女性不应该这样强势。

但直到这一刻，齐溪才真正意义上地从内心否定了齐瑞明的观点。

正因为是女性，才更应该强大，才应该强势，去进攻，去争取，去厮杀。

又经过两天的集中取证和走访调查，齐溪把所有证据都整理成册，这才利用午休时间，约上奚雯和顾衍，一起坐下好好谈一谈。

为了让妈妈更放松一些，齐溪约在了竞合所楼下的一家咖啡厅。

齐溪和顾衍先到。第一次见齐溪的家人，顾衍反倒是挺镇定的，齐溪反而比较紧张："待会儿怎么和我妈说比较好？"

她纠结着用什么措辞介绍顾衍，顾衍却不太在意："你就介绍我是你的同事就行了。"

齐溪愣了愣："可……"

"齐溪，我和你妈妈这次见面也是事出紧急，如今最紧要的是最大限度地让你爸爸付出代价，然后尽可能保护你妈妈的权益，我的名分问题都是次要的；何况我也担心，你一介绍我是你男朋友，你妈妈会不会质疑我的专业水准，而且我以男朋友的身份介入你家的私事，不太合适。"

顾衍拉了下齐溪的手，笑了下："我现在是以一个律师的身份介入的，等下次我以你男朋友身份介入你生活的时候，你再向你妈妈介绍我吧。"

齐溪说不感动是假的，顾衍好像总是能给她很多惊喜。明明那么希望被自己介绍给父母，明明那么希望得到家长层面的认可，如今有这个机会，顾衍却反而并不急切。

他是真的把齐溪的事放在第一位，好像她在他的心里永远拥有优先权。

齐溪妈妈是大约十分钟后到的。她虽然精心收拾过，但遭遇如此大的重击，她的脸色仍旧是掩盖不住的憔悴，但这些都掩不住她举手投足里斯文又典雅的气质——她身上有一股高知女性的温和和内敛。

落座后，齐溪为她和顾衍做了互相的介绍。奚雯的心情很沉重，也没有做过多的寒暄，只对顾衍笑了下笑说了声给他添麻烦了。

这两天里，三人分别又对取证做了些补充。

顾衍也不想浪费时间，礼貌地和奚雯打过招呼后，就直接进入了正题："这几天我梳理查阅了王娟微博账号从注册至今所有的内容，除了那套房子外，齐明瑞先生应该还给王娟买了车；另外，还有情人节、圣诞节、生日或者过年等假日，齐先生还送给王娟的名牌包、手表、珠宝等。"

顾衍说着，拿出了一份文件："这是我打印罗列下的品类，标明了品牌名称，以及官网价格，另外就是王娟微博的截图。以上所有我都做了电子证据留存备份，包括截屏录屏。"

齐溪也把自己这两天的成果和在座的两位分享了一下："我从枫凌国际学校的公众号入手，在他们推送的二年级 A 班相关的班级活动里，找到了王齐亮的信息，确实有这个小孩，并且也顺藤摸瓜找到了他的照片。"

齐溪说到这里，抿了下唇，有些担心地看了妈妈一眼，才把手机里的照片展示出来："就是这个。"

奚雯看了一眼，苍白着脸点了点头："我看到的就是这个男孩。"

都不消再找到什么实质性证据，照片里的男孩肉眼可见的长得非常像齐瑞明，而那个取名意义昭然若揭的名字，更是无可抵赖的证据。

这确实就是齐瑞明在外面和王娟生的私生子。

齐溪的脸色也很差，但她没有停顿，只是继续展示着其余证据："光是从公众号的推送信息来说，就可以整理出这个王齐亮还报了多少这国际学校的额外兴趣班，而这些兴趣班的价格名目，我也都从这学校官网罗列了下来，整理下来，这个小孩每年的最低开销在三十万左右。"她顿了顿，"这还是不完全统计。"

几乎是齐溪和顾衍每多拿出一份齐瑞明用婚内财产在外鬼混供养第三者和私生子的证据，奚雯的脸色就会变得更差一些，到最后，她仿佛成了风中摇摇欲坠的落叶。

再坚强的女性，面对这样巨大的背叛，也无疑是痛彻心扉的。

"我没有想过你爸爸原来早在十年前就已经有了异心。难怪他明明那么忙，却总说没挣到钱，说压力大，明明家里经济完全能运转，却还总是为了挣钱那么拼命。"

奚雯的声音里带了些哽咽："我总是心疼他太拼了，事业心太强了，现在才发现，他不过是为了他那个小儿子。因为生怕自己年纪再大点，挣不到钱了，他的儿子又是一年砸三四十万这样的培养方式，为了给自己小儿子攒足未来挥霍的本，他才这么拼死拼活。"

奚雯恐怕此时回想起过去种种，才生出后悔和懊丧来。她太过信任齐瑞明，也太过为齐瑞明着想，对齐瑞明几乎毫无保留，自以为给了齐瑞明自由的爱，却殊不知过分自由无管束的爱意，有些时候将成为对方捅向自己的一把刀。

齐溪的痛苦并不比妈妈少，她现在终于理解为什么爸爸明明在她小时候并没有因为她是女孩而对她诸多挑刺，而突然地从某一天起，她在齐瑞明眼中充满了这样那样的问题——因为从王齐亮出生的那天起，齐溪就不再是齐瑞明的唯一，而是成了一个备选项。

"他不让我出国，不仅是要把钱留着给儿子用，更多的也是自私吧！他希望我能安分地在容市找一个工作，找个对他有助益的婆家结婚，然后因为在容市当地，他老了我还能留在他身边照顾他，从而让他的儿子可以毫无后顾之忧地去发展事业，放手拼搏。"

细细一想，齐瑞明真是把一切安排得明明白白——

奚雯是他维系脸面的招牌，名牌大学毕业的全职太太，帮忙管理好家庭后方，又是未来老了照顾他的老伴；齐溪则是他希望能找个稳定工作最后找个有钱有势人家结婚，留在容市给他嘘寒问暖养老的女儿；王娟是年轻貌美会来事儿给他增添中年生活激情的点缀；儿子王齐亮则是他的生命之光，他这辈子最大的指望，他费尽全力花大价钱也要让儿子能出国留学做出一番大事业。

钱和自由留给儿子和出轨对象，责任和养老照料留给妻子和女儿。

这个世界上怎么会有这么卑劣又自私的男人？

但现在还不是光顾着痛苦的时候。

"奚女士，您是怎么想的？有做好最终的决定了吗？"

顾衍的声音拉回了奚雯的理智。她抹了抹眼角的泪痕，但声音带了干脆："我要离婚，第一，最大限度地分割到婚内财产；第二，追回出轨对象王娟在我婚内从齐瑞明那里得到的不当得利。"

根据如今的证据，追回齐瑞明微信上对王娟的转账以及房产，大概率是可行的；但顾衍取证的那些珠宝、名牌包等，因为价值数额上不像房产那么大额，因此很难光靠这些像证明房产一样，去证明上述礼品是齐瑞明隐匿婚内财产转赠的，因而恐怕没法成功申请法院帮忙取证这一块的资金来源，更何况，齐瑞明大概率也未必是直接转账给王娟让她自己去购买的，多半就像那个包一样，是齐瑞明自己消费后，拿来送给王娟的，这就更难证明王娟的那个包正是齐瑞明送的那个了。

"而婚内写了妈妈你和他两个人名字的共同房产，在离婚分割时，即便我们已经能证明他出轨了，可法院也只会酌情对你倾斜，而且因为你是全职太太，在这段婚姻内几乎是没有收入的，他才是婚内财产的主要创造者，即便法官倾向保护你，也不可能对你酌情太多……"

很可悲的，虽然社会思潮上，已经开始尊重全职太太，赞美全职太太，认可全职太太的付出，甚至鼓励女性成为全职太太，可法律上根本没有配套保护全职太太。

齐溪一直非常尊重妈妈，也感恩妈妈这些年在家庭上的付出，从没有质疑过妈妈成为全职太太的决定，但这一刻，她还是忍不住替妈妈难过起来。

女性借由婚姻得来的一纸结婚证，法律上给予的保障有时候甚至不如一纸无固定期限的劳动合同。

全职太太从来不是一个一劳永逸的职位，选择成为全职太太的女性，其实和继续上班的女性需要面对的并无不同，只不过全职太太的老板变成了丈夫，并且跳槽难度更大，还没有强制需要缴纳的社保，一旦被"开除"，甚至不一定有离职时的经济补偿金；而全职太太这个职位，也和正常的岗位一样，只要这岗位性价比不错，老板不错，永远会有更年轻资历更好的人试图取代你。

想要以全职太太的身份立于不败之地，或许所需要付出的努力并不比成为一个女性高管来得少——你需要有市面上无人可替代的能力、性价比，同时最大限度地和老板（丈夫）的事业高度绑定，掌握好公司（家庭）的资金流向、投资方向，确保一旦老板（丈夫）要和你解绑，需要付出沉重的金钱代价。

人没有办法保证另一个人永不变心，所以抓不住人心的时候，至少能抓住钱。

齐瑞明婚内给王娟的部分钱，尚且有证据或可以申请法院调取齐瑞明银行卡流水予以追回，可如今最大的问题还是齐瑞明和奚雯婚内合法的共同财产。

奚雯显然这两天也自己做了功课，罗列出了和齐瑞明共有的财产清单：除了如今居住的房子外，她和齐瑞明还拥有一套大平层、一套商铺，在容市的临市还投资了一套小别墅。

"除了这些主要的资产外，车的话，我和他名下各有一辆，离婚时车辆就按照各自登记的权属人分割就好；至于银行卡里的钱，在申请法院调取齐瑞明流水时可以一并取证。只是……"

齐溪知道妈妈迟疑的是什么。

不论如何，齐瑞明和奚雯的婚姻存续时间毕竟更长于王娟和齐瑞明的私情，王娟也是十年前才母凭子贵从齐瑞明身上捞到钱的，但齐瑞明在没二心没儿子前，所挣的钱还是变成了婚内共有资产了。

所以简单来说，即便奚雯能从王娟那里拿回部分王娟的不当得利，如果齐瑞明为了儿子鱼死网破，拼死用尽手段争取合法婚内财产的分割，奚雯并不占优势，作为大头的婚内财产里的一大半仍将会被齐瑞明分走。

而就算奚雯确实为这个家付出了很多，如今法院也确实已经支持家务劳动补偿，可即便在经济发达地区，目前的判例里，这个赔偿金额也少得可怜。

"还有一个问题，大部分离婚案件里，涉及房产的，如果是一方取得房产，那另一方就需要支付对方应分得份额相应的现金。这么多房产，齐先生不可能一点分不到。那假设奚女士您想要房产的情况下，还需要按照法院分割的比例支付给对方现金，这可能还是一笔比较大的费用。"

顾衍顿了顿，继续道："除非明确好哪套都给你，哪套都归他，但对方不一定会同意这种分割方式，他完全可以通过每套房都强行要求占一定比例，最终逼迫拿不出那么多现金的您不得不放弃房子，拿钱走人。但现在容市的房价来说，一旦你不拿房，直接拿钱走人，很可能到手的钱根本接盘不到新的住宅，至少接盘不到和原来房子性价比那么高的住宅……"

此前齐溪完全沉浸在打了鸡血般取证的激情里，凭着一股冲劲，也确实大致摸清了齐瑞明外面的情况，可顾衍的一番话，让齐溪的冲动彻底冷却了下来。

没错，还有共同财产这件事。虽然齐溪已有的证据能把齐瑞明偷偷转移隐匿到出轨对象名下的房产要回来，可比起离婚分割时涉及的婚内财产来说，这举动简直是捡了芝麻丢了西瓜。

奚雯显然也想到了这点，眉头紧皱道："他自己就是律师，从业这么多年，比我老到很多，才能十年都没露出马脚。一旦我和他摊牌，他很清楚法律对出轨者并没有多么严苛的惩罚，也知道怎么钻法律的空子……"

　　真正设身处地细致地走到离婚实践这一步，齐溪才终于后知后觉突然地理解了陈湘最终选择不离婚的决定——她为艾翔付出了太多，而离婚时财产分割能给到她的部分，即便艾翔号称做出让步，恐怕这男人早已经转移隐匿了很大一部分，所以分割方案上实在不足以平息陈湘的沉没成本以及愤怒痛苦，因此她才拒绝了离婚。

　　但陈湘或许还能忍受那段婚姻，奚雯则是完全不能。

　　"不仅是心理上的，法律上的也不行，我忍不了。"奚雯的声音果决而坚定，"他有个私生子，即便我不离婚，那么假设他有一天突然死了，就算没有遗嘱留给那个孩子，那个私生子都能合法地享有继承权。我们所有婚内共有的房产里，他的份额里都会有这个私生子的份，我可能不得不和他的私生子一起持有一套房产，未来为了处理这套房产，还不得不和私生子以及出轨对象各种交涉。我没有办法接受这样的事发生，这太让人恶心了。"

　　更别说以齐瑞明重男轻女的严重程度，他很可能如今早就背着齐溪和奚雯设立好了遗嘱，早已指定自己婚内所有财产份额的唯一继承人是那个私生子。

　　这下陷入了僵局。

　　如果进入诉讼，按照目前的证据和法律，奚雯并不能讨到多少好；但如果不进入诉讼，直接协议离婚，那就需要找齐瑞明谈判，可齐瑞明就是吃律师这碗饭的，还能在谈判上失利吗？

　　气氛很沉重，顾衍试图缓解下齐溪的低落："没准等你们把证据抛出来，你爸爸会很羞愧，愿意在财产上做出让步，弥补奚阿姨的损失。先不要这么心情压抑了。"

　　可别说齐溪和奚雯不信，恐怕说这话的顾衍自己也不信。如果齐瑞明能那么容易羞愧，他就不会伤害奚雯到这一步了。

　　离婚时一旦撕破脸皮，男人能厚颜无耻到什么地步，齐溪并不是没在判决书和判例里看过。人真的撕去对外营造的形象后，剩下的都是赤裸裸的利益。

奚雯也是这时才有些难以克制地后悔起来："溪溪，你说得对，妈妈确实不应该这么多年一直做全职太太……"

"妈妈，你没必要用他的错误惩罚自己。要出轨的男人，不论妻子怎样优秀，都会出轨；要婚内隐匿转移财产的男人，不论妻子是不是全职太太，也照样会费尽心思去操作，尤其他自己就是律师，平时接案子时候手段有些就不大磊落，轮到自己身上，恐怕手法就更脏了。"

只是话虽这么安慰，齐溪也有点头大。齐瑞明十年前就生了这么个宝贝儿子，那也就是十年前就开始计划儿子的未来，用十年的时间来转移婚内财产，就算蚂蚁搬家都搬完了；他又是专业的，恐怕本身手法就很干脆利落，持续时间长也会造成证据灭失和取证困难，如今王娟居住的房子虽然查证到了，但恐怕也只是他转移掉的财产里的冰山一角。

顾衍想的显然和齐溪不谋而合："他是不是有可能在外面还有投资别的房产，但采用了让别人代持的办法？他的其余房产未必会写在王娟名下，因为设身处地想，他最在意的是儿子，他这么重男轻女，也不会真正尊重女性，王娟得到那么大好处，不过是因为是个生儿子的媒介。"

齐溪点了点头："是的，他不傻，他应该很清楚王娟为什么会跟他发生婚外情。他这样的人，生性自私多疑，除了防备我妈和我，也会防备王娟。他毕竟比王娟大那么多，正常情况下总比王娟死得早，如果房产都写在王娟名下，他一死，王娟找个别的男人改嫁有了新家庭、新孩子，不仅不会替他照顾好他的儿子，甚至会侵吞他留给他儿子的财产，所以他大概率在外面还有让他信得过的人代持的房产。"

但这些房产，除非能有明确线索，否则根本没法查证，因为齐溪和奚雯甚至不知道齐瑞明除了王娟外，会找谁去代持。王娟的房产尚且能用微信转账特殊含义的金额来证明不正当关系，但齐瑞明和其余亲属间的大额转账，完全也可以解释成正常的往来款或者归还借款……

这样一来，反而是齐瑞明立于不败之地了。

这次的三人小会议结束，齐溪只觉得自己焦躁的情绪更强烈了。

大概是她最近状态不正常得有些明显，午休结束后回了竞合所，齐溪被顾雪涵叫进了办公室。

"齐溪，你最近是遇到什么事了吗？"顾雪涵就此前的交通肇事案跟进了几句，给齐溪倒了杯茶，随即自然地问起了齐溪，"虽然我是你的老板，但本身也没有比你们大很多，你要是有什么感情上的问题，也可以咨询我，就把我当成一个朋友就行。"

她喝了口茶，看向了齐溪："虽然你是在和我弟弟谈恋爱，但是我不会为此偏袒他。只有当恋爱能让自己高兴时，这段感情才是值得的。如果一段感情带给你的焦虑不安和痛苦已经大过甜蜜了，我建议还是应该叫停。"

顾雪涵确实是非常中立，不仅没有偏袒顾衍的意思，反而有对顾衍要求更严格的趋势。

"你最近的工作反馈没什么问题，但如果你一直陷入比较焦灼的情绪，未来势必会影响工作，更何况，我对你的期待值本身很高，觉得你理应比现在办得更好……"

顾雪涵并不知道内情，只以为齐溪是不是和顾衍的感情出现了问题，毕竟齐溪和顾衍最近都一脸苦大仇深的。

虽然明明顾雪涵完全猜错了方向，但齐溪却只觉得眼眶发热发红。

齐瑞明作为父亲，原本应该是在她困难时能给她支撑的人，然而事实上，他是伤害齐溪的人，是让齐溪置于这种焦灼情绪的人，反而是和自己毫无亲缘关系的顾雪涵非常在意自己的状态。

齐溪突然有一股冲动，或许……或许她可以寻求顾雪涵的帮助。

齐溪咬了咬嘴唇："不是和顾衍出了什么问题，是我家里。"

但几乎是齐溪刚说完，她就后悔了，因为顾雪涵的手机响了起来。这让齐溪感觉到愧疚，她不应该占用顾雪涵时间的。只是出乎齐溪的意料，顾雪涵按掉了手机铃声，调成了静音，然后摆出了好好倾听的姿势。

她的脸色非常严肃："怎么回事？"她看向齐溪，"你是我团队的一员，就算不是工作上遇到困难，我到底比你年长几岁，有什么我可以帮你的，尽管开口。"

…………

齐溪没想到说出来其实比想象中来得简单。顾雪涵和顾衍一样，对于齐溪家里发生这样匪夷所思的事，表现得很有家教，没有为此对齐溪侧目或露出任何让齐溪可能不适的表情，比齐溪想得更加善于倾听。在齐溪讲解的过程里，顾雪涵只安静而耐心地听着。

齐溪讲完后，顾雪涵没有发表评价，只是从抽屉里给齐溪递了一块糖："吃点甜的，心情会好一点。"

齐溪剥开糖纸。当甜味开始在味蕾蔓延的时候，她的内心却很苦涩："顾律师，虽然我自己就是法学生出身，也从事法律工作，但我这次却很迷茫，是不是我们的法律，根本没法保护婚姻内弱势的群体？我和我妈妈，都是有法律教育背景的，已经尽了最大的努力取证，顾衍也一直帮着我们一起讨论，但竟然到头来，发现以目前的法律，很难让我妈妈得到应得的补偿……

"用重婚罪让他受到惩罚就更不可能了。本身重婚罪作为刑事犯罪，判定时法院是非常谨慎的，要满足的条件非常严苛，重婚罪的构成要件是，有配偶而重婚或者明知他人有配偶而与之结婚。

"我查阅了法院的判例，大部分被判重婚的，是早年利用不联网的一个漏洞，在不同的地域，既和妻子领取了结婚证，又和出轨对象领取了结婚证，形成了法律婚的重婚，而齐瑞明是不可能去做这种蠢事的，更别说这种操作如今也未必行得通了；另一种会被判决为重婚罪的，则是已经结婚的人，长期与第三者以夫妻名义对外生活，齐瑞明也不符合，他和王娟的婚外情一直都是不对外公开的，我妈不知道，他律所的同事也不知道，他不可能傻到会让自己陷入重婚罪的名义里去。"

该研究的法律条款齐溪早已经研究了无数遍，法院内的判例也读到快能倒背。她并不觉得顾雪涵能有更好的办法，这次倾诉里也并没有指望能从顾雪涵这里得到别的操作方法。

她只是真的很迷茫，也真的对自己所学的专业和所从事的职业产生了疑惑。

法律真的能保护应该保护的人吗？

齐溪原本以为顾雪涵会给她的安慰，顾雪涵却只字未提，只是放下水杯笑了笑："谁说法律不保护你妈妈了？"

齐溪愣了愣。

顾雪涵喝了口茶，盯着齐溪的眼睛："齐溪，我想你现在缺的不是安慰，而是一些专业的建议。你介意让我一起介入这个案子吗？以律师的身份。"

顾雪涵抿唇笑了下："一般来说，我收费很贵，但是鉴于你是我的员工，所以这一次是免费的，毕竟我希望能短、平、快地解决你的这个困扰，好让你赶紧恢复到情绪更稳定的工作状态，好好替我分担工作上的业务。"

齐溪激动得简直有些无措了："所以……所以顾律师，您是有什么办法吗？"

顾雪涵从不虚张声势，能这么从容不迫，肯定是已经有了办法！

果然，顾雪涵的脸上露出了优雅又极度自信到嚣张的笑容："那当然，这世界上我顾雪涵搞不定的案子还没出现。"

她说完，打了个内线电话，把顾衍一起叫进了办公室。

"齐溪家里发生这些事，你怎么都不和我说下？"

顾衍一进办公室，迎面就是顾雪涵带了抱怨的数落："你是我弟弟，她是我的员工兼弟弟的女朋友，我好歹算半个家长。小孩子被打了还知道回去找家长告状，你倒好，带着齐溪一起闷头挨打了。"

顾衍显然被批评得有些尴尬，但好在因为顾雪涵的数落，反倒是冲淡了一些苦大仇深的气氛。齐溪看着顾衍吃瘪的表情，甚至忍不住笑了一下。

顾雪涵没再纠缠顾衍没上报的问题，很快切入了"专业教学"："你们两个都听好了，我们做律师的人，切忌陷入一个误区，就是什么事都按照法律循规蹈矩来。"

顾雪涵放下了水杯，补充道："当然，这句话的意思不是劝你们去违法乱纪，而是偶尔应该跳出法律的条条框框，去想想事情有没有别的解决办法。你们没发现吗？有时候太守规矩的人往往反而容易吃亏。

"你们此前预测的，完全是按照起诉离婚时根据法律法官会如何判决来分析的，预测的确实也没错，但你们想没想过，婚姻纠纷，更好更经济更有性价比的办法是协议离婚？"

齐溪皱着眉，有些不明所以："可协议离婚，我爸根本不是有愧疚心的人，自己也是律师，在谈判上我们根本不是他的对手；他也知道就算协议不成，我妈要离婚也只能起诉，而起诉法院的判决不会让他净身出户，如今我不是他唯一的孩子，他还有个更重视的儿子，绝对不会把婚内财产拱手相让，会拼了命给自己儿子未来争取权益……"

"对你们而言，你们不是他的对手，但对我而言，他也根本不是我的对手啊。"

顾雪涵的语气非常理所当然，听着甚至有些自负，但齐溪的心跳却开始加快，因为她知道，顾雪涵这么说，不是狂妄，而是因为有十足的把握。

"顾律师，您的意思是……"

"我顾雪涵在法律圈好歹还能让人叫得上名字，他呢？他真的就是查无此人了。现在就算参加竞赛活动，都常常有请外援的机会，你们两个怎么就没想到来找我？"

顾雪涵的语气有些恨铁不成钢："我知道你们两个都很努力，但求助他人这种行为本身并不是弱小。能善于求助别人，把他人的资源、阅历嫁接到自己这里，也是一种能力，甚至能让别人愿意帮助你，都是一种技能。

"协议离婚的核心是谈判，我们做律师的，除去对法律专业知识要熟稔外，还有一项非常需要培养的能力就是谈判能力。优秀的律师是能介入企业客户的商业谈判的，懂得商业模式、商业架构和对方的商业心理，能够在最大范围内为自己的客户要到最优的报价，但如何把握平衡和对方的底线，就很依靠技巧和经验。"

专注工作的顾雪涵是真的非常耀眼。她仿佛浑身上下都散发着专业的光芒，别说齐溪，就连顾衍，也目不转睛、求知若渴地看向了她。

"所有谈判，不论离婚财产分割还是商务谈判，核心都是一样的，那就是你要抓住对方的弱点。你坐到谈判桌上之前，你要先想明白，对方最想要的是什么。比如你卖货物，你的货物里，对方最看重的品质是什么，你的货物里是否有别家货物不可替代的这一品质，如果有，那么即便你只是个小供应商，对方是个大品牌采购，你也是占有一定主动权的。"

顾雪涵抿唇一笑，看向了齐溪："所以齐溪，不要因为你只是刚实习的律师，你爸爸是经验老到的律师，你就觉得自己没有办法赢过他，你明明手里捏住了他最看重的东西啊。"

齐瑞明最看重的东西……

顾雪涵的话犹如醍醐灌顶，齐溪电光石火之间突然悟了："顾律师，您说的是我爸那个私生子？"

顾雪涵点了点头，语气里带了点孺子可教的认可："聪明！但除了儿子，你手里还握有别的他在乎的东西。"

她看了齐溪和顾衍一眼，没有错过这次教学的机会："齐溪的爸爸做了这么多事，他是学法律的，难道不懂得风险控制吗？明明他在外有私生子和养出轨对象的事败露，对他也并没有那么大的好处，毕竟如果代价很小，他为什么十年前就有儿子了，但还选择不离婚一直隐瞒，宁可不给自己那宝贝儿子一个完整的家庭，也要继续维系他和齐溪妈妈的婚姻呢？"

顾衍皱了下眉，答道："因为他是一个自私的人，他很在乎自己的名声和对外营造的人设。"

顾雪涵嘲讽地笑了下："是这样，因为他是个道貌岸然的伪君子，内心扭曲病态，但对外却装成了好丈夫，还想得到所有人的夸赞，同时，他也在乎他自己那儿子的名声。如果这孩子被同学知道了他就是个见不得光的私生子，他妈妈就是个第三者，你觉得学校里的孩子会不会排挤他？他上的是贵族式国际学校，国际学校的不少家长很讲究门第观念，那所学校里不少是我们容市富豪或者企业高管的孩子，谁愿意自己的孩子和这种出身的同学交朋友？"

齐溪的心飞快地跳动了起来。

是了，她已经知道了齐瑞明私生子的姓名、学校、班级情况，那……

对着齐溪询问的目光，顾雪涵点了点头："没错，就是你想的那样。齐溪，你的取证没有白费，你手里已经捏紧了王牌，只要你手里的资料公开，那你爸爸的脸面保不住，这个私生子在学校里恐怕名声也彻底会臭掉。

"而这就是你谈判的对价。"

齐溪的眼睛亮了起来，很快想通了顾雪涵话里的逻辑："您的意思是，我可以用这件事去威胁他？要求他为了保全自己和儿子的名声，在财产分割上主动放弃做出让步，然后走完协议离婚的流程？"

顾雪涵给了齐溪一个赞许的眼神，但她立刻纠正道："不过这不叫威胁，这只是谈判。"

但对顾雪涵的话，顾衍皱着眉，神色却有些迟疑："可这样，会不会涉及个人隐私侵权？"

顾雪涵露出了有些无语的表情："我一开始怎么说的？你们虽然是律师，但我们做律师，不是说必须要求当事人做的任何事情都符合法律的要求，没有触碰任何犄角旮旯里的任何一条法律法规。如果人人都能做到这样，直接让大家每人通读法律条文不就好了？

"我们律师这个工种之所以存在，是因为总有很多人会违反法律，而我们在违反法律后提供补救的措施。当然，我们会建议所有当事人遵纪守法，但是律师的工作内容不是去制裁违法行为或者强制所有人守法，或者是裁判谁，我们的职责是告知客户一旦触犯法律以后的后果和风险，我们提前给出全面的分析，最后做出决定的是客户。只要他们认为轻微的违法行为所造成的后果，比完全不违法得来的结果更让他们接受，对他们更有利处，他们也愿意接受轻微违法后的制裁，那衡量好利弊后，他们都是成年人了，去做就好了。"

顾雪涵看向齐溪，狡黠地笑了下："我现在说话的立场，是作为你的律师，你只是我的当事人。"

她看向齐溪："个人隐私侵权的法律责任是什么？"

是停止侵害、恢复名誉、赔礼道歉、赔偿损失。

但除非本质是炒作，除此外，没有一个个人隐私侵权案里，真的能彻底恢复名誉的，因为隐私八卦的传播，总是比一切都快。但个人隐私侵权案，并不是杀人放火这类恶性事件，本身处罚力度并没有到让人无法承受的地步。

这是为什么很多遭遇出轨的妻子，即便会被出轨对象起诉侵犯个人隐私，也会义无反顾要让全世界都知道出轨对象干了什么无耻下作的事。

何况，也不是每个出轨对象都有那么厚的脸皮，还有脸起诉原配侵犯个人隐私的。

顾雪涵说到这份上，顾衍懂了，齐溪也已经心下了然。

齐溪看向了顾雪涵："顾律师，我懂了，你的意思是，既然我爸最宝贝的是儿子，而我如今正好掌握了他儿子的一些情况，那如果我在谈判时，用他的儿子做筹码，或许可以换取他在财产分割上的退让？"

顾雪涵点了点头："没错。这不是要你去做违法犯罪的事，但当你和你爸爸坐到谈判桌前，他摸不清你会干什么，你只要镇住他，唬住他，让他相信你真的会去这样干。他越是在乎他儿子，就越是害怕你，就越是会让渡出主动权。"

虽然自从齐瑞明的事发生后，齐溪心里没一刻放松过，想着和老奸巨猾的齐瑞明对垒，更是压力很大，然而在如此危急的情势下，顾雪涵却总有种四两拨千斤的能力。顾雪涵看起来游刃有余，以至于这种情绪感染了齐溪，让她紧绷的内心也渐渐变得平稳起来。

"你懂我的意思吧？不是真的一定要你去违法散布他儿子的隐私信

息，只是用这一点去谈判，但你在把这一点当成筹码引入之前，你要做好心理准备，给你的爸爸传递这样的信息：你不是虚晃一枪，而是万一谈判破裂，你真的会这么做。因为至少有这样的气势，你才压得住你爸的气焰，才能让他相信，才能让他害怕你。"

顾雪涵顿了顿，看向了齐溪的眼睛："齐溪，你的爸爸不一定在法律操作上是最专业的，但在察言观色上，一定是比你老到的。你一旦在谈判里露怯，他就能摸清你的底牌，知道你只是嘴上说说，现实里根本做不出这种事，那他是不会在财产分割上让步的，所以你绝对不能让他看清你的真实意图，你要装得像他那样没有底线。"

齐溪这下终于理解了顾雪涵此前一番话的逻辑。

其实，扪心自问，要是拿齐瑞明私生子当筹码谈判仍旧失败了，真的就看着齐瑞明带走了婚内大部分财产，和出轨对象以及私生子过上幸福的生活，这也绝对是齐溪无法接受的事。

在她朴素的价值观里，人做了这样的错事，是要受到惩罚的，断然没有不仅不用付出代价，还占尽好处的结局。

所以如果齐瑞明不退让，齐溪也不会让他和他的儿子全身而退。她要有破釜沉舟背水一战的决心，才能一鼓作气在气势上压倒齐瑞明。

顾雪涵见齐溪的表情，知道自己的点拨已经到位了："至于你怎样把握好界限，不要被他抓到小辫子，这就不用我多说了吧？记住，你是谈判，不是去敲诈勒索，注意你的措辞，你是去维护你妈妈的合法权利。"

齐溪用力地点了点头："所以靠这个，能让他净身出户吗？"

面对齐溪的问题，顾雪涵不急不缓地喝了口茶，然后才摇了摇头："齐溪，这里面你们又有一个误区。

"首先，我们要走的是谈判分割财产的路线，那么既然是谈判，你除了要知道对方最在意的东西，也要知道对方的底线。还拿采购来打比方，如果你的采购方对你货物的单价最高能承受一百块一件，那么只要你的报价在一百块内，你的货物又有不可替代性，那他们最终都会买；但要是超过一百块，他们买了这批货物加工后再销售，也不产生利润了，那你的货物再有不可替代性，他们也不会买了。因为这超出他们的预算了，买来生产不仅不产生利润，还会倒亏，谁还会买？这不符合正常的商业逻辑。

"谈判的核心是摸清对方这一条底线，但不能超过底线，还是要给对方留有余地，否则谈判就会崩。"

顾雪涵生动形象地用供应商和采购方的关系来做比喻，齐溪很快明白了她话里的深意——

婚内共同财产里，因为齐溪妈妈是全职太太，不论如何，基本上出资额确实都是齐瑞明的收入；他因为有重大过错，又有儿子的信息被拿捏着，或许第一为了保全自己和儿子的名声，第二内心尚且有一些愧疚，可能确实愿意在财产分割中做出重大让步。

但一旦齐溪想让他一分钱也捞不着净身出户，齐瑞明内心恐怕是不愿接受的，可能会激发他的反抗和不配合，最后闹到鱼死网破的地方——齐溪或许不得不为了让自己内心得到平衡而去做点什么让齐瑞明和他儿子以及出轨对象名誉受损的事，为此付出相应的代价；而齐瑞明也会在撕破脸后拒绝谈判，走起诉离婚流程，在长久的扯皮里，奚雯能分到的不会比谈判协议离婚多，甚至是令人觉得完全不公的比例。

顾雪涵道："我的建议是你和你妈妈商量一下，不要用净身出户的方案。比如你们家的多套房产，你让你妈妈选出价值高方便流通的那几套，剩下的行情不好又难以盈利出租的商铺，则分割给齐瑞明。恩威并施吧，要强势，但必要时又好像有退让，这样才容易达成协议。

"至于你们猜测的，他还在外面用他人名义代持的房产，我赞同你们的猜测，但这部分目前在实践操作里，除非你们有线索，否则真的无从查证，只能说他筹划这盘棋筹划了十年，你们想用如今的一朝一夕颠覆他的整盘棋局，是不现实的。对于我们无能为力取证的部分，我的建议就是暂时放弃，只争取眼前看得到的部分，有舍才有得，毕竟先保全好眼前的财产，顺利协议离婚，这之后再去调查取证也是可以的。"

是了，毕竟民法典规定了，一旦离婚时有隐藏、转移、变卖、损毁夫妻共同财产的，当事人可以在发现次日起算的两年内追诉，那么完全可以先保全眼下的财产，等这部分尘埃落定，再事后继续清算。

顾衍对此也非常认同："毕竟要是找别人代持了房产，取证需要的时间也久，就做好追诉的打算，也可以更游刃有余地调查。"

顾雪涵点了点头，补充道："是这样没错，而且在我看来，我们现在谈判要做的也是打个时间差，让你爸爸来不及反应，也摸不准你到底知道他多少信息。他一紧张一恐慌，你又对他还留有一些余地，他在措手不及之下很容易接受你的方案。等我们走完协议离婚流程，度过离婚冷静期，把这件事尘埃落定，就稳妥了，至于他之后意识到自己被设计了，那也翻不出天来了。"

齐溪明白了。

姜还是老的辣。

比起顾雪涵，她还是太年轻太冲动太简单了，她的善恶是非观还是太过极端，遇到齐瑞明这样的事，理所当然恨之入骨，希望齐瑞明一点好都捞不着，但人生在世，本来就没有人能占据着所有的好处。想要得到全部的好处，一点点让步都不做出，最终势必只会造成更大的损失。

一个法律人，用好法律工具，不是为了获取绝对的胜利，而是为了获取性价比最高的胜利。

"与其和你爸爸拼刺刀一样走到撕破脸皮起诉这一步，经历一审二审强制执行，拖拖沓沓几年时间，还不如直接走协议离婚路线。相信我，我接待过很多离婚财产分割的案子，那些选择冗长起诉方案的女当事人无一不被困在漫长的法律流程里，没法继续开始新的生活。"顾雪涵的声音很温和，"人只有快刀斩乱麻地告别过去，才能迎来未来。你妈妈最需要的恐怕是赶紧远离你爸爸这样的人，拿到让她满意的钱，去开始新生活。"

是了，恐怕每次见到齐瑞明，对妈妈来说都是二次伤害，都是不断被逼迫着回忆和咀嚼被背叛的痛苦和怨恨，人也一直将会被困在负面的情绪里，对妈妈此时此刻最好的方案，确实是顾雪涵分析的那样。

　　"其实真要拉长战线，把齐瑞明彻底拖垮，也不是完全没办法，但你需要付出的精力、情绪和时间，与得到的结果是不成正比的。齐瑞明不可能躺平任由你们进攻，在漫长的互相攻击和扯皮里，不仅你们身体上精疲力竭，精神上也会长期处于一个仇恨和负面的情绪里。律师在给当事人意见的时候，一定要设身处地地衡量当事人的情况，为当事人量身定做最优方案。

　　"钱是很重要，但人这一辈子，最重要的还是人自己。在有些纠纷里，就为了多拿到仨瓜俩枣的钱，就牺牲掉自己的未来，是不值当的；而在有些决策里，因为被仇恨或者冲动的情绪蒙蔽，就纠缠不休，最后错过的反而是当下的人生。

　　"齐溪，我给你批五天的假期，你需要顾衍的时候也可以让他直接去配合你。这五天里，你去找你爸爸，把这件事了结掉。五天后，我要看到状态恢复到原样的你精神饱满地重新回来上班。"

　　顾雪涵盯着齐溪的眼睛，郑重道："你能做到吗？"

　　齐溪愣了愣，然后抿了下嘴唇，迎着顾雪涵的目光，也认真地点了点头："能，我能做到。"

　　如果说原本齐溪心里还有些露怯，那么经顾雪涵的一番提点和鼓励后，她仿佛一下子燃起了斗志，原本那些不够坚定的信念也变得更为不可撼动了起来。

　　事不宜迟，齐溪也希望快速解决这个事从而翻篇。她又把顾雪涵的建议传达给了奚雯，和奚雯、顾衍对证据又梳理了一遍，又找了个借口从李姐那里拿到了王娟的身份证复印件，便于未来去法院起诉她返还齐瑞明的婚内财产，接着确定了财产分割谈判的方向，以及确认好奚雯想要的财产部分，这才把所有的材料分门别类收好。

　　今天正是齐瑞明出差回来的日子，算了算时间，也该下飞机了。

　　虽然做了很久的心理建设，但是事到临头，齐溪多少还是有些紧张，拿着手机的手指都在微微发抖，但最终，齐溪咬紧了嘴唇，还是按下了信息发送键，把那张从学校公众号里找到的王齐亮的照片发给了齐瑞明。

果不其然，回复齐溪信息从来不及时的齐瑞明，几乎是在看到照片后立刻给齐溪打了电话："溪溪，你给爸爸发的是什么东西啊？"

明明都把私生子照片甩他脸上了，但齐溪没料到齐瑞明竟然脸皮可以这么厚，然而到底被打了个措手不及，齐瑞明的声音讨好里带了一点试探。

可齐溪的内心只想冷笑，齐瑞明从前可从没对自己这么耐心和热情过。

"王齐亮，枫凌国际学校二年级A班，你的私生子，你不会到现在还想装什么都不知道吧？"

大概从没料到齐溪会知道这些，电话那端的齐瑞明明显有些慌乱了，也知道此时没法再抵赖，他压低了声音，试图稳住齐溪："溪溪，你听爸爸说，这事情里有误会，不是你想的那样，你可千万别告诉你妈妈。你在哪儿？我马上来找你当面说。"

十五分钟后，从来日理万机、没法出席齐溪人生里各种重要时刻的齐瑞明，一脸风尘仆仆地出现在了和齐溪约好的咖啡厅里。

他的脸上带着慈父般的笑，还没落座，就提着一袋东西给了齐溪："溪溪，这是爸爸这次出差给你带的伴手礼。"

呵呵，敢情这时候想起来打感情牌了。

齐溪连手都没有伸，只面无表情地看着齐瑞明。齐瑞明到底心理素质好，竟然只干笑了两声，就径自落了座："你提着累，待会儿爸爸直接帮你提回家。"

不过他到底没和齐溪寒暄几句，就迫不及待地进入了正题："你说的那些事，你怎么知道的？你找人查的爸爸？还是什么人挑拨我们的家庭关系，和你说了什么？"

齐溪不说话。这种时候，沉默是金，多说话的人反而露出的马脚越多。

齐瑞明见齐溪这样，他一句话都套不出来，果然有些急了。事发突然，他也有些急躁了："这个事爸爸能解释，是爸爸错了，但爸爸只是喝醉了酒。你也知道，我们律师总要在外应酬，有时候就免不了逢场作戏，就那么一次。那女的我后来也没再见了，谁知道过了九个月，那女的突然抱了个孩子来找我，说是我的儿子，扔下这孩子就走了。那这孩子确实长得和我一样，确实也是我的儿子。爸爸也没办法，毕竟孩子都已经生出来了，法律上我也有义务抚养。"

齐溪盯着齐瑞明的脸，他还是原本的模样，但齐溪却觉得他的五官仿佛都扭曲到了一起。他失去了父亲身份带来的滤镜后，剩下的只是一个满嘴谎话、推卸责任、编造谎言的中年男人，让人生理性地倒尽胃口。

他做律师的时候不见得多专业，但在狡辩自己长期出轨并且有预谋地生下私生子这件事上，倒是巧舌如簧，非常像个诡辩大师，避重就轻，仿佛他这个儿子只是别人诓骗他才生下来的，他只是毫不知情地"贡献"出了一点精子。

齐瑞明不知道齐溪在想什么，大概是齐溪的沉默给了他勇气，他急迫地表衷心道："爸爸也是没办法。我瞒着你们，也是不想伤害你们，尤其是你妈妈。我心里只有你妈和你，但那儿子毕竟也是我的骨肉，毕竟是我一时不察才犯下的错，我必须对他负责啊，爸爸也是迫不得已……"

齐溪内心只想冷笑，如果真的不想伤害妈妈和自己，齐瑞明就根本不应该出轨，更何况……

"你对他真是挺负责的，我想出国留学你一分钱都不愿意掏，他则一路都是昂贵的国际学校。我查过了，他从幼儿园就在枫凌国际，所以至今花费的钱，早就超过我去 M 国念书需要的学费了。这就是你的迫不得已？我看你是甘之如饴。"

齐瑞明原本还好声好气的，结果被齐溪这么一顶撞，当即脸色就沉了下来。他本身是个脾气暴躁的人，对齐溪更是指责惯了，习惯性地就忍不住抬高了声音，训斥道："溪溪，就算这件事我有错，你刚才是用什么态度在和爸爸说话？你这是一个女儿的态度吗？你当我是什么？审犯人？哪个子女可以对爸爸这样大逆不道的？"

气到极点，齐溪此刻反而变得出奇平静。她看了齐瑞明一眼，没有退缩："你把自己当我的爸爸吗？你爬上王娟的床的时候，你想过自己是我的爸爸吗？你给王娟买名牌包，让王娟给我妈买轻奢包的时候，你想过自己是我的爸爸吗？你每次出差带着王娟游山玩水的时候，你想过自己是我的爸爸吗？你给王娟买房，给你的儿子起名'王齐亮'的时候，你想过自己也是我的爸爸吗？现在拿出爸爸的态度来压我，齐瑞明，你先自己照照镜子，你配当我的爸爸吗？"

齐瑞明目眦欲裂，当即举起手就想朝齐溪甩去，但在看到齐溪红着的眼眶时，齐瑞明别开头，硬生生收住了手。

他像是也在忍着什么情绪，点了根烟。在吞云吐雾里，他的声音也变得不那么平静："这些你都从哪儿知道的？你妈……"

"我妈都知道了。"齐溪冷笑起来，"你那个姘头王娟，你养了十年，现在还明目张胆弄到瑞明所里去，人家直接找上门了，给妈妈打电话骚扰。这次你们去出差，她一直给妈妈示威你和她一直在一起呢，嘲笑妈妈没用，没生出儿子，叫妈妈赶紧滚蛋让位。"

齐溪这是临时起意的发挥。齐瑞明不是省油的灯，这王娟也不是什么好货，平日里肯定仗着自己生了儿子各种拿捏齐瑞明。两人都发生婚外情十年了，早过了最初那段激情澎湃看对方哪儿都好的阶段，十年里恐怕为了儿子、为了钱也有过不少争执，尤其如今王娟也三十多了，不像十年前那么不计较未来，恐怕也闹过要上位。

所以，为什么不试试让齐瑞明和王娟内讧呢？

齐溪原本也只是将计就计，然而她的话说完，齐瑞明脸上果然不仅没露出怀疑的目光，抽烟抽得更凶了，眼神里也带了点狠意："这女人真是不知好歹！我给她的还不够多吗？蠢货！什么都满足她了，她为什么还要来破坏我的家庭？"

事到如今，破坏齐瑞明家庭的反而变成王娟了，仿佛当初王娟这儿子是自体繁殖的一样。

为什么这些出轨的男人，总能这么理直气壮，错的好像永远是女人——老董出轨，责怪自己太太太优秀让他感受不到被崇拜，责怪于娜娜有心勾引；齐瑞明则责怪王娟和他搞婚外情了还想上位，害他家庭被破坏……

齐溪懒得再看齐瑞明的表演，平静地宣布了奚雯的决定："我妈什么都知道了，她要离婚。"

齐瑞明果然有些愕然："你妈现在是冲动，先冷静冷静。爸爸愿意认错，而且王娟那边爸爸一定会去搞定，不会再让她有机会骚扰你妈。我和你妈这么多年过来，不能这么散了……"

看得出来，齐瑞明对奚雯并非没有感情，然而敌不过外界诱惑的短暂激情，他追奚雯时的爱意是真的，和王娟偷情的快乐也是真的。

人的贪心可能真是欲壑难填。

有了温柔优雅的老婆，又想要温柔小意的出轨对象；有了女儿，还想要儿子。

可人怎么可能什么都想要，什么都能要呢？

齐瑞明第一次显得有些慌乱。他掐灭了烟，然后拿起手机，开始给奚雯打电话，一边拨号，一边喃喃自语道："不行，我得给你妈直接说，我可以解释，我们没有必要离婚……"

可惜奚雯的手机是忙音。

齐溪知道，妈妈早就把齐瑞明的手机号码拉黑了。

齐瑞明不死心，一个劲地拨着电话。

齐溪看着他的举动，只觉得又讽刺又悲哀："妈妈不会再理你的，她根本不想和你说话，只想快点离婚。"

最终，齐瑞明终于放弃拨给奚雯了，但他显然第一反应并不想离婚："溪溪，那你去帮爸爸和妈妈说，爸爸不想离婚的，爸爸会尽快处理掉王娟的事，你让妈妈给我次机会……"

"就算王娟你可以让她走，那你的儿子呢？你自己也说了，儿子是你的血脉，法律上你更是有抚养义务。出轨和生下私生子女的出轨，完全不是一个档次的过错。"

"亮亮的学校周一到周五是寄宿的，他很乖，不用操什么心，只是周末需要人带带。爸爸原本和王娟不得不虚与委蛇，也是为了让她能在周末帮我带着亮亮，毕竟我要不是有工作上的事，要不也要待在家里，不能每周末都保证去带亮亮。孩子还小，总不能没人陪着……"

"以后可以就这样——我周一到周五都住在家里，周末两天我就去带亮亮。"齐瑞明自己都没发觉，一提起这私生子，他满眼都是温柔的光，不自觉都带着夸赞，"亮亮真的很乖，下次带你们和他见个面，没准你妈会挺喜欢他的。以后我把王娟赶走，给她点钱打发她，让她趁着年轻赶紧另嫁，以后也别再来烦我们，这样以后就让亮亮直接喊你妈'大妈妈'。家里多个人也就多双筷子，接触多了，你们一定会喜欢亮亮的！"

齐溪只觉得胃里翻江倒海，就差没直接吐出来。

周一到周五在奚雯这里，周末去儿子那儿，齐瑞明到底是什么样的厚脸皮可以提出这种方案？把在妈妈这边当成是上班吗？周末再回到自己心爱的儿子身边享受假期生活？

还喊"大妈妈"，他还能更无耻一点吗？

齐溪以为自己摊牌戳破齐瑞明在外有私生子的事，他就算装也要装得愧疚一些，结果这男人飞速借坡下驴，明摆着摆烂了——既然你们也知道了，那正好，我的宝贝儿子我也不东躲西藏，把王娟这个天天问我借机要钱的正好给处理了，儿子带回家里养，一举两得。

妈妈拉黑他是对的，否则恐怕二次伤害，要被齐瑞明没有底线的言论给气死。

"不论我也好，还是妈妈也好，我们都永远不可能接纳一个私生子。妈妈的态度很坚决，必须离婚。"

齐溪已经不想再听齐瑞明说出更恶心的言论了，她打断了齐瑞明的美梦，径自从包里拿出了早就打印好的财产分割方案和离婚协议书："这是妈妈的意思，没问题尽快去把离婚证办了。你既然那么宝贝你儿子，也别周一到周五在我们家上班了，周一到周日都给你的宝贝儿子当爹去吧。"

齐瑞明显然不死心，可惜不论他怎么打奚雯的电话，都没法接通。

结婚这么多年，齐瑞明并不是不了解奚雯的性格，也知道她虽然看着温柔，但一旦决定什么，是很难改的。如今奚雯的态度，眼前的离婚协议书，恐怕宣告着这段婚姻是必然保不住了。

齐瑞明其实这几年一直很焦虑，因为法律业务是越来越难做了，新的优秀律师一茬茬地成长起来了，他本身业务水平就很一般，原本也是靠着容市律师竞争还没那么激烈，靠着先入行这个优势，加之一张嘴又十分能吹，忽悠到不少业务。毕竟律师这行业，不论最后官司输了还是赢了，该付的律师费还是得付。

但如今一来他年纪大了，精力跟不上，二来律师圈也越来越卷起来，新一批的年轻律师不论是体力还是业务能力，都远远比他强，法律行业也越来越规范，早年那些很野的做法，在如今的环境里都是行不通的，挣钱是越来越难了。

可自己儿子那边每年的花费只增不减，未来有可能高中就要送出国念，就算高中不出国，那大学肯定要让儿子出国，去名校最多的 M 国，这又是一大笔费用。

而王娟这几年不仅没消停，还变本加厉地要钱。原本她要钱用的就是威胁齐瑞明要把儿子的事闹到奚雯那里，或者威胁把儿子带走，以后永远不让齐瑞明见到儿子。齐瑞明怕事情一发不可收拾，也怕王娟真的偷偷把他的宝贝儿子带走，于是不得不花钱消灾，各种名牌包名牌衣服地供着，但内心对王娟早就不满——她也三十多了，早就失去了二十几岁时的水灵，保养再好，也显现出衰败的趋势来。

儿子还小的时候还不觉得，如今小孩上小学了，王娟文化素质差的缺陷就暴露了。她根本没法像奚雯那么温和地带孩子，动辄就很暴躁，更没法去辅导小孩功课，在教育抚养孩子这块，不知道比奚雯差了多少，花的钱倒是奚雯的几十倍。

两相对比，齐瑞明是不想离婚的，奚雯这样的好太太确实别的地方找不着了。对齐瑞明而言，反正出轨一事败露了，那最好的解决方案就是奚雯接受自己的儿子，把王娟踢走，让奚雯带好儿子，既解决了王娟，也减轻了自己的带孩子压力，只是没想到奚雯不同意，还坚决要离婚。

他原本是想说几句软话，多哄哄奚雯，买点礼物给她，好好认个错，再从长计议的，只是没想到奚雯直接连理都不打理他。

如今看着眼前这份离婚协议，齐瑞明才意识到，奚雯是动真格的了。

齐瑞明匆匆一扫，当即沉下了脸，看向齐溪："要离婚让你妈自己来找我谈。"

齐溪早猜到了齐瑞明会恼羞成怒，平静道："我现在是妈妈的律师，你有什么都直接找我谈就行。"

"你是她的律师？"齐瑞明像是听到了什么天大的笑话一样，"就你？连律师执照都没正式拿到，还在实习期，你就真当自己是大律师了？"

他把离婚协议往桌上一扔："你自己看看你写的什么离婚协议？几套住房全部分割给你妈，我就拿一套商铺，那套商铺根本租不出去，还是唯一没有还贷款的。这个家里的钱都是我挣的！就算我在外面生了个儿子，我没给你和你妈吃穿？你现在过得这么好，还敢来这么和我说我，不都是因为我花钱养着你？"

一旦确定奚雯不仅不会接受他的儿子，更不会继续忍受这段婚姻，齐瑞明几乎是暴跳如雷。他拿起其中一份离婚协议，当着齐溪的面撕成稀烂："我就说你们女的不行，好好研究研究民法典里的财产分割吧！你妈一分钱没给家里挣过，还想这么分割财产？齐溪，早劝过你别当律师了！你真以为学法律当了律师，就能行了？是你撺掇你妈闹离婚的吗？"

齐瑞明指责齐溪的语气听起来理直气壮极了，仿佛齐溪才是犯了错误的那个不孝女："有你这种小孩吗？这种时候劝自己爸妈离婚？宁拆十座庙不拆一桩婚，你没听过吗？我和你妈离婚你能捞着什么好处？我和你说，你妈敢离婚，该是我的钱，我一分也不会给你们！"

"我要的只是妈妈应得的部分。这段婚姻你是受益者，妈妈可不是。你能在外面毫无后顾之忧地创业，也是妈妈的功劳。别以为你工作就了不起了，比起带孩子来说，上班挣钱可容易太多了！但凡是你在家带孩子，妈妈在外厨杀工作，妈妈挣的钱早比你现在多多了，也比你成功多了。你赶紧带着你和你的出轨对象滚出我们的视线吧！"

大概没想到齐溪会反抗，齐瑞明看起来快要气炸了，指着齐溪的鼻子叫骂道："把你妈给我找来，我要让她看看，她教育出来的都是个什么东西！和自己爸爸说话竟然敢这么没大没小！亮亮不知道比你乖了多少倍，提起你都喊'姐姐'呢！"

"他也有脸喊？！既然知道你还有个女儿还有个老婆，十岁的男生了，想必也明白自己不干不净的出身吧？他就没点羞愧吗？"

齐瑞明的一生严格践行着男尊女卑的封建残余思想，从没有真正在内心里尊重过女性。在他的眼里，女性都是男性的附属品，妻子该听从丈夫的，贤良淑德持家；出轨对象该掌握分寸，乖乖听话被养着，女儿更不应该质疑父权，更不能像齐溪这样反叛。

齐溪此时对他的驳斥简直是触了他的逆鳞，更何况他显然无法容忍齐溪竟然胆敢攻击他的儿子，攻击他的事业。

在约见齐瑞明之前，齐溪就考虑到齐瑞明情绪失控试图攻击她的可能性，因此特意是把约见的地点定在一家人不算多的咖啡馆大厅的，因为人不多，大厅里也很容易找到与邻座间隔较远的座位，保持谈话一定程度上的私密性；而虽然人不多，但大厅里多少会零星地坐上几桌别的客人，齐溪觉得在这种的公共场合下，齐瑞明好歹不至于动手。

只是没想到她到底还是太天真，齐瑞明的脖颈青筋暴起："是我没教好你，你读了这么多书，都读到狗肚子里去了，有你这么说话的吗？今天我就好好教训你！"

他一边说，一边就要举起手扇齐溪。

事发突然，齐溪没料到齐瑞明都到这份上了，还能这么理直气壮，因此整个人有些应激般地愣住了，等她再反应过来要躲避的时候，齐瑞明的手掌已经离她咫尺了，齐溪几乎是吓得下意识闭上了眼。

人大概永远无法真正准备好面对自己父亲的无耻和下作。

只是预想中的疼痛并没有传来，相反，传来的是顾衍又冷又低沉充满警告的声音："你放尊重一点。"

齐溪睁开眼睛，才看到就在距离她脸颊不到十厘米的地方，顾衍的手挡住了齐瑞明的动作——他正牢牢捏住了齐瑞明意图作恶的手臂，然后狠狠放开后把齐瑞明向后一推。

齐溪还没顾得上和顾衍说话，齐瑞明反而先发制人起来，瞪向顾衍："我教训我自己的女儿，关你屁事？"

"女儿并不是你的私人财产，都是独立的个体。用男性的武力优势威胁女性，很低级。"

顾衍对齐瑞明说话时整个人的气场都非常冷然，气势上一点没输给已经几近暴跳如雷的齐瑞明，但他说完再回头看向齐溪时，声音就明显不自觉柔和了下来："齐溪，你没事吧？"

齐溪自然是没事的，但在因为戳穿父亲丑事不仅没得到道歉，反而差点遭到父亲掌掴的情况下，真的是凭借着最后的自尊和倔强才憋住了眼泪和痛苦。能见到顾衍，齐溪只觉得鼻腔都有些发酸，至少此时此刻，她不那么孤单了。

得不到父亲的爱，但好歹顾衍是愿意站在她身边，陪伴她的。

齐溪忍住了掉眼泪，为了缓和情绪，她转移了话题，看向了顾衍："你怎么在这里？"

"虽然你想自己一个人谈，但我还是挺担心，所以还是跟来了咖啡厅。我事先坐在角落里，想着万一情况不对你还能有我在……"

顾衍的解释非常朴实，但齐溪内心还是忍不住飞速跳动起来。

此时此刻，一切情话和允诺都很苍白，真实的陪伴和支持比什么都有分量。

不过对齐溪和顾衍之间这种互相扶持的感情，齐瑞明却嗤之以鼻地冷笑起来："我当来了个多管闲事的呢？看来是我女儿谈的对象！怎么，你一个外人，还想着掺和一脚？还是看中了我们家的房，觉得从我身上抢到齐溪和她妈头上，以后你就能染指了？"

齐瑞明做出出轨生私生子这种事，已经让齐溪觉得足够丢人了，但她没想到他还能更丢人，总是以自己极度自私和功利的心去揣测别人。

她不想再让齐瑞明继续丢人现眼下去了，只想速战速决："离婚协议已经给你了，我准备了一式两份，你撕掉了一份，但还有一份，你拿去好好看。给你两天时间，妈妈已经预约了民政局两天后上午的时间，带上所有材料，先去提出离婚申请登记，拿到受理书后等一个月冷静期满后，再去领取离婚证。"

齐瑞明冷笑起来："我凭什么要接受对我这么不利的协议离婚方案？你妈想离婚，那就起诉去吧，看看她最后能分到多少钱。"

"我不是在和你谈判，我是在告知你。"大概是顾衍的到来给了齐溪更大的勇气，她重新变得坚定起来，声音不再颤抖，只剩下冷硬，"我们认可你在婚内制造的财富，正因为考虑到这一点，分割财产上并不是让你完全净身出户的方案，已经足够给你面子，算是一个好聚好散的方案了。你要不接受，你可以走起诉离婚试试，但起诉离婚需要拖多久你也知道，这过程里，但凡妈妈心情受到一丁点刺激，我可不保证会不会做出点别的事。"

齐瑞明皱了皱眉："你要做什么？"

齐溪笑了下："没什么，就是为妈妈讨个公道，去枫凌国际门口发发传单，广而告之王齐亮的身份罢了。"她盯向齐瑞明的眼睛，"他不是很想认我这个姐姐吗？那我亲自到他学校门口拉横幅、发传单，用扩音喇叭认他。"

齐溪在齐瑞明眼里一直是即便偶有叛逆但总体乖顺的小孩，没想到她会来这一出，当即梗了一下，然后终于露出些慌乱来："齐溪，你疯了吗？亮亮是无辜的！又不是他选择来这个世界的，这些事和他有什么关系？一码事归一码事！"

"那我妈妈做错了什么？她也是无辜的，凭什么你和王娟的垃圾事要恶心到她和我？"齐溪笑得很无情，"你不是很爱你儿子吗？至今在他身上光是学费就花了一百万都多了，看你愿意不愿意再多花点了。"

齐溪笑得很无情："毕竟，你不是一直说女孩不行吗？只有男孩才是传宗接代的宝贝，那你可要好好保护你的根。"

"好啊，齐溪，你可真有能耐，竟然把爸爸逼到这个份上！"

齐瑞明看起来快气疯了："你可真是个白眼狼，以前我对你多好！你生病时连夜背你去看病，你想买点什么我哪一次不满足你！什么时候让你比你的同学过得差了？是，我是有错，可我也不过就是想要个儿子！你知道在你爷爷奶奶老家别人怎么说我吗？说我就算读了大学开律所挣了钱，可连个儿子也没有，都嘲笑我也不知道挣钱为了什么！儿子都没有的人，以后死了就是绝户了！

"何况我就算对不起你妈，我也没对不起你，我对你二十几年的养育之恩呢？齐溪，你但凡有点良心，你想着我对你的养育之恩，我也算功过相抵了，你也没资格对我这样！我对你这么好，结果你对我这么狠毒，拿出这种方案来逼我！

"你太年轻了，根本不知道社会就是这样的，现在哪个男人不在外面乱搞？哪个男人不在外面逢场作戏？就是在外面生孩子的，都多了去了，又不是只有你和你妈遇到这种事。就你们这么大的反应，还威逼利诱要我把财产多分割给你们自己滚蛋！"

齐瑞明说到这里，指着齐溪身边的顾衍笃定道："你别以为你这个男朋友现在对你好就怎样，我那时候对你妈只有比他对你更好，可几十年的婚姻，谁不会疲惫！我虽然生了个儿子，可我也没和你妈离婚，你妈吃穿用度，我什么时候缩减过了？"

齐溪看着情绪失控的齐瑞明，才终于意识到，即便把齐瑞明出轨的证据都砸到他脸上，也是无济于事的，因为能干出出轨、生私生子的人，他们有一套完美自洽的逻辑能安然过了自己的心理关——他们觉得错的都是别人，他们做的事明明别人也在做，凭什么指责他们呢？他们才是这个社会的受害者，是社会的错！

齐溪已经说不清楚自己是麻木还是失望了。

"我的事不需要你来插手！从今天起，我齐溪就没爸爸了，十年前我爸爸就死了，这个世界上只剩下王齐亮的爸爸。"

齐溪看向了齐瑞明的眼睛，她在愤怒、痛苦过后，剩下的只有苍凉和物是人非的破碎。

她相信，齐瑞明曾经是真心爱过自己的，甚至即便重男轻女，更重视自己那个私生子，但也对她是有过关心的，比如车上的尬聊，想要给她买车方便通勤的计划，希望她能过得轻松的愿望。这些都是真的，然而正因为这些出于父爱的初衷曾经真实过，如今的结局才更让人觉得荒唐而讽刺。

齐瑞明为什么要这么固执于生出儿子？

齐瑞明为什么要毁了这么好的家？

他为什么要这么做，毁掉齐溪和奚雯关于家庭、婚姻的美好期待？

齐溪不知道，也或许永远没法知道。

她也不想再知道了。

她确实没有父亲了，剩下的只有为了利益而撕扯的敌人。

"齐瑞明，你好自为之。妈妈只接受这个协议，不会再退让，已经给你留出一定余地没要你这样无耻的人净身出户了。你最好别搞什么幺蛾子，毕竟我和妈妈的情绪也都紧绷到极限了。你别逼我们，否则发生什么后果，未必是你能承受的。既然事情到了这个地步，我们好聚好散吧。"

齐瑞明自然不可能就这样认栽，拿出了替齐溪考虑的好父亲面具来："溪溪，爸爸刚刚也是冲动说的气话，你永远是我的女儿，永远是我的骄傲，一路这么优秀从没让爸爸操过心，你和亮亮都是爸爸这辈子最大的财富。"

这男人循循善诱道："我也知道这个事对你冲击太大，你心里堵得慌，情绪上头，所以现在看爸爸什么都是错的，但冲动真的是魔鬼。你是学法律的，司法考试通过起来也不容易，现在又是律师，你要是散布了亮亮的信息影响了亮亮，那可是违法，是侵犯个人隐私的！手心手背都是肉，爸爸就算气你，也不会对你怎么样，可王娟那女人不是好惹的，她肯定会针对你，起诉你，到你律所来闹事。爸爸是担心你，你可千万不能去惹王娟，她也是个学法律的，肯定不会善罢甘休的！"

果然是这样的说辞。

装什么理中客呢？还手心手背全是肉，不过就是拿着王娟来朝齐溪施压罢了。

但齐溪会怕吗？不会的。

她只是嘲讽地看向了齐瑞明："那就让她放马过来吧，就算我侵犯隐私的行为成立，最多也就是停止侵害、恢复名誉、赔礼道歉、赔偿损失。是，我是做错了，所以我都愿意承担啊，愿意给我的便宜弟弟道歉，要我赔偿也行。"

齐溪冷笑道："但你放心，只要王娟敢起诉我，我就会用尽法律手段拖延庭审，先提管辖权异议，再用别的事情申请延期开庭，等好不容易她盼到一审了，判决后我立刻不服上诉；之前一审拖延庭审的手段再都从头到尾来一遍，又拖上几年；终于二审了，就算判我赔偿，你也知道这种传播危害程度并不严重，毕竟我只打算在你儿子学校附近贴大字报拉横幅，传播范围甚至都没网上那么广，赔偿金也不会多高；二审赔了，我就继续拖，拖到王娟不得不申请强制执行，等执行庭来执行，我再配合给钱。"

说到这里，齐溪朝齐瑞明笑了下："怎么给钱呢？要判决我赔一万，我就取一万个一元硬币；要判决我赔三万，我就取三万个一元硬币，然后背到你儿子的班级门口，砸到你儿子脸上。怎么样，挺完美吧？拖死你儿子和你出轨对象，我让他们走法律流程这几年都生活在痛苦里和阴影里。只是赔几万块钱而已，能这么折磨他们，我觉得好值得呢。

"王娟是个成年人了，脸皮和你一样厚，作为你们两个结晶的王齐亮，就不知道能遗传你们多厚的脸皮了，是不是十岁出头能承受这么多哦？"

齐溪露出了很善良的笑："他是挺无辜，所以亮亮爸爸，你可要好好保护自己无辜的儿子，不要让事情走到没有退路的一步呢，毕竟隐私这种东西，就像潘多拉的魔盒，一旦打开，可不是想收回去就收回去的。"

齐瑞明显然没料到齐溪会说出这番话，一时之间都愣住了。片刻后，他仿佛才找回自己声音般瞪着齐溪，指着她的鼻子道："齐溪！你怎么小小年纪就这么恶毒！怎么能想出这种阴毒的招数！你这个人，就算成绩再好，工作能力再强，又有什么用！品德太败坏了！"

齐溪简直是要气笑了。

也不知道是谁给的齐瑞明勇气，竟然好意思指责她品德败坏。

"我不是阴毒，我只是学以致用。"齐溪忍住了内心巨大的痛苦和愤怒，用平静的声音，郑重地告诉齐瑞明，"我以前学习法律，是为了讨好你，但现在这一刻我才知道，这才是我学习法律的意义。你看不起女性，那现在就让你看看女性能走多远，女性是不是一定比你们男的差劲。你有能耐的话可以试试验收一下成果，心狠手辣不是你们男人才有的专利。

"你想想清楚，再来联系我。"

齐溪已经不想再多和齐瑞明纠缠，扔下这句话，拉了顾衍的手："我们走。"

然后她头也不回地离开了咖啡厅，离开了齐瑞明。

虽然在和齐瑞明谈判时，齐溪表现得很冷静，也表现得很无情，以至于都能给齐瑞明歹毒的印象，然而真的等强撑着走离咖啡厅，走到阳光灿烂的大街上，齐溪才感觉浑身脱力的崩溃。

爸爸出轨带来的伤害，爸爸重男轻女带来的恨意，爸爸背叛家庭带来的痛苦，这些并不会因为齐溪成功和齐瑞明进行了交锋就淡化，该有的情绪后遗症总会有，甚至原本因为一门心思取证找齐瑞明谈判，还有注意力的转移点，如今这件事也做完了，剩下的已经不属于齐溪能努力的范畴了，齐溪心里那些汹涌的情绪才重新反扑而来，犹如地震后的海啸，让人完全没有一秒钟喘息，就被卷入了汹涌的浪潮里。

委屈、愤怒、怨恨、不甘和愧疚，犹如一张网，让齐溪逃无可逃。

顾衍开着车，没有带齐溪回律所，也没有把她送回家，而是把她带到了湖边。

"齐溪，有什么难受的不高兴的事，都留在今天，今天我陪你，你可以尽情发泄。"

齐溪的眼前是容市最大的湖，一眼都望不到头，只在湖的天际，能看到对岸矗立着的容市标志性建筑摩天轮。这里的夜景非常美，夜晚总是充满了散步的人，然而此时此刻却没多少人。

今天没有风，广袤的湖面平静到像是没有波澜，只有阳光洒在湖面上，在细小的涟漪褶皱里像是破碎的一块块镜面碎片，反射着光，绵延到远处，像是没有尽头。

齐溪在这一刻，突然有点明白为什么很多人内心受伤以后会需要旅游，会需要寄情山水去治愈，因为大自然永远有最宽广包容的风景，犹如这样的湖面，明明充满了细碎的波纹，像是人生里一个个小波折，然而从整体看，湖面是平静而温和的，宽广的湖泊容纳了一切。

"齐溪，我知道这很难。我不是当事人，永远不可能有你和你妈妈那样感同身受的情绪，但人生在世都会遇到困难，有时候甚至是觉得天塌下来一样的挫折，但等你老了，再回头，就会发现这些事情放到你人生的长河里而言，或许真的不值一提。"

齐溪望着温柔平静的湖面，听着耳边顾衍温和的声音，在刹那间明白了顾衍带自己来这里的意图。

她这一路，失去了很多很多，亲情断绝家庭破裂，然而也并不是没有得到。

妈妈在困境面前，远比齐溪想的坚强，母女联手调查，她和妈妈比任何时候都更亲近也更彼此了解起来。不仅从养育这件事上，齐溪看到了妈妈的闪光点，更是从她的教育背景和人格里，看到了值得自己尊敬的东西。

顾衍作为男朋友的坚定和支持，在齐溪最需要帮助的时候，顾衍从没有松开过手，一直扶持着齐溪，让齐溪度过了最初的痛苦；而当齐溪想要一个人正面父亲的时候，顾衍又选择了隐忍的保护——他没有直接出现在齐溪面前站在齐溪身边，只是静静地陪伴在咖啡厅里的不远处，确保在危险的时候随时都能对齐溪出手相助。

像是自行车初学者背后那双永远保护着的手，在齐溪对自行车一无所知的时候，顾衍尽心尽责地弯腰陪伴，为齐溪平衡着身体的重力，而当齐溪好不容易开始能东倒西歪地骑一下时，他给了齐溪足够的自由去学会骑车，但双手却又从没离开过齐溪自行车的两边。

像是润物细无声的春雨，不求报答、从不声张，只是默默地滋润着他所爱的万物。

同时，齐溪获得的还有作为上司的顾雪涵的专业支持，她像是黑暗里给齐溪指明方向的灯塔，是亦师亦友般让人敬爱的存在——既点拨了齐溪专业上的操作，又潜移默化里给了齐溪很多人生上的哲理和体悟，让齐溪不自觉就想要去追赶，想要成为顾雪涵这样有勇有谋、英姿飒爽的女性，想要强大起来，才能够传递顾雪涵给她的好意——去保护其余更弱小的女性。

这样一想，齐溪望着湖面，突然也有些释然。

伤心难过是难免的，然而——这是最糟的时刻，但这也是最好的时刻。

齐溪终于忍不住抱住了顾衍，把头埋进他怀里，在无人的湖边号啕大哭。

她太需要哭一场了。

但齐溪心里明白，哭过以后，就是明天，就是未来。

顾衍一直很耐心，一点没嫌弃齐溪哭得眼泪鼻涕一大把，只是紧紧地抱住了她，不断温和地拍着她的背，没有催促，没有无意义的安慰，只有实实在在的陪伴。

等齐溪哭完，他掏出像是早就准备好的手帕，轻轻给齐溪擦了脸，然后拉了拉齐溪的手："对了，有两个人想见见你。"

齐溪哭得眼睛通红，还有些不好意思，又拿过手帕抹了抹脸："谁啊？"

"吴健强和吴康强。"

齐溪愣了愣，反应半天才终于想起来："他们要见我干什么？上次不是都和那个黑心工厂谈好了吗？难道又出什么幺蛾子了？"

顾衍卖了个关子："你见了就知道了。"

择日不如撞日，等齐溪的脸上看不出明显的哭泣痕迹，顾衍便打了个电话给那对兄弟，像是约定了什么地点，然后便径自载着齐溪奔赴了目的地。

而直到在一处江边小饮料店外见到吴健强和吴康强，齐溪才明白了这对兄弟的来意。

先开口的是吴康强，他的满头绿毛早已经染回了正常的黑色，看起来乖了很多，但脸上的青春痘倒是越发密集了。他的语气有些腼腆："我之前联系了顾律师，已经给他道过谢了，但还是想当面再见见你，和你好好说一声谢谢！"

吴康强还很年轻，说到这里，眼眶里已然带上了一点泪意："谢谢你们没嫌弃我们，尤其是你，齐律师，多谢你被我哥攻击以后，不仅没有索要赔偿，还能主动来关心我们，帮着我哥讨回了公道！"

在吴康强说这些话的时候，吴健强一直沉默着，但他的眼眶也有些微微的红。他此刻穿着宽大的衣服，是很简单便宜的款式，但显然打理过，虽日子过得并不富有，但人精神了很多，不再像之前那么狂躁，也不再萎靡。

吴康强也看向了自己的哥哥，感谢地对齐溪道："自从拿到那笔应得的赔偿款，我哥心里那口气总算出了。之前那些天，我哥心里就怨，就觉得没天理，没公道，觉得这个社会一点公平都没有，一直恨透了自己，觉得是自己的错害了家人。

"这次一开始，我哥其实也不信能拿到赔偿，之前还一直和我念叨律师都是骗子。说实话，一开始我也有点被我哥影响了。但谢谢你们，谢谢你们不仅没有问我们要钱收费，也不嫌弃我们两个没什么文化还对你们有误解，真的分文不取地帮我们争取到了钱！"

吴康强说到这里，忍不住抹了下眼泪："你们不知道我哥拿到钱时的那样子，真的是不敢相信。那次他哭得比我都厉害，真的就觉得这个社会还没抛弃我们，这个社会还没不要我们，还是有公道在，也还是有好心人在。"

大概被吴康强曝出了哭的事，吴健强显得有些不好意思，用手肘撞了弟弟一下，嘟囔道："别说这些话，人家律师又不想知道。"

吴康强看着哥哥的样子，忍不住破涕为笑："你们看，我哥现在好多了，拿到了赔偿金他心里那个坎也放下不少。有钱以后我也能带他去医院看躁郁症，不会再因为没钱吃药就吃吃停停。这次遇到的医生也好，正规治疗了一段时间后，我哥的情绪平稳多了，躁郁症的症状也基本控制住了！前几天我哥还和我说，虽然自己有点小残疾，但有的是力气，不能在家里游手好闲，又打算去找个工作了！"

看弟弟废话这么多，吴健强又开始清嗓子咳嗽暗示了："你给人家律师说这么多干什么？人家多忙啊，你没听说人家律师费都是一小时多少多少钱收的吗？尽在这废话浪费人家时间，汇报工作呢你？还滔滔不绝上了！"

"哥！这不都是咱们事先排练过的吗？不还是你死活要我先写个草稿给你看，你还修改了，说好叫我这么汇报的啊！怎么到头来怪我呢！"

面对吴康强的拆台，吴健强的脸都涨红了，他作势要打吴康强，恨铁不成钢道："你说你这个兔崽子怎么啥话都往外说呢！怎么就这么不机灵！"

看着兄弟俩这么有精神地吵嘴，齐溪突然感觉有些轻松起来。

她看了顾衍一眼，非常感激他此刻安排自己和这对兄弟见面。

而吴康强和吴健强互相又拆台吵嘴了一会儿，最终像是互相使着什么眼色一样，然后吴健强有些扭扭捏捏地从脚边拿出了此前放在地上的东西。

"齐律师，顾律师，这个东西，你们一定要收下！"

齐溪意外之余自然是摆手拒绝："我们既然接了这个案子，做的一切就都是我们应该的，没什么需要你们送的。"

"我们知道，顾律师早就给我们说过了，拒绝收礼，但这东西真不花什么钱，也算不上个礼，你们打开看看再说收不收也不迟啊！"

齐溪想了想，也没再拒绝，和顾衍打开了包装好的长条物。

他们展开后看到了一面锦旗，还有锦旗上的字——公平正义在人间，齐律顾律除邪奸！

齐溪简直是忍不住笑了出来："你们谁想出来印这个的？"

吴康强有些懊恼地抓了抓头："写得不好吗？我想了好久才写出这么押韵的。我还以为自己挺有才的，决定以后要像你们两个大律师一样学法律呢。"

虽然是很普通的锦旗，印着的话也是让人忍俊不禁的，但齐溪内心里却涌动着感动和一种职业的责任感和使命感。

虽然最初学习法律，努力想得第一名，只是为了向齐瑞明证明自己，只是为了赌气，但努力和学习确实从来不会是错，虽然齐溪绕了点弯路，但最终，看着眼前的吴健强和吴康强，齐溪觉得，即便自己学法律的初衷不纯粹，但自己还是凭着本能，找到了一条对的路。

法律让她在面对父亲的出轨和私生子时，能够保护自己；法律也让她在遭遇社会弱势群体的困境时，能伸出援手，保护别人。

"公平正义在人间，齐律顾律除邪奸。"土是土了点，但说的也没错。

实习律师只是律师职业道路的开始，未来还有更多的案子、更多的挑战等着，在实现个人职业价值，挣到一份工资养家的同时，确实还可以帮助很多很多人。

虽然在和齐瑞明谈判时，齐溪已经证明了自己，证明了女性一样能够做好律师，一样能够把握好谈判，但此时此刻的齐溪已经不想再证明什么了——如果总是想证明女性比男性强，是不是也是另一种意义上重男轻女的受害者？

只要过好自己的生活，对得起自己的职业，认真地对待身边的人，就是不再需要任何人证明的优秀了。

齐瑞明没有让齐溪和奚雯等太久，一天后，他给齐溪打来了电话，同意了协议离婚，接受奚雯方面提出的离婚财产分割："溪溪，爸爸冷静想了想，这事确实是爸爸不对，走到这一步，爸爸是有错，但婚姻里，也不是完全一方的问题，只能说我和你妈这么多年来，磨合里彼此肯定都犯过错，现在各退一步，好聚好散。我觉得你说的也有道理，我做这事儿不地道，所以也同意把其他房让给你和你妈，商铺就留给我。"

齐瑞明铺垫了这么久，主旨很明确："但爸爸希望，这件事到此为止了，大家毕竟是一家人。虽然我做了这种事，但本身也不想和你妈离婚的，不过是尊重你妈的决定，但内心，我还是把她当成我唯一的老婆，你也是爸爸最重要的女儿，以后都还是亲人。

"亮亮也是个可怜孩子。之前爸爸为了不伤害你和你妈妈，一直选择隐瞒他的身份，他像个见不得光的孩子，平时我一周里能见到他的时间也少得很。他也十岁了，不是什么都不懂的孩子，也为自己的身份难受过，但这都不是他的错，是爸爸对不起他，爸爸这辈子最对不起的就是他了。所以溪溪，就算你没法把他当弟弟，至少不要伤害他，好吗？"

齐溪已经懒得和齐瑞明虚与委蛇："只要你配合离婚，安静地度过离婚冷静期，等离婚登记尘埃落定，我们谁也不想搭理你的儿子，也不想干涉你的生活。你未来再去生二胎儿子也好，去找王娟还是李娟再婚也好，都和我们没关系。你过得幸福也好，苦也好，你都自己担着，也别来打扰我们，从此大家井水不犯河水。"

齐瑞明一听齐溪这些允诺，当即情绪和缓了下来："溪溪，爸爸未来绝对不会再找别人了，爸爸只会为了我过去的罪过好好赎罪。一个老男人带着个十岁男孩，把他拉扯到十八岁，这是爸爸的责任，以后爸爸没了你和妈妈，只能孤独终老了……"

齐溪忍着恶心听完了齐瑞明那些矫情造作的谎言，和齐瑞明预约好去民政局提起离婚申请的时间，又就离婚协议里部分小细节进行了沟通修改，这才终于如释重负地挂了电话。

她第一时间把这个消息分享给了妈妈、顾衍还有顾雪涵，几个人都很振奋。

而大约因为齐瑞明摸不透齐溪到底知道他多少底细，也或者齐瑞明在外还确实私藏了不少财产，他也想赶紧离婚，好继续去转移外面的房产，因此，此后的离婚手续办得竟然非常顺畅。

在预约的时间内，奚雯和齐瑞明终于见了面，提交了离婚申请。

一个月的冷静期满，两人在民政局工作人员的见证下，现场签署了离婚协议，提交了所有材料，领取了离婚证。

虽然早有心理准备，但奚雯在这两次和齐瑞明见面时，还是忍不住哭了。

多年的爱情、婚姻，从此付诸东流，永远失去了。

结婚证上的照片还是年轻时幸福的脸庞，还是两个人，然而离婚证上只剩下形单影只的一人。

虽然齐溪妈妈的态度坚决，也绝不能容忍背叛，取证过程里表现出了惊人的强大，然而她的内心永远受到了巨大的伤害。原本温文尔雅的奚雯，在短短一个多月的时间里，仿佛从一枝原本正处于盛放后期的玫瑰，一夜之间经历了暴虐的风雨，已然只剩下凋零的颓败。

妈妈老了那么多。

齐瑞明也不遑多让，苍老了不少。

离婚毕竟没有想的那么轻松，即便对齐瑞明也同样如此、除了些许的愧疚和迷茫外，齐瑞明想必也不是没有心理压力的。在签署离婚协议时，他或许也迟疑过，也不舍过，也流露出过愧疚，然而正是他把一切推到了无法回头的这一刻。

签署离婚协议的这一天，除了顾衍外，顾雪涵也一起陪同齐溪和奚雯来了民政局；等正式签字结束，顾雪涵搀扶着奚雯走了出来。

"齐溪，这一个月来，你也受苦了，心理压力也很大，给你和顾衍放今天一天的假，你们好好去放松放松，至于你妈妈这边，交给我吧。"

平时明明这么凌厉的顾雪涵，此刻的语气却很温柔，扶着齐溪的妈妈："我的年龄比你们都大，我和你妈妈可能更有年龄上的亲近感。"

齐溪显然是不放心妈妈的："可……"

顾雪涵回头朝奚雯安抚地笑了下，然后走近齐溪，压低声音解释道："你妈妈是个骨子里要强的人，你是她的女儿，没有哪个妈妈不希望自己在女儿面前表现得更强大的，也没有哪个妈妈会放弃保护女儿的本能的。

"这一遭，你妈妈是最受苦受罪的人。虽然她是母亲，但她也有脆弱的时候，你陪着她的话，她是不愿意在女儿面前表现出这种脆弱的，她希望成为你的依靠。所以交给我，让我来陪她，让她也好好哭一场，好好把心里的怨恨不甘和软弱都发泄掉。"

要不是顾雪涵，齐溪根本不会想到这一点。确实，即便遭遇这样巨大的打击和痛苦，奚雯一直以来的反应都算得上是克制的，但妈妈也不是超人，也是会脆弱的。

齐溪感激地朝顾雪涵点了点头："那就麻烦顾律师了！这一次，多亏您帮忙，否则我还真的不知道怎么做了……"

顾雪涵抿唇笑了下："这没什么，毕竟我帮你也就是'Girls help girls'（女性互助）嘛，最近不都流行这个吗？"

"姐，虽然你是帮了忙……"大概是最近风头都被顾雪涵抢走了，顾衍忍不住清了清嗓子，找起存在感来了，很欠扁地问道，"但你还算'女孩'吗？"

一向优雅的顾雪涵果然破功，没忍住翻了个白眼："顾衍你皮痒了是不是？你姐姐我至死都是美少女！只要保留有爱和童趣，不管多少岁，内心都可以是个小女孩！"

原本还有些沉重的气氛，因为顾衍和顾雪涵这个小插曲，变得也轻松了起来，齐溪笑了，站在顾雪涵身后的奚雯也忍不住笑了下。

此时天气晴朗，齐溪看着站在阳光下的妈妈，忍不住也有些泪意。

顾雪涵说的没错，只要内心还有爱和童趣，不论几岁，都可以重新开始，都可以朝气蓬勃。妈妈也还年轻着呢，未来还有几十年的好日子在等着她呢！

顾雪涵单独带走了奚雯去散心，但齐溪和顾衍也没闲着真去放松或者约会，因为奚雯和齐瑞明的离婚只是第一步，如今婚内的主要财产得到了保全，那下一步就是起诉王娟返还齐瑞明婚内给她输送的不当得利。

齐溪带着顾衍回了她租住的地方，两个人一起整理着材料。因为前期准备充分，如今基本上再梳理下材料，他们就可以直接拿去法院起诉了。

"王齐亮的事我不管，我也不会真去散布他是私生子的信息，因为真这样去报复了，就和我爸和王娟那种人一样低级了，被狗咬了总不能也和狗一样去咬回来；何况我要是曝光了齐瑞明私生子的信息，他们这些没下限的也可以拿着我们的私人信息去做没底线的事，所以这种事我不做，但基于法律框架内我能给我妈讨回来的公道，我也不会放弃。"

不过齐溪没想到的是，虽然她没有去曝光王齐亮，但这事竟然有别人去做了。

就在齐溪打算拉着顾衍去外面买点食材，今晚由她来下厨犒劳下自己男朋友时，赵依然竟然提早下班回家了。

被赵依然在家里撞见自己和顾衍在一起，虽然没什么亲密行为，但齐溪大概是做贼心虚，脸色有些红，变得有些尴尬。

不过赵依然倒是很自然。大概因为齐溪此前就常和顾衍为了案子一起加班讨论，她见了顾衍也没觉得意外，只是在门口踢掉了高跟鞋，惊魂未定道："一路跑死我了。我本来正在整理案卷呢，结果说我们法院突然来了个不满意之前判决的当事人，提着刀说要砍死几个法官当垫背，吓得我们夺路狂奔。现在警察都去了，疏散现场，下午的庭审都临时取消了，我们庭长也让我们赶紧回家了。"

她大大咧咧地往沙发上一坐，就开始刷手机："不过你俩上班时间怎么就在家里蹲呢？这个点不应该在竞合吗？"

齐溪有些磕巴，刚想解释，就听到顾衍镇定地信口雌黄道："竞合有部分地方正好做了装修维护，甲醛味道有点大，所以我们才来这里的。"

顾衍补充道："毕竟齐溪这里离竞合所也比较近。"

赵依然露出了原来如此的表情，不过很快又狐疑道："那你们不找个竞合所下面的咖啡厅之类的？回这儿也不算多近啊，而且在家里还没有工作气氛……"

完了，被赵依然看出破绽了……

只是齐溪没想到，这种情况下顾衍还可以镇定自若地随口胡诌，这男人冷静道："最近业绩不太好，我姐没什么业务，我们除了底薪外，也没什么钱，进咖啡馆太花钱了，还是节俭开支吧。"

赵依然一听，果然露出了同情："这看来最近经济是不行啊，连竞合都这样了……"她一边说，一边发信息，"我得赶紧劝劝我想跳槽进律所的同事，可别瞎折腾了，竞合所的都喝不起咖啡了！"

"……"

齐溪正绞尽脑汁打算想个借口出门，以免赵依然又问什么问题，就听原本正在刷手机的赵依然拍着大腿惊叫了一声："我去！太劲爆了吧！"

齐溪有些好奇："什么事啊！"

"想不到有朝一日我们法律圈的网红博主们也会被掐到上热搜。"赵依然一脸无语，"要是那种大家你一言我一语就专业问题唇枪舌剑的也就算了，结果闹上热搜的都什么事啊？"

她向齐溪简单解释道："还记得我和你说过，法律垂直领域有几个女网红挺出名的吗？就那个'涓涓细流'和'蒙桃桃勇闯律政界'，记得吧？结果'蒙桃桃勇闯律政界'被扒皮连司法考试都没过，就在营销律政佳人人设，当时那个'涓涓细流'可没少埋汰她，趁机打造自己不翻车的人设，说自己才是真正的律政佳人，结果现在好了，这个'涓涓细流'翻车翻得比'蒙桃桃勇闯律政界'还厉害！

"她是哪门子的逆袭啊，就是刚毕业就给已婚老男人做出轨对象了，靠着儿子上位，一路靠老男人养着，破坏别人家庭，根本没在律所工作的，只是爬了个律所合伙人的床……"

赵依然虽然知道齐溪的爸爸是个律师，但并不知道齐溪爸爸的全名，也不知道他所在的律所的名字，因此属于即便看到涉及齐瑞明的扒皮帖，也并不知详情。但齐溪和顾衍都皱着眉，有些面面相觑。

赵依然把两人的表情解读为震惊，一脸"你们没见过世面"地道："都扒皮扒得清清楚楚呢，包括她的真名、身份证号、她傍上的那个律所合伙人的姓名、律所名字，还有她那个儿子的名字、年龄、学校，所有人的照片都被扒出来了。"

赵依然一边给齐溪和顾衍八卦，一边还在翻看爆料帖："不是吧？她还是在我们容市的啊，她儿子王齐亮上的还是我们容市的贵族国际学校啊！我们容市还有这种'人才'？傍的那个律所合伙人也不怎么出名啊，不过是个名不见经传的小律所……"

齐溪这下坐不住了，抿着唇，来不及回应赵依然，径自拿出了手机，以"涓涓细流"为关键词搜索了起来。

只是几乎是她刚打下"涓涓"两字的时候，搜索自动关联出了"涓涓细流上位"等一系列词条。

齐溪随便点进一个话题，才发现"涓涓细流"这一次被扒皮的盛况，简直是明星出轨时才有的待遇，不仅法律圈内几个有影响力的博主都转发吃瓜了，还有大量的营销号跟进。点进话题里，除了大量真实的网络用户在骂王娟不要脸之外，还有明显带节奏的水军，导致最终这个事件一下冲上热搜，讨论度也非常大。

虽然王娟是个网红，但影响力根本达不到如今这么大的讨论度，何况被扒皮这件事就很蹊跷，坦白说，她在微博虽然高调地晒过不少奢侈品，但估计自知自己不干不净的身份，从来没透露过相关的隐私信息。

能把她的私人信息、出轨对象信息以及私生子信息扒到如今这样连底裤都没有的地步，明显是动用了别的手段。

对于齐溪这个疑问，常年看八卦的赵依然就很了然了："她这明显被人搞了啊！之前我不就说过，她和'蒙桃桃勇闯律政界'不对付吗？之前'蒙桃桃勇闯律政界'被扒皮的时候，听说'涓涓细流'没少在背后插刀搞事，还在微博发了很多阴阳怪气的话讽刺对方。当时'蒙桃桃勇闯律政界'就挺记恨的,还下场骂过'涓涓细流'几句,说她的人设没准也是假的,但当时差点被'涓涓细流'的粉丝给骂死。"

"所以你的意思是,这次扒皮多半是'蒙桃桃勇闯律政界'的功劳?"

赵依然点了点头:"是的,我有个网友潜伏在'蒙桃桃勇闯律政界'的核心群里,和我说'涓涓细流'这事一开始就是有组织带节奏的。'蒙桃桃勇闯律政界'家里还挺有钱的,听说花钱调查了'涓涓细流',原本只想随便曝点黑料,没想到挖到了这么大的事,于是趁机穷追猛打了,毕竟'蒙桃桃'上次被扒皮后挺惨的,心里一直憋着气呢,这次简直是'蒙桃桃'的粉丝的狂欢。"

赵依然一边八卦,一边也有些感慨:"你说这些所谓的网红能不能不要虚伪地造这么假的人设了?都怎么想的,自己不仅学历不好、能力不行,更不是靠努力逆袭的,是个破坏别人家庭的人,还敢上网炫耀,现在翻车了,被人骂死,可真是活该!"

"可能正是因为现实世界里没有任何拿得出手的东西,所以才要在网上制造一个假的形象,供别人仰慕吧。"齐溪看着网上一边倒讨伐王娟的骂战,一时之间只觉唏嘘。

网络群体性的舆论本来就很好歪曲和引导,曾经王娟靠着这一点吸引到了多少粉丝拿到了多少赞誉和红利,如今就因为这一点栽得多重。

不得不说,这一次扒皮事件的幕后黑手引导得非常好,先是利用大家痛恨第三者的这点说事,之后又把齐瑞明为了儿子抛弃妻女这点拿来攻击,完全契合了如今的社会思潮,王娟和齐瑞明都犹如网络流浪狗一样被骂到关闭了相关社交媒体的评论。

狂暴的民意追求着他们眼里的正义,形成了群体性的私刑事件。

赵依然说:"王娟就不说了,家庭住址被查出来有人给送花圈上门了;那个老男人,也有人去律协举报了,说他品德败坏,律协电话都被打爆了。据说这老男人的手机号也被曝出来了,一堆人冲去骂他。"

"最惨的是那个小孩,听说学校的官微和网站全部沦陷了,留言板上全是骂那小孩,让他早点去死的……"

对于被网曝的人，齐溪常常都会同情，但面对王娟，她好像确实无法同情起来。

齐溪总是坚信，命运冥冥之中都是有安排的，利用不道德、不合法的手段走了捷径，未来也总是要还的。王娟做了错的事，可能未必立刻会遭报应，但不论一年还是几年，最终事情会败露，最终她会迎来多行不义必自毙的结局。

毕竟偷来的东西，总是要还回去的。

也不知道顾雪涵那天都和奚雯说了什么，明明正式登记离婚时妈妈的状态相当低落，但没多久后，齐溪再次见到妈妈，却发现她整个人眼里都有光了。

齐溪不放心妈妈回家探望她时，她正在试穿一套职业装套裙，见了齐溪，有些不好意思，但人非常精神："溪溪，妈妈好多年没工作过了，不知道现在律所里像我这个年纪的穿成这样会不会很夸张？"

怎么会呢？

齐溪真心实意道："妈妈，你的身材保养得这么好，穿这样的职业套装简直是英姿飒爽，这套衣服也非常适合你！"

奚雯听了，有些如释重负地松了口气："那就好，是雪涵给我挑的。原来她也是容大法学院毕业的，严格来说还是我的学妹。我这个学姐真是没出息，还要事事麻烦学妹……"

齐溪的妈妈是个慢热的性子，能直接喊"雪涵"，可见两人属于一见如故的亲近了。

齐溪打心眼里高兴，不过对于妈妈买职业装这件事还有些好奇："妈妈，你这是打算……"

不等齐溪说完，奚雯既温柔又兴奋地宣布了这个消息："妈妈打算再就业。"

面对齐溪的惊讶，奚雯就镇定多了，解释道："虽然妈妈年纪大了，也没什么工作经验，但我也通过司法考试了，又是容大法学院毕业的；

你也大了，不需要我辅导功课或者照顾日常生活；婚都离了，没有男人约束妈妈影响妈妈的决定，家里可以说没有任何可以绊住我手脚的因素、没任何拖累了，所以以加班出差我都能行。我虽然进不了像你们竞合这样的顶尖律所，但雪涵认识的一家刚创办的小所正需要人，工资给不到多高，但都是容大法学院毕业的校友，创始人还是比我高一届的学长，雪涵给我做了推荐，他们愿意让我试试……"

说到这里，奚雯果然有些忐忑："也不知道我能不能做好……"

人不能闲着，只要有事情干，有生活目标，就有奔头。齐溪看着妈妈此刻脸上虽然仍旧有悲伤的影子，但显然更多的情绪是对自己未来职场生活的期待。

"妈妈！你当然能做好了！要有不懂的地方，以后就来问我这个前辈吧！"

奚雯听了，作势要打齐溪："你又取笑妈妈。"

"怎么叫取笑呢！妈妈你以后可是新入律所的菜鸟，作为一个实习律师从零做起，可我好歹已经做了一阵子实习律师了，比你可有经验多了。怎么样？周末给我做一顿地锅鸡，我就免费传授给你宝贵的实习律师速成绝技。"

奚雯脸上露出了笑："妈妈知道了，周末给你做地锅鸡，至于你的速成绝技，我还是敬谢不敏了。你才比我多几个月的工作经历，也好意思自称前辈吗？"

"那我们就比一比，等你一年实习期满，能独立办案后，我们就来个比赛，看看谁一年内创收多。"

齐溪的话让奚雯也燃起了竞争的斗志，她想了想，笑着点了点头："行，雪涵说了，律师除了专业技能外，也很考验待人处事沟通的情商，她觉得我的年龄并不一定是劣势。妈妈不服输，就和你比一比！"

母女俩你一言我一语，还真的开开心心折腾出了个比试细则。

齐溪看着妈妈重新亮起来的眼神，打从心底里感到高兴。

奚雯这边的生活在遭遇重创后正有条不紊地重建着，但另一边齐瑞明的日子就没那么好过了。

齐瑞明从一开始就不想离婚，毕竟奚雯落落大方、学历好、见识广，性子还温和，作为妻子，她才是更能和自己聊到一块去的人；王娟除了年轻貌美，其实是个目光短浅的女人，也没什么生活智慧，只知道买买买。本以为给钱就能摆平，只是齐瑞明没想到这女人竟然为了上位跑去了奚雯面前，害得自己原本正好能维持住平衡的生活被破坏了个彻底。

结果王娟事到临头竟然还嘴硬不承认。但婚已经离了，齐瑞明虽然心里憋着火，把王娟骂了一顿，没少给王娟脸色看，但想着好歹保全了儿子，王娟毕竟是孩子亲妈，也只好收敛了脾气。

只是齐瑞明好不容易凭借着在婚内财产分割上的让步，得到了齐溪和奚雯不会去曝光自己及自己私生子的允诺，却没想到王娟在网上做什么网红，惹了另一个挺有背景的网红，最终不仅她自己的信息被扒了个底朝天，连带着都波及了亮亮以及齐瑞明。

实际上，事情一开始发生时，齐瑞明几乎没有深想就觉得是齐溪和奚雯干的，只是后续他请相熟的自媒体朋友介入想在网上洗白自己，才发现对方明显请了专业的水军团队，背景深厚，根本不可能是齐溪和奚雯做得出来的手段。此后经过自己这位自媒体朋友委婉的告知，他才知道王娟这蠢货在网上当网红，惹了另一位网红，最终酿成如今的苦果。

齐瑞明是知道王娟喜欢在网上炫富的，但他从不知道她能闹出这么大的事来，没想到害得如今容市大半个法律圈竟然都知道他和王娟的破事了。

如果只是在网上被辱骂也就算了，但这战火显然波及了齐瑞明的日常生活，先是他被群情激奋的网友不断去律协举报，所里电话也被辱骂的人打爆了，律所门口甚至还被人泼了油漆，以至于根本没法正常开展工作，齐瑞明不得不给所有员工放了几天假；而不论他是去法院还是哪儿办案，不少老相识对他都是侧目而视，连之前的同学聚会齐瑞明也没脸去了。

本以为随着时间过去，舆论会平息，然而没想到原本好不容易谈下来的几个企业客户，因为法务高管都是女性，对齐瑞明出轨、生私生子的行为非常难以忍受，以至于中断了顾问律师服务，不再续约；还有一些女当事人，也陆陆续续因为这样的事停止了和瑞明律所的合作。

齐瑞明一边焦头烂额地安抚着当事人，一边又要疲于应付律协的询问，感觉心力交瘁。

然而倒霉的事好像还没完，此前齐瑞明曾经用不正当的手段，为了满足客户多分割到财产的目的，帮助一位离婚的男客户伪造了大量婚内借款，通过把男客户的企业做成亏损的手段，达成了使得女方几乎净身出户的目的。

这女方如今趁着齐瑞明出轨王娟这事的热度抓住了机会，开始曝光自己前夫同样婚内出轨，并通过齐瑞明使用了不正当手段，导致前夫不仅出轨还在财产分割上毫无损失。

这下一石激起三层浪，同样的出轨、又存在伪证，这个黑心律师还正好是也有出轨史的齐瑞明，一下子群情激奋，这女方竟然得到了大量关注和支持，把这个早就过去的旧案子给掀了出来，当初那出轨还转移财产的男客户的信息也同样被挖了出来，遭到了骚扰。

齐瑞明没想到的是，为了平息舆论，那男客户竟然反水了——当初明明是他求着齐瑞明帮他操作一下，说愿意偷偷多给齐瑞明一笔钱，齐瑞明也是看在钱的分上才冒的险，如今他为了维护自己的利益，竟然把一切都推到了齐瑞明身上，甚至还接受了采访："我当初出轨确实不对，给前妻带来了很大伤害。我原本也是想正常离婚分割财产的，但当时那个律师告诉我，大家全都是这样操作转移钱的，没必要给前妻多分，还和我说这都是合法的法律操作。我这个人也没什么文化，也不懂法，就以为是真的，就多付了点律师费让他去弄了，我哪里知道这个不合法啊。希望大家不要再骚扰我和我现在的家人了……"

这下脏水全部泼到了齐瑞明头上，律协为此也下场针对这个案子启动调查了。

事情一下子闹大了，齐瑞明别说去帮王娟平息舆论了，自己如今都是泥菩萨过江自身难保。他担心再闹下去，律协真查下去，把他过去那些不干净的操作都挖出来，可真的是会被吊销律师执照的。

但人倒霉起来喝凉水都可能塞牙，齐瑞明光是处理自己和王娟的事已经濒临崩溃，没想到他最宝贝的儿子王齐亮那边也出了事。

王齐亮的国际学校是寄宿的，原本也就每周末才接回来一次，齐瑞明此前没注意，但最近发现孩子越发沉默寡言了，也很害怕触碰，像是遮掩着什么，等他发现王齐亮身上用刀子划出来的新老伤口，才意识到事情的严重超出了他的预估。

齐瑞明因为疲于应付自己的事，等发现王齐亮状态不对的时候，才知道为时已晚——王齐亮已经确诊了严重抑郁症，伴随有自虐行为。在学校有了几次自杀倾向的行为后，经过学校老师的规劝，齐瑞明不得不给他暂时办理了休学，进行治疗。

这时候，齐瑞明才知道，王齐亮被学校里其他孩子孤立霸凌了，网曝和那些辱骂给他带来了很大的精神冲击和伤害。

齐瑞明原本最引以为傲的就是送儿子进了容市最好的学校进行贵族教育，然而如今却变成了最后悔的事。虽然想给儿子讨回公道，然而那些带头孤立儿子的小孩家里的背景都相当深厚，齐瑞明根本就束手无策。

"同学们都骂我，还有人说本来我们学校是很好的贵族学校，都因为出了我这样的人，学校现在在网上的形象一塌糊涂，留言板全是骂我、叫我滚出学校的话，认为我应该滚出学校。他们都说我是不应该生出来的孩子，我的存在就是个错误……"

看着王齐亮和自己长得几乎一模一样的脸，还有他脸上颓丧迷茫的表情，齐瑞明的心简直在滴血。

这可是他最宝贝的儿子啊！

自己为了这个儿子，付出了多少！

好不容易稳住了奚雯和齐溪，结果竟然坏事在了该死的王娟身上！干什么那么高调地上网？炫富就算了，还和人结仇！

齐瑞明一分钱也不再给王娟，恨不得立刻让王娟滚，但碍于她毕竟是亮亮的亲妈，亮亮后续治疗也还需要她陪护，他不得不忍下这口气。

只是没想到齐瑞明是忍了，王娟倒是忍不了了。她被网民骂到情绪崩溃，想从齐瑞明这儿得到点安慰，结果没想到齐瑞明不仅没给安慰，还把她骂了一顿后停了她的信用卡副卡，儿子得了抑郁症天天寻死觅活要治疗；另一边她还收到了法院的开庭通知书，齐瑞明给她买的那套房竟然被齐瑞明的前妻发现了，如今正起诉要求她返还不当得利。

王娟越想越觉得这日子没法过了。抑郁症可不像一般的断胳膊断腿，休养几个月就好了，她上网查了，很多抑郁症患者的治疗是按年算的，就算好了还容易复发，儿子原本健健康康的，还是她从齐瑞明这儿捞钱的好工具，如今病成这样，不仅没法指望儿子以后有出息了给自己养老，如今还和个拖累似的要自己照料。

齐瑞明不仅不给钱，事业看起来也不怎么样，人又已经五十多老得厉害，而她才三十出头，保养得又好，何必吊死在没用的齐瑞明和病了的儿子身上？自己下半辈子难道就是照顾老头和病儿子吗？

这边齐瑞明还在做心理建设，想原谅王娟，希望她好好带儿子治病，结果那边王娟直接丢下烂摊子，房子也不要了，趁着齐瑞明睡着把他两张银行卡里背着前妻偷藏的大几百万的流水资金都转走了，只丢下个严重抑郁的王齐亮在医院里，连夜跑路不知所终了。

当齐溪知道这一切的时候，已经是三个月后了——

齐瑞明虽然没有被吊销律师执照，但口碑彻底坏了，想在容市法律圈继续混下去几乎不可能。

而他此前接的几个办理到一半的案子也都被发现出现过重大失误，其中一个是并购案，经过调查，因为他的失误给客户造成了巨大的损失，如今也面临巨额赔款。

因为被逼到绝境，赔偿和给儿子治病都需要大量的钱，齐瑞明不得已之下，针对王娟偷偷转走自己的钱的事报了警。听说王娟也因此很快被抓了，如今因为盗窃罪被立案了。

没想到这一对男女最后的结局竟然是撕破脸皮、狗咬狗。

反观自己妈妈这儿，一切都有条不紊地进行着。

奚雯入职后，一开始虽然很不适应，但顶头上司就是原来的学长，也刚结束了失败的婚姻，相同的经历下两人挺聊得来，有些亦师亦友的感觉。对方对她多有提点，非常包容，奚雯也很争气，加班熬夜把自己曾经错失的职场经验都努力补了上去。

谁能想到原本做惯了全职太太的妈妈，如今竟然摇身一变成了职场拼命三娘，齐溪就连约妈妈吃个饭都很难。

进入律所工作的奚雯如今容光满面。她非常喜欢律师工作，觉得既能帮助人，又很有挑战，就连之前起诉王娟返还婚内财产的案子和起诉齐瑞明隐匿婚内财产的案子，奚雯也非常不讲武德地从齐溪和顾衍手上"抢"了回去，决心自己跟进，狠狠打那对狗男女的脸，拿回属于自己的东西。

看着妈妈的生活这么充实，重新有了生活的重心，齐溪由衷地感到高兴。

她也可以彻底和过去告别，重新回到原本快乐的人生里去了。

而齐溪没想到的是，同样是告别过去迎接未来的人，除了她和她妈妈外，竟然还有一个。

这天下午她正在写案件总结的时候，来了一位不速之客。

"齐律师您好，请问顾律师在吗？"

齐溪抬头，才发现竟然是陈湘。

齐溪下意识回答道："不好意思，顾律师刚临时有事出去了下，您如果没预约的话可以等等。顾律师下午目前是空的，您不急的话可以等个十五分钟，她应该就能回来了。您今天赶时间的话，我帮您预约她之后的时间。"

陈湘笑了下："没事，我不赶时间，那我等等。"

陈湘这次穿了优雅得体的职业套装，化了明艳的妆容，不再是此前温文的气质，变得有些凌厉了起来，剪了发，变成了利落干练的短发，见了齐溪，得体地笑着问了好。

齐溪有些恍如隔世，毕竟上一次见到陈湘，还是因为她最终撤回了离婚的决定。齐溪还记得那一次陈湘的憔悴和眼神里的偏执，一度怀疑她继续维持名存实亡的婚姻决定的正确性。

但是如今看来，她的状态非常好。难道艾翔真的痛改前非了？

不过陈湘像是看出了齐溪在想什么，她笑了下，直接打消了齐溪的疑惑。

"你一定在好奇我为什么状态这么好吧？"她抿唇笑了下，"因为我决定要离婚了。"

齐溪愣了愣，有些惊讶地睁大了眼睛。

这反应果然让陈湘有些笑起来："我知道你可能会意外，但我这次来的目的就是离婚。这段时间里，我按照此前顾律师教我的取证方法，已经把艾翔出轨的证据全部保存了，他工作室的账务问题我也了如指掌，这一次他绝无可能通过做亏工作室转移和隐匿财产了。这次我就是带着所有的证据材料，来请你们帮我代理这起离婚诉讼的。"

齐溪听得简直一愣一愣的："所以您之前不离婚是为了埋伏在他身边，放松他的警惕，好轻松完成取证吗？"

陈湘摇了摇头："齐律师，我没你想的那么果决和勇敢。最初我确实是不想离婚，一来觉得不甘心，二来对他还有期待，但重新回去和他继续维系着虚假恩爱的婚姻，时间长了除了把自己弄得精疲力竭、疑神疑鬼，好像什么好也没捞着。因为我不离婚，他认为我这是默许了他婚外情，不仅没有收敛，甚至越发变本加厉了，对我的态度也更加差了，连装都懒得装。

"所以我想通了，我决定放弃这段婚姻，放弃这个差劲的男人。你若作茧找便休，自己何必热脸贴个冷屁股？尤其如今依靠我手里的证据，我能分走他一大半的财产，何乐不为呢？"

"您这次是决定好了吗？"

　　面对齐溪的问题，陈湘脸上露出了决断的表情："是的，而且我相信这次也是一个离婚的好时机。"她卖了个关子，"至于为什么，你之后就知道了。"

如陈湘所言，齐溪确实很快就知道了为什么这是个离婚的好时机。

因为陈湘手里握有证据，又清晰掌握了婚内所有财产的动向，顾雪涵作为陈湘的代理律师与艾翔方就离婚一事谈判时，充分掌握了主动权；艾翔方并没有什么能抵赖的，而他本人似乎也对离婚乐见其成，因此最终非常顺畅地落定了财产分割协议，给出了比齐溪预想还多的婚内财产；然后，双方在度过离婚冷静期后在民政局办理了协议离婚登记。

"他急着去和我那个学妹结婚呢。我那个学妹怀孕了，正用孩子逼宫，现在艾翔比我还急，所以迫不及待想离婚。我现在提离婚，简直正中他的下怀。"

可对于陈湘的解释，齐溪还是有些不解："但就算再急迫，男人对钱大部分是不会轻易让步的，他会这么容易放弃那么多婚内财产？"

对此，陈湘嘲讽地冷笑了下："因为男人更容易飘。艾翔恐怕现在连自己是谁都不记得了，因为《逢仙》的大获成功，他的 IP 确实价格暴涨了一段时间。你还记得当时连载的那本新书吗？名字叫《与狼》的，开始卖了五百万，后来死活要毁约再卖的，当时在他的坚持下确实解约再卖了，即便赔了违约金，还多挣了一千四百万，可之前影视行业里充斥着快钱，两千万买下《与狼》的那家公司虽然钱是很多，但真的不懂行，根本没有专业团队，背后就是一个被忽悠来搞影视投资的煤老板，结果《与狼》的 IP 落到那公司，大半年没有一丁点进度。

"那公司团队里都是些坑蒙拐骗的人，专业能力都不行，但特别会吹。艾翔本身因为《逢仙》就很飘，对方又可劲吹捧他，把他忽悠到把自己未来十年的独家版权都签进了那公司，说什么要为他打造全版权生态，结果现在那公司都快人去楼空了。什么全版权生态，就是些倒卖版权挣差价的二手贩子。"

陈湘一脸"活该"的表情，冷静地阐述道："不仅如此，艾翔总觉得《与狼》能复制《逢仙》的成功，所以还争着抢着入股了这家公司。按照我得到的消息，这家公司在外还投了好多项目，又签过对赌协议，此前因为不专业，大肆挥霍，如今听说好几个项目的尾款都结不清，下个月应该就会面临诉讼，到时候艾翔作为股东，也跑不了。"

说到这里，陈湘终于露出了点笑意，看向了齐溪："他的其余 IP 未来恐怕都开发不出来，《逢仙》再火，红利又能辐射几年？还能让他吃一辈子吗？现在冒头的新作者犹如过江之鲫，他并没有不可替代性，也没红到出圈有神格的地步。如今他的 IP 又绑死在那家公司，未来等于艾翔这个作者就不具备开发价值了，IP 的意义都没了，还能挣到钱吗？他不仅没钱，更没那个脑子投资，却硬要投自己不熟悉的领域，等着赔钱倒是真的。这种既没有才华和智慧，也没有未来和前途，只有债务的男人，我留着又能做什么呢？"

陈湘说到这里，齐溪就全懂了。她确实选了个离婚的好时机，就像是一个泡沫，此时此刻艾翔恐怕还正在享受着这个泡沫达到制高点时的虚假繁荣，根本没有居安思危的意识，更不知道未来潜伏的杀机，只觉得自己未来前途无量，能挣比如今多百倍的钱，因此陈湘提离婚，他非常爽快就同意了，却根本不知道自己未来会经受的暴风雨。不用过多久，他就将从制高点摔至泥潭，除了债务外，一无所有，而早已经分割完大头财产的陈湘，却能全身而退，与他未来的债务割裂。

"虽然因为对艾翔此前还抱有期待所以又拖延了一阵子，但最后到底放弃了不切实际的念想，丢掉了过去，轻装上阵重新开始了，陈湘还是个挺有勇气的人。听说她打算开一家作家经纪公司，利用之前孵化艾翔作品，处理艾翔作品相关商务谈判的经验，以及圈内的一些人脉，找一些有潜力的新作者签约合作。这么一来，她过去为艾翔跑前跑后那些时间，也不算都浪费了，好歹也是积累了丰富的从业经验，能让她这时候顺利转行创业。"

陈湘离开后，齐溪还是忍不住有些感慨，轻轻戳了戳自己身边的顾衍："不过，如果我那时候一直不给你回应，你会不会也像陈湘一样放弃我？"

"不会。"

顾衍的声音很平，他一边在整理卷宗，一边抬头看了齐溪一眼，然后移开了视线，重新看向了卷宗："毕竟有些人手段高明。"

他像是在斟酌用词，顿了片刻，才又扫了齐溪一眼："就是现在说的那种'钓系'。"

这话听了齐溪就不平了："我怎么是'钓系'了？我怎么你了吗？顾衍，你不要含血喷人！"

"说什么给我重新定做一块'爱情如不锈钢一样坚硬'的奖牌，结果到现在都没看到，只有一块'友情如不锈钢一样坚硬'。嗯，是挺坚硬的，现在放在办公桌底下，一不小心踢上一脚还挺疼的。"

顾衍不说还好，他这一控诉，齐溪也有些尴尬起来。当初确实是自己允诺立刻重新定做，但后来工作一忙起来，她也忘记了这回事，说起来还确实是她的错。

但齐溪向来非常从善如流，此刻见他们周围几个位置上都没人，齐溪索性把头往顾衍身上一靠，然后搂住了顾衍的腰："对不起嘛。"

虽然语气上没有松口，但顾衍的耳朵还是有点红了。他不看齐溪，但也没推开她，由着她像个狐狸精一样缠在自己身上，只色厉内荏地低声道:"别离我这么近。"

"你还不好意思啊?"齐溪看着顾衍的样子,有些想笑,忍不住嘟囔道,"好像之前在会议室里亲我的人不是你一样。"

"那不一样。"顾衍的声音相当一本正经,很有理有据的模样,"那时候有点被冲昏头了,现在我还是比较冷静理智的。"

"这样啊。"

齐溪环顾了下四周。今天正是周五,又早已经到了下班时间,此刻大办公区里的同事们都走得没影了,只剩下顾雪涵的办公室关着门但还亮着灯,恐怕只有顾雪涵还在加班。

齐溪突然生出了点恶劣的心思,故意凑近顾衍的耳朵,轻轻对着他的耳朵吹气道:"冷静理智吗?"

顾衍这下不仅耳朵红了,连脖子也开始微微泛出点红,像是不小心掉进妖精洞里的正直书生,一脸非礼勿视的坚决。

齐溪也不见好就收,见顾衍往边上挪,她就也贴着往他身上继续靠,直到顾衍的身侧都靠上了墙,逃无可逃,齐溪才整个人把他给围住了。

此前因为忙着妈妈的事,又一门心思扑在案子上,齐溪根本没心情想别的,但如今,齐溪看着近在咫尺的顾衍,望着他英俊又强装镇定的脸,心里突然产生了很多在这个时刻这个地点都非常不合时宜的念头。

撩人不自知,可能说的就是顾衍这样的人吧。

他光是安安静静坐在那里,露出一些勉勉强强的拒绝和抵抗,就能让齐溪想对他做点什么事。

齐溪也确实这样做了。

她整个人都贴到顾衍身上去了,声音轻轻地道:"不锈钢那个你别生气了嘛,而且虽然不锈钢是硬的,但我的心是软的呀。"

顾衍像是找回了点冷静的节奏,只看了齐溪一眼就移开了视线,但嘴里还是忍不住控诉:"我看你心软都是对别人,对我倒是挺硬的,答应客户的事情从来没见你忘记，答应我的你总忘记。"

"我的心当然对你是软的呀。"齐溪凑上去，快速地亲了顾衍的侧脸一下，然后拉住了他的手。

"你来摸一下。"

齐溪的眼睛湿漉漉的，声音里带了点第一次做这种事的紧张和隐隐恶劣的兴奋。她觉得自己像个魔女，用轻而甜腻的声音劝诱道："真的很软的，你要不要鉴定一下？"

顾衍果然炸了。

他动作激烈地抽回了手，径自站起了身，眼睛都被气得有些微红了，声音带了点无可奈何的忍无可忍："齐溪！你在干什么？"

齐溪差点笑得直不起腰。

顾衍的样子看起来快要气死了："这里是律所！"

齐溪从善如流地点了点头："嗯嗯嗯，所以刺激嘛，而且大办公区又没人了。"

"我姐还在办公室。"

齐溪撩了下头发，做出了个不在意的姿态："反正你姐姐都知道了，上次我们在你家里……反正也洗不干净了，你姐姐可能以为我们什么事情都做了。"她眨了眨眼看向顾衍，"虽然我也很委屈，毕竟我们其实也没做什么事。"

顾衍瞪着齐溪，不知道他是在想什么东西，但片刻后，他才像是找回了声音般："你很想做那个事是不是？"

齐溪愣了愣。

她其实说白了只是过过嘴瘾，见了顾衍就忍不住想撩拨一下，并不是真的想怎样，事到临头可能尿的反而是她……

结果她还没来得及澄清，就听见顾衍继续道："再等等。"

这男人的声音有点不自然，但像是决定了什么一样，他看向了齐溪："今晚你跟我回家。"

虽然顾衍发出了宣告一样的通牒，齐溪跟着顾衍回了顾衍的房子，彼此也有些心照不宣，中途顾衍还拉着齐溪的手去楼下便利店买了配套的"作案工具"，但齐溪还是害羞得要死，在便利店里看着顾衍结账的时候，她就恨不得立刻逃走，只恨自己上次买的怎么就落在家里没随身带着。可是如今齐溪越是想跑，顾衍却死活不让她如愿一样，强硬地拉着她。

齐溪本身是容市人，顾衍的房子又处于繁华地带，她记得以往自己有个别大学同学还有几个高中同学都住在这一片，在便利店里的每一秒都生怕遇到熟人；然而今天也不知道是怎么回事，这个点来便利店买东西的人特别多，齐溪不得不跟着顾衍排在队伍里，每一分钟都是煎熬。

大概是因为齐溪自己做贼心虚，明明也没人在注意她，但她却在意得想要钻个地洞溜走，可今天好像什么事都要和齐溪作对似的，她急着和顾衍付钱走人，结果收银机还坏了，队伍被迫延长了等候时间。

齐溪简直有些焦躁了，拉了拉顾衍的袖子，低声祈求道："要不别买了吧，走吧。"

可惜顾衍的态度很坚决："不行。"这男人凑在齐溪耳边，声音低沉，"我不想让你再等了。"

齐溪简直是羞愤欲死，自己真的不应该撩顾衍，这人怎么这么一本正经，把什么都当真呀！

可齐溪真是感觉此刻等待的每一分钟都胆战心惊。虽然她都成年好多年了，也都已经大学毕业参加工作了，可不知道为什么，齐溪内心还有种孩子气的听话，总觉得出来买安全套这种事太离经叛道了，要是被抓包还会被批评。

她一心只想着走，根本没顾上自己胡言乱语了什么，只是使尽了浑身解数希望顾衍别买了："又不是一定要买这个，不买也可以做啊，别买了顾衍，我们快走吧。"

结果齐溪话音刚落就被顾衍用力地拉进了怀里，然后被死死扣住了腰。顾衍凑近齐溪的耳朵，用有些忍耐的声音有些咬牙切齿道："齐溪，这是在便利店，这里有很多人。"

顾衍的眼睛都有一点红，他有些忍无可忍道："你知道不买可能会出现什么事吗？"

齐溪还没反应过来，顾衍就轻轻凑近了齐溪的耳朵："你会怀孕。"

明明顾衍的嘴唇都没碰到自己的耳朵，但齐溪还是感觉刹那间像是被电到了一样，她变得浑身都发烫，整个人像是被架在蒸笼上的水汽，轻飘飘的，就快要蒸发。

顾衍却还嫌不够似的，像是要一本正经地劝告齐溪继续排队结账，很镇定地低声分析道："对我是没有太大影响，我也不介意，毕竟本来和你结婚生孩子就是我的梦想，但对你来说的话，可能会影响你的事业……"

这男人说的是什么跟什么啊！

齐溪简直快要疯了。

顾衍真是的！怀孕？

他们什么都还没做呢！怀什么孕？

幸而排在她和顾衍前后的人都戴着耳机，正在刷最新的视频，根本没在意他们这对小情侣的交头接耳。

在漫长到齐溪觉得快受不了的等待后，终于轮到了顾衍付钱。

整个过程里，齐溪都低着头，戴着口罩，最后是被顾衍拉着，在恍惚里走了一段路。

等她再反应过来的时候，齐溪才发现已经到了顾衍家的门口。

她看着正开门的顾衍，想到此前在门口发生的一切，突然有些面红耳赤。然而这一次顾衍没有吻她，他只是挺正常地开着门，声控灯再次亮了起来。顾衍在昏黄暧昧的灯光下回头看向齐溪，语气平静自然："我帮你买了拖鞋。"

两个人仿佛是来顾衍家里加班的一样，明明上一秒还在一起买安全套，但这一秒就克己守礼起来了。

不过等齐溪穿上拖鞋，就发现了顾衍的小心思——这男人买的是情侣款的。

她环顾四周，才发现顾衍家里很多小东西都换成了情侣款，不太显眼，很有心计。齐溪去了趟卫生间，才发现连洗漱用品顾衍都准备了情侣款的两套。

顾衍还在厨房里："齐溪，要帮你倒杯水吗？"

齐溪走出卫生间，倚靠在客厅的墙上看着顾衍。他的模样清俊出挑，此时此刻为齐溪倒水的样子又十分居家，显得温柔又稳重；厨房的灯光让顾衍本就白皙的皮肤好像变得更加透亮了，他的身上有一股干净又让人充满探索欲的气息。

上一次明明什么都没有计划过，但好像反而因为这样，双方都能更放开一些，像是任性地放纵自己的行为，看看走到哪一步。

然而今天因为彼此心照不宣会发生什么，顾衍和齐溪反而都变得有些假正经。

但，来都来了。

顾衍的眼神明明已经不太对了，但竟然还能伴装一本正经地询问："你渴了吗？"

"渴了。"

"那我拿给你。"

可惜齐溪忽然起了恶劣的玩心，朝顾衍撒起娇来："我不要自己喝。"

顾衍的脸上果然露出了疑惑的表情。

齐溪咬了咬嘴唇，指了指顾衍的嘴巴，非常娇气地颐指气使道："要你喂。"

顾衍像是缓了缓才反应过来齐溪的意思，然后他放下了水杯。

齐溪有点不高兴了，觉得顾衍今天也太一本正经了，自己都这么说了，都给了这样的台阶下了，他还不来趁着喂水的借口亲她……

不过齐溪的不高兴没能持续多久，她刚皱起眉想要转身走开，就被顾衍近乎有些粗暴地抱住了。这男人根本没喂水，径自俯身吻住了齐溪。

他蹭了蹭齐溪的鼻尖："傻子，要什么借口，想亲就亲了。"

"还不是……"

可惜齐溪根本没有机会说完这句话，声音就消失在了顾衍的唇舌中。

第二天一早，齐溪醒来的时候，床的另一边已经空了。

明明昨晚是顾衍比较费劲，但怎么他还是比自己精力充沛这么多？齐溪睡到日上三竿，还是觉得腰肢酸软无力。

只是虽然醒了，齐溪整个人都懒洋洋的，像只餍足的猫咪，只想趴着。顾衍家的床很舒服，触感都非常顺滑。

但齐溪继续慵懒躺着的美梦没多久就破灭了，因为顾衍轻轻推开了门，然后坐到了床边。大概因为齐溪仍旧闭着眼睛假寐，顾衍并没有第一时间意识到齐溪是醒着的。他的动作很小心，齐溪只感觉到床的一侧有人坐下的动静，这之后，顾衍没有说任何话，也没有任何动作，房里好像除了阳光和安静，就没有别的了。

然而即便闭着眼，齐溪也能感受到顾衍的注视。

或许是顾衍的目光太炽热了，也或者是室内的阳光太热烈了，齐溪的脸上逐渐有了上火的感觉。

人一闭上眼睛后，好像想象能力反而更加无所拘束，她开始想一些乱七八糟的事，她越想越觉得即便薄薄的蚕丝被，都让她热得想要掀开了。

但蚕丝被下面，她身上什么也没有。

大概是她逐渐上火发红的脸颊以及微微紊乱的呼吸节奏终于让顾衍发现了齐溪的装睡。

这男人很作弊地直接俯身亲吻了齐溪。

不知道为什么，原本的早安吻，后来就开始变得有些失控。

齐溪生怕又要重蹈昨晚的覆辙，她不得不丢下了装睡的伪装，从蚕丝被里钻了出来，不轻不重地捶了顾衍一下："走开走开。"

顾衍装痛地轻喊了一声："你怎么这么凶？一大早有你这样打老公的吗？"

齐溪简直被他调戏得没一点还手之力了，只能上手捂住顾衍的嘴。

她气死了："什么老公！顾衍！你不正经！"

顾衍却只是笑，顺势抓起齐溪的手亲了一下，然后凑近她的耳边："昨晚更不正经的事情都做了。

"至于老公，也没错，是你未来老公。"

齐溪刚要继续捶他，结果却发现原本伶牙俐齿和她在辩论自己老公身份的顾衍突然转过了头移开了视线，声音也变得有些磕磕巴巴不稳了："齐溪，要不是我认识你好多年，我都要以为你是故意的。"

齐溪还没来得及反应过来，就听顾衍回头看了她一眼，在她身上某个地方视线停留了一瞬，才继续移开目光道："不过你倒是没骗人，你身材确实很好……"

齐溪循着顾衍刚才的地方看去，然后整个人都觉得不好了。

齐溪这才发现，刚和顾衍小打小闹的时候，那条该死的蚕丝被就已经滑落了她的肩头。

所以刚才她整个人都……

齐溪几乎一句辩论的话也说不出口了，只溃不成军地钻进了被窝里，然后死死用蚕丝被里外几圈地把自己给裹了起来，留出两只眼睛警惕地看着顾衍："你离我远一点。"

说来也奇怪，明明和顾衍该做的不该做的，什么都做了，然而第二天，两个人彼此都还是很害羞，顾衍甚至仍旧不敢直视齐溪的身体，齐溪也好像没法像以前一样自然而然地撩拨顾衍。

两个人都安静沉默了片刻，像才堪堪缓和了此前的心跳和紧张。

齐溪这才渐渐找回了自己的节奏。她瞪着顾衍，像是打算转移话题一样，故作自然道："我刚才又没有用力打你，你说疼未免太装腔作势了吧？"

顾衍此刻也恢复了平静，但他看向齐溪的眼神还挺控诉："你打在我伤口上了。"

伤口？

齐溪茫然的眼神太过明显，顾衍抿了下唇，像是好心地解释道："昨晚你抓的。"

"……"

齐溪好不容易和缓下来的心跳，又像是下了热锅的油一样噼里啪啦跳起来。

她觉得自己真的很需要找一个远离顾衍可以冷静一下的地方，然而很没出息的，她此刻就在顾衍的家里，还躺在顾衍的床上，周边一切仿佛都有顾衍的影子，都萦绕着顾衍的气息，简直像是逃无可逃。

好在顾衍虽然血气方刚，但至少理性尚存，他起身离开了床榻，刻意地没有去看齐溪，只有些姿势尴尬地往屋外走："我也冷静一下。"

即便努力佯装冷静，但此刻顾衍的声音也有一些波动，他清了清嗓子，仿佛这才找到了镇定的窍门，回头看向了齐溪："你穿好衣服快点起来，我做了皮蛋瘦肉粥，你吃一点。"

齐溪哪里还有脑子想别的，她红着脸，一通乱点头"嗯嗯嗯"答应。直到门口传来顾衍离开带上门的声音，齐溪才松了一口气。

真是的，谈恋爱原来这么像犯罪，顾衍怎么那么像共犯。

她好像每次看到他，就忍不住肾上腺素上升，心脏跳得没有任何章法，脑袋发热无法思考。

顾衍需要冷静，齐溪又何尝不是。

好在片刻后她穿戴洗漱完毕出了房门，见桌上已经摆上了视觉满分的皮蛋瘦肉粥。顾衍挺贴心，还分门别类放了几个小菜，还给齐溪煎了个金灿灿的鸡蛋，看着非常有食欲。

齐溪在顾衍的注视里默默喝了粥。顾衍的手艺也没让她失望，粥喝起来又暖又香，让齐溪整个人都暖洋洋的，太阳一晒，又像是轻飘飘的，犹如踩在棉花糖上一样，整个人沉浸在一种软软的甜甜的气氛里。

这个时候再看顾衍，似乎就顺眼多了。

齐溪公允地想，顾衍还是穿着衣服更帅，因为穿着衣服更温柔也更顺着她。

虽然顾衍准备的是早餐，但按照时间来算，这已经是齐溪的午餐了。

她慢吞吞地吃完了皮蛋瘦肉粥，有了点力气，只是觉得很懒。

顾衍倒是精神百倍，竟然已经开始开电脑加班工作起来了。

他见了齐溪目瞪口呆的目光，也有些不好意思般简单解释了下："这个客户有点急，临时给过来的一份材料，需要紧急翻译成英文，本来打算昨晚上翻的。"

这个活儿齐溪也知道，如果没记错，这是顾雪涵昨天中午就布置给顾衍的了，可……

"可你昨晚不是早就决定要和我做那个事吗？"

所以还安排晚上翻译？

顾衍"嗯"了一下，语气挺平静的："我原本是计划做完我们应该做的事，我再去加班翻译的。"

"……"

说到这里，顾衍像是也有点尴尬，垂下了视线："但没想到花了比预计更久的时间，所以没来得及翻译。"

他还好意思说！

齐溪内心简直想要咆哮了。

一整晚都在忙，当然没时间去加班搞翻译啊！

不过顾衍倒是什么妖魔鬼怪，时间安排需要这样见缝插针吗？

尤其是几乎一夜没睡的他，进行了一晚上的体力劳动，今早不仅早起准备吃的，下午连个午睡都不准备睡，竟然打算加班进行脑力劳动了……

齐溪突然联想起自己刚进竞合所时时别的同事调侃的那个传闻——顾雪涵和顾衍这对姐弟仿佛有什么采补的秘诀，他们不论怎么加班怎么耗体力都永远光彩照人，倒是团队里的别人都熬干变黄了……

虽然知道这只是调侃，但一想到这里，再看了眼眼前神采奕奕打字的顾衍，齐溪突然没来由打了个冷战——自己跟顾衍这样子下去，不会变成药渣吧……

赵依然虽然年纪轻轻，但老早就开始养生之路，在家里买了一堆中药，甚至还去看老中医配了药方。齐溪原来对此嗤之以鼻，但如今她觉得自己是不是也有必要向赵依然靠齐，早点准备开始养生，以免跟不上顾衍和顾雪涵的节奏。

顾衍一进入工作状态，很快就非常投入了起来。齐溪坐在他身边，他好像也没意识到，完完全全忘我了。

齐溪一个人胡思乱想了一会儿，看着顾衍微微皱着眉打字的侧脸，又觉得很不甘心了起来。

凭什么嘛？

为什么就她一个人腰酸背疼胡思乱想，顾衍还这么神清气爽全神贯注？

她偷偷瞥了顾衍的电脑一眼，发现他的翻译已近尾声。

齐溪心里那点弯弯绕绕的小心思便躁动起来，她忍不住想搞点小破坏。

她从身后抱住了顾衍，也不说话，只是乖巧地把脑袋搁在顾衍的肩膀上，脸颊就贴着顾衍的脸颊，看起来很单纯很正直地像是要帮忙一样看向了顾衍的电脑屏幕。

然后齐溪故意在顾衍耳畔有些撒娇地轻声道："老公，有什么我可以帮忙的吗？"

被齐溪抱着，顾衍整个人都愣住了，他的耳朵几乎像是刹那间着了火一样红了起来，他白皙的脖颈仿佛是正在吸水的纸巾一样，任由那层红开始蔓延、扩散。

说着是帮忙，但齐溪这一举动显然不仅没帮到顾衍的忙，还让敌方完全失去了战斗力，效果很显著——顾衍一个字都打不下去了，一个字也看不进去了。

他有些懊恼，也有些无可奈何，只能低声道："齐溪！"

"嗯？"齐溪却还明知故问道，"不是让人家叫你'老公'吗？你怎么还喊我名字啊？不应该喊'老婆'吗？"

顾衍没想到自己说的话，最终是搬起了石头砸自己的脚。

他有些无奈，但像是完全拿齐溪没办法，只是停下手中的工作，然后回抱了下齐溪，摸了摸她的头，俯身亲了她一口："你乖点。"

顾衍的脸也有一些红，看起来也有一些害羞和不习惯："让你老公先完成工作，这样才能挣钱养你。"

这下轮到齐溪脸红了。

顾衍生怕齐溪又闹小动作，于是又安抚地亲了她一口："再等我一会儿，现在还不行。你这样在我身边，我快连集中注意力都做不到。"

他指了指房门："你去里面等我，我保证，只需要等一会儿。"

齐溪也不知道自己是不是中了顾衍的迷魂汤，等她反应过来的时候，自己还真的已经乖乖地回到了顾衍的卧室里。

她看了一眼还没来得及收拾的床铺，觉得顾衍这句"再等一会儿"可能是有歧义。

他不会是理解错自己的意思了吧？

不是吧！

齐溪觉得自己有必要去澄清一下，只是她刚走到门口，就正遇到要推门进来的顾衍。他看了齐溪一眼，眼神有些腼腆和清纯，但动作却和眼神完全不匹配。

他已经开始解自己外套的扣子了！

谁能告诉齐溪，顾衍的工作效率什么时候变得这么可怕的？

而很可惜，齐溪的澄清最终也没说出口，因为在她开口之前，顾衍的吻封住了她的一切声音。

在顾衍家里住了一个周末以后，齐溪觉得自己是时候回家了。

"距离产生美，我觉得热恋期也要保持距离的嘛，而且我们在一起，我感觉自己好像也没法专心工作，你不是也常常被我影响到嘛。"

关于这一点，顾衍显然也没有办法反驳。两个人在一起腻腻歪歪过了个周末，因为周六太堕落了，齐溪和顾衍约定周日好好看案子学习再来讨论，两个人一开始也确实是这样做的，只是看着看着，不是齐溪看着顾衍走神，就是顾衍侧过身来搂住了齐溪——案例是看了，但看得总有些心猿意马。

最后是顾衍把齐溪送回她租住的地方的，两个人在车里又难舍难分地吻了会儿，齐溪才挥了挥手和顾衍告别。

周日晚上原本这个点，赵依然一般是去约会不在家的。自从交往了男朋友，赵依然的周末也常常并不在家过，只是今天有些意外，齐溪开门的时候，正巧撞见了在客厅看电视的赵依然。

她只回头看了齐溪一眼，然后突然像是意识到什么一样，几乎是立刻八卦地看了过来："齐溪，你周末是不是找男朋友去了啊？"

齐溪愣了愣："是的。你怎么知道？"

赵依然一脸坏笑地指了指她的脖子。

齐溪对着客厅里的全身镜照了下，才有些脸红。都和顾衍说了不要在明显的地方留印子，结果还是……她有些赧然地把衣领竖了竖。

不过，虽然害羞，但也没什么不好承认的，尤其齐溪已经决定把自己和顾衍在一起的消息告诉赵依然，毕竟齐溪那位爱吃醋的男朋友现在的状态是恨不得昭告齐溪的朋友圈自己的存在。

齐溪还能记得他在车里一本正经的话："如果只是简单和赵依然讲我们在一起了，我觉得好像太敷衍了，毕竟赵依然是你关系最好的朋友。我希望我作为你的男朋友出现的时候，能比较正式一点。"

对于顾衍这个小小的要求，齐溪自然决定满足。

于是她坐到了赵依然身边，挺郑重地拉过了赵依然："赵依然，你最近哪天晚上有空？"

赵依然有些丈二和尚摸不着头脑，只下意识回答道："后天晚上有。怎么了？"

"我想带你见一下我男朋友，一起吃个饭，郑重介绍一下他。"

这话一说，赵依然来劲了："好呀好呀！可惜我男朋友去出差了，不然我们可以四人约会。不过事不宜迟，我先来会会你的男朋友，帮你把把关！"

她激情道："没想到我们两耳不闻窗外事，一心只读圣贤书的齐溪同学进度飞快。我还挺好奇他长什么样的，毕竟从大学到工作，一路追你的人那么多，你一个也没看上，甚至都没多看对方几眼。这男的到底何德何能这么快就把我们容大法学院之花给骗到手了？"

赵依然说到这里，揶揄地看向了齐溪的脖子："我还以为你会很保守，毕竟是第一次谈恋爱，没想到进度这么快。哇，这男的太有手段！"

齐溪还是有些脸皮薄："也没有，他还是挺好的，暗恋我也很久了……"

"暗恋你很久的人多了去了，你又不是献爱心，怎么没看你对别人心软啊。"赵依然嗤之以鼻，"你呀，就是情人眼里出西施。"

齐溪想了想，公正地说，自己如今确实如此，好像看顾衍哪里都是好的，哪里都是对的，光是看见这个人，即便什么也不做，甚至两个人都不说话，只是简单地待在一起，好像就觉得很幸福。

以往的齐溪总是在追逐着第一名，想要变得更加优秀，然而即便得到了很好的名次，她好像也永远无法满足，因为已经开始想着下一次要得多少名。

平生第一次，在顾衍身边，她觉得可以停下了。那些虚妄的东西她已经不想要去追逐，身边有更重要的人让她去爱，即便发生了父亲出轨的那些事，但齐溪仍旧感激生活，也对当下的状态觉得满意，不再贪心地想要更多。

有顾衍在，她有的已经够多了。

而对于以完全全新的身份见赵依然，顾衍虽然表现得很镇定，但显然是很在意的。到了约定的那天，明明当天没有外出开庭之类的工作，顾衍竟然一丝不苟地穿了非常正式的西装。

只是计划赶不上变化，原本没有外出任务的顾衍，在临近下班前，竟然被顾雪涵委派了一项去客户处取一份紧急保密资料的工作。

"你先去，我应该不会迟到太久。你们饿的话点了先吃，不用等我。"

齐溪点了点头，和顾衍分开行动，先一步到了约定的地点。

齐溪到得比约的时间早了，只是没想到赵依然竟然到得更早。

"你平时不都要加班吗？"

面对齐溪的问题，赵依然撩了下头发："见你男朋友，我特意把工作往后挪了。感动吧？不过你男朋友呢？"

齐溪有点赧然："他临时有一个工作，晚一点到，你要饿了的话我们先吃。"

好在赵依然倒不在意，和齐溪又胡扯起来："你知道吗？孟梅已经结婚了！但不是和她爱情长跑了八年的那个男朋友。听说半年前她和那个男的因为家里理念不合分手了，后面相亲认识了个男的，竟然飞快结婚了！

"还有章续，之前明明在学校是个学渣的，听说现在自己创业做法律知识自媒体了，竟然做得风生水起……"

虽然平时住在一起，但平日里工作都忙，齐溪和赵依然其实也没有大片时间好好聊天过，如今趁着这次机会，两个人聊了聊其他同学的近况，倒并不觉得时间枯燥，有说有笑的。

只是齐溪没料到赵依然不知道怎么的突然就满脸神秘地提起了顾衍："对了，你知道吗？顾衍好像有女朋友了。"

齐溪愣了愣。

只是她还没来得及反应或者开口说什么，就听赵依然压低了声音："你平时和他抬头不见低头见的，知道不知道啊？见过他女朋友吗？是超级美女吧？身材超级好的那种超级美女？"

"我知道，但是也不是什么超级美女吧……"

虽然齐溪知道自己长得确实不错，但该有的谦虚还是要有的。

不过话都说到这份上了，虽然顾衍讲了要卖个关子，但齐溪觉得自己还是有必要澄清一下的。

只是她还没来得及开口委婉地表示顾衍的这个女朋友就是自己，就听赵依然接着道："你肯定是因为自己也长得漂亮，所以看别的美女就不敏感。我和你说，顾衍交往的一定是那种身材超级好的美女。"

明明在讲顾衍的八卦，可赵依然突然话题一转道："我们法院的书记员小沈，你见过吧？就白白净净的那个小姑娘，挺秀气的，之前好几个顾衍的庭正好都是她做书记员，见了几次。你也知道顾衍那个长相气质的，一来二去我们小沈就心动了，好几次暗戳戳地想约顾衍，结果都被他以工作忙推托了。后面小沈也颓丧了一阵子，几个月都没敢再主动，但到底没死心，这几天正准备正式地向顾衍表个白再次发起进攻，结果就在便利店撞到顾衍了。"

还有这茬？

齐溪立刻来劲了："所以她表白了？在便利店表白？"

顾衍怎么都没和自己汇报呢！

"表白什么啊！根本不用表白，我们小沈心就碎了！"

赵依然看着齐溪茫然的目光，故意又卖了个关子，这才压低声音解释道："人家在便利店，面色冷静镇定地买了两大盒那个的套装！"

"……"

赵依然一脸不敢置信："所以你看，真是知人知面不知心。你看看顾衍平时看着多高冷禁欲的一个人啊，像是异性绝缘体，结果人家看来还是个很正常的男人……不瞒你说，我听我们小沈说的时候也惊呆了。"

大概是怕齐溪没有实感，赵依然还贴心地在虚空中比画起来："就这么大的两盒套装你知道吗？顾衍真的是个宝藏男孩，太令我刮目相看了。

赵依然一边摇头一边惋惜："所以我说，顾衍的女朋友一定是那种身材火辣的超级美女。总之我们小沈的告白最终胎死腹中，看顾衍那样子，明显就是有女朋友了，而且是热恋中，我们可怜的小沈回来还哭了一场。"

赵依然再次摇头道："也不知道是哪个女的，挺有手段的，想不到我们容大目前为止的最帅校草，就这样栽了！"她说到这里，又看了一眼齐溪，"想想我们容大法学院最拿得出手的高颜值男女，就这样都各自被外面的男人女人给瓜分了！"

"……"

齐溪刚想要解释，结果到餐厅门口的顾衍推门而入，然后朝着他们走了过来。

顾衍本身就身姿挺拔、长相出众，如今又特意穿了非常正式的西装，褪去了学校里的青涩，逐渐染上了成熟的气息，像是酿造的酒，正到了最好的时刻。

不说齐溪，就是并不认识顾衍的人，只要循声望去的，都忍不住多看两眼，赵依然也没有例外，下意识便也朝着门口看去，然后也看到了顾衍。

她先是愣了愣，然后开始拼命对齐溪使眼色，压低声音道："哎，你说巧不巧，顾衍也来这家餐厅欸，还穿这么正式，八成是来见女人的。"

赵依然的八卦精神上线，一边把头往下低避免被顾衍发现，一边眼神贼溜溜地盯着顾衍，掏出了手机："让我来看看顾衍的女朋友长什么样，我要实时给我们小沈播报，让她知道自己到底输给谁了。先拍一张顾衍，给小沈看看……"

只是赵依然明明都那么躲着了，顾衍还是朝着她走了过来。一看这架势，赵依然有点紧张了："哎，他朝我们走过来了，我刚也没开闪光灯啊，不是发现我偷拍了吧……"

"齐溪。"

顾衍还是走到了齐溪的桌前，他并没有看赵依然，只是看向了齐溪，齐溪"嗯"了一声。顾衍才转头看向了赵依然："不好意思，我来晚了。"

顾衍说完，径自拉开座位坐到了齐溪身边。

赵依然原本还装得挺镇定，但被顾衍这一出整蒙了："啊？"

赵依然的思路显然还没转换过来，傻傻地看了顾衍两眼，干笑道："这么巧啊顾衍，你也来这里吃饭啊？等的人也还没来？哈哈。"

不过，赵依然一向性格开朗、大大咧咧，既然顾衍都坐到一桌来了，她也没客气，八卦道："对了，你是不是有对象了啊？是我们学校的吗？"

顾衍挺镇定地点了点头："嗯。"

赵依然有些意外："竟然是我们学校的？这算是内部消化了！难道还是我们法学院的？"

顾衍再度点了点头："是——"

只是赵依然不等顾衍说完，就打断了他："你先别说，让我猜猜！"

她想了想："是秦启涵吧？就我们法学院文娱委员。当时就觉得你对她不太一样，虽然你也不太和她说话，但总觉得你俩在一起的时候，气氛就是不一样，总觉得就像是有电流一样，好像一直在眉来眼去，我当时就有预感你们会在一起！"

只是对于自己的大胆猜测，赵依然发现，齐溪的脸色不太好看，顾衍的脸色也不太好看。

尤其是顾衍，他几乎是飞速澄清了起来："我什么时候和秦启涵眉来眼去了？我跟她根本不熟！你不要污蔑我！"

他像是恨不得立刻解释清楚一样，脸上还有一些紧张。

"那是朱雅？"赵依然错了一次，坚信自己不会再错第二次，"一定是她了。我帮你们算过命盘，你们的星座也很合适的！"

可惜顾衍再一次黑着脸澄清了："不是她，我喜欢的人从头到尾就只有一个……"

顾衍几次想要宣布自己的女友，可惜赵依然死活不让。她像是不信邪一样，几乎把法学院同届女生的名字都报了一遍，就是不信自己竟然猜不到是谁，结果每说一个，顾衍都非常冷酷地否决了。

所以……

赵依然把目光看向了齐溪，然后又看向了顾衍："所以……"

齐溪松了口气，觉得自己这位朋友总算是想到了，她刚要开口认领顾衍女友的头衔，就见赵依然瞪大了眼睛震惊道："顾衍，所以，你的对象，是男的？你和我们班哪个男同学好上了啊？！"

她恍然大悟道："对不起，是我狭隘了，一提对象，竟然理所当然想到是异性。对不起对不起，但我不是不接受或者歧视这个，顾衍，你放心大胆爱，我是支持你的。"赵依然一脸歉意道，"其实这也不意外，我其实早就觉得你对异性那么绝缘，可能其实对同性反而是导电的，是我大意了……"

齐溪终于是看不下去了，又好气又好笑道："你怎么都快把所有女生猜一遍了，都快要去猜男生了，唯独没想到我啊？是我和顾衍看起来完全没有 CP 感吗？"

赵依然的脸上露出了真实的匪夷所思："你们？你们不是一直不太对付？你们没听过一句话吗？一山不容二虎啊，你们俩，绝对没可能！除非奇迹发生吧！"她说完，又看向了顾衍，"顾衍，所以是谁？"

顾衍抿了下唇，他没说话，只是把刚才在桌下就和齐溪十指相扣的手一起拉到了桌面上，镇定地看向了赵依然："那赵依然，今天来见识一下奇迹吧。"

赵依然的脑袋上冒出三个真实的问号。

她瞪大眼睛看着齐溪和顾衍交握在一起的手。

过了半天，她才像是彻底反应了过来，大力拍了餐桌一掌，眼睛瞪得老大："哇！你们两个是不是人？瞒着我多久了！简直是在我眼皮子底下暗度陈仓啊！"

赵依然气得半死："所以齐溪就是顾衍的女朋友？而顾衍是齐溪的男朋友？有没有搞错啊，历来美女都是去找姿色平平的老实书生的，帅哥都是去找那种倔强小白花的啊？你们有没有搞错啊，内部消化了，真有你们的，还真是一山确实不容二虎，除非一公一母！我怎么就没想到，你们这么有手段的两个人，互相把手段使到对方身上呢？"

既然赵依然也知道了，齐溪也不再矜持了："总之，就是你看到的这样，顾衍爱我爱得不可自拔，我一说和他好，他就立刻和我好了。"

赵依然显然不信："不可能！齐溪，一定是你追的顾衍吧？当初你在毕业典礼上那么说他，进了竟合，发现上司是他姐姐的时候，你不都吓死了，狗腿地想抱顾衍大腿吗？怎么可能是顾衍追你？齐溪，我和你关系都那么铁了，不用在我面前死要面子的好吗？"

只是今晚大概真是见证奇迹的时刻，一向矜持冷傲的顾衍突然开了口：“齐溪说的没有错。”他看向了齐溪，眼神温柔宠溺，“确实是我不可自拔，差不多是她勾勾手指我就会跟她走的那种程度。”

顾衍说完，看向了赵依然：“所以赵依然，重新认识一下，我是齐溪的男朋友顾衍。”

顾衍面带礼貌的微笑，说出来的话语却挺有杀气：“谢谢你平时关心齐溪，不过以后就不要给她介绍对象了。”

“……”

顾衍这么说，齐溪也没放过他，噘着嘴嘟囔道：“那我也有话说，以后谁追你，你都要给我写汇报！要全部上报！”

…………

赵依然看着眼前自说自话，根本让人插不上话的新晋情侣，觉得自己真的不应该在屋里，而应该在桌底。

她挺委屈的，大好的夜晚，自己为什么要出来和顾衍、齐溪吃饭呢，这吃的是饭吗？明明是一嘴狗粮！

日子就在不紧不慢中过着，齐溪觉得幸福极了，大概真的是因为爱情的滋润，正经和顾衍谈起黏黏糊糊的恋爱来，她发现工作上也并没有受到什么影响，甚至正相反，她的干劲越来越强了起来，尤其因为恋情稳定，不再会有忽上忽下忐忑不安的情绪，在平和的心态下反而更能一鼓作气拼事业了。

“所以当事人写的这份文书其实并没有效力……”

“对，后续写的这份婚内忠诚协议也是没什么用。”

每每有案子在所里处理不完又相当有挑战性的，齐溪就会和顾衍去顾衍家里继续讨论。以往长时间的加班会让人觉得疲劳，但如今齐溪却并不觉得，因为和顾衍在一起，两个人一起加班好像也是另类约会。

尤其当材料或者卷宗看累了，齐溪就索性赖在顾衍身上，一脸“我累了我起不来了”的模样，每一次，明明知道齐溪是装的，但顾衍还是拿她没办法。

这一次，他又不得不把齐溪抱起来，揽在怀里："累了要去休息下吗？"

"不要。"齐溪挺任性，"扶朕起来，朕还能干。"

顾衍有些忍俊不禁："你眼睛都闭上了，还怎么干？"

齐溪瘫在顾衍身上，懒洋洋地睁开眼睛看了他一眼："那不是有你吗？"她抬手轻轻摸了下顾衍的眼睛，"你的眼睛就是我的眼睛呀。"

大概因为老被顾衍惯着，齐溪也觉得自己越来越往骄纵的方向发展了，但被人无条件包容和宠爱的感觉还是让人上瘾。

她还是忍不住撒娇："我的眼睛闭上了，但我的脑子还在飞速转动，所以你可以读给我听呀。"

齐溪其实只是随口耍赖说说，然而没想到顾衍一脸认命地念了起来："女方父母于女方婚后一个月，出资给女方买了一套全款婚房，共计……"

这还是齐溪第一次用这种方式"加班"，然而真的一试，竟然觉得还不赖。

顾衍的声音低沉干净，语速适中，齐溪听案听得效率也很高。她一边听还能一边和顾衍讨论，两个人如此竟然很快就把这个事实情况有些复杂的离婚纠纷案给理顺了。

不过，这么辛苦念材料的顾衍自然是要哄哄的，齐溪事后还是非常贴心地给自己的人形语音转化机做了使用维护——她给顾衍倒了一大杯温水润嗓子。

但不管怎么说，齐溪觉得自己的人形语音转化机还是挺好用的，尤其是顾衍还很懂得投桃报李——没一会儿，他就洗了一盆草莓，然后一个一个喂给懒洋洋躺在他腿上的齐溪吃。

齐溪没想到自己靠着顾衍，竟然就这么轻松地过上了衣来伸手饭来张口的生活。

不过虽然情绪上是放松的，但齐溪还是突然想到了一些未尽的事。她从顾衍的腿上爬了起来："对了，除了赵依然之外，我觉得还有人我也需要告知一下我们在一起的事情!"

对于齐溪的举动,顾衍有些不得其解:"除了我们彼此双方的家人外,还有谁要告诉的?"

齐溪卖了个关子,什么也没说,只是神秘地拿出了手机,点开了"关爱顾衍协会"的群。

> 和各位更新下哦,我和顾衍已经在一起了。虽然阴差阳错拿到了完全相反的《顾衍大全》,但可能也是我和顾衍另类缘分的开始吧。群里各位都算是半个红娘啦,给大家发个红包感谢下吧!

齐溪说完,先发了个大红包,然后发了一张自己和顾衍亲密无间的情侣合照。

大概是因为有顾衍的照片,很快群里就活跃了起来。

迎接齐溪的,果不其然又是一串问号和省略号。

没一会儿,群主又私下敲了齐溪:

> 妹妹,你还没去看哪?感觉你的病情更严重了啊!

齐溪还没来得及说话,这群主的信息就又来了:

> 不过你还别说,你的P图技术不错,P得太自然了。最近我们关爱顾衍协会的主站正好缺一个好点的美工,你来不来啊?站子这边常常有偶遇顾衍的同好会拍一些有点糊的照片来,美工就负责把图修更清晰一点,或者把背景调好看些。因为我们也是自发的,这个工作没有钱拿,但是能有福利,顾衍这边最新的照片啊资料啊,你都能拿到一份。
> 我看你虽然对顾衍一开始只看了脸,但也算始于颜值忠于

人品吧，这都挺久了，你还这么坚持，所以我想你索性不如来加入我们？你上次拿到的《顾衍大全》是假的，但进入我们内部，你就能拿到真的！

群主看起来挺热情：

不过你这个女生的照片在哪里找的啊？还怪好看的，是现在的什么选秀小明星吗？感觉长得是不错，但下次别这么P了，小心被女方的律师告了，而且容易给我们顾衍惹麻烦，知道了吗妹妹？还有，你要是真的对顾衍太偏执了，我也还是建议你去看看心理医生的；学习还是要搞好的，不要为了追星顾衍就错过自己的生活！

齐溪看着群主洋洋洒洒打出来的一堆字，只觉得有些忍俊不禁。

之前她并没有在意过，但这次，她特意点开了群主的个人资料，然后果不其然，在对方的个人信息里看到了对方的年龄——十五岁。

说来说去，对方才是个未成年的妹妹。

齐溪没忍住谴责地看了顾衍一眼："你看看自己多招蜂引蝶。我还以为这个群里都是我们学校的学妹之类的，结果还有十五岁的小女孩。那问题来了，你都是在哪儿招惹了人家的？"

顾衍的眼神很无奈，像是没辙了："你这是欲加之罪。"他抓过齐溪的手，拉进自己怀里，亲了下她的侧脸："我就算真的在大学里招蜂引蝶过，那我也是朵失败的花，想招揽的蝴蝶从来没拿正眼看过我，等到花期都快过了，那只蝴蝶才大发慈悲终于看到了我。"

什么呀？顾衍也好意思！

他这哪里是什么花期快过的花。

不过该澄清的还是要澄清一下。

齐溪打起字来：

你想和我视频吗？顾衍现在就在我身边。

齐溪发完，就径自拨打了视频电话。

那群主果然不信，但还是接通了电话。屏幕那边，出现了一张十五岁女孩的脸，对方一脸老成地想要劝她："妹妹，我都和你说了，我不吃这……"

可惜对方的"套"字还没说完，就被齐溪身边出现的顾衍给惊到了："顾……顾衍？"

齐溪不客气地戳了顾衍一下："来，给你的小妹妹粉丝打个招呼。"

顾衍虽然无奈，但还是非常配合地朝手机里的对方招了招手："你好，我是顾衍，谢谢你之前对我的支持。"

他把齐溪揽了过来："介绍一下，这位确实是我的女朋友齐溪。"

顾衍的表情挺冷静，他看了眼视频里戴着眼镜的激动的女生："你们给我女朋友的《顾衍大全》我看了，写得很好，但下次不要再写了。"

"我被迫吃了很久的榴梿，还被迫听了重金属摇滚。"他抿唇轻笑了一下，"谢谢你们的喜欢，但希望你好好学习，以后成为我和我女朋友的大学校友。"

齐溪拿过了手机："妹妹，看到了吗？真的没 P 图。谢谢你们对顾衍的喜欢，不过也别花这么多精力再搞什么'顾衍关爱协会'给人发假的《顾衍大全》了，太误导人了。你们要真喜欢顾衍，就听他的，好好学习，少上网，知道了吗？"

视频那端的小女孩哪里还敢拿出此前挥斥方遒的样子，连连点头："知道了，知道了，谢谢姐姐愿意和我连线。姐姐好美，和顾衍哥哥真的配一脸！祝哥哥姐姐百年好合、早生贵子……"

齐溪心有余悸地挂断了视频电话："现在的小孩也太离谱了，怎么都'百年好合、早生贵子'了。"

对于齐溪的吐槽，顾衍倒是有些不满意似的轻声道："怎么不能'百年好合、早生贵子'了？"

齐溪愣了愣："难道你想这么早就结婚生孩子吗？"

顾衍清了清嗓子："也不是不可以。"

这男人像是害羞了一样，一说完，就立刻转移了话题："对了，刚才那个离婚财产分割案里，还有家族信托一块的权益你注意到了吗？"

顾衍一提工作的事，齐溪便也没再想别的，很快一起进入了讨论案情的状态。

其实齐溪最近不需要这么拼的，因为明天就要到春节了，竟合所里其余同事很多已经选择了休假，但齐溪本身是容市本地人，男朋友又在身边，觉得去上班反而很充实，也就没想过休假的事。

"对了，过年的时候你打算怎么过呀？明天跨年我们要不要去哪里玩玩？"

可惜面对齐溪的邀约，顾衍却毫不犹豫进行了拒绝："不行，明天我都有事。"

齐溪说不失望是假的，她的妈妈自从上班以后也非常拼，春节还打算留在律所里加班。本来齐溪想找顾衍陪自己一起跨年，结果现在顾衍也有事。

"那等你办完事呢？一分钟也抽不出空来吗？"

可惜齐溪话都说到这个份上了，顾衍还是坚定地摇了摇头："不行，明天没有空。"

话都说到这份上了，看来顾衍是真的有重要的事。

齐溪其实心里有点失落和惆怅，但她掩饰得很好。只是第二天上班，看着顾衍空了的座位，齐溪还是有点难受。她这才发现，和顾衍分开哪怕一分钟，好像也很想念他。

只是今天顾衍大概真的很忙，因为齐溪给他发的信息，他一条也没有回。

因为已经是年前最后一个工作日，律所里几乎已经没有什么同事，就连一向坚守到最后的顾雪涵也因为临时有事提前回家了。

齐溪又百无聊赖地看了会儿邮件，发现真的无事可干，正纠结要不要回家，突然接到了赵依然的电话。

"齐溪，你现在有空吗？能帮我到我同事家附近取个材料吗？是我上次报名我们庭里一个技能比赛的材料，本来想让同事寄给我，但现在快递已经停运了。你能帮我先取下放回我们租的地方吗？"赵依然的声音听着有点急迫，"不好意思啊，我回家匆忙，那份材料忘记带了。"

赵依然不是容市人，为了规避春运的拥堵，已经提前几天向法院请假回老家了。齐溪听她电话里的声音急切，恐怕确实是很重要的资料，当即答应道："你把地址发我，我正好闲着也没事，帮你去取。"

挂了电话，赵依然就发了地址来。齐溪看了眼，离竞合所倒是不远，是在不远处的一片高档商区里，对方约在那片商区广场中心的喷泉雕塑前见。

事不宜迟，齐溪几乎立刻拎起包就跑出了门。

她很快赶到了约定的地点。只是每到过年就会人烟稀少的商区广场，此刻竟然人头攒动，约定的喷泉雕塑前也有好多人。

齐溪分不清到底哪个才是赵依然的同事，只能拿出了手机，按照赵依然给她的号码拨了过去。

很快，齐溪听到了对方铃声响起来的声音，她刚想循着声音找人，眼前的喷泉却突然在这个刹那喷发了。

那原本是节假日才会开放的小型音乐喷泉，每次开放时都是围得人山人海，正常来说会在大年初一才开放，怎么今天就……

齐溪还没来得及诧异，她就发现，不仅音乐喷泉开放了，连周围的灯也突然都亮了起来，现场也响起了音乐。

而她还没来得及继续诧异，刚才还正常走在路上的行人突然随着音乐四散开来，排列成有序的队列，合着音乐的节拍，在齐溪的面前跳起了舞来。

齐溪这下明白过来了。

这是一次快闪行动。

只是她刚想置身事外当个欢乐的围观群众，快闪里那位领舞的女孩就突然轻盈地跳到了她的面前，然后拉起了她的手，把她一步步引导着走向了喷泉雕塑的正前方。在那里，齐溪发现了一个有些鼓起的信封。

她完全摸不着头脑，有些好奇地盯着信封，不知道自己应该做什么。

最后还是那位领舞的女孩拿起信封，塞到了齐溪手里。

"给我的？"

对方微笑着点了点头，这才轻盈地跳开，重新融入了跳舞的队伍里。

这接连发生的一切，犹如在梦中一般，齐溪甚至还没跟上节奏，应接不暇的事就接连发生了。她还没来得及打开信封，原本在她面前跳着舞步的快闪队伍，突然像退潮的海水般朝两边分开。

也是这时，音乐变换了——

When I think of all the years I wanna be with you,

Wake up every morning with you in my bed,

That's precisely what I plan to do,

And you know one of these days when I get my money right,

Buy you everything and show you all the finer things in life,

Will forever be enough, so there ain't no need to rush,

But one day, I won't be able to ask you loud enough,

I'll say will you marry me……

齐溪甚至来不及反应，Jason Derulo 的《Marry me》那熟悉的旋律就充斥了整个广场。

她身后的音乐喷泉也随着音乐变换着水柱和光影，而快闪队伍让出的路的尽头，齐溪看到了穿着西装的顾衍。

作为律师，明明早已经习惯西装这样的正装，然而此刻的顾衍，却像是有些紧张，他越过人群看向齐溪。两个人眼神在空中交会，顾衍没有躲闪，他直直地看向齐溪的眼眸，像是要看向她的内心，眼神坦然而充满了执着和勇气，像是这一刻已经不打算对齐溪有任何保留，愿意捧着自己的心诉说所有对齐溪的情愫。他脸上的表情带了难以言喻的期待，像是等这一刻已然很久。

然后在音乐里，顾衍朝着齐溪走了过来。在齐溪的心跳和不敢置信的悸动里，顾衍单膝跪地。

这一刻，此前对顾衍过年没法陪伴自己的抱怨还有一个人过年的失落都没有了，取而代之的是齐溪无法形容的疯狂的紧张、忐忑、甜蜜、酸涩和不真实感。

然后顾衍说出了仿佛童话里的那句咒语："齐溪，可以嫁给我吗？"

顾衍看着齐溪的眼睛，他跪着的姿势让他看起来像是臣服的骑士，愿意为了齐溪去任何地方冲锋陷阵，愿意为了守护齐溪而做任何战斗。

而虽然发起求婚事先准备了这一切的是顾衍，可这一刻，这男人看起来不比齐溪好到哪里去，他有些无措和紧张，连声音也带了些努力掩饰的颤音。但这一刻，在爱的人面前，顾衍抛却了所有的掩盖，他只是坦诚地面对了自己，面对了齐溪。

"齐溪，可以吗？"他的眼睛望向齐溪的，语气温柔却坚定，"你不知道我等这一刻等了多久。"

齐溪从没有想过，这样犹如偶像剧一样的场景会发生在自己身上。她几乎喜极而泣，但很快又觉得不对劲，只能努力掩着嘴唇，试图抑制眼泪掉落："那你的钻戒？求婚总应该有钻戒吧？"

顾衍的表情却是从容的："你的信封还没打开吧？"他温柔地劝诱道："打开看看。"

齐溪这才颤抖着手打开了信封，这才发现，这封信里大有乾坤——除了一张明信片外，整个信封外壳展开后就会变成一朵纸做的玫瑰，而那枚钻戒正镶嵌在玫瑰花的花蕊中间。

"可以吗？我希望能永远陪着你，以你合法配偶的名义。"

齐溪望着钻戒，忍不住快要哭出来。

"再不回答我就当你答应了？"顾衍虽然还有些紧张，但比齐溪还是好多了，他很快控制住了现场的主动权，"你不愿意拉我起来让我给你套上钻戒吗？"

齐溪已经完全无法拒绝了，她好像本来也没有办法拒绝顾衍。

在激动到恍惚以至于怀疑是在做梦的情绪里，她看着顾衍亲吻了她的手指，然后为她戴上了钻戒。现场爆发出了经久不息的欢呼声和掌声，然而齐溪却觉得这些都离自己很远，此时此刻，她的眼里好像只能看到顾衍，也只能听到他的声音和话语。

顾衍求婚成功，像是终于松了一口气完成了人生重大任务的感觉。但很快，这男人又亲了下齐溪的侧脸，循循善诱道："你看一看你手里的明信片。"

齐溪这才意识到手里还有一张从信封里抽出来的明信片。她低头，然后很快瞪大眼睛看向了顾衍。

这分明是那次在猫的天空之城里，顾衍写给未来的明信片。

"不是寄出去了吗？怎么在你那里？"

顾衍像是有些尴尬："当时就是写在今年过年的这一天里寄给你的，但后来事态有变化，所以我今天早早地跑到你和赵依然住的地方截获了这张明信片。"他说到这里，才看向了齐溪，语气坚定，"因为我想亲自给你。"

齐溪在泪眼婆娑里，终于看清了明信片上的字迹——

　　齐溪，我一直爱的人是你，暗恋的人是你。我已经厌倦了做克己守礼的道德楷模，不想只是永远沉默地守护在你身边。你说过保持暗恋合法，但告白就是犯罪。那么如果告白有罪，我也愿意承担一切责罚，只要这些惩罚，可以让我靠近你哪怕一步。

　　我爱你。到永远。

　　齐溪觉得自己已经快不知道怎么呼吸了，她的眼泪终于忍不住流下来。她望向顾衍："所以这就是你那时候想和我说的话？"

　　"嗯。"顾衍笑了下，"是不是有点傻？"

　　齐溪的情绪还有些起伏和波动："为什么要选在过年前的这天求婚和给我寄送未来的明信片？"

　　"因为想未来过年的每一天都能想到你，想到这段回忆，好像这样，每一次新的一年都会变得更让人有期待感和幸福感。"

　　齐溪的好学精神在这一刻忍不住蹦了出来，她看了眼手上的钻戒："可你没想过万一我拒绝呢？那每一年过年不都会变得很痛苦吗？"

　　难道顾衍就这么自信，确信自己绝对不会表白失败或者求婚失败？

　　"我也设想过万一失败怎么样。但我想，即便被你拒绝，对我来说至少是为你努力过的证明，让我每一次的新年，还有新的努力目标，继续去完成旧的一年里没有成功的人生大事。"

　　顾衍的语气非常平静，但齐溪知道内里蕴含了多少的决心。顾衍从来不是说大话的人，他在写那封写给未来的明信片时，到底是多么坚定地决定一直努力下去啊。

　　齐溪突然觉得，其实自己从来说的没错，顾衍保持暗恋合法，但这样告白就真的是犯罪了，因为这一刻，她好像快要幸福得心跳停止了。

　　她想要谢谢命运冥冥之中的安排，谢谢顾衍勇于犯罪的告白，谢谢所有的爱与相遇。

　　她愿意。

【正文完】

番外一　晚春

　　奚雯从没有想过离婚这种事会发生在自己身上。过去的几个月里，她仿佛都在经历一场冗长的噩梦，顷刻间，原本属于她的一切都坍塌了，她看着眼前的废墟，甚至都不知道从前的自己是否生活在真实里。

　　事情发生在冬季，而她的人生似乎也一夕之间转进了冬季，满目苍凉和物是人非。

　　好在身边还有齐溪，还有齐溪的同事和老板，得以让奚雯在短平快的离婚和财产保全后，能够重新开始新的生活。

　　她在顾雪涵的推荐下到了一家初创型律所实习。

　　奚雯曾经成绩确实很好，然而离开职场已经太久了，她的年龄比其余刚毕业的实习律师都大，却并没有积攒下配得上自己年龄的阅历。

　　只是后悔没有用，人只有不回头，才能继续朝前走。

　　好在这间新律所的创始人是奚雯曾经的直属学长赵霖，他此前在法院工作，前妻也曾是他法院的同事。赵霖在容大的时候，就是个风云人物，因为长得高大英俊，为人又温和正义，因此人气很高，当时就有很多人追，只是赵霖一直没谈恋爱。后来听说他进入法院工作后，也是同为同事的前妻对他穷追不舍，最终这才通过日久生情这条路感动了赵霖成了一对，只是……

"只是基层法院任务繁重，赵霖学长又很有责任心，太醉心工作了，没什么时间风花雪月，也从不沾染灰色收入，生活并不富裕，总是两袖清风，他那个前妻原本追他也是因为他长得帅，算个文艺女青年，挺幻想那种电视剧里甜甜蜜蜜的恋爱和婚姻生活的，又挺有物质欲，结果真和赵霖学长结婚后发现根本不是那么一回事。两个人也一直没孩子，决定丁克。结果前几年，那个前妻大概就心猿意马了，很快就和法院那一批新进来的有钱年轻男应届生劈腿在一起了。赵霖学长知道后也没说什么，只是平静地离了婚。

"大概因为比较受伤，再待在法院里也容易触景生情，所以明明在法院里前途很好，学长还是辞职了，坚持在这个年纪出来创业做律师。他原来在少年庭的嘛，所以现在也想把以前的工作经验用上，想专门帮助一些未成年人代理案件。"

顾雪涵一边科普一边也有些唏嘘："其实法院当时挽留他了，都基本允诺他不离职，下一届副院长就是他了，可他很坚持。"顾雪涵说到这里，看了奚雯一眼，"所以奚雯学姐，到时候你也注意下哦，不要问起他太太什么的，他其实也刚经历了离婚。"

顾雪涵非常贴心地为奚雯讲了很多，但奚雯其实有一点没好意思说——她和赵霖是认识的，或者更准确地来讲，她是单方面认识赵霖的。

在大学里，和齐瑞明在一起之前，奚雯其实也和法学院其余女生一样不能免俗地曾经喜欢过赵霖。说来有些微妙，最开始的时候，赵霖也是在辩论队的，奚雯甚至一开始加入辩论队的动机都和赵霖有那么一点关系，并不完全单纯。只是等她加入的时候，赵霖已经在忙着实习，因此只是时不时来辩论队指导，和奚雯的交集并不那么多，每次指导也从来不是一对一，毕竟赵霖那么受欢迎，他的身边总是围了很多人。

有件事奚雯也从来没和别人说过，甚至连自己的女儿齐溪也不知情——奚雯并不是一开始就和齐瑞明在一起的，甚至恰恰相反，一开始，奚雯对齐瑞明是一点感觉也没有的，她甚至让齐瑞明帮忙给赵霖递过情书……

奚雯如今还记得很清楚，齐瑞明比她还晚加入辩论队，但因为他和赵霖在同一栋宿舍楼，平时又常常一起打球，因此比辩论队里其他人都和赵霖更熟悉。赵霖待齐瑞明完全像是对自己亲弟弟一样亲切，也正是因为这一点，奚雯才找上了齐瑞明。

少女情怀总是诗，现在的奚雯绝对不会这样了。然而回望过去的岁月，她也曾年轻过，也曾怯懦和忐忑过。奚雯想起自己当初连当面递情书表白的勇气都没有，不觉有些失笑。

只是表白的结果如奚雯所料——一天后齐瑞明把情书退回给了奚雯，一脸抱歉地告诉她，赵霖学长说没有谈恋爱的计划，想好好完成实习后发展事业，谢谢奚雯的抬爱，希望她找到更合适的男朋友。

虽然对这样的结果有所预计，然而事到临头，奚雯说不难过也是假的，她记得当时的自己还红了眼眶。幸好齐瑞明一路安慰，在这之后，一切就变得顺理成章了——齐瑞明开始给奚雯写情书，开始主动追求发起进攻，因为他几个月如一日的热情以及此前奚雯告白失败时陪伴在身边的温柔，奚雯在最初对齐瑞明不来电之后，渐渐在齐瑞明的攻势下答应和他试一试，这一试，就是这么几十年，结果到头来……

想到这里，奚雯也不免有些丧气和失落。

不过她从来不会把情绪带进工作，毕竟能在这个年纪拥有一个愿意接纳自己的律所和老板，已经是难能可贵，她更应该拿出百分之两百的工作热情，才得以弥补自己的缺陷，报答赵霖以及顾雪涵的帮助。

其实一开始顾雪涵把奚雯推荐给赵霖，奚雯是迟疑过的，感觉有些尴尬。但是第一次见面时赵霖对奚雯的态度非常正常，他甚至没有认出奚雯来。

奚雯有些庆幸，看来学生时代找赵霖表白的人实在太多，以至于赵霖根本不会记得她这样一个学妹，如此未来一起工作，也省却了很多不必要的烦恼；但同时，奚雯也有些失落，因为坦率来讲，赵霖才是奚雯正儿八经第一次心动的初恋，没有哪个女性会希望自己在初恋的回忆里一文不值甚至查无此人。

但这些小插曲也只是暂时的，并没有影响奚雯进入工作状态，甚至正相反，奚雯非常感激赵霖能够提供给她这个机会——人在感情上失意的时候，更需要在别的地方找点补偿，比如工作，比如事业。因为人生是不能没有任何抓手的，如果没有个目标，人就会像无根浮萍一样变得盲目而随波逐流了。

"简而言之，我其实一直有想离开法院的想法，因为在少年庭里，见到了太多未成年违法犯罪的案例。作为法官，我可以按照法律，综合各方面的考量给出公正的判决；但在大部分的个案里，这些未成年违法犯罪的当事人，其实根本没有法律的概念。他们没有被自己的父母或者监护人好好教育过，没有法律观念，也没有悲悯的情绪，有很多孩子对自己犯下的过错一点概念也没有，他们甚至不知道自己的错误可能毁掉了别人幸福的人生。

"而在我深入跟进研究了好几年这些案子里未成年人后续的成长情况，我才发现，有时候孩子的问题，归根到底是成年人的问题。这些会去违法犯罪藐视法律的孩子，他们在成为加害人之前，很可能是受害人，比如受到家庭暴力和虐待，比如被校园霸凌，比如遇到性侵，比如父母不负责任成日酗酒赌博，孩子根本没有钱吃饭，才会最终流落成扒手去偷去抢。因为那些孩子成长在没有任何关爱和辅助引导的世界里，导致最后也变成了加害人的模样，去伤害下一轮受害者。"

奚雯第一天入职的时候，赵霖就把她叫到办公室，言辞恳切地说出了以上的一番话。他看向了奚雯，郑重道："所以我创立这个律所，是希望利用我原本在少年庭多年的工作经验，更有针对性地对未成年的当事人提供法律服务和援助。这些孩子犯了错，理应受到法律制裁，但这些孩子背后遭受的苦难，也应该有社会的力量帮助他们去维权，去摆脱糟糕的原生环境，至少把他们原本环境里对他们加害的人也进行制裁，这样法院对他们的判决才有意义，他们才能知道，不论是谁，犯错了都要受到惩罚，而不是说被抓到的人才会受到惩罚。"

因为赵霖这样认真的态度，奚雯也忍不住直起了身体，表情也变得更加严肃了起来。她此前只听顾雪涵说赵霖在创业，但对赵霖律所到底承接什么业务，确实也没有这么清晰的概念，如今听完赵霖所说，才陡然觉察到自己肩膀上的重量。

赵霖倒看起来挺放松的，温和地朝奚雯笑了下："我和你说这些，你也用不着太紧张，我只是希望你有一个心理准备，因为我们面对的客户大部分是原生家庭就有各种问题的问题未成年，很可能每个案子的代理费都不多，甚至有可能大部分都是法律援助案件，只有办案补贴，所以在我的所里想要挣大钱，恐怕是不太现实的。这家律所本身就是一个不挣钱的所，如果你不介意这点，那你可以放心在这里好好干。"

奚雯自然不在乎，她并不差钱，她只是在婚姻失败后，需要重新找寻生活的支点，重新找到自己可以付出时间、精力但不会失望的事业。

她朝赵霖郑重地保证道："虽然我重新进入职场是希望能找到一个可以让自己立足在社会上挣钱养活自己的工作，但挣钱不是我的第一目标。我这个年纪，也早过了想买这买那物质欲爆棚的时候，只是希望自己的生活更有意义一点，也更充实一点。"

赵霖听奚雯这么说，也笑了："那你可以放心，我这儿挣钱是不多，但案子真的不缺。你不知道有多少未成年人需要我们的法律援助，恐怕不仅能让你工作的八个小时充实，连你的私人时间都会给你充实完。"

"那最好不过。"奚雯终于也放松下来，微笑道，"我女儿也大了，有自己的事业，不需要我去管；我没什么工作经验，但最不嫌多的就是大把的时间，要加班也好，要出差也好，我都没有任何问题。"

不过虽然时间上不成问题，但奚雯多少也有些忐忑："但我没有相关的工作经验，所以希望您也不要对我产生不切实际的期待，把我当成一个新人实习律师就好。说来惭愧，我也只是空长了些年纪……"

这些年来，奚雯不是没参加过同学聚会或者校友会，但大部分昔日的同窗都变了。曾经的青葱少年，大部分都已梦想不再，少了些理想少了些热血。

然而赵霖给奚雯的感觉是不一样的，虽然时光改变了他的容颜，他不再是当初青涩的校草，但除了正常的容貌衰老外，赵霖身上的气质竟然没有多大变化。

奚雯听着他讲着自己创设这家律所的初衷和他未来的目标，只觉得内心涌动着一些难以名状的感慨。

真好，时间让齐瑞明变成了另一个人，让很多老同学也变了，有些人迷失了，有些人犯错了，然而还是有人没有变。

赵霖还在坚持着自己的法律梦想，还坚守着底线，还像过去一样。想着用法律帮助弱势群体。

而隔了这么久，赵霖仍旧是耐心而温和的，一如在大学里时一样，面对奚雯的不自信，他却还愿意认真地鼓励她："虽然你确实缺乏工作经验，但你也有年轻人没有的优势。你有个孩子，和你的孩子也很亲密，那你比我们都了解现在年轻人的心态，更容易和这些未成年的问题孩子沟通；尤其很多未成年违法犯罪的孩子，其实内心都是缺爱的，很多孩子根本没享受到过正常的母爱，你的形象又很有亲和力，年龄上也正好更容易让他们信任和亲近，让这些孩子放下心防，能好好和我们沟通情况，这才能让我们找到合适的方法帮助他们。"

赵霖笑了下："所以你不觉得这是你的优势？要知道我们所里现在大部分都是小新人，别说孩子了，就连对象也没有；至于我，因为坚持丁克，现在离婚后也是孤家寡人，从没有真正养育过一个小孩，何况我这个人有时候也比较粗枝大叶，没有你们女同志做事那么细腻，所以未来的工作里，还要麻烦你多多帮忙和担待了。"

一席话说得让奚雯不仅缓解了自己这么多年没有工作经验的尴尬，也让她一下子重拾了自信心，觉得自己确实是尚且有用的人。

奚雯感激地笑了下："谢谢您赵律师！"

赵霖愣了下，但没说什么，笑着点了下头，这才离开去忙自己的事了。

　　赵霖这间新律所里的工作气氛比奚雯想的还好，赵霖就不消说了，其余几个新来的实习律师也非常活泼热情，年纪和齐溪差不多，奚雯也和他们挺有话聊，还从他们那里知道了不少现在年轻人喜欢的事。

　　而在工作上，奚雯也从来没因为自己年纪大，就不好意思去问更年轻的实习律师，相反，她很好学，态度也很端正，从来不会以自己的年纪去压人。有时候几个实习律师临时有事来不及完成的紧急任务，奚雯也都自告奋勇顶上一起帮忙，久而久之，倒是和这些年轻同事变得像朋友一样。

　　赵霖的律所本身并不是创收商业方向的，他在招聘时也和每一个实习律师都讲过，因此最终还选择他的律所入职的，都不是奔着挣钱来的，多少都是有些理想的年轻人，想着用自己一己之力汇聚在一起，能稍稍改变当下未成年人的法治环境。

　　"其实我会想做这块领域，单纯是因为我原本曾经受到过赵老师的帮助。当时他还是赵法官，我家里很穷，我爸天天打人，我妈跑了，没人管我，我没钱吃饭，饿得慌，每次就去超市偷东西吃，偷的次数多了，就被抓了。当时赵老师正好路过，替我赔偿了店主，还请我吃了顿饭，陪我聊了很久，并且愿意为我负担之后的生活费和学杂费，这才供我读完了大学，顺利通过了司法考试。"

　　"这么巧？我也是赵老师资助的！"

　　几个人聚在一起午餐时聊起来，奚雯才得知，这所里一大半的实习生，都曾经受到过赵霖的恩惠，所以受他的影响，最后靠自己的努力考上了法学院，通过了司法考试，而几乎是一听说赵霖离开法院成立了律所，这些小孩二话不说就来应聘入职了。

　　交流中，奚雯才发现，自己这些年轻的同事，毕业的学校有好有坏。赵霖并没有像别的顶尖律所一样用基础学历来筛选人，他更看重这些年轻人对这份工作的认知和责任感，也愿意给一些基础学历一般的孩子一些机会。因此被录取后，这些年轻人几乎都非常努力。

　　这种朝气和激情几乎是瞬间感染了奚雯，她很快加入了这个温暖的大家庭，和大家共进退，一起加班，一起看案卷，一起研究探讨案子，竟然也其乐融融。

虽然起初在合作办案或讨论时，奚雯常常跟不上这些年轻同事的思维，但很快，她的阅历和缜密的思维也能在团队里起到打补丁的作用。而随着时间的推移，奚雯也发现，自己越来越进入状态了。

但就算再能一起加班，这些年轻的孩子毕竟还有很多丰富的夜生活，比如约会、找同学聚会。一到七八点，律所里就不剩下什么人了，只有奚雯孤零零的一个——齐溪往往也在加班，又为了通勤方便和同学合租了，而且还在谈恋爱，奚雯就算回家，也只有自己一个人。

所以奚雯虽然在所里也是一个人，有些寂寞和孤单，但与其回家看没营养的电视剧，不如留在所里加班进步。

只是几天后，奚雯就发现，不知道赵霖是不是最近接的案子有些多，他也开始留下来加班了，并且有越加越晚的趋势。

奚雯因为重入职场，有好多知识点和专业技能要补，因此常常大半夜看案例看到如痴如醉，一下子忘记时间，等意识过来的时候，都快晚上十点多了。

然而每次她到了十点多匆忙收拾资料回家时，赵霖独立办公室里的灯还是没有熄，他好像比奚雯需要加更多的班……

因为总是一起加班，年龄又相近，也不知道是从哪一次开始，赵霖就开始找奚雯一起吃晚饭了。两个人吃的并不是什么高档餐厅，常常就在律所楼下的简餐店点个定食对付一下，甚至吃饭时奚雯还抓住机会发问，拉着赵霖一起探讨案例。

赵霖是个很好的倾听者，为人又足够包容，不像一般老板那样凶，会训斥手下。大概他在法院里接触未成年孩子多了，总带了一种长者的温柔。一旦对未成年当事人的案子有什么新的想法，奚雯也从不吝啬自己的看法。

以往在齐瑞明面前，奚雯并不是这样的，她常常需要预测某个话题谈论起来是不是安全，是不是会刺激到齐瑞明，从而选择更稳妥的话题来聊天。然而面对赵霖，她第一次可以完全放开自己，即便一些不成熟的办案思路，她也愿意和赵霖探讨，而赵霖也很好地回报了她的这份信任，他从没有因为她过分天真的办案思路而指责或者嘲笑过她，相反，他总是夸赞奚雯另辟蹊径，也总是鼓励和保护奚雯的这种主动性。

"你呀，还是和以前在辩论队时一样，每次辩论的思路都古灵精怪的，完全不按常理出牌，让对方根本措手不及，结果每次都能出奇制胜。所以你不用总是不自信这是什么缺点，有时候这就是你性格里的闪光点和优势。"

这晚的例行约饭里，赵霖因为刚帮助一位遭受校园霸凌的未成年当事人解决了困境，一时高兴喝了点酒，因此话也变得多起来。他的酒量显然不太好，此刻看向奚雯的眼神已经露出了醉态。

他朝着奚雯笑了笑，然后移开了眼神，轻声叹了口气："你以前大学时候明明是很自信的，对自己这点小聪明还常常沾沾自喜，怎么现在变得这么不自信了？"

赵霖的这番话，大概是他喝多以后随口说的，然而奚雯却是愣了愣。

"你还记得我？"

当初辩论队里其实有不少女生，一来法学院的辩论队很知名，法学院学生参与也是学院的一个传统；二来，赵霖真的很受欢迎，当初很多进入辩论队的女生，也是为了追他而去的，因此法学院辩论队的人员流动性一向很大，奚雯以为赵霖是不会记得她的……

然而出乎她的意料，他竟然记得……

那是不是还记得自己曾经给他写过表白信……

奚雯的心脏不受控制地有些紧张起来，她变得有些局促，只能尴尬地干笑了两声。好在赵霖确实有些醉了，他又是十分有分寸的人，见了奚雯这种反应，便只摇头笑了下，又一口闷掉了杯里的酒，没再提及这个话题。

自这之后，奚雯其实有些尴尬，然而第二天，赵霖的态度还是一如既往。奚雯这才松了口气，确信赵霖大概并没有想起自己写情书一茬，毕竟给他写过情书的人那么多，他恐怕都未必记得每一个人，何况自己的情书，可是他看都没看就退回来的。

不过幸而一切都没有变，赵霖还是每晚约奚雯一起吃饭，饭后两个人便一起回律所加班。不过从年轻同事那里，奚雯最近得知了赵霖其实有些被失眠困扰，所以并不适宜加班到很晚，相反，他应该早点回到家里，洗个热水澡，吃下褪黑素，然后早早关灯躺在床上培养睡意。

只是也不知道是不是因为刚创立这个律所，赵霖显然干劲满满，加班是越加越晚了。

奚雯原本想早点走，但她又担心赵霖的身体，尤其从顾雪涵那儿又听说赵霖有心肌炎，有次在法院加班加狠了，急性心肌炎发作，大半夜办公室没别的人，差一点就闹出人命。

一知道这些后，奚雯就觉得自己无论如何不能比赵霖先走了，毕竟万一赵霖有点什么不舒服的，自己还能帮个忙。

然而奚雯也没想到赵霖这么能熬夜，他一点也没走的趋势，直到奚雯先熬不住开始收拾东西，然后去办公室号称自己也要回家催促赵霖，赵霖才会一起离开。

要是自己再年轻个十几岁，奚雯觉得自己就还能陪着赵霖熬，可……

身体毕竟不骗人，连续这样加班一个月后，奚雯觉得自己有点撑不住了，照镜子的时候，两个黑眼圈都很明显，快遮不住了。

不过赵霖显然也没好到哪里去。

明明自己刚入职的时候，不论是自己还是赵霖都算是挺有精神的……

奚雯因为加班太猛，连续被齐溪抱怨了好几次太拼命，但奚雯自己心里知道，虽然她确实热爱这份工作，帮助未成年人也让她找到了生活的意义和自己的价值，但每晚留在所里加班，更多的是因为她担心赵霖。

他温柔、高大、体贴，对那些犯了错迷失了的未成年人来说，像是领航人一样的存在，对奚雯又何尝不是如此？

不论多大年纪，奚雯发现，自己对赵霖的滤镜好像永远不会消失，他一直还是她心目中那个稳重可靠又充满热忱的学长。

虽然知道不应该，但奚雯曾经深埋心底被忘却的情愫，像是渐渐复苏一样，缓慢却坚定地成长了起来。

只是……

只是自己当初既年轻又前途可观时向赵霖表白尚且是失败，更别说如今一把年纪还离过婚有一个孩子了。

奚雯一边加班，一边苦笑着摇了摇头。

她原本以为这是一段需要自己克制埋葬的小插曲，但事情的转机出现在半个月后的一个夜晚。

赵霖照例来约奚雯吃晚饭。

然而这一次地点却不是在楼下的咖啡厅。

他约了很高端的餐厅，态度既严肃又端正，搞得奚雯反而忐忑紧张到不知所措。她甚至开始回想，是不是自己最近什么案子里办得不够好，因此赵霖要找自己谈话劝退。

然而就在奚雯打算先开口询问之前，赵霖开了口。

他的样子有些无奈："奚雯，我们能不能不要再这么加班了？"

奚雯愣了愣。

赵霖有些不好意思，但很快还是坦率道："你这样加班下去，我的身体真顶不住了。"

赵霖笑了下："我知道你很热爱这份工作，但真的别这么加班了，因为你加班，我就得陪着你加班，你不走，我也走不了。再这样下去，我感觉我们两个都熬不下去了，你看看你最近那黑眼圈……"

赵霖还在劝说奚雯别这么加班，可奚雯却有些茫然了："我并不是要自发加班啊，明明是我陪着你加班，因为害怕你身体不舒服出现意外……"

这下轮到赵霖愣住了。他反应了片刻，才有些哭笑不得地问起来："所以你其实是在陪我加班？"

他有些懊丧地拍了拍脑袋："可我以为是你要自发加班，所以我留下，完全是为了陪你加班啊！"

"可学长为什么要陪我加班啊……"

赵霖像是索性豁出去了："奚雯，我不管你怎么看我，我就直接说了。从前在辩论队时候我就给你写过表白信被你拒绝了，当初我很是难过了一阵，毕竟你是我第一个喜欢的人。后来过了那么多年，经历了那么多事，我原本以为看到你已经很平静了，但发现不是，如今和你朝夕相处，我发现我还是和当年一样非常欣赏你，觉得很喜欢你。别的年轻孩子加班，我不会这么担心，但你加班，我会担心。我想陪着你一起加班，等你走了，我好像才能安心下班。"

赵霖竟然喜欢自己？

要不是看着赵霖此刻真诚又热忱的眼神，奚雯根本不敢相信这是真的。

而加班的真相也从来不是自己陪着赵霖加班，而是赵霖在陪着自己加班？

而且因为两个人彼此的误会，无意间变成了互相内卷的加班比拼？

奚雯也有些哭笑不得起来，但最让她在意的是："学长，您说您在辩论队时给我写过情书被拒绝了？"奚雯十分怀疑赵霖是记错了，"您是不是写给别人的啊？明明当初是我写了情书给您被您拒收了啊……"

两人这时一合计，才发现了问题所在。

赵霖显然愣住了："我根本没收到过你的情书啊！而且你的意思是，你也从来没收到过我的情书？可我当初就是给齐瑞明，让他帮忙递给你的啊！结果你拒绝了我，没多久后，接受了齐瑞明。"

"我也是让齐瑞明替我递给你的，他说你让他直接把情书退回给我……"

两个人都不傻，事到如今，才终于解开了当年的误解。

恐怕在其中搞幺蛾子的就是齐瑞明。

他收了奚雯的情书没有递给赵霖，却直接欺骗奚雯赵霖拒收了，对赵霖则也是同样的手段，以至于两个人这么多年来，根本没意识到错过了彼此的情书，错过了一段原本情投意合的初恋。

赵霖想明白其中的事，简直气得不行："当初你嫁给他，我气得几天都没睡好觉，后来也是隔了好几年才释然。结果不久前雪涵来找我，我才知道齐瑞明竟然这么对你。只是我不希望你因为旧事重提难受，才一直没提这事，又担心提我过去告白信的事让你尴尬不自在，也没说过，结果你根本就没收到我的告白信！"

别说赵霖生气，奚雯内心也是有些钝痛，原来兜兜转转，自己竟然错过了赵霖，而这一切都源自齐瑞明的自私和卑劣。

"他要和你在一起能好好珍惜你，也就算了，但他那是人做的事吗？这么对你。"

生气还是生气的，但比起赵霖的气愤，奚雯更多的是释然，以及一种失而复得的庆幸。

"学长，我想现在再重逢也很好，你和我又都是单身了，虽然不再是大学生，但各自也都经历过了风雨，也都清楚地知道自己要什么，应该珍惜什么，或许这才是最好的时间再次相遇。"

奚雯握住了赵霖的手。

她突然觉得自己人生的冬季就要过去了。

有些人的春天来得很早，但有些人则很晚，就像地球上不同经纬度的地区春天到来的月份都不一样，甚至光是一个日本，樱花盛开的时间都不相同。奚雯的春天来得很晚，但终究还是来了。

晚春也还是春天。

　　一般而言，法学院女生居多，顾衍作为新生入学后，毫不意外地延续了初高中的体验——不出一个礼拜，就被不少女生明里暗里地示好或者搭讪了，有些活泼主动些的，甚至很直白地问顾衍是不是单身，要不要考虑一下自己，顾衍每次都是礼貌而委婉地一一拒绝。

　　他其实没有在大学期间谈恋爱的打算，倒不是因为已经有了明确的未来规划，而恰恰是因为对未来仍旧不确定——到底是去留学还是直接入职姐姐所在的律所，顾衍至今还没有决定好。

　　因此他不想恋爱，因为一旦恋爱，就要对另外一个人的人生一同负责了。顾衍不希望因为毕业时两人不同的发展路径，导致需要其中一方牺牲自己委曲求全，也不希望因为这样的现实不得不分道扬镳。他觉得不能走到最后的恋情是没有任何意义的，是单纯的浪费时间。

　　顾衍第一次注意到齐溪是在学校的图书馆。

　　宿舍里的室友喜欢呼朋引伴地打游戏，顾衍觉得有些吵。他喜欢睡觉，一天需要睡满十二个小时才能有精神，因此索性直接来了安静的图书馆，找了个舒服的靠窗座位趴着睡觉。

　　然而他没想到即便躲来了图书馆也不能得到安静，因为坐在他不远处的一个女生。

　　这个女生确实是来图书馆看书学习的，并没有找人交头接耳或是发出什么大的动静，可树欲静而风不止，她周围像是有什么磁场一样，仿佛一个知名观光点，总是不间断地有男生来"打卡"——

　　"同学，不好意思，我手机没电了，能借一下你的充电线吗？"

　　"同学，你是不是法学院的啊？我看你在做法学的习题集。我有点想转专业学法律，能不能加个微信，以后你们有课的时候我先来旁听？"

　　"我刚才出去买奶茶多买了一杯，同学你要不要？"

　　"我看你还带着一本容大学生手册，所以是今年的新生吧？我已经大三了，对学校很熟悉，要不要带你转转，给你介绍下咱们学校？"

　　…………

　　顾衍原本趴着闭目养神，但被耳边不间断的声音愣是吵得有些受不了。他抬起头循着声音望去，这才看到了那个"观光点"。

　　坦白来说，这样一眼过后，顾衍是能理解为什么对方成了众多男生乐此不疲来打卡的"知名景点"了。

　　那女生长得非常漂亮，长发如瀑，未施粉黛，但皮肤透亮白皙，眼睛也很美，眼角微微上翘，是双非常含蓄的桃花眼，望向别人的时候，即便是迷茫的眼神也像是含了情，是非常典型的美人相。但要说最特别的，顾衍觉得还是对方眼神里隐隐的强势——她低头的时候，看着像是油画里的静态美人，让人生出欣赏的心；但一旦灵动的眼睛转起来，偏向媚态的眉眼之间就多了一分英气，美得不再空洞，不再脆弱，倒很有些攻击性。

　　不过她是法学院的吗？还是和自己一届的新生？

　　顾衍想了想，对此并没有印象，但如果是这样长相的同学，他觉得自己看过一眼以后是不会忘掉的，于是他在宿舍的微信群里发了条信息——

我们法学院之前有谁没来报到吗？

张家亮几乎是秒回了顾衍的信息：

有的有的，是个超级美女，叫齐溪，好像是因为生病所以开学第一周请假了，刚刚才回了学校。我已经打听过了，她是容市本地人，单身！

顾衍没再看群里别的讨论，他按熄了手机屏幕，对此没有太多兴趣。

这个齐溪是挺漂亮的，不过这样漂亮的女生很快就不会是单身了，因为如今来齐溪这个"景点"观光打卡的人里，确实不乏一些长得不错的男生。

顾衍觉得自己可能得换个位置睡觉。

只是他还没站起来就见不远处的齐溪先站了起来，她脸色挺不好看，跑离了座位片刻，再回来时，手里拿了一块硬纸板和一支记号笔。顾衍见她低头在纸板上写了什么，然后很快抿唇把这块纸板在自己座位边上的桌面竖了起来。

"请勿打扰本人女朋友学习，此位有人，乱搭讪我回来揍人。"

果不其然，这块牌子竖起来后，搭讪的人虽然也还有，但大幅度下降了，大部分来到齐溪桌前的男生，也在看到她身边那块牌子后讪讪地摸摸鼻子走了。

但还有部分"勇士"不死心，虽然没搭讪，但开始给齐溪塞纸条或信封。不过齐溪大概真的很烦被打扰，她的做法更冷酷无情了——她从不远处搬了个纸篓来，一旦收到纸条或者信件，直接不留情面地就往纸篓里扔掉，摆出了"谁也别想打扰我学习"的姿态来。

如此重复了几次，这个"5A级景区"终于凭借着自己的努力，把所有"游客"都给赶跑了。

顾衍看得有些好笑。

经历了这么一个小插曲，顾衍也不困了，索性不睡了，就趴在桌上，盯着对面齐溪的脸放空。

不少人来图书馆的动机并不纯粹，但齐溪却真的是来学习的。她像是在做什么案例分析题，做得很投入。大概是遇到了一道做不出的题，她漂亮的眉毛皱成了一团，非常苦恼的样子，尝试了几次后，像还是没法确定怎么分析是对的，她连腮帮子都气得鼓起来了，像是一只被人陡然抢走了过冬储藏好的坚果的小松鼠。

阳光透过图书馆的玻璃窗洒下来，在桌上投出一整块长条形的光斑。随着太阳位置的移动，有一小条便洒向了齐溪的侧脸，把她原本就白到发亮的脸，衬托得更加透亮。

她像是还没找到那道题的答案，眉头仍旧不甘心地皱着。她头顶上细小茂密的绒毛在阳光下变得更加明显，像是一个个不屈服的小灵魂，根根炸裂。在阳光下，她整个头顶变得毛茸茸的，原本透白的脸上因为阳光的照射而渐渐变得有些红，然后很快地，她的额头微微沁出了一些汗珠——阳光直射下，她坐的位置变得有些热了。

然而齐溪却毫无知觉一般，还是皱着眉盯着手里的案例集，完全沉浸在解题思路的分析里，像是完全无暇顾及其他，好像钻进了只属于自己的世界，像一只发现自己洞里储存的坚果被偷以后，努力思考犯罪嫌疑人是偶尔来拜访的啄木鸟还是隔壁的猴子的小松鼠，明明也破不了案，但还坚持不懈试图找回自己的坚果，就很可爱。

顾衍心脏的跳动是在那一刻变得快起来的。这种快来得莫名，像是一段旋律里突然逐渐加快的节奏，甚至都有些突兀，让顾衍也变得措手不及。

明明阳光没有照射到顾衍身上，但顾衍觉得自己好像变得也有些热起来。原本他可以毫无心理负担地盯着齐溪漂亮的脸发呆，然而这一刻之后，他发现不行了，他好像没有办法突破心理防线再那么正大光明地看她。

他开始好奇齐溪在做的那本案例题，到底是什么问题让她皱眉成这样。

顾衍知道自己不应该多管闲事的，但他好像忍不住。

等齐溪起身去厕所的时候，他站起来，平生第一次像是做贼一样，在忐忑的心跳里状若自然地走到了齐溪的座位边，然后看向了她摊开了放在桌上的案例题集。

不用找，就能知道齐溪在为哪道题苦恼，因为她在那道题周围画满了愤怒的小人脸，还有一些赌气的话、一堆的感叹号。

顾衍有些失笑，低头看了眼这道题，想了下，然后在齐溪的草稿本上，简单地写下了解题思路和可能存在的误区。

因为不想被人发现，顾衍做这一切时非常紧张，字迹写得也非常潦草，完全不像他平日的字体。他囫囵写完后，在齐溪画的愤怒小人边上画了个笑着的叉腰小人，这才飞速离开了齐溪的座位。

片刻后，齐溪又一脸不高兴地皱着眉回来了。她像是准备继续死磕这道题了，然后坐下片刻后，她望了一眼草稿本，再看了一眼题目，突然愣了愣。

顾衍以为在这个时候，齐溪会去找到底是哪个"雷锋"趁她离开为她解决了这道题，只是齐溪这个人的脑回路好像永远让顾衍琢磨不透，她竟然皱着眉盯着草稿纸上顾衍写下的思路想了想，片刻后，像是豁然开朗一样，眉头不皱了。

她笑了起来。

这一刻，顾衍觉得好像整个图书馆里的阳光，都不如她的笑容来得灿烂。

顾衍的心跳变得更加剧烈起来，他甚至怀疑这么大的心跳声会在安静的图书馆里直接引起齐溪的注意。

可惜没有。

她甚至连好奇是谁帮她解题的模样都没有，只是立刻翻开下一页，开始做下一题，像个冷酷的做题机器。

第一次，顾衍变得有一些失落，他甚至开始有点生那本案例题集的气。

案例题集有这么引人入胜吗？顾衍觉得有点不可思议。

那一天，他假装去买东西、打水、上厕所，一共经过了齐溪的桌子十来次，然而只有一次，齐溪抬头看了他一眼，但她的目光甚至没有停留，很快又皱着眉垂下视线去攻克案例题了。

齐溪根本就没多看他哪怕一眼。

这并不多糟糕，因为齐溪甚至可能还不认识顾衍，但糟糕的是，顾衍发现，他每次经过齐溪身边的时候，都希望她能抬头看他。

如果对方是这个女生，那顾衍觉得他也不是不能破坏掉大学不谈恋爱的原则，因为毕竟在整个容大法学院里，能比他更会解法律案例分析题的男生不多，他必须责无旁贷地站出来，以免齐溪每次眉毛都皱得像丢了松果的可怜松鼠。

毕竟顾衍是很喜欢小松鼠的，他是不忍心让小松鼠这样皱眉的。

番外三　勇敢的小松鼠

　　顾衍对齐溪的关注就是这样不知不觉间开始的，等他意识到的时候，他已经开始习惯性地追寻齐溪的身影了。不管是在专业课上，还是在其余的选修课上，顾衍甚至不自觉地选了和齐溪一模一样的选修课，而齐溪选了哪些选修课的信息，则得益于顾衍八卦的室友张家亮——

　　"我们班那个大美女齐溪，选修课选了通俗言情小说研究。为了跟紧美女的步伐，我决定也选那门课！等开放选修课抢课系统的时候，我可要第一时间蹲守，因为这个课很热门！听说好多女生抢着选，因为上课就是老师给介绍下当代的通俗言情小说，每节课布置的作业就是去看小说。你们也知道，女生就喜欢看那种风花雪月的……"

　　张家亮说者无心，但顾衍听者有意。等选修课抢课系统开放的时候，他特意回了家，利用家里网速碾压学校网速的优势条件顺利抢到了这门通俗言情小说研究课，反倒是嚷嚷着要利用选修课和齐溪制造偶遇的张家亮铩羽而归。

　　顾衍选课的时候没什么感觉，但等正式上课了才发现情况有些不妙——选修这门课的基本都是女生，作为少数的几个男性学生，顾衍又是那个长相，自然受到了很多的关注。

但顾衍后知后觉的尴尬在见到齐溪的时候荡然无存了，张家亮至少有一点没骗人，齐溪确实选修了这门课。

其实她选择这门课，顾衍是有些意外的，因为他总觉得，齐溪是那种对学习以外的事完全不在乎的类型，她的脑子里也应当不是什么言情小说里的风花雪月，毕竟如果真的憧憬小说般的爱情，她早有无数个可以随便找个人实践的机会了。

不过很快，顾衍就知道齐溪选这门课的理由了——这门课的老师点名非常宽松，而历年来给期末成绩分数又非常高。

顾衍最终只在第一节课时见到了齐溪，后面每一次齐溪都没有来，而是让一起选这门课的朋友赵依然代为喊到了，而她自己则跑去图书馆里继续皱眉看案例了。

其实这门课对顾衍来说也完全是浪费时间，他对言情小说一点兴趣没有，来上这门课还会附带收到一些小纸条和情书，不得不花时间拒绝并安抚对他抬爱的女生。但顾衍每一次还是会来上课，因为他总是期待着，万一哪一节课齐溪也来了呢？

但齐溪没有。

顾衍知道自己对待齐溪的方式非常被动，他一个人默默地等着，甚至没有让当事人知情。他此前没有恋爱过，因此也不知道自己对待感情是不是就是这样沉默的类型，但他确信对待齐溪最好的方式是这样的等待，因为光是他，就见识过太多齐溪对待那些向她表白的男生的冷酷态度。

她对待学习的热情比对待男性强。

除了上课认真听专业课外，其余时间她非常质朴地热爱着去图书馆学习，几乎不太参加学院里的文娱活动，唯一积极的便是每次考试放榜后去公告栏里看名次。

顾衍也是这时决定要成为那个放榜时会被齐溪关注的人的，因为他发现不论自己参加多少活动、获得多少奖项，在齐溪身边状若不经意地来来回回多少次，齐溪都不会关注自己，唯一让她目光里只有自己的方式，只有压过她，成为比她成绩更好的那个第一名。

很久以后，面对齐溪的质问，顾衍故作轻松地表示当第一名其实很容易，但实际上他骗了齐溪——要比过齐溪成为第一名，要让齐溪记住自己的名字，要让她的眼里只有自己，并不是那么简单的事，因为齐溪的成绩远比顾衍想的要好，她也比顾衍想的更努力。这只小松鼠确实不是一般的松鼠，顾衍每一次考试，也都耗费了很大的精力。

但为了让齐溪记住自己，他总是表现得很轻而易举，常常在图书馆里睡觉，参加更多的文娱活动，但实际每次周末一回家，顾衍都会拼命地学；原本他每天都需要睡满十二小时，如今为了齐溪，只能压缩睡眠时长了。

他能成为法学院的第一名，能被同学和老师交口称赞，其实真的离不开齐溪，因为她总是铆足了劲在后面追赶鞭策，顾衍才能变得比原本更加优秀。

而因为齐溪，顾衍也知道自己未来的方向了——他决定拒绝自己姐姐的邀请，选择出国留学。

因为齐溪会去。

要是以往，顾衍很难想象，自己会因为一个暗恋对象就改变自己的人生重大决定，然而当事情真的发生，他甚至一点没为自己的行为惊讶，只觉得一切再理所当然不过。

这份单方面的情愫远比顾衍想的要持久——他原本以为或许这只是一时的，但齐溪总有办法让顾衍越来越在意。

大一学年结束的时候，原本带顾衍和齐溪这一届的辅导员因为远在外地的母亲重病，因此决定辞职回老家陪伴母亲治疗。因为这位辅导员非常平易近人，平时和学生们关系很好，临别也非常不舍这份工作，因此全体大一学生为他举办了一场欢送宴。这场宴会法学院全体大一学生都参加了，包括齐溪。

这几乎是整个大一期间，齐溪唯一参加的集体活动了。

顾衍很喜欢那位要离职的辅导员，对辅导员的离职也很不舍，然而因为齐溪，他变得有些没良心地默默期待着这场离职宴会的举办。

离别宴时，齐溪确实来了。她像是刚从图书馆里赶过来，整个人有些疲劳，自以为趁人不注意地打了好几个哈欠。

顾衍知道，为了明天最后一场法理学的期末考，齐溪前几天都去通宵教室熬夜了。

因为辅导员的离职，现场多少有些伤感的气氛。有男生带了好几箱啤酒来，因为离别，这些刚成年没多久的大一生们，好像总要喝点酒才能消解和人告别的情绪，也不知道是谁开的头，但最终每个人面前都被放了一罐啤酒。

"今天我们就不醉不归！每个人都得来一罐！"

也不知道是谁带头起的哄，总之最后一场离别宴，变得像是拼酒会了。也许真是情绪上头，也许是酒精上头，一轮啤酒后，很多人都变得有些失控了——

有抱着辅导员号啕大哭的，也有兴奋到拿着啤酒瓶当话筒唱歌的，还有傻笑的，还有……

还有像齐溪这样子假装喝了的。

顾衍酒量不差，喝得也不多，因此甚至非常清醒，他几乎是见着齐溪是怎么"作弊"喝酒的。

其实现场虽然有人带动起了劝酒、拼酒文化，但无一例外没有强迫女生去喝，甚至因为辅导员在场，大家都是劝说女生别喝酒的。

但齐溪还是拿起了啤酒，像是有些好奇，凑近闻了闻，然后很快有些嫌弃地皱了皱眉，然后像是抵挡不住自己的好奇心，尤其是当她看到周围几个喝酒的男生一脸上头以后。

然后顾衍看着齐溪拿了一根之前喝果汁的吸管，插进啤酒里后，小心翼翼抿了一口，几乎是很小很小的一口。齐溪很快被啤酒那微苦的味道逼得眉头整个皱紧在了一起。大概这口感对齐溪来说真的太难喝了，她连小巧秀丽的鼻尖都仿佛快要和眉毛、眼睛皱成一团了。

又像是一只倒霉的松鼠了。

顾衍刚想轻笑，就见齐溪又小心翼翼不信邪一样地喝了一口，然后这一次，大概这一口喝得有些多，酒味辣得她直接吐了下舌头。

明明齐溪吐舌头的动作只有一瞬间，她很快就收敛了脸上的表情，左右看了眼，以为没人看见，立刻恢复了平静自若。

只是齐溪脸色很快恢复如常了，顾衍的心情却没法恢复平常。

他又听到自己心跳的声音了。

而也是这时——

"吴英，我喜欢你真的很久了，你就答应我吧！让我亲一口，以后你就是我的女朋友，你就是我的女王，想让我干什么就干什么，我就给你当牛做马！但今晚说什么我就要和你把话说清楚！和你一吻定情！"

虽然大部分人都围在辅导员身边说着依依不舍的惜别话，可也有例外的。

比如在不远处的角落里，在嘈杂的背景声里传来了有人告白的声音。

顾衍循着声音看去，才发现表白的是他们隔壁宿舍的黎勇。黎勇是校篮球队的，人高马大的，此刻正把一个娇小的女生吴英堵在墙角。

他显然有些喝醉了，脸色绯红，明显的酒精上头，人也变得不大理智，嗓门奇大，也就恰好此时现场因为送别辅导员气氛热烈才没有引起大部分人的注意。

这要放在平时，顾衍自然不会多管闲事，毕竟别人告白的又不是齐溪。

只是今天似乎有些不同。

吴英被堵在墙角，脸上已经是窘迫和难堪，还有明显的不安和慌乱。然而喝多了的黎勇根本分辨不出女生的这些情绪，他大概因为酒精甚至分不清现实还是梦境，正大刺刺地要把自己的嘴往人家女生的脸上凑。

这就不是告白，是骚扰了。

顾衍皱了皱眉，决定上前拉开黎勇。

只是让他没想到的是，有人比他先一步上去替吴英解了围——

是齐溪。

她丢下了啤酒，皱着眉冲上前。明明身材在黎勇的对比下简直娇小到可以忽略不计，但也不知道这只小松鼠哪里来的勇气，她径自从背后拉开了黎勇。

黎勇被打断了告白，自然觉得齐溪坏了事。愤怒在酒精下也更加发酵，他瞪着齐溪，显然准备对齐溪发火迁怒。

齐溪或许不知道，但顾衍是大致知道黎勇这人脾气的——他平时是挺正常一人，但只要一喝酒，就容易撒酒疯，性格会变得十分冲动，非常容易和人起冲突摩擦，光是和他的舍友，就因为他酒后冲动差点打起来三次了。

喝醉酒的人可没有什么不打女生的理智。

顾衍变得非常紧张，他几乎是立刻准备上前，生怕自己去晚半步就让齐溪受到伤害。

只是面对愤怒狂暴边缘的黎勇，齐溪脸上连害怕也没有。她笑嘻嘻地拉了拉黎勇的手，然后朝着辅导员那边大喊道："哎呀，大家快来看啊！黎勇竟然背着我们大家偷偷表白啊！哈哈哈，大家快来见证下！黎勇怎么可以这样呢，表白怎么能喝醉了表白呢？"

被她这么一打岔，吴英很快就逃出黎勇的桎梏了。她感激地看了齐溪一眼，很快跑进了辅导员身边的同学群里。

黎勇也有些茫然，可能还没反应过来。

而等辅导员和围着辅导员的同学们都转过身来，齐溪便表演起了一出"仗醉行凶"："哎呀黎勇，你刚才是不是要和我表白啊？

"不好意思啊，我最爱的是学习，男人只会影响我'拔刀'的速度，所以对不起啊，你没戏！"

明明基本没喝酒，但反正仗着没人知道，齐溪非常"敬业"地在众人面前扮演了一个喝多了的形象。

黎勇显然想解释："哎，这不是？我不是要和你表白啊，我是要和——"

只可惜齐溪没给他说完的机会，她大力拍了拍黎勇："别爱我，没结果！"

这种告白的插曲，自然很引爆气氛，其余同学都起哄起来，谁也没当真，反而都哈哈大笑起来。黎勇被这么多人围着，看齐溪的样子也像是喝多了，自然也没法发作。最后这一场原本让当事人不适的表白，就这样吵吵闹闹、嘻嘻哈哈地变成了一个转瞬即过的小插曲。

除了吴英外，别人都没有看到，但顾衍看到了。

他的小松鼠比他想象的更加勇敢和机敏。

她偷尝啤酒吐舌头时的俏皮，她见到同伴有难时的挺身而出，她遇到困难时急中生智的果敢。

齐溪没有声张也不求赞美，可顾衍都看见了，他又庆幸只有他看见了。

因为大部分人只看到了齐溪好看的外在，根本不知道齐溪除此以外还有别的东西，而顾衍知道。

番外四 宣示主权

　　齐溪被顾雪涵叫进办公室时以为是要分配什么大案子，毕竟一段时间的工作以后，不论是齐溪还是顾衍，都慢慢进入了律师的状态，逐渐从学校过渡进了职场的角色，各方面工作能力都得到了很大的提高。原本很多案子齐溪和顾衍在想处理方案时都没法想得很全面，因此多数案子是由顾雪涵带队，齐溪和顾衍一同合作完成。但经过一段时间的锻炼后，团队里的工作模式已经渐渐变化成一些案情简单的案子，顾雪涵都直接交给齐溪或者顾衍中的一个单独跟进，她最后抓总了。

　　而这一次，顾雪涵是把齐溪和顾衍一起叫进办公室的。

　　所以是复杂又有挑战性的大案子？

　　齐溪内心有些激动，开始摩拳擦掌起来了。

　　虽然办理简单的案子让她心理压力不会那么大也不那么辛苦，但相应地，简单案子带来的锻炼和进步也没有复杂难案那么大。

　　只是就在齐溪非常期待办大案的时候，顾雪涵的话却让她失望了——

　　"找你们来不是为了案子的事。你们两个近期办的案子都可圈可点，办完案件后写的办案心得我也看了，非常用心。"

顾雪涵笑了下："这次叫你们来，单纯是因为律协又给我们所下任务了。"

律协的任务？

"是之前的普法宣传视频。"顾雪涵双手交叉，抿了下唇，"你们此前的两期视频反响非常好。律协那边为了跟上最新的宣传方式，最近在做一个法律直播间活动，主旨是希望把咨询台搬进直播间，利用'互联网＋法律'的方式，用更让年轻人喜欢的方式把法律知识普及出去。"

顾雪涵喝了口茶："这个活动容市几乎中型规模以上的所都会参加，竞合作为精品所也被选中了。一般来说，这类互联网直播法律咨询，是会要求资深一点的律师参加的，但由于你们两个此前在普法视频里非常出圈，律协那边觉得让你们两个搭配一起主持一期普法直播间效果会更好，所以希望我来征求下你们的意见。"

这都是律协点名的任务了，没特别的难处自然不能拒绝，而更重要的是，齐溪对这种形式的普法咨询直播活动也有些跃跃欲试。

以往她在学校时也不是没参加过学校组织的送法进社区活动，去社区摆过摊，在学校发过普法传单。可这样的行为能辐射到的人群毕竟有限，如果能利用直播的形式，是不是效果可以更好？

齐溪有些心动，转身刚打算征求下顾衍的意见，顾衍就先一步开了口："你不用看我，你想做我就配合你做。"他笑了下，"反正我最近的工作也没那么饱和。"

见两人都没有异议，顾雪涵就一锤定音敲定了这件事："那我就答复律协那边了。因为你们此前普法视频做的都是婚恋方向的，所以你们这期直播间的咨询主题也仍旧是婚恋方向。鉴于你们两个人目前只是订婚还没结婚，婚姻内的很多事可能也没有那么有经验，所以我会和律协那边沟通，把你们的咨询主题就定在恋爱这上面，比如恋爱里发生的一些法律纠纷，情侣间的借款纠纷、同居纠纷之类，都可以咨询。"

顾雪涵笑了下："我想这没问题吧？"

这当然没问题，毕竟恋爱期间能涉及的法律纠纷还是相对简单，不会有抚养、赡养以及财产分割之类的撕扯，相对是更清晰明了好回答的，齐溪和顾衍两个人一起配合直播的话，应该难度不大。

接受好了新任务，齐溪本来要和顾衍一起离开顾雪涵办公室，只是临走前，又被顾雪涵叫住了："你们两个刚才进我办公室是不是以为是有疑难大案来承办了所以很期待，结果只是律协的这个直播任务有些失望？"

齐溪下意识想否认，只是顾雪涵没给她机会。

她径自道："其实你们有没有想过，不是案子变得越来越简单了？"

顾雪涵看向了齐溪和顾衍："我给你们的案子难度其实一直根据你们的能力在加大，工作量也是在加压的，就像做数学题，一开始是一位数的加减法，渐渐到两位数，然后是三位数，学会加减法后开始学乘除，你们自然而然地一步步学习了。你们可能意识不到自己的进步，但回过头来就会发现，不知不觉间很多数学题已经会解了。

"等到有一天，可能你们会发现，对你们而言已经没什么案子可以称得上大案了。"

等出了顾雪涵的办公室，齐溪内心还在回想着她刚才的话。

齐溪有些激动地拉了拉顾衍的袖子："所以我们是不是快出师啦？"

顾衍有些不明所以："你这么激动？出师了想干什么？"

碍于在办公室，齐溪也不能太放肆，只能凑近顾衍，撒娇地轻声说："等我们出师了，我们就在竞合积累几年经验，然后欺师灭祖，出去自己开个夫妻店呀。"

顾衍愣了愣，脸上是不敢置信的表情。就在齐溪以为他要笑骂齐溪对顾雪涵这个恩师没良心之际，却听到顾衍道："你怎么和我想到一块去了？"顾衍惊喜道，"坦白说，我也一直想从我姐这里学完本事以后就出去自立门户，做下属还是不如做老板来得舒坦。"

他说到这里，有些不好意思道："因为我姐在你妈妈的事情上帮了很大的忙，我怕你对我姐有很强的滤镜，一开始还不好意思和你提，不过你既然也这么想，那我就放心了。现在我们努力跟着我姐学，以后师夷长技以制夷，出去单干以后还可以抢我姐的生意——"

齐溪干笑着打断了顾衍："这样对顾律师来说我们会不会太没良心了？"

天地良心，她刚才那么说只是开玩笑的！

可顾衍却毫不在意地笑了下："我姐虽然升合伙人了，但是还不能算是竞合所的资深合伙人。一个律师为了成为资深合伙人，为了变得更强，有时候还是需要一些挫折的。"

"……"

对这个计划，顾衍显然已经憧憬了很久，因此越说越激动，片刻后，他甚至都开始和齐溪分享对未来律所的人事架构的一些设想了……

齐溪看了看顾衍，再看了看办公室里的顾雪涵，深切地怀疑这俩是不是亲姐弟；但联想一下自己从前在毕业典礼上对顾衍做出那样的事后，顾雪涵竟然想找一份视频收藏以此嘲笑顾衍，又觉得这两个人确实应该是亲姐弟。

不过很快，齐溪和顾衍就没有心思想乱七八糟的未来欺师灭祖计划了，因为律协的工作人员很快对接了他们两个，开始安排直播活动。

"你们不用紧张，我们前期已经做过主题宣传，来你们这期直播间互动的大概率是学生居多，多数会提一些分手后产生的法律纠纷疑问，你们只要正常作答就好。"

律协的工作人员正是此前对接齐溪和顾衍拍摄普法视频的一位，相对来说和两人已经算熟稔。工作人员关照了齐溪和顾衍两句，又讲解了下直播间的一些运行规则，这才开始安排直播。

虽然工作人员事先告知了齐溪和顾衍他们的人气不错，但等直播间一开，看着瞬间涌入的十几万人，齐溪还是感觉到了紧张。幸而不是她一个人直播，齐溪看了一眼坐在她身边的顾衍，对方显然对这样的阵仗也有些意外，但两人彼此对视了一眼，都在对方眼里看出了宽慰和关心。齐溪也不知道怎么回事，她和顾衍好像一到工作上就特别默契，两人相视一笑，好像就都放松了下来。

坦白说，一开始接受直播法律咨询间的任务时，齐溪以为虽然会有问题，但不会那么多，然而现实是来参加直播咨询的人非常多——

> 我和我前男友谈了十年恋爱，现在分手了。他现在问我要回这十年里每年生日和纪念日送我的东西，可这些不算赠予吗？
>
> 我之前相亲的时候和女方谈得挺好，我们家也按照女方要求给了八万八的彩礼，可现在女方反悔不肯结婚了，这个彩礼我能要回来吗？
>
> 我是属于在不知情的情况下成了被出轨对象了，结果得知他原来已婚的时候已经怀孕了。我现在需要去流产，可以找他主张损害赔偿吗？
>
> …………

齐溪因为早有准备，回答起来得心应手："交往期间送的小额礼物确实一般认定为赠予，不能要回，但如果额度较大的，比如房和车这些，尤其是可以推断赠送房和车是有未来结婚目的的，那么会被认定为附条件的赠与。如果你们分手，诸如房和车之类的大额礼物是需要返还的；对于彩礼也是同样，彩礼的目的是缔结婚姻，一旦因为对方的原因退婚，是可以要求返还的。

"如果能证明自己在不知情的情况下成为别人的出轨的对象，并且因此男方还导致女生怀孕而不得不流产的，可以要求男方赔偿并且还可以要求登报致歉。"

…………

这场直播持续了两个小时，除去前期一个半小时和顾衍的轮流答疑时间外，最后半小时则是为了拉近和直播间观众距离的自由问答时间，问答的类型不限于法律，可以就恋爱里的疑惑等进行讨论。

果不其然，一到这个环节，气氛就热烈多了。齐溪解答了几个小女生在恋爱里的疑惑，结果也不知道怎么回事，问题突然扯到了她身上。

姐姐，你这么漂亮，一定有男朋友吧？那我好奇想问问，像你学法律的，口才又好，逻辑也强，万一在恋爱里遇到纠纷矛盾，也完全可以干脆利落地用法律武器保护自己，那你的男朋友恋爱时会不会有压力，觉得你太强势，或者和你在一起气势被压过一头呢？

我虽然不是学法律的，但因为成绩比男朋友好，男朋友现在说觉得和我在一起太累了要分手……

齐溪刚想安慰女孩回答这个问题，结果顾衍先一步开了口。

他看了齐溪一眼："据我所知，她的男朋友是没有任何心理压力的，也不会觉得她强势，只觉得她很优秀，并且为了能配得上她，也只想着不断努力让自己变得更好，可以和她并肩站在一起。"

顾衍的脸上并没有特殊的表情，声音也很平静，但说的话很中肯："所以如果你的男朋友表示你太优秀了要分手，那只有两种可能：第一种，他只是以此为借口，大概率是对你没有感情了或者在外面有了别人，想要分手但找不到你的差错，于是拿你太优秀了自己有压力来说事；第二种就是他说的是实话，但这种情况，只能证明他很垃圾，因为真的爱一个女生，是愿意为她努力变好一起进步的，而不是要求女生变差劲和自己一起随波逐流。"

顾衍又看了齐溪一眼，笑了笑："所以这边建议你换一个和你一样优秀的男朋友就好了。"

明明顾衍没有点破，也只是轻飘飘地看了齐溪两眼，但齐溪还是觉得有些脸热。其实顾衍和她连婚都订了，可直播间里这么暗戳戳地委婉表白，齐溪还是觉得有些不好意思。

他的回答赢得了直播间里不少女生的赞同，但也有更多人开始好奇起来——

　　那能问问律师小姐姐的男朋友是干什么的？从事什么行业的呀？好奇！

　　好奇 +1。

　　有点想八卦。

　　好可惜，我其实一直觉得直播间里的律师小姐姐和律师小哥哥好般配，觉得好有 CP 感，结果律师小姐姐另有男友啊……

　　那请问直播间的小哥哥认识律师小姐姐的男朋友吗？听意思是都是熟人？能八卦下是什么样的男生吗？

　　既然直播间的两位不是一对，那我能问问律师小哥哥单身吗？你们两位的颜值真的是律政界天花板了耶！

　　…………

这一次，又是顾衍抢先回答了这一波问题。

"其实严格来说，她有的不是男朋友，是未婚夫。"他笑了下，"职业也同样是律师。至于我？我不单身，我也订婚了。"

因为顾衍的自爆，弹幕果然又飞起了——

　　不是吧？怎么一个两个都订婚了？你们学法律的订婚都这么早的吗？

　　果然长得好看的早就被别人下手了，哭。

　　你们没发现一些问题吗？这个小姐姐订婚了，这个小哥哥也订婚了，小姐姐的未婚夫也是学法律的，谁告诉我不是我想多了？

这么一说，确实很可疑啊……

对这些弹幕，顾衍的回答直接干脆利落："是的，谢谢大家祝福，我们确实订婚了。"

这下别说弹幕，齐溪也满头问号起来了。

她看了看身边一本正经的顾衍，都不知道从何吐槽了。

谁在给你祝福啊？怎么自说自话的呢！仿佛还是别人给你祝福了你才公布的似的！还不是你自己想对外公布吗？心机！

只是虽然腹诽得厉害，但齐溪也并没有真的生气，而现在的弹幕也确实都是一串祝福的话语了。

顾衍看起来早就想公布，他这次真心实意对祝福的人道了谢，然后一本正经地再三强调道："鉴于我们都不单身，已经是订婚的人了，也希望大家不用再误会，不用再在之前的普法视频下刷想要她的或者我的联系方式。"

"毕竟我们学法律的，吵架起来一般人都吵不过，所以还是找个势均力敌的比较好。"顾衍的样子挺认真的，"不过我们也不吵架。下面继续回答大家的感情问题。"

齐溪算是看出来了，顾衍这是故意插播公布自己订婚身份的，因为这男人在今早看了下此前的普法视频下留言，发现有很多想要齐溪联系方式的人，虽然当时他没说什么。这不，念念不忘，他还是上赶着来清理自己的潜在情敌了。

只是虽然后续很快又恢复到了正经的答疑时间，但等齐溪和顾衍一下播，齐溪上网随便翻了翻，才发现她和顾衍此前拍摄的普法视频又被翻了出来——

> 完了，知道这一对主角已经订婚以后我再看这个视频感觉更搞笑了。
>
> 难怪当初觉得这两人这么有 CP 感，原来确实在一起了……

而除了引起广泛讨论的普法视频外，在赵依然的提醒下，齐溪才知道自己和顾衍在容大的校内论坛上又红了一次——

惊！你们还记得法学院的顾衍吗？他和当初在毕业典礼上怒斥绝对不会和他在一起的齐溪在一起了！

"齐溪学姐：就是全世界男人死了，我也不会和你顾衍在一起！"结果……真香！

感觉他俩真是相爱相杀了！

不是吧不是吧，我早就觉得他俩肯定会在一起的。以前齐溪看顾衍的眼神就一直怪怪的，感觉特别有气势，仿佛她不搞定这男人就誓不为人了一样，她都不这么看别的男人，当时我就觉得他俩不对劲，果然在一起了！

最羞耻的是，之后顾衍也知道了这个帖子的存在，这家伙不仅自己看，还要一边看一边读留言，一边读还要一边打趣齐溪："你看看，群众的眼睛是雪亮的，大家早就觉得你看我的眼神怪怪的了。"

齐溪都快气死了，鼓着腮帮子，努力澄清道："我那么看你是为了压过你一头，成为第一名好不好？当时我的眼里只有学习！你是我第一名道路上必须铲除的对手！"

"那现在呢？"

"现在……"齐溪看着顾衍的脸，凑过去亲了他一口，气势恢宏道，"现在我决定，把你也纳入我的眼里了！谁叫你这人这么碍眼，次次拿第一名引起了我的注意呢？但从现在起，第一名就是我的了！"

顾衍愣了愣："什么？"

"你啊，你这个过去的第一名连人都归我了，我不也是第一名了吗？"

是了，顾衍点了点头，他的所有一切，他人生里所有最美好的情绪，他的时间，他的心，确实都是归属齐溪的。

番外五　爱你，我也是

在实习律师为期一年的实习生涯里，想要顺利获得律协的执业证书，成为一名正式的执业律师，还需要完成律协组织的实习律师培训，制作实习日志，根据律协的要求参加实习律师面试，走完所有流程，才能被律协接纳正式成为一名律师。

齐溪和顾衍是同一批进入竞合所实习的，因此根据容市律协的通知，也是同一批进入实习培训班的。

容市律协的实习律师培训班是面向容市全部律所实习律师们的，因此除了竞合所和齐溪、顾衍一同进入的实习律师外，还有大量别的律所的实习律师们。

除了个别年纪大了从公检法或者公司法务跳槽进律所做律师的外，大部分实习律师都是一毕业就进入律所的年轻人，因此培训的第一天，就有人起头建了个实习律师吃喝玩乐群，吆喝着一众"同学们"加入。

容市律协的培训为期四周，是全天候的集中培训，每年会租借合作的大学的教学场所以供实习律师们上课用，今年好巧不巧，租借的竟然是容大的校区。

齐溪以这种方式回到容大校园，也觉得有些新奇，甚至还有几个一同毕业的同学，原本在容市别的律所，如今也因为这次实习培训重新在容大校园里聚头了。

"齐溪，好久没见了！"陈子林是当初班里最喜欢社交的，如今工作了也不改天性，趁着培训班课间休息的时候，跑到了齐溪身边，"既然难得能回容大，不如聚聚？和我们一届培训班的还有黄锋、张泽他们，我把人都叫上……"

陈子林是趁着顾衍今天有事请假来单独找齐溪的。虽说为期四周的集中培训是脱产的，但哪里有实习律师可以真的趁着培训就躺平不干活呢？律所正常支付工资，不少实习律师该干的活儿一样都少不了，培训课上多的是偷偷拿出笔记本电脑写邮件、改合同或者做翻译的实习律师，要是遇上经手的案子正巧有开庭等重大事项的，不少实习律师也只能请假。

顾衍今天没来，大约也是同样的情况。

当初在毕业典礼上，齐溪怒斥顾衍的事他也是印象深刻的。虽然齐溪事后澄清了，但设身处地代入自己，陈子林觉得要是自己是顾衍，恐怕也会有些顾虑和尴尬，好巧不巧，顾衍和齐溪还进了同一家律所。虽然碍于同事的面子，顾衍或许只能正常和齐溪来往。之前培训陈子林也观察了，这两个人都挨着坐，但他内心觉得，顾衍肯定是在意的，尤其是不提还好，要是一群老同学聚在一起，多少会让顾衍想起毕业典礼的事，这种聚会恐怕会有些揭人伤疤的嫌疑。

明智的做法，那就是这场同学聚会，如果请了齐溪，就别请顾衍；如果请了顾衍，就别请齐溪，省得几个同学聊着聊着，有哪个没眼力见的又聊到毕业典礼上去。

至于请齐溪还是请顾衍，那对陈子林来说是没什么好迟疑的。

他在大学里不是没有暗恋过齐溪，只是他虽然在社交上手段游刃有余，但面对感情也多有迟疑，生怕万一表白失败了，有些丢脸，毕竟被齐溪拒绝过的男生，简直如过江之鲫了。

而陈子林对自身条件也很自信，他成绩上虽不如齐溪和顾衍，但一直在学生会担任要职，配上他长袖善舞的性格，别说在大学，就是进入了律所，也如鱼得水，从来不缺倒追他的女生。

齐溪曾经对被拒绝的男生放过话，号称大学期间只会专心学习，不会考虑恋爱，因此陈子林索性也就偃旗息鼓，除了对齐溪热情些，也没有迈出任何一步。

但坦白来说，陈子林的暗恋也并不多苦，因为他的大学四年也并没有完全交代给学习而荒废了青春，追他的女生里，也不是没能让他心动的，因此顺其自然地，陈子林在大学期间也谈了四五段恋爱。

只是虽然每一段恋爱里，前几个月的热恋期都让陈子林很激情四射，可一旦时间长些，他便觉得疲乏了，心里对齐溪的爱慕便又会开始蠢蠢欲动。他的这些前女友们，一旦和齐溪比，就总有些地方比不过去了。

然而因为自身条件不差，家境也挺好，又从来被人捧着惯了，让陈子林去做那种做小低伏追女生的事，他觉得自己也做不来，因此虽然他对齐溪有些想法，但由于各种原因，毕业后，也渐渐和齐溪断了联系。

不过如今在律协组织的实习律师培训班上相遇，或许是上天的旨意。

陈子林刚结束了一段恋情，处在空窗期，看齐溪的样子，也不像有男友，毕竟这种年轻人占了七八成的实习律师培训班，很多单身的年轻男女都开始把这个培训班当成另类交友平台了，还有些则趁着在容大校园里集中培训一个月的契机，开始在校园里搭讪年轻的女大学生们。

总之，但凡是单身的，就没有不蠢蠢欲动的。

只是齐溪不这样，陈子林见了好几个男律师去搭讪过她，但她都笑着拒绝了，甚至连这个培训班的群都没加。

平时要是顾衍来培训，两个人就凑在一起研究竞合所里的什么案子；要是顾衍不在，她就安安静静地在课间写邮件、做笔记，还是和大学时只想着学习的样子差不多。

除了长得漂亮、成绩好，不论是否参加工作，齐溪身上好像总是有一种不染尘埃的感觉，让陈子林一次又一次心动。

　　所以虽然经历了好几段恋情，但陈子林觉得，自己这时候能再遇齐溪，应该是最好的时机。

　　两个人如果都是恋爱生手，肯定要互相摸索过河，还容易吵架，但自己已经经历了好几段感情，在对待感情上也更成熟更有担当了，可以引导齐溪好好相处；而齐溪经过了职场的历练，恐怕也能从自己身上看到更多优点，比如擅长社交，会活跃气氛，人脉广，家境好，工作体面。

　　因此这一次，趁着这个实习律师培训班再聚的由头，陈子林是说什么都会找齐溪一起吃个饭的。当然，不请顾衍，除了担心顾衍会尴尬外，更多的也是出于陈子林自己的小九九——顾衍长得实在太好了，当初又是校园里的风云人物，要是他在的聚餐，恐怕风头都给他占了，自己怎么能在齐溪面前展现自己的优秀呢？

　　不过样子还是要做做的，毕竟这才能显现出自己的体贴。

　　陈子林找到齐溪提出今晚的聚会邀请后，看了眼齐溪身边的空椅子，面露难色道："顾衍那边……"

　　好在齐溪很快接过了话头："顾衍今天所里还有个案子要办，请了一整天的假了，要去城郊的客户处开会，估计到晚上也来不了，你不用再特意约他了。"

　　齐溪的回答几乎是让陈子林窃喜了起来，这样最好。陈子林看过了，今晚会参加聚会的几个同学，男同学里，要不就是已经有女朋友的，而剩下两个单身的，各方面条件也都比不上自己——一个太胖，一个则没什么存在感。

　　看来今晚注定是他大放异彩的时候了。

　　因为要结束律协的培训后再聚会，正巧赶上下班和用餐高峰，几个人又都在容大，于是索性去了容大专门方便学生们开小灶的平价餐馆。

　　陈子林选这里也是有讲究的。这儿能让大家回味大学时期青涩的趣事，因此更容易拉近距离，毕竟谁想起青春，不会情绪波动回味的呢？何况来这里就餐的也是热恋中的情侣居多，周遭气氛暧昧，不正推动他们这一桌的气氛吗？

最终，晚上聚餐时的气氛也确实如陈子林预料的一致，几个老同学相见，一讲起学校里发生的趣事，打都打不住，气氛热烈得很。陈子林也趁着话题的引导，和齐溪攀谈起来："齐溪，你大学开始就一门心思在学习上，现在都工作了，我看你那架势，又是铆足了劲工作了。不过女孩子家家的，也要看看有没有合适的男生，毕竟趁着现在年轻，工作又相对没到最忙的时候，谈场恋爱把私事给解决了，回头家庭稳固，也好进一步发展事业。"

陈子林是骄傲的，即便这时候，他还是不想软一头做出主动追求的姿态。他总觉得，条件好的男人不应该主动追什么女生，应该是自然而然两情相悦才好。

一提起谈恋爱的事，齐溪果然愣了愣。

陈子林不等齐溪开口，就继续一脸热情体贴道："我认识的人一向挺多，要不你给我说说？你喜欢什么样的，我好帮你物色物色；你要有兴趣，我就约着一起吃个饭。"

陈子林这如意算盘打得很好，用给齐溪介绍对象来说事，可以神不知鬼不觉就天天出现在齐溪面前，两个人也有很多话可以聊，但又不会显得他别有用心和突兀，到时候给齐溪介绍点她绝无可能喜欢的类型，一来二去衬托之下，多关心齐溪，展露自己的优点，最终不就自然而然能抱得美人归了吗？

齐溪却是笑了笑，然后婉拒了陈子林："不用了，谢谢你费心。"

陈子林有些急了，试探道："你已经有男朋友了？"

齐溪摇了摇头。

陈子林刚要开玩笑说"齐溪不开窍""没男朋友还不赶紧找"之类的话，就见齐溪从衣领里拉出了一条项链，一枚戒指从项链上自然地滑落，展现在他的眼前。

齐溪笑了下："我没有男朋友，正经来说，有一个未婚夫。"

陈子林这下是真的被噎住了，愣了半天才找回了声音："可你在大学里都没谈恋爱，所以是工作里认识的？进展这么快？都已经订婚了？"

这下陈子林此前的从容都不见了，他变得有些急切，也有些不甘心，毕竟他觉得自己对齐溪喜欢了好几年，哪能被后来居上的人随随便便得手了。

虽然也知道这样不好，但陈子林还是没忍住暗示齐溪："我觉得恋爱可以谈，不过这么早订婚结婚会不会不太好？毕竟你的事业也刚起步，人也不那么成熟，未必知道什么样的是最适合你的；尤其你和你男朋友要是相处时间才那么短就订婚，大概率还处于热恋期，都看不到彼此身上的缺点，要是这时候匆忙进入婚姻，也不知道未来会不会有矛盾……"

可惜他明示暗示说了这样一通，齐溪脸上却仍旧波澜不惊。她歪着头笑了下："我们认识很多年了。我并不觉得匆忙。他暗恋我好多年了的，你也认识他的呀。"

自己也认识？

陈子林刚想继续追问，却听见齐溪的手机响了。她看了眼屏幕上的名字，整张脸都像是亮了起来。

她也没有避嫌，当着陈子林的面接了电话："喂？好呀，你到了呀，我也差不多快结束了……不要嘛，你不要在楼下等，上楼来接我嘛。"

她一改此前在大学里冰美人的模样，语气自然地撒着娇，像是央求着对方直接到小餐厅来接人，没说几句，电话对面那人似乎就败下阵来，答应了她的要求。

齐溪脸上露出得逞的笑意，然后她狡黠道："好的，顺带向大家介绍一下你。"

陈子林羡慕得眼睛都红了。

他从没想过齐溪这样对任何男性都不假辞色的美女，竟然会对一个男的这样温柔，这样充满爱意。

齐溪一挂电话，他就忍不住打听起来："你男朋友要来我们这儿接你？"

齐溪盯着他看了一下，认真地纠正道："未婚夫。"

陈子林自动屏蔽了这三个字，径自道："那就来吧，正好认识认识……"

齐溪却只是笑："不用再认识的。"

陈子林还想再追问，却听耳后有个凛冽但略微熟悉的男声喊了齐溪的名字。

齐溪几乎是听到声音的刹那就像个兔子一样从椅子上蹦了起来，跳着离开了陈子林的身边，跳回了声音主人的身边。

陈子林循着声看过去，原本带着来自情敌的嫉妒想看看来人是个什么样的，结果让他震惊不已的是，他竟然看到了顾衍。

"顾衍？"

他没一下子反应过来，第一个想法便是顾衍得知了这场聚会，处理完客户的事情以后赶过来了。

只是他还没来得及和顾衍寒暄，齐溪就先一步开了口："陈子林，我的未婚夫不用再认识的，因为你们已经认识了呀。"

她笑着拉起了顾衍的左手，陈子林这才发现，顾衍白皙修长的左手中指上，正套着一枚和齐溪脖颈项链串着的戒指款式一模一样的戒指。

那是他们的订婚戒指。

这下原本在回味大学趣事的另外几个同学也被动静吸引了过来，看着齐溪和顾衍的姿势以及顾衍手上的订婚戒指，都发出了起哄的声音。

陈子林的讶异尤为明显，他瞪着眼睛看了看齐溪，又看了看顾衍，有些愣愣道："你们俩……"他的语气显然充满了不敢置信，"可你们毕业典礼时候不是水火不容的吗……而且当时那封表白信不是张家亮写的吗？暗恋你的不是张家亮吗？"

不过陈子林的这个问题根本轮不到齐溪和顾衍来回答，因为刚才忙着聊天没注意到陈子林和齐溪谈话内容的其余同学，此刻已经热情地向陈子林进行了科普——

"老陈啊，你这个人怎么回事？你是'村网通'吗？上不上网啊？

你不知道前阵子律协还找顾衍和齐溪拍了一组普法视频宣传，他俩还一起做了一个直播咨询节目吗？在节目里顾衍直接说了他和齐溪订婚了好吗？学校论坛里讨论这事儿都好久了，你竟然一点不知道啊？"

最后齐溪和顾衍是在陈子林的不敢置信和挫败的眼神里离开的。

顾衍不傻，陈子林的反应他早就看在眼里了，等到两人漫步在容大充满夜色的校园里，他才有些吃起味来："看来直播的效用也没有多好，还是有那么多没眼力见的人不知情。"

顾衍的声音酸溜溜的："我是不是应该实名认证去校园论坛里发帖？"他说到这里，自己否决了这个办法，"这也不保险，还是等结婚的时候挨个发一轮请帖吧，务必让别人知道你已经要和我结婚了。"

齐溪有些失笑，拽了拽顾衍的胳膊："所以我才拉着你，要你上来接我呀，就是要展示一下本人英俊的未婚夫！"

顾衍虽然语气里带了点醋味，但并不是真的有多吃醋。他揽住齐溪的腰："我一开始想到陈子林那个样子，是有些生气的，不过想到今天我刚得到了一件礼物，就觉得为他这种人生气也不值得。"

齐溪愣了愣："什么礼物呀？"

她确信今天不是顾衍的生日，也不是他们的任何一个纪念日或者节日。是谁送了他礼物？

"'你摸猫的样子也很帅。'"顾衍冷静地出了声，然后看了一眼表情逐渐变红的齐溪，忍不住调侃道，"看起来有些人对我也是虚情假意，当初自己写的写给未来的明信片，竟然忘记了在今天会寄到我手上。"

齐溪听顾衍念完这一句就知道是什么东西了，但当初她和顾衍一起在猫的天空之城写明信片时，她也是忐忑紧张而又心怀鬼胎的，写完后就随手写了个未来的日期，写完以后就忘了，哪里能想到是今天呢！

顾衍却只是把搂着齐溪的手紧了紧："'希望你看到这张明信片的时候，和你的白月光已经在一起了。'"

他看向了齐溪："这是你在明信片里写的，谢谢你的祝福。"他亲了齐溪的侧脸一下，"我已经如愿了，已经和我的白月光非常幸福地在一起了。"

　　夜色温柔,夜风温暖,星空灿烂而广袤,而齐溪觉得,再温柔的夜色、夜风和夜空,好像都没有比此刻自己的内心更温柔的了。

　　感谢所有冥冥之中的安排,她也和她的白月光非常幸福地在一起了。

　　顾雪涵亲自去心然生物和众多被解聘的员工沟通，完全是出于意外。一般来说，这类集体诉讼中第一步的初步调研和取证她都是交给齐溪或者顾衍去做的，只是很可惜，她的这两位团队得力助手因为新婚申请了休婚假，导致未来将近半个月的时间里，顾雪涵不得不面临手下无人的窘境，很多事情都只能亲力亲为。

　　心然生物是一家生物医药企业，是隶属于谭氏家族企业下的分支产业，在多年烧钱的投资下，从今年开始有三项靶向药获得审批，可以投产进入市场。心然生物虽然未实现全面盈利，但已经获得 1 亿美元的 E 轮融资，此轮融资完成后，市场预估值将达到 10 亿美金。

　　照理说，心然生物发展势头这么好，背后靠着的谭家又钱多到烧都烧不完，在企业法律合规方面应当会有全面的法务和律师顾问，别说商业领域合同上的纠纷会尽量规避，是不太应该出现这种低级的劳动合同纠纷的，尤其做了访谈后，顾雪涵才发现这些解雇确实都很有猫腻。

　　心然生物于这个月初解雇了一批老员工，公司方面表明有证据证明这部分老员工存在互相代打卡冒领加班费的现象，持续时间长达多年，因此援引员工手册里的说法，白纸黑字规定了该类行为属于重大违纪，可以进行单方面合法开除。

为此，心然生物也是这么做的，一口气开掉了十几个核心老员工，并且声称因为他们属于重大违纪，不属于心然生物单方面开除，不存在经济补偿金。

这些核心老员工的年薪都相当高，因此涉及的经济补偿金也相当高额，为此产生了劳动纠纷。

而在开除这些核心老员工的同时，心然生物还把这几个核心老员工正在研发的新药产线全部砍了，产线上涉及的操作工人和相关工作人员也全部一并遭殃失了业。

为此，这些被单方面解聘的劳动者便集合起来组成了一个维权群，并且接洽到了顾雪涵这里。

只是顾雪涵此次来沟通，才发现劳动者们嘴里的事实完全是另一个模样——

"律师，我们正常上班打卡工作，从没有操作过什么代打卡冒领加班费的事，代为打卡的事完全就是构陷。因为生物医药研发涉及的机密信息多，因此从几年前，公司就打着为了防止机密信息外泄的说辞，要求我们下班时必须把工卡留在座位上，第二天一早到了以后自己去前台那里领取，然后打卡进研发室。"

"没错。一开始我们也觉得挺合理的，还很方便，毕竟有些同事丢三落四的，常常早起忘记带工卡。只是没想到原来公司收集工卡只是为了陷害我们，号称我们打卡后冒领了加班费！工资条里的加班费明明是交通补助，之前我们问财务，财务都说为了公司做账方便做成了加班费，因为金额没差，到手的也是对的，所以我们也没多想……"

几个核心老员工都是生物医药领域的资深员工，顾雪涵其实有些理解不了他们为什么会被开除，毕竟生物医药人才现在培养起来并不那么容易。

对于她的这个问题，几个老员工义愤填膺地给出了解释："是因为我们不肯给谭卫翔回扣。他要求我们采购的生物制剂和材料是指定的关联公司，不仅货品质量差，而且价格还奇高，这还不算，他还要求我们从采购的价格里给他抽点子。

"好些同事没办法，最后只能屈从了，毕竟都是拖家带口的，何况他也姓谭，我们能怎么办？对上举报有什么用呢？还不是他作为皇亲国戚一手遮天？"

谭卫翔虽然不是谭氏当前掌权家族的本家，但是是近亲，早年和谭家掌权人关系不错。谭家掌权人身体抱恙，就委派了他代为管理心然生物。

顾雪涵对于这点是知晓的，因此听到这里，多少理解了为什么大部分员工只能屈从的行为。

"现在就剩下我们几个头铁的，因为我们死活不肯同意做指定采购并且返回扣，谭卫翔就伪造我们重大违纪的证据把我们给开掉了。"

"没错，和我们被开一起被砍掉的新药试验和生产线，也根本不是他口中说的错误方向。只要假以时日和资金，我们一定可以攻克目前研发的新药的！"

顾雪涵刚想说话，就听到人群里有一个带了点随性的年轻男声响了起来："那不是听说公司新来了高管，职级比谭卫翔高，马上会取代他吗？为什么没有试图向他举报谭卫翔呢？"

顾雪涵循着声音看去，才发现是个年轻的男生，干干净净的长相，很英俊，虽然穿得像个学生，年纪看着也不大，但因为身高非常高，整个人站在人群里，还是有些鹤立鸡群的味道。

正在和顾雪涵抱怨谭卫翔的那位核心员工回头看了对方一眼，一脸无奈地摇了摇头："年轻人，你是产线上被牵连开掉的吧？你没接触到管理层，所以你不知道，没辙。首先，这谭卫翔也是谭家人，新来的空降老板你知道是谁吗？是谭家掌权人的小儿子。可这小谭总毕业才没几年，此前也没听说有什么企业管理经验，说不定根本不懂生物医药，就是个纨绔公子，毕竟到现在我们都不知道他到底叫什么。"

"就是，何况谭卫翔怎么说也算他的远亲叔叔，你觉得他能为了我们这十几个员工还有你们这群年轻人，去得罪自己有实权管得了事的叔叔？"

"更何况这小谭总到底是真的来管理的，还是空降来镀金找点事干躺着领分红的，谁知道呢？"

…………

这年轻男声有一双微微上挑的眼睛，看起来有些漫不经心，但某些角度又像是很认真，他像是不太信："那万一他人不错，也很正义，看不惯谭卫翔那种要回扣的做派呢？"

核心老员工摇了摇头："你们年轻人就是天真，就算小谭总确实内心正义，那他那点资历，还能斗得过谭卫翔这种比他大了好几轮的老狐狸？"

他说到这儿，看向了顾雪涵："所以与其找小谭总，我们还不如找顾律师来得快，毕竟顾律师的案子几乎就没有败诉的！"

大概因为他的夸赞，那个年轻的男生也看向了顾雪涵，他的目光不太避讳，大刺刺地就盯着顾雪涵的脸看，实际上不太礼貌，但顾雪涵看对方的年纪也不会比顾衍大上几岁，外加在生产线上做操作工，恐怕学历家境方面也不会太好，社会经验算不上丰富也属于正常，她是不会和这种小男孩计较的。

只是顾雪涵没想到这男生还能语出惊人："可她看着也很年轻，你们为什么信她不信小谭总啊？"

被人夸年轻对于一般女性来说都会高兴，但对顾雪涵则完全相反，她非常讨厌别人用她的年龄做文章，然后因为她的年轻就质疑她的专业能力。

她几乎有些动怒了，但最终还是克制了脾气，看了那男生一眼："请不要把我和小谭总相提并论，因为如果他真的有能力也有魄力想要改变心然被谭卫翔把持的局面，至少在这个微妙的裁员案件里应该亲自出现调查。

"还有，你叫什么名字？"

那男生愣了下，然后笑了，眼神的末梢带了点桀骜："我叫文西。"

顾雪涵在赶来这里之前已经扫过了所有当事人的基本资料，看向了对方："这次涉及的员工里，没有叫文西的。"

她这话一出，众人便有些警惕了——该不是谭卫翔找了人安插进来想探听他们的维权方案吧？

只是面对众人的戒备，文西本人却很放松，耸了耸肩："我确实不是当事人，我是代替我妈妈来的。你可以查到我妈妈的资料，她叫朱香玲，是这次被开生产线里负责保洁的。"

他这样一说，众人便松懈了下来："你是朱姐的儿子啊？朱姐的病怎么样了？"

顾雪涵听了个大概，才知道这位负责保洁的大姐人很和善，为人热心，因此心然不少员工都和她很熟；只是朱香玲的丈夫早早就去世了，她自己在半年前确诊了胃癌，一直断断续续在治疗，如今还惨遭裁员，家里情况也不好，如今不能亲自来维权沟通，让儿子代为来，恐怕是病情不允许。

只是……

只是顾雪涵打量了下这个文西，明明他确实穿着比较普通平价的洗得发白的衬衫，牛仔裤甚至短了一截，一看就是没长高之前的裤子，鞋子一看也很旧了，可顾雪涵还是怎么看他怎么觉得有些违和。

或许是因为文西长得太好了，因此顾雪涵总觉得他像是天生并不穿这些衣服的模样；明明家境不好父亲早亡母亲还重病，但顾雪涵总觉得文西看起来像是非常优渥的家境里才培养得出的男生。

但事实正相反，文西家里确实很困难。

在顾雪涵对每个员工做完单独访谈以及资料收集花了三个小时后，早就做完相关访谈的文西还等在门口。

他安安静静地站着，表情乖巧，以至于顾雪涵觉得他眼尾此前的桀骜一定是自己看错了。

顾雪涵经过他的身边，他拉住了顾雪涵的手。

顾雪涵几乎是下意识就皱着眉想要抽离，因为她不喜欢和人这么近距离接触，尤其是陌生人。然而在她开口怒斥文西逾越的行为之前，文西的声音先一步响起了："姐姐。"

他乖巧地看向了顾雪涵，又有些可怜巴巴的："你、你能不能借我点钱？"

文西说完，很快就表现出了窘迫，看起来有些局促不安，声音也变得小了起来，像是非常羞愧："对不起，但我和我妈妈都好几天没像样地吃过一顿饭了。"

顾雪涵并不是同情心泛滥的类型，但文西的样子太可怜了。他虽然比顾衍大，但在此前的访谈交谈里，顾雪涵得知他比自己还是小了三岁，因为家境不好，大学肄业，因此一直没找着像样的工作，如今又要一边照顾患病的母亲，一边找些零工打打，如今又拉着自己袖子，一脸泫然欲泣地喊自己姐姐。

顾雪涵毕竟也是有弟弟的人，多少对文西有了些爱屋及乌的同情。

她叹了口气，认命地拿出手机："加了微信以后转账给你。回家好好照顾你妈妈，就当我借你的。"

"你可以放心，我会帮你妈妈讨回公道。"顾雪涵朝文西笑了笑，"你对空降的小谭总可以不用抱什么期待，但你可以相信我。"

不知道是不是讲到会为他的妈妈讨回公道，文西的笑容深了些，他腼腆又乖巧道："姐姐，谢谢你，你真好，你是第一个肯这样主动借钱给我的人。谢谢你对我的信任，谢谢姐姐，让我觉得人世间还是温暖善良的人居多……"

顾雪涵这辈子最受不了的就是煽情，她见文西像是要抒发长篇大论的感谢致辞，立刻制止了他，冷静道："我不是信任你觉得你一定会还钱，只是你妈妈的案子，我有信心赢，所以等拿到经济补偿金，你借的钱也好，律师费也好，我都会在里面扣。你不要乱感动了，做人现实点，人间没有真情在。"

不等文西回答，顾雪涵面无表情地看了他两眼继续道："你也是成年人了，妈妈病了爸爸不在了，也该扛起生活的责任了，不要天天在这里搞得像上台发表感动中国演讲似的。虽然你是个弟弟，但我也要提醒你一句，男人不要太矫情，要吃亏的，还容易没人爱。"

顾雪涵说完，扫了文西的微信，待他通过后，给他直接转了五千块钱，然后径自越过他，走向停车场，发动车子走了。

她走得干脆利落，因此不知道文西在她走后，笑着看了看收到的五千块钱，表情有些微妙的复杂。

他打了个电话，不多会儿，一辆劳斯莱斯幻影驶到了不远处。文西自若地走上前，钻进了车里。

司机的态度毕恭毕敬："小谭总，我们上哪儿？"

谭文西笑了下，语气却是森然的，脸上的表情早没了此前伪装的单纯乖巧和可怜巴巴，而是充满了桀骜的不驯和狠厉："去心然，找谭卫翔。"

虽然手底下没了干活的人，最近的工作量不得不变得有些多，多到快让人焦头烂额，但也不是没有好事发生。

非常令顾雪涵意外的，心然生物的劳动纠纷案，她刚整理好相关陈述，针对每个人刚列出了证据补充目录打算一一通知对方根据列表补足证据，结果心然生物的法务和人事部就主动对接了过来，表示此前的解聘程序上确实存在问题。

"顾律师您好，经过我们内部审查，此前涉及几名员工的严重违纪核查有误。我们经过重新调查，发现对方并无代为打卡骗取加班费的行为，因此将于近日在公司官网上对所涉及不公正待遇员工道歉，并且会严格惩处在本次事件里造假构陷员工的涉事人员。"

给顾雪涵打电话通知的心然法务部专员态度非常客气："您是这些被波及员工的代理律师，所以小谭总让我和您直接沟通。关于后续的处理方案，我们这边有两套预案：除了赔礼道歉外，所有被无辜波及的员工，我们都会给予一定额度的赔偿金，而他们的去留则完全遵从他们的意志，如果愿意接受我们的道歉，还愿意留在心然工作的，每个人的待遇月薪上会有 10% 的增幅，此前涉及被违规砍掉的研发生产线也会一并恢复，保障各位员工的合法权益；如果觉得这一次心然的做法伤害了他们对心然的信任，没有办法继续待在心然的，我们也会按照法律规定给予经济补偿金。"

顾雪涵皱着眉听完了对方的两个方案，不论从哪个角度来说，都可以说非常完美，但……顾雪涵对突然天上掉馅饼之类的事都非常警觉——明明此前被开的几个员工都说了，公司法务和人事部非常固执，油盐不进，怎么都不肯听听员工这方面的说辞，怎么现在突然态度一百八十度大转弯了？

"请问这件事后续的负责人还是谭卫翔谭总吗？"

如果还是谭卫翔当权，那么如今这个操作还不知道是不是谭卫翔又设置了什么圈套打算背地里搞事？

法务部的对接人笑了下："不是的哦。目前这件事由我们小谭总直接负责。为了这件事，小谭总亲自调查，发现问题后已经把涉事的谭卫翔停职送内审继续进一步调查了。如员工有违法行为，我们后续也会以公司名义起诉。这件事里涉及不合规操作的人员，级别低的会直接做开除处理；有一定级别的员工因为考虑到会有一定影响力，或许也还存在别的违法行为，会一并送去内审调查；涉嫌到职务犯罪有可能触犯刑法的，我们也会报警后请检察机关介入。"

……

顾雪涵是在意外和惊讶里挂断电话的。出乎她的意料，心然生物新上任的这个小谭总看起来并不是被养废了的纨绔子弟，做事的风格竟然很雷厉风行，对和自己有亲戚关系并且把持心然生物多年的谭卫翔完全没有手软。

顾雪涵在把这个消息告知自己的各位当事人时，大家都同样表现出了意外，但除此之外，就是庆幸和激动。

"太好了！我从心然生物创办就入职了，说起来对公司是有感情的，自己还有研发项目在公司。现在公司这样的做法，也算给我们澄清了名声，我愿意回去！"

"小谭总说了，除了回去以后可以继续任职原来的岗位，对我们研发的新药也会重新评估，一旦通过评估，小谭总还会出面追加投资。"

"没想到小谭总虽然年轻，但做事这么干脆利落。我听说谭卫翔直接被架空接受调查了，他下面的裙带关系也全部被查处了，开除的开除，移交法办的移交法办，真是大快人心！"

…………

顾雪涵最终一一对接每个客户，单独沟通了解了客户的需求，确保了每个客户都得到了满意的方案。

不得不说，这个神秘的小谭总确实让顾雪涵有些意外，她此前多少有失偏颇了，这个小谭总为人确实还行，尤其是针对保洁员朱姐一家，小谭总给出了医疗补助。

"总之，之后你妈妈的住院治疗费用，将由心然生物全部支付，你妈妈可以长期休病假。虽然病假里一年满三个月后，公司可以给予一个月经济补偿后解除劳动合同，但是心然生物将不会对你妈妈进行解聘操作。请你带着你妈妈安心养病，心然生物将支付包括医保在内的员工福利，也会全程支付相关费用；你要是去上班的话，护工的费用心然生物也会支付。"

这是顾雪涵第二次见到文西，他还是穿着上次一样的一套衣服，虽然洗得干净，但不免有些寒酸。顾雪涵这次是约他在一家餐厅见的面。比起餐厅里着装光鲜的男女来说，文西的打扮算得上刺眼了，而文西的长相也和他的着装一样显眼，因此一进入餐厅来，他就受到了各种意义的目光——有对他脸明显产生兴趣的，也有因为他的衣着而皱眉侧目的。

但文西本人倒是并不在乎，虽然家境贫寒，他的背脊一直挺得很直，也并没有因为周遭各种不同意义上的目光而变得不自在，没有自卑，也没有过分敏感，倒是落落大方。

对于得到小谭总的帮助，他乖巧地对顾雪涵表达了感谢："谢谢姐姐，要不是姐姐，恐怕事情解决不会这么顺利。"

无功不受禄是顾雪涵的原则，对于这个还没开始诉讼就达成和解的集体劳动纠纷案，她觉得自己没资格邀功："我确实没有做什么，是心然主动对接提出和解的，和解方案你也看到了，是比较公道和有人情味的。"

因为约谈到文西的时候，恰好快到饭点，顾雪涵便顺带请他一起来了餐厅，点了些菜。文西看起来有些腼腆，点菜的时候非常忐忑，最后都是顾雪涵替他点的，如今他正小心翼翼地切着牛排，眼睛像小狗一样求知若渴，亮晶晶地看向顾雪涵。

"姐姐，那心然那边是谁主动提出这个和解方案的呀？我应该感谢谁呢？"

虽然不太愿意承认，但顾雪涵还是诚实道："你嘴里的小谭总。"

文西露出了漂亮的笑容，牙齿雪白，眼神清亮："看来小谭总还是值得期待一下的。"

顾雪涵"嗯"了一声，不置可否。

但文西看起来来劲了，他喝了口饮料，抬头看向顾雪涵："姐姐怎么没夸一下小谭总？我觉得他人真的不错，虽然年纪轻，但是是非分明、手段雷霆……"

顾雪涵皱了皱眉，不能理解文西的脑回路："这有什么好夸的？他只是做了他分内的事，没到能得到夸赞的地步，只是让人不至于骂他罢了。你们年轻人不要那么容易被资本主义精神控制，仿佛他给了你们员工正常合法的报酬，你们还应该感谢他一样，要有点斗争精神。"

文西像是噎住了，愣了愣，才清了清嗓子继续道："主要我听说小谭总也就和我差不多的年纪，我代入一下觉得他也挺难的——接手心然也算是内忧外患，父亲身体不好没办法管理企业，又有豺狼一样的叔叔把持着管理权，还能抗住压力做出这么公正利落的解决方案，还是很不容易的。"

这下顾雪涵更觉得匪夷所思了。她盯着文西看了好几眼，真心实意道："这还是我第一次见到羊心疼狼不容易的。"

"……"

她无情地喝了口饮料："所以你这么闲都能心疼家财万贯的小谭总了，之前借给你的五千块钱什么时候可以还我？"

"……"

因为最终心然采用了和解的方案，保留了朱香玲的工作岗位，因此不再涉及解除劳动关系的经济补偿金，未来支付的医药费也是直接由公司根据朱香玲家提供的医疗发票进行报销，因此这一次的案子里，朱香玲一家并不能立刻得到现金补偿，也就不存在顾雪涵能从中抵扣的可能。

"因为这次案子的和解我确实没有做什么，所以律师费可以给你免除，但是五千块钱是民间借贷性质，利息我不收了，钱你需要还。"她看了文西一眼，"你一个年轻人有手有脚的，你妈妈的护工费现在也会由心然支付了，你什么时候去找个工作？"

文西显然没料到顾雪涵会谈这些，有些目瞪口呆道："姐姐，所以你留我下来一起吃饭是因为要问我催债吗……"

顾雪涵懒得理他，在他的不敢置信里，掏出了包里打印好的材料："这是我最近留意到的招工信息，帮你筛选过了。我认为比较正规以及符合你情况的，都帮你用红笔圈出来了。你去投简历，一家一家面试，有不懂的可以问我。"

她说到这里，又从脚边拎起了一袋资料塞给文西："这些是自考的复习资料，你拿去，到时候可以一边工作一边自考，等把学历刷上去了，可以跳槽，找一些更好的工作。"

顾雪涵说完，又掏出了一张发票："这些资料一共两百八十六，你如果想要的话，记得之后一共要还我五千两百八十六，如果不想自考，那你现在就可以拒绝，我会发起七天无理由退货，不产生费用，你后续只需要还我五千块。"

文西大概彻底惊呆了，他看了看眼前的资料，有些不敢置信道："姐姐，我以为你对我是有点特别的……毕竟这次那么多客户里，你只请了我中午一起吃饭，我还以为你对我……"

文西看样子大受打击："其实姐姐你找我一起吃饭，我心里很开心的，因为我以为姐姐对我是不一样的，因为我对姐姐其实一见——"

可惜他的话没说完就被顾雪涵叫停了。

"打住。不要以为和我表白就可以逃脱欠债还钱的责任。"顾雪涵无情道，"我不吃这一套的，弟弟。"

"找你一起吃饭只是因为这家店最近周年庆，两人同行一人免单，而你是这次所有客户里唯一的无业闲散人员，别人都很忙。"顾雪涵抿了下唇，"当然，所有客户里，也只有你还欠我钱，我希望你快点找到谋生的工作把钱还给我。"

文西非常受伤："我以为你是个善良的美女姐姐……"

"我都和你说过了，人间没有真情在，你夸我也没用。"

文西显然想解释，可惜顾雪涵没兴趣，她确认了文西并不打算返还自考资料，于是叫来了服务生买了单。她看了眼时间，简单地与文西告辞，就径自离开了餐厅，只留下谭文西坐在餐厅里目瞪口呆，久久不能回神。

谭文西从高中起就在国外就学，但从很小的时候起，谭文西就发现，那些为了他的家世围在他身边的人总是非常多，即便他本人长相不差学历不差，但每次因为周边的人都知道他的背景，总让他觉得所有的交友都不纯粹。他还有点理想主义，希望找到一个不为了自己家世，只是单纯因为自己这个人而喜欢自己的女友或未来伴侣。

对顾雪涵一见钟情确实是真的，她虽然比自己大上三岁，但谭文西根本不介意年龄，他觉得顾雪涵漂亮极了，尤其是工作状态里的英姿飒爽，是很多和他同龄的小女孩所没有的——成熟干练，又充满了神秘和气场，简直让他移不开眼睛。

此次空降来调查心然生物的劳动纠纷案，他一开始主动接洽了朱香玲一家，已经从朱香玲那里得到了不少内部信息；他装成朱香玲的儿子进入维权群，也是希望能从内部的角度看下这些核心技术老员工有什么诉求，他才好精准地给出解决方案，留住核心人才，只是没想到邂逅了顾雪涵。

他并不是没有隐瞒过身份，但每次光是靠着自己的脸和身材，他就能无往不利地交到朋友或者得到别人的喜欢，只是没想到这一招在顾雪涵身上完全失灵了，她简直像是绝缘体。

他想以借钱为破冰的契机和她产生联系然后和她谈恋爱，而她竟然只想着让他还钱！

心然生物的案子并没有给顾雪涵留下太深的印象，唯一附带的后续效应就是文西。因为加了微信，他总是断断续续给顾雪涵发信息，比如分享下窗外的好风景，有时候是喝到的好喝的饮料，还有时候是街边的小猫，以及对于雨雪天气的提示。

一开始的时候，顾雪涵并没有在意。她不是第一次遇到这样的事，但所有追求她或者对她有意思的男性，都会在她长时间的漠视后折戟沉沙，短的半个月，长的三个月，总之最后，这些男人在长久得不到回应后，就会陆续消失。

顾雪涵并不认为文西能坚持多久。

但令人意外的是，三个月后，他还是坚持不懈地给顾雪涵发信息，几乎每隔几天，在分享日常生活的碎片之余，他都会邀请顾雪涵一起出来吃饭。

大概这就是年轻的弟弟会干的事，有旺盛的精力、大把的时间。

顾雪涵当然不会理睬他，她甚至从来没有回复过文西。

不过好消息是，在半个月前，文西就表示自己找到了工作，并且还上了顾雪涵的钱，同时表示为了表达自己的谢意，希望能请顾雪涵吃个饭。顾雪涵收了转账，但直接无视了文西吃饭的邀约，因为那阵子工作繁忙，她甚至没有回复。

只是不得不承认，文西拍的照片确实不错，顾雪涵虽然从不回复，但在文西长久的坚持下，她也几乎被动养成了每天看他发来照片的习惯。

最近这段时间来，文西表示自己在一个仓库的库房找到了一份管理员的工作，同时表示在复习自考内容。

看到他能重整旗鼓找到工作，并且状态还很积极向上的样子，顾雪涵还是松了口气，总觉得自己顺手让一个迷途青年走上了正途。

不过顾雪涵的松口气没有持续很久，因为这天晚上，她接了一个开酒吧客户的离婚诉讼案，应客户之邀前去这家昂贵的酒吧沟通并取证，结束工作后，却在酒吧外的小巷里看到了文西。

对于这场偶遇，谭文西也始料未及。今晚正巧遇上朋友回国，几个同圈子的朋友便约了聚聚，顺便给回国的朋友接风洗尘，于是在这家酒吧里约了场聚会。几个人喝了酒聊了些有的没的，嫌酒吧里有些闷，便一起到了酒吧门外安静些的小巷里抽烟聊天。

谭文西不是这群朋友里最年长的，但是是最核心的。他的家世背景最为优渥，眼界和阅历也是最成熟宽阔的，作为家族企业的继承人，手段也是最狠辣干脆的，几个朋友便都唯他马首是瞻。

"文西，你真把你叔叔给处理了？"

谭文西一边漫不经心地挑了下眉："难道还做人留一线日后好相见？"

他露出了个嘲讽的笑："我早就看谭卫翔不顺眼了，仗着自己年纪大，在集团里倚老卖老，拿自己的资历来压我。"

"他能躺平了任由你宰割？"

谭文西吐出一个烟圈，冷冷地笑了下："那当然不能。而且要是他不挣扎，我岂不是也少了很多乐趣？"

"你都把心然的事处理完了，怎么这几天还是那么难约你，在忙什么呢？"

谭文西把玩着打火机："在追人。还没追上。"

谭文西平时看着很好处，但一旦踩了他的底线，就睚眦必报而且手段狠辣。几个朋友都习惯了，知道他脾气实际并不多好，完全和"善良

"宽容"四个字不搭边。

还有谭文西追不上的人？几个朋友来劲了。

只是还没等这几个朋友继续发问，突然在小巷的一头，响起了高跟鞋走来的声音，接着便是一道好听的女声："文西？你怎么在这里？"

在小巷昏黄的路灯下，几个朋友才看清了来人——是个非常明艳的美人，但脸上完全没有那种小女生的情态，气质高雅清冷，连好听的声音都是冷冰冰的，明明连姓都没喊，只喊了非常亲密的"文西"，但她微微皱着眉，脸上对他们这群在小巷里抽烟的人露出了非常嫌弃的表情，看向谭文西的表情像是要兴师问罪。

不得不承认，这是个非常漂亮的女人，不仅貌美，还非常有气场，带了职场上的干练和不好糊弄，离谭文西身边最近的那位朋友第一反应就是——这可不是个善茬。

但众人还是抱了看戏的心态，因为谭文西身边从来不缺绕着他转试图傍上他嫁入豪门的追随者们，只是从没人如愿，谭文西对这种女人非常冷酷，不管长得多美，都不假辞色，甚至对这种喊"文西"的自来熟女人，更是不会留什么情面。

虽然是个美女，但几个朋友已经等着谭文西露出不耐无情对待对方了。

只是就在众人等着看戏之时，却见平日里冷酷的谭文西当场一秒变脸——

他几乎是在瞬间把手里的烟掐灭扔了，顺手把他那个心仪的昂贵打火机也扔进了不远处的草丛，然后脸上露出了无助和脆弱。

在众人大跌眼镜的无语里，谭文西用求助的眼神看向了巷口的美女，然后众人听到他一点没心理障碍地自然喊道："姐姐！救我！"

？？？

就在几位朋友脸露惊疑不定之际，那位美女已经走近了一行人。她的眉还是微微皱着，只瞥了其余几人一眼，就径自看向了谭文西："怎么回事？"她眼神嫌弃道，"你怎么和这些人混在一起？"

谭文西几乎是立刻就像受惊的小狗见到主人一样跑到了这美女的身后，他看起来真的非常无辜和纯洁，像是有些害怕道："我想到酒吧应聘兼职的服务生，结果因为不小心撞到了人，害得他把一些酒泼到了衣角，他们把我堵在小巷里，要我赔偿，不然就要打我。要不是姐姐你来，我真的不知道他们会干什么！"

"……"

谭文西说得非常流畅，演技简直是影帝级别的，那小心翼翼害怕又怯怯的模样，还真的很像个没见过世面的年轻男生，在他那群无语的朋友们面前仍旧表现自如："姐姐，能不能帮帮我，我只是想在这里打份工而已……"

…………

顾雪涵今天巧遇文西完全是偶然，但既然见到了，他又遇到麻烦了，顾雪涵觉得自己断然没有视而不见的道理，毕竟文西能鼓起勇气好生活，去打工挣钱自力更生，这还是非常值得鼓励的。

她看了眼围在文西身边的几个男人，这几个看起来都像是纨绔子弟，像是闲极无聊在酒吧外抽烟惹事的，当即印象就非常不好；而反观文西，白白净净乖乖巧巧，一双小鹿一样害怕的眼睛，让人忍不住就想要维护。

顾雪涵拿出了名片："文西的行为如果对你们造成了财物损失，我们可以负责赔偿，但需要你们证明因果联系，同时，请以合法的手段沟通。把人堵在小巷里，要不是我出现，你们就要打人了吧？

"从现在起，文西是我的当事人，任何关于他的事项沟通，请你们联系我。"

顾雪涵说完，也懒得再去看这几个令人嫌弃的纨绔子弟，只是喊了文西一声："好了，我们走。"

…………

就这样，在众朋友的目瞪口呆里，谭文西心满意足地跟着顾雪涵走了。

一众朋友等人走了，再低头看向名片——

"竞合律师事务所合伙人顾雪涵。"

大家面面相觑，但也都知道，恐怕这就是谭文西最近在追却没追上的人了。

不过……

"竞合所是很难请的精品所，我爸的公司之前想接洽过，结果对方的法律服务报价太高了，我爸都嫌高的那种，最后也没合作成。这个美女这么年轻就已经是竞合所的合伙人了，要没两把刷子是不可能的……"

"谭文西去追这种律师所合伙人，不是想未来被扒层皮吧……"

"演技不错，装得那么可怜，还姐姐姐姐，也就文西能那么不要脸了。"

"不过这个美女真的好带劲，气质真的好好啊，冰美人的感觉，也难怪文西都要这么没脸没皮了。"

"但他明显没告诉人家自己真实身份啊，怕不是被知道以后要被打断腿……"

朋友们最终得出一致的观点——不愧是谭文西，勇气可嘉，能屈能伸，胆子很大。

谭文西很意外，他原本隔三岔五就热情问候顾雪涵，可惜一点用也没有，发出去的信息总是石沉大海，要不是顾雪涵秒收了他转账的五千块，谭文西都要以为自己加了个假微信。

他想尽了办法想把顾雪涵约出来，只是一点用也没有，正在打算想新法子，结果没想到机会就踏破铁鞋无觅处一般自动送上门了。

没想到来酒吧喝酒，竟然意外撞见了顾雪涵，如今还被顾雪涵维护着带走了。

这位漂亮的女律师，看起来吃软不吃硬，虽然嘴上很冷漠，但显然对弱者有天然的怜悯。

此刻谭文西坐在顾雪涵的车上，心里还有些没有实感。

不过顾雪涵看起来就平静多了，但对他多少比平日里更关注。

"你没事吧？"顾雪涵虽然语气冷静，但言辞间隐隐的关心还是流露了出来，"之前仓库管理员的工作有什么不顺利的地方吗？为什么来酒吧找兼职？这种地方环境比较杂，来往的人员也杂，而且上班时间一般都颠倒日夜，其实并不是很适合你，何况你不是还在复习自考吗？这种作息很容易让你平时没精力复习的。"

顾雪涵确实并不喜欢多管闲事，但她也不能对发生在自己眼前的事视而不见。

文西看起来还有些惊魂未定，有些不好意思道："仓库那边的工作还是顺利的，只是我希望多挣一些，酒吧这边给的兼职费用又多，所以才想来试试，没想到……"

因为小巷里灯光昏黄，顾雪涵也并没有细看，但她确实也发现了，大概是来高档酒吧兼职，文西今晚穿的衣服显然比平日里好，并不再是此前两次见面时看到的那穿着。

虽然知道大概率他穿的也不是多奢侈的衣服，但只是比此前清贫的穿着有所改善，文西整个人就显得有些气质不一样了，但顾雪涵再看，他正乖巧安静地坐在副驾驶座上，还是那个文西。

可能刚才转瞬即逝的感觉只是错觉。

大概实在是太乖巧安静了，顾雪涵没忍住安慰："那几个人如果后续还找你的麻烦，你就给我打电话，这件事我来帮你处理。"

果不其然，这话下去，文西露出了受宠若惊的表情，不过没等他开口，顾雪涵就无情地打断了他："你不要有多余的想法，我只是正好路过。"

文西这次像是学乖了，没有再说不着边际示好的话，只是正正经经感谢了顾雪涵。

不过很快，他就露出了苦恼和有些尴尬的神色："可……姐姐，我如果没法去酒吧那边兼职，收入就会减少很多……"

"你妈妈的医疗费用不是已经全部由心然生物支付了吗？"顾雪涵有些不解，"还存在缺口吗？难道是心然生物一开始满口答应，轮到真正执行的时候又开始推脱了？"

"那倒没有。"文西笑了下，"小谭总为人是很好的，一言九鼎，医药费这块都没什么可担心的。但我希望我妈妈能住得好一些，想搬一个离医院近些的房子，以后化疗往返医院也比较方便，这些钱总不能让心然生物来出。我现在缺口也没那么大，只要再有一份兼职工作就能行了，只是没想到……"

文西说到这里，整个人焦灼了起来："也不知道还能找什么兼职……而且下个月我妈妈快要生日了，本来还想攒点钱送她个礼物，这下手头都有些吃紧了……"

文西的声音都快带了哭腔，看起来是真的很焦虑，他用求救的眼神看向了顾雪涵："姐姐……"

顾雪涵想起来自己的弟弟顾衍，她这个当姐姐的，也不是没期待过顾衍用求救的目光看向自己，只可惜自己的弟弟实在不太可怜，从青春期开始就变得酷酷的，什么事情都闷在自己心里，恨不得都自己解决，更别说求助顾雪涵了。

因此如今被文西用这种目光一看，又被喊了"姐姐"，顾雪涵多少有些代入角色。

等她意识到的时候，话已经说出了口："我团队里的两个实习律师最近新婚，毕竟也不好总打扰人家的新婚生活要求他们留下来加班，所以有些杂七杂八的事也不方便麻烦他们，你没学过法律，也不是相关专业的，做不了多专业的工作，但整理装订案卷，以及我去法院开庭或去客户那里开会，帮忙提提材料，这总是可以。先试用你一个月吧，这一个月里，你可以做个临时的行政助理。如果你愿意的话，这一个月可以在我这里兼职。"

其实话说出来，顾雪涵已经开始后悔了，文西这样非科班出身的大学肄业生，能帮自己做的事情实在太有限了，但还没等她说别的，文西已经像得到奖励的小狗一样亮着眼睛答应了下来，如果他有尾巴，恐怕也会和小狗一样拼命讨好地摇晃起来。

"谢谢姐姐！我可以的！让我做什么都可以！"

谭文西很快就后悔了，因为他没想到，顾雪涵让他当助理并不是说说而已，他原本还以为她那么说，只是用个理由照顾他的面子，变着法子给他接济，不会有太多实质性的活儿，结果，一个月给四千的兼职工作，她给自己的工作量恨不得是月薪四万做的——

"这些案卷，是我从毕业进入竞合所以后所有经手过的，虽然断断续续也在做案卷整理分类，但老的还没做完，新的就来了。既然你来了，那趁这一个月，帮我把这些都分门别类整理好装订好，放进竞合的档案室就行了。

"另外，我桌上的绿植，隔三岔五记得帮我浇水和维护。行政已经警告我了，如果我的绿植更换率再那么高，所里要单独问我收费了。

"你还要负责的是去行政前台把收件人是我的快递全部取来，按照时间顺序放好……"

上岗第一天，顾雪涵就毫不留情地噼里啪啦给文西安排了一堆活儿。

"还有，带上你的身份证和身份证复印件，去行政那边走个流程。虽然只是一个月兼职，但还是要走个合同流程，还需要签署一个保密协议，针对兼职期间涉及的一些客户或者过往案例里的信息，需要履行保密义务。"

顾雪涵说完，就离开了给文西安排的临时工位，径自回自己的办公室甩上门工作了。

谭文西看着紧闭的门，突然开始怀疑自己这么做的意图——本意是想和顾雪涵有合理的机会多接触，然而事实是不仅完全没有，甚至还因为没法提供真正的身份证不得不在行政部的姐姐那里巧舌如簧地拖延签合同的时间，最惨的是……

谭文西望着自己眼前堆积如山的案卷，切切实实感觉到了某种绝望。

顾雪涵比他想的忙多了，她平日里不是在和客户开视频会议，就是直接出外勤去外面开庭或是约见客户，谭文西就算天天蹲守在律所里，能见到她或是和她聊上天的机会就不多。

但不管怎样，只要想表现，总能找到表现的机会。

即便见不到顾雪涵，谭文西都能变着法子宣告自己的存在感——

比如每天早晨给顾雪涵热的牛奶，午饭后给顾雪涵端的咖啡，还有晚上如果顾雪涵留下来加班，他给她预先准备好小炖锅里的汤汤水水，毕竟谭文西家里的家政阿姨十分擅长煲汤，他便借花献佛。

而果不其然，这煲汤的手艺很快得到了顾雪涵的认可。

她在喝过谭文西准备的汤后，难得特意给谭文西发了个信息表示感谢。

谭文西自然更积极了。

但不论他怎么煲汤、关照顾雪涵的生活、帮助顾雪涵完成案卷整理，他总觉得，还是不足以让顾雪涵对他刮目相看。

谭文西想了想，觉得还是要给自己加把火。

顾雪涵觉得自己最近最正确的决定就是招了文西当临时助理，不得不说，这男生的工作能力很强，领悟力也非常不错，光是整理案卷这项工作，他就完成得非常好，甚至一些全英文的跨国卷宗，顾雪涵看了看，他也都分门别类归类在正确的书架里。

他可能比自己想的要聪明很多，而且勤劳肯干，又很细心。

顾雪涵不是傻子，早上的牛奶、中午的咖啡、下午的水果甜品，以及晚上的汤或者粥，她知道文西是什么意思。

他比原先那些追求她的男性们可都坚持得久。

顾雪涵最近并没有恋爱的计划，更没有和比自己年纪小的弟弟恋爱的打算。她讨厌浪费时间，觉得要找比自己更小的男生谈恋爱，多少需要调教对方，引领对方。她又不是做慈善的，可没有兴趣把青涩的小男生教导得成熟得体。

但文西又非常聪明，他这次和顾雪涵再见以来，完全没有再提及任何暧昧的讯号，更没有出格的表现，所做的一切让顾雪涵无可挑剔——

你完全可以把这一切当成是一个想要向你讨好的兼职助理会做的。

正因为这样，顾雪涵也没有机会对此再发表什么观点，毕竟要是文西主动表白，她还能明确地拒绝，但如今这样，她主动出击做点什么，反而显得有些自作多情了。

好在顾雪涵非常忙，即便文西当了个兼职助理，他也不会有更多的机会接触到自己。

变数发生在一个月的兼职日期届临之时，那一晚，顾雪涵经手的几个跨国婚姻案件里，她刚从海外调取了几个行李箱的案卷，顾衍这家伙又跑去丈母娘家里吃饭了，不得已，她喊了文西帮忙一起搬运。

也不知道是不是因为她那一箱一箱的案卷装在看起来很贵的行李箱里，以至于让人误会这一箱箱的箱子里装着什么值钱的宝贝。

在顾雪涵拖着其中一个小行李箱从车里走出来时，突然从她车斜后方的视线盲区里，窜出来了一个戴着鸭舌帽和口罩的年轻男人，不管三七二十一就要抢顾雪涵手里的行李箱。

这可是刚调取到的重要证据！

对方的目的显然是想劫财，本想提了箱子就走，但顾雪涵不仅没放手，还下意识一把拽住了对方。

这抢劫犯要是抢钱也就算了，对客户案子至关重要的证据可绝对不能弄丢！

只是顾雪涵也没想到，对方大概真以为她是个有钱人，早就有备而来，竟然从身侧就掏出了一把折叠刀，眼看着就要往顾雪涵的手上划去。

顾雪涵只停顿了半秒，还是决定不撤回手。律师的本能让她仍旧想保护证据，她对对方怒斥道："里面不是值钱的东西，只是文件！"

只是抢劫犯哪里有理智听进去这些，他划向顾雪涵的动作根本没有停滞。

然而当顾雪涵准备好了迎接即将到来的疼痛，并打算用腿踢踹攻击对方之时，有人先一步冲过来，拉开了顾雪涵，替顾雪涵挡了这一刀。

一切发生得太快，顾雪涵只知道自己没有受到任何伤害。

文西从身后拉开了她，然后不顾被抢劫犯划伤的手，挥手狠狠打了对方一拳，不仅把差点被对方抢走的那箱证据材料保住了，等顾雪涵恢复冷静，再朝着文西看去，才发现，平日里看起来乖巧的文西，正用一个非常标准老到的跪杀姿势完全制住了对方。

血正从文西一只手上流下来，但他仿佛感觉不到疼痛，只用非常狠厉的表情看着自己身下被制住的这个人。

这一瞬间，顾雪涵觉得文西有些陌生，此前文西给她的违和感再次升起，她总觉得文西是文西，但又不是文西。

律师的天性让她觉得文西有一点可疑。

要不是先入为主，顾雪涵甚至不会那么快认同他的身份。

但……

但现在不是想这些的时候，在顾雪涵打了报警电话没多久后，警察扭送走了犯罪嫌疑人。她和民警约好第二天去做笔录后，便打算带文西去处理伤口。

只是文西对医院很抗拒，他看起来有些孩子气，没了那种特别乖巧的感觉，反倒像是个撒娇的熊孩子："我不去医院，我讨厌医院，又没有什么大伤，只是表皮划伤而已，随便找个药店买个双氧水或者碘伏消毒清洗下，再贴个创可贴就好了。"

最终，顾雪涵拗不过他，但文西是因为保护她和证据材料受伤的，顾雪涵实在做不出随便让他去个药店自己处理这种事。这儿离她家不远，她家里倒是有齐备的家庭医药箱。

"你不愿去医院，那就跟我回家，我简单帮你处理下。"

果不其然，一说跟她回家，文西就来劲了，刚才还喊着只是皮外伤不碍事的家伙，突然开始装起柔弱来了："哎，姐姐，我觉得确实还是得去处理下。医院我有点害怕，但是去你家就没事了，这种氛围比较不让人紧张。我小时候去医院有点心理阴影，不过伤口其实也不是特别浅，你还是给我仔细消毒包扎下，也不要弄太简单了……"

他眨了眨眼："毕竟我还年轻，如果留疤，我也怕未来有影响。"

顾雪涵已经懒得理他了，把人带进了家里，干脆利落地拿出了家庭医药箱，然后就开始给文西做伤口清理工作。

其实明明不疼，但文西还是叫得非常凄惨，像是为了保护顾雪涵付出了半条命的代价。

这叫声让顾雪涵都不得不停下了动作，她面无表情地看向了文西："你叫得像是要截肢了。"她颇有些嫌弃地扫了眼文西的伤口，"你努力叫，再叫叫，我看伤口已经不流血要开始结痂了。"

"……"

文西看起来有些不好意思，但他的行为上却一点羞愧的模样也没有。

顾雪涵帮他处理完伤口，在被顾雪涵清理出屋子之前，他开始提出了新的要求："姐姐，我今晚陪你一起加班还有搬运这些材料，我连晚饭都还没吃……"

顾雪涵想了想，确实，连她也因为光顾着加班还没吃晚饭："那我叫个外卖一起吃。你想吃什么？"

"叫外卖也太不健康了。"文西又恢复了乖巧的模样，"而且外卖太贵太浪费钱了，姐姐家里有什么菜，你随便给我做点就行了。"

文西一边说，一边径自走向了顾雪涵家的冰箱："随便什么，做个水煮蛋都行……你要嫌麻烦，实在不行我来做也行。"

有一说一，文西虽然做菜上也不怎么拿手，但好歹在国外生活了很多年，多少有照顾自己的经历，随手做点饭还是行的，只是他想着拼命展示自己宜室宜家的优点。

他说完，顺势拉开了顾雪涵家的冰箱，然后就再也说不出话来了。

因为顾雪涵的冰箱里，除了巴黎水、饮料之外，空空如也，别说蔬菜肉类牛奶之类的各种食材了，就连鸡蛋都没有一枚。

文西望着空冰箱不敢置信道："难道你是仙女吗？就靠喝水活着？"

顾雪涵对文西开自己冰箱原本还有些生气，但听了他的话，也忍不住笑了下，不过很快憋住了，恢复了一贯的冷静理智。

"我很忙的，没有空自己亲自烧饭烧菜的。与其买了食材坏掉了浪费资源，还不如别买。"

文西挑了挑眉，大概是聊到了日常的话题，从刚才开始，他就不再那么乖巧地喊顾雪涵姐姐了，而是用了和平辈说话的语气："那你也可以找个家政阿姨呀。"

大概年轻小孩都这样没大没小，顾雪涵也没在意。她径自打开冰箱拿出了一瓶巴黎水，开了瓶盖后喝了一口："我不常回家，在律所的时间比较多，就算请了家政阿姨，恐怕在家吃饭的机会也不多。"

"刚才上来之前，我看到楼下小区门口就有一家超市，那现在我们去买。"

对于文西的提议，顾雪涵表露出了嫌弃："虽然你的手是因为我受伤的，但你不要指望我给你做饭吃，不是所有女性都会洗手做羹汤的。我不自己做，一来是我没时间做饭菜，二来是我真的也不太会做饭菜，我没法在做饭或者做菜里体会到任何成就感和快乐。"

但文西一点也没有被打击到，他看起来很理所当然地道："不用你做，我会做呀！"

虽然顾雪涵不太情愿，但还是被文西拉着去了楼下超市。

她也不知道事情是怎么发展到这一步的——她和一个有些可疑的年轻男孩子一起在超市里买大白菜、胡萝卜和青椒。

从高中以后，顾雪涵就没有再在超市里买过这么有烟火气的东西了。

文西倒是挑得挺认真，他还给顾雪涵科普了不同蔬菜的营养价值，看起来很懂的样子。

顾雪涵已经开始觉得他可疑，但还是按捺不表，只安静地观察着他的一举一动。

人或许可以伪装一时，但在长时间的相处里，自己真实的性格总是忍不住会流露出来的，比如文西可能没他此前表现得那么乖巧听话，很多给顾雪涵的信息也并不那么真实。

从他挑选蔬菜和食材的方式和利落程度来看，首先，他绝对不是真的在贫寒的家境里成长的，如果是家境一般的孩子，买菜的时候下意识会去看折扣区或者促销区，但文西根本不是，他对"折扣"两个字视而不见，径自奔向了昂贵的有机专区，甚至连价格标签都不会多看一眼，对那些进口海鱼的做法也头头是道。

第二，他也根本不是性格怯懦、需要别人保护的弟弟，因为他买东西明显非常有目的性，完全知道自己要什么，几乎连一秒钟的迟疑也没有。从这样的细节推导，他在生活中恐怕也是个目标明确的人，并不是那种优柔寡断的性格。

第三，他肯定不会很听话。因为从今晚他和顾雪涵在一起开始，他眉眼间的那种镇定自若已经开始隐隐流露出来——如果是没怎么见过世面的年轻男生，恐怕遇到被抢劫犯误伤这种事以后，是没法那么干脆利落地处理后续的，但文西看起来思路清晰，甚至连任何紧张的情绪都没有，看起来有丰富的临场经验，对于紧急事项有足够强大的内心去处理。

但要真说他完全不听话，似乎也不是如此。因为等文西买好相应食材后，他就径自跟着顾雪涵回了她家，然后这年轻男孩就一头钻进了厨房，丝毫没在意自己的手还受着伤，执意要给顾雪涵做一顿饭。

"你不要有心理负担，我自己也要吃的，也不全是给你做。"

他朝顾雪涵笑了笑，指了指沙发："你先看会儿电视休息下，我做东西很快。"

文西说完，就转身进了厨房。

顾雪涵听着厨房响起的切菜声，突然有些恍惚，好像自从工作独居以来，她家里就很少会有这么有烟火气的时刻。听着厨房内的声音，顾雪涵突然觉得，自己其实是怀念、也热爱这种温馨的。

她没有那么讨厌做饭做菜，只要做饭做菜的人不是她就好了。

以前的古老传说里，做饭的都是"田螺姑娘"，现在都新时代了，做饭的完全可以是"田螺小伙"。

如果文西愿意做她的"田螺小伙"，好像也不是不可以。

至于文西有意的隐瞒，顾雪涵完全不以为意，她有一百种方法做调查，她可是个合伙人。

毕竟顾雪涵的哲学一直非常简单——要是看上了骗子，先给对方一个机会，坦白从宽抗拒从严，然后辅以教育；要是对方不配合，而且还教育不好，那就干脆点，直接打断了腿带回来，确保骗子没有办法再行骗，安分守己过日子。

很简单，很睿智。

谭文西很快就做好了三个家常菜，等他端出来的时候，顾雪涵正在打电话。见他出来了，她讲话的声音略微降低，走到了她的书房，像是在打不方便谭文西知情的电话。

可她的样子也不像在打工作电话，所以是私人的事情？

谭文西一时之间有些失落，他恨不得自己长个顺风耳，能够听到和顾雪涵打电话的是谁，是不是男的？是不是她的追求者？

但不论是谁，他都还没资格过问。

很快，顾雪涵就结束了电话，然后从书房里走了出来。

谭文西立刻笑了起来，恢复了乖巧弟弟的模样："饭菜已经做好了，口味你试试，要是有什么意见都可以和我说。"

首先要立住贤惠人设，抓住一个女人的胃，才能抓住她的心。

虽然谭文西做得比自己家的家政阿姨差得远了，但作为家常菜来说，还是出色的。

顾雪涵尝了几口，果不其然对他表示了感谢和赞美，不过谭文西没想到她会提出这样的要求："文西，你做得真的很棒，不过既然今天难得有机会让你下厨，我还想提个不恰当的请求。"

顾雪涵笑眯眯的："之前你晚上给我留的汤，做得真不错。我刚看过了，今晚我们去超市正好都采购了那些食材，那能不能麻烦你晚上再大显身手一次，给我炖一锅呢？除了今晚可以喝，留下的我明天还可以喝，也省得你明天还要特意再炖一次了。"

"……"说来惭愧，每次谭文西给顾雪涵送的汤，都是谭家的那位家政阿姨煲的！

倒不是说谭文西没那份亲手做羹汤的心，只是一来，他花了不少时间在顾雪涵的律所里"兼职",心然生物那边虽然惩处了谭卫翔,但多少还有残余党羽需要肃清,外加谭文西还需要看心然生物这几年的财报,研究几条新药生产线的投产情况,实在是没有时间再细致地做汤了;二来,则是他的煲汤技术确实远远逊色于家政阿姨,虽然做别的家常菜水平还行,但也不知道怎么回事,做汤是谭文西的死穴,做的饭菜还能算美味的范畴,那他的汤就是死亡料理的级别了。

"煲汤太花时间了,就算我现在做,等做完估计我们都吃完了。"

只是面对谭文西的推托,顾雪涵却很坚持:"但是我确实很想喝汤,正好趁着今晚你来,我想向你系统地学习一下。"她挑眉看了谭文西一眼,"还是说其实那些汤不是你做的?所以你也不知道食谱具体是什么样?"

谭文西原本还想推托,但一听这话,他有些不淡定了:"我刚才做饭不应该已经自证清白了吗?汤怎么可能难倒我?"

他咳了咳:"不过我们还是先吃晚餐吧,不然等做完汤,这桌菜都凉了。"他拼命给自己争取时间缓冲,"反正汤也是最后才喝的,我们先吃吧。"

顾雪涵这次倒没再反驳,安静地坐了下来,脸上带了些复杂又让谭文西觉得莫名的笑意。看了他两眼后,她开始吃起东西来。

好在饭菜看起来很合顾雪涵的口味,她看起来胃口很好,这让谭文西有了巨大的满足感。

做饭做菜算是谭文西舒缓压力的一个途径。人是铁饭是钢,他在国外求学也好,回国继承家业也好,每次遇到压力的时候,只要沉浸地做一顿饭,然后吃上自己亲手做的热腾腾的东西,不管情绪多低落沮丧,他都能逐渐平缓,在温热的饭菜里觉察到日常生活的幸福。

能为自己喜欢的人做一桌菜,看着她细嚼慢咽地吃下去,这已经是能甩大部分人几条街的快乐了。

只是谭文西的自我陶醉没能持续很久,因为还有更大的危机在等着他。

趁着顾雪涵吃饭，他借口去洗手间，愣是躲在卫生间里拼命给自家的家政阿姨发信息，请阿姨在线指导他煲汤秘诀，同时在心里祈祷，最好顾雪涵吃完饭后，就彻底把喝汤这件事给忘了。

不过很可惜，顾雪涵的记忆力非常好，吃完饭后没多久，她就提起了这件事。

顾雪涵看起来兴致盎然，但谭文西却完全属于硬着头皮了："今天就做玉米排骨汤吧。先把食材都洗净，玉米也切好，接着……"

不得不说，谭文西虽然对自己做汤的技术没什么信心，但装装样子还是擅长的。用动作唬住不怎么进厨房的顾雪涵，他觉得是没问题的。

何况刚才家政阿姨也说了，只要按照她给的步骤做，总能做出像样的汤来，要是味道稍微差那么一点，谭文西也想好了借口，那就是今天他的手受伤了，所以发挥不稳定！

不过不管怎么说，他看着锅里正翻滚着的汤，觉得从色泽上来看应该还是可以的。

顾雪涵全程站在谭文西身边看着他忙前忙后，本来让谭文西有一种被监考的紧张感，但此刻，看着眼前的一锅汤，他起了些炫耀的心思："你要尝尝吗？"

顾雪涵点了点头，然后从善如流地盛了一碗，喝了一口。

在谭文西的忐忑和紧张里，顾雪涵露出了笑："很好喝，真是一模一样的味道，你煲汤的技术确实很好。"

一听这话，刚才还颇为紧张的谭文西就有些忍不住飘了，这时候不自吹自擂，更待何时？

他笑着道："虽然今天我手受伤了，但只是做个汤而已，根本难不倒我，不过是我的平均中下的水平而已。要放在平时，我做的汤绝对可以直接进米其林餐厅。"

"汤很好喝，谢谢你哦。"顾雪涵撩了下头发温柔道，"不要光顾着聊天了，你快也盛一碗喝吧，总不能自己做的汤，自己都不尝尝吧。"

"说的也是。"

谭文西心想：爱情的力量确实是伟大的，自己竟然都能有家里阿姨的水平了！

自己这道汤，恐怕已经把顾雪涵俘获了个八成，毕竟顾雪涵这样冷感的人，如今都温和地笑着给自己亲手盛了满满一大碗的汤。谭文西轻飘飘地想着，心情舒爽地接过了顾雪涵递来的汤。

顾雪涵还在笑："这一碗，一滴也不可以剩哦。"

"那当然！"

谭文西当即喝起来。

只是……想象中美味的味觉体验并没有出现，第一口下去，那味道就差点把谭文西给送走。

他几乎是再也忍不下去了，直接一口吐进了碗里，也装不下去了，只拼命地朝顾雪涵求救："水，给我水……"

这次炖汤，他显然在顾雪涵的注视下过分紧张了，别说阿姨的水准了，就是平日里自己的正常水平都没有发挥出来。

顾雪涵刚才还装作这汤有多好喝一样！这完全是诓骗了他啊！

但他事到临头才发现问题，已经太晚了。

顾雪涵不仅没把水杯递给谭文西，还故意把水杯放远了一些。

她脸上此前温柔的笑意一扫而空："说吧，之前的汤到底是谁做的？"

谭文西嘴里咸心里苦，到这一步，他总算知道顾雪涵是对他每天送的汤起疑心了。

他只能苦哈哈地说了一半的实话："是我找……找我妈做的。她之前在心然的案子里也得到了你的帮助，一听说我是要送给你喝，就很积极地要帮我做。"

顾雪涵却没表态，只是把玩着水杯，看向了谭文西："真的吗？那你还有什么骗了我的吗？如果有，建议你现在一起交代了。"

谭文西被顾雪涵看得心里发虚，但他还是觉得顾雪涵绝无可能发现他的真实身份，毕竟他感觉自己装得完美极了。

因此，谭文西露出了乖巧、意外又有些羞愧的表情，然后摇了摇头，解释道："是这样的，煲汤我确实不擅长，我妈又想帮我做，我就让她代劳了，但别的都是我自己动手的……除了这个之外，真的没有任何事骗你了。"

他眨了眨眼睛，语气委屈道："我怎么会骗你呢？骗你对我也没有什么好处……"

顾雪涵笑了下，她的声音听起来也带了笑意，但谭文西总觉得有些捉摸不透。

她看向了谭文西："你交代好了对吗？没别的补充了？"

谭文西乖巧地摇了摇头："没有了呢。"

很快，谭文西就松了一口气，因为顾雪涵没有再纠缠这个话题。她吃完饭，然后又拿出了家用医药箱里的一些碘酒、棉签等，拿给谭文西后，帮他叫了个车，确定他上车后才离开。

谭文西看着在车窗外和自己挥手道别的顾雪涵，突然觉得自己坐在这辆全是烟味的老旧出租车里也都是值得的。

只是他的快乐没有持续很久，因为几乎是从第二天起，顾雪涵就突然给他安排了更夸张的工作量，并且他的工作范畴已经不再限于整理案卷等简单的工作类型，顾雪涵开始给他安排英文翻译工作、行程安排工作，以及客户联络工作。

除此之外，顾雪涵还开始让他承担私人助理的工作，包括偶尔接送她上下班、准备晚餐，甚至还有陪她购物。

谭文西对能多亲近顾雪涵求之不得，但他白天工作繁重，晚上还要回心然处理公务，同时又要分出时间为顾雪涵打理生活上的琐事，谭文西只觉得自己快要一个人分成几个人来用。

但不管怎样，他都没喊过累，也没推托过哪怕一次。

顾雪涵在客户面前总是骄傲自信又冷艳的，然而只有谭文西知道，她也会疲惫，也会脆弱，也会流露出让人想要保护的气质，也会在加班一整天后哈欠连天眼泪汪汪地望着窗外的夜灯，也会发小孩子脾气般地不想接讨厌客户的电话，也会在加班面对疑难案子时把头发抓得像鸡窝……

原本谭文西只是被顾雪涵的外貌和气质吸引，然而真正接触下来，他才发现她是个多么可爱的女人。

而越是如此，谭文西在忙碌里就越是后知后觉地后悔起来。

如果当初不欺骗她就好了，按照顾雪涵的性格，如果知道自己这么骗她，恐怕别说当男朋友，就是连普通朋友都没的做。

谭文西承认一开始对顾雪涵是见色起意的意思更多，当初只是冲动地想要认识她、了解她，根本没有想过长久的未来，因此选了最拙劣也最不合适的方式接近顾雪涵。

然而现在想来，顾雪涵才不会对他的身家背景感兴趣，担心她也看上他的钱这种心理完全是对她的冒犯。

可木已成舟，谭文西也不知道还有什么恰当的机会能够坦白这一切，让他堂堂正正以真正的面貌去追求顾雪涵。

一个月原本对他而言是非常漫长的，然而如今临到兼职工作结束的最后一天，谭文西才觉得时间是那么短暂。

顾雪涵把他叫进了办公室里，大有欢送他的意思。但谭文西也不知道自己怎么回事，明明他来竞合律所之后，拿着几千块钱的工资干了几万块的活儿，可他竟然还不太想走。

"我……我还差点钱，你能不能再通融一下，让我再兼职一段时间？工资少一点没事，我觉得自己最近刚刚摸到在这里工作的窍门……"

谭文西拿出了装可怜的腔调，但顾雪涵不置可否。

等谭文西找尽了所有继续留下的借口，顾雪涵才气定神闲地喝了一口茶。

她看了谭文西一眼，抬了抬眼皮："还摸到了律所工作的窍门？那你是打算一直留在律所替我打工了吗？"

就在谭文西打算点头之际，他再一次听到了顾雪涵的声音："谭文西，那你打算让心然生物怎么办？"

　　谭文西只觉得脑内的弦绷了一根，震惊地看向顾雪涵，有些不知所措。

　　顾雪涵抿唇笑了下："在你做坏那锅汤的那天，我就电话联系了你的'妈妈'，只是稍微诈了她一下，她就把前因后果都告诉我了。我那天就给你机会交代了，但很可惜，你没抓住机会。"

　　谭文西开始语无伦次地解释："我不是有意骗你的，但如果你生气，我完全可以理解。我只是希望你知道，我对你是认真的，只要你肯消气，你让我做什么都行。

　　"我只是不知道该以什么样的方式去解释自己隐瞒身份的行为，好像不管怎样我都开不了口，因为我觉得你都会生气，但我根本不希望你生气，更不能承受你生气后不理我的结果。"

　　他一口气说了很多话，平生第一次不再胸有成竹，而是忐忑得像个小学生："我希望你能再给我个机会，考察下我……"

　　可顾雪涵却径自打断了他："不用了。"

　　就在谭文西快要绝望之际，他听到顾雪涵轻笑了下。她眼波流转，看向他的眼神里却不是被欺骗后的气愤，而是戏谑和好整以暇。

　　"我在这一个月里已经考察过了。"顾雪涵朱唇轻启，"你经受得住我一个月故意派几倍的活儿给你的压榨，可见你的心理承受能力和身体素质都很不错；做的饭菜也勉强可口，唯一还需要改进的是煲汤。"

　　"竞合律所已经没有适合你的岗位了，但如果你有兴趣，我个人还可以给你提供上岗的机会。"顾雪涵笑了下，"但你要努力了，我很挑剔，你试用期下岗也有极大的可能，而且因为是私人用工，不讲究劳动法保护，下岗就下岗了，完全没有经济补偿，还可能会遭到我的打击报复。

　　"最重要的一点，我不在乎你是谁，所以在我这里，也没有什么小谭总……"

　　谭文西没有给顾雪涵说完话的机会，他径自走到她的身前，就着她坐在椅子上的姿势，单膝跪地，仰头吻向了她，像是臣服，也像是守护——

"在你这里，没有小谭总，只有文西。

"我只是你的谭文西。

"我保证，明天就去学煲汤。"

【全文完】